外国现代作家研究丛书

主编 汪义群

教育部人文社科研究项目资助
北京联合大学英语语言文学重点建设学科出版资助

弗罗斯特研究

黄宗英 著

U0783598

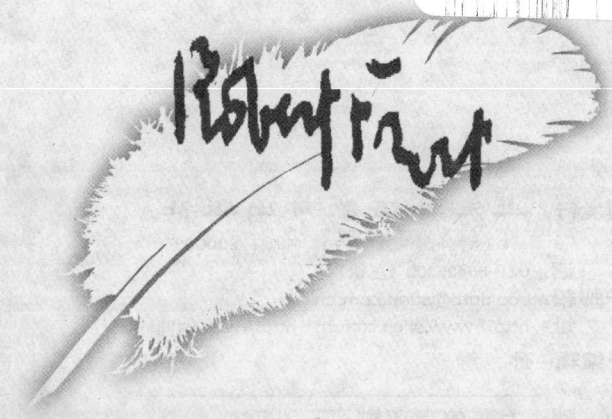

上海外语教育出版社
SHANGHAI FOREIGN LANGUAGE EDUCATION PRESS

图书在版编目（CIP）数据

弗罗斯特研究 / 黄宗英著.
—上海：上海外语教育出版社，2011（2012重印）
（外国现代作家研究丛书）
ISBN 978-7-5446-2288-2

Ⅰ.①弗… Ⅱ.①黄… Ⅲ.①弗罗斯特，F. R.（1874～1963）—
诗歌研究—生平事迹 Ⅳ.①I712.072 ②K837.125.6

中国版本图书馆CIP数据核字（2011）第063136号

出版发行：上海外语教育出版社
（上海外国语大学内） 邮编：200083
电　　话：021-65425300（总机）
电子邮箱：bookinfo@sflep.com.cn
网　　址：http://www.sflep.com.cn http://www.sflep.com
责任编辑：孙　静

印　　刷：上海信老印刷厂
开　　本：850×1168　1/32　印张 17.25　字数 446千字
版　　次：2011 年 8 月第 1 版　2012 年 2 月第 2 次印刷
印　　数：1 100 册

书　　号：ISBN 978-7-5446-2288-2 / I · 0179
定　　价：46.00 元

本版图书如有印装质量问题,可向本社调换

外国现代作家研究丛书

编辑委员会

父亲：威廉·普雷斯科特·弗罗斯特，
1872 年

母亲：伊莎贝尔·穆蒂·弗罗斯特，
1876 年

弗罗斯特在写作，1915 年（Frost in Franconia, New Hampshire, 1915）

弗罗斯特在写作，1915 年

弗罗斯特中学毕业照，1892 年　　弗罗斯特妻子怀特中学毕业照，1892 年

弗罗斯特参加肯尼迪总统就职仪式，1961 年

弗罗斯特与学生在一起

弗罗斯特英国故居（Little Iddens in Gloucester, 1914）

In winter in the woods alone
Against the trees I go.
I mark a maple for my own
And lay the maple low.

At four o'clock I shoulder axe
And in the afterglow
I link a line of shadowy tracks
Across the tinted snow.

I see for Nature no defeat
In one tree's overthrow
Or for myself in my retreat
For yet another blow.

Robert Frost

弗罗斯特诗稿手迹，1962 年

总　序

汪义群

　　编纂一套现代外国作家研究丛书,作为新时期以来我国外国文学研究的一个总结,是我多年的愿望。

　　自五四运动以来,我国的外国文学研究已经走过八十多个年头了。在相当长的时间里,外国文学的译介和研究深刻地影响着我国的文学创作。鲁迅先生甚至将外国文学的译介者比做"盗火的普罗米修斯",由此可见,它对于我国新文学运动的发生和发展,起到了何等巨大的作用。

　　然而,自20世纪中叶起,由于苏联文艺思想的影响以及极左思潮的干扰,外国文学,尤其是现当代外国文学的研究,处于低谷状态。一方面表现在译介的内容明显狭窄,人们关注的仅仅是高尔基、萧伯纳、杰克·伦敦、马克·吐温、德莱塞等所谓揭露社会弊端的"进步作家"。即使对这些进步作家,也仅仅着眼于他们社会批判的一面,对于他们张扬人道主义、提倡个性解放的一面,或则避而不谈,或则作为其"阶级局限性"或"时代局限性"加以剔除。而伍尔夫、乔伊斯、福克纳、卡夫卡等现代派作家,则一直背着"颓废没落"、"腐朽反动"的骂名。除非作为批判用的内部资料,一般读者对他们无从了解。至于那位直到弥留之际还念念不忘回到她所深爱的中国的赛珍珠,则始终是批判的对象。

外国文学译介和研究的真正繁荣,应该从20世纪70年代末算起。经历过漫长而充满苦难的"文化大革命"的人们,在欢庆共和国新生的同时,渴望着精神的食粮。很快,《安娜·卡列尼娜》、《傲慢与偏见》、《简爱》、《双城记》等经典名著重新回到了读者的书架。与此同时,人们又把眼光放到了一些更加晚近的作家。

20世纪七八十年代之交,是一个文学创作、研究和翻译百废俱兴的时代。人们阅读外国文学作品、了解和借鉴现当代文学的需求与日俱增。为了满足人们的这一迫切需要,老一代翻译家纷纷拿起生疏已久的译笔重返译坛,译界的新秀也不断涌现。与此同时,国内各重点大学纷纷开设英美文学或外国文学研究生课程,招收了文革以后第一批研究生。这些研究生课程的设置,为我国现当代外国文学研究培养了一支生力军。目前我国活跃在外国文学研究领域内的诸多卓有成就的专家学者,便是其中的佼佼者。80年代以来,每年都有数以百计的爱好外国文学的学生加入到这一行列中来。由于与外界长期隔绝,新时期学者的关注目光,更多地投在现当代作家身上。福克纳、菲茨杰拉德、伍尔夫、贝克特、萨特……这些以前还鲜为人知的外国作家,逐渐进入了我国读者的阅读领域和专业人员的研究视野。

令人高兴的是,自20世纪70年代末以来,这方面的工作已经有了相当的积累,现在应该是收获的季节了。经过二十多年的积累,我国已经拥有我们自己的福克纳专家、海明威专家、奥尼尔专家、赛珍珠专家……。正是在这样的基础上,编纂一套外国现代作家研究丛书具备了可能性。

1998年夏,笔者与来沪开会的陶洁、陆建德、刘海平等教授谈起编纂这样一套学术丛书的想法,得到了他们的热情支持。他们还慨然同意为本丛书撰稿。

丛书之所以取名为"外国现代作家研究"，主要有三个方面的
考虑。一方面当然出于划定时间界限的考虑，顾名思义，古典作家
当然不会包含在本丛书之内。这并不是说对于荷马史诗、莎士比
亚、塞万提斯、歌德我们已经研究得很透了，不再需要做进一步的
研究。我们只是希望在过去未曾涉猎或涉猎不多的领域内多作一
些耕耘。另一方面的考虑也在于"现代"一词的宽泛性。从最宽
泛的意义上讲，"现代"一词与"传统"、"古典"相对。凡不属传统
和古典的均可以称作现代。而我们的划分要相对严格一些，将
"现代"界定在19世纪初期以后。也就是说，凡活跃在19世纪初
至20世纪中叶甚至更晚近的具有世界影响的外国作家，都可包括
在内。因此尽管这套丛书的第一辑只选了福克纳、海明威、赛珍
珠、艾略特、惠特曼、伍尔夫、奥尼尔、普鲁斯特、菲茨杰拉德等18
位作家，但这个系列是开放的，作家的名单还可以继续延伸下去。
第三，自19世纪中期以来，西方的文艺思潮和文学流派层出不穷。
在诗歌、小说和戏剧领域内，自然主义、象征主义、表现主义、未来
主义、超现实主义、达达主义、意识流、荒诞派等流派此起彼伏。这
些思潮和流派反映了西方知识分子对于文学艺术的本质的思考。
这种思考在每个作家身上都会有所体现。我们希望这套外国现代
作家研究丛书，也能从某个侧面真实地反映出将近200年来西方
文艺思潮的流变。

　　另外，关于丛书作者的遴选，也想在此作一说明。笔者最初的
想法是约请国内对某一作家的研究最具权威性的学者。他或她应
该翻译过该作家的作品，应该发表过相关的学术论文，最好出版过
有关该作家的评传或专著。为此，我们请陶洁写福克纳，杨仁敬写
海明威，李野光写惠特曼，刘海平写赛珍珠，陆建德写艾略特，郑克
鲁写普鲁斯特，朱静写纪德，瞿世镜写伍尔夫，郭继德写阿瑟·密
勒，文楚安写金斯伯格，都是绝好的人选。嗣后，在听取不少学界
同人的意见后，笔者对作者的遴选标准作了一些调整。除了上面

提到的资深学者外,我们也将目光放在更年轻的作者身上。尤其是那些曾经以该作家作为博士学位论文题目的青年学者。

最后,想谈谈对于这套丛书的整体构思。作为一套丛书,每本书的正文应该由以下四个部分组成:一、作家小传,二、代表作品的分析,三、该作家在欧美的研究历史与现状,四、该作家在我国的译介情况。笔者相信,如果每本书都能较好地完成以上四个方面的任务,它将为读者提供有关这位作家比较全面的研究成果,就有可能满足不同层次的读者的要求,既满足一般文学爱好者希望了解某一作家的需求,又满足外国文学研究者希望追踪国内外最新研究成果的愿望。试以赛珍珠为例。我们可以设想一下,一位外国文学的爱好者如果想了解赛珍珠这位作家,只需阅读本丛书内《赛珍珠研究》一书的第一、第二部分,便可以将这位作家的生平和代表作品尽收眼底。如果是一位打算以赛珍珠为研究课题的外国文学专业的研究生,那么,他还得读一读该书的第三、第四部分,即该作家在欧美的研究历史与现状,以及该作家在我国的译介情况。这样,他不但可以了解到国外对于赛珍珠在不同的时期曾经出现过哪些不同的评价,对于她的研究目前走到了哪一步,取得了哪些成就,而且可以知道赛珍珠的作品最早是由谁翻译介绍到中国,以及在我国国内引起过哪些反响,国内的学者在这方面做过哪些工作,等等。这样,前人做过的工作,我们不必再去重复。过去未被人们重视的课题,正需我们去关注和发掘。而前人研究中未有穷尽之处,或值得商榷之处,甚或疏漏失误之处,也是我们进一步研究的新课题。诚如此,学术的研究就有可能薪火相传,就有可能在不断继承前人成果的基础上有所发展,有所传承。当前学术界各写各的、互相重复、互不通气的弊端也有望得到改观。这正是本人所期待的。

2002 年 8 月于上海外国语大学

外 国 现 代 作 家 研 究 丛 书

弗 罗 斯 特 研 究

目　录

绪　论

第一章　生平篇

第三章　语言篇

第四章　格律篇

第五章　主题篇

第六章　批评篇

绪　论

　　罗伯特·弗罗斯特(Robert Frost, 1874—1963)曾经说:"我是一个十分难以捉摸的人……当我想要讲真话的时候,我的话语往往最具有欺骗性。"① 虽说弗罗斯特的诗歌可以划归华兹华斯(William Wordsworth, 1770—1850)那种通俗易懂的诗歌传统,但是他的诗歌创作也不乏非凡的创造性。弗罗斯特诗歌的魅力在于它貌似自然、直接和简单,而实际上根本就不像其表面上看的那么自然、直接和简单。尽管他的诗通俗易懂,但诗人似乎存心让天真的读者迷恋于他那诱人的"金色"外衣,"就像绝大多数弗罗斯特的崇拜者一样,被他那貌似简单的诗歌艺术所迷惑,以至无法透视诗人所佩戴的微妙假面。"② 在弗罗斯特看来,诗歌的最高价值在于其意义的"隐秘性"(ulteriority)。③

---

① Lawrance Thompson, *Robert Frost: The Early Years 1874 - 1915*, New York & Chicago: Holt, Rinehart and Winston, 1966, p. xv.

② Lawrance Thompson, ed., *Selected Letters of Robert Frost*, New York & Chicago: Holt, Rinehart and Winston, 1964, p. vii.

③ 弗罗斯特常用"隐秘性"(ulteriority)一词,意指"隐含的意义"。弗罗斯特在《永恒的象征》("The Constant Symbol")一文中解释"隐喻"(metaphor)一词时说:隐喻是一种修辞手法,"说的是一件事,指的又是另一件事……这就是隐秘性给人的乐趣。"参见 Hyde Cox and Edward Connery Lathem, eds., *Selected Prose of Robert Frost*, New York: Macmillan, 1968, p. 24.

1. "简单的深邃"

　　追求这种诗歌艺术的隐秘性不仅筑起了弗罗斯特诗歌艺术的大厦,而且使他在美国文学史上占有了一个独立而又孤立的席位。弗罗斯特一生经历了整个现代主义时期,我们没有理由说他不是个现代作家;但是我们也很难将他划归美国主流现代主义诗歌。弗罗斯特生活在十九世纪美国诗歌向二十世纪现代主义诗歌过渡的十字路口上,读者从他的诗作中不仅可以看到十九世纪诗歌传统的痕迹,也可以看出二十世纪当代诗歌创作的倾向性。弗罗斯特创造了一种独特的现代诗歌语言,他的诗孕育了一种后来意象派诗人称之为"直接处理事物"的直接感。① 然而,他又有别于他同时代的现代主义诗人,如艾略特(T. S. Eliot, 1888—1965)、斯蒂文斯(Wallace Stevens, 1879—1955)、庞德(Ezra Pound, 1885—1972)等人。他的诗歌创作"没有表现出要与十九世纪诗歌创作决裂的明显迹象。"② 尽管如此,英国牛津大学诗歌教授、著名诗人、批评家格雷夫斯(Robert Graves, 1895—1985)在他的《罗伯特·弗罗斯特诗选》(1963)序言中写道:"弗罗斯特是第一位真正可以用世界标准来衡量的美国著名诗人。他获得这种殊荣是合情合理的,因为他的诗歌创作没有依托古老的欧洲诗歌传统,也不靠模仿前人的成功之作,而是通过自己辛勤的实践,直至最终找到了

---

① 1918 年,庞德在《回顾》("A Retrospect")一文中发表了意象派诗歌创作的 3 条宣言:1)直接处理无论是主观还是客观的事物;2)绝对不用无助于表现的词语;3)至于节奏,应使用富有音乐性的短语,而不要按节拍器的节奏来写。参见 T. S. Eliot, ed., *Literary Essays of Ezra Pound*, New York: A New Directions Book, 1935, p.3.

② Frances C. Locher, ed., *Contemporary Authors: Volumes 89 – 92*, Detroit: Gale Research Company, 1980, p.187.

一条既适应'美国气候'又符合美国语言的诗歌创作之路。"①

弗罗斯特的诗向来被认为是通俗易懂的。早在1913年,庞德给弗罗斯特的第一部诗集《少年的心愿》(*A Boy's Will*, 1913)写书评时,就发现弗罗斯特的诗歌"非常有美国味,"并且高度称赞弗罗斯特不用"冗长的多音节词"以及弗罗斯特诗歌中一种特有的"亲切、自然的对话感和素描似的真实感。"② 许多诗歌评论家都为弗罗斯特诗歌真挚的抒情、简单的语汇、敏锐的观察以及他那独特的变平淡无奇的思想为令人难忘的诗行的创作手法所吸引。如果说诗评家们对《少年的心愿》颇为热情的话,那么当弗罗斯特的第二本诗集《波士顿以北》(*North of Boston*)于1914年问世之时,诗评界的热情变成了一片欢呼。弗罗斯特自己也把他的第二本诗集称为一本"划时代的"③ 诗集。美国诗人、评论家昂特迈耶(Louis Untermeyer, 1885—1977)引用批评家吉布森(Wilfrid Wilson Gibson)的评论说:"弗罗斯特先生将人们使用的活的话语变成了诗歌……在别的诗人笔下只能是日常琐事的故事素材到了弗罗斯特的诗中都因为它们变得朴实无华、真挚生动而具有了普遍意义。"④ 批评家霍威尔斯(W. D. Howells, 1837—1920)称赞《波士顿以北》为"新英格兰农村生活的真实写照。"⑤ 庞德在书评中称赞弗罗斯特敢于"用新英格兰的自然语言;用一种自然的日常

---

① Robert Graves, ed., *Selected Poems of Robert Frost*, New York & Chicago: Holt, Rinehart and Winston, 1963, p. ix.

② T. S. Eliot, ed., *Literary Essays of Ezra Pound*, New York: A New Directions Book, 1935, p. 382.

③ Lawrance Thompson, ed., *Selected Letters of Robert Frost*, New York & Chicago: Holt, Rinehart and Winston, 1964, p. 151.

④ Louis Untermeyer, *Robert Frost: A Backward Look*, Washington: The Library of Congress, 1964, p. 15.

⑤ James M. Cox, ed., *Robert Frost: A Collection of Critical Essays*, Englewood Cliffs (N. J.): Prentice-Hall, 1962, p. 4.

用语,以区别于报纸和大学教授们所使用的所谓'自然'的语言。"①

从理论上说,尽管弗罗斯特曾经说过"独创性与首创精神是我对我们国家[诗歌创作]的希望,"② 但是他不像大多数他同时代的诗人那样,"为了表现新内容,而疯狂地去追求种种新的形式。"③ 艾略特说:"在我们当今的文化体系中从事创作的诗人们的作品肯定是费解的。我们的文化体系包含极大的多样性和复杂性,这种多样性和复杂性在诗人精细的情感上起了作用,必然产生多样的和复杂的结果。诗人必须变得愈来愈无所不包,愈来愈隐晦,愈来愈间接……。"④ 然而,弗罗斯特的知交锡德尼·考克斯(Sidney Cox)却认为诗人"不怕平淡无奇——必须称一把扫帚为一把扫帚……任何提高或美化事实的企图终将失败。一味依赖传统典故是一种羞耻。"⑤ 对弗罗斯特来说,独创性并不意味着"诗歌可以不用标点符号……不用大写字母……不要格律……不要意象……不要戏剧性的语气……不要内容……。"⑥ 在《一首诗的形迹》("The Figure a Poem Makes")一文中,弗罗斯特还说:"就我个人而言,独创性意味着我所描述的那样:一首诗应有其新颖别致之处……始于愉悦,终于智慧。"⑦ 在这篇文章中,弗罗斯特还将诗

① T. S. Eliot, ed., *Literary Essays of Ezra Pound*, New York: A New Directions Book, 1935, p. 384.

② Hyde Cox and Edward Connery Lathem, eds., *Selected Prose of Robert Frost*, New York: Macmillan, 1968, p. 20.

③ Ibid, p. 59.

④ 李赋宁译注:《艾略特文学论文集》,北京:百花洲文艺出版社,1994 年,第 24—25 页。

⑤ William R. Evans, *Robert Frost and Sidney Cox: Forty Years of Friendship*, Hanover and London: University Press of New England, 1981, p. 111.

⑥ Hyde Cox and Edward Connery Lathem, eds., *Selected Prose of Robert Frost*, New York: Macmillan, 1968, pp. 59 – 60.

⑦ Ibid, p. 20.

歌比作爱情。他认为诗应始于惊讶、喜悦和泪水，而终于智慧。一首好诗不论你读多少遍，惊讶始终伴随着你；但是惊讶必须来得自然，而不像一篇短篇小说或是一篇侦探小说那样通过某种巧妙的手法来获得。在他的诗歌创作哲学中，弗罗斯特似乎将"愉悦"作为一种达到"智慧"的手段，每每给自己的诗歌披上一件貌似简单的外衣。弗罗斯特选择了一条行人较少的路。因此，他的诗所表现出的那种新英格兰田园式的生活总是伴随着一个事实上更为复杂的、甚至被评论家特里林（Lionel Trilling，1905—1975）称之为"一个令人恐怖的世界"①。

　　弗罗斯特强调一首诗应该以见智结尾，换一句话说，就是诗"最终应澄清生活，不一定是一次彻底的澄清……只是暂时躲避混沌。"② 这最后几个字可谓弗罗斯特诗学理论最重要、最著名的阐述。在他看来，一首诗起源于人的某种情感冲动、一种内心的喜悦或是一个经历。诗人一旦接受了这种冲动，就会产生对这一喜悦或对这一经历的充分理解，尽管这种理解可能是暂时的。弗罗斯特常常用田园式的描写作为自己探索自然和人生意义的手法。他认为人生是个谜，诗歌能帮助人们探索人生之谜，但尽管如此，诗歌也无法穷尽人生的真理。因此，就像狄金森（Emily Dickinson，1830—1886）的诗一样，弗罗斯特的许多名诗总是间接地涉及生命的真谛。

　　弗罗斯特的诗学理论决定了他的诗歌创作形式的貌似简单性。1988年，帕里尼（Jay Parini）在颇具权威性的《哥伦比亚美国文学史》一书的相关章节中说："罗伯特·弗罗斯特是一个机敏的诗人……乐于让善感的读者误认为他们理解了诗人的诗歌。……

---

① James M. Cox, ed., *Robert Frost: A Collection of Critical Essays*, Englewood Cliffs（N. J.）: Prentice-Hall, 1962, p.157.

② Hyde Cox and Edward Connery Lathem, eds., *Selected Prose of Robert Frost*, New York: Macmillan, 1968, p.18.

'真正的'弗罗斯特并非那个在美国到处朗读他那通俗易懂的诗文的……那位慈眉善目的老人,而是一个复杂,甚至是晦涩的诗人、一个具有非凡笔力和永久重要性的作家。"① 至此,"简单的深邃"② 被认为是弗罗斯特诗歌创作最突出的特点。那么,弗罗斯特诗歌创作艺术的这一特点又该从几个层面上来理解呢?

2. 超验的真实

首先,弗罗斯特将自己的诗学理论建立在爱默生和梭罗的超验主义哲学思想之上。爱默生主张抛弃经验,凭借直觉去感受世界和追求真理。他坚信自然是人类精神世界的物质外化,是个象征体系。诗人是"见者"、"言者"、"先知"和"语言创造者",是个代表性的人物,因此惟有诗人才能刻画自然并揭示真理。弗罗斯特之所以喜欢爱默生是因为他不但具备一位诗人的气质,而且具备一位哲学家的素质。爱默生认为,诗人能够"赋予事物一种力量,"让自己有一双"太阳眼睛",能够"透过男人、女人、大海和星星/看到远处大自然的舞姿,/穿过星球、种族、极限和时代/窥见音乐的秩序与和谐的韵律。"③ 或许,梭罗在《瓦尔登湖》一书中表达的更加形象一些:"我时常看到,一位诗人在欣赏了农场上最珍贵的部分以后便离去,而那个粗鲁的农夫则以为他只不过拿到几个野生苹果。为什么诗人把农场写入诗歌,而农场主却过了好多年还不知道这诗歌就是一道最美妙的无形篱笆,诗人把农场几乎全围起来,挤出它的奶汁,刮走它的奶油,得到了全部乳脂,留给农场

---

① Emory Elliott, ed., *Columbia Literary History of the United States*, New York: Columbia University Press, 1988, p. 937.

② Peper Van Egmond, ed., *Robert Frost: A Reference Guide, 1974 - 1990*, Boston: G. K. Hall & Co., 1991, p. xii.

③ Ralph Waldo Emerson, "The Poet", in *The Collected Works of Ralph Waldo Emerson*, Vol. 3, Cambridge: The Belknap Press of Harvard University Press, 1983, p. 1.

主的只是脱脂奶。"① 因此,惠特曼认为美国诗人的表述将是超验的,新颖的和间接的。② 他主张诗人可以"随意发表意见,/顺乎自然,保持原始的活力":

> 屋里、室内充满了芳香,书架上也挤满了芳香,
> 我自己呼吸了香味,认识了它也喜欢它,
> 其精华也会使我醉倒,但我不容许这样。
>
> 大气不是一种芳香,没有香料的味道,它是无气味的,
> 它永远供我口用,我热爱它,
> 我要去林畔的河岸那里,脱去伪装,赤条条地,
> 我狂热地要它和我接触。③

我们可以把惠特曼笔下的"屋里"(houses)和"室内"(rooms)解读成各种宗教、哲学、文学的不同流派,而"书架上挤满了[的]芳香(perfumes)"可以是不同时代诱人的思潮、思维方式,甚至是个人丰富的情感。然而,这些都不足以使他"醉倒",因为惠特曼所追求的不是某种人为的"香味"而是大自然中那种没有气味的"大气"(atmosphere)。这种"大气"只有当你"脱去伪装,赤条条地"到"林畔的河岸那里"才能找到,它是人们在与大自然直接而又自由地接触时才能激发出来的一种情感或者一种心绪。惠特曼笔下这种源出大自然"大气"中的情感和心绪在弗罗斯特笔下却变成了在静悄悄的林边的"一个声音":

---

① Henry David Thoreau, *Walden*, Princeton: Princeton University Press, 1971, p.76.
② Walt Whitman, *Leaves of Grass*, New York: Vintage Books, 1992, p.8.
③ 惠特曼:《草叶集》(上),赵萝蕤译,上海:上海译文出版社,1991年,第60页。

静悄悄的林边只有一个声音，
那是我的长镰在对大地私语。
它在私语什么？我不太明白；
或许在抱怨烈日当空的太阳，
或许在抱怨万籁寂静的大地——   5
那就是它为何私语而不明说。①

弗罗斯特在这首题为《割草》（"Mowing"）的诗歌中将诗人写诗比作农民"割草"。诗歌"不是悠闲时梦幻般的礼物"也不是"仙人或精灵施舍的黄金，"因为"任何超出真实的东西都显得软弱"。无论是"烈日当空的太阳"，还是"万籁寂静的大地"，它们都是诗人笔下只能够"私语"而不能够"明说"的"真实的东西"。显然，诗人执著追求的是一种超验的真实，正如诗人在这诗歌的结尾所说的那样："事实是劳动才能知晓的美梦。"这种"事实"是诗人凭借直觉的想象所演绎出来的一种超验的真实体验。

3. "微言大义"

弗罗斯特的诗歌语言朴实无华、简单动人。他认为他的诗歌语言"简单到了运用日常用语的程度……就连华兹华斯的语言也比我的更难。"② 他说："我不喜欢故弄玄虚的晦涩，但却非常喜欢我必须花时间去弄懂的微言大义（dark sayings）。我不想被人剥夺能够自己去融会贯通的乐趣。"③ 但是，弗罗斯特所谓的"微言

---

① 黄宗英：《"离经叛道"还是"创新意识"？——罗伯特·弗罗斯特十四行诗〈割草〉的格律分析》，载《北京联合大学学报》（人文社科版），2009 年第 4 期，第 69 页。

② Lawrance Thompson, ed., *Selected Letters of Robert Frost*, New York & Chicago: Holt, Rinehart and Winston, 1964, pp. 83 – 84.

③ 弗罗斯特：《弗罗斯特集：诗全集、散文和戏剧作品》（下），曹明伦译，沈阳：辽宁教育出版社，2002 年，第 1071 页。

大义"不是指艾略特、庞德等人笔下艰深晦涩的引经据典,而是指像爱默生、蒙田等人在创作中所追求的一种貌似简单的语言风格。弗罗斯特说:"只要用词生动,作品就不会令人生厌。"① 他坚信"日常谈话的语言"仍然有可以入诗的元素,因为日常谈话可能只需要"八十个或一百个字眼,"但是"字字都能提供有声的意义,"字字都"有血管",也都"有生命。"② 例如,弗罗斯特一首仅有 8 行的短诗《牧场》("The Pasture")就是一个极好佐证:

牧　场

我要出去清理牧场的泉眼,
只想停下把水中枯叶搂净,
(也许,等到泉水潺潺清清)
我不会去太久——你也来吧。

我要出去牵回那一头牛犊,　　　　　　　　　　　5
它那么小,站在母亲身旁,
踉踉跄跄地任凭母亲舔着。
我不会去太久——你也来吧。③

这首小诗给人的第一印象是诗人在用十分平实的语言讲述了一件非常具体而又平常的乡村小事:在第一节中,诗中人准备独自出门,去清理早春牧场上的清水泉源。他说他去不了多久并邀请听

---

① 弗罗斯特:《弗罗斯特集:诗全集、散文和戏剧作品》(下),曹明伦译,沈阳:辽宁教育出版社,2002 年,第 1071 页。

② Robert Frost, *Robert Frost: Collected Poems*, *Prose*, *& Plays*, New York: Literary Classics of the United States, 1995, p. 861.

③ 参见黄宗英:《一条行人较少的路》,载《北京大学学报》(外国语言文学专刊),1997 年,第 56 页。

话者跟他一同而去。第二节的话题从牧场上的开春清泉转到了一只牛犊身上;小牛是那么娇嫩,跟跟跄跄地站在母亲身边,任凭她舔着;诗中人再次邀请听话者与他一起去,把小牛牵回。诗人的描述似乎十分平实简单,然而,只要细细琢磨,我们还是能够感受到诗中的丰富内涵。首先,诗中人"我"可以是一位新英格兰农民,那么诗中所展现的就是开春时节农场上一片生机盎然的景象。诗中人在早春时节出去清理严冬留给池塘清泉的枯叶残枝,这一情景象征着大自然生死循环的规律。诗人把农场上生活情趣的节奏变化与季节更替的节奏融为了一体。第二诗节中出现的那只跟跄的牛犊,在早春清晨的氛围中,似乎构成了一个对未来充满希望和生机的意象,唤起了人们丰富的想象。其次,由于诗人将这首诗当作自己诗集的序曲,那么诗中人"我"也可看成是诗人本人。因此,我们就可以将这首诗歌看成诗人诗歌创作思想的具体体现。在第一节中,诗中人所要清理的"枯叶残枝"暗示着诗人要放弃十九世纪陈旧的诗歌创作手法;第二节中那只挣扎着要自己站起来的牛犊似乎象征着诗人所追求的新的诗歌创作风格。① 诗境至此,诗人就已经把读者带进了一个复杂深邃的艺术空间。②

---

① 实际上,弗罗斯特在1916年5月4日给昂特迈耶(Louis Untermeyer)写信时,就曾经在信中把十九世纪九十年代的自己比作一头牛犊(a calf)。他说:"我身上的那位诗人已经死了近十年了。幸运的是他已经经历过好几个阶段,准确地说是四个阶段,在他死之前,每一个阶段都界线分明。九十年代时,我不过是一只牛犊。而今,我把它牵到市场上去。我成了自己的推销者。"参见 Lawrance Thompson, ed., *Selected Letters of Robert Frost*, New York and Chicago: Holt, Rinehart and Winston, 1964, p.201.

② 如果对这首诗进行词源语体分析,弗罗斯特貌似简单的诗歌语言特点就更加一目了然。参见黄宗英:《简单的深邃——罗伯特·弗罗斯特诗歌创作艺术管窥》,载《北京联合大学学报》(人文社会科学版),2006年第1期,第34—39页。

4. "创新的老路"

　　弗罗斯特的"意义声音"（sound of sense）或者"句子声音"（sentence sound）理论是他对现代诗歌与诗学理论所做出的重要贡献。他认为戏剧性是文学创作的根本。假如诗歌缺乏戏剧性，就难以打动读者。然而，仅仅靠变换诗句句法结构又不足以创造足够的戏剧性效果，诗人只有将一种"说话声调"融入诗歌格律，才能够唤起人们的想象。在弗罗斯特的诗歌中，一种轻松自如的声音语调每每惟妙惟肖地与一种紧张严谨的格律形式相互融合，从而使弗罗斯特在形式开放的 20 世纪美国诗坛走出了一条"创新的老路"。笔者再以《牧场》一诗为例，进行格律分析。在这首诗中，传统的音乐效果仍不乏其典型的例证，比如，准押韵的词（assonanced words）有 *going. . . only*；*clean. . . leaves*；*gone. . . long*；*You. . . too*；押头韵的词（alliterated words）有 *clean. . . clear*；*wait. . . watch. . . water* 等。然而，在弗罗斯特这首早期作品中，这种音乐效果就已经和富有戏剧性效应的语调以及日常口语的节奏相融合，从而使其音乐效果变得更加微妙。假如我们给这首诗作如下韵律分析（scansion）：

I'm going out to clean the pasture spring；

I'll only stop to rake the leaves away

（And wait to watch the water clear, I may）：

I sha'n't be gone long. — You come too.

I'm going out to fetch the little calf　　　5

ˇ / ˇ / ˇ / ˇ / /
That's standing by the mother. It's so young

ˇ / ˇ / ˇ / ˇ / ˇ /
It totters when she licks it with her tongue.

ˇ / ˇ / ˇ / / ˇ /
I sha'n't be gone long. — You come too.

我们不难发现这首诗的格律本来十分简单。全诗 8 行中有 5 行
(1、2、3、5、7)是非常规则的五音步抑扬格(iambic pentameter)诗
行。只有在第 6 行的最后两个音步和第 4、8 两行缩短了的四音步
抑扬格(iambic tetrameter)叠句(refrain lines)中,才出现格律替代
(metrical substitutions)现象。可是,诗人在第 6 行中却是独具匠
心地用一个抑抑格(pyrrhic)加上一个扬扬格(spondee)代替了两
个抑扬格。诗人似乎有意将第 4 个音步中的重音扣了下来并留给
了第 5 个音步,这样改变了读者预期的抑扬格格律形式,让读者产
生一种格律期待,更加希望一个扬扬格的出现,从而达到了从格律
形式上强调形式与内容相互契合的艺术效果,那只"牛犊"年幼娇
嫩的意象也因此变得更加生动逼真。

在这首诗中,弗罗斯特选用了农场生活中一些最平淡无奇的
琐事以及一种人们习以为常的邀请方式,使诗歌创作的种种清规
戒律与日常话语中的随意自由得到了完美的平衡。显然,这首诗
中的每一个单词或者每一种句式都适用于口语,原诗韵脚也落地
自如,毫无雕琢之感。第 3 行中表示犹豫语气的 I may(我要)一
语,出现在原文的句末位置上,也十分自然。要不是这行诗中一
连三个重押头韵单词(wait, watch, water)以及诗中的韵脚,我们
还很难知道诗人是在作诗呢!与此同时,一种含糊不清的感觉也
同时悄然地进入了这一行诗行。弗罗斯特此处用 I may(我要)一
语,不仅考虑诗中的韵脚,而且是诗中人真实思想的流露:要等候
刚刚破冻而出的浑浊泉水变得清澈,恐怕时间太长。此外,我们还

应注意到这一行中圆括号给读者带来的视觉意象,好像一股翻腾的清泉被装入一个窄小的容器,诗中人心里的矛盾也就不言而喻了。那么,叠句"你来吧",究竟是个命令还是个邀请呢? 诗中人又有几分诚意呢? 弗罗斯特就是通过这些较为隐蔽的艺术手法,使他的诗歌内涵具有多义性。《牧场》一诗中的邀请既可以理解为诗中人邀请对方与他一道去观赏牧场的景色或是去干些农活,也可以理解为诗人邀请读者去欣赏他的诗歌。但是,诗中那种半真半假的逗人语气却把诗人要表达的严肃主题巧妙地掩盖了起来。这或许就是弗罗斯特"意义声音"理论的关键所在。

5. 孤独的生命

弗罗斯特是一位二十世纪美国工业化高速发展时代的伟大诗人,他也热衷于表现人性异化的孤独主题。然而,他的悲剧感总是深深地埋藏在个人生活的琐事之中,或是在新英格兰大地的绿色外衣之下,以致读者不能像读艾略特的《荒原》(*The Waste Land*)那样,很容易感觉到诗人"对生活所发的个人的牢骚,"① 而读者需要更加谨慎,才能体悟到隐含其中的种种悲剧元素。

《波士顿以北》常常被认为是一部"孤立与孤独生命的史诗。"② 那么,作为这本诗集序诗的《牧场》一诗,自然就会以某种方式涉及孤独主题。然而,在《牧场》中,读者看不见艾略特《荒原》中那"最残忍的四月"和"名存实亡的城市,"因为弗罗斯特首先绘制了一幅充满活力与生机的田园牧歌般的生活画卷,把农场生活加以理想化。春天的泉水与幼小的牛犊给人以新生的魅力,

---

① Valerie Eliot, ed., *The Waste Land: A Facsimile and Transcript of the Original Drafts Including the Annotations of Ezra Pound*, New York: A Harvest Special Harcourt Brace Jovanoich, 1971, p. 1.

② Philip L. Gerber, ed., *Critical Essays on Robert Frost*, New York: Library of Congress Cataloging in Publication Data, 1982, p. 57.

一种幸福和睦的气氛笼罩着农场。然后,诗人又十分隐蔽地将"一种腐蚀我们新英格兰生活意义的疾病"① 暗示给了读者。我们不仅看到了水中的"枯叶",也从诗人的遣词造句以及声音效果的安排中体悟出幸福生活的另一方面。例如,诗人重复使用"我要出去……"这一句式不仅表达了诗中人要逃避现实的思想,而且也暗示了诗中似乎潜藏着一场家庭风波。弗罗斯特有许多诗篇都涉及邻居不解、夫妻不和等代表着现代人典型的孤独、焦虑心理的主题。在《雇工之死》("The Death of the Hired Man")一诗中,家的概念已经不再给人以任何温馨的感觉,而变成了一个当你走投无路,"不得不进去的时候,他们不得不让你进去的地方。"② 此外,《牧场》一诗的叠句中所流露出诗中人犹豫不定的语气也是一个有力的佐证。诗中人行动上的犹豫不决在弗罗斯特隐蔽的格律替代中得到了充分的强调:

⌣ / ⌣ / / / / ⌣ /
I sha'n't be gone long. — You come too.

弗罗斯特在此把诗中的情感高潮戏剧化了。他一反前三行整齐规则的五音步抑扬格常态,而用四音步抑扬格。当弗罗斯特本人朗读这一行诗的时候,③ 笔者听到他在"long"(久)一词之后加了个

① Philip L. Gerber, ed., *Critical Essays on Robert Frost*, New York：Library of Congress Cataloging in Publication Data, 1982, p.22.

② 弗罗斯特:《弗罗斯特集:诗全集、散文和戏剧作品》(上),曹明伦译,沈阳:辽宁教育出版社,2002 年,第57—58 页。

③ 弗罗斯特朗诵自选诗歌的录音是根据美国纽约 Harper Collins 出版公司 1992 年出版的《罗伯特·弗罗斯特读他自己的诗歌》的录音。在此,我要感谢美国芝加哥大学英语系 James E. Miller, Jr. 和 Gwin J. Kolb 两位教授及其他们的夫人于 1995 年间给我寄来了宝贵的有声资料。

很明显的"Er"的声音,以强调格律上的停顿。这一格律停顿或许喻指诗中人的犹豫心境,或许暗示他改变了意图。但无论如何,这首诗的情感高潮既包含了诗中人的犹豫心境,又表现出他那难以与对方沟通的心灵障碍。因此,这首抒情小诗所流露出现代人孤独的焦虑也不是难以体察的,而追求这种艺术的隐秘性是弗罗斯特诗歌创作最重要的特点之一。

引用文献:

Cox, Hyde and E. C. Lathem, eds. *Selected Prose of Robert Frost*. New York: Macmillan, 1968.

Cox, James M., ed. *Robert Frost: A Collection of Critical Essays*. Englewood Cliffs(N. J.): Prentice-Hall, Inc., 1962.

Egmond, Peper Van. *Robert Frost: A Reference Guide*, *1974 – 1990*. Boston, G. K. Hall & Co., 1991.

Eliot, T. S. "The Metaphysical Poets" (1921), reprinted in *Selected Essays of T. S. Eliot*. London: Faber and Faber, 1934.

——, ed. *Literary Essays of Ezra Pound*. New York: A New Directions Book, 1935.

Eliot, Valerie. *The Waste Land: A Facsimile and Transcript of the Original Drafts Including the Annotations of Ezra Pound*. London and Boston: Faber and Faber Limited, 1971.

Elliott, Emory, ed. *Columbia Literary History of the United States*. New York: Columbia University Press, 1988.

Evans, William R. *Robert Frost and Sidney Cox: Forty Years of Friendship*. Hanover: University Press of New England, 1981.

Frost, Robert. *Robert Frost: Collected Poems*, *Prose*, *& Plays*. New York: Literary Classics of the United States, 1995.

Fussell, Paul. *Poetic Meter and Poetic Form*. New York: Random House, Inc., 1979.

Gerber, Philip L., ed. *Critical Essays on Robert Frost*. New York: Library of Congress Cataloging in Publication Data, 1982.

Graves, Robert. *Selected Poems of Robert Frost*. New York & Chicago: Holt,

Rinehart and Winston, 1963.

Huang, Zongying. *A Road Less Traveled by — On the Deceptive Simplicity in the Poetry of Robert Frost*. Beijing: Peking University Press, 2000.

Locher, Frances C., ed. *Contemporary Authors: Volumes 89 – 92*. Detroit: Gale Research Company, 1980.

Thompson, Lawrance, ed. *Selected Letters of Robert Frost*. New York & Chicago: Holt, Rinehart and Winston, 1964.

——. *Robert Frost: The Early Years 1874 – 1915*. New York & Chicago: Holt, Rinehart and Winston, 1966.

Thoreau, Henry David. *Walden*. Princeton: Princeton University Press, 1971.

Trilling, Lionel. "A Speech on Robert Frost: A Cultural Episode." *Robert Frost: A Collection of Critical Essays*. Ed. James M. Cox. Englewood Cliffs: Prentice-Hall, Inc., 1962.

Untermeyer, Louis, ed. *The Letters of Robert Frost to Louis Untermeyer*. New York, Chicago and San Francisco: Holt, Rinehart and Winston, 1963.

——. *Robert Frost: A Backward Look*. Washington: The Library of Congress, 1964.

Whitman, Walt. *Leaves of Grass*. New York: Vintage Books, 1992.

艾略特:《艾略特文学论文集》,李赋宁译注,北京:百花洲文艺出版社, 1994 年。

——:《荒原》,载《中国翻译名家自选集·赵萝蕤卷》,北京:中国工人出版 社,1995 年。

弗罗斯特:《弗罗斯特集:诗全集、散文和戏剧作品》(上、下),曹明伦译,沈 阳:辽宁教育出版社,2002 年。

黄宗英:《"离经叛道"还是"创新意识"? ——罗伯特·弗罗斯特十四行诗 〈割草〉的格律分析》,载《北京联合大学学报》(人文社科版),2009 年 第 4 期,第 69—74 页。

——:《简单的深邃——罗伯特·弗罗斯特诗歌创作艺术管窥》,载《北京联 合大学学报》(人文社会科学版),2006 年第 1 期,第 34—39 页。

——:《一条行人较少的路——罗伯特·弗罗斯特诗歌艺术管窥》,载《北京 大学学报》(外国语言文学专刊),1997 年,第 54—62 页。

惠特曼:《草叶集》,赵萝蕤译,上海:上海译文出版社,1991 年。

第一章

生 平 篇

一、大海的记忆[①]

1. 旧金山的儿子

罗伯特·弗罗斯特是一位"新英格兰诗人"。这一点是无可非议的,因为他的诗歌"多以新英格兰乡村为背景,具有浓郁的乡土气息和诱人的田园情趣,"[②] 因为他的诗歌"是他在新英格兰农村长期生活、劳动和思考的产物,"[③] 因为他的诗是"用新英格兰通俗的口语写作的。"[④] 然而,人们往往忽略了这么一个事实,即首先进入这位诗人想象世界的并不是美国新英格兰的"乡土气

---

① 本章主要内容曾以《"破碎的海水"——罗伯特·弗罗斯特童年的记忆》为题发表于由本人主编的《传统与创新的契合——英语语言文学与英语教学研究论文集》(北京:北京出版社, 2008 年,第72—84 页)。

② 杨金才主撰:《新编美国文学史》(第三卷),上海:上海外语教育出版社,2002年,第 139 页。

③ 吴富恒、王誉公主编:《美国作家论》,济南:山东教育出版社,1999 年,第 910页。

④ 同上。

息"和"田园情趣",而是一幅加利福尼亚州西海岸太平洋"破碎的海水"和旧金山"漫天尘土"的景象。① 我们也很难想象弗罗斯特晚年曾经对旧金山市民说过这么一句话:"我对旧金山,就像对自己的脸一样,了如指掌。那是我出生的地方,是第一个我真正了解的地方。人们总是了解自己出生的地方,不是吗?"② 其实,弗罗斯特的父亲威廉·普雷斯科特·弗罗斯特(William Prescott Frost, Jr.)出生于新英格兰新罕布什尔州金斯敦村(Kingston Village)的一个农民家庭。威廉上过哈佛学院(Harvard College),且对政治和新闻工作感兴趣;1872 年,他以优等生的荣誉毕业于哈佛学院并接受了到宾夕法尼亚州刘易斯敦(Lewistown)一所小私立学校任校长的职位。尽管如此,他的兴趣始终是政治和新闻,而且认为记者工作是通向政治生涯的"踏脚板"(stepping stone)。③ 不久,威廉爱上了与他一起任教却比他年长 6 岁的伊莎贝尔·穆蒂(Isabelle Moodie)小姐。伊莎贝尔身材修长、健康美丽、谈吐文雅,而且其社会和文化背景也在这位新任校长之上。但是,在她的眼里,威廉"十分能干、聪明、坚定、潇洒。"④ 相识仅仅 6 个月,威廉和伊莎贝尔就于 1873 年 3 月 18 日结婚了。婚后,他们双双辞去了在刘易斯敦学校的教职,去了加利福尼亚。威廉在旧金山《晚间新闻》(Evening Bulletin)报馆找到了一个担任社论撰稿人和速记记者的职位,每周至少可以挣 25 美元;小家庭的生活有了保障。⑤ 1874 年 3 月 26 日,伊莎贝尔在旧金山市华盛顿街的一套小公寓里生下了罗伯特·弗罗斯特。他的父亲威廉对罗伯特可谓无微不

① 见下文《曾经在太平洋边》和《漫天黄金》两首诗歌。
② Jay Parini, *Robert Frost: A Life*, New York: Henry Hold & Company, 1999, p. 3.
③ Lawrance Thompson, *Robert Frost: The Early Years 1874 – 1915*, New York & Chicago: Holt, Rinehart and Winston, 1966, pp. 2 – 3.
④ Ibid, p. 5.
⑤ Ibid, p. 6.

至,而且对教育小孩有独到的见解。他认为孩子应该在现实生活中增长见识,这比在学校里从书本上学知识更加重要。于是,威廉"外出采访时,经常把孩子带在身边,孩子又开窍得早,很能做些小差使,父子二人成为不可分离的伴侣。"① 然而,不幸的是,威廉34岁就去世了。那年,罗伯特才11岁。他天真自在的童年时代也随着父亲的去世结束了。罗伯特的母亲卖掉了家中所有的家具,并在当地的新耶路撒冷第一教堂为丈夫举办了葬礼。丈夫生前留下最后的遗言是把他遗体送回新英格兰老家安葬。可是,当伊莎贝尔结清了丈夫后事的费用之后,她发现自己只剩下8元钱了。好在丈夫家人的大力支持,伊莎贝尔才算凑够了路费。她带着自己的长子罗伯特和他的妹妹珍妮(Jeanie),护送丈夫的灵柩,千里迢迢回到了新英格兰马萨诸塞州她丈夫的老家劳伦斯城(Lawrence)。伊莎贝尔把丈夫的遗体安葬在他的故里之后,在当地的一所乡村小学教书养家,罗伯特也在这所小学开始读书。可见,学龄前的弗罗斯特是在太平洋边上成长的。因此,在学习和研究弗罗斯特及其诗歌时,我们不应该忽视这段不寻常的经历,应该重视从弗罗斯特清新明了的诗歌语言中解读他少年时这段不平凡的人生经历。在这位新英格兰民族诗人无限荣耀的光环下,我们应该透过层层充满"乡土气息"和"田园情趣"的面纱,认真研读文本,去窥视诗人心灵深处的人生真谛。弗罗斯特晚年也曾经告诉读者:"不要过分相信我。我可能对你撒谎。相信我的诗歌。"②

2. "破碎的海水"

在《曾经在太平洋边》("Once by the Pacific")一诗中,弗罗斯

---

① 方平:《弗罗斯特》,见吴富恒主编《外国著名文学家评传》(第四卷),济南:山东教育出版社,1990年,第200页。

② Lawrance Thompson, ed., *Robert Frost: The Early Years 1874–1915*, New York & Chicago: Holt, Rinehart and Winston, 1966, p. xiv.

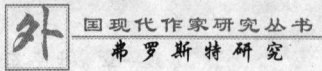

特是这样写的：

> 破碎的海水震耳欲聋。
> 巨潮抬头，浪高一浪，
> 想对海岸做出些什么，
> 它从未如此对待大陆。
> 天上乌云，低垂翻滚，　　　　　　　5
> 像黑发被风吹到眼前。
> 你说不出来，可似乎
> 海岸有幸被悬崖支撑，
> 峭壁有幸被大陆支撑；
> 仿佛恶意的夜晚来临，　　　　　　10
> 一个黑夜，一个时代。
> 有人要接受巨浪袭击。
> 要比破碎的海浪更大，
> 没等上帝说熄灭那光。①

这首十四行诗首次发表在弗罗斯特于 1928 年出版的诗集《小河西流》(*West-Running Brook*)中，但是这首诗歌所表现出来的太平洋的狂暴、危险与神秘之感却源出诗人孩提时亲身经历过的一次狂烈的太平洋风暴给他幼小的心灵所带来的强烈震撼。大约在 1892 年，当弗罗斯特在达特茅斯学院(Dartmouth College)上大学的那段日子里，他写下了这首诗歌中的部分诗行，但是当时他没有写完，"保留了其中的两行，后来它们就扩展成了这首诗。"② 直到

---

① 笔者译自 Edward Connery Lathem, ed., *The Poetry of Robert Frost*, New York: Henry Holt and Company, 1969, p.250.
② 弗罗斯特：《弗罗斯特集：诗全集、散文和戏剧作品》(下)，曹明伦译，沈阳：辽宁教育出版社，2002 年，第 1114 页。

36 年之后,弗罗斯特才最终完成这首诗歌的创作并在他的诗集
《小河西流》中把它印出。这时,弗罗斯特已经 54 岁了。有关这
首诗歌,诗评家们的解读有所不同,比如,美国斯坦福大学教授白
劳尔(Reuben A. Brower)认为这首诗歌是对圣经《创世纪》的一个
仿讽(the parody of Genesis);① 佛罗里达州立大学著名学者哈兰
德(Norman N. Holland)教授甚至从认知心理学(cognitive psychol-
ogy)的视角别出心裁地考虑到可能是因为诗人孩提时看见或者想
象到父母情欢场面而在他幼小心灵上所产生的一种厌恶之感;②
内布拉斯加州立大学林肯分校(University of Nebraska-Lincoln)英
语系马可斯(Mordecai Marcus)教授在《弗罗斯特的诗歌作品分
析》一书中说:"《小河西流》中的一个注释将这首诗歌追溯到
'1880 年前后'。"他又说:"弗罗斯特至少对一个听众说过:'请注
意,这首诗歌是第一次世界大战前写的。'这说明诗人自孩儿时开
始就把性情暴烈的太平洋视为一个对文明[世界]所隐藏的巨大
危险的象征。"③ 就诗歌创作而言,笔者认为这首诗歌应验了英国
浪漫主义诗人华兹华斯给诗歌下的定义:"诗是强烈情感的自然
流露。它起源于在平静中回忆起来的情感。"④ 它所表现的是一
个成人对一颗幼小心灵中某种恐惧记忆的回想。既然如此,我们
还是应该把对这首诗歌的解读建立在一些有根有据的文献资料
上,比如诗人的传记、书信、访谈录等等,因为这些资料是可靠的信
息。只有这样,我们的理解才可能有的放矢,更加令人信服。

---

① Reuben A. Brower, *The Poetry of Robert Frost: Constellations of Intention*, New
　York：Oxford UP, 1963, p. 89.

② Norman N. Holland, *The Brain of Robert Frost: A Cognitive Approach to Literature*,
　Routledge：Chapman and Hall, 1988, p. 20.

③ Mordecai Marcus, *The Poems of Robert Frost: an Explication*, Boston：G. K. Hall
　& Co., 1991, p. 121.

④ Russell Noyes, ed., *English Romantic Poetry and Prose*, New York：Oxford UP,
　1956, p. 365.

一般说来,劳伦斯·汤普森(Lawrance Thompson)的传记仍然是弗罗斯特及其诗歌研究最可靠的根据。尽管诗人自己在不同时期和不同场合对这首诗歌都发表过一些评论,但是弗罗斯特所讲的故事大同小异,没有根本性的区别。根据汤普森的记载,大约在弗罗斯特五六岁的时候,每当他的父亲赌博赢钱、股票得手或者政治得意的时候,他就会兴高采烈地带着全家到太平洋边上那家孩子们最喜欢去的"克利夫饭店"(Cliff House)用餐庆贺。有一次,弗罗斯特因年幼好玩,饭后在海滩上与父母走失,独自被留在海边的悬崖之下,亲眼目睹了太平洋沙滩上狂烈的风暴。① 弗罗斯特的好友默丁斯(Louis Mertins)在《罗伯特·弗罗斯特:生命与步行谈话》一书中也详细地记录了弗罗斯特晚年的一次回忆:

"那是发生在很久以前的一个故事。那时,'科尼岛'(Coney Island)② 还没有取代'克利夫饭店'(Cliff House)而毁掉了这片海滩。我当时很小很小,但是记性特别好——是一个充满着想象与恐惧的孩子。我目睹着巨大海浪迎面扑来,被海风刮起。我记得我在沙滩上玩弄着一棵又黑又长的海草,把它当作一根鞭子,在沙滩上抽打着。突然,天空乌云密布,夜幕降临。大海似乎开始涨潮,让我感到恐惧。接着,我被惊呆了,想象到我的父母本来就在周围,可这会儿他们已经走远了,把我独自一人甩在了后面,去接受危险的人生考验。我孤身一人,目睹着汹涌的潮水,一浪高过一浪。我被那澎湃的浪潮所吸引,但同时感到极度的惧怕,因为当巨浪朝着我打来的时候,我仿佛觉得自己要被它完全吞噬并且冲走。多年之后,

---

① Lawrance Thompson, *Robert Frost: the Early Years 1874–1915*, New York & Chicago: Holt, Rinehart and Winston, 1966, p.35.
② 科尼岛(Coney Island)在此指一个低级嘈杂的夜总会的名称,意思相当于英文中的"honky-tonk"。

　　我仍然清晰地记住这个经历,心中有一种被完全征服的感觉,
于是我写下了这首题为《曾经在太平洋边》的诗。"①

从形式上看,《曾经在太平洋边》这首诗的英文原文是一首音步规
范、韵脚清晰的双行押韵的十四行诗。诗歌的开篇是一行格律严
谨整齐的五音步抑扬格诗行:The shattered water made a misty din。
这符合诗人用传统的诗歌形式进行创作的习惯。从内容上看,太
平洋在人们的感觉印象中至少表面上是"太平"的,因此初读这首
诗歌,人们仿佛觉得弗罗斯特是在叙述他孩提时的一个经历。可
是,诗人一开篇就用了"破碎的海水"(shattered water)这么个意
象,而且这个"破碎的海水"(ocean-water broken)的意象在倒数第
二行中得到了重复,英文原文中两个用作形容词的过去分词
"shattered"和"broken"前后呼应,增强了诗中"破碎"、"破裂"的感
觉印象,烘托了诗中人心中一种恐惧的心理。当我们认真梳理诗
中这一"破碎的海水"的意象时,我们还可以看到诗人使用了一系
列修辞手法来增强诗歌的艺术感染力。比如,"震耳欲聋"("a
misty din")、"巨浪袭击"("rage")是夸张的用法,给人一种威吓
的感觉效果;② 更重要的是诗人使用拟人的手法,使整首诗歌赋有
人的属性。在这个"恶意的夜晚"("a night of dark intent")里,那
"破碎的海水……想对海岸做出些什么,"而且"它从未如此对待
大陆";与这一"破碎的海水"相呼应的是海上的"巨潮"、天上的
"乌云"和地上的"悬崖"和"峭壁";即便从时间上看,诗人也把这

①　Louis Mertins, *Robert Frost: Life and Talks-Walking*, Norman: University of Okla-
homa Press, 1965, p. 6.

②　弗罗斯特在《谈铺张》("Extravagance")一文中说:"这首诗就这样,你们瞧,全
都一样夸张。有些也许比另一些夸张得更厉害"。见弗罗斯特:《弗罗斯特
集:诗全集、散文和戏剧作品》(下),曹明伦译,沈阳:辽宁教育出版社,2002
年,第1114页。

所谓"恶意的夜晚"与"一个黑夜"、"一个时代"紧密相连。诗人
在读者眼前呈现了一个无限扩大、无限放大的感觉意象。此外,更
加让人回味无穷的是这一在时空中被无限放大了的感觉意象又被
一连串清晰的具象所支撑:"巨潮抬头,浪高一浪";"天上乌云,低
垂翻滚,/像黑发被风吹到眼前";"海岸有幸被悬崖支撑,/峭壁有
幸被大陆支撑。"最后,在上帝出来做最后的审判之前,诗人便大
胆地揣测:这一切似乎"要比破碎的海浪更大。"在这里,大海的
"巨浪"可以"抬头"并且能够"想……做出些什么";与这个时代
紧密相连的"黑夜"似乎怀着"恶意";然而,海岸却比较幸运,因为
它"被悬崖支撑",而"峭壁有幸被大陆支撑。"这里一切的一切似
乎都具有了人的意识和动机,但是我们又很难对其进行清晰行为
判断,比如,我们只能揣测这个"黑夜"似乎怀着"恶意"(dark in-
tent),但是我们说不清它究竟将发生些什么;我们只能感觉到这
巨浪有一种不详征兆,但是我们琢磨不透诗中的巨浪究竟"想对
海岸做出些什么。"这种似懂非懂、似熟悉又陌生的感觉也许就是
弗罗斯特诗歌简单而又深邃的魅力之所在。

然而,最能够表达弗罗斯特诗歌中这种似懂非懂的感觉的英
文单词当推"something"(某事)了。根据拉特姆编撰的《弗罗斯特
诗歌词语索引》所提供的例证,"something"一词在弗罗斯特的所
有诗歌中一共出现过135次。① 弗罗斯特之所以如此平凡地调用
这个不定代词肯定是有他自己的想法的。比较典型的一个例子当
推《补墙》("Mending Wall")一诗。关于这首诗歌,《牛津美国文
学指南》有这么一段概述:"在描述诗人和一位农民邻居那天在重
垒他们两家隔墙上的落石时,诗人说:'总有某种东西,它不喜欢
墙,'并且表达了他比较宽容、大方、友好的人生哲学。他邻居的

① Edward Connery Lathem, ed., *A Concordance to the Poetry of Robert Frost*, Guil-
ford(Connecticut): Jeffrey Norton Publishers, 1971, pp. 505 – 506.

态度比较教条,认为'好篱笆结成好乡邻,'而他的想法更加深思熟虑:'在我垒墙之前就应该考虑清楚/我究竟要围进什么和围出什么。'"① 诗中耐人寻味的就是诗中人/诗人与其邻居似乎对墙的看法截然不同。诗歌一开篇,诗中人就说:"总有某种东西,它不喜欢墙"(Something there is that doesn't love a wall),而他的邻居却说:"好篱笆结成好乡邻"(Good fences make good neighbors)。诗中人首先把自己认同于开篇中的"某种东西"。这种东西人们似乎不可预测、不可操纵、不可控制,是自然界的某种力量。每年冬天,它使邻居间隔墙上的垒石落下;到了春天,邻居们就得去补墙。诗中人把自己认同于这"某种东西",无疑是想标榜自己的态度与邻居不同。尽管如此,只要我们细细琢磨这种人们难以把握的"某种东西",我们还是发现这么一个有趣的事实——每年春天,我们看到的是诗中人"我"而不是他的邻居首先约请对方来补墙;而且也是诗中人而不是他的邻居紧跟在猎人背后并且把隔墙重新垒上(因为猎人在其它季节打猎时可能会捣毁隔墙)。即便诗中人把自己认同于某种不喜欢墙的东西,但他实际上同时扮演着毁墙者与补墙者两种不同的角色。② 可见,出现在这首诗歌开篇第一行第一个单词位置上的这个英文单词"Something"充分体现了诗人遣词的良苦用心。于是,当我们回过头来考察《曾经在太平洋边》中那浪高一浪的巨潮究竟"想对海岸做出些什么[事情]"的时候,我们却发现原文中的这个"something"("什么[事情]")同样意味深长。实际上,诗人道出的是一番完全无法确定的话语:"你说不出来"它究竟想"做出些什么"。然而,我们似乎又可以揣测出这个巨浪呼啸的夜晚的"恶意"。当然,这种"恶意"

---

① James D. Hart, ed., *The Oxford Companion to American Literature*, Oxford: Oxford UP, 1993, p. 487.

② 黄宗英编著:《英美诗歌名篇选读》,北京:高等教育出版社,2007 年,第 185—86 页。

不仅来自"一个黑夜",它还来自"一个时代":"你说不出来,……/
仿佛恶意的夜晚来临,/一个黑夜,一个时代。"

3."漫天尘土"

那么,当时的旧金山又处在一个怎样的时代呢?弗罗斯特在
《漫天黄金》("A Peck of Gold")一诗中形象地记录了他当时对这
座城市的印象:

> 城里总是漫天尘土,
> 只当海雾将其荡除;
> 我不过是一个孩子,
> 听说那尘土是金子。
>
> 大风扬起尘土高高,   5
> 落日中似金黄杲杲。
> 我不过是一个孩子,
> 听说尘土真是金子。
>
> 金门生活就是如此,
> 一层金粉撒满饮食。   10
> 我不过是一个孩子,
> "都得吃进漫天金子。"①

当时,旧金山是世界上最好的港口城市之一,但是经常受到太平洋
风暴的困扰。尽管十九世纪中叶加利福尼亚淘金热的日子已经过

---

① 笔者译自 Edward Connery Lathem, ed., *The Poetry of Robert Frost*, New York:
Henry Holt and Company, 1969, p. 249.

去很久,但是淘金热在人们的记忆中还是留下了深刻的印象。的确,每当风暴一来,"城里总是漫天尘土",仿佛整个加利福尼亚州的大气里都含有黄金的细小粒子。这对孩子们来说是一种难以忘却的刺激。朝阳和晚霞都可以让"漫天尘土"看似"金黄杲杲"。可是,令人感到不安的是这个"孩子/听说[这漫天的]尘土真是金子",而且他们"都得吃进"。显然,这孩子明白他的饮食中粘满了金黄色的细小粒子,但这种金黄的粒子绝对不可能是黄金。尽管如此,诗中的这个孩子仍然沉浸在对童年时光的甜美回忆之中。虽然那时人们似乎"都得吃进"那漫天飞扬的尘土,但那"金门[的]生活就是如此"。人们要想通过这道"金门"(golden gate)去发财,就只能忍受这"漫天尘土"对肌体的侵袭,仿佛旧金山淘金的魅力已经让许多人舍弃了对生命的珍爱。

　　太平洋边"破碎的海水"伴随着旧金山街上"漫天尘土"孕育了一个动荡不安的时代,在弗罗斯特幼小的心灵里打下了深深的烙印。几十年之后,弗罗斯特仍然清晰地记着当时那些令孩子们诚惶诚恐的人和事:街道上打架斗殴的流氓和暴徒、父亲参加的火炬政治集会、各式各样的枪支弹药、成群结队的暴民和陌生人等等。让孩子感到更加紧张和不解的是这一切虽然"你说不出来",但又是那么现实,宛如"海岸有幸被悬崖支撑,/峭壁有幸被大陆支撑"那样。太平洋"破碎的海水"和旧金山的"漫天尘土"在孩子的记忆中融为一体。

　　弗罗斯特的父亲威廉是一个极具反叛精神的人。熟悉他的人恐怕很难忘记当他还是一个十几岁的中学生时,他居然独自离家出走,逃离劳伦斯(Lawrence)到弗吉尼亚,趁着夜色朦胧悄悄地溜进行军的部队,企图参加罗伯特·李将军领导的南部联军。[①] 哈

---

① Lawrance Thompson, *Robert Frost: the Early Years 1874 – 1915*, New York & Chicago: Holt, Rinehart and Winston, 1966, p. 2.

佛学院毕业后,潇洒英俊的威廉断然选择上西部,成了旧金山的一名记者。当时,旧金山是一个由共和党人控制的动荡不安、骚乱不止的城市,可是威廉却偏偏成为一个十分激进的民主党分子,还自称为一个"铜头蛇",[①] 并且模仿南部联军将领罗伯特·李的名字给自己的长子取名"罗伯特·李·弗罗斯特"。在旧金山,威廉是一位成功的新闻记者和编辑,并且对政治有浓厚的兴趣。虽然他挣钱不多,但是交了不少吵吵闹闹的朋友。也只有这样,他才能够减轻自己肺病和有时情绪低落的痛苦。但是,他忽视了自己的健康以及对家庭的照应,企图通过参加运动比赛和酗酒来驱除肺痨的病痛。他最终失败了。在弗罗斯特的脑海里,父亲始终是一种压力。他喜怒无常,有时严厉苛刻,有时又放纵溺爱,但总是对他要求很高,难以预测,让人无比敬畏。在许多方面,弗罗斯特甚至一味模仿他的父亲。

4."惧怕上帝"

弗罗斯特的母亲与他的父亲大不一样。伊莎贝尔·穆蒂是一位在俄亥俄州长大的苏格兰移民,棕色眼睛,言辞认真热情、举止文雅得体,天生就是一个当教师的人。她与人为善,与世无争。然而,她似乎总是管不好自己所任教的班级,无法控制课堂纪律,往往任凭学生心灵的火花自由地在课堂上"绽放"。但是她能够耐心地给学生朗读许多有关苏格兰民族英雄和伟大业绩的故事,并以此来打开学生们幼小的心灵之窗。弗罗斯特曾经说:

> ……我父亲的祖先是十七世纪来到这里的……,可是……我母亲是一个移民。她乘坐一艘破旧的船从爱丁堡来到此岸,那艘船停靠在费城。可是,在她踏上这海岸之前,她就

---

① 指美国南北战争时期同情南方的北方人。

感受到美国精神并且与之融为一体。

她经常给我们讲述她童年时候的这么一个故事。当时，她坐在那艘船的甲板上，等待上岸的命令。在她的身边，有一些工人正在装运德拉瓦尔的桃子……其中一个人拿起了一个桃子，丢在她的腿上。

"喂，拿着，"他说。那人说话的方式以及他给她桃的神情给她留下了难以去除的痕迹……

回想起来，我觉得母亲似乎不如父亲那么像美国人。不……他认为那是理所应当的。父亲是一个富有独立意识的美国人（a Fourth-of-July American）……而母亲……则是一个普普通通的美国人（a year-round American）。①

父亲威廉后来政治不顺，而且身体因肺痨而衰竭，导致他对宗教持怀疑态度。但是母亲伊莎贝尔还是尽力帮助丈夫克服宗教怀疑态度，因为她不但坚信上帝的存在而且相信上帝是仁慈的。她相信自己因信上帝而获得了洞察未来的非凡能力。伊莎贝尔给弗罗斯特和珍妮所讲的无数催眠故事中，充满了童话和神迹故事。她把讲故事与基本的宗教以及神学真理教育结合起来。圣经故事成了两个孩子每天必学的保留节目，尤其是圣经旧约的《创世纪》："起初，神创造天地。……神说：'要有光'，就有了光。……神看光是好的，就把光暗分开了。……神说：'天下的水要聚在一起，使旱地露出来。'事就这样成了。……"② 就这样，两个孩子一遍又一遍、日复一日地倾听妈妈讲述亚当与夏娃的故事、该隐和亚伯的故事、挪亚方舟的故事……。在挪亚方舟的故事中，弗罗斯特看到神

---

① David Bradley, *Robert Frost: A Tribute to the Source*, New York：Holt, Rinehart and Winston, 1979, p. 32.

② 《圣经》（中英对照，简化字和合本，新标准修订版），第 1 页。

不仅能够"毁灭"已经"败坏了"的世界,而且能够让世界重新开始:"凡有血肉的动物,每样两个,一公一母,你要带进方舟,好在你那里保全生命。"① 孩子们看到了上帝奇妙的大能。伊莎贝尔还用这些故事来给孩子们传授道德真理,说明事物总是包括两个方面:善与恶、无序与有序、黑暗与光明等等。她让两个孩子要学会尊重人们用肉眼能够看得见的这个现实社会,同时也要敬仰人们用肉眼看不见的那个精神世界。弗罗斯特逐渐地养成了辩证地考虑问题的习惯。不论是诗歌创作还是解决日常事务,他都养成了一种二元对立与互补的想象和思维方式。

在弗罗斯特的性格中,信仰与怀疑很早就奇妙地并存。帕里尼在他的《弗罗斯特传记》中说,大约在弗罗斯特七岁过生日前后,他开始有了某种幻觉,仿佛自己能够听到一些声音,并且曾经经历了一次神视(clairvoyance)。可是,弗罗斯特的母亲对此并不感到奇怪;相反,她给弗罗斯特讲述了不少关于一些具有超凡听觉或者视觉能力的天才人物的故事。赖阕特(Victor Reichert)在访谈中说:"在他晚年的时候,罗伯特相信自己能够听见一些声音,一些真正的声音。他的诗歌就来自于这些无从说起的声音。他想要独自一人,静静地听着,并且与这个精神世界进行交流。"② 比如,在他的诗歌中,我们能够看到他对上帝的"惧怕":

惧怕上帝

假如你有一天出人头地,

无名小卒变成闻名于世,

切记住反复地对自己说:

---

① 《圣经》(中英对照,简化字和合本,新标准修订版),第9页。
② Jay Parini, *Robert Frost: A Life*, New York: Henry Holt and Company, 1999, p.15.

这都归功于任性的上帝。
赐予你而非别人的恩典　　5
经不起过分苛刻的挑剔。
人要谦卑！假如你穿上
一套不符合身份的制服，
你就应该设法进行弥补，
用顺从的行为或者话语，　10
但注意不可只留于表面，
不可把遮蔽灵魂的幕帘
当作你遮挡肉体的衣裳。①

在基督教的语境中，人生在世，一切荣耀都归上帝。不熟悉基督教教义的读者可能会产生这样的疑虑：上帝怎么会是"任性"的呢？上帝的恩典为什么又"经不起过分苛刻的挑剔"呢？其实，诗人此处强调上帝有他的自由意志，他要把恩典赐给谁就赐给谁，他有自己的美意，非常人所能揣度。在善与恶的斗争中，信上帝的人享有盼望、信仰和信心，但是神赐的这份盼望、信仰和信心应该是一种人们内心的自慰而不应该变成一种外在的炫耀。假如人们刻意去炫耀这种神圣的关系，那么他就触犯了能够使人的灵魂死亡的七大罪之首罪：骄傲。因此，诗中人说："人要谦卑！"上帝赐予你的"制服"可能不太"合身"，但是你应该用顺从的言行努力弥补自己的不足，而且这种弥补不能停留在"表面"，必须进入到人的灵魂深处。马可斯（Mordecai Marcus）认为这首诗歌是诗中人在告诉自己："激动人心的成功往往摧毁了人的谦卑之感。他告诫自己这种成功大多出自偶然。即使基于某种天才，它也可能是'一个任

---

① 笔者译自 Edward Connery Lathem, ed., *The Poetry of Robert Frost*, New York：Henry Holt and Company, 1969, p. 385.

性的上帝'的恩赐,因为上帝一定是拒绝了成千上万个拼死追求[这份恩赐]的人。"① 看来,人们常说的必然性与偶然性在'一个任性的上帝'面前是找不到辩证的答案。

弗罗斯特虽然尊重母亲的信仰,但是对父亲的宗教怀疑态度也没有反对。1917 年 12 月 2 日,弗罗斯特在给艾米·洛厄尔(Amy Lowell)的一封信中对自己的宗教思想的成长过程做了这样的描述:"长老会教友(Presbiterian)、上帝一位论派信徒(Uniterian)、斯维登堡新教信徒(Swedenborgian)、一无所有(Nothing)。"② 虽然弗罗斯特说他"是在这三种宗教信仰中成长起来的,"③ 但他晚年还是没有亲近教堂。关于他这种非正统的宗教信仰,弗罗斯特认为他事出有因:"我母亲是个长老会教友。我的父系祖先来美国已有三百年历史,但我母亲是刚从苏格兰来的一名长老会教友。她年轻时人们正时兴读爱默生和爱伦·坡,就像我们今天时兴读圣琼·佩斯或者读艾略特一样。读爱默生使她变成了一个一位论派信徒。那时大概就是我来到这个世界的时候,所以我认为我一开始就是个所谓长老会教友加一个一位论派信徒。当时,我处于一个变化时期。我母亲继续读爱默生的《代表性人物》(Representative Men),一直读到那篇《神秘主义者斯维登堡》("Swedenborg the Mystic")。而这又使她成了一名斯维登堡新教会会员。我想我就是在这三种宗教信仰中成长起来的。我不知道当时我是否在那三个教派的教堂都接受了洗礼。但正如你们所意识到的那样,这一切在很大程度上都受惠于爱默生。"④ 尽管如此,他与友

① Mordecai Marcus, *The Poems of Robert Frost: an Explication*, Boston: G. K. Hall & Co., 1991, p.196.
② Lawrance Thompson, ed., *Selected Letters of Robert Frost*, New York: Holt, Rinehart and Winston, 1964, p.226.
③ 弗罗斯特:《关于爱默生》,载《弗罗斯特集:诗全集、散文和戏剧作品》(下),曹明伦译,沈阳:辽宁教育出版社,2002 年,第 1068 页。
④ 同上,第 1068—1069 页。

人的书信来往、他的访谈录和他的诗歌中处处浸透了基督教思想，处处可见他对上帝的渴求，处处感觉到他对时间与永恒的冥想，处处充满着他对人生的疑惑……。

　　弗罗斯特父母亲截然不同的性格特征始终在他的生命中抗争着：母亲喜欢教书，父亲喜欢政治；母亲热衷于崇尚英雄，父亲热衷于操纵别人；母亲仁慈宽容，父亲性情暴烈、严厉苛刻。在弗罗斯特的童年记忆中，这两种性格既相互对立，又相辅相成，互为动力，使弗罗斯特的性格既继承了母亲那种愿意相信别人的天性，同时也怀有父亲身上那种不随波逐流的创新血性。父母身上这两种相互对立却又互为动力的性格特征给予了弗罗斯特内心世界丰富的想象张力。

引用文献：

Bradley, David. *Robert Frost: A Tribute to the Source*. New York: Holt, Rinehart and Winston, 1979.

Brower, Reuben A. *The Poetry of Robert Frost: Constellations of Intention*. New York: Oxford UP, 1963.

Hart, James D., ed. *The Oxford Companion to American Literature*. Oxford: Oxford UP, 1993.

Holland, Norman N. *The Brain of Robert Frost: A Cognitive Approach to Literature*. Routledge: Chapman and Hall, 1988.

Lathem, Edward Connery, ed. *The Poetry of Robert Frost*. New York: Henry Holt and Company, 1969.

——, ed. *A Concordance to the Poetry of Robert Frost*. Guilford (Connecticut): Jeffrey Norton Publishers, 1971.

Marcus, Mordecai. *The Poems of Robert Frost: an Explication*. Boston: G. K. Hall & Co., 1991.

Mertins, Louis. *Robert Frost: Life and Talks-Walking*. Norman: University of Oklahoma Press, 1965.

Noyes, Russell, ed. *English Romantic Poetry and Prose*. New York: Oxford UP, 1956.

Parini, Jay. *Robert Frost: A Life*. New York：Henry Hold & Company, 1999.

Thompson, Lawrance, ed. *Selected Letters of Robert Frost*. New York & Chicago：Holt, Rinehart and Winston, 1964.

——. *Robert Frost: The Early Years 1874 – 1915*. New York & Chicago：Holt, Rinehart and Winston, 1966.

——. *Robert Frost: The Years of Triumph 1915 – 1938*. New York & Chicago：Holt, Rinehart and Winston, 1970.

—— and Winnck, R. H. *Robert Frost: The Later Years 1938 – 1963*. New York：Holt, Rinehart and Winston, 1976.

方平：《弗罗斯特》,载《外国著名文学家评传》(第四卷),吴富恒主编,济南：山东教育出版社, 1990 年。

弗罗斯特：《弗罗斯特集：诗全集、散文和戏剧作品》(上、下),曹明伦译,沈阳：辽宁教育出版社, 2002 年。

黄宗英编著：《英美诗歌名篇选读》,北京：高等教育出版社, 2007 年。

黄宗英：《"破碎的海水"——罗伯特·弗罗斯特童年的记忆》,载《传统与创新的契合——英语语言文学与英语教学研究论文集》,北京：北京出版社, 2008 年,第 72—84 页。

吴富恒、王誉公主编：《美国作家论》,济南：山东教育出版社, 1999 年。

杨金才主撰：《新编美国文学史》(第三卷),上海：上海外语教育出版社, 2002 年。

二、"诗歌的教育"

1. 传统的熏陶

　　伊莎贝尔可谓历尽千辛万苦才带着两个孩子把丈夫威廉的遗体从旧金山运回马萨诸塞州的老家劳伦斯城。尽管伊莎贝尔当时身无分文,但这是规矩,她完全依靠丈夫家里的接济,满足了家人的心愿。然而,一想起将来需要寄人篱下,伊莎贝尔的心里就不是滋味,因为丈夫早逝给自己带来了一种自责的心理,仿佛是自己造成了眼前的家庭不幸,而且内心觉得自己的这段婚姻简直是徒劳无益。威廉的第二次葬礼在劳伦斯城的贝勒维墓地(Bellevue Cemetery)举行。威廉的父母和亲戚似乎对这个凄凉、贫穷的不幸家庭并没有给予多少同情。弗罗斯特后来回忆道:"起初,我并不喜欢这些新英格兰人。他们对人十分冷漠。在我看来,他们似乎心胸狭隘,我很不习惯他们那种样子。"①

　　伊莎贝尔准备重操旧业,在劳伦斯找个小学教师的职位,可是劳伦斯当时不缺小教,况且她没有大学文凭,也没有获得教师资格证书,所以一时无法如愿。大约在半年以后,伊莎贝尔凭借自己在刘易斯敦的教学经历,在离劳伦斯约 10 英里的塞勒姆(Salem)城的一所小学里找到了一个小教的职位,年薪 400 美元。伊莎贝尔带着两个孩子在塞勒姆城附近租了一套两居室的小公寓,终于摆脱了寄人篱下的生活。可想而知,伊莎贝尔在塞勒姆的日子是比较艰苦的,因为在那里她不但没有亲戚朋友可以依靠,而且需要精心地去培养自己的两个孩子。晚上,伊莎贝尔经常给弗罗斯特和珍妮讲故事和朗诵诗歌。白天,弗罗斯特经常跑去游泳或者帮人干些粗活,比如装卸马车、劈柴、耙草、整地等等。他喜欢与那些干粗活的人一起劳动,听他们讲述他们自己的故事。在弗罗斯特十二岁那年夏天,为了补贴家用,母亲让他到一家鞋厂打工。开始的时候,师傅教他把三颗铁钉钉进半成品的皮鞋后跟上的三个小孔里。对于一个孩子来说,这活是比较危险的,因为他需要用嘴巴先衔住钉子,然后用手小心翼翼地拿着钉子,对准小孔把钉子钉入。幸亏弗罗斯特从来没有把钉子吸入口中或是吞进肚里,而且他妈妈也从未发现自己的儿子在干这么危险的活儿。十三岁那年,他干的活儿就更加危险了:"我站在一个大个子男人身后,与他一起

---

① Jay Parini, *Robert Frost: A Life*, New York: Henry Holt and Company, 1999, p. 20.

开动一台巨大的机器……我没有告诉她[伊莎贝尔],幸亏也没有丢掉一个手指头。"①虽然这些粗活十分危险,但是它们都在弗罗斯特的童年记忆中留下了甜美的印象。当然,这一时期给弗罗斯特留下最深刻印象的恐怕还得算弗罗斯特在新罕布什尔州阿姆斯特(Amherst)城他姑姑萨拉(Sarah)的农场上度过的几个夏天。姑姑的丈夫身体健壮,性情豪爽,也比较同情伊莎贝尔这个不幸的家庭。弗罗斯特在农场上与姑姑家小孩一起采摘蓝莓(blueberry)和木莓(raspberry)。新英格兰农村的景象开始印入弗罗斯特的脑海:高高的榆树笼罩着一条条弯弯的小路、道道低矮的石墙围绕着一片片牧场、田野里吃草的一群群牛羊、耕地上犁出的一道道犁沟、新颖机巧的一件件农具、饱经风雨的一座座仓库、用作产糖的一棵棵槭树、种满松柏的一片片林地……。也就是在这一时期,弗罗斯特第一次学会了当地孩子们常玩的"荡树"游戏:"[我]爬上一棵白桦树,一直朝着树顶爬,直到它支撑不起我的重量,然后弯下树身并将我荡回地上。孩子们都这么玩着。可在我心里,这几乎是一种渎圣的行为。"②

弗罗斯特喜欢在塞勒姆上学,因为他妈妈在那里当老师。不过,他还是凭借自己投棒球的天才赢得了同学们的尊敬。此外,母亲发现自己的孩子很有学习的天赋。弗罗斯特在学校的功课门门优秀,而且每天晚上都要求母亲给他朗读各种他喜欢的作品,其中包括斯哥特的《祖父的故事》(*Tales of a Grandfather*)和一些传统的苏格兰民谣。伊莎贝尔还给他朗读了奥西恩(Ossian)③、彭斯、华兹华斯、爱伦·坡、朗费罗、布莱恩特等诗人的作品。弗罗斯特

---

① Elizabeth Shepley Sergeant, *Robert Frost: The Trial By Existence*, New York: Holt, Rinehart and Winston, 1960, p. 19.

② Jay Parini, *Robert Frost: A Life*, New York: Henry Holt and Company, 1999, p. 22.

③ 传说中三世纪的爱尔兰英雄和吟游诗人。

很喜欢华兹华斯、布莱恩特、爱默生的作品。有一天,在鞋厂打工时,他突然间发现自己能够从头到尾完整地给别人背出布莱恩特的《致水鸟》("To a Waterfowl")一诗。然而,与他母亲一样,弗罗斯特还是最喜欢爱默生的作品,而且爱默生对弗罗斯特的影响贯穿于他生命过程的全部。

1888 年秋季,弗罗斯特和珍妮兄妹两人同时以优异成绩考取了他们父亲的母校劳伦斯中学。这时,他们住在离劳伦斯城不远的梅休因(Methuen)城。兄妹两人每天需要乘车到劳伦斯城里上学。由于劳伦斯中学采用分轨制教育,每个中学生都必须在基础传统课程(basic classical program)和基础通识课程(basic general program)二者中做出选择。弗罗斯特选择了前者①,因为多数想上大学的孩子都选择了传统教育。劳伦斯中学沿袭了维多利亚时期复兴古典文化的教育传统,学生不仅学习古希腊语、拉丁语等多门古典语言,而且还学习希腊和罗马历史。弗罗斯特阅读了维吉尔、荷马、贺拉斯等许多古典作家的经典著作,在全班 32 位同学中成为学习成绩最好的学生。弗罗斯特的拉丁语成绩尤为突出。1888—1889 学年,全班只有少数几位同学的拉丁语成绩达到了 90分,可是弗罗斯特得到了 96 分,估计是创造了当时的记录。②1889 年暑期,弗罗斯特在邻居贝利(Loren E. Bailey)家帮助干些农活,学会了割草,学会了如何使用干草叉晒草,学会了如何磨刀,也学会了如何垒墙。值得一提的是弗罗斯特利用晚上和周末的时间阅读了大量的经典著作:美国小说家库柏(James Fenimore Cooper, 1789—1851)的《猎鹿人》(*The Deerslayer*)和《最后一个莫希干人》(*The Last of the Mohicons*)、凯瑟伍德(Mary Hartwell Cather-

---

① 这两种课程分别以拉丁语和英语为主要课程,所以英文也称为"the Latin track"和"the English track"。

② Jay Parini, *Robert Frost: A Life*, New York: Henry Holt and Company, 1999, p.24.

wood)的《多拉德的浪漫故事》(*The Romance of Dollard*)和美国历史学家普雷斯科特(William Hickling Prescott, 1796—1859)的《墨西哥征服史》(*History of the Conquest of Mexico*)。[1]

然而,由于家庭经济困难,伊莎贝尔一家三口搬进了劳伦斯穷人集居区的一套小公寓里居住。1890年夏天,伊莎贝尔无奈带着两个孩子来到了波特兰(Portland)以南约20英里的缅因州欧申帕克城(Ocean Park)的一家旅馆打工。母亲和妹妹珍妮在旅馆里帮助整理房间,弗罗斯特帮助送信跑腿,提行李,油漆家具和修剪草坪。这年夏天,弗罗斯特最大的乐趣就是晚上经常被人请去参加网球双打。当然,这常常是在别人双打出现三缺一的时候。暑期过后,伊莎贝尔又回到了梅休因城的梅里尔区小学(Merrill District School)教书,而两个孩子却急切地等待着早点去劳伦斯中学读三年级。秋季开学后,弗罗斯特开始专心致志地准备参加第二年春季他所面临的大学入学考试。弗罗斯特觉得自己能够考取哈佛大学。他特别喜欢拉丁语,而且在一位年轻教师纽尔小姐(Miss Newell)严格而又富有启发性的精心辅导下,弗罗斯特如饥似渴地学习,获取了许多新的知识,学习成绩也取得了显著的进步。他把几乎所有的业余时间都用来学习拉丁语,并且着手翻译了古罗马政治家、演说家、哲学家西塞罗(Cicero, 106BC—43BC)、古罗马历史学家塔西佗(Tacitus, 56AD—120AD)、古罗马诗人维吉尔(Virgil, 70BC—19BC)和奥维德(Ovid, 43BC—17AD)等人的作品。进入中学三年级阶段之后,弗罗斯特在学习上已经成为班上的佼佼者,因为接连三年,他的学习成绩始终在班上名列前茅。他被选举为劳伦斯学校《中学学刊》(*High School Bulletin*)的主编。

---

[1] Lawrance Thompson, *Robert Frost: The Early Years 1874–1915*, New York & Chicago: Holt, Rinehart and Winston, 1966, pp. 84–85.

　　然而,弗罗斯特的妹妹珍妮一直患神经过敏病。这一时期,她的病情越来越重,直至彻夜不眠。她的失眠症给家里带来了极大的恐慌,母亲和哥哥整夜整夜地守护着她,可是不见她的病情有任何好转,有时她甚至变得性情暴烈、无法自控。最终,她因心情沮丧都无法离开自己的卧室。她的不幸使她无法坚持学习,最终放弃了到大学深造的机会。妹妹的不幸在弗罗斯特的心里留下了深深的烙印。一种焦虑与沮丧的感觉始终伴随着弗罗斯特一生,或许也就是这种焦虑与沮丧之感常常使弗罗斯特内心极度烦躁。1891 年 12 月,妹妹珍妮辍学住院,弗罗斯特不得不请假离开学校,到医院悉心照顾他的妹妹。1892 年 1 月,弗罗斯特辞掉了劳伦斯学校《中学学刊》主编的职务。尽管如此,老师和同学们都认为他是 1892 届学生中最有才华的领军人物。到了第四学年,一位新来的女同学爱莉纳·怀特(Elinor Miriam White)成绩优异,和他并驾齐驱。弗罗斯特后来回忆道:"我不知道我是 1892 届的佼佼者。在三年级的时候,这成了校园里的一个热门话题。我为之感到苦恼,因为教授希腊语和拉丁语的老师们之间意见不一。到了最后一个学年,我的竞争对手爱莉纳·怀特突然间出现了。"① 后来在毕业典礼上,学校破格指定弗罗斯特和怀特这两名优秀生同时上台作为学生代表,向学校致毕业演讲。

2. 爱情的浪漫

　　怀特生性聪颖、美丽开朗。由于她得过一种莫名其妙的"慢热病"而耽误了一段上学时间,所以怀特比弗罗斯特年长一岁半。与弗罗斯特不同,怀特没有选择以拉丁语为主要课程的传统教育,而是选择了通识教育。平日间,她与弗罗斯特不在一起上课,所以见面的机会较少。直到学校要决定他们两人谁将代表全班同学在

---

① Jay Parini, *Robert Frost: A Life*, New York: Henry Holt and Company, 1999, p. 26.

毕业典礼上致毕业演讲的时候,他们才彼此注意到对方,两人之间开始产生了好感和友谊。由于弗罗斯特和怀特两人在学校的表现都十分出色,校长古德温(Nathaniel Goodwin)最后决定让他们两人共同分享这一殊荣。后来,他们两人发现他们之间有不少相似之处。比如,怀特家当时的处境和弗罗斯特家一样麻烦,她父亲的收入可谓每况愈下,仅仅依靠做点零星的木匠活勉强维持家里的日常开支。由于家里经济拮据,怀特父母经常吵架。此外,像弗罗斯特的妹妹珍妮一样,怀特的妹妹也因神经过敏而不得不辍学。这些不幸遭遇与弗罗斯特家的情况十分相像。更重要的是,弗罗斯特和怀特都酷爱诗歌。两个人经常在放学以后一起到劳伦斯公共图书馆约会。怀特在英国诗歌学习方面比较投入,因此可以给弗罗斯特介绍不少英国诗人,如锡德尼(Sir Philip Sidney, 1554—1586)、斯宾塞(Edmund Spenser, 1552—1599)、克莱尔(John Clare)、杨格(Edward Young, 1683—1765)等等。弗罗斯特则送给怀特几本他最喜爱的新近出版的两位美国诗人的作品,其中一位名叫西尔(Edward Rowland Sill),另一位是狄金森。弗罗斯特在《世纪杂志》(*Century Magazine*)上偶然看到了西尔的诗作;而狄金森的诗歌当时是第一次在美国公开出版,后来对弗罗斯特的诗歌创作产生了巨大的影响。

　　弗罗斯特与怀特两人间早就产生了友谊。有一次放学后,弗罗斯特送怀特回家,一路上他们谈论着历史课上读到的印加民族被西班牙殖民主义者所征服的悲惨历史。当弗罗斯特把女友送到家门口之后,他忽然产生了灵感,心潮澎湃,一路跑回家后,坐在桌子旁,一口气写成了一首叙事长诗《悲惨之夜》。这是弗罗斯特的处女作,很快就发表在校刊上。写诗竟然可以一挥而就,而且发表诗歌又是那么易如反掌。这使这位未来的诗人产生了一种"写诗容易"的错觉。接着,他的另一首诗歌又在下一期的校刊上发表了。弗罗斯特写诗的劲头越来越足。到了中学毕业的那个暑假里,弗罗斯特想让怀特马上跟他结婚,心想假如自己去哈佛大学读书,怀特可以到哈佛分校(Harvard Annex)去上学。然而,怀特父母突然决定送她去纽约州最北部的圣劳伦斯大学(St. Lawrence University)读书。圣劳伦斯大学建立于1856年,是一所传统文科类私立大学。因此,弗罗斯特的梦想随着怀特父母的决定而一时无法实现。当时,怀特也坚定地拒绝了弗罗斯特的求婚。她认为自己只有二十岁,而弗罗斯特还比自己小一岁半。她告诉弗罗斯特自己想先把大学读完,等到条件更好一些之后再考虑和他结婚成家。

弗罗斯特从来就没有怀疑自己能够考上哈佛大学。可是,正当他马上要从劳伦斯中学毕业的那年春季,他的梦想却遭到了祖父和祖母的拒绝。他们把哈佛大学叫做是一个"喝酒的地方"(a drinking place),因为他们还清晰地记着他们的儿子威廉当年的情形。弗罗斯特的母亲伊莎贝尔没有反对公公婆婆的意见,并且认为哈佛尽培养一些"自由思想家"(free thinkers),会把自己敏感的儿子引向邪路。后来,弗罗斯特放弃了上哈佛大学的梦想,转而申请新罕布什尔州的达特茅斯学院(Dartmouth College),因为弗罗斯特十分崇拜的一位老师就是达特茅斯学院的毕业生,而且这位老师还建议弗罗斯特步其后尘。尽管弗罗斯特的母亲、祖父和祖母对这所学院并不了解,但是他们还是同意弗罗斯特申请到达特茅斯学院上学。弗罗斯特获得了达特茅斯学院的奖学金,基本上足够支付他的学费;他的食宿费用由祖父母提供。后来,弗罗斯特回忆起当年他与祖父之间的约定:"因为他[祖父]每周给我5元钱,用于支付我在学校的生活费用,所以在他看来,他当然希望自己的资助有所回报,就像高利贷一样。祖父有着一个新英格兰人所特有的精明,每花一元钱都希望得到利息。由于我的住宿费每年只需要三十美元,伙食费也相对比较节省,所以每周五美元的生活费就足以打发我日常的开销了。可是,令我不爽的是祖父要求我认真记录我所花费的每一分钱,写清楚花在哪里?用作什么?这我不干了,想告诉他见鬼去吧。可是,我并没有告诉他,我克制住了。我并不反对依靠他,也从来没有想过这类事情……我只不过讨厌记录我花的每一分钱。"① 尽管弗罗斯特功成名就之后并不缺钱,但是弗罗斯特的传记作家杰伊·帕里尼还是在他的著作中写到了弗罗斯特用诗歌的形式记录了这种不自在的心情:

算账之难

千万别问随便花钱的人
他把钱花在了什么地方。
这种人从来就不想记住,
也不想算清那每一分钱
都被他用来做了些什么?②　　　　　5

　　1892 年的暑期对弗罗斯特和怀特来说可谓一段悠闲而又浪漫的时光。这对情侣在一起度过了一个个自由浪漫的夜晚和周末。有时候,他们悠闲地在乡间漫步,有时候他们划着弗罗斯特祖父借给他们的一条划艇,沿着梅里马克河,一直划到劳伦斯水坝,然后在那里找个幽静的地方,度过一段迷人浪漫的时光。然而,美中不足的是弗罗斯特对怀特的爱情过于急切、过于热烈,以至有时候怀特的羞涩和忸怩破坏了弗罗斯特的兴致。不过雪莱的诗歌帮了弗罗斯特的大忙。这对情侣一起诵读雪莱的诗篇。他们不仅阅读了雪莱的抒情诗,而且一起阅读了雪莱抨击宗教残暴、暴政肆虐的长诗《麦布女王》(*Queen Mab*, 1813)、描写宽恕顽梗暴君的恶果

---

① Jay Parini, *Robert Frost: A Life*, New York: Henry Holt and Company, 1999, p. 32. 转引 Louis Mertins, *Robert Frost: Life and Talks-Walking*, Norman: University of Oklahoma Press, 1965, p. 47.
② 弗罗斯特:《弗罗斯特集:诗全集、散文和戏剧作品》(上),曹明伦译,沈阳:辽宁教育出版社,2002 年,第 390 页。

的长诗《伊斯兰的反叛》(*The Revolt of Islam*, 1817)和雪莱最优秀的抒情诗剧《解放了的普罗米修斯》(*Prometheus Unbound*, 1819)。雪莱那冲破世俗观念的浪漫主义精神深深地打动了这对年轻的读者。弗罗斯特欣慰地发现雪莱把爱情看作宇宙的核心,而且雪莱特别强调情人需要反抗社会习俗。这年夏天,弗罗斯特成功地说服了怀特,使她意识到节制的爱情之花容易凋谢。他们认识到爱的真谛是需要自由;爱情不是包容传统,也不惧怕世俗;在爱的国度中,情人应该尽情地享受自信、平等和坦率,因为爱情是一种最纯洁、最完美、最无限制的力量。他们为自己的自由思想而感到骄傲。他们甚至同意雪莱的观点,认为通过民政手续或者教堂仪式来见证爱情的婚姻是一种羞耻和无聊。怀特终于摆脱了初恋的羞涩,投入到了弗罗斯特的怀抱,成为一对情侣,他们还互换了金戒指,并且悄悄地为自己举行了婚礼。①

3. 大学的烦恼

爱的欢乐似乎瞬息即逝,弗罗斯特仿佛经历过了一个销魂的"深夜幽会"之后,又面临着布朗宁诗中的那个"清晨离别":"绕过海峡,大海忽现,/旭日从山后露脸俯瞰。/太阳的前程金光灿烂,/我要去和世人周旋。"② 弗罗斯特怀着无奈的心情把女友怀特送往圣劳伦斯大学,然后,他自己乘坐火车前往坐落在新罕布什尔州汉诺威城(Hanover)的达特茅斯学院(Dartmouth College)学习。去汉诺威的行程十分不便,他需要先乘坐火车到佛蒙特州怀特河枢纽站(White River Junction),然后转乘市郊往返列车到康涅狄格州东南部诺威奇城(Norwich)的刘易斯顿站(Lewiston Station);接

---

① Lawrance Thompson, *Robert Frost: The Early Years 1874 – 1915*, New York & Chicago: Holt, Rinehart and Winston, 1966, p. 137.

② 罗伯特·勃朗宁:《清晨离别》,王式仁译,载胡家峦详注《英国名诗详注》,北京:外语教学与研究出版社,2003年,第461页。

着,从那里徒步走到附近标志着新罕布什尔州和佛蒙特州分界线的康涅狄格河。跨过勒亚桥(Ledyard Bridge),上坡走过惠洛克街(Wheelock Street)就来到了一片汉诺威绿地。在这片绿地的一个小山丘上高高地耸立着达特茅斯礼堂,其木质的外表漆成白色。汉诺威城是以其许多耸立的榆树而闻名的,仿佛整个城镇都沐浴在一片郁郁葱葱的榆树之中,直到 20 世纪 70 年代后期发生了一次荷兰榆树病,城里的那一片片姿态优雅、身材修长的榆树才逐渐消失了。①

弗罗斯特与达特茅斯学院之间的关系可谓终身的关系。虽然有些断断续续,但是直到 1963 年弗罗斯特去世前的两三个月,他还回到母校作过访问。1892 年秋季,弗罗斯特被达特茅斯学院录取为一名本科生,可是第一学期还没有结束,弗罗斯特就离开了学校;这一举动说明弗罗斯特对正统的教育持怀疑态度。后来,他到哈佛大学上了几个月本科,但同样没有得到学位就离开了。关于弗罗斯特为什么离开达特茅斯学院的说法不一,但是弗罗斯特本人正式认可的传记作家劳伦斯·汤普森认为,弗罗斯特之所以选择离开达特茅斯学院是因为他觉得这所大学在学术研究方面不能满足他的要求。每当回忆起这几个月的大学生活的时候,弗罗斯特总是会俏皮地说,达特茅斯学院最吸引人的地方就是学院高年级学生总是在想方设法地去捉弄一年级新生。尽管弗罗斯特在达特茅斯学院学习的时间很短,但是他仍然是这所大学最著名的校友之一。不但如此,弗罗斯特在达特茅斯学院还有过至少两次值得一提的文学经历。首先,是他在当地的一家书店中买到了一本帕尔格雷夫(Francis Turner Palgrave, 1824—1897)主编的《英诗金库》(*Golden Treasury of Songs and Lyrics*, 1892)。这本诗集不仅帮

_____

① Jay Parini, *Robert Frost: A Life*, New York: Henry Holt and Company, 1999, p. 34.

助弗罗斯特认识了英国抒情诗的创作风格和传统思想,而且让弗罗斯特对它爱不释手,简直成了他的"终身伴侣";其次,是弗罗斯特于 1892 年 11 月 17 日在达特茅斯学院图书馆偶然间看到了一份纽约周报《独立者》。这一期周报的整个封面都用于刊登一首题为《向大海去:致托玛斯·威廉姆·帕森斯的一首挽诗》("Seaward:An Elegy on the Death of Thomas William Parsons")的诗歌。这首诗歌的作者豪威(Richard Hovey)正好是一位达特茅斯学院毕业不久的学生。《独立者》的编辑在本期周报上声称豪威的这首诗歌是英语诗歌中最出色的挽诗之一,并且将那一首挽诗与弥尔顿悼念剑桥基督学院同学爱德华·金之死的挽诗《黎西达斯》(*Lycidas*,1637)①、雪莱怀念济慈的挽诗《阿多尼》(*Adonais*,1821)② 以及阿诺德(Matthew Arnold,1822—1888)悼念他牛津大学的同学和挚友克拉夫(Arthur Hugh Clough,1819—1861)的一首悼亡诗《色希斯》(*Thyrsis*,1866)相提并论③。这一偶然的发现使

---

① 朱维之:《弥尔顿诗选》译本注释:这首牧歌式的悼念同学少年的哀歌,是弥尔顿初期英文诗作的最后一篇。它的主要内容是哀悼的抒情,但突出表现了诗人自己的志向。……死者爱德华·金是弥尔顿在剑桥大学基督学院的同学,二人都是诗人、学者和有事业心的好青年,是校方精心培养的牧师人才;但因当时教会作风不正,弥尔顿在毕业时不愿进教会和他们同流合污,宁愿回家继续研究古典文学,关心社会,准备作一番事业。爱德华·金则在未毕业前就溺死于碧海,免入狼群,保住一身清白,虽死尤生。(第 104 页)

② 江枫:《雪莱抒情诗全集》译本注释:阿多尼斯(Adonais)这个名字源出于阿多尼斯(Adonis)。据希腊神话,阿多尼斯是一美少年,为爱与美的女神阿弗洛狄特(在罗马神话中为维纳斯)所爱,不幸被野猪咬伤身死。希腊妇女有年年举行悼念仪式的习俗,诗人比翁曾写有挽诗。阿多尼斯美而不幸早死可能是雪莱用来比拟济慈的原因之一。挽诗中,阿多尼斯的故事和济慈的遭遇相互交织,而且挽诗的不少章节都仿效和取材于比翁哀阿多尼的挽诗,只是比翁笔下的阿弗洛狄特代表对肉体美的爱,雪莱的幽兰尼则象征对于精神美的爱。(第 788 页。)

③ 阿诺德使用了牧歌挽诗(pastoral elegy)的传统,称克拉夫为"色希斯",称自己为"柯里顿",仿佛是一位牧羊人在悼念另一位牧羊人。参见钱青主编《英国19 世纪文学》,北京:外语教学与研究出版社,2006 年,第 177 页。

弗罗斯特产生了创作一首挽诗的念头,于是他写了《我的蝴蝶》
("My Butterfly")并把它寄给了纽约周报《独立者》(*The Independent*)的文学编辑苏珊·海斯·沃德(Susan Hayes Ward)女士。
1894 年 11 月 8 日,这首诗歌以《我的蝴蝶:一首挽诗》("My Butterfly: An Elegy")为题目并且以显著的地位刊登在纽约周报《独立者》的第一版上,弗罗斯特还挣得了 15 美元稿费,开启了他作为一个发表过作品并获得过稿酬的诗人的文学生涯。① 然而,这一时期,弗罗斯特并没有发表太多的作品,而在达特茅斯学院的刊物上,他也没有发表自己的作品:

> 很奇怪,我在达特茅斯学院所从事的文学活动居然没有什么可说的。其实,我当时写了不少东西,而且知道我当时与现在一样深深地迷恋诗歌。诗集《少年的心愿》中的那首《我的蝴蝶》("My Butterfly")就是那时写的,尽管这首诗歌是在写完一、两年之后才在《独立者》周报上发表的。这本诗集中的《现在请关上窗户吧》("Now Close the Windows")也是在《独立者》上发表的。与我所创作过的其它诗歌一样,我现在仍然很喜欢《我的蝴蝶》一诗,特别是其中以"灰色的草上才刚刚洒落有雪花"开头的那八行诗歌。可是这一时期,除了我自己发表的一、两首诗歌之外,我实在是想不起来还有哪些文学作品不是因为它们的晦涩难懂而引人注目的。我还记得理查逊(C. F. Richardson)教授在一次讨论如何阅读的简短谈

---

① 后来,弗罗斯特曾经于 1933 年和 1955 年两次回到达特茅斯学院去接受荣誉博士学位和法学博士学位。在达特茅斯学院的历史上,弗罗斯特是第一位获得如此殊荣的校友;而在此期间,从 1943 至 1949 年,弗罗斯特在达特茅斯学院的人文学系任教。1962 年 11 月,弗罗斯特最后一次回到达特茅斯学院去参加霍普金斯中心的落成典礼并发表了《论铺张》("On Extravagance")的演说。(Nancy Lewis Tuten & John Zubizarreta, eds. *The Robert Frost Encyclopedia.* Westport, Connecticut & London: Greenwood Press, 2001, pp. 68 – 69.)

话中引用过雪莱的一行诗歌："在那里,音乐、月光和情感融为一体";我还记得在文学课上老师讲过斯莫莱特(Smollet)关于门弗雷梅戈格湖(Lake Memphrémagog)的一首诗歌;我还记得《独立者》上发表的一首理查德·豪威哀悼帕森斯之死的挽诗。虽然我认为这首挽诗不是豪威的佳作之一,而且此后我再也没有读过这首诗歌,但是我发誓诗中写了"仙境上的号角轻轻地吹着"之类的东西。因此,那些对过去的记忆汇聚成了一片黑暗中的几个光辉的亮点,一种现实感顿时像明媚的日光照亮了我身边的世界。在达特茅斯学院的刊物上,我并没有发表过任何东西。①

这一时期,弗罗斯特写的最多的东西恐怕要算他对当时就读于圣劳伦斯大学的女友怀特的爱情表白。怀特在圣劳伦斯大学里似乎如鱼得水,很是自在,于是弗罗斯特变得忐忑不安、焦虑重重,似乎已经再也无心潜读荷马、柏拉图、李维②等人的著作了。随着1892年感恩节接近尾声,而期末考试不断临近,弗罗斯特做出了一个让他母亲感到十分沮丧的选择——他决定要离开达特茅斯学院。他的理由有些冠冕堂皇,但似乎又有些道理。他的母亲伊莎贝尔在梅休因小学遇到了些麻烦,她不善于管理学生,课堂纪律维持不了。弗罗斯特正好有了借口,想接替他妈妈来管教那些顽皮的孩子。于是,在同学雪利(Preston Shirley)的帮助下,他悄悄地从达特茅斯学院溜回家了,算得上不辞而别。他对自己的自学能力信心十足,认为学校教育已经不适合他了,他完全可以无师自通,不需要有人告诉他应该读什么书和什么时候读。他认为:"假

① Jay Parini, *Robert Frost: A Life*, New York：Henry Holt and Company, 1999, p.36.
② 李维(Livy, 59BC—17AD),古罗马史学家,著罗马史142卷,记述罗马建城至公元前9年的历史,大部分佚失。

如我们在中学时还没有学会如何读书的话,那么上大学就意味着我们重新获得一次学会读书的机会,这就是人们上大学的目的。一旦我们在中学时就已经学会了读书,那么其他知识便可以举一反三、触类旁通。"① 弗罗斯特这种无师自通(autodidactic)、不随波逐流的性格特征似乎在这个时期就已经形成了,他不会顾忌家人和朋友的反对意见。

离开达特茅斯学院之后,弗罗斯特并没有明确的生活坐标,顿时陷入一阵茫然和抑郁。这时,母亲伊莎贝尔由于自己情感上的脆弱而无法控制学校高年级学生那十分吵闹的课堂。弗罗斯特十分任性,坚持要接替母亲的班级,而且居然说服了梅休因小学的领导让他来接替他母亲的班级。他母亲被安排去教年龄比较小的、比较老实的低年级学生。弗罗斯特到当地的一家五金店里买了一根藤鞭,马上就把原来母亲班上的几个顽皮孩子管教得服服帖帖,班级的课堂纪律有了明显的好转。弗罗斯特也表现出一种非凡的沉稳,顺利地完成了教学任务。然而,他的心事仍然是在诗歌创作上。尽管他仍然没有明确的人生目标,但是他知道自己不会选择当一名教书匠。于是,他大胆地向当时仍然就读于劳伦斯大学的女友怀特表白,他想当一名诗人。他明明知道写诗在当时混不到饭吃,而且被人认为是不务正业,是一种"懒惰"的行为,可是他仍然一意孤行,痴迷于写诗。与此同时,弗罗斯特不断地要求怀特和他结婚成家。他认为他们应该公开他们曾经邂逅结婚的秘密,可是怀特不同意,认为那不是"正式的"结婚。既然这样,弗罗斯特更加觉得他们应该正式举行婚礼,但是怀特坚持成家必先立业的主张。她要求弗罗斯特首先必须非常现实地考虑如何担负起供养

---

① Robert Frost, "Poetry and School," in *Robert Frost: Collected Poems*, *Prose*, & *Plays*, Richard Poirier and Mark Richardson, eds., New York: Library of America, 1995, p. 806.

一个家庭的责任。怀特甚至劝弗罗斯特秋季回到达特茅斯学院去完成大学学业,可是弗罗斯特坚定地拒绝了怀特的劝告,并且告诉她他在达特茅斯学院最重要的收获就是明白了大学课堂并非惟一的受教育形式这一道理。他明明白白地告诉怀特他要自学成才,而且要以自己的方式并选择自己的时间自学成才。

1893 年秋,弗罗斯特回到了劳伦斯城,搬回到了他母亲住的破旧的公寓里。显然,他这时对自己的未来没有任何幻想。有一天,他在波士顿的一份报纸上看到了一则招聘一名"扮演"莎士比亚角色的消息。他心血来潮,马上乘火车前往波士顿去见那位比他年长许多岁的演员。应聘的时候,弗罗斯特还撒了个谎,说自己曾经当过一个剧院主管。为了准备应聘,他还特意渡过查尔斯河来到坎布里奇城,去求教哈佛大学研究英国文艺复兴文学的著名专家罗尔夫(William James Rolfe)教授。此外,弗罗斯特还求教过《波士顿晚报》(Boston Evening Transcript)的著名戏剧评论家克拉普(Richard Clapp)先生。弗罗斯特在波士顿租了一个演出厅,而且设法说服了这两位重量级人物都来观看演出。然而,不幸的是这两位重要人物在观看了演出之后,异口同声地都说这位演员的演技太不自然了,甚至有些呆滞。为了减少损失,弗罗斯特决定放弃演出。弗罗斯特想担任莎剧演员的梦想很快就破灭了。

为了维持自己的生计,弗罗斯特随即在位于劳伦斯和梅休因城之间的阿灵顿毛纺厂的发电机房里找到了一份电工的工作,主要是及时地给厂房里的弧光灯替换碳棒。他需要在那些高高的铁梯上爬上爬下。厂房里的地板十分油滑,而且当他站在高高的铁梯上给弧光灯换碳棒时,他的双手没有地方扶,身子又必须保持平衡,颇有几分危险。不过,他还是乐在其中,经常忙中偷闲:先是独自一人,带上一本莎士比亚袖珍读本,爬到发电机房传送带顶头的一个旮旯里,偷偷地躲在那里阅读莎士比亚戏剧,一读就是好几个小时;后来,他从白天班被调整到上夜班,正巧遇上了他中学时候的好朋友吉尔伯特(Edward Guilbert)。两个人都干电工的活,一起上夜班;更巧的是吉尔伯特也是一个莎士比亚戏剧迷。两人就一起读莎士比亚的剧本,厂房里常常可以听见他们在高声诵读莎剧台词,他们兴奋的声音经常盖过发电机的噪音。有时,他俩还停下来,聚精会神地琢磨剧本中句里行间的内涵,充分地享受莎剧的人文魅力。

4. 蝴蝶的启示

其实,这一时期是弗罗斯特诗歌创作的萌芽时期。这份毛纺厂的电工工作就像莎剧中的一块背景幕,衬托着一位青年诗人心灵中所孕育的创作激情。1894 年的暑期之后,秋色潇潇,雪花飘飘,母亲决定把家搬回到劳伦斯城里特里蒙特街(Tremont Street)的那幢两层楼的房子里去。有一天,弗罗斯特从阿灵顿毛纺厂下班回家时,他的两只耳朵被冻得发麻,于是他把外套的领子立起来挡风。他一边走一边想起了夏天路边流淌着的一条慢悠悠的小河和那片绿油油的草地,想象着自己躺在溪水边,两眼懒洋洋地跟踪着一只蝴蝶。那只蝴蝶色彩斑斓,在草地上来来去去地飞着,蝴蝶飞翔的轨迹弯弯曲曲。寒风呼呼地吹着,他走着走着,突然抬腿跑完了最后的一段路程,回到了家里,关上厨房的门,坐在桌子旁边,不由自主地提笔写诗。他的诗行自然地体现出一些颂诗的特征,足见济慈和雪莱对他的影响。[①] 正当弗罗斯特专心致志地写诗时,他的妹妹珍妮下楼烧水;当她发现厨房的门被反锁着的时候,她先是轻轻地敲门,可是没人给她开门;接着她便用双拳猛敲,但是弗罗斯特仍然在厨房里潜心写诗,根本不理睬门外所发生的事情;妹妹珍妮需要烧点热水、吃点东西好准备上学,然而哥哥弗罗

---

① Jean Gould, *Robert Frost: The Aim Was Song*, New York: Dodd, Mead & Company, 1964, pp. 52 – 53.

斯特仿佛听而不闻,完全沉浸在创作的无意识状态之中,他写着写着,时而删去几行,时而又加上几句;妹妹的敲门声始终不断,她几乎要破门而入,但是弗罗斯特就是写个不停,全神贯注。① 顿时,弗罗斯特"感觉到似乎发生了什么,就像一股力量强烈地作用于他的神经,势如破竹、势不可挡。"② 于是,《我的蝴蝶》("My Butterfly")一诗就这样写成了:

我的蝴蝶

你那些嫉妒痴情的花朵也已凋谢,

而那让太阳如痴如醉的他,

过去让你吃惊,现在也已消亡:

惟独我

（这对你已不是悲哀!）　　　　　　　　5

惟独我

没有别人仍在田野上为你哀悼。

灰色的草地上散落着几朵雪花;

河的两岸还没有把河水堵住,

可那是很久以前——　　　　　　　　10

似乎已经永远过去——

自从我第一次见到你

和你所有耀眼的伙伴一起闪烁,

在空中游戏,

沉浸在爱恋之中,　　　　　　　　15

---

① Lawrance Thompson, *Robert Frost: The Early Years 1874 – 1915*, New York & Chicago: Holt, Rinehart and Winston, 1966, p.162.

② Ibid, p.53. (He "sensed that something was happening. It was like cutting along a nerve.")

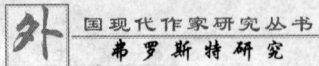

摇曳、缠结、旋转、翻滚，
就像仙女起舞时披戴着柔软的玫瑰花环。

当我遗憾的薄雾
还没有笼罩大地，
我知道，我为你高兴，　　　　　　　　20
也为我自己高兴。

你，摇摇晃晃，漫游天空，
却不知道命运使你成了风的喜乐，
藉着你那粗大而又单纯的翅膀，
当时，我也不知道。　　　　　　　　25

还有别的东西：
似乎上帝曾让你从他温柔的手中拍翅而飞，
然后，又担心让你飞得太远
以至飞出了他掌控的范畴，
于是，急匆匆把你抓了去，一点也不温柔。　30

啊！我记得
密谋曾是如何充满我的生命
与我作对——
生命软弱和梦幻的喜乐，
心潮澎湃，芳草扰乱了我的思绪，　　　　35
轻风吹拂，带来三种香气，
一朵宝石花在嫩枝上摇曳。

然后，当我心烦意乱

而且无言相对的时候，
从侧面，全打在我的脸上　　　　　　　　　　　40
那肆行的西风所带来的一切
竟然是你那沾满尘土的翅膀！

我发现那翅膀现在已经破碎！
因为，我说过，你已经死了，
而且那些互不相识的鸟儿也这么说。　　　　　45
我发现这破碎的翅膀与残枝落叶一起
散落在屋檐下。①

　　虽然这首诗歌于 1894 年 11 月 8 日首次刊登在《独立者》杂志上，但是汤普森认为弗罗斯特的创作灵感起源于 1892 年秋季弗罗斯特在达特茅斯学院读书时候。有一天，"他突然发现在一些枯叶残枝上躺着一只娇美柔弱的蝴蝶翅膀。因为在他看来，这只翅膀是一个如此完美的意象，以致它象征着生命的短暂。于是，在离开达特茅斯学院之后，弗罗斯特就一直在琢磨着为之写一首挽诗。"② 然而，蒙特埃罗（Geoge Monteiro）在其专著《罗伯特·弗罗斯特与新英格兰文艺复兴》一书中说："最终让弗罗斯特写出这首诗歌的因素是弗罗斯特读了艾米莉·狄金森几首描写蝴蝶的诗歌。"③ 在狄金森的笔下，不少描写蝴蝶的诗歌都带有挽诗式的悲伤情调。蒙特埃罗认为狄金森的《两只蝴蝶午间飞出》（"Two But-

①　笔者译自 Edward Connery Lathem, ed., *The Poetry of Robert Frost*, New York：Henry Holt and Company, 1969, pp. 28 – 30.

②　Lawrance Thompson, *Robert Frost: The Early Years 1874 – 1915*, New York & Chicago：Holt, Rinehart and Winston, 1966, p. 162.

③　George Monteiro, *Robert Frost & The New England Renaissance*, Kentucky：The University Press of Kentucky, 1988, p. 13.

terflies went out at Noon")和《一只蝴蝶破茧而出》("From Cocoon
forth a Butterfly")这两首诗歌对弗罗斯特创作《我的蝴蝶》有比较
直接的影响。在前一首诗中,狄金森是这么写的:

> 两只蝴蝶午间飞出——
> 在农场上翩翩起舞——
> 然后驰骋苍空
> 在一束光中,歇息——
>
> 接着——一起飞走   5
> 在闪亮的海面上——
> 虽然从未有过,在任何口岸——
> 它们的到来,被——人们注意到——
>
> 假如远方的那只鸟说起过——
> 假如在埃特尔海上   10
> 轻舟或商人遇见过——
> 我——没有——见过——①

首先,与弗罗斯特的挽诗《我的蝴蝶》一样,狄金森在这首诗歌中
也是在描写蝴蝶生命的短暂;但与弗罗斯特不同的地方在于狄金
森似乎是在讴歌蝴蝶的命运,因为伴随着这只蝴蝶短暂生命的似
乎是一首享受人生的狂想曲。虽然诗中的"我"并"没有——见
过"这一对蝴蝶,虽然人们也从来没有注意到它们的存在,但是它
们"在农场上翩翩起舞,"它们"在闪亮的海面上,""驰骋苍空,"

---

① Thomas H. Johnson, ed., *The Complete Poems of Emily Dickinson*, Boston: Little,
Brown and Company, 1960, pp. 260–261.

而且能够自由自在地"在一束光中，歇息。"因此，安德森认为在这首诗歌中狄金森"不仅捕捉住了蝴蝶所代表的高雅、美丽和自由，而且对永恒的概念又提出了质疑。"① 其次，在《一只蝴蝶破茧而出》一诗中，狄金森写道：

　　一只蝴蝶破茧而出
　　好比女人从她的家门
　　出来——一个夏日午后——
　　赶赴四处——

　　没有计划——我可以跟踪　　　　　5
　　除非迷失在外
　　忙碌各种生意
　　那些红花草——了解——

　　能看到她的小阳伞
　　皱折在田野里　　　　　　　　　　10
　　男人们在那里晒过草——
　　然后努力地
　　与对立的彩云抗争——

　　人们——她自己像个幽灵——
　　通往乌有——似乎要去　　　　　　15
　　在漫无边际的周缘——

① John Q. Anderson, "Emily Dickinson's Butterflies and Tigers," in *Emerson Society Quarterly*, No. 47 (Second Quarter 1967), pp. 43 – 48. 本文转引自 Joseph Duchac, *The Poems of Emily Dickinson: An Annotated Guide to Commentary Published in English, 1890 – 1977*, Boston: G. K Hall & Co., 1979, p. 572.

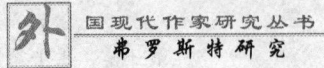

就像是一幅热带奇观——

尽管是蜜蜂——辛勤劳作——
花儿——劲风吹起
这个懒散的观众   20
从天上,鄙视它们——

直到太阳爬下山去——平稳的潮水——
和那些晒草的人——
还有那午后时光——和蝴蝶
消失——在大海之中——①   25

狄金森的这首蝴蝶诗与弗罗斯特《我的蝴蝶》在主题上也是有相似之处的,尤其是两者都注重刻画"蝴蝶的飞翔及其旅行(flight & journey)的重要性、蝴蝶与永恒的嬉戏(dalliance)以及个体生命周期的短暂性特点。"② 这两首诗的不同点在于它们暗示了一个功成名就的成熟诗人与一个朝气蓬勃的青年诗人之间的不同。首先,弗罗斯特《我的蝴蝶》的英语原诗使用了不少诸如"thine"(你的)、"thee"(你)、"frighted"(使……惊吓)、"oft"(经常)等古体的词语,尽管这些词语在维多利亚时期诗歌中还是常见的;其次,更加突出的差异表现在弗罗斯特喜欢把他诗中的象征用来喻指他自己的亲身经历。在《我的蝴蝶》的第三节(第18—21行)中,弗罗斯特相当婉转地把蝴蝶短暂的命运象征性地比作他自己的生命:"当我遗憾的薄雾/还没有笼罩大地,/我知道我为你高兴,/也为

① 笔者译自 Thomas H. Johnson, ed., *The Complete Poems of Emily Dickinson*, Boston: Little, Brown and Company, 1960, p.168.

② George Monteiro, *Robert Frost & The New England Renaissance*, Kentucky: The University Press of Kentucky, 1988, p.15.

我自己高兴。"在弗罗斯特的诗歌中,我们可以经常看到一些诗人用象征和比喻手法主观地表现道德观点,而且这些经过诗化语言所凝练出来的道德观点常常具有警句格言的特点,让人读起来朗朗上口、记忆犹新。比如,在弗罗斯特早期的佳作《花丛》("A Tuft of Flowers")一诗中,诗人在讨论了人与自然、人与人的关系之后,便总结道:"人们总是在一起干活……不论他们是在一起干,还是各自单干。"① 弗罗斯特用这样的简单而又深邃的著名诗句,来比喻诗中人与蝴蝶在那一天的割草活动中所获得的相同经历及其感悟。

劳伦斯·汤普森在他的专著《冰与火:弗罗斯特的艺术与思想》一书中,对弗罗斯特《我的蝴蝶》一诗的前21行是这样评论的:"这首诗歌中的头韵、内韵(internal rhyme)、腻用的元音以及富有'诗性的'遣词都与弗罗斯特一些著名的诗学理论和诗歌名作有着明显的差异。诗中不少诗行是值得我们认真揣摩的,比如以'灰色的草地上散落着雪花'开头的那一诗节。在这一节诗歌中,诗人精心设计的格律、形象手法和元音的妙用融为一体,恰到好处地表达了诗人内在自发的创作激情,一种融惊讶和悲叹为一体的感觉:那只奇妙的蝴蝶翅膀所蕴涵的某种光彩;那只蝴蝶疯狂的飞翔所体现的某种渴望;那只娇美的蝴蝶本身所象征的某种柔弱;那种爱的失却给人们带来的难以琢磨的某种惆怅。"② 由此可见,这首诗歌具有很强的启示性。就其主题而言,它似乎告诉了我们弗罗斯特在其诗歌创作的早期就始终关注世间万物反复无常、转瞬即逝的主题。就手法来看,弗罗斯特描写动物的诗篇不少,而借助鸟、蝴蝶等带有翅膀的飞行动物抒发情感或者揭示生命意义的诗

---

① Robert Frost, *Robert Frost: Collected Poems*, *Prose*, & *Plays*, New York: Literary Classics of the United States, 1995, p. 31.

② Lawrance Thompson, *Fire and Ice: The Art and Thought of Robert Frost*, New York: Henry Holt and Company, 1942, pp. 95 – 96.

篇也不少。在这首诗歌中,蝴蝶是自然界的一种代表、一个象征、一个所指;诗人把蝴蝶比喻作他所理解的关于生命意义的一种外在化的象征标志;我们可以把全诗看成是诗人对这只蝴蝶所发出的一段很长的生命意义的表白;然而,每当弗罗斯特开始描写自然界的事物时,他的主题几乎毫不例外地是在写人,是在揭示生命的意义,是在表白自己对人生的理解。①

虽然这首诗歌是弗罗斯特早年的作品,但其结构之复杂也是值得琢磨的。从叙事的时间上划分,《我的蝴蝶》讲述了诗人与这只蝴蝶之间大约半年左右时间的交往,全诗大体上可以分为三个部分。第一部分包括前 30 行,描写诗人在早春时节初见这只蝴蝶的情景。我们看到夏日那疯狂痴迷的花朵、那能够"让太阳如痴如醉"可又已经凋谢了的花朵;而冬天和早春时节的景象又告诉诗人,不论是他自己和蝴蝶当时都仅仅注意到"在空中游戏,/沉浸在爱恋之中"的蝴蝶及其"所有耀眼的伙伴":"摇曳、缠结、旋转、翻滚……"这是一曲动人而又销魂的爱情狂想曲。他们根本就"不知道命运使你[蝴蝶]成了风的喜乐。"当它最需要大自然的关怀与支持的时候,诗人重新见到这只蝴蝶的光景:"似乎上帝曾让你从他温柔的手中拍翅而飞,/然后,又担心让你飞得太远/以至飞出了他掌控的范畴,/于是,急匆匆把你抓了去,一点也不温柔。"

第二部分只包括第 31—37 行一个诗节,但它是全诗的高潮。诗人用"我记得……"开启这一部分,以一个饱经风霜的成年人对生命的理解,揭示了诗中人与社会环境的不和谐因素。诗人第一次从象征自然的蝴蝶身上看到了自然界中的"阴谋"所带给它的一种沮丧和无奈。夏日虽然美丽,"轻风吹拂",花草摇曳,但同时充满着"阴谋",因而它"一点也不温柔"。象征"软弱"生命的蝴

---

① Huang Zongying, *A Road Less Traveled By — On the Deceptive Simplicity in the Poetry of Robert Frost*, Beijing: Peking University Press, 2000, p. 14.

蝶,"摇摇晃晃,漫游天空,"伴随着"澎湃的……轻风"和一种自然
界的魅力——"一朵宝石花在嫩枝上摇曳。"

最后,第三部分包括最后的 10 行(第 38—47 行),描写当诗
人的心绪被这只自由飞翔的蝴蝶搞得"心烦意乱"而且不知所措
的时候,大自然并没有给这只蝴蝶更多的自由和支持,相反,"那
肆无忌惮的西风"将这只蝴蝶"那沾满尘土的翅膀……从侧
面……全打在我的脸上"。忽然,我们听到了当下晚秋时节诗人
心灵深处对这只翅膀残断的蝴蝶的感叹:"我发现那翅膀现在已
经破碎!……我发现这破碎的翅膀与残枝落叶一起/散落在屋檐
下。"原来大自然的残酷丝毫不比来自人类社会的冷酷逊色。诗
歌结尾表现出大自然的"阴谋"对蝴蝶的摧残,并且与第一部分所
表现的那只随风起舞的"宛如仙女的玫瑰花环"般的蝴蝶形成了
鲜明的对照,使这首挽诗有了丰富的内涵与联想。此外,诗人最终
的"发现"使诗中所表达的失落感更加尖锐,而诗中的回忆又削弱
了秋冬时节大自然的破坏性,给诗歌带来了一个充满一线光明的
高潮。诗人将这一"高潮"巧妙地安排在一个天真无邪的春天景
象与一幅充满忧伤和哀悼的潇潇秋色之间。在诗人的记忆中,我
们看到了一种人与自然情感相同的回忆。于是,在《我的蝴蝶》一
诗中,自然、人和任性的上帝之间的关系被呈现为一幅全然暗淡的
异象。①

让弗罗斯特喜出望外的是这首诗歌被当时颇有名气的全国性
周报《独立者》所接受了。当时《独立者》是由一对十分杰出的兄
妹威廉·海斯·沃德(William Hayes Ward)和苏珊·海斯·沃德
(Susan Hayes Ward)共同编辑的。威廉是一位基督教公理会牧
师,自 1868 年开始,就与《独立者》周报有联系。他是亚述和巴比

---

① Geroge F. Bagby, *Frost and the Book of Nature*, Knoxville: The University of Ten-
nessee Press, 1993, pp. 138 – 141.

伦印章方面的权威专家,于 1884 年发现了古代城市尼普尔(Nip-
pur)。威廉的妹妹苏珊负责《独立者》文学版的编辑工作。她曾
经在 1870 年代学习过中国绘画,而且对刺绣很感兴趣。她还善于
写颂歌,出版过几本宗教题材的著作。苏珊可谓一位具有丰富艺
术修养和正统教育的新英格兰独身女性,比弗罗斯特的妈妈年长
六岁。苏珊与哥哥威廉一起住在纽瓦克(Newark)。沃德兄妹堪
称发现弗罗斯特的伯乐了。他们对弗罗斯特早期的创作很感兴
趣,并且于 1896 至 1908 年间陆续发表了弗罗斯特另外的六首诗
歌。他们认为弗罗斯特的诗歌创作还不成熟,经常与这位青年诗
人交流诗歌创作的经验并把他的诗歌新作推荐给一些名诗人进行
修改。事实上,在弗罗斯特诗歌艺术生命中,他们扮演了一对负责
任的再生父母的角色。1894 年 3 月 28 日,当弗罗斯特收到《独立
者》报主编威廉的接受函之后,弗罗斯特立刻给威廉写了一封回
信,说《我的蝴蝶》是他被刊物所接受的第一篇诗歌作品。他认为
自己"初出茅庐",也是刚刚发现自己有写诗的"才能"(powers),
并没有太多现成的作品,但是他愿意继续给《独立者》投稿。在回
答主编关于他所受的正规教育(legitimate education)方面的问题
时,弗罗斯特说:"我希望我这首诗歌的质量能够说明我受教育的
程度永远超过我实际上所接受过的正规教育。我只不过是一位一
所公立学校的高中毕业生。后来,在达特茅斯学院上了几个月大
学,由于生活需要,提前就离开了大学。不过,这种坚定不移的抱
负(inflexible ambition)是我们最好的老师,而且热爱诗歌就应该
去研究诗歌(to love poetry is to study it)。尤其是我所了解的几条
写诗的规律,都是我自己琢磨出来的想法,或者是我直接从重读名
篇诗作中总结出来的规律。"①

---

① Lawrance Thompson, ed., *Selected Letters of Robert Frost*, New York: Holt, Rine-
hart and Winston, 1964, p. 19.

　　然而,弗罗斯特没有获得大学学位就擅自离开了达特茅斯学院这件事情让沃德兄妹大失所望。弗罗斯特后来回想起来的时候说:"他们责备我这么做并且提醒我弥尔顿是一个很有学问的诗人。"① 其实,弗罗斯特始终坚信"热爱诗歌就应该研究诗歌"。他曾经在1894年4月22日给苏珊的一封信中说:"我有空的时候,就大量地阅读,就像一个近视眼的人,阅读时眼睛紧贴着书本。我阅读小说是为了提高我处世的能力……。至于诗歌,我一直比较喜欢济慈的《海披里安》(Hyperion)、雪莱的《普罗米修斯》(Prometheus)、丁尼生的《亚瑟王之死》(Morte D'Arthur)和布朗宁的《扫罗》(Saul),所有这些诗篇都是描写巨人的。此外,我很喜欢帕尔格雷夫选集中的所有诗歌。"② 在这封信中,弗罗斯特还告诉苏珊他在学一点希腊语和法语,主要是为了能够读懂荷马史诗。③ 弗罗斯特这种坚持不懈的努力无疑为他日后的诗人生涯奠定了坚实的文学基础。这一点从评论家莫里斯·汤普森(Maurice Thompson)对他的处女作《我的蝴蝶》的评论就可以看出。尽管莫里斯·汤普森在给主编威廉·海斯·沃德的回信中感觉到《我的蝴蝶》的作者并不富有,而且认为"一个贫穷的人有什么权力浪费自己的时间和面包去玩弄诗歌呢?"但是,他还是一眼就看出了"那首小颂歌的极端美丽。"他认为这首诗歌"的句里行间隐藏着某种天才的秘密,一种积淀在人们内心温情深处的共鸣。"④ 从弗罗斯特与沃德兄妹之间在1894—1896年间的书信来往中,我们可以看出虽然弗罗斯特害怕自己成不了一个诗人,或者成不了一个让人

---

① Jeffrey Meyers, *Robert Frost: A Biography*, Boston & New York: Houghton Mifflin Company, 1996, p.28.

② Lawrance Thompson, ed., *Selected Letters of Robert Frost*, New York: Holt, Rinehart and Winston, 1964, p.20.

③ Ibid, p.21.

④ Ibid, p.24.

们能够读懂的诗人①,但是他已经开始认真地思考文学创作问题,特别是如何才能写出有自己特色的诗歌。他认为"声音是诗歌的一个元素,一个能够使想象变成理智的元素。我认为方言可以这么用:它(或许)作用于人的幻想并且为艺术家提供各种想象的勇气。吉卜林(Joseph Rudyard Kipling, 1865—1936)几乎把声音[对诗歌创作]的影响的话全都说完了。我对声音十分感兴趣,以致我真希望他能够多写出几首诗歌。"② 看来,诗歌创作的声音效果从弗罗斯特诗歌创作生涯的初期就是他追求的一个区别性艺术特征。在一篇书评中,苏珊曾经这么写道:"尽管1894年11月8日发表的弗罗斯特的《我的蝴蝶》读起来像是出自一个训练有素的诗人之手,但实际上,它是罗伯特·李·弗罗斯特正式发表的第一首诗歌。他[弗罗斯特]认为自己写这首诗歌的时候,还没有完全成熟,可是他突然意识到诗歌'必须听起来悦耳'。"③

《我的蝴蝶》一诗发表后,沃德兄妹十分欣慰,开始把弗罗斯特介绍给文学圈子里的一些名流,其中包括对这首诗歌感兴趣并愿意帮助这位年轻诗人的劳伦斯公理会牧师沃尔科特(William E. Wolcott)。之前,弗罗斯特已经认识威廉牧师,不过当德高望重的威廉牧师主动承诺要担任弗罗斯特的文学指导时,弗罗斯特真的感到有些受宠若惊。弗罗斯特很快又给威廉牧师寄上了几首自己的新作,可是威廉牧师认为这些新作都比不上《我的蝴蝶》。他认为弗罗斯特的诗歌太平淡,过于接近人们日常说话的声音

---

① Lawrance Thompson, ed., *Selected Letters of Robert Frost*, New York: Holt, Rinehart and Winston, 1964, p. 26.

② Ibid, p. 25.

③ Interview with Richard and Charlee Wilbur (Susan Ward's great-niece), Cummington, Mass., October 31, 1994; Lathem, "Freshman Days," p. 20; Lesley Lee Francis, "Robert Frost and Susan Hayes Ward," in *Massachusetts Review*, 26 (1985), 343; Jeffrey Meyers, *Robert Frost: A Biography*, Boston & New York: Houghton Mifflin Company, 1996, p. 28.

(speaking voice),并且建议弗罗斯特用比较高雅一点的声音(elevated note)进行创作。然而,"这种说话的声音是弗罗斯特所有的一切。尽管这种声音还不是清晰可辨,但是弗罗斯特希望他能够创作出紧紧地贴近人们说话的声音的诗歌。的确,这恰好就是弗罗斯特第一次开始领会诗歌与日常话语之间的关系的时刻。"①帕里尼引用了评论家斯丹里斯(Peter J. Stanlis)的观点,认为这的确是一个"顿悟的时刻"(moment of epiphany):"弗罗斯特发现自己在追求一种'讲话式的诗歌',这对他来说简直就是一种宗教式的启示。"② 后来,回想起这段经历时,弗罗斯特说:"这位老先生根本就没有意识到他的话语将对当时那位自以为是的、固执的青年人产生什么样的影响。不过,他所说的话事实上改变了我整个创作生涯,成为我日后刻意追求的东西。"③

弗罗斯特并不是一个容易接受别人意见的人,他坚持要走自己的创作道路,而且对自己的能力十分自信。然而,弗罗斯特的家人并不看好这条艺术道路,尤其是弗罗斯特的祖父。他直言不讳地对弗罗斯特说:"写诗不能当饭吃啊!"可是,看到自己的孙子是如此痴迷于诗歌创作,他又不忍心过分打击他的自尊心。于是,他又加上了一句:"我们就给你一年时间吧,要是在这一年时间里你写不出什么名堂来,那你就得放弃写诗。"可是,弗罗斯特说:"给我二十年吧!"这时,弗罗斯特恰好二十岁。小伙子跟他的祖父讨价还价,认为他需要二十年才能成为一名知名的诗人。谁知道这随口说的一句俏皮话,竟然如此之精确。弗罗斯特一直写了整整

---

① Jay Parini, *Robert Frost: A Life*, New York：Henry Holt and Company, 1999, p. 46.

② Peter J. Stanlis to Jay Parini, February 5, 1998. See Jay Parini, *Robert Frost: A Life*, New York：Henry Holt and Company, 1999, p. 46.

③ Louis Mertins, *Robert Frost: Life and Talks-Walking*, p. 197. See Jay Parini, *Robert Frost: A Life*, New York：Henry Holt and Company, 1999, p. 46.

二十年才算是写出了一点名堂。他的第一部诗集《少年的心愿》居然就是在二十年后的1913年才在伦敦正式出版。

这一时期,怀特在圣劳伦斯大学读书。在新的环境中,她结识了许多新的青年男友。这让弗罗斯特感到不安,他害怕这种竞争。他希望怀特能够分享他诗歌创作的梦想,能够成为他艺术生命中一个不可分割的一部分。他甚至企图说服怀特的母亲,让她把女儿叫回来与他结婚成亲。为此,弗罗斯特还专门给怀特写了一首诗,其中有一行是这样写的:"不要责备别人,应该责备你自己,迷惘的灵魂!"怀特当然不承认自己是所谓"迷惘的灵魂",并故意在回信中提到几位异性朋友的姓名。这使弗罗斯特陷入悲痛的深渊。1894年夏天,怀特从劳伦斯回家度假时,弗罗斯特想尽一切办法劝怀特马上与他结婚,可是怀特态度十分冷淡,坚持认为弗罗斯特必须首先能够自立,哪怕是勉强自立也行,否则她毕业后还是不考虑与他结婚。然而,性格倔强的弗罗斯特是无论如何也听不进怀特的话,心想怀特一定是变心了。

为了挽回这一局面,弗罗斯特决定要做点具有戏剧性效果的事情。于是,他别出心裁,找了一家小印刷所,自费"出版"了他的小诗集《曙光》(*Twilight*),只印了薄薄两本,但装帧十分讲究,皮革封面,封面上还做了花样处理,有些凹凸不平;诗集收录了《我的蝴蝶》和他的另外四首诗歌,准备一本献给他的心上人怀特,一本自存。他高高兴兴怀揣着那本印得十分漂亮的小册子,赶到了怀特的学校,谁知碰了一鼻子灰。怀特并没有表示特别的欢迎,教授们看到一个毛纺厂的帮工居然想当起诗人来,觉得太可笑了,在学校的大厅里哄响起一片嘲笑声。本来兴高采烈的弗罗斯特被弄得狼狈不堪。一时间,他伤心透了,一气之下,把自存的诗册撕个粉碎。然后,就像一头受伤的野兽在深林里躲藏起来似的,一连有三四个星期,他下落不明。这对情人的关系到了破裂的边缘。幸亏在最后关头,怀特回心转意,害怕他会毁灭自己。于是,这位大学高材生终于接受了一个当帮工的诗人的求婚。第二年,怀特以优异的成绩毕业后,回到家乡,和弗罗斯特一起帮助他母亲经营一所规模很小的私立学校。1895年圣诞节,弗罗斯特和怀特举行婚礼。当新郎从教堂里把新娘迎回家时,他既没职业(只是在母亲办的小学校里教书),又没财产,也看不到成为一名诗人的光辉前途。他所有的一切就是一些尚未发表的诗稿。可是,当时又有哪家报刊愿意刊登他的诗稿呢? 就连曾经发表过他几首诗的《独立者》,这时也没有继续刊登他的新作的积极性。幸而他的新娘在接受他的爱情的时候,对于这位未来的诗人是具有足够的信心的,懂得诗歌在他的生命中所占据的特殊地位。后来,诗人曾多次怀着感激的心情,感谢自己的爱妻怀特能够始终如一地支持他的诗歌创作事业。①

引用文献:

Bagby, Geroge F. *Frost and the Book of Nature*. Knoxville: The University of Tennessee Press, 1993.

Gould, Jean. *Robert Frost: The Aim Was Song*. New York: Dodd, Mead & Company, 1964.

Huang, Zongying. *A Road Less Traveled By — On the Deceptive Simplicity in the Poetry of Robert Frost*. Beijing: Peking University Press, 2000.

Johnson, Thomas H., ed. *The Complete Poems of Emily Dickinson*. Boston: Little, Brown and Company, 1960.

Lathem, Edward Connery, ed. *A Concordance to the Poetry of Robert Frost*. Guilford (Connecticut): Jeffrey Norton Publishers, 1971.

Meyers, Jeffrey. *Robert Frost: A Biography*. Boston & New York: Houghton Mifflin Company, 1996.

Monteiro, George. *Robert Frost & The New England Renaissance*. Kentucky: The

---

① 吴富恒主编:《外国著名文学家评传》(4),济南:山东教育出版社,1990年,第202—203页。

University Press of Kentucky, 1988.

Parini, Jay. *Robert Frost: A Life.* New York：Henry Holt and Company, 1999.

Poirier, Richard and Mark Richardson, eds. *Robert Frost: Collected Poems, Prose, & Plays.* New York：Library of America, 1995.

Sergeant, Elizabeth Shepley. *Robert Frost: the Trial by Existence.* New York：Holt, Rinehart and Winston, 1960.

Thompson, Lawrance. *Fire and Ice: The Art and Thought of Robert Frost.* New York：Henry Holt and Company, 1942.

———. *Robert Frost: The Early Years 1874 – 1915.* New York & Chicago：Holt, Rinehart and Winston, 1966.

Tuten, Nancy Lewis & John Zubizarreta, eds. *The Robert Frost Encyclopedia.* Westport, Connecticut & London：Greenwood Press, 2001.

弗罗斯特：《弗罗斯特集：诗全集、散文和戏剧作品》（上、下），曹明伦译，沈阳：辽宁教育出版社，2002 年。

胡家峦详注：《英国名诗详注》，北京：外语教学与研究出版社，2003 年。

弥尔顿：《弥尔顿诗选》，朱维之选译，北京：人民文学出版社，1998 年。

钱青主编：《英国 19 世纪文学》，北京：外语教学与研究出版社，2006 年。

吴富恒主编：《外国著名文学家评传》（4），济南：山东教育出版社，1990 年，第 202—203 页。

雪莱：《雪莱抒情诗全集》，江枫译，长沙：湖南文艺出版社，1996 年。

三、"生存的考验"

1. 哈佛的记忆

弗罗斯特和怀特结婚之后，夫妇俩一起过了一个简单的圣诞节。然后，弗罗斯特又回到了他母亲伊莎贝尔的学校教书，怀特也跟随到那里帮忙。由于劳伦斯城的房租太贵，这对新婚夫妇只好先搬进母亲为他们在学校里临时准备的两间简陋的屋子。夫妇俩决定将新婚蜜月推迟到那年夏天。这时，弗罗斯特似乎意识到了金钱的必要性。虽然钱不是万能的,但没有钱可是万万不能呀!
本来弗罗斯特只想在母亲的学校里教教书,就能够维持自己小家
庭的生计,可是随着时间的推移,他觉得自己必须另想办法了。实
际上,当时母亲的学校已经开始拖欠应该付给房东的租金。要不
是房东一再慷慨解囊,学校早就该关门了。

　　然而,事情就是这么凑巧,怀特在这年春季怀孕了。对于当时
还在贫困中挣扎的弗罗斯特新婚夫妇来说,这真是一条喜忧参半
的消息。在惊喜的同时,他们很快就冷静下来考虑他们所面临的
经济困难。这一时期,弗罗斯特还经常身体不适;怀特也开始因自
己肚子里那个突如其来的孩子而感到愁眉苦脸。夫妻俩心事重
重,生活压力越来越大,但是他们还是顶住了各种压力,勇敢地面
对生活,努力做好学校的各项工作,圆满地帮助母亲完成了春季学
校的教学工作。

　　正当暑期来临之际,弗罗斯特的一位朋友巴理尔(Carl Bu-
rell)帮助他们在新罕布什尔州的阿伦斯顿(Allenstown)找到了一
幢租金很便宜的小别墅,让弗罗斯特和怀特这年夏天在那里度过
了他们一拖再拖的蜜月。巴理尔是一名工人,在新罕布什尔州康
科德城彭布鲁克的一家制箱厂上班,但是他的兴趣是植物学,而且
自己培育了一个漂亮的花园,里面种满了各种花草和蔬菜。这使
弗罗斯特对植物学也发生了浓厚的兴趣。此外,巴理尔对进化问
题及其与宗教之间的冲突问题也颇感兴趣,家里收集了大量这方
面的著作。于是,弗罗斯特的蜜月有了他意想不到的收获。巴理
尔不仅经常给他朗读瑞典博物学家林奈(Carolus Linnaeus,
1707—1778)和英国博物学家达尔文(Charles Robert Darwin,
1809—1882)的著作,而且只要他们两人一见面,巴理尔总是滔滔
不绝地给弗罗斯特灌输自然进化的知识。这个暑期,与其说弗罗
斯特是在与怀特一起度蜜月,还不如说是弗罗斯特在与巴理尔
"邂逅"。弗罗斯特和巴理尔一起讨论和分享过的作者包括达尔

文、赫胥黎①、斯宾塞②、克罗德（Edward Clodd）、艾伦（Grant Allen）、德拉门德③和普罗特柯（Richard Protcor）等等。④ 弗罗斯特还以极大的兴趣仔细阅读了达纳（William Starr Dana）女士撰写的著作《怎样认识野花》（*How to Know the Wild Flowers*），因为这本书的作者大量引用了爱默生、布莱恩特、惠蒂埃、朗费罗和华兹华斯等许多弗罗斯特所熟悉而又十分崇拜的诗人。此外，达纳女士的著作还引用了许多梭罗《日记》（*Journal*）的片段，这也是弗罗斯特第一次领略美国作家描写大自然的情怀，对他后来的诗歌创作产生了极大的影响。难怪杰伊·帕里尼在弗罗斯特传记中得出了这么一个结论："很少有英语诗人能够像弗罗斯特这样对植物和花种有如此特殊的兴趣，或者在他们的诗歌中写入了这么多的植物群和动物群。"⑤ 难怪我们看到梭罗笔下的名句"最纯洁的诗歌就是对真实事物的真实描写，"在弗罗斯特的诗歌中被演绎成了"事实是劳动才知晓的美梦"⑥ 这样脍炙人口的不朽诗行！

蜜月之后，弗罗斯特夫妇回到了劳伦斯城。母亲伊莎贝尔设法在靠近学校的黑弗里尔（Haverhill）街附近的一幢房子里，为弗

---

① 赫胥黎（Thomas Henry Huxley, 1825—1895），英国博物学家，教育改革家，支持达尔文学说，第一个提出人类起源问题，并首次提出"不可知论"一词，著作包括《人在自然界中的地位》、《进化论与伦理学》等。
② 斯宾塞（Edmund Spenser, 1552—1599），英国诗人，以长篇寓言诗《仙后》著称，另有诗作《牧人日历》、《祝婚曲》等，在诗歌语言与艺术方面对后世英国诗人影响较大。
③ 德拉门德（Henry Drummond, 1851—1897），苏格兰自由教会牧师和著名作家，著有《精神世界的自然法则》、布道书《世界上伟大之最》等。
④ Lawrance Thompson, *The Early Years 1874–1915*, New York & Chicago: Holt, Rinehart and Winston, 1966, p. 89.
⑤ Jay Parini, *Robert Frost: A Life*, New York: Henry Holt and Company, 1999, p. 56.
⑥ 黄宗英:《"离经叛道"还是"创新意识"？——罗伯特·弗罗斯特十四行诗〈割草〉的格律分析》，载《联合大学学报》（人文社科版）2009年第4期，第69页。

罗斯特夫妇租了一套公寓。那是一幢高高的木架结构的房子,房子里有足够的空间,每人都能够有自己的房间,而且每间房间里都装着一扇扇巨大的凸窗(bay windows),居住条件大有改善。1896年9月25日,弗罗斯特与怀特的第一个孩子埃利奥特(Elliot)就在这里出生了。自从怀孕之后,由于家庭条件和生活环境不太理想,怀特一直感到压力很大,常常是郁郁寡欢。可是,当长子埃利奥特呱呱落地之后,她忽然感觉到一种为人之母的成就感和责任感,变得精神振奋,且能够精心地照看自己的孩子。这一变化也给弗罗斯特增添了克服困难的信心和勇气。

1896年冬天,弗罗斯特意识到仅仅靠自己在小学里教点书是养不活一家人的,于是他斗胆直接给哈佛大学的院长布里格斯(LeBaron R. Briggs)教授写信,说明了自己的教育背景并表达了他希望到哈佛继续学习的愿望。布里格斯院长接受了弗罗斯特的请求,但要求弗罗斯特必须参加最后一轮的入学考试,包括希腊语、拉丁语、古代历史、英语、法语、天文和物理等科目。弗罗斯特重新燃起了求知的欲望。在妻子怀特的大力支持下,弗罗斯特苦战了一段时间,把过去从来没有认真学习过的法语补上,比较轻松地通过了各门课程的考试,并最终以一名特殊学生(a special student)的身份被哈佛入取,准许他于1897年秋季入学。弗罗斯特的祖父也感到喜出望外,欣然答应了为弗罗斯特承担学费的请求。由于时间比较紧迫,弗罗斯特来不及考虑把妻子和孩子一起安顿到哈佛大学所在的马萨诸塞州东部的坎布里奇城,他只好自己一人先去。他在马萨诸塞大街拉特兰街(Rutland Street)16号租了一间小屋子,这里离哈佛校区很近,步行就可以到达。由于祖父提供的生活费比较有限,他在北坎布里奇的一所夜校里找了一份助教的工作,每周三个晚上,每次讲课两小时。他希望挣点钱,早日把妻子、儿子和岳母都接到坎布里奇来。

万事开头难。弗罗斯特起初在哈佛的学习并不顺利。因为弗罗斯特已经发表过几篇诗作,所以他认为自己有相当的写作基础,希望学校能够让他免修一些基础写作课程,而直接进入高级英语写作课程学习。可是,主管新生写作课的加德纳(John Hayes Gardner)教授的态度十分傲慢,硬是不同意弗罗斯特免修任何基础写作课程,而且还蛮横无理地对弗罗斯特说:"正因为你发表过几首诗歌,我已经同意你免修基础英语课程了,至于其他课程,你必须全部选修。我们都是作家,难道不是吗?"面对这种粗暴的态度,弗罗斯特表现得十分沉稳。他虽然火冒三丈,但并没有直接顶撞老师。毕竟初来乍到,他选择忍气吞声。

在高级英语班里,弗罗斯特也混得不爽。他的老师名叫舍菲尔德(Alfred Sheffield),26岁,大胡子,学生都叫他"大胡子太太"。有一次,这位大胡子老师让同学们在课堂上写一首以秋天为主题的诗歌,弗罗斯特很快就从记忆中找出了以下这几行诗句:

> 现在请关上窗户吧,让原野沉寂;
> 　　如果树要摇曳,让它们摇也无声;
> 眼下不会再有鸟鸣,万一还有,
> 　　就把它算作我的损失。
>
> 要很久以后沼泽地才会复苏,　　　　　5
> 　　要很久以后最早的鸟才会飞回;
> 所以请关上窗户吧,别听风声,
> 　　只消看万物在风中摇动。①

---

① 弗罗斯特:《弗罗斯特集:诗全集、散文和戏剧作品》(上),曹明伦译,沈阳:辽宁教育出版社,2002年,第43—44页。

这首诗歌也是弗罗斯特于 1892 年在达特茅斯学院上学的时候写的,可是一直就没有机会发表,最后被弗罗斯特收入《少年的心愿》。舍菲尔德先生发现这首诗歌不是弗罗斯特当场写的,于是对弗罗斯特极其不满;可是弗罗斯特却不以为然,斗胆又交给了他另外一首过去创作的诗歌《花丛》("A Tuft of Flowers"),同样被舍菲尔德先生拒绝了。弗罗斯特顷刻间觉得简直忍无可忍,老师居然如此粗暴地对待他的心爱作品。可是,为了最终能够拿到学位,为了将来能够承担养家糊口的重担,他没有退路,必须坚持下去。幸亏,在拉丁语和希腊语课上,弗罗斯特的表现比较如意。他师从两位当时在哈佛大学比较有名的老师。在希腊语课上,弗罗斯特钻研史诗,成绩优秀;在拉丁语课上,他研究拉丁语诗歌。这些努力为他日后在诗歌创作中对英语诗歌格律的理解和运用打下了坚实的基础。

弗罗斯特在哈佛的第一个学期就这样在苦乐参半的历练中过去了。第二年春天,怀特带着儿子埃利奥特以及她的妈妈一起来到坎布里奇与弗罗斯特团圆。弗罗斯特租下了一套窄小的公寓。尽管条件简陋,但毕竟是一家人住在一起,团团圆圆。对弗罗斯特来说,这算是真正意义上的、独立的家庭生活,因此他觉得十分欣慰。妻子和岳母一起洗衣做饭、打扫卫生、照看小孩,弗罗斯特可以潜心学习。虽然经济紧张,但是一家人一起省吃俭用,温情浓浓。让弗罗斯特一家人喜出望外的是弗罗斯特因第一学年成绩优秀而获得了 200 美元的奖学金。虽然奖学金不多,但是它帮助弗罗斯特暂时缓解了家庭经济困难,也真可谓雪中送炭了。不仅如此,这笔奖学金也证明了弗罗斯特学习的潜质,使他信心倍增。

这一时期,弗罗斯特接触到了一些后达尔文主义的争论。在哈佛大学,植物学家和达尔文传记作家格雷(Asa Gray, 1810—1888)在捍卫达尔文学说。格雷认为达尔文通过他的变形假设(transmutation hypothesis)学说已经让目的论(teleology)回归自然现象;而美籍瑞士博物学家阿加西(Loui Agassiz, 1807—1873)却批评格雷的学说,认为那意味着对神圣权威的亵渎和破坏。弗罗斯特感兴趣的植物学也是当时争论的焦点之一。有些神学家把达尔文学说与带有进步意义的进化论等同起来,因此给基督教的救赎学说带来了新的解读;但也有学者认为这是对宗教思想中的伤感主义和确定性的一种侵蚀。根据费根(Robert Faggen)教授的研究,弗罗斯特当时是在谢勒(Nathaniel Southgate Shaler)教授的指导下学习进化地质学(evolutionary geology),阅读了英国地质学家赖尔(Sir Charles Lyell, 1797—1875)和达尔文的许多著作。谢勒认为地球表面特征是在不断缓慢变化的自然过程中形成的,他反对灾变论或者求助圣经。谢勒提出了一个基督教进化论的设想:"基督是整个物种体系的王。它代表千百万年以前就开始了的人类受引领的奋斗的最终结果。他经过无限的努力和痛苦才达到了这个至高无上的成就。他指明了一条脱离快乐论(hedonism)罪恶的道路,同时摆脱了自我意识给人类带来的灾祸。"① 但是,谢勒的基督教进化论设想并没有在弗罗斯特日后的诗歌创作中留下明显的印记。

2. 达尔文的启示

1898 年暑期,弗罗斯特的祖父再一次出资,让弗罗斯特带着妻儿到埃姆斯伯里(Amesbury)度假。弗罗斯特常常到树林里漫步,但是他把大部分时间用来阅读和创作诗歌,同时继续学习拉丁语和希腊语。这个暑期,他还阅读了亨利·詹姆斯(Henry James)的弟弟威廉·詹姆斯(William James, 1842—1910)写的《信仰意

---

① Nathaniel Southgate Shaler, *The Interpretation of Nature*, Boston: Houghton Mifflin, 1893, p. 275. See Robert Faggen, *Robert Frost and the Challenge of Darwin*, Ann Arbor: The University of Michigan Press, 1997, p. 32.

志与其它通俗哲学论文集》(*The Will to Believe and Other Essays in Popular Philosophy*, 1897),[①] 为下学期选修威廉·詹姆斯的哲学课程做好准备,可惜詹姆斯教授因病休假一整个学年,因此弗罗斯特的愿望没有实现,不过他还是选修了一门使用威廉·詹姆斯的著作为主要课本的哲学课。在詹姆斯的著作中,弗罗斯特发现了一个怀疑论者。他赞同詹姆斯关于自我(selfhood)的观点,认为一个人的自我是一种社会虚构,是多元的,因此允许一个人以不同的面孔对待不同的人。由于受达尔文生物进化论的启发,詹姆斯认为人的心理意识是一种"意识流",即一种混沌的、不间断的感觉和印象之流,是有机体受到环境刺激后所产生的反应,换言之,就是有机体适应环境的机能。在这种心理学理论的基础之上,詹姆斯提出了他的彻底经验主义(Radical Empiricism,又译"激进经验主义"),认为哲学和科学所研究的一切实在就是经验的实在,是人们按照各自的意志和兴趣以纯经验为素材构成的,而纯粹经验又产生于"意识流"。这种彻底经验主义带有明显的唯意志主义倾向,因为詹姆斯所谓的"意识流"或"纯粹经验的世界"始终处于一种浑然状态,并不是人们所感受到的实在世界和事物,它之所以成为实在世界和事物完全取决于人们的意志和兴趣。人们是根据自己的意志和兴趣从"意识流"中划分出各种断片来,它们就成了人们所感受到的事物。[②] 由此可见,人们感兴趣的、想得到的东西就变成了实在的东西。于是,詹姆斯说:"一切实在的基础和起源,无论从绝对的或时间的观点看,都是主观的,亦即我们自

---

① William James, *The Will to Believe and Other Essays in Popular Philosophy*, New York: Longmans, Green, 1897.
② 冯契、徐孝通主编:《外国哲学大辞典》,上海:上海辞书出版社,2000年,第873页。

己。"① 因此,詹姆斯认为实用主义方法论普遍适用于持各种不同观点、甚至是对立观点的人,并且它是能够解决各种争论的有效方法。这种实用主义方法论"不是去看最先的事物、原则、'范畴'和假定是必需的东西,而是去看最后的事物、收获、效果和事实。"②这种方法意味着人们的行为不需要以客观实际为基础,不需要有理论和原则的指导,而只需要"最后的结果"、收获和效果。显然,这是一种完全依据人的主观意愿的主观主义方法论,它把观念的真理性与观念的有用性等同起来,提出了真理就是有用、有用就是真理的著名公式。在这种实用主义的方法论中,任何宗教观念都成了某种满足人的情感需要的假设。上帝已经不是造物主或者某种绝对的精神力量,而成为给人们以希望和精神寄托的力量,不是现实的存在,而只是一种有用的假设。詹姆斯在《实用主义》一书中用赞同语气转述了意大利实用主义者帕比尼把实用主义比喻成旅馆里一条公共走廊的经典之作:"实用主义在我们的各种理论中就像旅馆里的一条走廊,许多房间的门都和它通着。在一间房里,你会看见一个人在写一本无神论著作;在隔壁一间房里,另外一个人在跪着祈求信仰的力量;在第三间房里,一个化学家在考察物体的特征;在第四间房里,有人在思索唯心主义形而上学的体系;在第五间房里有人在证明形而上学的不可能性。但是,那条走廊却是属于他们大家的,如果他们要找一个进出各人房间的可行的道路的话,那就非经过那条走廊不可。"③ 看来,在詹姆斯的这种实用主义方法论指导下,一切矛盾和对立都是可以消除的,也可以找到共同语言的。这不免带有一些折衷调和的色彩,一些诡辩

---

① 詹姆斯:《多元的宇宙》(英文版),第 213 页。转引全增嘏主编《西方哲学史》(下),上海:人民出版社,1983 年,第 558 页。
② 詹姆斯:《实用主义》,第 31 页。转引全增嘏主编《西方哲学史》(下),上海:人民出版社,1983 年,第 558—559 页。
③ 同上,第 30—31 页。

的本质特征。

在詹姆斯休病假的那一学年里,弗罗斯特到哈佛大学哲学系选修了桑塔雅那(George Santayana,1863—1952)[1] 的哲学课程,接着又选修了罗伊斯(Josiah Royce,1855—1916)[2] 的现代哲学导论课程。桑塔雅那是一位西班牙裔美国哲学家,也可以称之为美学家,因为他也写诗歌和小说。尽管桑塔雅那只比弗罗斯特年长11岁,不过他杰出的著作以及他那高贵的气度不仅使他在哈佛哲学系占有一席重要的位置,而且也着实征服了弗罗斯特。弗罗斯特对桑塔雅那本人复杂的怀疑主义哲学观点十分感兴趣,尤其是因为桑塔雅那的哲学思想也是建立在认真研究希腊美学的基础之上,而且他们两人都把宗教看成是对真理的一种象征性表述,而不是一种不折不扣的真理。不过,弗罗斯特并不是全盘接受桑塔雅那的观点,而是保持清醒的头脑,最终在自己的诗歌创作中发展成了一种融怀疑主义与神秘主义为一体的独特的哲学观点:"心照不宣、人微言轻、讲求实效。"[3] 罗伊斯的哲学观点对弗罗斯特也有着相当重要的影响。与詹姆斯一样,罗伊斯也是达尔文学说的积极支持者。帕里尼认为弗罗斯特一定是从罗伊斯那里学到了许多关于进化理论的知识,特别是弗罗斯特在哈佛学习的那一年,罗伊斯专场做过两个讲座《进化学说的兴起》("The Rise of the Doctrine of Evolution")和《自然与进化:外在世界及其悖论》("Nature

---

[1]　桑塔雅那(George Santayana,1863—1952),西班牙哲学家、文学家、批判实在论代表人之一,1872年移居美国后,在哈佛大学任教,著作包括《理性生活》、《存在的领域》、小说《最后的清教徒》和诗歌、评论等。

[2]　罗伊斯(Josiah Royce,1855—1916),亦译"鲁一士",美国哲学家,绝对唯心主义的代表,认为"绝对"是思想、理性与目的、意志的统一,主要著作有《近代哲学的精神》、《忠的哲学》等。

[3]　Jay Parini, *Robert Frost: A Life*, New York:Henry Holt and Company, 1999, p.63.

and Evolution：The Outer World and Its Paradox"）。① 罗伊斯认为哲学的目的是解构意识本身的悖论,意识只有在与其他意识相互作用中才能认识自身,自我意识只能存在于普遍意识之中,否则就没有意义。因此,这个普遍意识就是宇宙的真理,就是宗教的上帝。罗伊斯把世界分为描述世界和欣赏世界,即一个科学所描述的世界和一个只有精神才能体验的自由和理性的世界,相当于古希腊柏拉图的理念世界。帕里尼认为"罗伊斯致力于调和理想主义(柏拉图主义)和自然科学实在之间的矛盾,并且将他的想法传授给了弗罗斯特,而且弗罗斯特连续几十年,不断地在创作中思考和实践着这种思想。"② 这种理想主义与自然科学之间的矛盾冲突在弗罗斯特的诗歌中留下了明显的痕迹。比如,在《造物者的笑声》("The Demiurge's Laugh")一诗中,弗罗斯特写道：

依旧是在远方那同一片树林里,
　　我兴高采烈地跑在守护神的后边,
可我知道我追寻的不是真神。
　　正当阳光开始西斜之际,我
忽然听见——需要听见的一切：　　　　　　　5
它已经陪伴着我,年又一年。

那声音竟然在我身后,而非前头,
　　一个无精打采、半嘲半讽的声音,
宛如一个谁都不会理睬的声音。
　　守护神从泥沼里站起,笑出声来,　　　　10

① Robert Faggen, *Robert Frost and the Challenge of Darwin*, Ann Arbor：The University of Michigan Press, 1997, p.33.
② Ibid. Also see Jay Parini, *Robert Frost: A Life*, New York：Henry Holt and Company, 1999, p.63.

一边走着一边擦去眼上的泥土；

而我对他的意图已经心领神会。

我不会忘记他是如何发出笑声。

　　如此被他撞上，简直像个傻瓜，

我突然停下脚步并装模作样地　　　　　　15

　　在地上的落叶中寻找着什么，

（但不知他是否停下理我）

最后，我倚着一棵树，坐在地上。①

弗罗斯特曾经在《少年的心愿》第一版中给这首诗歌加上过"关于科学"（about science）的标题注释词。显然，这首诗歌带有自嘲自讽的口气。在这诗歌中，我们首先看到了一位怀疑主义的追寻者，他不是真正的理想主义者，他追求的不是"真神"而是假神，可是他的怀疑主义中又带着茫然的理想，能够使他"年又一年"地追寻着远方树林里的一种声音；其次，这种声音是从那位被追寻者的口中发出的笑声，可它竟然是从他的身后传来，而不是在他的前方，引领着他去寻求生命的意义；最后，我们看到了这位追寻者感到无比羞愧，便装着若无其事的样子，倚着一棵树，无奈地坐在地上，不再追寻了。我们可以把诗中所描述的这一带有怀疑主义色彩的追寻看成是一种对神的追求，也可以看成是一种对知识的追求、一种对科学的追求。然而，诗中这位"造物者"（"demiurge"）在传统的联想语境中被理解为一位创造世界的"守护神"（"a subordinate god"），代表着一种创造性的进化力量，于是吸引着诗中的追寻者。然而，当诗中人那种自欺欺人的、带有浓重讽刺意味的幻想被

---

① 笔者译自 Robert Frost, *Robert Frost: Collected Poems*, *Prose*, *& Plays*, New York: Literary Classics of the United States, 1995, p. 33.

揭示出来之后,这位追寻者立刻停止追梦,无奈地回到了现实中来。十九世纪是西方社会飞速发展的时代,"进步"是这个时代的主旋律,人们愿意相信自己能够科学地解释自然的创造力,人们热衷于谈论和表现科学进步主题;然而,在这首诗歌中,弗罗斯特对待科学进步的诗化表述似乎十分谨慎,他把自己的怀疑主义和神秘主义态度委婉地掩埋在了科学神话之中。人们企图去理解自然,可最终发现自然仍是个神秘地方。我们看到了人们的追求、茫然和无奈。

1898年夏天,怀特又有了身孕,于是她暑期之后带着儿子埃利奥特回到劳伦斯城她的父母身边,而弗罗斯特只好孤身一人留在哈佛。只有等到学校节假日放假时,弗罗斯特才可以回去与妻儿团聚。不过,他在哈佛选修许多著名教授的课程,比如主讲英国文学的著名莎士比亚和乔叟专家基特里奇(George Lyman Kittredge, 1860—1941)教授、主讲植物学的谢勒教授、主讲诗歌的芭比特教授。弗罗斯特简直如鱼得水,而且学习成绩一直名列前茅。几年前因擅自离开达特茅斯学院而在他的心灵深处所留下学业失败的感觉也随着他在哈佛大学的发展而烟消云散了。弗罗斯特如饥似渴地在这座自由而又富有创新精神的学术殿堂里释放着自己的满腔热忱。

尽管我们很难断定弗罗斯特在哈佛的这一年多学术生涯对他日后的诗歌创作是否起到了举足轻重的作用,但是他这段时间内在希腊语和拉丁语以及希腊语和拉丁语诗歌方面的热爱和投入无疑夯实了他成为一名著名诗人的哲学与诗学基础,同时催生了他融现代与传统为一体,追求形式与内容简单深邃的诗歌创作风格。在接受普伊瑞尔(Richard Poirier)的采访时,弗罗斯特曾经说:"或许我读过的拉丁语和希腊语[的诗歌]比庞德读过的还要多。"①

---

① Robert Frost, *Robert Frost: Collected Poems*, *Prose*, *& Plays*, New York: Literary Classics of the United States, 1995, p. 877.

后来,弗罗斯特甚至曾经想在哈佛开设一门拉丁语诗歌创作课程。1916 年,弗罗斯特在一个古典主义学术会议上做过一个题为《经典准则与英文写作》("The Discipline of the Classics and the Writing of English")的报告。实际上,弗罗斯特所受的古典文学的熏陶和训练丝毫不比艾略特和庞德少。帕里尼认为"艾略特和庞德喜欢把自己所受的教育穿在衬衫的袖子上(to wear their education on their shirtsleeves)。"① 1934 年,弗罗斯特给女儿莱斯利的一封信中说:"从庞德到艾略特之流都一直靠炫耀学问来求得殊荣。庞德炫耀他的古法语,艾略特则卖弄四十种语言。他们爱旁征博引,可你试试看能不能把他们的引文放回原来的出处。庞德虽引证不确,但的确很有学问。艾略特则更是博古通今。"② 可见,弗罗斯特对教育的理解及其在诗歌创作中的运用与艾略特和庞德是大不一样的。弗罗斯特看上去比较平实和直白,而艾略特和庞德显得比较张扬和浮华。的确,在阅读艾略特作品时,读者能够感觉到教育被作者用作社会等级划分的一个指标,一种区分有教养、有知识与无教养、没知识的区别性标志。不论是艾略特的《荒原》还是庞德的《诗章》对许多普通读者来说都可谓有字天书,不敢问津。然而,弗罗斯特却反其道而行之,追求一种简单深邃或者是深邃简单的艺术风格。从教育者的角度看,弗罗斯特是要给人们一种自由的感觉:"我要给予的自由就是我所追求的自由,是使用我的材料的自由。在你看来,一个小学生就是一个能够给你背诵他前一天晚上所阅读的一切的小孩,因为老师要求他那么做的。可是,那恰恰不是我所说的自由人。我所谓一个能够自由使用他的材料的人,是指一个能够把 2 与 2 加在一起的人,一个不受任何时空限制

①　Jay Parini, *Robert Frost: A Life*, New York：Henry Holt and Company, 1999, p. 65.

②　弗罗斯特:《弗罗斯特集:诗全集、散文和戏剧作品》(下),曹明伦译,沈阳:辽宁教育出版社,2002 年,第 940 页。

能够把 2 与 2 相加的人。一件小小的事情只要被提到,它或许就能够让人回忆起他可能在过去 20 年间都没有想起的事情。"① 因此,弗罗斯特常常用一种他所谓"绝对非文学性"的语言来表达艾略特和庞德用十分复杂的语言来表达的同样深邃的时代主题。弗罗斯特的这种艺术造诣与他在哈佛时苦读经典的经历是分不开的。

弗罗斯特求学的路途总是坎坷的。1899 年 3 月起,弗罗斯特开始感到身体不适,甚至一连几天卧床不起;白天叫喊着头疼,夜里浑身冷汗;此外,他时常感到呼吸困难,全身上下到处是没完没了的毛病。由于他的父亲死于肺结核,因此弗罗斯特也开始怀疑自己得了同样的病。后来,他回忆道:"因为健康问题,我只好离开哈佛。我的心脏不好,胃也不好。"此外,另一个重要原因可能是妻子怀有身孕,而且情况不好,因为怀特经常在信中说自己感到腰疼、恶心、疲惫……。不过,这一次,弗罗斯特并没有不辞而别,而是郑重地向布里格斯院长讲述了自己的难处并获得了一个十分光彩的离别,因为布里格斯院长于 1899 年 3 月 31 日主动为他写了哈佛学院退学证书:"我很高兴证明您从哈佛退学是应该受到尊敬的,因为您在这里的学习成绩名列前茅,第一学年的成绩优秀;我很遗憾失去您这样的一位优秀的学生,但是我将很高兴为您提供在哈佛大学的学业证明。"②

1899 年 4 月,弗罗斯特离开哈佛大学之后,回到了劳伦斯城。弗罗斯特本想夫妻团聚或许能减轻他的病痛;可万万没想到,自己一回到家里,竟然病情加重,干脆卧床不起了。眼睁睁地看着身怀六甲的妻子,弗罗斯特居然无力照顾。医生告诉弗罗斯特说,他必

---

① Jay Parini, *Robert Frost: A Life*, New York: Henry Holt and Company, 1999, pp. 65 – 66.

② Lawrance Thompson, ed., *Selected Letters of Robert Frost*, New York & Chicago: Holt, Rinehart and Winston, 1964, p. 30.

须改变他没有运动的生活方式,并且建议他干些农活。弗罗斯特接受了医生的建议,设想养些家禽。童年在旧金山的时候,弗罗斯特就在自家后院养过几只可爱的小鸡,记忆尤深。弗罗斯特萌发了养鸡的念头并专程跑到梅休因城附近的乡下去咨询一位家禽兽医布里科特博士(Charlemagne C. Bricault)。布里科特博士十分热心,不仅同意卖给弗罗斯特一些种鸡蛋,而且还帮助他在梅休因城附近租到了一幢装有护墙楔形板的房子(a clapboard house)和一个摇摇晃晃的养鸡棚。弗罗斯特的祖父为他支付了房租,租金十分便宜。尽管他并不觉得自己在饲养家禽方面有什么天才,也不是对养鸡有什么特别的兴趣,但是弗罗斯特认为养鸡不难,是一种比较实在的挣钱养家的办法。1899 年 6 月,弗罗斯特一家搬进了他们的新家,当时弗罗斯特与怀特的第二个孩子莱斯利刚刚满月不久。弗罗斯特很快就适应了新的生活环境,对自己的未来充满美好憧憬。

　　然而,好景不长,弗罗斯特的母亲被诊断出患了癌症,体重急剧下降,但是她并没有放弃自己,因为她看到了自己的儿子弗罗斯特开始热衷于创造自己的农村生活。到了冬天,弗罗斯特养的第一批鸡卖了出去,同时又开始养第二批鸡,他的心情渐好,身体也有好转;母亲的病情有所缓和,还能够帮助怀特照看埃利奥特和莱斯利。可是,家庭的平静再次被病魔的来临所打破。长子埃利奥特开始消化不良,肚子经常绞痛,夜里发高烧。他们先是请原来给弗罗斯特母亲看病的当地医生给埃利奥特看病。医生给埃利奥特开了治疗消化不良的药,可是一点也不管用。更糟糕的是怀特当时正好参加基督教科学派(Christian Science),认为病与罪一样,都出自人的必死意识,所以都必须靠上帝的永恒意识才能治愈,因此她反对医生给儿子治病,而主张为儿子祷告,祈求上帝的恩典。尽管弗罗斯特嘲笑怀特的做法,但是没有当机立断,耽误了救治儿子的最佳时期。到了 1900 年初,儿子开始没完没了地呕吐,弗罗斯特见势不妙,赶紧从劳伦斯请来了一位有名的老医生,可惜为时太晚,埃利奥特于 6 月 8 日清晨 4 点死于儿童霍乱(cholera infantum)。[①] 长子的夭亡简直是晴天霹雳,弗罗斯特夫妇陷入深深的悲痛之中。弗罗斯特觉得自己没有及时请来医生而倍感内疚,说是上帝在惩罚他;而怀特更是悲痛欲绝,根本不敢相信眼前发生的一切,心想这个世界上根本就没有上帝!

弗罗斯特早期的著名诗篇中至少有两首是以描写一个孩子的死亡为主题的:《家葬》("Home Burial")和《"熄灭了吧,熄灭了吧——"》("Out, Out —")。《家葬》是一首富有戏剧性的叙事诗,写于英国,但故事背景可能就是埃利奥特不幸夭亡的事件。弗罗斯特的亲密朋友锡德尼·考克斯(Sidney Cox)说"这首诗歌太接近家事,让他[弗罗斯特]回忆起 15 年前三岁半的埃利奥特的夭亡。《家葬》(标题有两层意思)使他想起他和妻子怀特对长子埃利奥特夭亡表达悲痛的两种不同方式。弗罗斯特用善谈来掩埋内心的痛苦,而怀特则选择沉默。"[②] 无疑,长子的夭亡在弗罗斯特的心灵深处留下了不可磨灭的伤疤。帕里尼发现甚至到埃利奥特夭亡半个世纪之后的 1947 年,弗罗斯特在创作他的剧本《仁慈假面具》(*Masque of Mercy*)时,还借剧中人约拿的口说出了这样的台词:"她蒙受了损失,蒙受了某种她没法/从上帝那里接受的损失——/是它呢? 某种乌托邦的信仰——/或者是孩子,这就是母亲的怨恨?"[③] 然而,祸不单行,弗罗斯特家接连遭受不幸。长子埃利奥特夭亡时,女儿莱斯利这时才 14 个月,且身体不好,动不动

---

① Lawrance Thompson, *Robert Frost: The Early Years 1874 - 1915*, New York & Chicago: Holt, Rinehart and Winston, 1966, p.258.

② William R. Evans, *Robert Frost & Sidney Cox: Forty Years of Friendship*, Hanoever & London: University Press of New England, 1981, p.76.

③ Robert Frost, *Robert Frost: Collected Poems, Prose, & Plays*, New York: Literary Classics of the United States, 1995, p.397.

就发烧,动不动就出热疹。此外,母亲伊莎贝尔的病情也开始恶化。弗罗斯特自己也旧病也复发,觉得胃痛、头痛、呼吸困难,好像自己已经有了父亲肺结核病的症状。8月中旬,在医生的建议之下,母亲伊莎贝尔决定住进新罕布什尔州佩纳库克(Penacook)城附近的亚历山大疗养院。她在那里有几个熟人,自己并没有不喜欢去。弗罗斯特也因此减轻了一些负担,可是住在波士顿的妹妹珍妮误解了哥哥,认为母亲已经成为一个负担,因此被哥哥赶出家门了。然而,雪上加霜的是他们已经好几个月没有付房租了。有一天房东太太来要房租,结果发现到处是散养的小鸡,房子里脏兮兮的,锅碗没有洗,地板也没有拖,到处杂乱无章,简直不堪入眼,于是决定让弗罗斯特一家下个月搬走。

3. 德瑞农场

看到弗罗斯特一家有点儿走投无路,怀特母亲便开始为他们打听新的住处。这时,母亲的一位基督教科学派教友给她介绍了离劳伦斯城大约12英里外的一个占地大约30英亩的农场。确切地说,农场坐落在新罕布什尔州塞勒姆城北的罗金厄姆(Rockingham)县的德瑞(Derry)镇上,德瑞镇约有5000居民。这个农场说是一个相当新的农庄,带有一个仓库和一个苹果园;更让人动心的是它的价格比较合理,只需1700美金。即便到1900年,这个价格也算是便宜的。德瑞镇的售房记录显示,在1895—1910年间,同样大小的农场很少售价低于2000美金。[①] 怀特这时灵机一动,悄悄地去向弗罗斯特的祖父求助,希望他老人家能够再次助他们一臂之力,出钱把德瑞农场给他们买下。看到孙子愿意安心养鸡,祖父威廉·弗罗斯特欣然答应了下来,并且自作主张地与巴理尔协

---

① Jay Parini, *Robert Frost: A Life*, New York：Henry Holt and Company, 1999, p. 71.

议,让巴理尔来帮助弗罗斯特经营农场,条件是允许巴理尔把他84岁的父亲一起带来。尽管弗罗斯特很喜欢巴理尔,但是他还是对巴理尔所提出的条件有些不满。

　　弗罗斯特一家是1900年10月1日搬进在德瑞镇的这个名叫"梅宫农场"(Magoon)的农庄。当天,当地的小报《德瑞新闻》是这么报道的:"罗伯特·弗罗斯特先生已经搬进了他最近买下的梅宫农场。他带来了近300只怀恩多特鸡(Wyandotte fowls)。"梅宫农场倚靠着景色优美的山丘,离德瑞镇只有2英里,赶着马车没多久就可以到达。农场的房子装着白色的护墙楔形板,屋顶是人字形的,百叶窗漆成绿色。房子虽然不大,但有足够的空间;楼上有三个卧室,楼下有一个小客厅和一个用作起居室和饭厅的大房间;地下层还有一个卧室和去侧房的通道,厨房也设在那里。房子的北边是苹果园,果树上挂满了熟透了的苹果;此外,果园里还种了桃树、梨树等。房子的四周风景迷人;往东看,是一片干草地,再往远处看,是一大片树林,有枫树、橡树和山毛榉树;向南看,可以看见一片郁郁葱葱的桤树,隐藏着一条西去的清泉小溪;房子的附近有一片越橘沼泽;农场仓库的旁边是一块块木莓和蓝莓地,以及一块相当大的蔬菜地;此外,房子的北边还有足够的空地可供弗罗斯特搭建鸡舍养鸡。就这样,从1900年秋天开始到1911年11月德瑞农场被卖掉为止,弗罗斯特体验了长达11个年头的农民生活,为日后的诗歌创作积累了他一辈子都用不完的新英格兰农村现实生活的素材。弗罗斯特曾经对默丁斯(Louis Mertins)说:"我诗歌中所涉及到的地域大体上可以说是德瑞地区的景色,或者说就是德瑞农场的景色。尽管都带有综合典型的特点,但是源于这里的诗歌是以具体的事件为基础的,因此带有自传体的特征。德瑞农场的经历已经在我脑海里根深蒂固了,因此在后来创作的诗歌中留下了记忆。"①

　　初到德瑞农场,弗罗斯特夫妇努力使自己适应新的生活环境,尤其是弗罗斯特,连续 6 年没有想过发表诗歌,而是想精心地去经营自己的农场。弗罗斯特与他的朋友巴理尔并肩劳动,他们一起盖鸡舍、一起摘苹果和梨、一起养鸡,配合十分默契。巴理尔比弗罗斯特乐观而且体力和精力都比较旺盛。弗罗斯特有时会抱怨巴理尔及其年迈的父亲给他的农场增加了不少负担,但是巴理尔则常常提醒弗罗斯特,是弗罗斯特的祖父不放心自己的孙子,才请他来帮忙的。尽管如此,他们两人还是齐心协力,把农场的活干得不错,彼此之间都比较满意。怀特初到农场时,还是没有摆脱埃利奥特夭亡的阴影,经常闷闷不乐,沉默寡言,弗罗斯特也不知如何是好,好在巴理尔比较开朗,有说有笑。他和弗罗斯特两人有时在树林一呆就是一整天,弗罗斯特称之为"植物采集漫步"(botanizing walk)。弗罗斯特对自己经营农场能力的评价比较低调。他曾对默丁斯说他的邻居会讥笑他"早晨出工不准时,什么时间出工都有,甚至到了中午才出门干活。我总是喜欢夜里不睡,坐起来盘算一些难以言喻的罪行(inarticulate crime),只有当迫不得已的时候才出去干活;邻居们总是摇摇头,似乎兆头不祥,带有一些偏见。在他们的眼里,我从一开始就是一个失败。"② 不过,我们应该注意许多诗人总是有意将自己的生活神秘化了。实际上,当弗罗斯特一家人刚搬到德瑞镇来的时候,整个新罕布什尔州就找不到几个日子过得好的农民。起初,弗罗斯特的农场是经营得不错的。但因为农场的土地贫瘠,冬天天寒地冻,而且当地的经济可谓死水一潭,弗罗斯特农场的收入仅够维持生计。平时家里需要一些零

① Jay Parini, *Robert Frost: A Life*, New York: Henry Holt and Company, 1999, p. 73.
② Louis Mertins, *Robert Frost: Life and Talks-Walking*, Norman: University of Oklahoma Press, 1965, p. 58.

花钱,他们就要设法把农场产的鸡蛋、苹果、梨等拿到镇上去换。《雪夜林边逗留》("Stopping by Woods on a Snowy Evening")一诗中,有这么一行诗歌:"在这一年中最漆黑的夜晚。"那么,这个雪夜为什么是"最漆黑的夜晚"呢? 原来诗中的故事发生于一年中最漆黑的夜晚——"12 月 22 日——恰逢圣诞节前夕——那是一年中白昼最短的一天"。然而,根据 1947 年弗罗斯特自己的回忆,这里的"漆黑"在其字面意义的背后,可谓含义深远;对弗罗斯特来说,它"不但意味着天气的寒冷,而且也意味着经济上寒冷。"①弗罗斯特后来回忆起当时他们家住在农场里的那些艰难岁月。一年冬天,眼看圣诞节就要来临,弗罗斯特套上马车,拉了些自己种的农产品,到镇上赶集去了。他赶着马车,走了很长的路。心想或许能用那些农产品给孩子们换回些圣诞节的小礼物。那是个寒冷的冬天,镇上人家的生活也不富有,赶集的人很少,他的买卖没有做成。当他赶着马车,沮丧地往回走时,大雪纷飞,夜幕降临。他的心情变得越来越沉重。就连他的马儿似乎也已感觉到主人的沮丧心情,因此在回家的路上,跑得特别缓慢。就在他们要看见自己的农庄时,弗罗斯特突然想起他的家人可能正在焦急地等待着他的归来。他自叹无脸见自家老小,又想不出什么办法来解脱家人的失望之感。马儿逐渐放慢了脚步。最终在一个拐弯处停了下来,它知道主人这会儿想做什么。弗罗斯特"就坐在地上,像个孩子似的,哇哇大哭。"②

　　弗罗斯特的经济困难也使他无心关注母亲伊莎贝尔的病情。伊莎贝尔这时在佩纳库克(Penacook)住院治疗,身体十分消瘦,显然活不了多少日子。于是,当妹妹珍妮来德瑞农场探望弗罗斯特

① N. Arthur Bleau, "Robert Frost's Favorite Poem," in *Frost: Centennial Essays III*, Jac Tharpe ed., Jackson: University Press of Mississippi, 1978, p.175.
② 黄宗英:《"不是没有修饰"——罗伯特·弗罗斯特诗歌语言艺术管窥》,载《北京大学学报》(外国语言文学专刊),1998 年,第 37 页。

的时候,她狠狠地责备了哥哥,说他根本就没有上心照看即将离他们而去的母亲。弗罗斯特觉得妹妹的责怪是有道理的,于是急急忙忙地与巴理尔一起赶着刚刚借了祖父 25 美元从劳伦斯城里买回来的马车,到佩纳库克去探望母亲。见到母亲的样子,弗罗斯特简直目瞪口呆,母亲已经完全被癌症击垮,就连说话的声音也已经基本上听不清了。伊莎贝尔始终没有从埃利奥特夭亡的悲痛中摆脱出来,她也知道弗罗斯特和怀特仍然悲痛欲绝,可是在伊莎贝尔看来,弗罗斯特和怀特的可悲之处是他们不信主,因此他们没有精神支柱。弗罗斯特离开佩纳库克的时候就害怕自己可能再也见不到母亲了,伊莎贝尔确实在弗罗斯特走后没多久就离开了人间。她的教友海斯(John Hayes)为她举行了葬礼并把她安葬在她的丈夫和埃利奥特在劳伦斯城的墓地之间。

　　然而,贫穷和不幸并没有压倒弗罗斯特。尽管他认为自己没有及时给埃利奥特请来医生而导致长子夭亡,尽管他因贫穷而无力从病魔手里挽回母亲的生命,但是他仍然勇敢地面对生活,勇敢而又执着地追求自己的梦想。他说:“那些日子,虽然我是一个贫穷的农民,可是我也很富有,有足够的食物和时间,很多很多时间。我简直是一个时间的富翁!”① 命运的捉弄反而催生了弗罗斯特热爱生活的激情和想象。他的诗歌创作开始有了转机,1900 年春天,他写出了他自己认为是诗集《少年的心愿》中最好的诗歌——《割草》。就格律而言,这首诗不仅韵式不规则,而且基本上不采用传统十四行诗常用的抑扬格(iamb)音步,取而代之的是抑抑扬格(anapest)。弗罗斯特不仅大量使用抑抑扬格格律,而且在诗歌中多次巧妙地使用辅音字母 s 和 w 以及辅音字母组合 wh,使它们产生一种独特的音韵效果。这种音韵效果不仅使这首诗歌听起来

① Jay Parini, *Robert Frost: A Life*, New York：Henry Holt and Company, 1999, p.75.

就像两个人在谈话一样,似乎听不出明显的诗歌格律的抑扬顿挫,而且创造性地模仿了诗中人用长柄镰在"唰唰"地割草"私语"声。也许,这种声音效果是弗罗斯特终身追求的他称之为"意义声音"("sound of sense")的艺术造诣。它要求诗人不借助过多的修辞手法就能够成就一种声音与意思(形式与内容)完全契合的诗歌艺术效果。就主题而言,诗人写道:"任何超过真实的东西都显得软弱……事实是劳动才能知晓的美梦。"这首诗歌属于田园诗的传统,但以爱默生的超验主义思想为基础,是弗罗斯特通过农事诗体现其哲学思想和美学思想的代表性诗作之一。1988 年,沃尔施(John Evangelist Walsh)在其专著《进入我的自己:罗伯特·弗罗斯特在英国的岁月 1912—1915》中说:"在收录诗集《少年的心愿》的 32 首诗歌中,惟独《割草》一首与弗罗斯特新的创作技艺和主题有相似之处。但是几乎可以肯定,《割草》一诗也是[弗罗斯特在]比肯斯菲尔德(Beaconsfield)时创作的作品,正好赶上了诗集的出版(尽管可能初稿写于普利茅斯)。这是一个巨大的进步,因为我们可以恰如其分地说《割草》中的 14 行诗歌把"真实"作为想象创造的灵感基础,不仅预示了弗罗斯特在英国要写的诗歌形式而且也宣告了他今后 50 年诗歌创作生涯的艺术追求。"[①] 在弗罗斯特的第一本诗集中,我们还能找到《进入我的自己》("Into My Own")、《梦中的痛苦》("A Dream Pang")和《地利》("The Vantage Point")等上乘的作品。

4. "象征性农民"

1901 年夏天是弗罗斯特一家在德瑞农场上度过的第一个夏

---

① John Evangelist Walsh, *Into My Own: the English Years of Robert Frost 1912 - 1915*, New York: Grove Weidenfeild, 1988, p. 41. 有关这首诗歌的评论可参见本书第四章第三节。

天。他的公开身份是农民,他也不想让别人知道他还是一位诗人。弗罗斯特白天在农场下地干活,晚上躲在家里埋头读书。这一时期,他把写诗的愿望埋在了心底。巴理尔希望他抽空再读读梭罗(Henry David Thoreau)的《瓦尔登湖》(*Walden*),果然弗罗斯特被这本经典的美国传记作品吸引住了,他简直爱不释手,读了一遍又一遍,仿佛梭罗在直接对他说:"我到林中去,是因为我希望能过着深思熟虑的生活,只是去面对着生活中的基本事实,看看我是否能学到生活要教给我的东西,而不要等到我快要死的时候才发现自己并没有生活过。我不愿过着不是生活的生活,须知生活无限珍贵……我要深入地生活,吸取生活中应有尽有的精华……"①这段梭罗的名言在弗罗斯特的脑海里打下了深深的烙印,而且不断地激励着他去追求自己的人生与艺术的最高境界:"事实是劳动才能知晓的美梦。"

这年夏天的一个遗憾就是弗罗斯特的祖父突然在睡梦中去世了。祖父在遗嘱中明确地表达了自己对孙子弗罗斯特的关爱。根据祖父的遗嘱,弗罗斯特每年可以领到 500 美元,连续 10 年;10年之后,他每年可以领到 800 美元。此外,从 1901 年起,弗罗斯特不但不需要支付农场的房租,而且到 1911 年,德瑞农场所有的财产将完全归属弗罗斯特。当然,弗罗斯特以往向祖父借钱的欠条也就随之勾销。过去,弗罗斯特似乎从来就没有自力更生过,可眼下祖父去世了,往后一家人的生活重担就落在了他的肩上了,当然祖父的遗嘱为他提供了一笔宝贵的生活费用。其实,当时弗罗斯特的邻居们每年是很难能够挣到 500 美元的,因此,弗罗斯特一夜间成了一个比较富裕的人。虽然经济上的压力并不是太大,但是在他的母亲和祖父相继去世之后,弗罗斯特毕竟没有了依靠,必须

---

① 梭罗:《瓦尔登湖或林中生活》,载《梭罗集》(上),许崇庆、林本椿译,北京:三联书店,1996 年,第 444 页。

面对生活的一切。尽管埃利奥特的夭亡永远都会令弗罗斯特感到不安,但是女儿莱斯利十分可爱,给弗罗斯特夫妇带来了极大的安慰。这一时期,惟独让弗罗斯特感到不快的事情就是他的朋友巴理尔。由于弗罗斯特有了一份遗产和收入,他和巴理尔之间的关系就发生了一些变化。巴理尔不喜欢弗罗斯特早晨睡懒觉的习惯,而弗罗斯特好几次抱怨巴理尔没有把农场的活干好,因为巴理尔必须承包一些当地公路工程的活,以补贴自己收入的不足。1902 年 3 月,巴理尔的父亲去世之后,巴理尔也离开了德瑞农场,不过两个人之间的关系仍然不错。

　　1901 年 9 月,怀特又有了身孕。1902 年 5 月 22 日,她为弗罗斯特生下了第二个儿子,取名叫卡罗尔(Carol Frost)。接着, 10 月份,怀特又怀孕了,预产期是 1903 年 6 月。为了让妻子有一个比较好的心境,弗罗斯特带着妻子、女儿莱斯利和不满周岁的卡罗尔,于 1903 年 3 月到纽约去过了一个冬天。等到他们回到德瑞农场不久,伊尔玛(Irma)又于 1903 年 6 月 27 日降生了。这时,弗罗斯特需要同时照看三个孩子,可是他似乎享尽了天伦之乐。在接受帕里尼的采访时,莱斯利说:"人们常常忽视了弗罗斯特对这个年轻的家庭所付出的一切。他与孩子们一起玩,教育他们,考虑他们今后的发展。他每天都和他们在一起,带他们散步,照顾他们上床睡觉,给他们摆桌子吃饭。当这些孩子还小的时候,弗罗斯特在德瑞农场的生活就是照看他们。"① 特别值得一提的是弗罗斯特决定自己在家里教育孩子。由于弗罗斯特和怀特两人都是有经验的教师,因此地方学校管理部门同意弗罗斯特的请求。于是,怀特教孩子们读、写、算术、地理,而弗罗斯特教他们植物和天文。莱斯利记得父亲还带他们到林子里去,一边沿着河走,一边听父亲讲故

---

① Jay Parini, *Robert Frost: A Life*, New York: Henry Holt and Company, 1999, p. 83.

事,一边接受着父亲详细的植物讲解。此外,弗罗斯特让孩子背诵大段大段的英美诗歌,记住各种植物、花草、树木和动物的名称。

每当孩子们和怀特睡着了以后,弗罗斯特便坐在厨房的桌子边,开始写诗,常常写到深更半夜。难怪弗罗斯特那些年写出的诗歌,都洋溢着德瑞农场的气息,也难怪有些弗罗斯特批评家老觉得弗罗斯特比较懒惰,总喜欢睡懒觉。其实,作为一个诗人,弗罗斯特的这种"懒惰"是正常的,也是应该的。他的思想、他的想象就是这样工作的。他需要足够的时间、空间与平和的心境,才能够像华兹华斯所说的那样"在宁静中回想起"往日某种"自然流露的强烈情感"①,才能像伍尔夫(Virginia Woolf)那样,能够在创作时"让想像力自由自在地在位于无意识的最深层的世界的各个角落畅游。"② 这一时期,弗罗斯特写出了《雨蛙溪》("Hyla Brook")、《春潭》("Spring Pools")等著名诗篇。《雨蛙溪》让人难以忘怀的是它给我们留下了一行警句格言式的结尾:"人爱之所爱是因其真实"("We love the things we love for what they are")。在这首诗歌中,诗人想告诉读者的是:诗歌就像爱情一样,不需要虚情假意而需要真情实感,需要我们为获得真知而努力,正如普伊瑞尔所说的"追求真知"。③ 尽管这结尾的第 15 行被马克生(H. M. Maxson)先生看成是画蛇添足的"一行结尾套话"("a mere tag line"),④ 但是多数弗罗斯特诗评家还是把这首诗归入十四行诗的范畴,因为不论从韵式的完整还是从观点的拓展方面,弗罗斯特还是巧妙地

① William Wordsworth, "Preface to the Second Edition of *Lyrical Ballads*," in *Critical Theory Since Plato*, San Diego: HBJ, 1971, 1992, p. 441.

② Virginia Woolf, "Professions for Women," in *Contemporary College English*, Book 5, Mei Renyi ed., Beijing: Foreign Language Teaching and Research Press, p. 57.

③ Richard Poirier, *Robert Frost: the Work of Knowing*, Standford: Standford University Press, 1977.

④ H. M. Maxson, *On the Sonnets of Robert Frost: A Critical Examination of the 37 Poems*, Jefferson & London: McFarland & Company, 1997, p. 7.

使这最后一行成为这首诗不可分割的一部分。①《春潭》一诗描写的不是某个人站在树林边观赏春潭的景色,而是在写诗人心中的"春潭":"春潭虽掩蔽在浓密的树林,/却依然能映出无暇的蓝天。"然而,这"潭水不是汇进溪流江河,/而将渗入根络换葱茏一片。"尽管潭水可以使新蕾的树木变成郁郁葱葱的夏日,但是"这如花的春水和似水的花/都是皑皑白雪消融在昨天。"②尽管诗中不乏如花似景的春潭景色,但是不论这如花的水还是这似水的花都取决于昨日的"皑皑白雪",而且始终被笼罩在"浓密的树林"之下,多有几分威胁的感觉。这些或许都是德瑞农场劳动生活的历练给诗人弗罗斯特留下的宝贵的精神财富。

1905 年 3 月 29 日,怀特生下了玛乔丽(Marjorie)。弗罗斯特依然履行了一个好父亲的职责,悉心照顾自己的孩子。他是一位天生的好老师,善于耐心地为孩子们提供最好的启蒙教育。弗罗斯特经常带着孩子们出去散步,而孩子们每每总是陶醉于大自然的景色与父亲对自然的天才解读当中。弗罗斯特的孙女弗朗西斯(Lesley lee Francis)在她的著作《弗罗斯特一家人在诗歌中经历》中描述了他们一家人的散步、谈话与祖父诗歌创作的关系。③ 弗朗西斯说,她妈妈早在 1905 年就在日记中写到:"爸爸和我一起走了很长一段路,"而且祖父弗罗斯特还把他们晚间散步的重要性写进《恐惧》("The Fear")一诗:"每个孩子至少都应该/有一次深夜散步的记忆。"④ 弗朗西斯认为"我妈妈从她的父亲那里所感受

---

① Nancy Lewis Tuten & John Zubizarreta, eds., *The Robert Frost Encyclopedia*, Westport, Connecticut & London: Greenwood Press, 2001, pp. 157 – 158.

② 弗罗斯特:《弗罗斯特集:诗全集、散文和戏剧作品》(上),曹明伦译,沈阳:辽宁教育出版社,2002 年,第 314 页。

③ Lesley Lee Francis, *The Frost's Family's Adventure in Poetry*, Columbia and London: University of Missouri Press, 1994, pp. 18 – 19.

④ 弗罗斯特:《弗罗斯特集:诗全集、散文和戏剧作品》(上),曹明伦译,沈阳:辽宁教育出版社,2002 年,第 127 页。

到的一种荒诞和激动就是来自这些长时间的散步,有时候是带着所有的孩子,去采摘浆果,或者过家家,或者在树林里藏东西,但是更经常是只带着莱斯利去……几乎在每一篇日记中,我妈妈不仅从自然环境中学到不少东西,而且同样重要的是,妈妈从她父亲那种独特的感受自然的方式中吸收到了许多养分:欣赏着种满松树、槭树或者栗树的牧场;荡白桦树;坐在石墙上;与城里的朋友长时间的聊天;想象邻居树林里的小妖精和仙人;或者跟着爸爸,学着怎么对付各种各样的恐惧:寒冷的夜晚、漆黑的地窖、林子动物的忽然动静、枪声、暴风雪带来的大雪等等。"① 由此看来,早期权威的弗罗斯特传记作家劳伦斯·汤普森"不失时机地将弗罗斯特刻画成一个怪物(monster)"② 的写法是值得进一步斟酌的。这一时期,弗罗斯特的公开身份是农民,但是,正如他自己所说的那样,他"是一名象征性的农民"。

5. "象征性教师"

1906 年 1 月,弗罗斯特收到了银行按照他祖父的遗嘱每年一次寄给他的遗产支票。他兴高采烈地跑到德瑞银行去兑现,企图付清他尚未支付的所有账单。银行出纳仔细看了看弗罗斯特的支票,冷眼瞧了瞧他,然后毫不掩饰地说:"弗罗斯特先生,您还需要拿些您的辛苦钱来凑数。"看来,即便有了慷慨的资助,弗罗斯特仍然难以支付德瑞农场的所有费用。怀特后来曾经回忆说:他们当时"是靠赊账过日子的。"这时,弗罗斯特 32 岁,养着 4 个孩子,而且农场的开销还在不断增加。弗罗斯特心想自己必须找个别的工作,挣些钱补贴家用。平科顿学校(Pinkerton Academy)是他首

---

① Lesley Lee Francis, *The Frost's Family's Adventure in Poetry*, Columbia and London: University of Missouri Press, 1994, p. 19.

② Jay Parini, *Robert Frost: A Life*, New York: Henry Holt and Company, 1999, p. 89.

先考虑的地方,因为这所规模很小的男孩私立学校就在德瑞城。这所学校由两位苏格兰商人于 1815 年建立。经过公理会牧师沃尔克特的推荐,弗罗斯特认识了一位公理会教友和该校董事会成员玛里姆(Charles Merriam)先生。玛里姆建议弗罗斯特在他的董事会全体会议上朗诵几首自己的诗歌。尽管弗罗斯特从来没有公开朗诵过自己的诗歌,但是他所朗诵的《花丛》还是打动了在场的听众,同时也确保了他在平科顿学校的兼职教师职位。弗罗斯特在这所学校一共教了 5 年书,他的教法比较新颖,貌似随意,但每每需要学生动脑子,富有创造精神。他的工作主要是训练辩论者、组织并导演戏剧、调整学校的课程等等,获得过"新罕布什尔最佳教师"的称号。后来,学校请他担任校长职务,可是他婉言谢绝了,借口自己没有大学学位,而真实原因是他已经准备当一名全职诗人。

1907 年,怀特第六次怀孕了。由于身体不好,她被迫搬进了德瑞村的护理所,并且一直在那里住到了 6 月 18 日女儿贝蒂娜(Elinor Bettina)出生为止。贝蒂娜出生不久就夭折了,弗罗斯特为此十分难受,因为妻子怀孕期间他得了肺炎,给妻子增加了许多麻烦和劳累。6 月至 8 月间,弗罗斯特带着一家人到新罕布什尔州白山地区的一个名叫伯利恒的小村庄度过了整个暑期。一家人经常上山散步,在附近的饭店用餐。弗罗斯特还常常与农民们一起打棒球,身心得到了极大的恢复。秋季开学时,弗罗斯特又重新回到平科顿学校,开始接受调整课程的任务,主要是增强了学生写作和朗读训练。

1907 年,弗罗斯特认识了刚刚入学的学生巴特里特(John Bartlett),后来巴特里特成为他班上的班长、学校足球队的队长以及校刊的主编。更重要的是巴特里特成为弗罗斯特的得意门生和终生的朋友。1909 年,弗罗斯特的教书生涯大放光彩,学校让他负责选择编导 5 个剧本,以展示英国文学史上不同时期的不同戏剧风格。弗罗斯特让巴特里特主演《浮士德》中的恶魔靡菲斯特,后来巴特里特在一封信中说:"弗罗斯特彻底改变了这所学校。"劳伦斯·汤普森在弗罗斯特传记的注释中引用过一大段巴特里特描写弗罗斯特在平科顿学校热情友好地与学生相处的书信:

"下课之后,有几个男生与弗罗斯特一起呆了不少时间。我记得有一天下午我们沿着公路步行到曼彻斯特。一路上,我们在书店逗留了一个小时,接着去吃炖牡蛎,然后乘电车回家。我们步行的时候偶尔会谈到书本知识。弗罗斯特对一切有益的东西都感兴趣。在两个小时的步行中,我们的谈话内容涉及到他对早年生活的回忆、谈论学校的事务,包括体育、在新罕布什尔农场生活的方方面面、一些最近发生的要闻等等。当我们路过一幢农场房子的时候,如果里面飘出炸面圈的香味来,他就会让我们去买一些尝尝。转下山角时,我们看见一片蕨类植物,而弗罗斯特自从上次在威洛比湖区见过之后就一直没看见过这种蕨类植物。天黑下来的时候,正是观察事物的好时光。这时,弗罗斯特至少要花 5 分钟时间来观察天空,然后开始给我们进行天文学教育。他很能侃,他的学生们也很能说。他们总是谈个不停,无所不有,但是从不争吵。弗罗斯特从不与人争吵。他总是心中有数,因此向来没有兴趣与人争辩。"①

弗罗斯特的教学工作逐渐得到了人们的赞赏。1910 年冬季,弗罗斯特曾经先后两次应邀到梅勒迪斯(Meredith)和法明顿学院

---

① Lawrance Thompson, *Robert Frost: The Early Years 1874 - 1915*, New York & Chicago: Holt, Rinehart and Winston, 1966. p.572.

(Farmington Institute) 演讲,介绍他的课堂教学的方法和经验。然而,由于教学任务过于繁重,他觉得自己无法承受,因此他突然决定终止在平科顿学校的教学工作。这个决定是大多数人没有想到的。其实,弗罗斯特很早就打算离开一段时间不教书,甚至辞去教职。根据祖父的遗嘱,弗罗斯特必须等到 1911 年才有权自由出售德瑞农场,现在机会终于等到了。可是,由于他在过去几年中的主要精力都用在了平科顿学校的教学上了,自己的农场经营得一塌糊涂,房子门廊的楼梯板都破了,好几个窗户都需要更换,整个花园现在成了一堆乱七八糟的杂草,根本就没有人想要买这个农场。弗罗斯特感到无奈,最终为了按时偿还按揭款,被迫以 120 美元将农场抵押给康科德的一家银行。这个价格大大低于当时的市场房价。这年春天,弗罗斯特在《卖农场有感》("On the Sale of My Farm")一诗中记录了自己当时的心情:

> 顺其自然,再见吧!
> 把它让给了陌生人。
> 我实际上乐意放弃
> 牧场、果园和草地,
> 且希望他能够获得   5
> 我徒然期盼的一切。
> 我把房子、粮仓和
> 牲口棚给他,连同
> 耗子以免归属不清。
> 我学会不再爱它们。   10
> 既然无奈? 那好吧!
> 只要这点不被误解,
> 即使当我鬓发灰白,
> 某个春天回到这里

来追寻这痛苦回忆,　　　15
那也不算非法入侵。①

　　离开平科顿学校之后,弗罗斯特又到普利茅斯师范学校(Ply-
mouth Normal School)教了一年书。普利茅斯是坐落在新罕布什尔
州白山脚下的一个小村庄,那里风景秀丽,有条小河从村边流过;
18 世纪后期,村里就有了几家小工厂。由于与波士顿和蒙特利尔
(Montreal)之间的铁路交通比较方便,普利茅斯一直是暑期的旅
游胜地。著名作家霍桑(Nathaniel Hawthorne)称这个小村庄为
"大山中一块美丽的宝地,"并选择这里度过了他一生中的最后几
年。普利茅斯师范学校建立于 1808 年,但是招生情况逐年减少;
1871 年,学校进行调整,转向一所专门培养女教师的学校。1911
年,当弗罗斯特来到这里的时候,学校只有 100 多名学员。由于弗
罗斯特在平科顿学校的杰出表现,他一到普利茅斯就受到学生和
老师的尊重。弗罗斯特在课堂上说话诙谐幽默、妙趣横生。有位
学生回忆说:"他身上有一种朴实的率直,但带有一些没有完全教
化好的气质。"另外有一位学生说:"他的教法新颖,风趣尖锐、固
执桀骜,与众不同。"有些学生说他的风格有些"故作随便"
(folksy),主要是说弗罗斯特话语清脆快速、比喻形象朴实、而且带
有新英格兰人特有的一种简单的深邃。这一时期,弗罗斯特开始
刻意挖掘一些貌似简单而又意义厚重的动词,使用一种散发着北
新英格兰泥土味的粗糙生硬的语言;他朗读诗文时,常常在行尾和
句尾降调朗读,同时又重读某些元音,而且每每带有一些俏皮的语
调,让人感到幽默可笑。此外,弗罗斯特这一时期对自己的服装也
十分讲究,喜欢穿没有烫过的外套、灰色软领的衬衫、农民经常穿

---

① Robert Frost, *Robert Frost: Collected Poems*, *Prose*, *& Plays*, New York: Literary
Classics of the United States, 1995, p. 519.

的大靴子,而且开始不梳头发。① 这些举动都是为了更加形象地衬托他正在刻意追求的一种貌似无拘无束的"声音";也正是这一时期,他逐渐自觉地把这种自然的说话声音当作诗歌创作的一种元素。

弗罗斯特在普利茅斯师范学校主要讲授心理学和教育史。在心理学课上,他让学生读柏拉图的《国家篇》(*Republic*)和卢梭(Rousseau)的《埃米尔》(*Émile*)。在教育史的课上,他让学生读詹姆斯的《教师心理学漫谈》(*Talks to Teachers on Psychology*)和《心理学简明教程》(*Psychology: The Briefer Course*)。但是,弗罗斯特的兴趣仍然是文学,因此他经常在课堂上大段大段地高声朗读帕尔格雷夫《诗歌金库》中的诗歌或者马克·吐温的作品。由于他名气较大,所以学生们比较崇拜他。课余时间,弗罗斯特开始学习打网球,伙伴常常是锡德尼·考克斯(Sidney Cox)。考克斯当时是学校的一名青年教师,年仅22岁。他们之间的交往成为弗罗斯特在普利茅斯的主要收获。他们一起在林边和田野上散步,考克斯还经常上弗罗斯特家吃饭。他们一起研读萧伯纳(George Bernard Shaw)的剧本,一起背诵叶芝(W. B. Yeats)的诗歌,并从叶芝那里学到了许多诗歌创作的技巧。在弗罗斯特的《爱情与一道难题》("Love and a Question")、《十月》("October")等早期诗作中,都能够看到叶芝对弗罗斯诗歌创作的影响所留下的痕迹。

随着弗罗斯特想当全职诗人的欲望越发强烈,他的求知欲也越发强烈。他大量地阅读诗歌、戏剧和哲学著作,其中包括法国哲学家柏格森(Henri Bergson, 1859—1941)的著作。我们知道柏格森的生命哲学影响了众多20世纪初期的西方作家。弗罗斯特以

① Jay Parini, *Robert Frost: A Life*, New York: Henry Holt and Company, 1999, pp. 105 – 106.

极大的兴趣阅读了他的代表作之一—《创造进化论》(*Creative Evolution*)。这本书认为宇宙万物的本原以及生物进化的源泉和动力都归结为一种类似于心理绵延的"生命的冲动"(*élan vital*)。所谓心理绵延是指在内心深处连绵不断地变化着的心理流。它不同于由思想上清晰地存在着的感觉、表象、概念等组成的清晰固定的表层心理。它是没有间断性的质的连续变化,是一种没有确定流向和不可预测的流动。这种流动是一个既无方向也没有阶段可分的生成、变化过程。它是真正的自我,也是真实的时间。① 所谓"生命的冲动"指一种带有强烈的行动意志的精神力量,一种"创造的需要";它不受任何原因和条件限制,也没有必然性和规律性可言;它变幻莫测,完全是偶然盲目的冲动。柏格森认为心理绵延是生命冲动在人身上的体现。生命是持续不断的运动和变化,是一个不可分割的流,即生命流。于是,他以生命哲学为基础,提出创造进化论,以区别于达尔文的科学进化论,否定生物进化是生物体适应环境的结果。他认为生物进化是以精神性的生命冲动为动力的持续不断的创造过程,强调理智的本质与生命相反,理智受功利目的的支配,只能得到有用的知识,而不能达到实在的真理和内在的生命。因此,只有摆脱理智的形式和习惯,诉诸于与生命本能相一致的直觉,才能实现与不断变化的实在的"理智的交融",把握真实的实在。由此可见,柏格森与柏拉图(Plato)、普罗提诺(Plotinus,205?—270?)一样,都是二元论者,最终还是相信精神世界,但是柏格森坚决主张人的思想必须"在自然中,并且通过自然"起作用,而反对人的思想能"跃过物质世界"的观点。在他看来,"整个宇宙是两种反向的运动即向上攀登的生命和往下降落

---

① 冯契、徐孝通主编:《外国哲学大辞典》,上海:上海辞书出版社,2000 年,第801 页。

的物质的冲突矛盾。"① 这种"向上攀登"（rising）的精神世界与
"往下降落"（always pulling down）的物质世界最终是要在自然界
中相遇的，表现为二元论的矛盾冲突。从这个意义上说，柏格森的
"生命冲动"学说不但激活了弗罗斯特内心的个人主义和反抗精
神，而且更加坚定了弗罗斯特"选择一条行人稀少的路"的信心。
费根（Robert Faggen）在他的专著《罗伯特·弗罗斯特和达尔文的
挑战》中讨论了弗罗斯特的这种二元对立的思想与古罗马哲学
家、诗人卢克莱修（Lucretius，98BC—55BC）关于"流"的隐喻
（metaphor of a flux）以及詹姆士关于意识流（consciousness as a
stream）的概念之间相似之处，并且指出"河代表'流'的比喻在弗
罗斯特的诗歌中是一个司空见惯的隐喻，不断地出现在《雨蛙溪》
（"Hyla Brook"）、《小河西流》（"West-Running Brook"）、《山》
（"The Mountains"）、《世世代代》（"The Generations of Men"）等诗
歌之中。这些弗罗斯特式的河流不仅起源模糊，而且流向不可预
测、甚至无从知晓。"②

　　1911 年圣诞节前后，弗罗斯特专程到纽约去拜访威廉·海
斯·沃德先生，其目的是要离开德瑞农场去寻求诗人的梦想。此
时，弗罗斯特已经 37 岁，可是他还没有真正出版过一本自己的诗
集。惠特曼可谓大器晚成。1855 年《草叶集》第一版出版时，惠特
曼正好 37 岁："我赞美我自己，歌唱我自己，/我承担的你也将承
担，/因为属于我的每一个原子也同样属于你。/……/我，现在三
十七岁，一开始身体就十分健康，/希望永不终止，直到死去。"③
有意思的是惠特曼 37 岁时，身体"十分健康，"希望自己能够向大
地的草叶一样，有极强的生命力；可是弗罗斯特就不同了，他的身

①　罗素：《西方哲学史》（下），北京：商务印书馆，2003 年，第 347—348 页。
②　Robert Faggen, *Robert Frost and the Challenge of Darwin*, Ann Arbor: The University of Michigan Press, 1997, p.40.
③　惠特曼：《草叶集》（上），赵萝蕤译，上海：上海译文出版社，1991 年，第 59 页。

体一直不是特别好,且有时想到他的父亲 34 岁就去世了,似乎自己剩下的时间也不多了,于是他想尽快摆脱眼前繁重的教学工作,急着想圆了自己当诗人的梦想。可见,弗罗斯特不仅是一位"象征性的农民,"而且,也正如他自己所说的那样:"我也是一位象征性的教师。"

引用文献:

Bleau, N. Arthur. "Robert Frost's Favorite Poem." *Frost: Centennial Essays III.* Jac Tharpe, ed. Jackson: University Press of Mississippi, 1978.

Faggen, Robert. *Robert Frost and the Challenge of Darwin.* Ann Arbor: The University of Michigan Press, 1997.

Francis, Lesley Lee. *The Frost's Family's Adventure in Poetry.* Columbia and London: University of Missouri Press, 1994.

Maxson, H. M. *On the Sonnets of Robert Frost: A Critical Examination of the 37 Poems.* Jefferson & London: McFarland & Company, 1997.

Mertins, Louis. *Robert Frost: Life and Talks-Walking.* Norman: University of Oklahoma Press, 1965.

Parini, Jay. *Robert Frost: A Life.* New York: Henry Holt and Company, 1999.

Poirier, Richard. *Robert Frost: the Work of Knowing.* Standford: Standford University Press, 1977.

Thompson, Lawrance. *Fire and Ice: The Art and Thought of Robert Frost.* New York: Henry Holt and Company, 1942.

——. *Robert Frost: The Early Years 1874 – 1915.* New York & Chicago: Holt, Rinehart and Winston, 1966.

Tuten, Nancy Lewis & John Zubizarreta, eds. *The Robert Frost Encyclopedia.* Westport, Connecticut & London: Greenwood Press, 2001.

Walsh, John Evangelist. *Into My Own: the English Years of Robert Frost 1912 – 1915.* New York: Grove Weidenfeild, 1988.

Woolf, Virginia. "Professions for Women." *Contemporary College English.* Mei Renyi, ed. Beijing: Foreign Language Teaching and Research Press, 2002, pp. 55 – 59.

Wordsworth, William. "Preface to the Second Edition of *Lyrical Ballads*." *Critical Theory Since Plato* (1st & revised editions). Hazard Adams, ed. HBJ,

1971, pp. 433-443.

冯契、徐孝通主编：《外国哲学大辞典》，上海：上海辞书出版社，2000 年。

弗罗斯特：《弗罗斯特集：诗全集、散文和戏剧作品》（上、下），曹明伦译，沈阳：辽宁教育出版社，2002 年。

黄宗英：《"不是没有修饰"——罗伯特·弗罗斯特诗歌语言艺术管窥》，载《北京大学学报》（外国语言文学专刊），1998 年，第 35—45 页。

——：《抒情史诗论》，北京：北京大学出版社，2003 年。

——编著：《英美诗歌名篇选读》，北京：高等教育出版社，2007 年。

惠特曼：《草叶集》（上、下），赵萝蕤译，上海：上海译文出版社，1991 年。

罗素：《西方哲学史》（上、下），北京：商务印书馆，2003 年。

全增嘏主编：《西方哲学史》（下），上海：人民出版社，1983 年。

梭罗：《瓦尔登湖或林中生活》，许崇庆、林本椿译，载《梭罗集》（上），北京：三联书店，1996 年。

四、追梦抒情诗

1. "茅草屋檐下"

1912 年，弗罗斯特 38 岁。这一年是他人生旅程中的一个重要转折点，他必须做出选择：是当一名诗人，还是当一名教师。在新罕布什尔州的平科顿私立中学（Pinkerton Academy）和普利茅斯师范学校（Plymouth Normal School），他已经充分证明了自己当一名好教师的能力。他完全可以选择当一名教师，平平稳稳地过他往后的日子。诚然，选择当一名教师也意味着弗罗斯特必须全身心投入教学和教学管理工作。可是，想成为一名真正的诗人，也同样要求他彻底地付出。在德瑞农场，弗罗斯特已经苦熬了足足 11 个年头。尽管他已经写出了不少诗篇，但是只发表了少数几首，而且是在当地几家不起眼的小刊物上。实际上，弗罗斯特原先想在德瑞农场成为一位诗人农民或者农民诗人的梦想，这时已经化为乌有。然而，他内心知道自己已经有了足够的积累；十年如一日，他从来没有间断学习和创作，他阅读了大量文学、哲学、心理学、教育学等方面的著作，也写出了许多高质量的诗篇，有些甚至是他一生创作中最优秀的作品。想必这时，弗罗斯特的心境与梭罗在《瓦尔登湖》中谈论诗人生活目的时的心境已经相差不远了：

> "我时常看到，一个诗人在欣赏了农场上最珍贵的部分以后便离去，而那个粗鲁的农夫则认为他只不过拿到几个野生苹果。为什么一个诗人把他的农场入诗，而农场的主人却经过了许多个年头还不知道，须知这诗歌是一道最美妙的无形篱笆，诗人把农场几乎全围起来，挤出它的奶汁，刮去它的奶油，得到了全部乳脂，留给农场主的只是脱脂奶。"①

这年春季，弗罗斯特在几家小杂志上又发表了几首诗歌。这给予他很大的鼓舞，他决心大胆地实施自己追梦诗歌的理想，准备采取一些极端的措施来改变眼前的生活环境，同时改善自己诗歌创作的条件。于是，弗罗斯特卖掉了 11 年前祖父为他买下的这个德瑞农场，再加上祖父给他留下的每年大约 800 美元的财产继承年金以及自己近两年教书所得的一点微薄积蓄，他已经能够承担职业转换可能造成的经济风险。如果一家人一起省吃俭用，这些钱足以支付他们的生活费用。恰好这时，弗罗斯特的得意门生巴特里特准备偕同妻子玛格丽特（Margaret）移居加拿大，到加拿大不列颠哥伦比亚省的温哥华岛生活一年，进行文学创作。弗罗斯特起初想跟巴特里特夫妇一起去温哥华岛，

① 梭罗：《瓦尔登湖或林中生活》，载《梭罗集》（上），许崇庆、林本椿译，北京：三联书店，1996 年，第 437 页。

认认真真地过上一段诗人的生活。当弗罗斯特与妻子怀特商量的时候,他发现怀特喜欢去英国。她希望能够有机会"住在茅草屋檐下"(to live under thatch)并且尽量离莎士比亚的故乡斯特拉特福(Stratford)近一些。弗罗斯特顺从了妻子的意愿,其实,他自己也向往英国,因为英国是《英诗金库》(Gold Treasury,1861)① 的故乡,能够有机会到英国抒情诗之故乡生活的欲望的确势不可挡。最后,弗罗斯特夫妻俩通过抛硬币的方式,如愿地选择了英国。②

弗罗斯特的选择大大超出了普利茅斯师范学校校长的意料,因为弗罗斯特十分受校长的器重,他的年薪达到了 1100 美元,是迄今为止弗罗斯特所获得的最高的年收入。假如他选择继续教书,那么他往后的日子可以无忧无虑,而且仍然可以在闲暇之际提笔作诗。可是,弗罗斯特从未停止追梦诗歌人生,他要将更多的时间和精力投入诗歌创作,于是他选择放弃了有生活保障的教师生涯,而选择了一条行人稀少的路。尽管他还记得祖父说过"写诗可当不了饭吃",但是弗罗斯特仍然毅然决然地决定:"写吧,穷就穷吧!"学校里有不少熟人以为这位杰出的青年教师在英国一定有什么可靠的关系吧,否则怎么会如此轻易地说走就走呢? 可又有谁知道,在那茫茫大海的彼岸,弗罗斯特夫妇俩将举目无亲。除了夫妻俩对抒情诗故乡的向往之外,弗罗斯特当时就是想找一个生活费用比较低的地方,到异域他乡去隐居下来,以便自己能够专心致志地进行诗歌创作。

1912 年 8 月 24 日,弗罗斯特带着妻子和四个孩子,从波士顿港乘船,离开故乡,漂洋过海,移居英国苏格兰中南部的一个港

① 《英诗金库》(Gold Treasury,1861)是当时十分流行的一部英国诗歌总集。
② Lesley Lee Francis, *The Frost's Family's Adventure in Poetry*, Columbia and London: University of Missouri Press, 1994, p.33.

市——格拉斯哥(Glasgow)。这时,大女儿莱斯利(Lesley)13岁,儿子卡罗尔(Carol)10岁,伊尔玛(Irma)9岁,玛乔丽(Marjorie)7岁。他们抵达格拉斯哥之后,整整花了一天时间,乘坐火车穿行了苏格兰和英格兰,大约在9月2日上午7点左右到达英国伦敦。起初,他们有些不知所措,可是忧虑很快就过去了。他们在火车站通过电话预定到了普雷米尔饭店(Premier Hotel)的两个房间,随后租车前往饭店。尽管举目无亲,但是人人都感到十分激动,因为伦敦是当时世界上最大的城市。接着,弗罗斯特花了好几天时间,想在郊区寻找一幢比较合适的房子,妻子怀特带着孩子们逛街旅游。伦敦街道人流济济,巨型公共汽车喇叭不停,让孩子们兴奋至极。晚上,13岁的大女儿莱斯利在饭店里照看弟妹,弗罗斯特夫妇俩可以上酒吧,上街散步,甚至跑到云集着英国王宫、议会、政府部门、大商店、剧院、高级住宅的伦敦西区(West End)去玩。最后,他们在白金汉郡(Buckinghamshire)的一个叫做比肯斯非尔德(Beaconsfield)的村子里找到了一幢名叫邦格罗(The Bungalow)的农舍;租金合适,每月20美元,租期一年。房子前面有一大块草地,几乎跟一个网球场一样大;房子后面有一个巨大的花园,种满了梨树和苹果树,各种各样的花,还有一块草莓地;花园的后墙将这个农舍与一片樱桃园隔开。房子内部十分宽敞,一共有五间卧室和一间舒适的客厅,一家人挤挤,完全没有问题。但是房子几乎是空的,没有多少家具,弗罗斯特夫妇俩到当地商店,花了125美元,买了些最便宜的旧家具,准备走的时候再把它们卖了。① 他们准备在英国呆一年,然后到法国去碰碰运气。不久,他们从美国海运的行李也到了比肯斯非尔德,他们就这样安顿了下来。

白金汉郡这一地区与英国文学有着千丝万缕的联系。当年弥

---

① Lesley Lee Francis, *The Frost's Family's Adventure in Poetry*, Columbia and London: University of Missouri Press, 1994, p.43.

尔顿创作《失乐园》(*Paradise Lost*)的地方离弗罗斯特一家人居住的房子只有 4 英里远,而创作《墓园挽歌》("Elegy Written in a Country Churchyard")的英国浪漫主义运动先驱格雷(Thomas Gray, 1716—1771)就安葬在附近 1 英里的地方。此外,十七世纪英国诗人沃勒(Edmund Waller, 1606—1687)曾经住在这里;不过这个时候最有名气的作家当推切斯特顿(Gilbert Keith Chesterton, 1874—1936),因为他不仅写诗,而且创作小说、评论和传记,尤其是以写布朗神父的侦探系列小说最为有名,可惜的是弗罗斯特经常路过切斯特顿的家门,但从未见过面。

弗罗斯特在比肯斯非尔德的日子有点像在德瑞农场的生活。夫妇俩决定送莱斯利和伊尔玛去圣安尼私立女子学校上学,而他们自己在家里教育卡罗尔和玛乔丽,因为弗罗斯特发现当地学校的学习条件太差。学校里每个班级都挤满 40 余名学生;教科书很少,更不用说老旧;学校也没有一个图书馆。① 孩子们面黄肌瘦,双眼无神。在 1913 年 1 月 7 日布朗(Harold Brown)② 的一封信中,弗罗斯特写到:"在美国,人们需要到城市贫民窟里才能看见那些孩子们的脸色和样子。我看不到像你我在新英格兰村庄里长大的孩子们眼里那种炯炯有神的目光。不过,他们倒是很清洁,因为学校要求那样,但是他们中间有些孩子个头很小,真的很可

---

① Lawrance Thompson, ed., *Selected Letters of Robert Frost*, New York & Chicago: Holt, Rinehart and Winston, 1964, p. 63.

② 哈罗尔德·布朗(Harold Brown)是 1904 至 1917 年期间任新罕布什尔州公共教育厅长亨利·克林顿·莫里森(Henry Clinton Morrison)的助理。莫里森在弗罗斯特的教学生涯中扮演了十分关键的角色,因为是莫里森帮助弗罗斯特从平科顿私立中学里的一位普通教师成长为新罕布什尔州普利茅斯师范学校的一名正式教师。初到英国的弗罗斯特生怕自己的英国之行不能成功,也担心回国之后仍然需要以教书养家,所以他与新英格兰的一些教育界人员一直保持联系。(《书信》,第 61 页)

怜!"① 尽管伊尔玛和玛乔丽两个年幼的孩子有时有些想念美国老家,但是他们在英国得到了父母无微不至的关怀,而且生活在异域他乡,能够亲身接触另外一个民族及其文化。这些对孩子们来说,本身就是很好的教育。这一时期,弗罗斯特每天上午写作。他的妻子怀特在1912年10月25日的一封信中写道:"弗罗斯特先生忙于把他脑子里头思考了很久的东西写出来。"② 弗罗斯特这么做,一来想把从美国带来的诗稿编辑出版,二来想写一部小说或者一个剧本,挣点稿费补贴家用。小说的主题围绕新罕布什尔地区两代农民之间的矛盾冲突;小说的情节围绕一位大学毕业生与一位怀疑和鄙视知识的老农夫之间的冲突。然而,小说很快写成了一个剧本,而这个剧本又变成后来1947年出版的诗集《绒毛绣线菊》(*Steeple Bush*)中的一段诗歌对话。其实,这个剧本的主题在1914年出版的诗集《波士顿以北》(*North of Boston*, 1914)中的《雇工之死》("The Death of the Hired Man")一诗中就有比较深入的探讨。

2."另一种性格"

从美国带来的诗稿是弗罗斯特近20年来的心血。自从1894年弗罗斯特自己印制了那本小册子《曙光》(*Twilight*)以来,他始终坚持诗歌创作,但也始终找不到欣赏他的作品的编辑和出版商。虽然没有哪个美国人打击他的创作热情,但是也没有哪个美国人发现他写诗的才华。到1912年,弗罗斯特实际上已经写出了后来他编辑出版的《少年的心愿》、《波士顿以北》和《山间低地》(*Mountain Interval*, 1916)前三本诗集中的部分重要诗篇。一天晚

① Lawrance Thompson, ed., *Selected Letters of Robert Frost*, New York & Chicago: Holt, Rinehart and Winston, 1964, p.64.
② Ibid, p.54.

上,弗罗斯特取出了他从美国带来的旧诗稿;炉火前,弗罗斯特逐一翻阅自己的诗稿,不时地为自己的早期少年时代的诗作所打动。他从这些散篇中挑选了比较满意的 30 篇,其余的却被他付之炉火。从旧诗稿中,他似乎悟出了一个贯穿全部的主题,这些诗篇描述了一位少年从孤独走向友情、从惧怕生活到热爱生活的成长过程,他突然萌发了在伦敦出版诗集的念头。为了进一步凝练主题,他又增加了几篇新作,觉得完全有信心面对出版商了。他给这本诗集取名《少年的心愿》。这个题目来自深受美国读者欢迎的诗人朗费罗(Henry Wadsworth Longfellow,1807—1882)的诗歌《我已逝的青春》("My Lost Youth")的叠句:"少年的心愿是风的心愿,/青春的期望很远很远"("A boy's will is the wind's will/ And the thoughts of youth are long, long thoughts")。诗集通过追溯诗中一位少年成长的经历,巧妙地暗示了作者 38 年来苦苦追梦诗歌并最终梦想成真的心路历程。朗费罗是弗罗斯特最喜爱的诗人之一。在他为纪念朗费罗诞辰 100 周年而作的诗歌《晚期的吟游诗人》("The Later Minstrel")一诗中,弗罗斯特赞美朗费罗为:"时常有人开启歌喉,/他的歌常拨动你的心弦。"①

　　第二天,弗罗斯特带着这份诗稿,找到了伦敦城布卢姆斯伯里街的大卫·纳特出版公司(David Nutt and Company)。这是一家小出版公司,但是在出版诗歌方面小有名气。当时公司老板是大卫·纳特先生儿子的遗孀 M. L. 纳特女士。虽然弗罗斯特并没有抱很大的希望,但他还是亲自把诗稿交给了纳特女士。让人吃惊的是弗罗斯特第三天就得到纳特公司的回信,说他的诗稿被接受了,而且公司建议与弗罗斯特签一份协议,准许纳特公司首先出版弗罗斯特接下来的四本书,不论是诗歌还是散文作品。这在当时

---

① 　弗罗斯特:《弗罗斯特集:诗全集、散文和戏剧作品:诗全集、散文和戏剧作品》(上),曹明伦译,沈阳:辽宁教育出版社,2002 年,第 697 页。

是不多见的,因为出版商通常要求作者提供部分出版资助,以分摊作品初版的成本。可是,纳特女士真是慧眼,她答应只要初版1000 册卖出 250 册就可以支付给弗罗斯特百分之十二的版税。这是一个十分慷慨的承诺,而这一切居然就发生在 10 月下旬,离弗罗斯特一家人来到英国还不到一个月时间。经过几次协商,12月 16 日,弗罗斯特与纳特公司正式签了合同。就这样,弗罗斯特在英国找的第一家出版社接受了他的诗稿,他真是感到喜出望外,信心倍增!大女儿莱斯利曾回忆起弗罗斯特一家这一历史性时刻:

> "可实际上,直到 1912 年的一天早晨,当一张明信片突然间寄到了比肯斯菲尔德农庄的时候,我们才知道《少年的心愿》已被接受,即将出版了。这太奇妙了!因为家里的大人们都很高兴,所以我们小孩也很激动。由于没有任何心理准备,所以我们无法理解这第一本书融入了我们多少决心、希望和耐心的等待;而它最终被承认的结果意味着一个多么美妙的胜利、一个崭新的开始!"①

尽管如此,弗罗斯特还需要尽早与英国文学主流社会取得联系。1913 年 2 月 8 日,机会来了。这一天,哈罗德·孟罗(Harold Edward Monro,1879—1932)在伦敦德文大街(Devonshire Street)的诗歌书店正式开张。弗罗斯特去参加了揭幕典礼,结果在晚宴上遇见了好几位当时名声显赫的诗人,包括弗林特(F. S. Flint)。弗林特又把弗罗斯特引见给庞德(Ezra Pound,1885—1972)、吉布森(Wilfrid Gibson,1878—1962)和其他一些诗人。弗罗斯特如鱼

---

① Lesley Lee Francis, *The Frost's Family's Adventure in Poetry*, Columbia and London: University of Missouri Press, 1994, pp. 45 – 46.

得水,以神奇般的速度被英国文学界所接受。他经常出入叶芝在伦敦家中举办的每周聚会,同样,他经常参加著名诗歌理论家赫尔姆(Thomas Ernest Hulme, 1883—1917)在伦敦家中的聚会,特别是当赫尔姆与庞德以及洛厄尔一起推动意象派诗歌运动的时候。

1913 年 4 月,弗罗斯特的第一本诗集《少年的心愿》问世了。他的诗以新英格兰农村为背景,具有浓郁的乡土气息和诱人的田园情趣,意象清新,风格淳朴,表面上看很像当时在英国流行的乔治时代诗歌的风格,因此立即受到英国诗评界的称赞。弗罗斯特也被英国诗评界看成一位乔治派诗人(Georgian poet)。当时乔治派诗人主要包括布鲁克(Rupert Chawner Brooke, 1887—1915)、吉布森、戴维斯(William Henry Davies, 1871—1940)、霍奇森(Ralph Edwin Hodgson, 1871—1962)、布兰顿(Edmund Charles Blunden, 1896—1974)、斯桂尔(John Collins Squire, 1884—1958)和格雷夫斯(Robert Graves, 1895—1985)等人。乔治派诗人主张用朴素的语言描写乡村事物。

诗集《少年的心愿》原来分成三个部分,而且除了《取水》("Going for Water")和《不情愿》("Reluctance")两首诗歌以外,其他 30 首都在目录上加了注释,比如第一部分《进入自我》("Into My Own")一诗的目录注释是"这位青年被说服了,他认识到自己由于放弃了这个世界而变得更加不像自己";《深秋来客》("My November Guest")一诗的目录注释是"他喜欢被人误解";第二部分《启示》("Revelation")一诗的目录注解为"他决心变得容易让人理解,至少对他们自己来说,因为没有别的办法";《花丛》("The Tuft of Flowers")一诗的目录注释为"关于友情";第三部分《我的蝴蝶》("My Butterfly")一诗的目录注解为"有些东西是永远不可能一样的"。弗罗斯特喜欢告诉读者自己在编辑这本诗集的初期并没有什么主题,只是把旧诗稿随便地摆在地板上,然后挑选了一些凑成这本诗集。之后,他增加了目录注释,目的是让这些本来没有什么联系的诗篇显得有所联系;这些注释本来是用第一人称写的,后来改用第三人称,给其中的那个"青年"增加一些神秘的色彩。这些目录注释后来被省略了。

1913 年 5 月 13 日,弗罗斯特在给苏珊·海斯·沃德女士的信中说,《少年的心愿》中诗歌的魅力就在于它们是"我那被逼迫的生活的一种不受逼迫的自然表现"(the unforced expression of a life I was forced to live)①。帕里尼在评传中引用弗罗斯特给巴特里特的书信说,这本诗集"大致表现了我五年生活的故事。"② 帕里尼认为,诗集中的 32 首诗歌从某种意义上说,描写了弗罗斯特一段比较悲伤的生活:大体上从诗人离开达特茅斯学院一直到他因失恋而躲进迪斯默尔沼泽(Dismal Swamp)。这段生活先给人们留下一种躲进"荒野"的感觉,直到诗集第三部分表达"友情"的诗歌《花丛》("The Tuft of Flowers")出现时,诗人似乎才重新回到了社会之中——大致是弗罗斯特在平科顿学校找到教职为止。③《进入我的自己》("Into My Own")表面上看是一首描写"进入自我",逃避现实的十四行诗,但是结尾两行却充满着一种奇特而又严谨的自信:"他们将发现我没变,我仍然是我自己——/只不过更坚信我所想的一切都是真理。""这种倔强的性格就是弗罗斯特诗歌的核心:对反复无常的一种坚定的抵抗,对可能导致变化的任何外部影响的一种不屈的抵抗。对于弗罗斯特来说,生活经历大致就是一种证明的模式。"④

弗罗斯特来到英国之日恰好是现代诗歌运动在英国蓬勃发展

---

① Lawrance Thompson, ed., *Selected Letters of Robert Frost*, New York & Chicago:
Holt, Rinehart and Winston, 1964, p. 73.

② Jay Parini, *Robert Frost: A Life*, New York: Henry Holt and Company, 1999,
p. 119.

③ Ibid.

④ Ibid.

之时。伦敦云集着众多优秀的诗人。叶芝被公认为当时最伟大的诗人。尽管叶芝到 1923 年才获得诺贝尔文学奖,但是当时叶芝之所以成名是因为他为推动凯尔特文艺复兴(Celtic Renaissance)做出的卓越的贡献。凯尔特文艺复兴运动的目的是要复兴苏格兰和爱尔兰的盖尔语族神话并在各种艺术中重新激活爱尔兰精神。弗罗斯特很早就认为叶芝是当代最伟大的诗人,并把他当作凯尔特文艺复兴运动的代表性人物。他认为叶芝把爱尔兰普通百姓当作艺术创作的有价值的主题,而且坚定地认为爱尔兰人民日常语言中的抒情性是进行诗歌艺术创作的一种完美素材。叶芝强调在诗歌创作中讴歌普通人和使用日常用语的主张与弗罗斯特坚持把新英格兰人口语中的"句子声音"("sentence sound")写进诗歌的思想是不谋而合的。就叶芝而言,他也十分欣赏弗罗斯特的诗歌。叶芝认为弗罗斯特的《少年的心愿》是"很长时间以来在美国写的最出色的诗歌。"通过庞德的介绍,叶芝邀请弗罗斯特于 1913 年 3 月 31 日晚上到叶芝在伦敦的公寓里见面。这对弗罗斯特来说是一个令人激动的时刻,因为他已经仰慕这位伟大的爱尔兰诗人很久了。然而,根据劳伦斯·汤普森的描述,弗罗斯特与叶芝的会面并不特别成功,因为弗罗斯特发现叶芝有些故步自封,完全陶醉在他自己成功的记忆之中。弗罗斯特有些沮丧,他觉得自己并没有与这位自己仰慕已久的伟大诗人建立起任何融洽的关系。会面结束的时候,叶芝热情地邀请弗罗斯特参加在他公寓里举行的"周一晚上聚会"("Monday Nights")。弗罗斯特应邀参加过几次,但是他们之间的友谊却始终没有建立起来。①

现代派文学大师庞德刚看完弗洛斯特的样书,便兴奋地撰写书评,推荐新人。他认为弗罗斯特的诗歌"非常有美国味"并在

---

① Lawrance Thompson, *Robert Frost: The Early Years 1874 - 1915*, New York & Chicago: Holt, Rinehart and Winston, 1966, pp. 413 - 414.

1913 年 5 月份的《诗刊：诗歌杂志》（*Poetry: A Magazine of Verse*）上发表了书评。[①] 庞德说："在诗歌的王国里，存在着另一种性格、另一个美国人，常常是在大洋的这边，被人们常说的热爱文学的英国出版商所发现。大卫·纳特公司自筹资金出版了罗伯特·弗罗斯特的诗集《少年的心愿》，而弗罗斯特已经被所谓'伟大的美国编辑们'鄙视很久了。这也已经不是什么新鲜事了。弗罗斯特先生的诗歌有点粗嫩（raw），也有几处不当的地方，但是在他的诗歌中有一股新罕布什尔树林的味道扑面而来，而且是那样的真挚。它不是后弥尔顿式（post-Miltonic）的诗歌，也不是后斯温伯恩式（post-Swinburnian）和后吉卜林式（post-Kiplonian）的诗歌。这个人很明智，说话自然，刻画逼真，宛如亲眼所见。这种方法与到处寻找绕嘴的多音节词相比是完全不同的。"[②]

此外，英国不少报刊刊登评论文章，称赞弗罗斯特的诗歌给英国人带来一种真挚、坦率、淳朴的气息，是英国现代诗集很少能够达到的成就。笔者认为，当时英国诗评界对诗集《少年的心愿》评价最高的当推诗人弗林特于 1913 年 6 月在《诗歌与戏剧》（*Poetry and Drama*）季刊上发表的一篇书评。弗林特认为这本诗集最引人注目的元素就是诗中孕育着诗人独特话语的简单性（"simplicity of utterance"），而这种简单的话语来自"一颗纯洁无瑕的心"（a candid heart）。弗林特还说："每一首诗都完全表达了一种情绪、一种情感、一种思想。我一直在设法从这些诗歌中找出最能够代表弗罗斯特诗歌特点的东西。我认为可以这么总结：对事物的直接观察以及与情感的直接关联——自然而又微妙地唤起各种情绪、幽默的感觉，而且还有一付静听无声的耳朵。但是，在这一切

---

① Lawrance Thompson, ed., *Selected Letters of Robert Frost*, New York & Chicago：Holt, Rinehart and Winston, 1964, p. 75.

② T. S. Eliot, ed., *Literary Essays of Ezra Pound*, New York：New Directions Book, 1918, p. 382.

的背后是一个人的心灵和生命。"①

3. "一个新声"

1914 年 5 月 15 日,大卫·纳特公司出版了弗罗斯特的第二本诗集《波士顿以北》(*North of Boston*)。这本诗集立即获得了诗评界一致的热情赞扬。弗罗斯特赢得了包括阿伯克龙比(Lascelles Abercrombie，1881—1938)、吉布森、托马斯(Edward Thomas，1878—1917)等多位当时英国最重要的诗人评论家的高度称赞。根据弗罗斯特的记载,1914 年 5 月 28 日英国伦敦《泰晤士报文学增刊》(*The Times Literary Supplement*)刊登了第一篇赞扬性的书评;6 月 13 日,阿伯克龙比在《民族》(*The National*)杂志上发表了以《新声》("A New Voice")为题目的书评;6 月 27 日,休福(Maddox Hueffer)在伦敦的《瞭望》(*The Outlook*)杂志发表了题为《罗伯特·弗罗斯特先生与〈波士顿以北〉》("Mr. Robert Frost and *North of Boston*")的书评;7 月份,吉布森用了整整一个栏目的篇幅在《作家》(*The Bookman*)杂志上发表了题目为《简单与深邃》("Simplicity and Sophistication")的评论文章;9 月份,孟罗(Harold Monroe)的书评发表在《诗歌与戏剧》(*Poetry and Drama*)杂志上;在美国,第一篇书评是庞德于 1914 年 12 月份在《诗刊》(*Poetry*)上发表的题为《现代田园诗》("Modern Georgics")的评论文章。②

阿伯克龙比的《新声》是在英国发表的第一篇署名书评,热情洋溢地赞扬弗罗斯特的《波士顿以北》为"一个新声"。他在书评中说:"在弗罗斯特先生的诗歌中,除了他常用的、特殊的素体无韵诗(blank verse)之外,我们很少发现别的传统诗歌创作的方法。

---

① Lawrance Thompson, ed., *Selected Letters of Robert Frost*, New York & Chicago: Holt, Rinehart and Winston, 1964, pp. 76 – 77.
② Ibid, p. 125.

它是诗歌,并没有像优秀的散文作品那样格外强调和挖掘语言文字最深处的、最富有暗示性的力量,也没有像日常对话那样机巧地使用明喻和暗喻技巧,但是它恰如其分地像诗人使用文字那样对待日常生活中人们所熟悉的意象和动作——也就是说,把它们置于能够催生一些人们意想不到的意思的关系之中。"阿伯克龙比认为,尽管弗罗斯特诗歌的特点鲜明,但却很难用语言描述其原创性,因为弗罗斯特能够"将诗歌融入鲜活语言的种种活力……口语中升降调、带有强调意义的停顿和加速……。"①

庞德开诚布公地在其书评的第一段中写道:"像罗伯特·弗罗斯特这样一位如此富有美国特色的天才居然需要到国外才能找到他应有的鼓励和承认,这简直就是一件不幸的事情,我甚至可以说是一件目光狭隘的事情。"②他接着说:

　　弗罗斯特先生是一位诚实的作家,他的作品来自他的生活,他是在用自己的知识和情感写作,而不是赶时髦,一味地去迎合当时报刊杂志的偏好。他是相当自觉和明确地在用新英格兰的生活进行诗歌创作。他没有使用任何可以从奥维德作品中抄袭而来的主题。

　　在艺术中,只有两种强烈的情感:爱与恨——可以不断地修改。弗罗斯特始终真诚地热爱新英格兰人民,我敢说带着种种恼怒的魅力(spells of irritation)。他始终是诚实而又认真地刻画他们的生活。他从来没有改变主意而去取笑他们的生活。他把他们的悲剧当作悲剧,把他们的倔强当作倔强。我现在比阅读他的诗歌之前更加了解农村的生活,也就是说

① Jay Parini, *Robert Frost: A Life*, New York: Henry Holt and Company, 1999, p.147.
② T. S. Eliot, ed., *Literary Essays of Ezra Pound*, New York: New Directions Book, 1918, pp.384-386.

我现在更加了解"生命"。

弗罗斯特先生敢于使用新英格兰自然的语言进行创作,而且绝大多数情况下是成功的。那是一种自然的口语(spoken speech)。它与各种报纸以及许多教授们所提倡的"自然"语言有很大的差异。他的诗歌语速不快,但是你不至于每隔五分钟就要停下,好像是在听一个傻瓜说话;因此你或许会轻松而又快速地阅读他的诗歌,就像你在阅读一些更加无聊和"活泼的"诗歌一样。

......

弗罗斯特笔下的人物是鲜活的。他们的话语是真实的;他了解他们。我并不想去会见他们,但是我知道他们的存在,而且我知道他们就像弗罗斯特所刻画的那样生活着。

弗罗斯特先生有一种幽默感,但是他并非一味追求幽默。《规矩》("The Code")一诗有一种令人信服的幽默、一种事物本身所具有的幽默,而不是作家自作滑稽,或者是由于作家不敢如实表现而对某一事件或者某个人物所"炮制"的一些荒唐可笑的词语。对于一个有教养的人来说,再也没有什么比听到那些广告上称为"下流笑话"(racy)的逗笑话语更加无聊恶心的了,因为那些"下流笑话"往往是一些表达过时的乡村笑话或插科打诨。现在有人来描写生活,农村地区的生活,而且是全面地、不折不扣地描写。他不仅仅是使用一个挂钩把一些笑话钩在一起。这真是一件令人欣慰的事情。了解一个人最简单的办法就是一件古怪而又破旧不堪的外套,人们已经对后哈特主义者(post-Bret-Hartian)和后马克·吐温幽默主义者(post-Mark-Twainian)感到厌倦。

弗罗斯特先生的作品没有"造作"的痕迹,是一个既不会让步也不会做作的人自然完成的作品。他不玩弄任何恶作剧。他的东西是从他的脑子里长出来的——不是单词、不是短语、不是抑扬顿挫，而是主题。你不可能把他的诗歌与你记忆中的任何诗歌混淆。他的书是对美国文学的一个贡献。假如他坚持不懈，这种声音作品将发展成为一种非常有趣的文学。①

庞德认为《波士顿以北》中最优秀的作品当推《雇工之死》（"The Death of the Hired Man"）或者《当家人》（"The Housekeeper"）。此外，《补墙》（"Mending Wall"）和《黑色小屋》（"The Black Cottage"）也是佳作。阿伯克龙比在他的评论文章中将《补墙》和《一百个硬领》（"A Hundred Collars"）列举为最佳作品，并认为弗罗斯特诗歌继承和发展了田园文学的传统：从古希腊田园诗创始人忒奥克里托斯（Theocritus, 310? BC—250? BC），到中世纪用伦敦方言创作的乔叟（Geoffrey Chaucer, 1340?—1400），再到十九世纪讴歌大自然的浪漫主义诗人华兹华斯（William Wordsworth, 1770—1850）。② 根据帕里尼的描述，《补墙》一诗的创作思想来自弗罗斯特在苏格兰的一次乡间漫步。有一天，弗罗斯特与一位对文学很感兴趣的爱丁堡督学 J. C. 史密斯先生一起在法夫郡③ 乡间散步。他们看见了前方几道"低石墙"（dry stone dykes）。这让弗罗斯特想起了新英格兰人习惯用来隔离农场的相同的低矮石墙。那些石墙曾经耗费了弗罗斯特不少的时间和精力。当弗罗斯特回到比肯斯菲尔德家中的时候，他陷入深深的怀旧之中，想起了在新英格兰德瑞农场上的一道低矮的石头老墙，一道"我已经多

① T. S. Eliot, ed., *Literary Essays of Ezra Pound*, New York：New Directions Book, 1918, pp. 384 – 386.
② Jay Parini, *Robert Frost: A Life*, New York：Henry Holt and Company, 1999, p. 148.
③ 法夫郡（Fifeshire），英国苏格兰原郡名。

年没有去修补的老墙,它现在一定七零八落,不堪入目了。"① 关于这首诗歌的主要思想,《剑桥美国文学指南》上有这么一段描述:"在描写他和他的一位农民乡邻那天在重新垒起隔离他们两个农场的石墙时,诗人说:'总有某种东西,它不喜欢墙',而且表达了他充满宽容、慷慨、兄弟情谊的哲学。这种哲学与他的乡邻那比较教条的哲学形成了鲜明的对比。他的乡邻说:'好篱笆结成好乡邻,'而诗人自己却考虑得更为周到:'我在垒墙之前,先要弄明白/我要圈进什么,又要圈出什么?'"② 然而,这首诗歌之所以优秀就是因为它包含了这两种相互矛盾的人生哲学。

补 墙

总有某种东西,它不喜欢墙,
它让墙脚下的冻土高高隆起,
阳光中,它使墙头垒石落下,
撕开裂口,两人能并肩走过。
猎人的糟蹋却是另一番游戏: 5
我跟在他们身后,垒石补墙,
他们撬开石头却不垒回原处,
只想着把野兔赶出藏身石缝,
去讨好那尖叫的猎犬。我说
没人看见或者听见石墙崩裂,   10
可春天补墙时节,总有裂口。
我告诉家住在山那边的乡邻,
约好一天,两人沿自家墙边

---

① Lawrance Thompson, *Fire and Ice: The Art and Thought of Robert Frost*, New York: Henry Holt and Company, 1942, pp. 432–433.

② James D. Hart, ed., *The Oxford Companion to American Literature*, fifth ed., London, Toronto, New York: Oxford UP, 1983, p. 487.

把隔开两家的石墙重新垒好。
我们一边走着,一边垒着墙,　　　　　　　15
各自垒起已落在墙根的石块。
有的像长面包,有的像圆球,
得念句咒语才能把它们放平:
"站稳了,等我们转过身去!"
我们的手掌已都被石块磨粗。　　　　　　20
哦,那不过是一项户外运动,
一人站一边,还能有啥意义?
那石墙所在之处并不需要它:
他种松树林,我这是苹果园。
我告诉他,我的苹果树不会　　　　　　　25
越界去偷吃他树林下的松果。
他说:"好篱笆结成好乡邻。"
春天让我为此心烦,我琢磨,
能否让乡邻有这么一种想法:
"为何好篱笆结成好乡邻呢?　　　　　　30
篱笆拦牛不是吗?可这没牛。
我在垒墙之前,先要弄明白:
我要圈进什么,又要圈出什么?
我有可能得罪的是哪一家呢?
总有某种东西,它不喜欢墙,　　　　　　35
它要拆了墙。"我想对他说
那是"精灵",可又说不准,
还是他自己说吧。我看着他
两手紧抓着两块石头,就像
旧石器时代手拿武器的原人。　　　　　　40
在我看来,他是走在黑暗中,

黑暗不光是树阴遮蔽了阳光。
他不去琢磨父亲留下的格言，
而喜欢把那句老话挂在嘴边，
又说："好篱笆结成好乡邻。"①　　　45

在这首诗的开篇，诗中人似乎首先让自己与那不喜欢墙的"某种东西"结成联盟，仿佛他是完全认同那不喜欢墙的"某种东西"的观点。那么，这"某种东西"究竟是什么东西呢？诗人并没有告诉读者。它仿佛是春天大自然中人们无法预测、难以操纵、无法控制的某种自然力量。这种力量年复一年地捣毁了诗中人与乡邻的农场之间的那道低矮的石头隔墙。于是，诗中人说："春天让我为此心烦。"诗中人与这"某种东西"的联盟仿佛使他对墙的态度与他那位家住在山那边的乡邻所持有的保守思想形成了鲜明对照。但是，只要读者细细琢磨，就能够发现诗中人与这种自然力量的联盟仍然无法掩盖诗中一个基本而又重要的事实——在这首诗歌中，读者看到的是诗中人"我"而不是他的乡邻"告诉"对方："约好一天，两人沿自家墙边／把隔开两家的石墙重新垒好。"此外，我们还可以知道是诗中人"我"而不是他的乡邻"跟在［猎人］身后，垒石补墙"。因此，我们可以说，当诗中人与大自然中那难以控制的力量结成联盟的同时，他也在把自己推向了与大自然对立的一面，因为我们看到他也同时在努力地重新垒起石墙。他甚至祈用咒语来协助他平衡石块："站稳了，等我们转过身去！"②　于是，我们发现

① 本译文参考了方平先生《弗罗斯特诗六首》(载《孤独的玫瑰》，上海：上海译文出版社，1986年，第228页)和曹明伦先生《弗罗斯特集：诗全集、散文和戏剧作品》(上，第142页)中的译文，在此表示衷心感谢！

② 原文"spell"(咒语)一词还可以解释为"splinter"(*Webster's Third New International Dictionary*, p.2190)，意思是"碎片"、"裂片"；或者"碎木片"(陆谷孙《英汉大词典》，第1938页)，因此在这首诗歌中也可以看成一语双关，理解为"用碎木片或者碎石片垫稳垒石"。

诗中蕴涵着一种微妙的幽默:诗中人首先把自己与大自然的破坏性结成联盟,表现为一个"不喜欢墙"的破坏者形象,然后他又习惯性地去约他的乡邻一起来完成每年春天的补墙活动,又表现出一个"垒石补墙"的保护者形象。[①] 可见,弗罗斯特的诗歌是有其独特的微妙之处。

4."半个故乡"

1914 年夏天,在吉布森的建议下,弗罗斯特一家从比肯斯非尔德搬到了英格兰西南部格洛斯特郡(Gloucester)上的一个小村庄里。他们在迪莫克(Dymock)地区租了一幢叫做"小伊登斯"(Little Iddens)的小房子。周围的环境给弗罗斯特一家人带来了对美国新罕布什尔老家德瑞农场的回忆。弗罗斯特进入了他一生中最多产的阶段,《修墙》("Mending Wall")、《摘苹果之后》("After Apple-Picking")、《白桦》("Birches")等佳作都是在这里最终完成的。显然,移居英国唤起了弗罗斯特对新英格兰故土和亲人的眷念,而这种对故土与亲人的思念之情也拨动了诗人想象的心弦。

生活在格洛斯特的这段时间,弗罗斯特发现自己与一群迪莫克诗人意气相投。他还从来没有发现自己如此愿意与某一群诗人或者某一个流派的诗人打交道,因为他从他们身上学到了很多东西。正如弗罗斯特的外孙女弗兰西斯在她的专著中引用诗人吉布森在《黄金屋》("The Golden Room")一诗中所描述的那样:

难道你不记得那宁静的夏日夜晚,

---

① 黄宗英编著:《英美诗歌名篇选读》,北京:高等教育出版社,2007 年,第187页。

我们在纳尔老店里那间宽敞舒适、
干净明亮的客厅里一起谈笑风生？
我们有几位刚从加洛斯来的邻居① ：
凯瑟琳和拉斯戚尔斯·阿伯克龙比②、 5
鲁伯特·布鲁克③、还有爱莉纳和
罗伯特·弗罗斯特,他们俩住在
一幢叫做"小伊登斯"的房子里④,
还带来了海伦和埃德华·托马斯？
灯光下,谈笑风生,但多数时间 10
我们是在倾听弗罗斯特滔滔不绝,
陶醉于他那舒缓的新英格兰声音,
迷恋于他那机敏而又鲜活的俏皮、
那双稀有的炯炯有神的蓝色眼睛。

我们都坐在灯光下,时间悄悄地 15
从那玫瑰格玻璃窗流逝,凤头鸡
朝着低平的牧场草地啼叫,直到
那夜鹰从榆树上送回了她的答语,
我们仍然在一起坐着,谈笑风生——

这会儿是阿伯克龙比在快言快语, 20
那会儿是托马斯干燥细声的插话,
一会儿又听见布鲁克清晰的笑声;
接着是弗罗斯特深邃的人生哲理,

---

① 加洛斯：The Gallows。
② 拉斯戚尔斯·阿伯克龙比：Lascelles Abercrombie (1881—1938)。
③ 鲁伯特·布鲁克：Rupert Chawner Brooke (1887—1915)。
④ 小伊登斯：Little Iddens。

就像一杯鲜果汁，色香味俱全，
宛如一弯清澈溪水流进你的心田。　　　　　　25

　　　那是一九一四年
六月，我们还坐在一起谈笑风生；
然后，八月的战争把我们拆散了。①

吉布森对弗罗斯特的描述实际上画龙点睛式地总结了后来弗罗斯特在美国讲台上公共演说的风格。他那种既朴实又"深邃的人生哲理"不仅受到那一群迪莫克诗人的欢迎，而且受到了所有英格兰人民的青睐。

　　1914 年秋，弗罗斯特和他的家人在英国度过了最后一个秋天。他们从"小伊登斯"搬到了附近一个叫做"加洛斯"（The Gallows）的小农庄。这个农庄原来是拉斯戚尔斯和凯瑟琳·阿伯克龙比夫妇俩住的。阿伯克龙比夫妇准备整个秋天外出旅游，因此他们愿意让弗罗斯特一家人搬去一起住。这年秋天，托马斯成为弗罗斯特亲密的朋友之一。尽管托马斯当时已经发表了 26 部作品，包括游记、随笔、文学评论和传记，但是他还不是一位诗人。在弗罗斯特的鼓励之下，托马斯转向诗歌创作，模仿弗罗斯特的风格，同时具有他自己独特的声音，一举成功，不幸的是托马斯一年之后战死沙场。然而，这一时期，托马斯经常到弗罗斯特家里做客，两个人经常出去到乡间散步。托马斯在他的《阳光常常照着》（"The Sun Used to Shine"）一诗中记录了当时的情景：

　　阳光常常照着，当我俩一起

----

① Lesley Lee Francis, *The Frost Family's Adventure in Poetry*, Columbia and London：University of Missouri Press, 1994, pp.109－110.

慢步,停停走走,走走停停
说说笑笑、笑笑说说,
高高兴兴来,欢欢喜喜散

每天晚上。我们从无分歧
在那里休息。……①

　　然而,每当两个人走到一个岔路口的时候,托马斯总是习惯地问弗罗斯特该走哪条路。有一次,弗罗斯特对托马斯说:"无论你选择走哪条道路,你总是要叹气的,并且希望自己当初选择了另外一条路。"② 托马斯每每在岔路口所表现出来的那种不知所措的形象给了弗罗斯特创作《一条未走的路》("The Road Not Taken")一诗的灵感:

两条小路在金色的树林中分开,
可惜我不能同时走在两条路上;
孤身一人,我久久地站在那里,
极目远望其中一条小路的尽头,
直到它转弯,消失在树林之中。　　　　5

然后我转向另一条,几乎一样,
也许这条小路更值得我去选择,
因为它草叶茂密,且足迹未至;
不过说到这里,行人在小路上

① Lesley Lee Francis, *The Frost Family's Adventure in Poetry*, Columbia and London: University of Missouri Press, 1994, p. 115.

② Jay Parini, *Robert Frost: A Life*, New York: Henry Holt and Company, 1999, p. 153.

所留下的足迹几乎是一模一样。　　　　10

那天清晨,两条小路曲曲弯弯,
路上洒满了落叶,仍无人踩踏。
哦,我把前一条小路留给未来!
可心里知道山间道路阡陌纵横,
我怀疑将来能有机会回到那里。　　　　15

我将来会一边叹息,一边叙说,
在某一个地方,很久很久以后:
两条小路在树林里分开,而我——
我却选择了一条行人较少的路,
而那个选择改变了后来的一切。①　　　　20

一般认为,在这首诗歌中,诗人告诉读者当他来到树林中的一个岔路口时,他是怎样做出选择的。诗中的岔路口象征着他人生道路上的一个十字路口。因为他必须做出选择,所以他"选择了一条行人较少的路,/而那个选择改变了后来的一切。"② 然而,当我们了解了这首诗歌背后的故事时,我们或许会作出另外一种解读。的确,我们每个人都可能在自己的人生旅程上遇见十字路口,而且必须做出选择。因为我们多数人可能不愿意随波逐流,因此会选择一条"行人较少的路。"可是,这首诗歌似乎给这种选择涂上了一层淡淡的讽刺色彩,因为诗中人在最后一节的开头说:"我将来会一边叹息,一边叙说",仿佛他的"叹息"不但没有带来丝毫的解

---

① 笔者译自 Edward Connery Lathem, ed., *The Poetry of Robert Frost*, New York: Henry Holt and Company, 1969, p.105.

② James D. Hart, ed., *The Oxford Companion to American Literature*, fifth ed., London, Toronto, New York: Oxford UP, 1983, p.643.

脱,反而暗示了诗中人悲伤、焦虑,甚至是一种不诚实的感觉。从表面上看,诗中人似乎是在满堂儿孙面前带着一种怀旧的语气在回忆自己过去的选择:"我却选择了一条行人较少的路,/而那个选择改变了后来的一切。"然而,在他的内心,诗中人似乎又明白自己的表达方式并不自然。那么,在这首诗歌中,究竟有没有"一条未走的路"呢? 首先,在第二节中,我们应该注意到那条被诗中人走过的路实际上与那条他没有走过的路"几乎一样";接着,诗中人也说:"不过说到这里,行人在小路上/所留下的足迹几乎是一模一样";其次,在第四节的开头就更加明显了:"那天清晨,两条小路曲曲弯弯,/路上洒满了落叶,仍无人踩踏。"这么看来,那天清晨并没有人"踩踏"过那两条小路。因此,当我们诵读最后两行带有警句格言式的偶句时,就难免产生矛盾甚至滑稽的感觉。既然诗中的两条路均未被"踩踏",而且"几乎一样",那么,诗中人怎么说他"选择了一条行人较少的路,/而那个选择改变了后来的一切"呢? 或许,我们还没有忘记弗罗斯特曾经对托马斯说过:"无论你选择走哪条道路,你总是要叹气的,并且希望自己当初选择了另外一条路。"可见,这首诗歌中似乎并不存在"一条未走的路"。这是弗罗斯特简单深邃的诗歌创作风格的一个典型例子。诗人往往在诗歌中构建起一个委婉而又深刻的矛盾。这个矛盾常常基于诗中人对诗歌主题比较肤浅的理解,而诗人自己常常能够得出一个更加深刻、更富有戏剧性的解读。弗罗斯特每每总是貌似简单、自然和直接,而实际上他从来就不是像他表面上看上去的那么简单、自然和直接。①

　　1914 年的秋天对弗罗斯特一家人来说,是一个动荡不安的时期,因为第一次世界大战于 1913 年夏天爆发了,德国军队对英国

---

① Huang Zongying, *A Road Less Traveled By — On the Deceptive Simplicity in the Poetry of Robert Frost*, Beijing: Peking University Press, 2000, pp. 1 – 25.

各个港口的封锁使弗罗斯特返回美国的设想难以实现。尽管弗罗斯特对自己回国后的去路没有把握,但是他仍然决意要回美国。假如他一时找不到合适的工作,他想先到学校里教教书,过渡一下。他知道教书是一种很容易累垮人的(gruelling)工作,但这是不得已而为之的选择。1914年10月,弗罗斯特在给锡德尼·考克斯的一封信中说:"我可能不久就要回国了。我的困难是回国的费用可能迫使我在回国之后必须先找一份工作过渡一段,直到我重新站稳脚跟。可怕的是,我只能选择在一所小学院里找一份安静的工作,就写作技巧方面教一些新的东西。由于我在诗歌方面所取得的成绩,我或许能够受到一点点尊敬。"尽管如此,弗罗斯特此时还是无法想象有哪一所学校愿意聘用他为教师。因此,他在这封信的结尾说:"我不敢胡乱梦想。"①

1915年2月13日,弗罗斯特一家人乘坐圣保罗号美国远洋客轮,离开利物浦港,渡海回国。他们带着埃德华和海伦·托马斯15岁的儿子默文·托马斯(Mervyn Thomas)。弗罗斯特在英国生活了两年半时间,他一直把这段经历当作自己人生的关键时期。虽然他在踏上英国领土之前就已经对自己诗歌创作信心满满,但是他毕竟是在英国这个抒情诗的故乡才最终找到了自己的知音,而且是在英国文学界的支持下,特别是在迪默克等诗人们的鼓励和称赞中,弗罗斯特才能够聚精会神、全力以赴地进行诗歌创作。他的许多优秀诗篇都是在这几座叫做邦格罗(The Bungalow)、小伊登斯(Little Iddens)和加洛斯(The Gallows)的房子里创作出来的。弗罗斯特对英国的情感恐怕最见于他临行之前给书店老板孟罗留下的告别留言了:"这是我给您的最好的告别! 感谢您为我所做的一切! 离别之前,我本来想专程来与您告别,可是最终走得

① Lawrance Thompson, ed., *Selected Letters of Robert Frost*, New York & Chicago: Holt, Rinehart and Winston, 1964, p.138.

十分仓促。于是,我便简单行事。我不想兴师动众,好像我就不再回来一样。英格兰已经成为我的半个故乡——英格兰必胜!我的好朋友们,希望我们保持联系!"①

引用文献:

Eliot, T. S., ed. *Literary Essays of Ezra Pound.* New York: New Directions Book, 1918.

Francis, Lesley Lee. *The Frost Family's Adventure in Poetry.* Columbia and London: University of Missouri Press, 1994.

Hart, James D., ed. *The Oxford Companion to American Literature.* 5th ed., London, Toronto, New York: Oxford UP, 1983.

Huang, Zongying. A Road Less Traveled By —— On the Deceptive Simplicity in the Poetry of Robert Frost. Beijing: Peking University Press, 2000.

Parini, Jay. *Robert Frost: A Life.* New York: Henry Holt and Company, 1999.

Thompson, Lawrance, ed., *Selected Letters of Robert Frost.* New York & Chicago: Holt, Rinehart and Winston, 1964.

——. *Fire and Ice: The Art and Thought of Robert Frost.* New York: Henry Holt and Company, 1942.

——. *Robert Frost: The Early Years 1874 – 1915.* New York & Chicago: Holt, Rinehart and Winston, 1966.

弗罗斯特:《弗罗斯特集:诗全集、散文和戏剧作品》(上),曹明伦译,沈阳:辽宁教育出版社,2002 年。

——:《弗罗斯特诗六首》,方平译,载《孤独的玫瑰》,上海:上海译文出版社,1986 年。

梭罗:《瓦尔登湖或林中生活》,许崇庆、林本椿译,载《梭罗集》(上),北京:三联书店,1996 年。

---

① Lawrance Thompson, ed., *Selected Letters of Robert Frost*, New York & Chicago: Holt, Rinehart and Winston, 1964, p.152.

五、完美的缺憾①

罗伯特·弗罗斯特无疑是美国诗歌史上最受人们尊崇的诗人之一,也很难说还有哪位美国诗人能够像他那样拥有广泛的读者并享有崇高的荣誉。他的生命和诗歌创作与新英格兰地区的大自然紧密联系,但是他的声望却永远超出了新英格兰的自然区域。他不仅享有在肯尼迪总统就职典礼上朗诵自己的诗歌的殊荣,而且获得了包括英国牛津、剑桥大学在内的世界上44所大学的荣誉学位。他被誉为美国"非官方的桂冠诗人。"在他85岁高龄时,弗罗斯特仍然能够用他那颤抖和模糊不清的声音,充满激情地诵读自己的诗歌,而且仍然有成千上万的听众聚集在他的身旁,聚精会神地聆听他的声音并分享诗歌的抑扬顿挫。然而,诺贝尔文学奖却两次与他失之交臂。这不能不说是一个完美的缺憾。弗罗斯特曾经说:"我认为并不十分受到[学术界]重要人物和权威人士的赏识……就学术而言,我是不完美的,而且我与学术的关系也无法使我完美。这太遗憾了,因为我是以我自己方式去喜欢学术,而且在一定程度上,可以说是学术喜欢我。[学术]资助也说明这一点。也可能我猜想的不对,我没有像拥抱老百姓那样,去取悦'哈佛'。"② 笔者认为诺贝尔文学奖之所以与弗罗斯特失之交臂,最重要的原因是弗罗斯特简单深邃的诗歌创作艺术追求。他选择了"一条行人较少的路。"③

---

① 本节主要内容曾以《完美的缺憾——弗罗斯特与诺贝尔文学奖》为题目发表于《当代外国文学》(2010年第2期,第37—47页)。

② Louis Untermeyer, *The Letters of Robert Frost to Louis Untermeyer*, New York: Holt, Rinehart and Winston, 1963, p.277.

③ 黄宗英:《一条行人较少的路——罗伯特·弗罗斯特诗歌艺术管窥》,载《北京大学学报》(外语专刊),1997年,第54—62页。

1. "桂冠诗人"

为使自己成为一名真正的诗人,弗罗斯特曾经铤而走险,于1912年9月,卖掉了德瑞农场并举家迁往英国。1913年,弗罗斯特39岁的时候,他终于在英国出版了自己的第一本诗集《少年的心愿》。这不仅说明他的诗歌创作道路比较曲折,而且也显得有些大器晚成。然而,这本诗集和他次年在英国出版的第二本诗集《波士顿以北》,却以它们独特的审美情趣、思想内涵和话语形式,开启了弗罗斯特诗歌人生的通道。当他1915年2月从英国回到美国的时候,这位往日默默无闻的新英格兰诗人似乎已经被美国读者广泛接受。他随后出版的四部诗集《新罕布什尔》(*New Hampshire*)、《诗集》(*Collected Poems*)、《山外有山》(*A Further Range*)、《见证树》(*A Witness Tree*)分别于1924、1931、1937和1943年4次获得普利策奖。此外,他于1939年获得美国国家文学艺术研究会诗歌金奖;1941和1958年,两次获得美国诗歌协会金奖;1953年获得美国诗歌学会奖;1956年获得纽约大学颁发的荣誉奖章;1958年获得哈佛大学艺术成就勋章、波士顿艺术节"年度诗歌一等奖"和美国科学艺术研究会颁发的"爱默生—梭罗勋章";1962年获得美国国会金奖;1963年获得柏林根诗歌奖。

1776年,美国第一个大学生秘密社团——美国优秀大学生协会(Phi Beta Kappa Society)在弗吉尼亚威廉斯堡的威廉—玛丽学院成立。后来,这个协会成为美国大学优秀生的荣誉组织。弗罗斯特于1915和1940年两次被推选为美国塔夫兹大学(Tufts University)的"美国优秀大学生诗人";1916和1941年,弗罗斯特又两次在哈佛大学获得这项殊荣;1932年和1941年,他分别成为哥伦比亚大学和威廉—玛丽学院的"美国优秀大学生诗人。"不仅如此,弗罗斯特于1916年入选美国文学艺术协会(National Institute of Arts and Letters）；1931 年入选美国文学艺术院（American Academy of Arts and Letters）；1937 年入选美国哲学协会（American Philosophical Society）；1939 年，弗罗斯特成为哈佛大学查尔斯·艾略特·诺顿诗歌教授（Charles Eliot Norton Professor）和拉夫尔·沃尔多·爱默生诗歌研究员（Ralph Waldo Emerson Fellow in Poetry）；1958 年，弗罗斯特成为美国国会图书馆诗歌顾问。此外，从 1918 年获得阿默斯特学院荣誉硕士学位，到 1962 年获得密歇根大学荣誉法学博士学位，弗罗斯特一生获得了世界上 44 所大学的荣誉学位，其中包括 1957 年获得英国牛津大学和剑桥大学的荣誉文学博士学位。① 作为一位诗人，弗罗斯特真不愧为美国"非官方的桂冠诗人。"

　　1939 年，弗罗斯特出版了自己的第一部诗歌总集（Collected Poems）。之后，他接连出版了《见证树》（A Witness Tree，1942）、《理性假面剧》（A Masque of Reason，1945）、《绒毛绣线菊》（Steeple Bush，1947）和《仁慈假面剧》（A Masque of Mercy，1947）。1949 年，弗罗斯特已经 74 岁高龄，仍然精力充沛，充满创作的欲望。这一年，弗罗斯特精心策划并出版了《罗伯特·弗罗斯特诗歌全集》（Complete Poems of Robert Frost，1949），代表着他半个世纪诗歌创作的伟大成就。他接受了出版商（Henry Holt and Company）的建议，将原来是《总集》（Collected Poems）改为《全集》（Complete Poems）；全集共 642 页，规模宏大，分量十足；诗篇分卷集成，每首诗歌新开一页并且给每首诗歌加上了初版年代；除了两部假面剧排在全集末尾以外，其它诗篇均按照出版时间排列；1939 年版《诗歌

---

① Nancy Lewis Tuten and John Zubizarreta, eds., *The Robert Frost Encyclopedia*, Westport（CT）: Greenwood Publishing Group, 2001, pp. 15 – 16.

总集》的序言《一首诗的行迹》("The Figure A Poem Makes")[①]仍然作为新诗集的序言,而且原来排印在扉页上的《牧场》("The Pasture")一诗仍然出现在扉页上,其题目仍然从诗集的目录中省略;扉页对面是一张由摄影师西普雷尔(Clara E. Sipprell)拍摄的作者半身照片,弗罗斯特身穿开领的白衬衫和罩衣,满头白发,显得有些苍老,但是诗集被编辑卡普兰(Maurice Serle Kaplan)装饰得十分精美,绿色布面装帧、金色书脊字饰,封面上是金色凹印的诗人亲笔签名;诗集定价每册 6 美元。虽然弗罗斯特已经 4 次获得普利策奖,但是由诗人亲自监制的这最后一本诗集给了读者重新审视弗罗斯特在美国诗歌传统中的地位的机会。众多评论给予这本诗集高度的评价,纠正了早期把弗罗斯特当作一位新英格兰地方诗人的评论,而更多地注意到弗罗斯特诗歌中貌似简单的阴暗元素。1949 年,《时代周刊》上刊登了一篇没有署名的文章,作者认为:"弗罗斯特作为一位著名诗人已经有 35 年的历史了;他是美国一流的、活着的、最著名的诗人;然而仅仅在最近他在最敏感的读者眼里,才开始显得委婉而难以琢磨;他是一位既真实可信又令人难忘,甚至令人难过的诗人。"[②] 1950 年,这本诗集十分畅销,仅每册 1.2 美元的版税就给弗罗斯特带来了超过 1 万美元的收入;同年 9 月,这本诗集由限制版公司(Limited Editions Club)再

---

① 笔者在 1995 年第一辑《诗探索》上发表了这篇序言的译文,题目为《一首诗的形象》,由赵萝蕤老师校对;此前,笔者读过《美国作家论文学》(三联书店,1984)中陈行慧的译文《诗的运动》;2001 年前后,曹明伦在一篇文章中讨论过这个题目的译法并将其改译成《诗运动的轨迹》,见曹明伦译《弗罗斯特集:诗全集、散文和戏剧作品》(下),辽宁教育出版社,2002 年,第 891 页;后来,笔者在论文行文中开始使用《一首诗的行迹》这个译名,考虑到诗歌创作是一个形象思维的过程,也符合弗罗斯特这篇序言的核心主题:"一首诗以愉悦开篇,以智慧作结"(《诗探索》,1995(1):182—184)。

② Nancy Lewis Tuten and John Zubizarreta, eds., *The Robert Frost Encyclopedia*, Westport(CT): Greenwood Publishing Group, 2001, p.63.

版发行并且获得金奖,因为它被认为是近 5 年出版的、"最可能达到经典水平的图书。"① 此外,这本诗集的出版还帮助弗罗斯特获得了 1950 年美国文学艺术协会诺贝尔文学奖候选人提名的机会。虽然弗罗斯特的名字没有出现在 1950 年诺贝尔文学奖获得者的名单中,但是 1950 年 3 月 26 日,也就是弗罗斯特 75 岁寿辰的前两天,美国国会参议院全票通过了一项决议,祝贺弗罗斯特在诗歌创作方面所取得的伟大成就以及对美国文学发展所做的伟大贡献。决议理由如下:"由于弗罗斯特在他的许多诗集中给美国人民讲述许多被各个时代、各行各业的人们所喜爱、复述和思考的故事和诗篇,由于在过去的半个世纪中,弗罗斯特的诗歌不仅帮助许多人了解美国而且唤起了他们的爱国热情,由于弗罗斯特在美国文学史上的牢固地位,由于 3 月 26 日是弗罗斯特 75 岁寿辰,美国国会参议院代表国家向他致以崇高的敬意!"② 1950 年 4 月 10 日,弗罗斯特在给参议员塔夫特(Robert A. Taft)的一封信中说:"亲爱的塔夫特参议员,我只希望被称为一个美国人、一位诗人。我想这是给我的最好的奖赏,因为我从未想过我能够同时获得美国国会参议院官方授予的这两个头衔。在你们热情洋溢的言语中和真诚的帮助下,我所接受的荣誉将作为我一生中最辉煌的事情记载在弗罗斯特家族的历史上。"③

1963 年,昂特迈耶编辑的《罗伯特·弗罗斯特致路易斯·昂特迈耶的书信集》(*The Letters of Robert Frost to Louis Untermeyer*)一书出版。在一篇附言中,昂特迈耶写到:"我刚刚收到格雷夫斯的一封信。信中表达了他对弗罗斯特没有被授予今年的诺贝尔文学

① Nancy Lewis Tuten and John Zubizarreta, eds., *The Robert Frost Encyclopedia*, Westport(CT): Greenwood Publishing Group, 2001, p. 63.

② Lawrance Thompson & R. H. Winnick, *Robert Frost: The Later Years 1938 – 1963*, New York: Holt, Rinehart and Winston, 1976, p. 186.

③ Ibid.

奖这件事而感到恼怒。他还说他已经给瑞典诺贝尔文学奖委员会写信,建议将下一年度的诺贝尔文学奖授予这位美国'非官方的桂冠诗人'。"① 此时,弗罗斯特的心情也比较沮丧,因为有不少人认为他一定能够获得 1963 年的诺贝尔文学奖。面对这一无情的事实,弗罗斯特仍然幽默委婉地对昂特迈耶说:"别告诉别人,这是一个秘密,今年春天我将获得另外一个奖项;其颁奖仪式将在英国举行,您必须承诺与我同行;那里有一个盛大的宴会,别忘记,今年春天。"② 然而,不幸的是,一个星期以后,弗罗斯特死于肺栓塞(pulmonary embolism),享年 88 岁。当美联社让昂特迈耶写一篇讣告辞时,昂特迈耶想起了弗罗斯特曾经为罗宾逊(E. A. Robinson)的遗作《贾斯帕王》(King Jasper)所写的序言:"罗宾逊喜欢走一条创新的老路(the old-fashioned way to be new)……他的主题本身是不快乐的,但是他的创作技巧却令人感到快乐(happy),甚至诙谐(playful)。这对于那些过去忍着痛看他受苦的人来说是一种精神慰藉……风格乃人之性格。确切地说,风格乃人看待自身的方式……假如表面严肃,那么内在肯定幽默;如果表面幽默,那么内在肯定严肃。"③ 与其说弗罗斯特是在给罗宾逊作序,还不如说他是在对他自己以及他自己的作品进行评论。弗罗斯特的风格体现一种强忍自制的精神,用幽默粉饰悲哀,用喜乐掩埋悲痛。他甚至把严肃与幽默、喜乐与悲痛交织在自己最后一本诗集中的一首仅有两行的押韵诗中:"人们需要校内外的各种教育,/才能适应我这种幽默的戏弄。"④

---

① Louis Untermeyer, *The Letters of Robert Frost to Louis Untermeyer*, New York: Holt, Rinehart and Winston, 1963, p. 387.

② Ibid.

③ Robert Frost, "Introduction to E. A. Robinson's *King Japer*," in *Frost: Collected Poems, Prose & Plays*, New York: the Library of America, pp. 741 – 746.

④ Edward Connery Lathem, ed., *The Poetry of Robert Frost*, New York: Henry Holt and Company, 1969, p. 470.

2. 喜悦的悲哀

弗罗斯特此处所说的"戏弄"（fooling）就是指他那别具一格的融严肃与幽默、悲痛与喜乐为一体的简单深邃的创作风格。比如，弗罗斯特最后一部诗集《在林间空地》（*In the Clearing*, 1962）中最引人注目的诗篇《基蒂霍克》（"Kitty Hawk"）就是一个很好的例子。诗集《在林间空地》于 1962 年 3 月 26 日弗罗斯特 88 岁寿辰那一天正式出版。此后 6 个月，该诗集始终在美国全国畅销书目中占据一席之地。诗评家认为，在过去的 30 多年中，没有哪本诗集能够在美国如此畅销。① 《基蒂霍克》是一首带有自传性色彩的长诗，全诗分两个部分，第二部分又分为 4 个小部分，全诗共 471 行，每行 5 个音节、3 个重音，是弗罗斯特后期最重要的作品之一。这首诗的创作及发表过程比较复杂。1936 年，弗罗斯特出版过诗集《山外有山》（*A Further Range*），其中《莱特兄弟的飞机》（"The Wright's Biplane"）记录了威尔伯·莱特（Wilbur Wright, 1867—1912）和奥维尔·莱特（Orville Wright, 1871—1948）兄弟于 1903 年 12 月 17 日在北卡罗来纳州戴尔县基蒂霍克村附近的基尔德夫尔希尔（Kill Devil Hills）成功驾驶他们自行设计的飞机升空飞行五十九秒的第一次飞行实验。莱特兄弟成功的飞行实验是弗罗斯特《基蒂霍克》一诗最原本的创作灵感。1953 年，弗罗斯特曾经在他的一位律师朋友凯恩斯（Huntington Cairns）及其妻子弗洛伦斯（Florence）的陪同下参观了基蒂霍克村和纳格斯黑德（Nag's Head）村。之后，弗罗斯特写下了这首诗歌的核心部分。根据《弗罗斯特百科全书》（*The Robert Frost Encyclopedia*）的记载，《基蒂霍

---

① William G. O'Donnell, "Robert Frost at Eighty-Eight", see *Critical Essays on Robert Frost*, ed. Philip L. Gerber, New York: Library of Congress Cataloging in Publication Data, 1982, p. 163.

克》这首诗歌前后有四个版本:1956 年,作为弗罗斯特的圣诞献诗,这首诗歌共 128 行;1957 年 11 月,在《大西洋月刊》(*Atlantic Monthly*)上发表时,共 432 行;1959 年 3 月 21 日,在《周六评论》(*Saturday Review*)发表时,增加了 64 行;最后,1962 年 3 月 26 日,在《在林间空地》中发表时,是 471 行。① 在这首诗歌中,诗人把过去与现在写到一起,把个人经历与民族历史写在一起,把具体与抽象、科学与艺术融为一体,生动地描写了诗人生命与诗歌创作中的一些重要细节,而诗中那融严肃与幽默、悲痛与喜乐为一体的创作风格有力地证明了诗人简单深邃的诗歌创作艺术追求。

首先,是诗人写下的两行引语:"1953 年在亨廷顿·凯恩斯夫妇陪同下旧地重游/(一只云雀用三音步短语为他们歌唱)。"② 英国浪漫主义诗人雪莱在 1820 年创作《致云雀》("To a Skylark")之前,在夫人陪同下来到意大利的来航(Leghorn)附近,借了朋友的房子,住了一两个星期。在一个美丽的夏日傍晚,夫妇两人漫步在小巷之间,突然听见了云雀飞鸣,雪莱写下了这篇不朽之作。云雀乃黄褐色小鸟,构巢于地面,清晨升空,入夜而归,边飞边鸣。"雪莱在这首诗歌里以他特有的艺术构思,生动地描绘云雀的同时,也以饱满的激情写出了他自己的精神境界、美学理想和艺术抱负。"③ 那么,弗罗斯特在他艺术生涯的黄昏时刻选用一只云雀来抒发自己的情怀,这是可以理解的,但是他为什么没有坚持走他那条"创新的老路"呢?他为什么选用了"三音步短语"(three-beat phrases)进行歌唱呢?而且全诗原文韵脚凌乱,没有规律呢?请

---

① Nancy Lewis Tuten & John Zubizarreta, eds., *The Robert Frost Encyclopedia*, Westport, Connecticut & London: Greenwood Press, 2001, p. 178.

② Edward Connery Lathem, ed., *The Poetry of Robert Frost*, New York: Henry Holt and Company, 1969, p. 428.

③ 雪莱:《雪莱抒情诗全集》,江枫译,长沙:湖南文艺出版社,1996 年,第 257 页。

看全诗的开篇：

基蒂霍克,啊,基蒂,
曾经有一支歌,
你知道,一曲伟大的
标志性的小调,
我也许唱过　　　　　　　　5
当我年轻的时候
独自初来乍到
经过伊丽莎白城
六十年以前。
毫无疑问,我当初　　　　　10
被命运捉弄
在这个世界上
独自漂泊流浪
你或许认为
我过于懦弱　　　　　　　15
不关心我是谁
或被吹向何方
比我的脚步更快——
像那封撕碎了的
本不应该写的信　　　　　20
我读了并扔掉的信。①

---

① 　由于行文需要,本文中的诗歌译文是笔者在参考曹明伦译文的基础上进行改
译,在此表示感谢! 部分译文直接引用曹译并注明出处。英文原文参见
Edward Connery Lathem, ed., *The Poetry of Robert Frost*, New York：Henry Holt
and Company, 1969, pp. 428－443.

弗罗斯特是想用三音步短语以及多韵脚的诗行来表现云雀飞鸣的习惯以及它天性快活的性格，以致在读者的感觉印象中建立起这首诗歌的情感基调——既活泼诙谐又严肃认真。英国诗人丁尼生曾经在 1842 年发表过一首悼念亡友哈勒姆（Arthur Hallam）的诗歌，题目叫《冲激，冲激，冲激》（"Break，Break，Break"）。诗中"Break"一词一语双关，既构成海浪拍岸、浪花碎裂的意象，又象征诗人因思念亡友而极度悲痛的心碎情境。然而，诗人运用对照的手法，让他悼念亡友的悲痛心情与渔家孩子们游戏笑嚷的情景、少年水手在海湾划船歌唱的情景前后相随，使之产生对照效应，仿佛那些渔家孩子和少年水手无暇顾及诗人内心的悲痛，从而更增加了诗中营造的孤独情境。同样，弗罗斯特也在刻画云雀飞鸣的意象，并且用三音步和多韵脚的格律形式给全诗定下一个音韵基调。诗的开篇虽然让我们联想到莱特兄弟对人类科技进步的伟大贡献，可是读者所听到的却是"一曲伟大的/标志性的小调"。原文第一行"Kitty Hawk，O Kitty"结尾的"Kitty"一词与第四行"Emblematic ditty"的最后一个单词"ditty"（小调）押韵，而且"小调"一词前面用了两个分量十足的形容词（great/ Emblematic ditty）加以修饰，构成明显的矛盾修饰（Oxymoron）效应，直接让人感到诙谐幽默。紧接着，诗人又让读者看到诗中人"被命运捉弄/在这个世界上/独自漂泊"的孤独景象。由于诗中人"过于懦弱"，所以没有人"关心我是谁/或被吹向何方"，就"像那封撕碎了的/本不应该写的信"。在此，弗罗斯特仍然运用对照的手法来衬托他内心的孤独。我们知道，基蒂霍克是人类第一次成功地进行有人驾驶的、动力驱使的、重于空气的飞行实验的地方，而基蒂霍克也恰巧是弗罗斯特第一次遭受命运捉弄的地方。弗罗斯特曾经于 1894 年专程赶到纽约州坎顿城的圣劳伦斯大学，去说服当时在那里就读大学二年级的女友怀特，让她放弃学业，跟他回家结婚。可是，怀特认为弗罗斯特必须先立业而后成家。为了表达自己的急切心情，弗罗斯特可谓别出心裁,跑到劳伦斯自费印制了自己的第一本诗集《曙光》(*Twilight*),只收录他自己的 4 首诗歌,而且只印两册,一本留给自己,另一本送给怀特。虽然怀特接受了弗罗斯特这份特殊的礼物,但是她仍然没有接受他的求婚。弗罗斯特的传记作家劳伦斯·汤普森在传记中详细描述了弗罗斯特如何乘坐火车从圣劳伦,经波士顿,到达纽约,然后乘船到弗吉尼亚州的诺福克(Norfolk),最后徒步走进了迪斯默尔沼泽(Dismal Swamp),想到了结自己的生命……。[1] 迪斯默尔沼泽就在基蒂霍克村附近。这首诗的开篇创意在于诗人用人类科学进步的颂歌来反衬他心灵深处的哀歌,过去与现在相互交织,喜悦与悲哀相互融合。

3. 崇高的浪漫

接着,我们仿佛看到了一个时刻准备着要飞向崇高浪漫的诗人,他要飞出时空,进入未然。他根本就不相信"天下无人知晓／爱为何物",他勇敢地接受"白羊座、金牛座、／双子座和巨蟹座"的无情嘲讽,他高声应答"黄道带"的质问:

我时常话到嘴边　　　　　40
想重温旧事并歌唱
那最初的飞翔
现在看来,可能——
应该是——我一次
飞进未知　　　　　　　　45
飞进崇高

---

① Lawrance Thompson, *Robert Frost: The Early Years 1874-1915*, New York & Chicago: Holt, Rinehart and Winston, 1966, pp. 177-181.

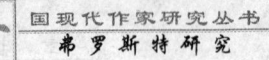
飞离时间的沙粒
……

此处译文中的"飞翔"、"飞进"和"飞离"均指原文中的双关语
"flight"一词;"飞翔"指莱特兄弟成功的飞行实验,而"飞进未知/
飞进崇高/飞离时间"喻指诗人求爱未果而逃离现实的心境。弗
罗斯特将人类首次升空离地的成功实验与自己最初因求爱失败而
"飞离"现实的情境进行对比,把当时人类最浪漫的成功喜悦与当
时他本人最不浪漫的失败悲哀相提并论。我们似乎从中找到了华
兹华斯诗歌定义的一个佐证:"诗歌是强烈情感的自然流露;它起
源于宁静中回忆起来的感情。"① 当华兹华斯"独卧不眠,/思绪万
千,或心灵空漠"的时候,他经常回忆起他与其妹妹多萝西于1802
年4月的一天在湖边漫步时突然发现一片片金黄色的水仙在微风
中摇曳起舞的美丽景象。那些水仙曾让他心旷神怡、流连忘返,
"给他的心灵注入无限的精神至宝,因为诗人不仅可以追忆那迎
风起舞的簇簇水仙,而且可以通过回忆的想象重新捕获那喜悦的
瞬间。"② 想必,每当弗罗斯特心灵空漠,"重温旧事"的时候,在基
蒂霍克村发生的"飞翔"也能给他带来无限的慰藉。

　　然而,全诗第一部分中更加耐人寻味的是弗罗斯特求婚不成
逃离基蒂霍克村的细节描写并没有让读者感到他心灰意懒,反而
给人以一种绝处逢生的感觉:

后来我遇见那位　　　　　　　　50
大师并对他说

―――――――

① William Wordsworth, "Preface to the Second Edition of *Lyrical Ballads*," in *Criti-
cal Theory Since Plato*, Hazard Adams ed., San Diego: HBJ, 1971, p. 441.
② 黄宗英:《"如何静听离别"——从华兹华斯的"复杂快感"看卡如斯的"精神
创伤"》,载《北京大学学报》(外国语言文学专刊),1998年,第111—112页。

一天晚上，我来过这里

像个年轻的阿拉斯特

在他飞离这里之前

这个地方被用做　　　**55**

某种飞行的场所。

这位"年轻的阿拉斯特"（Alastor）影射雪莱长诗《阿拉斯特——孤独的精灵》中那位"青年，有纯洁无瑕的感情、勇于探索的才智，和由于熟知优秀崇高与庄严宏伟的一切而受到激发、得到净化的想像力，他在这种想像力驱使下作关照宇宙的深思冥想……由于习惯作具有崇高、完美性质的思考，他想象中的想象集中体现了一个诗人、哲学家或是恋爱的情人所能描绘的一切神奇、聪明和美丽的品质……他要为自己这种构思寻找一个生活中模型，然而一无所获。失望的沉重打击终于使他过早地进入了坟墓。"① 但是，弗罗斯特并没有"过早地进入了坟墓"，而是活着把自己的故事告诉了"那位/大师"——奥维尔·莱特。随之，诗歌的主题豁然展开：莱特兄弟成功的第一次（original）飞行、诗人个人失落的心境、圣经中比喻性的"堕落"（Fall）以及这些思想的整个诗化过程。弗罗斯特是想借助莱特兄弟的第一次成功飞翔，来表达他内心渴望能够暂时飞离失败、飞离失望、飞离绝境的心情。他希望自己能够"飞进未知/飞进崇高/飞离时间……"。当然，这种"未知"不是田园牧歌式的崇高，而是诗人常说的"暂时避免生命的混沌"②，他仍然要经历精神的考验和生命的历练。因此，虽然莱特兄弟和弗罗斯特"飞离"基蒂霍克村的行动仅仅是一次地理巧合，但是他们的行

---

① 　雪莱：《雪莱抒情诗全集》，江枫译，长沙：湖南文艺出版社，1996 年，第 684—
685 页。

② 　Robert Frost, "The Figure a Poem Makes," in *Frost: Collected Poems*, *Prose*, &
Plays, New York：The Library of America, 1995, p. 777.

动为诗人的艺术创作提供了一个基本的条件。可见,弗罗斯特是
在寻找一种特殊的方式,把自己的命运与人类的命运联系了起来。

这首诗的第二部分进一步挖掘主题的内涵,特别是诗中所蕴
涵的精神与宗教意义。弗罗斯特独具匠心,把神性的、科学的和艺
术的"冒险精神"融为一体:

可上帝自己降
成肉身是为了　　　　　　　220
行出一个见证:
至高功德
确确实实
来自冒险精神。
……
灵魂进入肉体　　　　　　　246
并将竭尽全力
一个接着一个
肉体连着肉体
涌入世间。
试想:
那冒险行动
人们以为
就人类而言
是人类灵魂
虚实物变的
一次有力进攻。

这18行诗在诗集《在林间空地》中,是单独用斜体字样,排印在这
本诗集的扉页上,作为诗集的引语,而实际上出自《基蒂霍克》一

诗的第219—224和246—257行(略有改动)。弗罗斯特在此用隐喻的手法讲述了耶稣道成肉身的圣经故事。对于基督教信徒来说,耶稣道成肉身的意义集中体现在耶稣受难:"神爱世人,甚至将他的独生子赐给他们,叫一切信他的,不至灭亡,反得永生"(约3:16)。[1] 耶稣之所以受难,为世人而死,目的是要将天堂上的永生带给那些真心悔过的世人。弗罗斯特在此讲述耶稣道成肉身的故事,就是要读者从世俗肉体中窥见永恒精神的存在和意义。此外,在第二部分中,弗罗斯特讴歌西方文明的进步,但也没有忽视来自东方的挑战:

> 如果说这不明智,
> 那请告诉我为什么
> 东方似乎已经结束了
> 它长期以来在沉思中的　　　　　240
> 停滞不前。
> 那场要赶超我们的
> 轰轰烈烈是怎么回事?
> 难道可能用竞争
> 来奉承我们?[2]　　　　　　　245

我们知道,曾经在日本研修多年的著名美国学东方学家费诺罗萨(Ernest Fenollosa, 1853—1908)也有过类似的思想:"光中国为体,就是如此巨大,没有一个国家能够忽视。我们在美国尤其

---

① 《圣经·新约》(中英对照和合本,新标准修订版,NRSV),第165页。
② 弗罗斯特:《弗罗斯特集:诗全集、散文和戏剧作品》(上),曹明伦译,沈阳:辽宁教育出版社,2002年,第611—612页。

应当越过太平洋去正视它,掌握它,否则它就会使我们不知所措。"① 弗罗斯特与费诺罗萨一样,看到了东方文明的进步作用及其对西方文明的挑战。此外,当莱特兄弟自行设计的飞机成功地进行飞行实验之后,苏美两个超级大国也随之进入空间竞赛阶段。不论美国还是苏联都争先恐后地"凭某种命名过程／来征服自然",西方的科学进步谱写了一个个人类征服自然的神话:

> 我们已对无限
> 发动了一场袭击,
> 可以说已经使它
> 在理念上属于我们,　　　　　365
> ……
> 我们的要求是要收回
> 长期以来被认为　　　　　　　370
> 事实上未加利用、
> 名义上被浪费的空间。
>
> 这就是我们扬名的原因,
> 尽管这星球如此小
> 我们仍当仁不让地　　　　　　375
> 获得了宇宙之中心
> 这个名声。②

---

① 厄内斯特·费诺罗萨:《作为诗歌手段的中国文字》,赵毅衡译,载《庞德诗选:比萨诗章》,桂林:漓江出版社,1998 年,第 230 页。

② 弗罗斯特:《弗罗斯特集:诗全集、散文和戏剧作品》(上),曹明伦译,沈阳:辽宁教育出版社,2002 年,第 616—617 页。

《完整的神圣》("The Holiness of Wholeness")是全诗第二部分的第三小部分。诗人对"飞行师"说:"尽管你的飞行/充其量是种姿态,/尽管你的升降/不过是翻个筋斗/……但令人安慰的是/按照那份契约/即使我们不能/控制整体,/至少也可以控制/某个不太大的部分/因此使用技巧或者艺术/我们就能把这部分/变成某种意义上的整体。"① 在此,我们看到弗罗斯特信心满满地在挖掘人类文明进步的意义。尽管人类的飞行实验还不完美,"充其量是种姿态"或者"是翻个筋斗",但是人类可以通过"技巧"(科学)或者"艺术"(诗歌),来掌控"部分",哪怕是"某个不太大的部分"。由于整体是由部分构成的,因此"我们就能把这部分/变成某种意义上的整体。"惠特曼用"一个人的自我"将诗人的"自我"与读者的"自我"合二为一②,构成一个包罗万象的"自我";威廉斯说:"一个人本身就是一座城市":

这座城市

这个人,一种同一——它不可能

是别的什么东西——一种

相互渗透,双向的,积

　　　　累! 正面,反面;

　　　　似醉非醉的,杰出的

　　　　包罗一切;同一③

当然,站在这些伟大的美国诗人背后的是超验主义哲学家爱默生。他认为诗人具有非凡的智性感觉,诗人是"见者"、"言者"、"先

---

① 弗罗斯特:《弗罗斯特集:诗全集、散文和戏剧作品》(上),曹明伦译,沈阳:辽宁教育出版社,2002 年,第618—619 页。
② 黄宗英:《抒情史诗论》,北京:北京大学出版社,2003 年,第24 页。
③ 同上,第111 页。

知"和"语言创造者",是个代表性的人物,因此唯有诗人才能刻画自然并揭示真理。① 与惠特曼、威廉斯等诗人一样,弗罗斯特也在寻求"让思想得以表达"的方式。

4. "标志性飞翔"

全诗结尾部分的标题为《搅拌机》("The Mixture Mechanic")。在这一部分中,诗人又回到了动力飞行的隐喻中来,继续用一种诙谐幽默的语气来赞美人类最早的飞行实验:

> 我们疯狂的飞行
> 朝着星星或月亮
> 意味着我们赞成
> 它们不停的运动。　　　　440
> 我们的行为就像
> 一把巨大的汤匙
> 如泰坦尼克巨轮
> 不停地搅动万物,
> 就像一台搅拌机,　　　　445
> 我们说那叫谐调,
> 那是问题之所在!②
> 物质绝不可凝结,
> 不可分离和沉淀。
> 行动就是语言。　　　　450

---

① 黄宗英:《爱默生诗学理论管窥》,载《北京联合大学学报》(人文社科版),2007 年第 2 期,第 23 页。

② 这两行诗的原文为:Saying That's the tune,/That's the pretty kettle! 英文口语中有 a pretty/fine/nice kettle of fish 的习语,意思是"难办的事";"尴尬局面";"一团糟"等,故译成"问题之所在"。

人类"疯狂的飞行"只不过宇宙天体运动的一个微不足道的部分，仅仅意味着人类加入宇宙自然的运动变化。虽然莱特兄弟的飞行实验，在人们的心目中是一个划时代的创举，有如泰坦尼克号巨轮的首航，但是它与宇宙天体的自然运动相比，就好像厨房里的一把汤匙，微不足道。尽管如此，人们参与了改变宇宙自然的运动，就像一台"搅拌机"，"不停地搅动万物"，不停地创造各种改变，不停地创造各种可能。因此，人类"疯狂的飞行"最终成为一种模仿"星星或月亮"的运动形式。即使人类只能充当着"一把巨大的汤匙"的角色，但也被赋予了"不停地搅动万物"的责任。即使人们的实验可能像"泰坦尼克巨轮"那样首航沉没，但是我们还是参与了"行动"，因为"行动就是语言"。只有参与行动，我们才能将自己内心的思想表达出来。这也许就是弗罗斯特在此想要表达的一种人类与宇宙的"谐调"、一种人类与自然的融合，尽管"那是问题之所在！"可见，在弗罗斯特的笔下，科学在人类的大厦之中不过是一间厨房，甚至是厨房里的一把汤匙，然而人类参与改变宇宙自然的念头却已初见端倪：

> 上帝的机器，
> 怪异的机器，
> 仍有人说是撒旦，
> 幸亏有你，才有了　　　　　　465
> 这标志性的飞行，
> 幸亏有你
> 幸亏有莱特兄弟
> 在他们的家乡代顿，
> 曾经像达赖厄斯·格林　　　　　470
> 被认为是奇思怪想。

尽管人类这种"标志性"的飞行被认为是"奇思怪想",是"上帝的机器/怪异的机器",甚至是魔鬼"撒旦"的捣乱,但是莱特兄弟创造的奇迹,改写了历史,而诗中的"你"——诗人,虽然六十年前"被命运捉弄/在这个世界上/独自漂泊",但如今将行动诗化为语言,讲述了一个简单深邃的人生故事。

我们知道,获得1949年度诺贝尔文学奖的不是弗罗斯特而是福克纳(William Faulkner, 1897—1962)。福克纳是20世纪一位伟大的小说技巧实验家,他的小说具有"永不雷同的形式"。[①] 显然,弗罗斯特简单深邃的诗歌创作艺术追求是为了更多、更好地去"拥抱老百姓"。他选择了一条行人较少的艺术道路。这或许也就是他所说的:"我与这个世界有过情人间的争吵。"[②] 然而,这种"情人间的争吵",对后人的诗歌创作,却不乏其"标志性的飞翔"。"幸亏有你,才有了/这标志性的飞行"!

引用文献:

Frost, Robert. "Introduction to E. A. Robinson's *King Japer.*" *Frost: Collected Poems*, *Prose & Plays.* New York: the Library of America, pp. 741 – 746.

Lathem, Edward Connery, ed. *The Poetry of Robert Frost.* New York: Henry Holt and Company, 1969.

O'Donnell, William G. "Robert Frost at Eighty-Eight." *Critical Essays on Robert Frost.* Philip L. Gerber, ed. New York: Library of Congress Cataloging in Publication Data, 1982.

Thompson, Lawrance & R. H. Winnick. *Robert Frost: The Later Years 1938 – 1963.* New York: Holt, Rinehart and Winston, 1976.

Tuten, Nancy Lewis and John Zubizarreta, eds. *The Robert Frost Encyclopedia.*

---

① 杨金才主撰:《新编美国文学史》(第三卷),上海:上海外语教育出版社,2002年,第342页。

② Robert Frost, "The Lesson for Today," in *Robert Frost: Collected Poems*, *Prose, & Plays*, New York: Library of America, p. 322.

Westport(CT)：Greenwood Publishing Group，2001.

Untermeyer，Louis. *The Letters of Robert Frost to Louis Untermeyer.* New York：Holt，Rinehart and Winston，1963.

弗罗斯特：《弗罗斯特集：诗全集、散文和戏剧作品》（上、下），曹明伦译，沈阳：辽宁教育出版社，2002 年。

——：《诗的运动》，陈行慧译，载《美国作家论文学》，北京：三联书店，1984 年，第 352—356 页。

——：《一首诗的形象》，黄宗英译，载《诗探索》，1995 年第一辑，第 182—184 页。

黄宗英：《一条行人较少的路——罗伯特·弗罗斯特诗歌艺术管窥》，载《北京大学学报》（外语专刊），1997 年，第 54—62 页。

——：《抒情史诗论》，北京：北京大学出版社，2003 年。

第二章

哲 学 篇

一、爱默生超验诗学①

梭罗曾在日记中写道:"爱默生是一位评论家、一位诗人和哲学家。他的天才并非如此出色,也不一定能胜任他的抱负;但是他的理想更加高远,他的努力更加艰辛,他的生活更加热烈。他要成就一种神圣的人生,[使它]同时充满着爱与智慧。他终生求索,永无止境,创造了一个新的精神世界。爱情、友情、宗教、诗歌、神学等等,他都融会贯通。他的一生可谓是艺术家的一生,且更为灿烂、更为敏锐、更为精彩。虽然他的体格并不强壮、性情也不十分开朗,但是他实事求是,追求真理,追求信仰,享受人生之真谛。人们从未见过像他这样如此全面地了解世界的人,人们也从未见过像他这样如此可信、如此诚实的人。在他的身上,我们看到了神性的极致。"② 爱默生(Ralph Waldo Emerson, 1803—1882)是美国伟

---

① 本节主要内容曾以《爱默生诗歌与诗学理论管窥》为题发表于《北京联合大学学报》(人文社会科学版), 2007 年第 2 期, 第 23—27 页。

② Henry David Thoreau, *Thoreau's Journal*, Vol. 1, Princeton: Princeton University Press, 1906, pp. 431–432.

大的思想家和文学家。他所倡导的超验主义思想在 19 世纪上半叶美国的哲学、神学、文学艺术等领域引起了一场思想"革命",也为美国文艺复兴(American Renaissance, 1835—1865)提供了坚实的思想基础。惠特曼、狄金森、麦尔维尔、霍桑等一代美国文学大师,都深受爱默生超验主义思想的影响;特别是他号召美国人民自尊、自爱、自强的个人主义观点对破除旧的传统概念,促进热情奔放、张扬个性的浪漫主义文学的发展,起到了举足轻重的作用。它不仅唤起了美国人的自信心,实现了精神上的独立,而且已经成为美国文化和传统意识的一个重要组成部分。美国文艺复兴时期一代文豪的文学创作,创造了美国文学发展史上的第一个辉煌时代。如果从诗歌与诗学理论的角度来审视爱默生的贡献,人们发现他的超验主义思想决定了他是一位浪漫主义理论家和诗人。他坚信世界是象征性的。自然是人类精神的化身,是个象征体系,具有象征意义。人们可以在自然中发现人的理性光芒。他主张人们抛弃惯例和经验,寻求一种超验的自由心智,通过直观去感受世界,追求真理。由于诗人独具慧眼、至高无上,因此惟有诗人才是宇宙的"亲知者"①,惟有诗人才能刻画自然的表象,惟有诗人才能揭示事物的真理。爱默生的诗学理论不但在惠特曼、狄金森等十九世纪美国诗人的笔下得以开花结果,而且影响了从弗罗斯特到庞德、奥尔森等众多二十世纪重要美国诗人的艺术创作。作为一位诗人,他不愧为朗费罗所称赞的一位"思想歌手"(singer of ideas),② 虽然他没有创作出惠特曼《草叶集》那样的鸿篇巨制,但也不乏《日子》("Days")、《个别与全体》("Each and All")等一些可谓千古绝唱之作。本节围绕爱默生《论诗人》("The Poet")一文,结合他

---

① 盛宁:《二十世纪美国文论》,北京:北京大学出版社,1994 年,第 14 页。
② 张冲:《新编美国文学史》(第一卷),上海:上海外语教育出版社,2000 年,第288 页。

的《论美国学者》（"The American Scholar"）、《论自然》（"Nature"）、《代表性人物》（*Representative Men*）等著作的分析，阐述爱默生的超验主义诗学及其主要特点。

1. "代表性人物"

爱默生在《论诗人》一文中说："宇宙有三个孩子，他们同时出生，在不同的思想体系中以不同的名字出现，不管他们是被称为原因、过程和结果；还是更富有诗意地称之为朱庇特、普路特、尼普顿；或者从神学意义上称为圣父、圣灵和圣子；但是我们这里把他们称为'知者'、'行者'和'言者'。他们分别代表对真、善、美的热爱。这三者完全平等。他们各自为本，无法超越，也不能被分解；而每一位身上又潜藏着另外两者的力量以及他自己特有的力量。"① 在希腊哲学家普罗克洛斯② 所阐释的这个三位一体的神话体系中，爱默生认为，从神话的角度看，诗人是尼普顿；从神学角度看，诗人是圣子；而从智力角度看，诗人是言者。因此，普罗克洛斯这个三位一体的理论变成了一个具有内在创造力的物质和精神的统一体。诗人成了美学意义上的美的热爱者。在原始神话中，尼普顿掌管海洋，但普罗克洛斯使他成为力量的象征。爱默生将诗人比作尼普顿，显然是在暗示诗人是精神力量的代表；爱默生将诗人比作圣子，是指诗人是物质与精神之间的桥梁；而将诗人比作言者，爱默生强调诗人是一个"最善于接受和最善于表达"深刻思想的人。这些特点集中体现在诗人身上，使诗人成为热爱美的象征，因为美是诗人艺术创作的终极目标。由于诗人是"美的使者"，所以形式的统一、对立面的平衡、原创性本身等等一些美学概念都是诗人所熟知与追求的

---

① Ralph Waldo Emerson, "The Poet," in *Selected Writings*, New York：Modern Library, 1992, p. 289.

② 普罗克洛斯（Proclus, 410—485），希腊哲学家，新柏拉图主义代表，曾系统地整理并阐发新柏拉图主义，主要著作有《柏拉图神学》、《神学要旨》等。

艺术宗旨。爱默生说"世界并没有被刻意粉饰,而是从一开始就是美的;上帝也没有刻意制造美丽的事物,而美本身就是宇宙的创造者。"[1] 由于"诗人是美的表述者、命名者,是美的代表,"那么,诗人首先就应该是"一位代表性人物。"[2]

在《论诗人》一文中,爱默生阐述了美国诗人的基本特点:诗人是代表性人物,具有非凡的智性感觉,是一位见者、预言家、命名者和语言的创造者。爱默生认为"诗人具有代表性。他在局部的人中间代表完整的人,他提供给我们的不是他的财富,而是全民的财富。"[3] 在《代表性人物》一书中,爱默生选择了一些人类历史上的天才,分别作为人类智慧与成就的最高代表:哲学家柏拉图、神秘主义者斯维登堡、怀疑主义者蒙田、诗人莎士比亚、阅世老手拿破仑、作家歌德等。[4] 爱默生认为每一个常人都潜藏着成为哲学家、诗人、作家的可能性,但是这些可能性在一个常人身上不能像在柏拉图、莎士比亚和歌德等天才人物身上表现得那么淋漓尽致。这些天才就像一面面"透镜"。只有透过这些镜子,人们才能了解自己的思想。常人的灵魂中同样潜藏着种种可能,只不过不同的环境条件使他们的潜力无法被挖掘出来而已。所以,常人完全不应该被天才所吓倒。爱默生是要人们相信每个人的基本条件是均

① Ralph Waldo Emerson, "The Poet," in *Selected Writings*, New York: Modern Library, 1992, p. 289.

② Ibid, p. 288.

③ Ibid.

④ 爱默生的《代表性人物》一书由他的七个讲座文稿构成,每一讲的题目分别为《伟人的作用》("Uses of Great Men")、《柏拉图,或者哲学家》("Plato, or the Philosopher")、《斯维登堡,或者神秘主义者》("Swedenborg, or the Mystic")、《蒙田,或者怀疑主义者》("Montaigne, or the Skeptic")、《莎士比亚,或者诗人》("Shakespeare, or the Poet")、《拿破仑,或者阅世老手》("Napoleon, or the Man of the World")和《歌德,或者作家》("Goethe, or the Writer")。See Emerson, *The Collected Works of Ralph Waldo Emerson*, Vol. IV, Cambridge: The Belknap Press of Harvard University Press, 1987, pp. 1–166.

等的,只不过现实中人们挖掘自我潜力的机会有所差异。一个天才之所以成为伟人不是因为他比常人高级,而是因为他身上某种与常人一样的潜力被挖掘出来并充分地表现出来。他成为人们学习的榜样,具有象征意义和代表性。因此,一个具有代表性的人是一种范式,同时又是一个某种潜力得到高度发展的个人。爱默生之所以选择莎士比亚作为诗人的样板,是因为莎士比亚"是他的时代和国家同声相应、同气相求的一颗心。"① 他能够道出民族的话语并成为时代的化身。同时,莎士比亚是一个杰出的个人,代表了诗人的思想。尽管如此,莎士比亚仍然是一个"最受惠于他人的人。"② 假如不是生活在英国文艺复兴时期的诗歌盛世中,莎士比亚也不可能成为英国文学史上永不败落的诗圣。因此,爱默生认为"所有的原创都是相对的。每一位思想家都是回顾性的(retrospective)。"③ 当然,作为一个个人主义的倡导者,爱默生自然不会接受时势造英雄的说法。在他看来,不论时世的影响如何强烈,一位真正的诗人是能够始终保持自我的独立。诗人的个人主义精神以及他的艺术特征似乎总是使他与时代割裂。在《论诗人》一文中,爱默生还说"由于诗人追求真理、献身艺术,诗人在同时代人中间落落寡合,然而追求的同时也得到一种安慰:他的追求迟早要把众人都吸引过来。因为所有的人都靠真理生活,并且需要表现。"④ 可见,诗人落落寡合只不过是暂时的现象,他最终将成为一个具有代表性的人物。

---

① Ralph Waldo Emerson, "Shakespeare, or the Poet," in *Collected Works*, Vol. IV, Cambridge: The Belknap Press of Harvard University Press, 1987, p. 109.

② Ibid.

③ Ibid, p. 114.

④ Ralph Waldo Emerson, "The Poet," in *Selected Writings*, New York: Modern Library, 1992, p. 288.

2．"思想着的人"

在《美国学者》一文中，爱默生从部分的人和完整的人之间的关系这一角度，阐述了他关于代表性人物的观点。在一个古老的神话中，神为了更好地发挥人的作用，一开始就把一个完整的人（Man）分成许多部分的人（Men），就像把人的一只手分成许多手指一样，以便更好地发挥手的作用。这个神话给他的启示是宇宙间有一个完整的人（One Man）。他只是部分地或者通过某种能力存在于所有单个的人身上。你必须在整个社会中才能找到这个完整的人。他不是农民，不是教授，也不是工程师，而是一切人的总和。这个人既是牧师，又是学者，又是政治家，又是生产者，又是士兵。在社会分工的状态下，每一个人都只完成自己在这个联合工作中所承担的那一小部分工作，人人各司其职①。因此，假如农民、教授、牧师认为他们的劳动和工作是为了自己个人的生存，那么他们就是部分的人；如果他们认为自己的劳动和工作是人类事业一个不可分割的部分，那么他们就成为代表性人物，即成为完整的人。此外，在这篇文章中，爱默生关于"思想着的人"（the man thinking）② 的观点又给诗人这位代表性人物增添了新的内涵。如果说美国学者是一位"思想着的人，"那么诗人就不仅是一位"思想着的人"而且还是一位"说话的人，"因为诗人能够用最有说服力的语言表达自己的思想。他希望每个人都能够像天才诗人一样，"都应当是一位艺术家，能够在交流中表达自己所遇见的事情。"③ 但实际上，多数人是不具备将自己思想变成诗化文字的天赋，所以爱默生断言人们离不开诗人，"人只

---

① Ralph Waldo Emerson, "The American Scholar," in *Selected Writings*, New York: Modern Library, 1992, pp. 43 – 44.

② Ibid, p. 47.

③ Ralph Waldo Emerson, "The Poet," in *Selected Writings*, New York: Modern Library, 1992, p. 289.

是他自己的一半,而另一半就是他的表达。"① 诗人能够克服表达思想的种种障碍。"在诗人身上,各种力量都得到平衡;他是一个没有障碍的人,能够窥视并实现别人的梦想,跨越经验的范畴,而始终是一个代表人物,因为他最善于接受,也最善于表达。"② 诗人的这种非凡的表达能力和他的代表性特点决定了他"在部分的人中间代表着完整的人。"

爱默生认为诗人有一种"秘而不宣的智性知觉"(ulterior intellectual perception)。③ 通过这种特殊的知觉,诗人"赋予事物一种力量,使它们原来的用途被人遗忘,使暗哑的无生物变得眼明嘴快。他发现思想独立于象征,看到了思想的稳固性、象征的偶然性和短暂性……诗人能把地球变成玻璃球……由于通过那种更好的知觉,他向事物迈进了一步,看见了流动或者变形。"④ 尽管诗人与常人在一定程度上享有同样的直觉,但是这种天生的"智力知觉"使诗人比常人富有更加敏锐的眼力。爱默生在《诗人》一诗中写到:诗人那一双"太阳眼睛"(solar eyes),他能够

　　看见那茫茫苍穹中无端的飞云
　　……
　　并且透过男人、女人、大海和星星
　　看到了前方远处大自然的舞姿,
　　穿过星球、种族、极限和时代
　　窥见音乐的秩序与和谐的韵律。⑤

①　Ralph Waldo Emerson, "The Poet," in *Selected Writings*, New York: Modern Library, 1992, p. 288.
②　Ibid, p. 289.
③　Ibid, p. 295.
④　Ibid.
⑤　Ibid, p. 287.

可见，诗人不仅应该能够驾驭无形的事物，而且能够捕获那些似乎超越人类知识极限的真理的端倪，并且能够立刻理解它们。诗人应当通过自己的静观冥想，能够引起一系列的直觉的飞跃。通过直觉，"他［诗人］能够看到思想，并且能够说出必然和偶然。"①

　　除了直觉，想像力是诗人那种"秘而不宣的智性知觉"（"ulterior intellectual perception"）的一个不可或缺的部分。它让诗人以艺术的形式表现自己对真理的直觉感受。在《论诗人》一文中，爱默生说诗人借助"所谓的想像力"表达自己洞察事物的敏锐眼光。想像力是"一种高级的眼光，不是通过学习获得的，而只能靠位于某处的智能以及所见来获得，靠通过某些形式来共用事物的轨道或路线，从而使这些事物显得容易了解来获得。"② 爱默生认为任何一个知识分子都知道在自己的表达智能之外还存在着一种新的能力。要获得这种能力，知识分子只能顺应事物的本性，让自己完全沉浸在某种精神力量的控制之中。这种精神力量与爱默生所谓的"超灵"不无相似之处，"是一种他［知识分子］可以利用的巨大的、公开的力量，利用的办法是，无论冒什么风险，敞开他人间的大门，让天国的潮水涌进他的心田，并在他周身循环，到那时，他就被卷入了宇宙的生命，他的语言就是惊雷，他的思想就是法则，他的话就像动植物一样可以被普遍了解。"③ 诗人正是借助这种想像力，让自己的思想超越理性范畴。爱默生在描述诗人的想象过程时，这么写道："诗人知道，说话时只有带上几分癫狂，或者捧着心灵之花，才能把话说得恰到好处；话要说得恰如其分，就不能依赖被当作一种器官来使用的智能；或者就像惯于表达自己的古人那

---

① Ralph Waldo Emerson, "The Poet," in *Selected Writings*, New York: Modern Library, 1992, p. 290.
② Ibid, p. 298.
③ Ibid, p. 299.

样,不仅是光靠智能,而且靠为美酒所陶醉的智能。"① 这种智能陶醉酷似英国诗人华兹华斯《丁登寺赋》("Tintern Abbey")一诗中所描绘的那种神秘的心路历程。诗人首先听到了那"从高山滚流而下的泉水声,""看到这陡峭巍峨的山峰/这里已经是幽静的野地,/它们使人感到更加清幽/把眼前景物一直挂上宁静的高天。"② 诗人心中的这种孩提时留下的感觉印象通过心灵的培养,随着年龄的增长而变成一种道德思想,进而变成一种精神力量进入诗人的灵魂,使原初的感觉经历自然消失,而诗人的内心充满"一种能力,/更高的能力,一种幸福的心情":

> 忽然间心灵上神秘的负担,
> 那不可理解的人世所带来的　　　　　　　　40
> 使人厌倦、困惑的沉重负担
> 减轻了:在这恬静的心绪中,
> 一种崇高的情感引导着我们,——
> 我们似乎停止了呼吸,
> 甚至连血液也不再流动,　　　　　　　　　45
> 我们的身体入睡了,
> 我们变成了一种纯粹的精神力量:
> 和谐的力量,欢乐却又深邃的力量,
> 使我们能带着平静的眼光
> 去洞察事物的内在生命。③

---

① Ralph Waldo Emerson, "The Poet," in *Selected Writings*, New York: Modern Library, 1992, p. 299.

② 王佐良主编:《英国诗选》,上海:上海译文出版社,1988 年,第 257—258 页。

③ 笔者译自 David Perkins, ed., *English Romantic Writings*, San Diego & New York: HBJ, 1967, p. 210.

也正是诗人这种想像力的作用,华兹华斯认为"诗是强烈情感的自然流露。它起源于在平静中回忆起来的情感。诗人沉思这种情感直到一种反应使平静逐渐消逝,就有一种与诗人所沉思的情感相似的情感逐渐发生,确实存在于诗人的心中。"[1] 然而,华兹华斯又强调,"这种情感……总带着各种喜悦;[这些喜悦]十分微妙地构成了一种复杂的快感(a complex feeling of delight)":[2]

> 多少次,当我独卧不眠,
> 思绪万千、心灵空漠之时,　　　　20
> 它们便在我心灵中闪烁,
> 多少次抚慰过我的寂寞;
> 于是我的心又充满幸福,
> 伴着簇簇水仙翩翩起舞。[3]

显然,诗人寄情于往事;似乎重新经历着一种凯西·卡如斯所谓的"精神创伤"(Trauma),"一种对过去(有时是耽误了的)某一惊人事件的反应……[这种反应]以植根于这一事件的种种复现的、扰人的错觉、梦想、沉思或行为等形式表现出来。这些形式往往伴随

---

[1] 笔者译自 David Perkins, ed., *English Romantic Writings*, San Diego & New York: HBJ, 1967, p. 328.

[2] Ibid, p. 329.

[3] 笔者译自华兹华斯《咏水仙》(The Daffodils)一诗的最后一节。《咏水仙》创作于1804年,发表于1807年。诗中再现了远方大自然中一幅明朗而又奇妙的春色美景。大约是1802年4月的一天,诗人与其妹妹多萝西·华兹华斯(Dorothy Wordsworth)一道漫步,突然发现湖边一片片金黄色的水仙在微风中摇曳起舞。大自然的这一美丽景色使诗人心旷神怡,给他的心灵注入了无限的精神至宝,因为诗人不仅可以追忆那迎风起舞的簇簇水仙,而且可以通过回忆的想象重新捕获那喜悦的瞬间。在最后一节里,诗人的想像力作用于过去的经历。

着事件发生时产生的一种麻木不仁的感觉。"① 在上述《咏水仙》的最后一节里,诗人的想像力作用于过去的经历。第 21 行中的"闪烁"(flash)一词暗示了这一美景后来有如返照的回光,将诗人的心绪与那奇妙的美景紧密相连;在第 24 行中,诗人的心伴着簇簇水仙"翩翩起舞"(dancing)这一意象又给这一大自然的景色注入了勃勃的生机。两者相辅相成,使诗人那颗"多少次[被]抚慰过的寂寞心灵"又重新"充满幸福,"激发出创造的想象,追忆并静听那幸福的心灵之声。其实,这种创造力人皆有之,只不过在诗人的心目中,它成了一种高度浓缩的"精神创伤。"诗人通过这种创伤性的沉思(traumatic meditation),用诗歌的形式再现了以往自己目睹过的自然景物、情景或事件。因此,这种创伤性的回忆不是对过去事物的简单记忆,而是作为"一种苏醒了的记忆,"(a waking memory)② 仅以梦幻的形式不断地复现于诗人的脑海。它每每使人身临其境,但又出人意料;从不表现为任何智性的结果,但又不断地趋于精确,不断地引人入胜。看来,正因为想像力的作用,诗人才可以透过物质世界而把握宇宙内在的统一性。也正因为诗人特有的这种"秘而不宣的智力知觉,"诗人"能够将地球变成玻璃球,向我们展示处在各自适当序列中的万物。"③ 而且,这种知觉使诗人能够洞察宇宙间物质与精神形态的"流动与变形,"以至他不会混淆表象与现实的关系。

爱默生甚至认为诗人是最伟大的科学家,因为诗人能够自如地洞察宇宙的有机本质并且认识万物的瞬息万变。④ 爱默生的观

---

① Cathy Caruth, ed., *Trauma: Explorations in Memory*, Baltimore: Johns Hopkins University Press, 1995, p. 4.

② Ibid, p. 152.

③ Ralph Waldo Emerson, "The Poet," in *Selected Writings*, New York: Modern Library, 1992, p. 296.

④ Ibid.

点是不无道理的。他觉得诗人的精神生活可能更加丰富,更加能够透过纷繁复杂的宇宙表象窥见物质世界与精神世界发展规律之间的相似性,从而使诗人比科学家更加清楚地认识宇宙的结构,因为科学家只在观察物质世界的某个细微部分时具有特别敏锐的眼光。诗人与科学家的不同在于科学家善于研究树叶、树枝、花朵并且窥见其间的统一性,而诗人可能更进一步,看到了物质世界的这些有机物所展示出来的统一性象征着精神世界发展规律的统一性。诗人与科学家不同,因为诗人能够意识到这些植物实际上象征着灵魂与宇宙的统一。因此,爱默生断言:"宇宙是灵魂的外在表现,哪里有生命,灵魂就在生命周围突然出现。"① 因为科学是能接受这种超理性的飞跃,所以"科学是感性的,因此也是肤浅的。"② 当然,爱默生并非对科学有什么敌意,而是想证明自然界每一种事物是一种比它自身更加完美的形式与规律的象征。

3.　"知者、行者、言者"

让我们回到关于宇宙之子的神话中来,爱默生说"宇宙有三个孩子,""知者"、"行者"和"言者",并认为"他们一样重要。"③ 但是,上帝赋予"言者"一种用不朽的语言记录他所认识的永恒真理的特殊能力。"知者"和"行者"也可以是见者,但是他们不必是预言家,因为他们可能无法让自己的发现广为人知,当然更不可能像诗人那样善于言辞。这种特殊的能力使诗人较之善于思考的"知者"和长于行动的"行者"有得天独厚的优势。与有柏拉图理想的哲学家相同,爱默生心目中的诗人也具备从特殊中窥见普遍、从变化中洞察统一的能力。诗人能够透过事物的表象,而认识永

---

① Ralph Waldo Emerson, "The Poet," in *Selected Writings*, New York: Modern Library, 1992, p. 293.
② Ibid.
③ Ibid, p. 289.

恒的真理。在一个瞬息万变的宇宙间,事物的表象可以不断变化,
但其内在的真理是永恒不变的。在《林中曲》("Woodnotes")一诗
中,爱默生笔下的缪斯告诉诗人说:

> 瞬息万变的物质形变
> 溶解了一切凝固的事物,
> 置客观事物于虚幻之中,
> 将自然与梦幻合二为一。①
> ……
> 所有的形式都是象征性的,
> 只有事物的本质才能永存。②

诗人能够洞察现实的本质,并以美妙的颂歌记录下体现内在真理
的真知灼见。这真可谓洞察"开放的秘密","将世界变成玻璃球"
以便人们可以看清世界的美丽。作为一位"见者",诗人能够洞察
真理,而作为一位"言者",诗人让真理为他人所知,因此诗人不仅
能够内化外在事物,而且能够外化内在事物。

此外,诗人是一个"命名者",或者是一个"语言的创造者。"爱
默生说:"诗人是'命名者',或者'语言创造者'。他为事物命名,
有时依照事物的表象,有时则根据它们的本质,一物一名,相异无
混,因而使喜爱超脱或乐于界定的智能如获至宝。诗人们创造了
所有的词汇,所以语言现在便成了历史的档案……是诗神们的一
种坟墓。因此,……每个词最初都是天才的一闪……它当时就是

---

① 笔者译自 Ralph Waldo Emerson, *Poems*, Boston & New York:Houghton Mifflin, 1904, p.52.
② Ibid, p.57.

世界的象征……语言就是变成化石的诗歌。"[1] 这里关于语言诗性起源的讨论让人想起爱默生在《论自然》一文中界定语言的观点:"词语是自然事物的象征。"[2] 爱默生认为词语现在被人们用以表示思想的状态,但它们原来是用于描述事物的不同表象。他设想每一个词语在其"孩提"时期,都是一首"诗歌",因为它让人耳目一新,仿佛自然界的一草一木都直接表现人的精神世界中的某个事实。由于诗人创造语言,所以他就能比常人更加娴熟地、更加有效地应用语言。在《诗人》一诗的开篇,爱默生笔下的诗人是一位出生神秘的"英勇孩子。"在他所到之处,他都"给每一事物取一个富有诗意的名字":

> 他的视野所囊括的一切事物
> 任何国家都无法改变其名称,
> 连年白雪也无法掩盖他取下的名字,
> 最小的后代也不会忘却。[3]

可见,爱默生心目中的诗人不仅具备"言者"、"见者"和预言家的天才,而且还具备"命名者"和"语言的创造者"的特殊能力。这些特点的确使诗人变成一个直觉敏锐、灵感新异、想象丰富、"毫无障碍的人。"

对诗歌创作形式和内容的关系问题,爱默生最重要的论点当推以下一段话:"因为造就一首诗歌的不是韵律,而是催生韵律的主题

---

[1] Ralph Waldo Emerson, "The Poet," in *Selected Writings*, New York: Modern Library, 1992, p. 296.

[2] Ralph Waldo Emerson, "Nature," in *Selected Writings*, New York: Modern Library, 1992, p. 13.

[3] 笔者译自 Ralph Waldo Emerson, *Poems*, Boston & New York: Houghton Mifflin, 1904, p. 309.

（a metre-making argument）——一种热烈奔放、生机勃勃的思想，好像动植物的精神，具有自己的结构，用一种全新的东西来装点自然。"① 显然，这里所说的"主题"实指诗歌中形式与内容高度统一、完全融合的思想。这种思想随着诗行的流动而戏剧性地律动于一首诗的字里行间。因此，每一首诗歌都自成一个有机的整体。其实，爱默生向来注意寻找一种秘而不宣的诗歌形式，一种可以超越诗歌印刷形式的形式。他甚至说"我们的诗人只不过是会唱歌的天才，而不是音乐的天才。主题是次要的，诗句的整合才是主要的。"② 这里说的"整合"不是指诗歌的格律，或者笼统地指诗歌创作方法，而是指诗歌中的主题思想与格律形式的完美结合。马修伊森（F. O. Matthiessen）发现爱默生同意柯尔律治有关艺术家创造艺术形式的理论："所有天才的创作都不乏适当的形式。……因为创作不能无的放矢，天才也不会没有规矩。……当我们给特定的材料强加上某种既定的形式时，形式是机械的，不需要考虑产生于所表达的内容实质的形式。……但是，有机形式则另当别论，它是事物内在固有的；随着事物的发展，它本身将发生内在的变化；而且，它的发展变化与事物外部形式的变化保持完美一致。生命运动是如此，形式变化也是如此。自然是最亲切的艺术家，是取之不尽的力量源泉，同时，它也是一个取之不尽的形式的源泉。"③

由于诗人能够洞察事物的内在规律，因此诗人会很自然地在创作中运用有机形式。因为宇宙的最大特点是统一性，诗人的创作也应该反映这一特点。他知道如何随意使用眼前的整个宇宙；他经常寻求可以入诗的自然形态、勇敢行为、大小事物。他知道自

---

① Ralph Waldo Emerson, "The Poet," in *Selected Writings*, New York: Modern Library, 1992, p.290.

② Ibid.

③ F. O. Matthiessen, *American Renaissance*, London, Toronto, New York: Oxford UP, 1964, pp.133 – 134.

然界的有机过程是诗歌创作的最佳范式;自然界使事实与思想融为一体并催生诗歌。此外,诗人又将自然界与人融为一体,创造出一个有机的整体。"在诗歌创作中,我们说我们要求创造奇迹。蜜蜂展翅于百花丛中,采集绿薄荷和黑角兰的花粉,然后生成新的产品,它不再是绿薄荷,也不再是黑角兰,而是花粉酿成的蜂蜜;化学家将氢溶于氧产生新的物质,它不再是这些元素,而变成了水;而诗人聆听对话,观察自然界的一草一木,但是他们的回报已经不再是原来的东西,而是一个崭新的、超验的整体。"① 因此,一首完美的诗篇应该是一个诗人主观印象的客观外化。在一首富有内在有机形式的诗歌中,主体与客体已经融为一体,每一个词语都无可挑剔,每一个意象都新颖、鲜活,并富有超验的意义;有些诗句令人难以忘怀,流芳百世;诗歌的思想内容决定律动于字里行间的音韵格律;全诗的外形体现出决定其外在形式的内在统一。一首诗歌至少应该是所有这些因素的总和。如同一种健康和谐的生物,一首诗歌应该完美地将自然事物、思想内容、必然形式和精神力量融为一体。它就像一棵植物始于萌芽,经过根、茎、枝、叶、花、果等阶段,最终又变回一颗种子。当然,诗歌的作用不仅在于此,因为诗人能够光照人类、放眼宇宙,因为诗人可以将自己的想象变成一种与大自然一样美丽和真实的艺术形式,所以一首诗歌就是一个诗人内心思想的有机外化。

诗人具有代表性的特点决定了他的社会作用。由于诗人是"言者"、"见者"和"先知",因此他是人们的代言者和立法者。由于诗人是民族的代表,所以他的使命首先是创作"民族之歌,"使他的民族英雄能够永垂不朽:"诗人并不等待英雄或者圣人,然而,正如英雄的使命是行动,圣人的使命是思想那样,诗人的使命是把人们想

---

① Ralph Waldo Emerson, "Inspiration," in *The Complete Works*, VIII, Boston: Houghton Mifflin, 1904, pp. 16 – 17.

说和必须说出来的话写下来;其他人虽然都各有所长,但是在他的心目中,都是次要的角色和仆从;他仅仅把他们看成是画家画室里的模特儿,或者是给建筑师送建筑材料的帮手而已。"① 尽管爱默生在这里将诗人作为"言者"并与"知者"(圣人)和"行者"(英雄)相提并论,但是诗人不仅没有思维障碍而且享有语言表达的优势,可以"把人们想说和必须说出来的话写下来。"他可以将哲学家深邃的思想和英雄的丰功伟绩升华为人类的精神财富,从而使圣人和英雄都变成表达诗人思想的载体。此外,诗人还可以创造虚构的英雄和圣人形象,并赋予他们以逼真的优秀品质让人们信仰和崇拜。人们相信诗人的艺术创造并且把他们当作时代精神与民族灵魂的真实写照。诗人必须歌唱我们的时代和社会。在这个意义上,诗人的艺术创作就不仅是个人的、瞬间的、抒情的,而且是时代的、民族的、史诗般的。诗歌也就成了"民族之歌"。爱默生深信诗人的这种代表性由来已久。古希腊的辉煌不仅在历史学家的著作中有所记载,而且也能在荷马史诗中找到佐证。伊丽莎白时期英国的辉煌不仅体现在史书中,而且再现于莎士比亚的诗作之中。

4. "解救万物的诸神"

此外,爱默生认为诗人有义务揭示人与自然、人与自然和上帝之间的关系。在《论诗人》一文中,爱默生说:"正因为与上帝的生命离经叛道才使事物变得丑恶,而诗人便把事物重新归并于自然和整体(the Whole)——凭借一种更深刻的洞察力甚至将人为的并违背自然规律的东西重新归并于自然——所以他就轻而易举地处理那些最令人为难的事情。"② 在爱默生看来,上帝是至高无上

---

① Ralph Waldo Emerson, "The Poet," in *Selected Writings*, New York: Modern Library, 1992, p. 289.

② Ibid, p. 295.

的，是宇宙的中心，是万物的源泉。人的生命和形体都起源于上帝，不能与上帝的意志背道而驰；否则，"事物［将］变得丑恶。"人似乎具有一些比他高级的生物的精神素质，而且又带有几分比他低级的自然界与动物界的物质特征。他处于精神世界与物质世界之间，是连接两个世界的关键所在。假如人们要真正认识自己在宇宙间的位置及其存在的意义，人们就应该以整体的眼光来统一审视人世间纷繁复杂的事件、行为、事实、思想等等。人与自然的关系是十分密切的。因此，诗人的职责就在于揭示两者之间的关系的双重性，即物质的和精神的关系。在《论自然》一文中，爱默生对此有过明确的表述。从人与自然的物质关系上看，自然为人类的生存提供了有效实用的物质基础，是人们获得衣、食、住、行的源泉。但是，由于人类较之其它动物更能够利用自然环境，因此，就必须告诉人类在文明与未开化的物质世界中都存在一种合理利用自然的精神生活。爱默生深知人的精神生活是随着人类的物质生活的提高而改变的。谁都无法否认哲学家在开始分析自然之前，必须先填饱肚子。爱默生是一位理想主义者，更注重挖掘人类精神生活的意义，但是他对物质世界也不是完全敌意对抗的。相反，他十分关注时代的物质生活，他的理想主义有着十分明显的现实主义因素。他的论著始终体现着他对物质世界的现实主义关怀。当然，爱默生不认同他那个时代唯物主义政治理论家和重商主义的言论，而恰恰是他们最尖锐的批判者。但是，爱默生没有忽略实用主义的观点。自然社会中的许多事物都让他欣喜若狂。他看到了一个不断扩大的国家的生机与活力，亲眼目睹了飞速建设中的新型国家。铁路的开通、电报的发明、工商业的飞速发展等等，使爱默生清醒地认识到追求实用的物质主义是那个时代的最强音，是这个新兴国家年轻和生力的标志。爱默生认为尽管诗人热衷于追求精神生活，但他对日常生活的细节也并非熟视无睹，诗人应该让人们知道人类的一切发明创造仍属大自然的一部分：

"读诗的人看到诗歌里同样工厂林立、铁路交错,就以为这些东西大煞风景,因为这些人工之物尚未在他们的阅读中被尊为圣物,但是诗人认为它们已经进入了伟大的'秩序',并不比蜂巢和图像匀称的蜘蛛网逊色多少。大自然很快就把它们纳入了她的生命之圈,滑行的列车她也像自己一样热爱,"① 可见,诗人的职责是要告诉人们人类的发明创造实际上是出自一双创造之手的、以另一种形式表现出来的神的造物。至于每一种神的造物以什么形式出现并不重要,要紧的是人们不仅应该意识到任何一种事物都在不断地变化,而且人们应该能够透过千变万化的自然现象而窥视各种隐藏的规律。诗人的使命也就在于揭示自然界纷繁复杂的多样性背后的统一性。在《色诺芬尼》("Xenophanes")一诗中,爱默生写道:

> ⋯⋯所有事物
> 都出自一个原型;鸟、兽和花朵,
> 歌曲、画像、形式、空间、思想和性格
> 蒙蔽我们,貌似许多事物,
> 其实同出一辙⋯⋯②

在诗人的心目中,人与自然之间存在着一种万物同源的密切关系。大自然为人类的生存提供了衣、食、住、行等各方面的保障,而且除了这些较为低级的基本条件以外,诗人还将向人们揭示人与自然之间另外一种更为高级同时也更加隐蔽的关系。自然是精神之本,它为精神提供食粮,也为精神展示它完美的规律并使之成

---

① Ralph Waldo Emerson, "The Poet," in *Selected Writings*, New York: Modern Library, 1992, p.295.
② 笔者译自 Ralph Waldo Emerson, "Xenophanes," in *The Complete Works*, IX, Boston: Houghton Mifflin, 1904, p.137.

为精神法则的一面镜子。自然的存在对于人类来说,就像上帝的化身。那么,诗人向人类展示的艺术之美首先是大自然所遵循的完美的规律以及整个万物世界内在的有机统一。这种统一高度地体现了造物者的完美无缺。因此,爱默生认为诗人"是解救万物的诸神。"他相信"如果想象能够使诗人心醉神迷,那么常人对它也不会无动于衷。……象征的应用对所有的人来说都将产生一种解放和振奋的力量。人们仿佛在被一根魔杖所拨弄,它使我们像孩子一般欣喜若狂,就像从洞穴或者地窖里突然来到露天下的人们一样。这就是比喻、寓言、神谕和种种诗歌形式对我们的影响。因此,诗人就是解救万物的诸神。人们真正地获得了一种全新的感觉。在他们的世界里,我们发现了另外一个世界,或者一连串世界。"①

引用文献:

Emerson, Ralph Waldo. *Poems*. Boston & New York: Houghton, Mifflin and Company, 1904.

——. *The Complete Works*, IX. Boston: Houghton Mifflin, 1904.

——. *The Complete Works*, VIII. Boston: Houghton Mifflin, 1904.

——. *Selected Writings*. Ed. Brooks Atkinson. New York: Modern Library, 1992.

Matthiessen, F. O. *American Renaissance*. London, Toronto, New York: Oxford UP, 1964.

Perkins, David, ed. *English Romantic Writings*. San Diego & New York: HBJ, 1967.

Thoreau, Henry David. *Thoreau's Journal*, Vol. 1. Princeton: Princeton University Press, 1906.

爱默生:《爱默生集:论文与讲演录》(上、下卷),赵一凡译,北京:三联书店,

---

① Ralph Waldo Emerson, "The Poet," in *Selected Writings*, New York: Modern Library, 1992, p. 300.

1993 年。

黄宗英:《爱默生诗歌与诗学理论管窥》,载《北京联合大学学报》(人文社科
版),2007 年第 2 期,第 23—27 页。

王佐良主编:《英国诗选》,上海:上海译文出版社,1988 年。

张冲:《新编美国文学史》(第一卷),上海:上海外语教育出版社,2000 年。

二、弗罗斯特的"爱默生主义"

1. 弗罗斯特的《论爱默生》

1958 年 10 月 8 日,美国艺术和科学研究院授予弗罗斯特"爱
默生—梭罗奖章"(Emerson-Thoreau Medal)。弗罗斯特在受奖仪
式上发表了题为《论爱默生》("On Emerson")的演讲。这篇演讲
的开头语气幽默,弗罗斯特说爱默生和他一样:"他的第一本诗集
是在英国出版的,和我的第一本诗集一样。"① 弗罗斯特的这篇演
讲主要是结合自己的成长经历,从诗歌语言、对自由的理解以及宗
教思想等几个方面讲述了爱默生对他的教育以及他的生命所产生
的不仅是最早而且也是最重要的影响。在这篇演讲中,弗罗斯特
开诚布公地表达了对爱默生的崇高敬仰。他不仅称爱默生为"诗
人",把他当作"四个美国伟人"之一,而且说他之所以最喜欢爱默
生是因为他同时具备了诗人和哲学家的素质。他希望自己有朝一
日能够用诗歌的形式来赞美"我心目中四个美国伟人的名字:军
事家和政治家华盛顿(George Washington, 1732—1799)、政治思想
家杰斐逊(Thomas Jefferson, 1743—1826)、殉道者和拯救者林肯

---

① Robert Frost, *Robert Frost: Collected Poems*, *Prose*, *& Plays*, New York: Literary
Classics of the United States, 1995, p. 1068.

（Abraham Lincoln，1809—1865），以及诗人爱默生……爱默生一直都被誉为诗人哲学家或哲学家诗人，而这两者都是我最喜爱的。"①

在这篇演讲中，弗罗斯特首先阐述了爱默生在诗歌语言方面对他的影响。弗罗斯特引用了爱默生《代表性人物》之第四篇《蒙田，或者怀疑主义者》（"Montaigne，or the Skeptic"）中的一句话："若砍掉些字句，它们就会流血。"爱默生高度称赞蒙田随笔的语言风格。他认为蒙田随笔的"字里行间都充溢着他的诚挚和精髓。我不知道哪里还有什么书比它更少斧凿的痕迹。它不过是把日常谈话的语言转移到一本书里罢了。若砍掉些字句，它们就会流血；它们有血管，有生命。一个人阅读这些文字感到由衷的喜悦，就像我们听到人们说有关自己工作的一些非讲不可的话那样，因为有时候情况特殊，这种对话一时显得格外重要。因为铁匠和车夫说起话来决不木讷；那简直就是连珠炮。剑桥大学的学究总是不断更正自己说过的话，说了半句，又重新开始，更有甚者，过分热衷于一语双关、妙语连珠，并且绕开内容去追求表达。蒙田说起话来非常机敏，他了解世界，了解书本，了解自己，用词不加渲染；从不尖叫，从不抗议，从不祷告；没有软弱，没有惊厥，没有最高级形容词；他不想耸人听闻，不想卖弄滑稽，也不想消灭时空……他总是呆在平原上，很少上攀、下沉；他喜欢脚踏实地，踩在下面的岩石上。他的作品没有热情，没有雄心；只表现出一种满足、自尊和所奉行的中庸之道。"②

或许是受蒙田随笔的启发，弗罗斯特过去也"常常爬上运板

---

① Robert Frost, *Robert Frost: Collected Poems*, *Prose*, *& Plays*, New York：Literary Classics of the United States, 1995, p. 1068.

② Ralph Waldo Emerson, "Mongtaigne, or the Skeptic," in *The Collected Works of Ralph Waldo Emerson*, Vol. IV, Cambridge, 1987, p. 95. 译文引自《爱默生集——论文与演讲录》（上），赵一凡等译，北京：三联书店，1993 年，第 771—772 页。

材的大车,津津有味地听赶车人熟练地运用他那有限的一百个字眼。"① 他还说:"我不喜欢故弄玄虚的晦涩,但却非常喜欢我必须花时间去弄懂的微言大义(dark sayings)。我不想被人剥夺能够自己去融会贯通的乐趣。"② 弗罗斯特所谓"微言大义"不是指艾略特、庞德等人在诗歌创作中所惯用的那些艰深难懂的引经据典,而是指像爱默生、蒙田等人在创作中所追求的一种貌似简单的语言风格。他认为爱默生简单深邃的语言风格"差点儿使[他]成了一个反对精通词汇的人(an anti-vocabularian)"并且说:"只要用词生动,作品就不会令人生厌。"③ 他坚信"日常谈话的语言"仍然有可以入诗的元素,因为"八十个或一百个字眼,/字字都能提供有声的意义,"④ 字字都"有血管,"也都"有生命。"于是,弗罗斯特与爱默生一样,在诗歌创作中主张避免"故弄玄虚的晦涩"而追求简单深邃的"微言大义。"他也和爱默生一样信心十足,他甚至引用爱默生《梵天》("Brahma")一诗中的名句向读者夸口:"可是你哟,善之温顺的情人,/你会找到我并转身不理上天。"⑤

其次,弗罗斯特在演讲中说:"关于自由的焦虑,我多半得归因于爱默生而不是其他任何人。"⑥ 他说:"爱默生消除了我那种本来也许会成型的观念,即真理将给我自由的观念。我的真理将使你成为我的奴隶。"⑦ 那么,爱默生是如何让弗罗斯特有了"自由的焦虑"

---

① 弗罗斯特:《弗罗斯特集:诗全集、散文和戏剧作品》(下),曹明伦译,沈阳:辽宁教育出版社,2002 年,第 1070 页。

② 同上,第 1071 页。

③ 同上。

④ Robert Frost, *Robert Frost: Collected Poems*, *Prose*, *& Plays*, New York: Literary Classics of the United States, 1995, p. 861.

⑤ Ralph Waldo Emerson, "Brahma," in *The Selected Writings of Ralph Waldo Emerson*, New York: Modern Library, 1992, p. 732.

⑥ 弗罗斯特:《弗罗斯特集:诗全集、散文和戏剧作品》(下),曹明伦译,沈阳:辽宁教育出版社,2002 年,第 1072 页。

⑦ 同上。

呢？爱默生是一个一位论派信徒(Unitarian)。在他看来,上帝只有一个,但不具有神性,因此他不信迷信。他认为人们"放弃一种依附是为了一种诱惑,放弃一种国民性是为了另一种国民性,放弃一种爱是为了另外一种爱。"① 因此,"最无约束的自由就是我们坚持意义的自由。"② 只要坚持意义,就将获得自由,因为"值得为之而生的也值得为之去死,值得为之成功的也值得为之失败。"③ 在爱默生看来,生与死、成功与失败是相对的,都是有意义的,也都是自由的一部分。因此,真理也就失去了绝对的意义。弗罗斯特原来追求的绝对自由也就有了"焦虑"的因素。他甚至认为,即使你获得一张博士学位证书,那也得看你是否"有所作为",否则就应该像《圣经》里所说得那样:"要坚强,像个大丈夫。"④

第三,弗罗斯特认为"爱默生对待邪恶也许太柏拉图式了。他认为邪恶不过是无足轻重的东西,可以像丢烟头那样轻易丢掉。"⑤ 弗罗斯特称爱默生的《乌列》("Uriel")一诗为西方世界最优秀的诗歌。但是他对其中"单元和宇宙一片浑圆"这一行诗的解读却说明了他的宗教观念与爱默生的不同。爱默生在诗中写道:

> 大自然中找不到界线;
> 单元和宇宙一片浑圆;
> 徒然的光线就地返回,

---

① 弗罗斯特:《弗罗斯特集:诗全集、散文和戏剧作品》(下),曹明伦译,沈阳:辽宁教育出版社,2002 年,第 1072 页。

② 同上,第 1073 页。

③ 同上。

④ 参见《旧约·撒母耳记上》第 4 章第 9 节,《新约·歌林多前书》第 16 章第 13 节。(《弗罗斯特集:诗全集、散文和戏剧作品》编者注)

⑤ 弗罗斯特:《弗罗斯特集:诗全集、散文和戏剧作品》(下),曹明伦译,沈阳:辽宁教育出版社,2002 年,第 1075 页。

邪恶祝福,冰雪燃烧。①

而弗罗斯特对"单元和宇宙一片浑圆"这一行诗的解读是:"据此可以写出另一首诗,其大意是在理想中那是一个圆,但实际上那个圆成了个椭圆。作为圆它有一个圆心——善。作为椭圆它却有两个中心——善与恶。因此一元论与二元论相对。"② 他还说:"爱默生是一位论派者有两个原因,一是他太理智,所以不信迷信,二是他极不擅长而且极不喜欢讲故事,所以他不喜欢流言蜚语和有辱宗教的美丽传说。没有迷信,宗教对世人就不会有吸引力。他们最终通常会成为可恶的不可知论者。只有靠迷信和最美丽的传说才能形成三位一体论。圣灵下降进入人类肉身是精神冒险的第一步。"③ 可见,弗罗斯特是个二元论者,善与恶是相对的,并存于人们眼前这个"椭圆"的世界。因此,弗罗斯特总是认为"世界多多少少有些残酷。"④

2. 弗罗斯特的"爱默生主义"

爱默生对弗罗斯特的影响问题是正确理解弗罗斯特及其诗歌创作的一个关键性问题。早在 1959 年,美国学者莱安(Alvan S. Ryan)就在《马萨诸塞评论》(*The Massachusetts Review*)上以《弗罗斯特与爱默生:声音与视角》("Frost and Emerson: Voice and Vision")为题目发表论文,对弗罗斯特与爱默生之间的关系问题进

① 笔者译自 Ralph Waldo Emerson, "Uriel," in *The Selected Writings of Ralph Waldo Emerson*, Ed. Brooks Atkinson, New York: Modern Library, 1992, p. 688.
② 弗罗斯特:《弗罗斯特集:诗全集、散文和戏剧作品》(下),曹明伦译,沈阳:辽宁教育出版社,2002 年,第 1075 页。
③ 同上。
④ 笔者译自影片《声音与视角》(*Voice and Vision*)开头弗罗斯特的话语录音。

行了深入研究。莱安的研究深受特里林① 和亚当斯（J. Donald Adams）两位著名文学评论家的启发。特里林称弗罗斯特为一位"可怕的"（terrifying）、"索福克勒斯悲剧风格的"（Sophoclean）诗人，而亚当斯则坚持认为弗罗斯特是一位积极乐观的爱默生主义者（Emersonianist）。莱安认为，不论是特里林还是亚当斯的观点都有些偏激，并没有全面客观地体现弗罗斯特诗歌的特点。于是，莱安将注意力集中在研究弗罗斯特与爱默生两人在文学创作的视角（vision）问题上。莱安认为："弗罗斯特的诗歌与爱默生的散文不同，读者看不到弗罗斯特像爱默生那样，从早期强调直觉（impulse）或者自发性（spontaneity）向后期强调对罪恶（evil）与局限性（limitation）的认识的转变。莱安认为，在几乎所有弗罗斯特的诗歌作品中，弗罗斯特始终保持情感与思想之间的对话，特别是在他的戏剧独白诗（dramatic monologues）之中，当然也包括他创作的比较短小的抒情诗。也正是由于这一特点，莱安认为弗罗斯特与爱默生不同。弗罗斯特对生活经验的解释——用他自己的话说——是'暂时躲避生活的混沌'。这就与爱默生早期和后期的解释不同，尽管相形之下更接近后期的爱默生。"②

　　莱安的文章分成两个部分。第一部分讨论弗罗斯特与爱默生所属的诗歌传统问题；第二部分研究两位作家表现生活经历的视角问题。就诗歌传统而言，莱安认为弗罗斯特与爱默生在不少方面"表面上相同"（superficial similarities）③。比如，他们两人都同意象征和隐喻在诗歌创作的核心重要性，都对乡村主题有共同兴

---

① 特里林（Lionel Trilling, 1905—1975），美国文学评论家、哥伦比亚大学教授（1931—1975），著有《弗洛伊德和我们的文化危机》、《文化之外：论文学和学识》、《真诚与真实性》等。

② Alvan S. Ryan, "Frost and Emerson: Voice and Vision," in *Critical Essays on Robert Frost*, Philip L. Gerber, ed., p. 133.

③ Ibid, p. 125.

趣,对对应关系(correspondences)的基本内涵有相同的理解,对诗歌格律和诗歌形式都进行过创新实验,都喜欢在诗歌创作中使用真实的日常对话,而且也都喜欢使用警句格言式的表达方式等等。尽管如此,我们又如何总结他们的诗学理论与诗歌创作呢?莱安认为,首先,爱默生对诗人作用的认识与弗罗斯特显然不同。在爱默生看来,诗人首先具有一种先知先觉的圣者特点。在他成为一个创造者之前,他就是一位先知、一位牧师、一位见者。凭借诗人的想像力和直觉能力,诗人能够窥见事物深藏不露的神秘,能够理解事物超验的现实,并能够向人类揭示他们所发现的秘密。在《论自然》一文中,爱默生说"每一件自然事实都是精神事实的象征……当一个人在默默沉思中凝视滔滔江水的时候,他怎能不联想起世间万物的瞬息流变呢?"[1] 这是爱默生超验诗学的理论基础,也是十九世纪浪漫主义诗歌的诗学理论基础之一。华兹华斯、雪莱、阿诺德和惠特曼都曾以不同的话语形式表达了他们对诗人具有先知、牧师和见者的特点的相同认识。莱安认为,尽管弗罗斯特较少关注诗人的作用问题,而且他的观点与爱默生的观点相去甚远,但是在《诗歌教育》("Education by Poetry")一文中,有一段话能够看出两个人的相似之处:"用一件事说明另一件事的最伟大的尝试是哲学上企图用精神说明物质、用物质说明精神、使二者最终统一的尝试。那也是迄今为止遭到失败的最伟大的尝试。虽然我们在哲学方面未达到目的,但是用精神来说明物质和用物质来说明精神是诗的最高境界,是所有思想的最高境界,是所有富于想像的思想的最高境界。"[2]

其次,莱安认为弗罗斯特与爱默生诗歌理论的真正相似之处

---

[1]　Ralph Waldo Emerson, "Nature," in *The Selected Writings of Ralph Waldo Emerson*, New York: Modern Library, 1992, p. 14.

[2]　弗罗斯特:《弗罗斯特集:诗全集、散文和戏剧作品》(下),曹明伦译,沈阳:辽宁教育出版社,2002 年,第928—929 页。

还在于他们共同强调标志(emblem)、象征(symbol)和类比(analogy)在诗歌创作中的作用。爱默生认为类比是诗歌的根本:"人是类比的推理者,并且他研究所有事物之间的关系。"① 因此,类比在诗歌中最常见的载体就是象征。弗罗斯特基本上同意这种思想并且用他自己的方式表达了相同的思想:"诗始于普通的隐喻、巧妙的隐喻和'高雅'的隐喻,适于我们所拥有的最深刻的思想。诗为以此述彼提供了一条可行之路。"② 不过,"所有的隐喻终将败露。这正是隐喻之美,是隐喻中不确定的因素。"③ 但是,爱默生与弗罗斯特不同,莱安教授认为爱默生似乎对隐喻有更多的信心。爱默生认为诗人往往被象征所"陶醉";诗人不仅使用象征而且"将其思想的独立建立在象征的基础之上,将思想的稳定建立在象征的偶然性和不稳定性之上。"④ 爱默生这里所讲的"思想的稳定性"就是区别弗罗斯特与爱默生诗歌理论的主要因素之一。莱安认为,在弗罗斯特的诗歌理论中,诗人是以某种方式来"驾驭"(ride)隐喻的,因此在他最优秀的诗歌中,弗罗斯特总是以隐喻的形式来暗示他的思想,而且他的思想常常躲藏得很深,以至我们难以称其为独立的思想。⑤

那么,弗罗斯特与爱默生之间又存在哪些不同呢?莱安认为,从艺术视角的角度看,弗罗斯特与爱默生两人在诗歌创作方面比在诗学理论阐述方面存在着更大的差异。如果说爱默生诗学理论的核心是诗歌的有机结构以及象征的运用的话,那么,有意思的是

---

① Alvan S. Ryan, "Frost and Emerson: Voice and Vision," in *Critical Essays on Robert Frost*, Philip L. Gerber, ed., p.127.

② 弗罗斯特:《弗罗斯特集:诗全集、散文和戏剧作品》(下),曹明伦译,沈阳:辽宁教育出版社,2002年,第924页。

③ 同上,第928页。

④ Alvan S. Ryan, "Frost and Emerson: Voice and Vision," in *Critical Essays on Robert Frost*, Philip L. Gerber, ed., p.127.

⑤ Ibid, pp.126-127.

弗罗斯特的诗歌似乎比爱默生的诗歌更加全面地体现了爱默生的这一诗学理论主张。他们的诗歌作品充分地体现了这个区别,尤其是在诗歌的结构、意象与象征的使用以及格律的运用方面。首先,爱默生的诗歌常常难以获得一种直接的诗歌审美效果,因为他更加注重挖掘一种全景式的质量(panoramic quality)。因此,爱默生诗歌的影响往往比较模糊、比较笼统,比如《梵天》("The Rhodora")一诗。相反,弗罗斯特的许多诗篇,不论是哪个时期的作品,都能够让读者获得一种直觉的诗歌审美效果。这种直觉效果来自诗人不仅能够允许他的读者去思索诗歌的经验而且能够让读者看到并且通过文学行为去分享诗歌作品中每每产生深刻象征意义的表达。弗罗斯特的《白桦》、《摘苹果之后》、《我窗前的树》("Tree at My Window")、《请进》("Come In")、《指令》("Directive")等诗篇都是很好的例子。①

其次,爱默生喜欢让诗歌赋有暗示性(suggestive),同时使用几个意象或者一连串简单刻画的情景,而弗罗斯特却典型地将一首诗歌构建在一个单一的象征性事件上。爱默生的统一原则是概念化的(ideational),而弗罗斯特的统一原则却是比喻性的(metaphorical)。比如,爱默生的《谦卑的蜜蜂》("The Humble-Bee")不仅具有象征意义而且具有普遍意义,但是弗罗斯特恰好相反,他喜欢把注意力聚焦在一只具体的《白尾黄蜂》("White-Tailed Hornet")身上,因为它的滑稽动作告诉人们大自然准确无误的理论是荒谬的,而且人们盲目崇拜这种幻想是危险的:

> 如果我们勇敢地自比为天使,
> 我们至少还能保持人的身份。

---

① Alvan S. Ryan, "Frost and Emerson: Voice and Vision," in *Critical Essays on Robert Frost*, Philip L. Gerber, ed., p.127.

只是比天使的地位稍逊一等。

可一旦我们自比为下界动物，

一旦我们开始在污泥烂淖中

看见自己被映照出来的形影，

那已是理想幻灭的绝望时分。

那时我们已被动物撕成碎片，

像那些被抛去阻滞狼群的人。

我们除了会犯错已啥也不会，

……①

　　第三，莱安引用辉栖尔（Stepnen Whicher）的评论，认为爱默生的诗歌"往往从事实直接滑向思想（slide off quickly from the fact to the idea）——过分地强调形象表达和遣词造句的文学性似乎可以说明诗人没有成功地弥补他诗歌中感官快感不够的缺陷，而且他的诗歌在其结构的有机性和音乐性方面明显地不如现代象征主义诗歌，因为它们的效果几乎只能够建立在对立原则之下，从一个象征或者一种意思折射出另外一个象征或者另外一种意思。"② 因此，莱安指出："只有在少数诗歌中，爱默生成功地将某个单一的隐喻或者象征性的动作刻画成能够与弗罗斯特最优秀的诗作相媲美的一个结构严谨且戏剧性强的经历。"③ 莱安认为《日子》（"Days"）是一个杰出的例子。

　　莱安教授论文的第二部分主要比较爱默生与弗罗斯特在他们的诗歌中表现经验的视角问题（vision or interpretation of experi-

---

① 弗罗斯特：《弗罗斯特集：诗全集、散文和戏剧作品》（上），曹明伦译，沈阳：辽宁教育出版社，2002 年，第 355 页。

② Alvan S. Ryan, "Frost and Emerson: Voice and Vision", in *Critical Essays on Robert Frost*, Philip L. Gerber, ed., pp. 128 – 129.

③ Ibid, p.129.

ence)。莱安概述了阿闻(Newton Arvin)于 1959 年在《哈德森评论》(*Hudson Review*)春季刊上发表的评论文章《痛苦的房子:爱默生与悲剧感》("The House of Pain:Emerson and the Tragic Sense")。莱安认为阿闻的文章综合了早期批评界将爱默生当作一位泰然自若的乐观主义者(bland optimist)和后来批评家们把他看作是一个决心面对罪恶问题的作家这两种不同的观点。阿闻发现爱默生观点的核心"或许就是在现代文学中对一种超越悲剧的感恩情感(the more-than-tragic emotion of thankfulness)的最全面、最逼真的表达。"① 因此,阿闻先生论文的结论是,爱默生的视角在其全盛时期是置身于一个伟大的宗教传统之中———个能够超越悲剧而见证痛苦和磨难之意义的传统。总之,阿闻意识到了现代文学要求作家能够适当地对待罪恶问题,但是他也证实了存在一种能够从更加宽泛的角度来观察罪恶和苦难的视角的可能性。② 然而,在阿闻先生发表这篇论文的 1959 年的夏天,特里林先生将自己在 1958 年 3 月庆祝弗罗斯特 85 岁生日纪念会上发表的那篇引起激烈争论的演讲全文刊载在《帕蒂森评论》(*Partison Review*)夏季刊上。在这篇演讲中,特里林称弗罗斯特为"一位可怕的诗人"(a terrifying poet)。显然,特里林的意思是指一位悲剧性诗人,因为在这篇演讲稿的开篇,特里林把弗罗斯特的生日称为"索福克勒斯的生日"("Sophoclean birthday")。此外,在这篇演讲的结尾,特里林直接对弗罗斯特说:"当我开始演讲的时候,我把您的生日称为'索福克勒斯的生日'。我认为这个词语集中体现了我对您的一切评论。像您一样,索福克勒斯很长寿,作品颇丰;和您一样,索福克勒斯是人民最爱戴的诗人。无疑,他们爱戴他因为他讴歌他们共同的国家。但是,我认为他们之所以热爱他主要

---

① Alvan S. Ryan, "Frost and Emerson:Voice and Vision", in *Critical Essays on Robert Frost*, Philip L. Gerber, ed., p. 125.

② Ibid, p. 130.

是因为他为他们揭示了人类生命中一些可怕的事情:或许他们觉得只有诗人才能够揭示那些可怕的事情并可能给他们带来心灵的慰藉。"① 特里林之所以把弗罗斯特比作索福克勒斯,主要是基于这么两点:"讴歌他们共同的国家"和"揭示人类生命中一些可怕的事情。"特里林的观点与诗评界对弗罗斯特的传统评价大相径庭。人们过去总是把弗罗斯特当作一位善意仁慈的乐观主义诗人。他讴歌在大自然情景中人们能够感受到的情感快乐,根本就没有想到他会是一个所谓"可怕的诗人"。不仅如此,弗罗斯特与爱默生一样,经常被人们当作两位和蔼可亲的、启发灵感的、乐观主义的诗人。有不少评论家都认为他们喜欢挖掘人类生命中令人高兴的元素,而不是生命经验中黑暗的一面。

那么,如何看待诗评界对弗罗斯特及其诗歌的传统评价与新近评论呢?莱安认为自己只是做了一件抛砖引玉的工作,比较了爱默生与弗罗斯特对待大自然、对待人与社会的关系以及他们看待罪恶与苦难的观点,从而进一步透视爱默生与弗罗斯特诗歌的视角。首先,莱安认为"任何关于爱默生对大自然的反应的讨论都必须从作为爱默生思想核心因素的宗教态度入手。"② 爱默生拒绝接受任何形式的基督教习俗,但是他同时断言人人都将经历一种天生直觉的宗教经历。在爱默生看来,自然界是人类与精神现实之间的桥梁。大自然是对各种感觉事物的一种永恒的启示,是通往精神世界的一个永恒的通道。如果说我们在爱默生的作品中似乎能够找到一些以泛神论的方式将上帝与自然融为一体的话,那么,我们在他的《论自然》以及许多作品中能够清晰地看到创造万物的上帝与他创造的宇宙之间是有区别的。他把树林称为"上帝的种植园",把农场叫做"无声的福音"。爱默生早期散文作

---

① Alvan S. Ryan, "Frost and Emerson: Voice and Vision", in *Critical Essays on Robert Frost*, Philip L. Gerber, ed., p.131.

② Ibid, p.132.

品往往强调大自然的恩惠;它们反对枯燥无味的理性主义神学理论,认为不应该把人与自然界的内在韵律隔离开来。人们凭直觉所获得的令人高兴的沉思要比认识自然界的黑暗面更加重要。即便在《论自然》一文的第五章《纪律》("Discipline")中,自然是一种能够培养我们的理解能力和理性的纪律,但是作者所强调的仍然是人的一种情感与直觉的反应。"大自然完全是个中介物,它天生是为人服务的。"① 莱安认为,从《经验》("Experience")一文开始,爱默生随笔中对大自然各种复杂性的反应就变得更加理性了。大自然"不是圣人"。"她来到世界上,吃、喝和犯罪。"在《论命运》("Fate")一文中,大自然已经"不是多愁善感的人了……蛇和蜘蛛的习惯、老虎以及其它跳跃动物和血腥动物的怒吼声……这些都属于这个体系,我们的各种习惯也与之相同。"总之,在爱默生早期与晚期的作品中,爱默生对大自然的解读存在着一个明显的转变,他所强调的东西有了明显的变化,特别是在寻求人与自然的关系时,爱默生所强调的东西也发生了变化。②

但是,在弗罗斯特早期与晚期的诗歌作品中,我们是看不到这种变化的。比如,人与自然的关系问题自始至终是弗罗斯特所关心的核心主题之一。弗罗斯特有不少诗歌就是围绕这个主题展开的,但是弗罗斯特有些诗歌仅仅是对短暂沉思的轻描淡写,仅仅将一个实实在在的经历变成一个有意义的形式,最典型就是在一首诗歌中,先提出一个难题,然后解决这个难题。美国诗人、小说家、新批评派文学评论家沃伦(Robert Penn Warren, 1905—1989)曾经在他的一篇文章中,跟踪分析了《雪夜林边逗留》、《进入我自己》、《请进》、《摘苹果之后》和《白桦》等诗篇中所蕴涵的一种接受与拒绝并存的双重观点。在这些诗作中,诗中人往往因一时激动而

① 爱默生:《爱默生集——论文与演讲录》(上),赵一凡等译,北京:三联书店,1993年,第29、31页。
② Alvan S. Ryan, "Frost and Emerson: Voice and Vision", in *Critical Essays on Robert Frost*, Philip L. Gerber, ed., p.132.

把自己融入自然,把自己看成大自然的一部分,然而诗中又存在一种力量,把诗中人拖回现实,拖回到人性的一种恰当的自我定义之中。例如,在《雪夜林边逗留》一诗中,大雪纷飞的黄昏树林是那么迷人、如此诱人以至诗中人决定在林边逗留片刻,可是他又有约在身,必须信守诺言。诗中人是通过他对此时美景的完全陶醉来表达他的人性特点,而最后又通过回归现实,把自己带回到了一个"行动与责任的世界"中去。①

其次,莱安认为,当我们把注意力从自然主题转向戏剧性诗歌的时候,我们会发现弗罗斯特与爱默生对人的性格(human personality)意义的理解截然不同。莱安说:"显然,弗罗斯特在他的诗歌中所表现出来的态度更接近当代哲学研究中所说的'人格主义'(personalism)②,而不是十九世纪爱默生所表现的'个人主义'(individualism)。"但是莱安主要论述了两位诗人在风格与技巧上所

---

① Alvan S. Ryan, "Frost and Emerson: Voice and Vision", in *Critical Essays on Robert Frost*, Philip L. Gerber, ed., p.133.

② **人格主义**(personalism)是现代西方基督教哲学的流派之一。该词源出拉丁语"persona"一词,有"人"、"性格"的意思。基督教神学家常将这个词语用于表达人的道德尊严和存在意义之上。哲学范畴内的人格主义理论也是建立在这个基础之上的。在现代西方,人格主义最为流行的国家是美国,创始人之一是美国哲学家波温(Borden Parker Bowne, 1847—1910),其他重要的美国人格主义哲学家包括努德森(Albert Carnelius Knudson, 1873—1953)、伯托西(Peter Anthony Bertocci, 1910—1989)、贝克(Robert Nelson Beck, 1924—1980)等人。他们认为人的自我、人格是首要的存在,整个世界都因与人格相关而获得意义,把人格看作宇宙的生生不息的创造力量;人格是具有自我创造和自我控制力量的自由意志,与人的主观欲望、伦理道德目标有密切关系;人的认识是由人格内在地决定的,为了认识实在,只能凭借直觉即人格的内在经验,不能凭借概念和推理;虽然每一个人格是独立自由的,但都是有限的,它们都趋向一个至高无上的、无限的人格即上帝,上帝是每一有限人格的理想和归宿;人格是一种道德实体,其内部存在着善与恶、美与丑等不同道德价值冲突,这种冲突是一切社会冲突的根源;为了解决社会问题,须调节人格的内部冲突,促进人的精神的自我修养和道德再生,即信仰上帝。(冯契、徐孝通主编:《外国哲学大辞典》,上海:上海辞书出版社,2000年,第18页。)

体现的对性格态度的不同。爱默生笔下的随笔似乎成了他自己的独白(monologue),仿佛读者是无意中听见他在与自己说话,或者成为一篇布道,仿佛爱默生在劝导我们走义路并且正确领悟宇宙间日新月异的意义。他的主题涉及知识、爱情、英雄、自助、性格等等;他的风格惟妙惟肖,时而玄妙睿智、时而警句格言,但总是言简意赅、画龙点睛。相反,莱安发现弗罗斯特的特点就是用对话来创作他最精彩的诗篇。弗罗斯特获得了一种具有浓厚方言特征的诗歌创作艺术效果,而爱默生完全没有,尽管爱默生在他的随笔中也使用过对话,但至少在爱默生的诗歌中没有这种方言的特色。弗罗斯特甚至愿意牺牲作品的"结论"(conclusions)去追求诗歌戏剧性的直接效应和现实意义。弗罗斯特更赋有实验性和客观性,他的作品充满着不同类型的性格和不同韵律的声音,而且弗罗斯特不仅仅是表现了他自己的性格和声音。在弗罗斯特的诗歌中,寻求结论、寻求解决人们思想和情感冲突的办法、表现悲伤和孤独的影响等等,所有这些都是通过人与人之间的相互作用而得到了戏剧化的再现。[1]

此外,莱安认为弗罗斯特与爱默生在理解人的性格方面的不同还表现在爱默生始终认为人必须超越个性,而弗罗斯特却始终坚持人必须注重具体事物和具体的人。比如,爱默生的随笔《论爱》("Love")效仿柏拉图的《会饮篇》("Symposium"),把爱描绘成最终超越性格并成为一种普遍存在的爱。然而,在弗罗斯特的诗歌中,爱就是男人与女人之间的爱,是人与人之间的爱,是人们对美和知识的热爱,是对美好事物及其功效的关注。[2] 因此,我们可以说弗罗斯特比爱默生爱得更加具体、更加实在。当然,弗罗斯

---

[1]　Alvan S. Ryan, "Frost and Emerson: Voice and Vision", in *Critical Essays on Robert Frost*, Philip L. Gerber, ed., p.135.

[2]　Ibid, p.135.

特与爱默生明显的区别恐怕还是表现在弗罗斯特的一些戏剧性叙事诗(dramatic narratives)中,尤其是在《波士顿以北》中的那些叙事诗中。在这些叙事诗中,弗罗斯特对待人生经历的态度与爱默生相去甚远,因为诗中人必须面对失望、挫折和失败,而这些主题在爱默生的诗歌中是很难找到的。可见,特里林称弗罗斯特为"一位可怕的诗人"是不无道理的。但是,莱安认为这些主题不是弗罗斯特诗歌的全部。

总之,在证明弗罗斯特与爱默生在艺术视角上不同的论述中,莱安教授认为弗罗斯特最重要的特征体现在其"方言性"(dialectical)和"戏剧性"(dramatic)两个方面。

3. 弗罗斯特的"新英格兰主义"

美国哈佛大学英文系主任劳伦斯·比尔(Lawrence Buell)教授在《作为一名新英格兰诗人的弗罗斯特》("Frost as a New England Poet")一文中,从四个层面论述了"弗罗斯特的新英格兰主义"(Frost's New Englandism)[1]。他着重阐述了弗罗斯特与爱默生的关系以及弗罗斯特与从布莱恩特(William Cullen Bryant, 1794—1878)到罗宾逊(Edwin Arlington Robinson, 1869—1935)之间其他重要新英格兰诗歌先锋人物的密切联系。比尔教授首先综述了弗罗斯特与新英格兰作家之间亲密的文学关系;接着阐述了这些文学关系所产生的新英格兰地区性情感;然后分析了这种区域情感的重要性;最后,比尔教授强调了该命题研究的重要性。[2]

一般说来,评论界认为爱默生、梭罗和狄金森是弗罗斯特最熟悉的三位新英格兰诗人。弗罗斯特曾经把爱默生的《随笔与诗

---

[1] Robert Faggen, ed., *The Cambridge Companion to Robert Frost*, Cambridge: Cambridge UP, 2001, p. 101.

[2] Ibid.

歌》(*Essays and Poems*)与梭罗的《瓦尔登湖》(*Walden*)列入了自己最喜欢读的十本书之中。他几乎把爱默生当作一位现代文学的先驱,而且专门写了两篇评论爱默生的文章:《必备前提》("Pre-requisites")和《论爱默生》("On Emerson")。① 弗罗斯特曾多次说过,爱默生的《残丘》("Monadnoc")一诗"对他年轻时候的艺术创作产生过最大的影响。"② 梭罗的《瓦尔登湖》也被弗罗斯特认为是另外一部对他的成长产生过关键性作用的地区性文学著作。此外,弗罗斯特很喜欢读狄金森的诗歌。他不但尝试用狄金森警句格言式的风格进行诗歌创作,而且认为狄金森是"自萨福(Sappho)以来所有写过诗歌的女诗人中最好的诗人。"③

除了以上三位新英格兰伟大诗人以外,比尔教授认为朗费罗(Henry Wadsworth Longfellow, 1807—1882)对弗罗斯特的影响是比较大的。比尔教授总结了一些颇有价值的弗罗斯特生平细节,比如,弗罗斯特很早就很喜欢朗费罗的诗歌,而且当 20 世纪初人们对朗费罗诗歌的兴趣逐渐消减的时候,弗罗斯特不仅让自己的孩子们诵读朗费罗的诗歌,而且仍然在他的诗歌教学中把朗费罗的《迈尔斯·斯坦狄什的求婚》(*The Courtship of Miles Standish*)、《伊凡吉林》(*Evangeline*)等诗歌作为学生的必读文本。1907 年,为了纪念朗费罗诞辰一百周年,弗罗斯特专门创作了纪念朗费罗的诗篇《晚期的吟游诗人》("The Later Minstrel")。诗中写到:

> 可记得那年秋日的一天,
> 被秋日金色浸染的一天,

---

① Robert Frost, *Robert Frost: Collected Poems*, *Prose*, & *Plays*, New York: Literary Classics of the United States, 1995, pp. 814 – 816, 860 – 866.

② Ibid, p. 693.

③ George Monteiro, *Robert Frost & The New England Renaissance*, Kentucky: The University Press of Kentucky, 1988, p. 25.

你曾渴望一曲甜美的歌，

曾把往昔吟游诗人怀念。①

1925 年，弗罗斯特还参加了鲍登湖学院（Bowdwin College）为纪念朗费罗大学毕业的百年庆典。更值得注意的是弗罗斯特之所以选择当时还名气不高的劳伦斯·汤普森（Lawrance Thompson）作为自己正式认可的传记作者就可能是因为汤普森于 1938 年出版了他的传记力作《青年的朗费罗》（*Young Longfellow*）。1952 年，汤普森又出版了他的又一部力作《梅尔维尔与上帝的争吵》（*Melville's Quarrel with God*）。接着，汤普森先后于 1966、1970 和 1976 年出版了三卷本弗罗斯特传记：《早年的弗罗斯特：1874—1915》（*Robert Frost: The Early Years*, *1874–1915*）、《杰出的弗罗斯特：1915—1938》（*Robert Frost: The Years of Triumph*, *1915–1938*）和《晚年的弗罗斯特：1938—1963》（*Robert Frost: The Later Years*, *1938–1963*）。这些生平细节似乎把弗罗斯特与朗费罗这两位诗人紧密地联系在一起。

除了朗费罗之外，比尔教授认为被誉为"美国的华兹华斯"（"the American Wordsworth"）的美国浪漫主义诗人布赖恩特、废奴主义诗人惠蒂埃（John Greenleaf Whitter, 1807—1892）和具有浓重的地方色彩和哥特风格的小说家霍桑（Nathaniel Hawthorne, 1804—1864）也对弗罗斯特的诗歌创作产生过影响。此外，结合弗罗斯特的诗歌，比尔教授还分析了弗罗斯特与 19 世纪后期地方特色主义作家（local colorists）或者称为"地区现实主义作家"（regional realists）风格的相似之处。特别是他的许多戏剧性独白诗以及一些描写地方生活的对话体诗歌与布朗（Alice Brown）、库克

---

① 弗罗斯特：《弗罗斯特集：诗全集、散文和戏剧作品》（上），曹明伦译，沈阳：辽宁教育出版社，2002 年，第 697 页。

（Rose Terry Cooke）和夫里曼（Mary Wilkins Freeman）等当时新罕布什尔的一些作家的作品有共同之处。此外，比弗罗斯特年长5岁的罗宾逊是一位缅因州诗人。弗罗斯特对这位同时代又赋有共同的地方色彩的诗人十分珍重，认真阅读他的诗歌作品，一度认为罗宾逊是"最优秀的现代诗人"。尽管他们两人曾一度成为竞争对手，但是弗罗斯特还是于1935年为罗宾逊的遗作《贾斯帕王》（*King Jasper*）写了一篇幽雅的序言。

　　1923年，弗罗斯特将自己早期的几本诗集编辑成他的第一本《诗选》（*Poems*）。比尔教授认为这部诗选中突出地体现出一个从起初犹豫不定到后来坚定果断的、富有地区特色的人物形象，而且这个人物形象在这部诗集中逐渐地变得强大、不断地定义自我，但同时又不断地限制自己，使之越发具有清晰的新英格兰地区特色。从总体上看，虽然《少年的心愿》并非一部专门描写新英格兰地区的作品，但是新英格兰的地方特色每每以诗人"情感教育背景"[1]的形式出现在诗歌中。虽然诗集中的《在一条山谷里》（"In a Vale"）、《割草》（"Mowing"）、《花丛》（"The Tuft of Flowers"）、《我的蝴蝶》（"My Butterfly"）等一些名篇都笼罩着浓重的田园气氛，但是它们仍然比较模糊，很难给这些诗篇贴上新英格兰的标签。尽管如此，《少年的愿望》还是明显地体现出弗罗斯特开始对新英格兰主题的关注。比如，描写大自然四季变化的主题早已成为新英格兰文学传统主题之一，而弗罗斯特的《十月》（"October"）一诗对秋色的讴歌就是一个很好的例子。该诗集中的《生存考验》（"The Trial by Existence"）一诗，实际上是以新英格兰地区为背景

---

[1] John C. Kemp, *Robert Frost and New England: The Poet as Regionalist*, Princeton: Princeton University Press, 1979, p.87. Also see Lawrence Buell, "Frost as a New England Poet," in *The Cambridge Companion to Robert Frost*, Robert Faggen, ed., Cambridge: Cambridge UP, 2001, p.105.

的"一个雪莱梦幻般灵运转生的寓言故事。"① 在《黄昏漫步》一诗中，诗中人在秋收时节的一次"穿越收割后的草场"的"黄昏漫步"中，看见"草茬生发的新草"已经"半掩着通往花园的小道"。这一意象再现了朗费罗《再生草》（"Aftermath"）一诗中诗人对"收割后的夏天草场"和"撒落在小道上的干草"的描写，它们"象征着诗人自己微薄的采摘。"② 此外，在《致春风》（"To the Thawing Wind"）一诗中，弗罗斯特尝试着用轻松活泼的四音步扬抑格（trochaic tetrameter）格律，来模仿爱默生在《恭顺的蜜蜂》（"The Humble-Bee"）一诗中祈求诗神缪斯那样让"那只恭顺的蜜蜂"给予他创作的灵感：

原文：

Bring the singer, bring the nester;

Give the buried flower a dream;

Make the settled snowbank steam③

译文：

带来唱歌的鸟，送来筑巢的蜂，

为枯死的花儿带来春梦一场，

让路边冻硬的雪堆融化流淌④

原文：

Let me chase thy waving lines,

① Robert Faggen, ed., *The Cambridge Companion to Robert Frost*, Cambridge：Cambridge UP, 2001, p.105.

② Ibid.

③ Robert Frost, *Robert Frost: Collected Poems*, *Prose*, *& Plays*, New York：Literary Classics of the United States, 1995, p.21.

④ 弗罗斯特：《弗罗斯特集：诗全集、散文和戏剧作品》（上），曹明伦译，沈阳：辽宁教育出版社，2002年，第26页。

Keep me nearer, me thy hearer

Singing over shrubs and vines. ①

译文：

让我追逐你波浪起伏的路线，

让我靠近些，我是你的听众，

在灌木中、在藤蔓上，歌唱。

在《星星》（"Stars"）一诗的第一节中，比尔教授还发现弗罗斯特所说的"喧闹的雪"（tumultuous snow）让人想起爱默生《暴风雪》（"The Snow-Storm"）一诗中那"暴风雪喧闹的隐私"（tumultuous privacy of storm），而且弗罗斯特还在这首诗歌的第二节中模仿狄金森精练的诗句："仿佛关注我们的命运，/担心我们会偶然失足/于一片白色的安息之地，/天亮后难以觉察之处——"②。总之，诗集《少年的心愿》中的新英格兰地区的特征是能够满足诗评家们不断地从中获取塑造一个新英格兰农民诗人形象的元素。

尽管诗集《波士顿以北》的主要体裁是戏剧独白（dramatic monologue），更加贴近莎士比亚和布朗宁的风格，但是比尔教授认为这部诗集更加富有新英格兰的想象。诗集不仅全面反映了内地新英格兰地区人们所熟悉的生活方式、地理和心理特点，描写了修墙、浆果采摘、苹果采摘、干草制备等农活，而且还刻画了一些远离尘世素居的、神经质的雇工形象，并且形象地再现了新英格兰农村的贫穷以及崎岖不平的山间道路。该诗集的诗歌语言也比《少年的心愿》的语言更加口语化。从总体上看，在诗集《波士顿以北》中，诗人所描绘的世界是一幅十九世纪后期新英格兰地区现实主

---

① Ralph Waldo Emerson, "The Humble-Bee," in *The Selected Writings of Ralph Waldo Emerson*, New York: Modern Library, 1992, p. 690.

② 弗罗斯特：《弗罗斯特集：诗全集、散文和戏剧作品》（上），曹明伦译，沈阳：辽宁教育出版社，2002 年，第 23 页。

义的生活画卷。比如,在《黑色小屋》("The Black Cottage")一诗中,弗罗斯特完全将"他自己"置于一个世纪交替时期新英格兰内地世界的情境之中。在这首诗歌中,我们看到当地一个喋喋不休的"牧师"领着诗中人参观一幢"被人遗弃的""黑色小屋"。几十年以来,这幢小屋里住着一位过去人们认为是操行端正、要求严格的寡妇。她的丈夫死于内战,于是她继承了她丈夫的遗产。诗中写道:

> 她凡事有主见,我说那老太太,
> 而且喜欢聊天。她见过加里森
> 和惠蒂埃,且对他们自有说法。
> 要不了多久大家就可以了解到
> 她认为内战还有别的什么目的,
> 战争不仅是为了保持国家统一
> 或解放奴隶,尽管两者均已实现。
> 她从不相信那两个目的就足以
> 使她完全献出她所献出的一切。
> 她的奉献触及了那个基本信念:
> 所有的人都生而自由并且平等。
> 你听听她那些奇谈怪论——那
> 与今人的看法相去甚远的言论。①

可见,弗罗斯特的诗歌创作已经深深地扎根于新英格兰这块土地上了。比尔教授认为,如果说在诗集《波士顿以北》中(除了《牧场》一诗),诗中人还没有像诗人笔下的当地人那样深深地烙上地

---

① 弗罗斯特:《弗罗斯特集:诗全集、散文和戏剧作品》(上),曹明伦译,沈阳:辽宁教育出版社,2002 年,第81—82 页。

方的印记,那么在诗集《山间低地》(*Mountain Intervals*, 1916)中,诗中人开始变成这一戏剧性艺术创造的人群中的另外一个角色。他可以像《圣诞树》("Christmas Trees")一诗中的那个当地人那样,拒绝把自己的香脂冷杉① 卖给那位城里的老油子(city slicker)作圣诞树;他也可以像《暴露的鸟窝》("The Exposed Nest")一诗中的那位农民停下手中割草的农活去帮助他的孩子挽救一窝几乎被割草机糟蹋的小鸟;他还可以是《采树脂的人》("The Gum-Gatherer")一诗中一个"住在山区的什么地方"的乡下人与另外一个"来自很高很高的山坳"里的乡下人之间的平等相遇。在这些诗歌中,原先一种见证内地生活过时落后的姿态已经逐渐地开始被一种地区自然化了的姿态所取代;原先一些老居民的敌意态度也被悄然而来的商业主义所代替,甚至是被电话和电报等一些基本技术所代替。这些倾向在《邂逅》("An Encounter")、《架线工》("The Line-Gang")等诗歌中都能找到佐证。比尔教授认为弗罗斯特已经开始更加积极主动地去扮演一个继承《黑色小屋》一诗中那位寡妇所失去的那个世界的角色。就像一位评论家在评论弗罗斯特下一部诗集时所说的那样,"洛厄尔和惠蒂埃是在观察和报道新英格兰,而弗罗斯特已经变成了一个新英格兰人。"②

比尔教授认为弗罗斯特身份地区化的进程在诗集《新罕布什尔》(*New Hampshire*, 1923)中达到了一个制高点。该诗集开篇的标题诗就叫《新罕布什尔》,也是弗罗斯特所创作的(除了他晚年写的两部戏剧性诗文"假面剧"之外)最长的一首诗歌。然而,这首诗歌却并没有得到弗罗斯特诗评家们的好评,而且比尔教授认为他们的评论是站得住脚的,因为它的不足之处就在于它摇摆于

① 原文为 balsam firs,指北美一种产香树脂的常青树。
② Robert Faggen, ed., *The Cambridge Companion to Robert Frost*, Cambridge:Cambridge UP, 2001, p.108.

一种和蔼可亲、讨人喜欢的自我挖苦和幽默与一种自我专注的沾沾自喜之间。肯普（Kemp）的评论认为《新罕布什尔》一诗"是诗人弗罗斯特的一次令人难以忍受的炫耀和造作,他试图在他已经被接受了的地区性人物性格中找到契合的元素。"比尔教授认为这种判断是"一个无情的但又是一个可以理解的结论,"① 而且他借用了一个生态批评主义（ecocriticism）的恰当术语,认为《新罕布什尔》一诗至少在三个层面上强调了弗罗斯特的新英格兰"再居住"（reinhabitation）情结。② 首先,比尔教授认为它是一个不断地自我修正的过程。比如,弗罗斯特毫不犹豫地促进自我形象的形成并且极力把自己塑造成一个在任何环境中都表现出心怀不满并具有永久性高度灵敏的人。他试图以这种自我形象来抵制一个反新罕布什尔的哥特派形象（anti-New Hampshire gothicizer）。比尔教授认为弗罗斯特并没有明确地把自己这种根深蒂固的不满与他对新罕布什尔特点的继承联系起来,尽管这种联系已经[在这首诗歌中]得到了强烈的暗示并且在其他地方也同样得到奇妙的运用。其次,比尔教授认为地区性自我替代（regional self-implacement）既是对前人的一种取代（displacement）又是与他们的关系的一种恢复（rapprochement）。第三,替代（implacement）永远是表述行为的（performative）,而且也正因为如此总有些虚假的成分。尽管这首诗歌在体现对文化身份自我意识的延误方面是一个经典例子,但是弗罗斯特意识到他必须给自己贴上某种标签。总之,比尔教授认弗罗斯特在追求地区性身份的历程中包含了两个层面的意思,即从一种"天真幼稚"发展到另外一种"天真幼稚"和从一种诗性的自我意识（poetic self-consciousness）发展到另外一种诗性的自

---

① 　Robert Faggen, ed., *The Cambridge Companion to Robert Frost*, Cambridge: Cambridge UP, 2001, p108.

② 　Ibid.

我意识。①

比尔教授认为诗歌创作与地区身份的关系至少可以从以下五个方面来考察:作家生平、地理环境、思想意识、语言元素和诗歌形式。在作家生平方面,可以结合作家的生活经历,包括对其他地区主义实践者社交关系的关注;在地理环境方面,可以结合作家艺术世界中的文化环境,包括那些拥有大农场的乡村农庄、会所(meeting houses)以及与民事和宗教仪式相关的原型性标志,比如,相同种族的人群、宗教仪式、小规模的土地改革、石头矮墙等一些民间农村主题;在思想意识方面,可以考察作家以农村为中心、自给自足、笃信(后)新教、道德主义、历史与家系的自我意识等个人态度的特征;在语言元素方面,可以考察特殊的习语、发音、句法和语调;在诗歌形式方面,可以考察诗人喜欢使用的体裁、格律和典故。比尔教授在这篇论文中,着重论述了弗罗斯特诗歌形式方面的特点。

比尔教授认为弗罗斯特与影响他的几位新英格兰诗歌诗人一样,既喜欢限定性的格律形式(格律、韵脚、诗节),又喜欢无韵诗(blank verse)。当他称赞罗宾逊"始终满足于走创新的老路"② 的时候,他不仅是在真实地描写促使他认为惠特曼的诗歌不如爱默生的诗歌(因为惠特曼写不出口语化的好诗)的审美趣味,③ 而且也是在总结他自己的诗歌创作实践。比尔教授论述了弗罗斯特对十四行诗的创新、对歌谣和格言诗的模仿以及对英国浪漫主义和玄学派诗歌的继承;最后,比尔教授论述了弗罗斯特一向强调的散

① Robert Faggen, ed., *The Cambridge Companion to Robert Frost*, Cambridge:Cambridge UP, 2001, p.109.

② 弗罗斯特:《弗罗斯特集:诗全集、散文和戏剧作品》(下),曹明伦译,沈阳:辽宁教育出版社,2002年,第945页。

③ William R. Evans, *Robert Frost and Sidney Cox: Forty Years of Friendship*, Hanover and London:UP of New England, 1981, p.111.

文句法与格律形式的契合问题,并且认为《在一首诗中》("In a Poem")一诗最好地表达了弗罗斯特的这一思想:

> 诗歌行文应当轻松自如,
> 韵脚从心所欲而不逾矩,
> 稳稳地保持韵律和节奏,
> 要说出准确无误的话语。①

弗罗斯特认为诗歌必须读起来像流畅的散文那样"轻松自如"。诗歌的韵脚应当做到"从心所欲而不逾矩",但必须"稳稳地保持韵律和节奏"。比尔教授用爱默生《残丘》("Monadnoc")一诗中讨论诗歌方言的 22 行诗歌为例子,阐述了爱默生在诗歌创作形式方面对弗罗斯特的影响:

> 它们沉睡在密集的野草之中,
> 它们的秘密仍显得隐约模糊,
> 然而,你认识古代的语言吗?
> 这些大师每每可以与人为师。
> 八十或者一百个单词就足以
> 表达出他们所有歌唱的沉思;
> 他们使之成为一种方式胜过
> 职员和官员们的伎俩和热情。
> 我完全可以免听校园的钟声,
> 也可不听那卖弄学问的讲座;
> 我不上教堂,也不去图书馆,

---

① 笔者译自 Robert Frost, *Robert Frost: Collected Poems*, *Prose*, *& Plays*, New York: Literary Classics of the United States, 1995, p. 329.

不去研究所,也不查阅字典,
因为那根深蒂固的英语之树
在这里枝繁叶茂,无法估价。
歌唱茅屋壁炉的粗俗诗人们
浪费了你那未引用过的欢笑,
你的欢笑从来就未离地升空,
当雅各回嘴还有流便吼叫时;
农民们强烈而又苛刻的讥笑
就像枪弹般飞向射击的目标;
而且那实实在在的冷嘲热讽
是从不回避那等待着的耳朵。

比尔教授认为,这一段诗文中至少有四个因素对弗罗斯特的诗歌创作产生了影响。首先,是华兹华斯所推崇的优秀诗歌中具有强烈生命力的农民语言以及融入这种语言之中的一种简洁有力的美学思想。这种简洁的美学思想使得一些卖弄学问的人和美学家们感到惶惶不可终日。弗罗斯特说:"我想成为一个雅俗共赏的诗人。我不能像我的准朋友庞德那样,以成为那帮高雅之士的鱼子酱(caviare)而沾沾自喜。"[①] 其次,虽然《残丘》一诗没有一以贯之地用方言写完,但是对弗罗斯特说来,这并不意味着它就不重要。诗中不仅运用了"雅各回嘴"与"流便吼叫"等方言口语,而且暗示了这种方言有如"枪弹般"猛烈的威力。此外,诗人还使用了行尾停顿的、简洁明快的四音步偶句进行创作,再加上诗人随心所欲的格律替代以及简洁有力的单音节词的使用,大大加强了方言的艺术效果。第三,弗罗斯特一定很喜欢《残丘》中所弥漫的一种爱默

---

① 弗罗斯特:《弗罗斯特集:诗全集、散文和戏剧作品》(下),曹明伦译,沈阳:辽宁教育出版社,2002 年,第 873 页。

生典型的逗乐的超然神态（amused detachment）。第四，弗罗斯特已经深深地陷入了挖掘爱默生所谓"我们古代语言"内涵的乐趣之中。

总之，弗罗斯特不仅是庞德、杜丽特尔（Hilda Doolittle）、威廉斯、斯蒂文斯（Wallace Stevens，1879—1955）、克莱恩（Hart Crane，1899—1932）、卡明斯（E. E. Cummings，1894—1962）、休斯（James Langston Hughes，1902—1967）等美国诗人的同时代人，而且他坚持"走一条创新的老路"的诗歌创作理论与实践也从未显得过时而被淘汰，尽管诗评界更加热衷于讨论惠特曼开放诗学中的"美国"特色或者是更加划时代的先锋派现代主义诗学。在美国，有不少诗人仍在自觉地效仿弗罗斯特的诗歌艺术，如弗兰西斯（Robert Francis，1901—1987）、贝瑞（Wendell Berry，1934—　）、布斯（Philip Booth，1925—2007）等等。即便是那一大批紧跟艾略特对"自由诗"百般责难的诗人也同样莫名其妙地深受弗罗斯特的影响，比如，毕晓普（Elizabeth Bishop，1911—1979）、兰塞姆（John Crowe Ransom，1888—1974）、布朗（Sterling Brown，1901—1989）、青年时代的罗得克（Theodore Roethke，1908—1963）和青年时代的布鲁克斯（Gwendolyn Brooks）、威尔伯（Richard Wilbur，1921—　）、洛威尔（Robert Lowell，1917—1977）、普拉斯（Sylvia Plath，1932—1963）、海登（Robert Hayden，1913—1980）、斯塔福德（William Stafford，1914—1993）和最终加入美国籍的奥登（W. H. Auden，1907—1973）等等。就民族诗学而言，比尔教授认为，弗罗斯特与惠特曼或者威廉斯一样，都力求用"美国的麦谷"进行诗歌创作，以尽可能地忠实方言的习语与节奏，但是弗罗斯特坚持爱默生《残丘》一诗中的理念，努力地在内地追求恢复"我们古代的语言"。弗罗斯特没有完全陷入地区方言的泥潭之中，而是在"职员"和"官员"中发现了那棵"枝繁叶茂、无法估

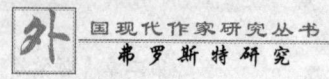

价"、"根深蒂固的英语之树。"①

引用文献：

Buell, Lawrence. "Frost as a New England Poet." *The Cambridge Companion to Robert Frost*. Ed. Robert Faggen. Cambridge：Cambridge UP, 2001.

Emerson, Ralph Waldo. "Mongtaigne, or the Skeptic." *The Collected Works of Ralph Waldo Emerson*, Vol. IV. Cambridge：Cambridge UP, 1987.

——. *The Selected Writings of Ralph Waldo Emerson*. New York：Modern Library, 1992.

Evans, William R. *Robert Frost and Sidney Cox: Forty Years of Friendship*. Hanover and London：UP of New England, 1981.

Faggen, Robert, ed. *The Cambridge Companion to Robert Frost*. Cambridge：Cambridge UP, 2001.

Frost, Robert. *Robert Frost: Collected Poems, Prose, & Plays*. New York：Literary Classics of the United States, 1995.

Kemp, John C. *Robert Frost and New England: The Poet as Regionalist*. Princeton：Princeton University Press, 1979.

Monteiro, George. *Robert Frost & The New England Renaissance*. Kentucky：The University Press of Kentucky, 1988.

Ryan, Alvan S. "Frost and Emerson: Voice and Vision." *Critical Essays on Robert Frost*. Ed. Philip L. Gerber., Library of Congress Cataloging in Publication Data, 1982.

爱默生：《爱默生集——论文与演讲录》（上、下），赵一凡等译，北京：三联书店，1993年。

冯契、徐孝通主编：《外国哲学大辞典》，上海：上海辞书出版社，2000年。

弗罗斯特：《弗罗斯特集：诗全集、散文和戏剧作品》（上、下），曹明伦译，沈阳：辽宁教育出版社，2002年。

《旧约·撒母耳记上》第4章第9节，《新约·歌林多前书》第16章第13节。

---

① Robert Faggen, ed., *The Cambridge Companion to Robert Frost*, Cambridge：Cambridge UP, 2001, pp. 117 – 119.

三、弗罗斯特的超验诗学①

1. "一首诗的形迹"

弗罗斯特《一首诗的形迹》("The Figure a Poem Makes"，1939)一文中有一句名言："一首诗以喜悦开篇,以智慧作结。"②在他看来,每一首诗歌都有其形象的运动轨迹:"它始于喜悦,喜欢情不自禁;随着诗人写下的第一行[诗],它就有了方向,然后经历了一连串幸运的事,最后澄清了生命,不一定是一次伟大的澄清,就像教派学派争夺立足之地的伟大澄清,只不过暂时避免了混沌。诗有结局。虽然不可预见,但这种结果却是最初情绪的第一意象所预先确定了的——而且的确是最初情绪所预先确定了的。"③弗罗斯特在此不仅描述了诗歌运动的形象轨迹,而且勾勒了他诗歌创作的思维和想象模式。每一个具体的自然事物、自然景象或日常事件都可以被看成是一个具有象征意义的文本,而观众或者读者对其所做出的解读大致可以分成两个步骤:首先是阅读这个文本,即观察这个自然事物、自然景象或日常事件,然后是对其内涵进行沉思。弗罗斯特的想象经历了从对自然的观察到对观察的沉思这么一个过程。弗罗斯特认为"随着诗人写下的第一行[诗],它就有了方向。"这就是说人们所观察到的自然事物本身就象征着它所蕴涵的内在意义。虽然人们难以预见自然事物所象征的"这种结果",但是它"却是最初情绪的第一意象所预先确

---

① 本节主要内容曾以《罗伯特·弗罗斯特诗歌创作想象模式管窥》为题目发表于《中国外语》(增刊),高等教育出版社,2008 年 9 月,第 60—63 页。
② 弗罗斯特:《一首诗的形象》,黄宗英译,载《诗探索》,1995 年第 1 期,第 183 页。
③ 同上。

定了的。"由于诗人常常是以描写人们所观察的某个自然标志
(natural emblem)开启他的诗篇,因此他的诗一旦开篇,就自然而
然地能够催生一首诗歌的气象,而体会这个自然标志所蕴涵的更
加深刻的内在意义也就自然而然地能够给人们的生命提供"一个
结局"、"一个澄清"、"一个暂时避免混沌"的"澄清"。因此,"一
首诗的形迹"始于对某一个自然事物、自然景象或日常事件的观
察给人们所带来的"喜悦",而终于这个观察给人们所带来的对生
命意义更加深刻理解的"智慧"。

在阅读中,我们不难发现弗罗斯特的诗歌存在着一个潜在的
思维与想象模式:虽然他的诗常常从观察和描写一个客观物体、一
个自然景色,或者一件生活小事开始,但最终都是以诗人对这个客
观物体、自然景色,或者这件生活小事给人们所带来的智性启迪结
尾。他认为一首诗歌,好比一个故事,必须表达一个思想,可是又
不能和盘托出。[1] 在他的第一本诗集《少年的心愿》中,我们就能
够看到一首题为《启示》("Revelation")的短诗:

> 逗笑的话语背后,
> 我们常留有余地,
> 在别人弄懂之前,
> 总怀着急切心情。
>
> 假如真的要我们　　　　　　　　5
> 彻底写实,才能
> 读懂其中的委婉,
> 那将是一件憾事。

---

[1] Lawrance Thompson, ed., *Selected Letters of Robert Frost*, New York: Holt, Rine-
hart and Winston, 1964, p.179.

可是遥远的上帝
如捉迷藏的孩子，　　　　　　　　　　10
假如躲藏得太深
就无人能够找到。①

这是一种诗歌的启示。就像孩子们玩捉迷藏的游戏一样，诗人希望读者能够透过自己的面纱而窥见他心灵的深处。但是一旦诗人的思想躲藏得太深，而最终只有诗人自己来说出其中的奥妙，那将是一件遗憾的事情。这首诗歌中出现的"逗笑的话语"与"急切心情"、"写实"与"委婉"等一些貌似矛盾的逆说悖论有力地证明了弗罗斯特一种可谓"直接的委婉"的认识论特征。这种"直接的委婉"在弗罗斯特的诗歌中随处可见。比如，《雪夜林边逗留》一诗中那个林子之所以"可爱、又暗和又深"是因为诗中那个"一年中最漆黑的夜晚"不仅指圣诞节前天气的寒冷，而且也喻指诗人家庭经济上的"寒冷"。② 一般认为，这首诗歌写诗人在雪夜赴约，途经树林，为雪景所吸引，而流连忘返。那雪絮飞舞、微风吹拂的林子是多么"可爱"，可谁知道诗人心灵深处的林子却是"又暗和又深。"看来，在阅读弗罗斯特的诗歌时，我们的"目光"不能只停留在眼前的景色上，而应该去寻求人们内心的回应。这或许就是诗人所说的"寻求目光之回应的目光。"这种由"可见的［事物］"联想到或者影射"不可见的［事物］"的思维模式也为弗罗斯特的诗歌创作提供了一个基本范式。

_____

① 笔者译自 Robert Frost, *Robert Frost: Collected Poems*, *Prose*, *& Plays*, New York：Literary Classics of the United States, 1995, p.27.

② Huang Zongying, *A Road Less Traveled By — On the Deceptive Simplicity in the Poetry of Robert Frost*, Beijing：Peking University Press, 2000, pp.30–31. 参见第三章第 1 节第 2 小节中对这一行诗歌的解读，见本书第 154—155 页。

2."一只透明的眼球"

新英格兰超验主义哲学的一个基本观点是"超越人的感觉；人们所见、所闻、所感触的物体是思想的影子，而这些思想才是'真正的实在'。"① 梭罗在一篇题为《行走》（"Walking"）的散文中说："大自然中存在着一种难以言传的吸引力（subtle magnetism）。如果人们下意识地为之所吸引，那么它将引导我们走上正确的道路。人们选择走哪一条道路并非无关紧要。［世上］总是有一条正确的道路，但是人们往往由于自己的不慎和愚蠢而选择了错误的道路。人们宁愿选择一条至今在这个世界上还没有人走过的道路。它完美地象征着人们希望在自己的内心和理想世界中行走的道路。当然，有时候我们觉得难以作出选择，因为这条道路在我们的心目中尚未明确地存在。"② 在《瓦尔登湖》中，我们可以看出最让梭罗动心的其实并不是"太阳和风和雨……夏天和冬天"的美丽，而是它们与"人类……的感应（sympathy）。"③ 爱默生将大自然与人类的这种"感应"看成是一种"超灵"或者"普遍精神"。早在1833年夏天爱默生参观一个植物园时，他就在日记中写道："大自然给我们印象是一个取之不尽的聚宝盆，美不胜收。整个宇宙就更加让我们感到不可思议，尤其是当你注视着大自然中这一系列令人困惑却又栩栩如生的形态——朦胧的蝴蝶、琳琅的贝壳、众多的鸟儿、野兽、鱼、虫、蛇——处处洋溢着催生生命的迹象，就连石头也充满着千姿百态的生的气息。我们简直看不到任何丑陋、野蛮、不美的东西……一切的一切都是观察者——人内

① Perry D. Westbrook, *A Literary History of New England*, London and Toronto: Associated University Presses, 1988, p.118.
② Lewis Hyde, ed., *The Essays of Henry D. Thoreau*, New York: North Point Press, 2002, p.157.
③ Henry D. Thoreau, *Walden*, Princeton: Princeton UP, 1971, p.138.

在属性的外化表象。……我为这些奇怪的感应所感动。"① 在爱默生看来,"这个世界充满了象征……整个自然是人类心灵的一个暗喻……事实是精神的终结或最后表现。可见的创造则是不可见的世界的终点或形式。"② 爱默生所感觉到的这种人与自然之间的"感应"或者"暗喻"贯穿着弗罗斯特诗歌创作的始终。

在爱默生看来,大自然可以是那"无声无息地闪耀在我们周围的伟大精灵。"③ 像精灵一样,大自然属于"非我"。但是,除了一个人的心灵以外,它包罗万象,包括"所有的他人和我自己的身体。"太阳、星星、高山和牧场都属于大自然,所有的人工巧制也属于自然。大自然是整个物质世界的总和。因此,爱默生有一段脍炙人口的名言,描述了人的心灵是如何接受终极真理的:"站在空地上,我的头颅沐浴在清爽宜人的空气中,飘飘若仙,升上无垠的天空——而所有卑微的私心杂念都荡然无存。此刻我变成了一只透明的眼球。我不复存在,却又洞悉一切。世上的生命潮流围绕着我穿越而过,我成了上帝的一部分或一小块内容。"④ 田野与树林让有心人感到赏心悦目,但这种喜悦来自内在的心灵深处,而不是一种外在的欣喜。"大自然总是身穿五彩斑斓的灵魂的外套。"⑤ 现实世界存在于人们的心灵之中,而心灵通过调用人们的各种感觉使人们认识自然,但是自然的意义却存在于我们之中。在《论自然》一文中,爱默生指出,大自然从四个方面服务于人类:作为商品、作为美、作为语言和作为纪律。作为语言,大自然服务

---

① Joel Porte, ed., *Emerson in His Journals*, Cambridge（Mass.）and London：The Belknap Press of Harvard University Press, 1982, p. 111.

② 爱默生:《爱默生集——论文与演讲录》,赵一凡等译,北京:三联书店,1993年,第26—27页。

③ 同上,第6页。

④ 同上,第10页。

⑤ Ralph Waldo Emerson, "Nature," in *The Selected Readings of Ralph Waldo Emerson*, Brooks Atkinson, ed., New York：Modern Library, 1992, p. 7.

于人们的感觉、理性和解读自然的理解力,因为"大自然是精神的象征,"① "每一件自然事实都是某种精神事实的象征,"② 而"人一旦和谐地生活在大自然之中,又热爱真理和美德,他必然会拥有清澈的目光去解读自然的文本。"③ 词语作为"自然事物的象征"而作用于人们的感觉;即便是抽象的词语,从词源学的角度来考察,也表示其某些作用于人的感觉的意思。比如,"正确"的意思是"笔直","错误"的意思是"扭曲","精神"的原意是"风"等等。④ 可见,词语和它们所表示的事物都是象征。爱默生认为"具体的自然事物又是具体精神事物的象征",而一个具体精神事物往往在许多方面是显而易见的,比如羊羔代表无辜,蛇却成为"恶毒"的代名词等等。这些都是人们常见的象征,是人们内心赋予某种客观事物的一种抽象的本质特征,而这种内心作用是通过人的理解力来完成的。然而,"人总是能意识到在他或在生活的后面隐藏着一个普遍存在的灵魂(universal soul)——在其中,正义、真理、爱与自由的本质就像天空的太阳一样,相继升起,照耀四方。他把这种普遍存在的灵魂称作"理性"——它并不属于你、我或他;相反,我们都归它所有,是它的财产和部属。而在那私人世俗之事被淹没了的蓝天上,天空永远是那么宁静,缀满恒久不变的星体——这便是理性的体现。"⑤ 因此,如果说人与世界之间存在着一种根本的关联,那么大自然似乎就是其中的媒介,构建了灵魂与事物之间的认知关联。

---

① 爱默生:《爱默生集——论文与演讲录》,赵一凡等译,北京:三联书店,1993年,第21页。
② 同上,第22页。
③ 同上,第27页。
④ 同上,第21页。
⑤ 同上,第22页。

3. "小河西流"

　　爱默生的超验主义思想为梭罗笔下经常出现的一些自然界与人类世界进行类比的例子提供了一种人们尚未表述过的哲学依据。这种类比不仅仅存在于夜鹰与人类心灵暗处之间，而且也存在于那尚未图版的大陆与那尚未开发的自我内心的领地之间。① 同样，在弗罗斯特的诗歌中，我们不仅看到了衬托寒冬景观的"荒野"与诗人精神空漠之间的类比，而且同样一个暴风骤雨的夜晚在另外一个场景中却投射出一个截然不同的意象："这〔风暴〕似乎也像爱情复归的时候，／疑惑之后，我们的爱苏醒。"② 事实上，在弗罗斯特笔下，"爱的起伏——欢乐与忧伤"总是伴随着"季节的跌宕——夏天与冬季"③ 而自然律动的。与爱默生、梭罗等人一样，弗罗斯特也可谓一位具有很强洞察力的见者。他相信"普遍的事物需要通过具体的事物才能够表现出来，而具体的事物还必须被精确地揭示出来。"④ 通过到大自然中去寻找能够生动地揭示人们共同关心的事物的种种意象，弗罗斯特可谓坚持了爱默生的超验主义认识论思想，认为大自然是一部可以解读的教科书。在他的一首十四行诗《中途小憩》（"Time Out"）中，主人公表达了自己的顿悟之感：

---

① Henry D. Thoreau, *Walden*, J. Lyndon Shanley, ed. Princeton：Princeton UP, 1971, pp. 320 – 321.

② 弗罗斯特：《弗罗斯特集：诗全集、散文和戏剧作品》（上），曹明伦译，沈阳：辽宁教育出版社，2002 年，第 45 页。

③ Robert Frost, *Robert Frost: Collected Poems*, *Prose*, *& Plays*, New York：Literary Classics of the United States, 1995, p. 290. 参见《弗罗斯特诗集》，曹明伦译，沈阳：辽宁教育出版社，2002 年，第 401 页。

④ Perry D. Westbrook, *A Literary History of New England*, London：Associated University Presses, 1988, p. 302.

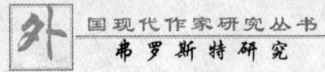

正是那一阵小憩使他意识到

他正在攀登的那座山有道坡

犹如一本书树立在他的眼前

（虽然掩在花中但仍是本书）。①

这里的小憩顿悟具有较强的隐喻性,它暗示着一个典型的弗罗斯特风格的诗歌想象模式——把大自然比喻成一本可供解读的书。它体现了爱默生、梭罗等人的思想传统,拓展了弗罗斯特诗歌貌似简单的认识论深度,同时构建了弗罗斯特抒情诗创作的结构模式。这几行诗中的这个隐喻所暗示的种种可能说明了弗罗斯特诗歌创作的一个特点:读者可以不断地去"解读"蕴涵于人们在大自然中所遇到的各种事物和景象之中的意义。对弗罗斯特说来,如同爱默生一样,人的视觉是最重要的感觉,因为它总是涉及一切可见的东西,同时也包含着对一切可见的事物的解读。

　　弗罗斯特的一首叙事诗《小河西流》("West-Running Brook")是一个很好的例子。这首诗歌的主题是关于建立在谅解的矛盾基础之上的爱情。但是诗中的核心意义是建构在一对年轻夫妇将一条小河作为他们相互理解的标识。这条小河从三个方面体现了这对夫妇之间的矛盾:首先,是小河西流的方向,"而其他河川都东流入海";其次,是小河上涌起的一团浪花,似乎与小河西去的流水相抵触;第三,也是最重要的一点,是诗中那对夫妇所利用的这条小河矛盾地背道而驰的特点。妻子先是这样想的:

　　它敢背道而驰是因为它能相信自己,

---

① 弗罗斯特:《弗罗斯特集:诗全集、散文和戏剧作品》(上),曹明伦译,沈阳:辽宁教育出版社,2002 年,第446 页。

就像我能相信你——你能相信我——
因为我们——我们是——我不知道
我们是什么样的人。①

在诗歌的开篇,这位没有姓名的妻子就意识到他们家附近的这条河与其他河流背道而驰。但是她却因此而感到高兴,因为小河的背道而驰与他们夫妻之间求同存异的关系十分相似。接着,她想象到了小河能够将他们夫妇带回大自然的怀抱,"回到一切源头的源头,/回到永远在流逝的万事万物的溪流"之中,使他们生命之意义得以升华。因此,妻子说:

我们一直说咱俩。让我们改说咱仨。
就像你和我我和你结婚一样,咱俩
将一同与这条小河结婚。②

诗中夫妻间和睦相处的关系仿佛融入了一个更大的体现人与自然和谐共存的环境之中。而两口子想在河上架起的那座桥在妻子的眼里被描述为"那桥将是我们/的臂膀,横跨小河,睡在它身边。"无疑,这可以看成是对这对年轻夫妇双臂拥抱的形象写照。此外,在妻子看来,前方河上的那团白色的浪花竟成了"一种宣告的方式,""想让我们知道它听见了我们说话。"她的思绪仿佛顺着西去的河水,"一同与这条小河结婚";她的话语抑扬顿挫,就像那"白色的浪花永远在黑色的水面上翻涌,/盖不住黑水但也不会消失……"相反,诗中最长也是最重要的部分描述了丈夫企图解读这条小河及其

① 弗罗斯特:《弗罗斯特集:诗全集、散文和戏剧作品》(上),曹明伦译,沈阳:辽宁教育出版社,2002年,第331页。
② 同上。

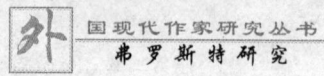

河上的浪花所蕴涵的生命的意义。丈夫弗雷德（Fred）不像他的妻子那样，觉得那河上的"浪花在向我们招手，"他却认为：

> 嗨，我亲爱的，
> 那团浪花是在避开这突出的河岸——
> ……
>
> 我是想说，自从天底下有河流以来，
> 那团浪花就在避开这突出的河岸。①

丈夫的这段话将诗境推向了诗中核心的哲学意境：

> 说到背道而驰，你看在白浪处，
> 这条小河是怎样同自己相向而流。
> 它来自我们来自的那个水中的地方，
> 早在我们被什么造物创造出来之前。②

诗境至此，丈夫弗雷德在那团白色浪花中已经看到了生命的源头。那团浪花阻挡了河水的流逝，使那团白浪不代表这条小河"消耗成虚无"，而使它成为这首诗歌的一个核心象征。接着，弗雷德看到了这条小河"严肃而悲伤地奔流而去，/用空虚去填补那深不可测的空虚。/它在我们身边的这条小河里流逝，/但它也在我们头顶、我们之间流逝，/在一阵短促的恐慌中分开我们。/它在我们之上、之间和我们一道流逝"。这里所说的"恐慌"是因为小河一时分开了他们并破坏了他们的关系，或者是因为小河流逝并且"和

---

① 弗罗斯特：《弗罗斯特集：诗全集、散文和戏剧作品》（上），曹明伦译，沈阳：辽宁教育出版社，2002 年，第 332 页。
② 同上，第 333 页。

[他们]一道流逝。"这条小河之所以能够这样是因为"它是时间、力量、声音、光明、生命和爱——/甚至是流逝成非物质的物质"。在这个孤独与分离的情景中,丈夫弗雷德把小河的流逝想象成"这道宇宙间的死亡的大瀑布/消耗成虚无,"可是那团神奇的浪花仍在那里,而且还有"不可抗拒"的大瀑布……"不是偏向一边,而是逆流回涌,/仿佛它的心中感到惋惜,一种神圣的惋惜。"大自然中这种背道而驰的动作、这种瞬间逆流回归常常表现为人们生命中出现的延宕和虚幻的坚持。但是这种逆流回归也同样表现在一个瀑布落水"托起"浪花的意象之中。在以下的这几行诗歌中,诗人频频使用"托起"(sending ups)这一意象,表达了"逐渐消耗成虚无也是一种创造"[1] 的深刻寓意:

> 它自己具有这种逆流而行的力量,
> 所以这大瀑布跌落时通常都会
> 举起一点什么,托起一点什么。
> 我们生命的跌落托起时钟。
> 这条小河的跌落托起我们的生命。
> 太阳的跌落托起这条小河。
> 而且肯定有某种东西托起太阳。
> 正因为有这种逆流而上、回归源头
> 的向后运动,我们大多数人才在
> 自己身上看到了归源长河中的贡品。
> 我们实际上就是从那个源头来的。
> 我们几乎全是。[2]

---

[1] Reuben A. Brower, *The Poetry of Robert Frost: Constellations of Intention*, New York: Oxford University Press, 1963, p.191.

[2] 弗罗斯特:《弗罗斯特集:诗全集、散文和戏剧作品》(上),曹明伦译,沈阳:辽宁教育出版社,2002年,第333页。

诗人在此运用了隐喻手法,用"时钟"来测量"我们的生命,"仿佛人们的生命在一点一点地随着时间的消逝而消逝。然而,时间的消逝使时钟不停地走动并且为时钟提供了可供测量的内容。此外,诗中的这条小河可以被当作种种自然力量的一个标志(emblem)。小河流逝成虚无的过程构成了人们享受短暂生命的经历。而"这条小河的跌落托起我们的生命"这一意象可以解读为一个大千世界中生命源泉的象征。最后,尽管"太阳跌落",但它始终是河川自然中的一种富有活力的力量,而且"肯定有某种东西托起太阳。"尽管诗中这对年轻夫妇的不同性情导致了他们对小河截然不同的解读,但是小河作为一个自然标志仍然产生了一种平衡的矛盾,因此解读小河这一自然标志的动作使这对夫妻更加清楚地认识相互之间的关系,并且能够接受自身的矛盾。对于弗罗斯特而言,自然事物不仅仅是客观事物,而且是客观存在。像人类一样,自然万物皆有灵性。总之,弗罗斯特的诗学浸透了爱默生关于把自然当作一本教科书进行解读的超验主义哲学思想。

引用文献:

Brower, Reuben A. *The Poetry of Robert Frost: Constellations of Intention.* New York: Oxford University Press, 1963.

Emerson, Ralph Waldo. "Nature." *The Selected Readings of Ralph Waldo Emerson.* Ed. Brooks Atkinson. New York: Modern Library, 1992.

Frost, Robert. *Robert Frost: Collected Poems, Prose, & Plays.* New York: Literary Classics of the United States, 1995.

Huang, Zongying. *A Road Less Traveled By — On the Deceptive Simplicity in the Poetry of Robert Frost.* Beijing: Peking University Press, 2000.

Hyde, Lewis, ed. *The Essays of Henry D. Thoreau.* New York: North Point Press, 2002.

Porte, Joel, ed. *Emerson in His Journals.* Cambridge (Mass.) and London: The Belknap Press of Harvard University Press, 1982.

Thompson, Lawrance, ed. *Selected Letters of Robert Frost.* New York: Holt, Rinehart and Winston, 1964.

Thoreau, Henry D. *Walden.* Princeton: Princeton UP, 1971.

Westbrook, Perry D. *A Literary History of New England.* London and Toronto: Associated University Presses, 1988.

爱默生:《爱默生集——论文与演讲录》(上、下),赵一凡等译,北京:三联书店,1993年。

弗罗斯特:《弗罗斯特集:诗全集、散文和戏剧作品》(上),曹明伦译,沈阳:辽宁教育出版社,2002年。

——:《一首诗的形象》,黄宗英译,载《诗探索》,1995年第1期,第183页。

黄宗英:《罗伯特·弗罗斯特诗歌创作想象模式管窥》,载《中国外语》(增刊),高等教育出版社,2008年9月,第60—63页。

四、弗罗斯特的标志诗[①]

1. "标志主义"

路易·安特迈耶曾经在弗罗斯特于1958年8月7日给他的一封信后面附上了一篇评论。评论中引用了弗罗斯特这么一段话语:"我不同意把我当作一位象征诗人的说法,尤其是把我看成一位刻意使用象征的诗人。象征主义(symbolism)太容易噎死一首诗歌——就像血管中脱落的血栓可能堵住血管一样糟糕。如果非得让我给我的诗歌取一个名称,那么我倒倾向于称之为'标志主义'(emblemism)——我所追求的是人们可见事物的标志

---

① 本节主要内容曾以《罗伯特·弗罗斯特诗歌创作想象模式管窥》为题目发表于《河北师范大学学报》(哲学社会科学版,2010年第4期,第96—100页)。

(emblem)。"① 那么,如何理解弗罗斯特所追求的这个"可见事物的标志"呢?颇具权威的韦氏国际词典对"emblem"一词就有这样的解释:"一个表达意思的可见符号。"(a visible sign of an idea)②它指"一个物体或者一个物体的形象,通过它的自然属性或者人们的联想,能够象征或者暗示另外一个物体或者一个意思。"③ 此外,这个词也可以直接解释为"象征,典型的代表。"④ 比如,梁实秋的《远东英汉大辞典》给了这么一个例子:"The olive branch is an *emblem* of peace"(橄榄枝是和平的象征)。⑤ 可见,弗罗斯特所追求的这个"人们可见事物的标志"实际上与英文中"symbol"一词有近义之处。韦氏国际词典对"symbol"一词的解释是"用一个可见的符号来表示一个不可见的东西。"⑥ 美国《新编普林斯顿诗歌与诗学百科全书》收入了弗里德曼(Norman Friedman)的研究成果。弗里德曼认为英文中的"symbol"(象征)一词源出希腊语"*symballein*,"意思是"放在一起"(to put together);与这个词相关联的希腊语名词"*symbolon*"相当于英文中的"mark"(记号)、

---

① Louis Untermeyer, ed., *The Letters of Robert Frost to Louis Untermeyer*, New York: Holt, Rinehart and Winston, 1963, p. 376. (原文:"I can't hold with those who think of me as a symbolical poet, especially one who is symbolical prepense. Symbolism is all too likely to clog up and kill a poem — symbolism can be as bad as an embolism. If my poetry has to have a name, I'd prefer to call it Emblemism — it's the visible emblem of things I'm after.)

② Philip Babcock Gove, ed., *Webster's Third New International Dictionary of the English Language Unabridged*, Springfield: Merriam-Webster, 1986, p. 739.

③ Ibid. 原文为:"an object or the figure of an object symbolizing or suggesting another object or an idea by natural aptness or association."

④ Ibid. 原文为:"typical representative, symbol."

⑤ 梁实秋主编:《远东英汉大辞典》,台北:远东图书公司,1977 年,第663 页。

⑥ Philip Babcock Gove, ed., *Webster's Third New International Dictionary of the English Language Unabridged*, Springfield: Merriam-Webster, 1986, p. 2361. 原文为:"a visible sign of something (as a concept or an institution) that is invisible. E. g. *The lion is the symbol of courage.*"

"token"(标志)、"sign"(符号)等单词,它的本义指"协议双方誓约保存的半块硬币。"① 因此,它的基本意思是"联合"或者"结合";于是,它最终有了引申义:"当任何如此联合或者结合在一起的东西被孤立地看待的时候,它代表着整个事物的综合体(entire complex)。"② 我们知道,任何事物都可以被认为是有所喻指的,因此"象征"一词的应用与解读就有了无限的空间。在语言研究领域中,文字被认为是它们所表示的事物的符号或者象征。在索绪尔提出结构主义语言学理论之后,更为常见的语言学术语是"能指"(signifier)和"所指"(signified)。"符号"(sign)与"象征"(symbol)之间存在着一个关联性区别:前者指由另外一个事物来表示一个相对特殊的事物,比如,"红灯"的意思是"停止";而后者指由另外一个事物来表示一个多义性的事物,比如,大海可以表示一种危险,就像海啸能给人带来巨大的恐惧一样;大海也可以表示一种喜悦或者焦虑,就像人们跨洋旅游时的激动心情或者水手们远航时的忧虑心情;大海还可以是一种势不可挡的力量……,等等。由此可见,"标志"(emblem)作为"一个表达意思的可见符号",较之"象征"(symbol)而言,它表示一个更直接、更具体、更生动、更特殊的符号;而"象征"(symbol)较之"标志"(emblem)而言就显得更抽象、更富有暗示性、启示性和多义性,指一个相对宽泛的符号范畴。

那么,为了进一步了解弗罗斯特所追求的"标志主义",我们首先要考察弗罗斯特对 19 世纪新英格兰超验主义哲学思想的理解。超验主义哲学认为人们是通过直觉认识绝对真理,而不

---

① 原文:"the half-coin carried away as a pledge by each of the two parties to an arrangement. "See Alex Preminger & T. V. F. Brogan, eds, *The New Princeton Encyclopedia of Poetry and Poetics*, Princeton: Princeton UP, 1993, p.1250.

② Alex Preminger and T. V. F. Brogan, eds., *The New Princeton Encyclopedia of Poetry and Poetics*, Princeton: Princeton UP, 1993, pp.1250 – 1251.

是通过理性和权威。人们对真与假、对与错、美与丑等一系列二元对立的概念的判断都是与生俱来的，因为这些概念具有普遍意义，是永恒不变的。超验主义哲学思想家爱默生把人的灵魂称之为"超灵"（Oversoul）或者是一种"普遍精神"（Universal Spirit），因为它同样具备普遍性和永恒性。这种"普遍精神"来自人们凭借直觉认识真理、超越感觉并获得知识的能力。在超验主义者的眼里，人实际上是神的一部分，因为人的存在与自然界万物的存在一样，都是神的启示。因此，人应该回归自然，到自然中去寻找生命的真正意义。梭罗在《瓦尔登湖》中就问到："难道我就不享有与地球一样的智性吗？""难道我自己就不是树叶与腐质土壤的一部分吗？"① 爱默生认为"整个自然界就是人类灵魂的一个隐喻。"② 那么，人们眼前的世界实际上就是人们无法用肉眼看见那个精神世界的终极表象。换言之，人们眼前的这个可见世界实际是人类灵魂中一个不可见世界的终点。大自然是人类灵魂的造物，属于普遍精神的一部分。大自然就其内涵而言，就不仅仅是一种客观的存在。自然与人类一样，也有其精神力量。自然万物表现为一种种存在，而不仅仅是一个个物体。弗罗斯特的诗歌也闪烁着这种超验主义哲学传统的光芒，他的诗学理论也浸透了爱默生与梭罗等人把大自然当作一本可以解读的教科书来看待的超验主义哲学思想。在诗歌创作中，弗罗斯特曾经写到："我们的生命依赖万物之重现／直到我们

---

① 原文为："Shall I not have intelligence with the earth? / Am I not partly leaves and vegetable mold myself?"

② 原文："The world is emblematic. Parts of speech are metaphors, because the whole nature is a metaphor of the human mind." Ralph Waldo Emerson. "Nature", in *The Selected Readings of Ralph Waldo Emerson*, Brooks Atkinson, ed., New York: Modern Library, 1992, p.17.

从内心对其作出回应。"① 仿佛只有人类那"寻求目光之回应的目光"才能够"让群星闪烁,让百花争艳。"②

弗罗斯特的这一想象模式应该说是建立在爱默生超验主义象征理论的基础之上。在弗罗斯特的心目中,爱默生向来是一位"诗人哲学家或哲学家诗人。"③ 爱默生简洁而又生动的语言风格早早就开始影响着弗罗斯特。④ 弗罗斯特说:"我不喜欢令人困惑不解的晦涩,但非常喜欢我必须细心琢磨的微言大义。"⑤ 语言表达是具有象征意义的。爱默生认为"文字是自然事物的符号,"⑥但是宇宙万物的创造本身具有象征意义:"自然事物又是精神事物的象征。"⑦ 因此,大自然为人类提供了一种人们象征性地使用自然事物的语言。这种语言不仅只是满足日常交际的需要,而且还满足最崇高的诗歌或者哲学表述的需要。1931 年,弗罗斯特曾经说:"当别人都在称自己为意象主义者(imagists)或者旋涡主义者(vorticists)的时候,我开始管自己叫做一位提喻主义者(synecdochist)。永远、永远,意义更加伟大。小事牵动大事。"⑧ 当弗罗斯特于 1958 年把自己的诗歌创作称为"标志主义"(emblemism)⑨

---

① 弗罗斯特:《弗罗斯特集:诗全集、散文和戏剧作品》(上),曹明伦译,沈阳:辽宁教育出版社,2002 年,第 196 页。

② Robert Frost, *The Poetry of Robert Frost*, New York: Holt, Rinehart & Winston, 1969, p. 332.

③ Hyde Cox and Edward Connery Lathem, eds., *Selected Prose of Robert Frost*, New York: Macmillan, 1968, p. 112.

④ Ibid.

⑤ Ibid., p. 114.

⑥ Ralph Waldo Emerson, "Nature," in *Selected Writings*, New York: Modern Library, 1992, p. 13.

⑦ Ibid.

⑧ Elizabeth Shepley Sergeant, *Robert Frost: The Trial by Existence*, New York: Holt, Rinehart and Winston, 1960, p. 325.

⑨ Robert Frost, *The Letters of Robert Frost to Louis Untermeyer*, New York: Holt, Rinehart and Winston, 1963, p. 376.

的时候,他受爱默生象征主义理论的影响就更加一目了然了。爱默生象征主义理论的关键在于他坚信形式对内容的直接依赖性。爱默生认为"不仅文字是标志性的(emblematic),而且事物本身也是标志性的。每一个自然事实都是某种精神事实的象征(symbol)。"① 由于文字表述自然事实,而自然事实又标志精神事实,因此自然对精神的直接依赖性导致语言对自然的直接依赖性。而语言直接依赖自然的这种属性,以及语言把外部现象转化为人类生命中的某种精神力量的功能将永远开启着人类无限的想象空间。弗罗斯特的许多具有象征性的诗篇都体现出形式与内容紧密关联的结构特征。

2. 静态标志诗

弗罗斯特曾经说:"我讨厌以表达意思为目的的故事,似乎那是在套用一个公式。"② "我或许是个现实主义者。我希望他们[批评家们]称我为现实主义者的时候,指的是这样一个人,即一个首先希望一个故事的叙事听起来就像故事实际发生的那样的人。诚然,一个故事必须表达一个意思,但是那关系到如何打动读者和如何强调事实,关系到那无限自由的灵魂是如何被那残酷的经历事实所奴役的现实。"③ 因此,弗罗斯特的标志诗(emblem poems)每每以描写或记录一个自然物体、一个自然景色或者一件事情开篇。但是,每一个自然标志(natural emblem)都有其自身的生命力。它不是对自然景物的白描,而是在表现蕴涵着人类智慧的自然标志。《光阴似箭》("Nothing Gold Can Stay")一诗结构精炼

---

① Ralph Waldo Emerson, "Nature," in *Selected Writings*, New York: Modern Library, 1992, p. 14.
② Lawrance Thompson, ed., *Selected Letters of Robert Frost*, New York & Chicago: Holt, Rinehart and Winston, 1964, p. 179.
③ Ibid.

简约,但带有弗罗斯特典型的标志诗特点:

光阴似箭

自然新绿是黄金,
天然姿色最薄命;
自然嫩叶是朵花,
好景只是一刹那;
嫩叶长成了绿叶,　　　　　5
乐园陷入了悲伤。
清晨变成了白昼,
光阴似箭。①

这首诗歌可谓弗罗斯特从"喜悦"到"智慧"的抒情诗想象模式的
一个范例。诗人以描写大自然具体的标志开篇。人们仿佛是要跟
随着诗人去欣赏那金黄色娇花般初绽的绿芽。然而,"好景只是
一刹那"。诗人引领着我们经历了一个转瞬即逝的变化过程:春
的初色、乐园的美好、晨曦的荣光。全诗似乎仅仅在哀叹大自然美
丽景色的转瞬即逝。然而,在第六行中,诗人从对大自然植物生长
的详细描述突然变成了伊甸园失去纯真的话语:"乐园陷入了悲
伤。"读者从大自然植物金黄色新绿的变化中感到沮丧,但同时又
感到无可奈何,因为这是不因人的意志而转移的自然规律。所以,
正如一位批评家所说的那样,"这里的主题不仅仅是美好景色的
转瞬即逝,而且也包括堕落,因为它似乎是事物成长不可或缺的一
个环节。"② 同样,整个宇宙的变化过程似乎也在下一行诗歌所呈

---

① 笔者译文参考方平译《黄金的时光不能留》,见《在大海边》,上海:上海译文出
版社,1983 年,第 273 页。

② John F. Lynen, *The Pastoral Art of Robert Frost*, New Haven and London: Yale
University Press, 1960, p.154.

现的意象中隐约可见:"清晨变成了白昼"（So dawn goes down to day）;而且为了烘托这个隐约可见的意象,诗人一连调用了三个重押头韵的单词"*dawn*"、"*down*"和"*day*",在声音效果上强调了自然规律的确定性。清晨预告了太阳的升起;伊甸园预示着人类的成长;春天的新绿预报了夏天的到来。每每这些取之于大自然的意象都给人以成熟和满足的感觉,以至人们不会因为失去春天的新绿而感到惋惜和沮丧。就其结构而言,这首诗歌的开篇描写大自然中一个司空见惯的现象,诗人并没有过分戏剧化地去表现他的发现,而是直接暗示这一自然现象所蕴涵的象征意义。这种由两个部分组成的结构特征构成了一首典型的弗罗斯特标志诗的想象模式。

然而,这种貌似平淡无奇、分为两步走的弗罗斯特标志诗的想象模式又催生了弗罗斯特"标志主义"诗歌的戏剧性结构内涵。弗罗斯特有许多像《光阴似箭》这样表面上不包含任何情节发展和变化的诗篇。它们似乎都是先描写那给人们带来"喜悦"的自然标志———一个物体、一个情景或者一个事件,然后直接道出它给人们带来的"智慧"。但是,弗罗斯特也有大量的诗篇不但再现了自然标志给人们带来的"喜悦",而且戏剧性地表现了这些"喜悦"所蕴涵的智慧及其内涵深刻的书写过程。从诗篇的结构上看,我们可以将弗罗斯特的这类自然标志诗分为静态标志诗和动态标志诗两种。《光阴似箭》属于弗罗斯特的静态标志诗,先描写某个自然标志,然后直接道出这一自然标志所蕴涵的智慧。这一标志通常是普遍的、典型的或者具有规律性的自然现象。它也可能表现为某种特殊的物体、某个特殊情景或者事件。但是,这类诗篇从再现自然标志的"喜悦"到表现其内在"智慧"的过程中缺少戏剧性的发展变化,缺少内心斗争和挣扎的过程。然而,弗罗斯特的动态标志诗就包含着诗人从再现大自然的喜悦到体验大自然的智慧整个过程中所经历的心灵成长。诗人通过对自然标志的沉思,有感于这个自然载体所蕴涵的生命智慧,最终完成一次内容丰富、意义深刻的心灵历练。

3. 动态标志诗

因此,一首静态标志诗没有情节的发展变化,而且经常是简单地把再现自然标志与表现其内在智慧相提并置。这么做的目的是要给读者留下了一个丰富的想象空间,但是诗人往往没有能够生动地表现诗人内心情感的戏剧化效果。而要达到这个目的,只有依靠动态标志诗了。似乎也只有一首包含着故事情节变化的动态标志诗才能让人们真切地"经历一连串幸运的事"并最终"澄清生命"了。《白桦树》("Birches")也许是一首弗罗斯特动态标志诗的典范。弗罗斯特诗歌的特点之一就在于他塑造了一个独特的新英格兰农民哲人或者说是一位平凡的新英格兰哲人农民的艺术形象。众所周知,"好篱笆结成好乡邻"是弗罗斯特《补墙》("Mending Wall")一诗中脍炙人口的一行诗;它出自一位平凡的农民口中,却代表着弗罗斯特质朴的诗歌语言特征。然而,在《白桦树》一诗中,弗罗斯特自己变成了一位新英格兰农民,讲述了一段耐人寻味的独白故事:诗人看到那一棵棵东弯西曲的白桦树交错于那一排排挺拔黝黑的树林之中;这些树为何弯着腰呢? 是被冰雨压弯的呢? 还是被孩子荡弯的呢? 原来诗人要表达的意思是他"真想"像孩子荡树那样,能够"离开人世一会儿,/然后再回到这里,一切重新开始。"

这首诗歌的前 20 行简洁明朗,描述了故事的背景,把全诗置于一个大地复苏的春暖时节:

看到一棵棵东弯西曲的白桦树
错落于一排排挺拔黝黑的树中,
我总以为:是个孩子在荡树吧!

可是孩子荡树不像树上的冰块
叫白桦树一躬到底。冬雨之后，　　　　　　5
太阳再度升起时，你一定经常
看见桦树上的雨雪结成了冰块。
晨风吹拂，树枝便咯吱咯吱作响；
枝动冰裂，白桦变得五色斑斓。
晨曦的温暖使枝头的水晶突然　　　　　　10
崩落，一下子倾泻到了雪地上——
若要让你清扫这么一堆碎玻璃，
你会觉得这是天顶塌落了人间。
桦树被压弯，紧贴地上的枯草，
但没被折断；可一旦被长久压　　　　　　15
弯，它们就再也直不起身子了。
日久天长，我会在树林里看见
那些白桦树弯曲着身子，树叶
垂地，仿佛一群姑娘四肢趴地，
让太阳晒干她们刚洗过的满头长发。①　　20

尽管那些白桦树已经被树上结冰的雨雪永久地"压弯"了身子，但
是每当"晨风吹拂"时，它们仍然随风晃动，树枝"咯吱咯吱作响；/枝
动冰裂，白桦变得五色斑斓。"不仅如此，当晨光温暖了树上的冰
块时，"枝头水晶突然/崩落，一下子倾泻到了雪地上"；日久天长，
虽然人们看见它们树身弯曲，但仍然向着"天顶"生长。诗境至
此，白桦树给诗人提供了一个形象的标志。首先，白色的桦树与
"黝黑"的树林形成了鲜明的对照。诗中的描写简洁生动，将许多

---

① 笔者译自 Robert Frost, *Robert Frost: Collected Poems*, *Prose*, & *Plays*, New
　York：Literary Classics of the United States, 1995, p. 117.

美丽和扭曲的意象融为一体。桦树枝头上那些晨曦中显得五光十色的冰块似乎是人们想象中自然美景的象征，而那些"错落于一排排挺拔黝黑的树木之间"、被冰雪压得"东弯西曲的桦树"似乎又是人们生活中阴暗现实的形象写照。此外，在整个画面中，诗人用"一排排挺拔黝黑的树木"来衬托一棵棵白色的桦树，黑白相间，仿佛桦树本该是自然界朝着天堂生长的惟一树种，然而它们硬是被树枝上的冰块压弯了身子，且"永远"直不起腰来。这个意象或许暗示着人们现实生活中所经历的艰辛和痛苦。诗人在此选用了"枯草"（第 14 行）、"被压弯"（第 15—16 行）、"日久天长"（第 17 行）等带有丰富隐喻性意义的词语，形象生动地刻画了一幅人们迫于生活重压却仍生息不止、坚韧不拔的图景。而这种精神在这一节的最后四行中被一个真可谓无与伦比的销魂意象推向了极致：姑娘们手脚并用、四肢趴地，耐心地让东升的旭日来晒干她们刚刚洗过的满头长发。这一意象让我们想起了著名英国诗人济慈在其《秋颂》（"To Autumn"）一诗中描写人们经过辛勤劳动获得丰收之后一种轻松无虑的心情的两行诗："你漫不经心地坐在粮仓的地板上，/让你的头发在扬谷的风中轻飘。①在济慈笔下，这位打谷者已经获得了辛勤的收获，并且可以在"扬谷的风中"尽情享受大自然赐予人们的丰收。同样，在弗罗斯特的笔下，我们也可以看到大自然与人世间存在着一种默契：人们对大自然的祈盼和大自然对人类的赐福。尽管现实生活可能是冷酷阴暗的，但是人类生生息息、不屈不挠的精神仍然能够沐浴灿烂的阳光。

接着，弗罗斯特又突然回到了开篇中那个孩子"荡树"的意象上来。而这一突如其来的视角转变形式本身暗示着人们时常会茅塞顿开，忽然间认识了某个事实真相："正当我想说出的时候，突然真相大白，/原来桦树弯曲的原因乃冰雪所致。"在这两行诗歌

———————————

① 济慈：《济慈诗选》，屠岸译，北京：人民文学出版社，1997 年，第 21 页。

的原文中,表示抽象概念的"真相"(Truth)一词被大写拟人化了。
它留给人们的印象似乎不是诗人而是一位绝对可信的人在告诉我
们事实的真相。较之自然界的事实真相,诗人仿佛更喜欢那些来
自一个人们从未想象过的世界中的种种假象。然而,在接下来的
一段诗歌中,他的想象似乎又真切地表现了这首诗歌的核心意象:

可我仍喜欢是个放牛娃子
来回牵牛时,荡弯了桦树。
他远离城镇,学不了棒球,　　　　　25
惟一的乐趣是自找的游戏,
夏天冬天,他都自得其乐。
把父亲的桦树当着做马骑,
一次次挨个儿把它们征服,
直到桦树的倔劲荡然无存,　　　　　30
无一不弯,无一没被征服。
他学会了所有荡树的高招:
他并没有急匆匆腾身荡出,
也不是一下子就骑树落地,
他能保持平衡,稳住身子,　　　　　35
小心翼翼地爬向高端枝顶,
仿佛全神贯注地往杯里倒水,
满到了杯口,甚至满过了杯沿。
然后,纵身一跃,双脚在前,
乱踢乱蹬,飕一声落在地上。①　　　40

---

① 笔者译自 Robert Frost, *Robert Frost: Collected Poems*, *Prose*, & *Plays*, New
York：Literary Classics of the United States, 1995, p. 118.

弗罗斯特曾说:"诗歌教育就是隐喻教育。……诗人有太丰富的想象。我们喜欢使用比喻(parables),指东说西,拐弯抹角。"① 在上述诗文中,这位孩子的动作是耐人寻味的。诗人"指东说西"和"拐弯抹角"的想象使我们对诗中的这个比喻有了更深的考虑。为什么诗人更情愿认为那些白桦树之所以弯曲是由于一个"放牛娃子/来回牵牛时,荡弯了桦树"而不是树枝上的冰雪压弯的呢?这个凭着诗人的想象而得出的解释更清晰地体现了诗中人行为动作的核心作用以及人类驾驭自然的核心能力:"[他]把父亲的桦树当着做马骑,/一次次挨个儿把它们征服,/直到桦树的倔劲荡然无存,/无一不弯,无一没被征服。"这孩子能够制伏桦树,也能够征服自然。他完全了解如何机巧地去操控桦树,从容不迫地骑着树枝,荡向地面。他"学会了所有荡树的高招"而且总是"能够保持平衡,稳住身子。"这些都暗示着他已经学会了娴熟地把握生命、自由地驾驭生活的能力。此外,诗中这位孩子能够小心翼翼地爬向高高的桦树枝顶,"仿佛全神贯注地往杯里倒水,/满到了杯口,甚至满过了杯沿。"这种比喻的写法提醒了我们,这首诗歌的主题并不像它的题目所示。诗人不是在赞美白桦,而是在吐露一种精神上的饥渴。因此,当诗中人声称他也曾经是一位年轻的"荡树高手"时,一种更加个性化和更加富有哲理的情调便悄然进入了这首诗歌的结尾:

> 我也曾是一位荡树的高手。
> 我现在做梦都想再荡一回,
> 尤其是我充满忧愁的时刻;
> 人生酷像没有路径的树林,

---

① Hyde Cox and Edward Connery Lathem, eds., *Selected Prose of Robert Frost*, New York:Macmillan, 1968, pp. 35 – 36.

撞上蛛网,脸上又辣又痒;　　　　　　　45
当嫩枝划过你睁开的眼睛,
你便疼痛无比,泪流满面。
我真想暂时离开一会儿人世,
然后再回到这里,一切重新开始。①

与诗中这个能够挨个儿地征服他父亲的白桦树的孩子相比,诗人
在自叹不如了,他仿佛已经被一片"没有路径的树林"所征服了。
在这个比喻中,诗人似乎沉浸于一个现实与梦幻相互交织的世界
之中,心中期盼着自己能够从现实中解脱出来。这种期盼与诗中
这位孩子荡树的动作意象相互吻合,他希望自己能够"暂时离开
一会儿人世,/然后再回到这里,一切重新开始。"不难看出,诗人
是在孩子荡树这个标志性意象中悟出了这个催生想象的期盼。这
种想象模式酷似英国浪漫主义诗人华兹华斯的想象模式。它强调
诗人在沉思过程中间接地获得一种自然的智慧。华兹华斯曾在
《抒情歌谣集》序言中写道:"诗是强烈情感的自然流露。它起源
于平静中回忆起来的情感。诗人沉思这种情感直到一种反应使平
静逐渐发生,确实存在于诗人的心中。"② 华兹华斯这一简单明了
的诗歌定义实际上蕴涵着他复杂含蓄的诗歌创作的想象过程:诗
人在大自然中的某个经历激发起"强烈情感的自然流露,"但是这
种"强烈情感"只能够在诗人陷入沉思的时刻才能够产生。只有
当这种"情感"通过诗人的想象,在"平静中回忆起来"的时候,诗
人才能够充分地把握和理解这一经历及其所激发的情感的意义。
在华兹华斯许多著名诗篇中,这种想象模式总是伴随着一些富有

---

① 笔者译自 Robert Frost, *Robert Frost: Collected Poems*, *Prose*, *& Plays*, New York: Literary Classics of the United States, 1995, p. 118.

② Russell Noyes, ed., *English Romantic Poetry and Prose*, New York: Oxford University Press, 1956, p. 365.

强烈幻想的情感而跃然纸上。因此，当华兹华斯在记忆中沉思自然标志的时候，当它们"在我心灵中闪烁，/多少次抚慰过我的寂寞"①的时候，那些自然标志每每给诗人想象注入了无限的生机。显然，弗罗斯特在这首诗歌中说他"做梦都想再荡一回，/尤其是我充满忧愁的时刻。"这无疑是对华兹华斯诗歌想象模式的沉思过程的一种呼应。在这首诗歌中，大自然给人的启示并不是通过自然标志直接展示出来，而是通过自然标志所激发的诗人/观察者的沉思而间接逐渐地展现出来的。这首诗歌著名的结尾诗行清晰地再现了人类的愿望与俗世现实之间的一种默契：

> 愿命运之神别存心误解我，　　　　　　50
> 只成全我一半心愿，一去
> 无归。世间是人爱的地方，
> 难道还有什么更好的地方？
> 我真想沿着白色的桦树干，
> 爬向通往天国的黝黑树枝，　　　　　　55
> 直到树身撑不起我的身体，
> 便低下头，把我送回地面。
> 去去再回，那该多么美妙，
> 做一个荡树人，该有多好！②

诗人在此通过其丰富的想象再现了一个整体的意象，包含着"荡出"和"回来"、施与和受施的这么一个完整的自然过程。诗中人完全知道如何利用自然规律以达到其终极目标："爬向通往天国

---

① Russell Noyes, ed., *English Romantic Poetry and Prose*, New York：Oxford University Press, 1956, p.324.
② 笔者译自 Robert Frost, *Robert Frost: Collected Poems*, *Prose*, & *Plays*, New York：Literary Classics of the United States, 1995, p.118.

的黝黑树枝,/直到树身撑不起我的身体。"接着,他又以一种十分协作的姿态接受了这次旅行的终结并被桦树"送回了地面。"因此,尽管弗罗斯特的想象享有"几乎难以置信的自由,"但几乎总是"受客观经验事实的制约。"① 虽然在这首诗歌中,现实与幻想、自然与想象之间的矛盾是显而易见的,但是弗罗斯特与爱默生以及梭罗一样,相信这两种力量是能够协同创造意义的。大自然可以通过影响人们的思维和想象使人们对大自然自身的创造力产生更加深刻的认识。在这首诗歌中,尽管从自然标志到智慧经验的思维和想象过程充满了戏剧性变化,但是这一过程孕育了弗罗斯特动态标志诗的基本结构特征,也构成了弗罗斯特"标志主义"诗歌理论不可缺少的一个部分。弗罗斯特这种想象模式与潜在的标志诗结构特征催生了弗罗斯特标志诗创作的戏剧性艺术效果,而对这种戏剧性艺术效果的理解又将加深我们对这位简单深邃的哲学家诗人的理解。

引用文献:

Cox, Hyde, and Edward Connery Lathem, eds. *Selected Prose of Robert Frost*. New York: Macmillan, 1968.

Emerson, Ralph Waldo. "Nature." *The Selected Readings of Ralph Waldo Emerson*. Ed. Brooks Atkinson. New York: Modern Library, 1992.

Frost, Robert. *Robert Frost: Collected Poems, Prose, & Plays*. New York: Literary Classics of the United States, 1995.

——. *The Letters of Robert Frost to Louis Untermeyer*. New York: Holt, Rinehart and Winston, 1963.

——. *The Poetry of Robert Frost*. New York: Holt, Rinehart & Winston, 1969.

Gove, Philip Babcock, ed. *Webster's Third New International Dictionary of the English Language Unabridged*. Springfield: Merriam-Webster, 1986.

---

① Lawrance Thompson, ed., *Selected Letters of Robert Frost*, New York & Chicago: Holt, Rinehart and Winston, 1964, p. 179.

Lynen, John F. *The Pastoral Art of Robert Frost.* New Haven and London: Yale University Press, 1960.

Noyes, Russell, ed. *English Romantic Poetry and Prose.* New York: Oxford University Press, 1956.

Preminger, Alex, and T. V. F. Brogan, eds. *The New Princeton Encyclopedia of Poetry and Poetics.* Princeton: Princeton UP, 1993.

Sergeant, Elizabeth Shepley. *Robert Frost: The Trial by Existence.* New York: Holt, Rinehart and Winston, 1960.

Thompson, Lawrance, ed. *Selected Letters of Robert Frost.* New York & Chicago: Holt, Rinehart and Winston, 1964.

Untermeyer, Louis, ed. *The Letters of Robert Frost to Louis Untermeyer.* New York: Holt, Rinehart and Winston, 1963.

方平等译:《在大海边》,上海:上海译文出版社,1983 年。

弗罗斯特:《弗罗斯特集:诗全集、散文和戏剧作品》(上),曹明伦译,沈阳:辽宁教育出版社,2002 年。

黄宗英:《罗伯特·弗罗斯特诗歌创作想象模式管窥》,载《河北师范大学学报》(哲学社会科学版),2010 年第 3 期,第 96—100 页。

济慈:《济慈诗选》,屠岸译,北京:人民文学出版社,1997 年。

梁实秋主编:《远东英汉大辞典》,台北:远东图书公司,1977 年。

第三章

语 言 篇

一、"不是没有修饰"①

　　罗伯特·弗罗斯特的诗歌从不给人以矫揉造作的感觉。他的诗歌语言,如同他的新英格兰农民身份一样,具有明显的地区特色。弗罗斯特既可以说是一位新英格兰农民诗人,也可以说是一位新英格兰诗人农民。在他身上,这两种身份似乎没有什么区别,也都符合他的性情和风格。他把诗人敏锐的眼光、深邃的哲理与新英格兰农民清新淳朴的语言融为一体,自如地运用一种诗人农民或者农民诗人的独特声音进行诗歌创作。弗罗斯特的诗歌蕴含着一种特殊的魅力,他的诗刻画了新英格兰地区许多栩栩如生的人和事。他那独特的新英格兰地区口语化的诗歌语言在别的诗人笔下也许只能是体现地区特色的调色品,然而弗罗斯特却独具匠心,他从新英格兰农村那种质朴无华的乡音中,不但听出了一种有

---

① 本节部分内容曾以《"不是没有修饰"——罗伯特·弗罗斯特诗歌语言艺术管窥》为题目发表于《北京大学学报》(外国语言文学专刊),1998 年,第 35—45 页。

如潺潺流水般的话语音乐,而且还悟出了一种清新纯朴的诗的抑扬顿挫。昂特迈耶曾经说:"别的诗人是在写人,而弗罗斯特的诗歌就是人。"① 弗罗斯特笔下的人物就是一个个具有活生生的语言、思想和情感的人。他们一同劳动,一起散步,一道用共同的语言沟通交流。尽管弗罗斯特的诗歌蕴涵着深邃的哲理和智慧,但他的诗歌不是一本有字天书,而是一位新英格兰普通人的内心独白。我们可以从弗罗斯特诗歌语言"绝对非文学性"的角度,来探讨弗罗斯特诗歌创作中貌似简单的特点。

1. "一个米堤亚人"

虽然弗罗斯特住在英国的比肯斯非尔德(Beaconsfield),但是他还是选择了 1913 年 7 月 4 日美国国庆节这一天,在给巴特里特(John Bartlett)的一封书信中,正式宣告了自己诗歌创作艺术的独立:"我是我们这个时代最值得注意的艺人之一。这一点很快就将广为人知。我可能是当今惟一一位仍然在用过时的诗歌理论(我最好说是一种原则)进行创作的诗人。"② 同年 7 月 17 日,弗罗斯特给他的另外一位朋友默雪(Thomas B. Mosher, 1852—1923)写了一封信。弗罗斯特在信中写道:"我的遣词已经降低到了日常用语的水平,比华兹华斯的诗歌语言更加简单。我相信我不是在吓唬你。我想我已经写出诗来了。我的诗歌语言很适合我所讴歌的品德。至少我可以相信你能够知道我是什么意思。你不会像庞德那样,错误地把我的简单性看成是一个没有教养的孩子。我不是没有修饰。"③ 总体上看,庞德对弗罗斯特的头两本诗集给予了充分的肯定。庞德认为弗罗斯特"有一种能够自然说话的美

---

① Lawrance Thompson, ed., *Selected Letters of Robert Frost*, New York & Chicago: Holt, Rinehart and Winston, 1964, p. 84.
② Ibid, p. 79.
③ Ibid, pp. 83 – 84.

好感觉,而且善于像他所看见的事物那样逼真地描绘事物。"弗罗斯特的语言是"一种自然的口语。"它不同于各种报纸以及许多教授们所提倡的所谓的"自然"语言。因此,他的诗歌"非常有美国味,""他笔下的人物是鲜活的,他们的话语是真实的。"① 与此同时,庞德认为弗罗斯特的诗歌还不够成熟,"有点粗嫩(raw)。"② 但遗憾的是弗罗斯特在给默雪的同一封信中认为庞德是在"威吓"(bully)他,好让他"多写一些[不受格律限制的]自由诗(vers libre)否则就让[他]无人问津,自我毁灭。"③ 尽管弗罗斯特当时表面上对庞德仍然是感恩戴德,但实际上,弗罗斯特认为庞德这年5月份在芝加哥《诗刊》(Poetry)上发表的那篇书评根本就不符合他的审美趣味(taste),简直可以称之为"粗鲁"(vulgar)。④ 劳伦斯·汤普森认为他们两人之间的矛盾愈演愈烈,直到弗罗斯特居然动笔写了一首模仿自由诗的讽刺性诗作,并且准备将它寄给庞德以表示自己诗歌创作艺术的独立性:

> 我是一个米堤亚人和波斯人⑤
> 在我接受为我设立的苛刻标准时
> 当你说我无法阅读
> 当你说我显得老旧
> 当你说我迟钝无趣　　　　　　5

---

① T. S. Eliot, ed., *Literary Essays of Ezra Pound*, New York: New Directions Book, 1918, pp. 382 – 386.

② Ibid, p. 382.

③ Lawrance Thompson, ed., *Selected Letters of Robert Frost*, New York & Chicago: Holt, Rinehart and Winston, 1964, p. 84.

④ Ibid.

⑤ 原文为:I am a Mede and Persian. 英文口语中有这么一个习惯用语:"law of the Medes and Persians,"意思是"不可改变的事"。弗罗斯特在此是用隐喻的方式,表达自己坚定的诗歌创作道路。

我知道你是想说
你能够阅读
你显得年轻
你敏锐风趣
但是我只读出你词语的表面意思　　　　　　　　10
我只把你的词语当作一个百科全书的词条
它没有任何意义
充其量是一种良药
我在别处表明了立场
我并没有让你撤回你的意见　　　　　　　　　15
我倒愿意接受你所说的一切
假如允许我去拥抱一个幻觉
那就是你喜欢我的诗歌
而且是有充分的理由。

你为我写书评　　　　　　　　　　　　　　20
而我不确定——
我怕你写得不够艺术。
我决定不用它来影响我的朋友
更不用说我的敌人。
可是我仍然感激你对我的表扬　　　　　　　25
因为我喜欢表扬。

我怀疑你虽然在表扬我
但是你并不关心我的荒原
如同关心你自己的权力一样
你对我的表扬随心所欲　　　　　　　　　　30
并为此居功自傲

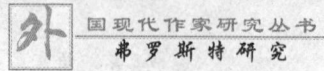
显示自己能够让万物立足世界

假如它不是如此谦卑

还设法使自己说得有根有据

我们现在应该谈谈我过去对你的要求　　　　　　　35

　　我不是想要你当时正在

　　你最喜欢的人中间

　　为两位美国编辑出钱。

　　　　　　　　　　　不是那个意思。

我想要的是你必须坚持一个观点　　　　　　　　40

那就是你把我当作一名诗人

那就是我为什么还缠着你

　　就像一个缠着一群不真诚的朋友的人一样

　　惟恐他们一旦听不见他说话就开始反对他。

事实是我害怕你①　　　　　　　　　　　　　45

　　幸亏弗罗斯特没有把这首讽刺诗直接寄给庞德,否则后果可能不堪设想。实际上,弗罗斯特也觉得自己这么做有些过分,于是把它先寄给福林特(Frank S. Flint)征求意见。福林特在 7 月 26 日的回信中说:"你的'诗'很有意思! 我想它一定会惹他[庞德]生气!"② 最终,弗罗斯特没有把它寄出,但是他始终保留着这首诗歌的初稿,并最终把它送给了达特茅斯学院图书馆,并吩咐图书馆不要在他的有生之年把它公开或者发表。从这首诗歌的内容上看,弗罗斯特似乎是要与庞德在诗歌创作上分道扬镳。他非但没

---

① 笔者译自 Lawrance Thompson, ed., *Selected Letters of Robert Frost*, New York & Chicago: Holt, Rinehart and Winston, 1964, pp. 85–86.

② Ibid, p. 87.

有真诚地感激庞德对他的提携之情,反而认为庞德对他的评论是"随心所欲,"且"居功自傲,"他根本没有诚意要接受庞德的批评指正,并且声称自己"是一个[不可改变的]米堤亚人和波斯人。"然而,尽管弗罗斯特一再强调自己诗歌创作的原创性,但是他把自己当作一名创新性诗人的理论宣传似乎恰好与其他一些现代派诗人所倡导的一些先锋派诗歌创作改革原则有异曲同工之处。他反对使用维多利亚时期诗歌创作中常用的辅音韵(consonance)和半谐音(assonance),比如英国诗人丁尼生和斯温伯恩诗歌中许多音韵相谐的元音和辅音。与其他许多现代派诗人一样,弗罗斯特也提倡使用话语节奏(speech rhythms),而不去追求零碎的声音效果。这一点实际上与庞德早期的一些诗学主张都是相互吻合的。比如,1918 年,庞德在他著名的早期杂文《回顾》("A Retrospect")中界定意象主义诗歌形式时,就有过这种表述:"就诗歌节奏而言,使用具有音乐性的音节,避免使用节拍式的音节。"[1] 弗罗斯特声称他是"惟一一位自觉地努力挖掘他称之为'意义声音'的音乐性的英语作家。他认为这种"意义声音"(the sound of sense)是一种语调,即一种表达意义却不在乎句子单词意思的话语节奏。他说:"获得抽象的意义声音的最佳地方就是在一扇门背后所能听见的那些隔断词语的各种声音。"

　　除了"意义声音"理论以外,弗罗斯特诗歌语言的另外一个特点就是隐喻的使用。在《诗歌教育》("Education by Poetry",1931)一文中,弗罗斯特不仅讨论了隐喻在诗歌创作中的极端重要性,而且断言比喻在诗歌创作乃至生命中的核心地位。他不仅认为几乎人们所有的思维都具有隐喻性,而且认为如果人们无法彻底地理解向人们展示世界的修辞手法的作用,那么人们评判世

---

[1]　T. S. Eliot, ed. *Literary Essays of Ezra Pound*, New York: A New Directions Book, 1935, p. 3.

界的能力就将成为无本之木、无源之水。他坚信假如我们认识不到"所有的隐喻到某个时候都将失效，"那么我们就无法知道我们应该相信什么或者相信到什么程度。在《永恒的象征》("The Constant Symbol", 1946)一文中，弗罗斯特重申了自己对隐喻的观点。他认为"隐喻，即指东说西，以此述彼，隐秘的欣喜。诗简直就是由隐喻构成……每一首诗在其本质上都是一个新的隐喻，不然就什么也不是。"① 可见，弗罗斯特的诗歌语言真不像是庞德所说的那样，是"一个没有教养的孩子。"弗罗斯特"不是没有修饰。"② 他的简单可谓深邃的简单。

2. "一个提喻诗人"

字有限而意无穷可谓弗罗斯特诗歌语言的一大特点。这一特点可以通过了解弗罗斯特诗歌创作中遣词造句来加深认识。弗罗斯特作诗时，似乎特别喜欢用单音节词，常常是一连数行不见一个双音节词，三音节词在他的诗中更是寥寥无几。《雪夜林边逗留》是一个典型的例子。诗中讲述的故事颇为简单：有一天傍晚，诗中人在乡间路边停下马车，观赏大雪覆盖的树林。那树林显得"可爱，却又暗又深"。诗中人望见那一片恬静的皑皑白雪，顿时心旷神怡、流连忘返，完全陶醉于大自然的美妙景色之中。他的知觉已经游离于现实，仿佛已经陶醉于这充满着遐想而又空旷寂静的乡村景象。但是，他的理智最终又使他回到了现实生活之中。他记得自己还有许多承诺没有实现。在他可以归属于这大自然所赐予的梦幻般的自由之前，他还有着漫长的人生道路没有走完。全诗这么写道：

---

① 弗罗斯特：《弗罗斯特集：诗全集、散文和戏剧作品》(下)，曹明伦译，沈阳：辽宁教育出版社，2002年，第991页。

② Lawrance Thompson, ed., *Selected Letters of Robert Frost*, New York & Chicago: Holt, Rinehart and Winston, 1964, pp. 83 – 84.

这是谁家的林子我想我知，
他的房子在那边的村子里；
他不会看到我在这儿歇脚，
观赏大雪覆盖着他的林子。

我的小马儿一定觉得奇怪，　　　　　5
这里不见农舍，为何停下，
在这片林子与这冻湖之间，
在一年四季最漆黑的夜晚。

他使劲甩了甩颈上的缰铃，
问主人该不是停错了地方？　　　　10
可是林边雪夜，万籁俱寂，
只有微风轻抚，雪花飘飘。

这林子可爱，却又暗又深，
可是我却不得不登程赴约，
安睡之前，需要奔走数里，　　　　15
安睡之前，需要奔走数里。①

在这首诗歌中，诗人运用最简单、最普通的语汇描绘了这幅风雪夜游人图。英文原诗共 108 个单词，其中只有"promises"一个词拥有三个音节，另有 18 个为双音节词，其余 89 个都是单音节词。诗中绝大多数名词都表示与农村生活有关的事物：林子、小马、村庄、

① 笔者译自 Robert Frost, *Robert Frost: Collected Poems*, *Prose*, *& Plays*, New York：Literary Classics of the United States, 1995, p. 207.

农舍、冰雪、冻湖等等;而且,大部分形容词都属描述性形容词,如 "little"(小的),"queer"(奇怪);"frozen"(结冰的),"easy"(轻拂的),"downy"(绒毛般的),"lovely"(可爱的),"dark"(黑的)和 "deep"(深的)等等。此外,诗中最典型的句型是简单句。纵观全诗,读者丝毫不感到此诗有什么难解之处。诗中遣词造句毫无晦涩之处,也找不到令人费解的旁征博引。然而,这首诗却是弗罗斯特诗歌创作貌似简单性艺术特征的一个有力例证。众多批评家将其作为解读弗氏诗歌之谜的突破口。比如,美国诗人、小说家、"新批评派"文艺批评家罗伯特·佩恩·沃伦(Robert Penn Warren, 1905—1989)讨论这首诗中的一系列对照手法;① 奥斯丁·沃伦(Austin Warren)却对该诗中的"自然象征主义"(natural symbolism)② 发生兴趣;奥格利夫(John T. Oglivie)又发现了该诗中的"两个世界,"③ 一个是树林的世界,另一个是人类世界,两者相互平衡,相辅相成;詹姆斯·考克斯(James M. Cox)却兴致勃勃地探究该诗中耐人寻味的各种节奏。④

然而,笔者以为该诗之所以魅力无穷,是因为诗人巧妙地运用了提喻法(synecdoche)进行创作。读者在诗中看不到一个显而易见的象征意义。诗人是通过提喻的修辞手法创造了这一首字有限而意无穷的佳作。1915 年,弗罗斯特在给昂特迈耶的一封信中说:"假如我必须被划归某一流派的话,那么我也许可以

---

① Robert Penn Warren, "The Themes of Robert Frost," in *Contemporary Literary Criticism*, Detroit: Gale Research Company, 1985, Vol. 26, pp. 114 – 116.

② Rene Wellek & Austin Warren, "Image, Metaphor, Symbol, Myth", in *Theory of Literature*, New York: Harcourt, 1949, pp. 194 – 195.

③ John T. Ogilvie, "From Woods to Stars: A Pattern of Imagery in Robert Frost's Poetry", in *Contemporary Literary Criticism*, Detroit: Gale Research Company, 1985. *Vol. 26*, pp. 116 – 118.

④ James M. Cox, ed., *Robert Frost: A Collection of Critical Essays*, Englewood Cliffs (N. J.): Prentice-Hall, 1962, pp. 118 – 120.

被称为一个提喻诗人(synecdochist),因为我喜欢在诗歌创作中使用这种以部分代替全体的修辞手法。"① 在《雪夜林边逗留》一诗中,乡村景色是读者注意力集中的焦点。然而,诗人不是着力刻画这一景色,而是将其作为反映现实的媒介。显然,每位读者都会感悟出该诗表面意义背后的深刻寓意,因为诗中所表现的一切都可以看成是一个提喻。在一个漆黑、寒冷的夜晚,主人公在路边逗留歇息;面对那片"可爱、却又暗又深"的树林,他思绪万千;还记得有许多承诺要去实现;自己正在进行着一次通往安歇的旅行等等。这些情境与行动都可以看成是整个经验世界中的一个个具体的、部分的体现。在这首诗歌的最后一个诗节中,诗人以其非凡的笔力将瞬间的情境与记忆的思考融为一体,创造了一种提喻式的共鸣:

　　这林子可爱,却又暗又深,

　　可是我却不得不登程赴约,

　　安睡之前,需要奔程数里,

　　安睡之前,需要奔程数里。

尽管读者可能会发现诗人似乎只讲述了一个具体的故事,而没有使用一个"始终如一的象征,"但是读者对"赴约"(promises)。"数里"(miles)和"安睡"(sleep)等词的多义性联想一定会有所察觉。诗人也正是通过这些普普通通的词语,有意识地沟通了日常生活小事与其丰富内涵之间的感性联想。于是,诗中人的这次雪夜林边旅行经历与人们常常将人生经历比作一次饱含着酸甜苦辣和种种责任的人生旅行的一般经验之间,就有了不言而喻的共鸣

---

① Lawrance Thompson, *Robert Frost: The Years of Triumph*, *1915 – 1938*, New York & Chicago: Holt, Rinehart and Winston, 1970, p. 485.

之处。

然而,人们会问诗中人为什么会在这"可爱,却又暗又深"的树林边逗留沉思呢? 从诗歌的字面上理解,新英格兰地区的农家林子经常给人一个"深"的感觉,因为它们密度很大,有时甚至难以穿越;说其"黑",是因为故事发生于一年中最漆黑的一个夜晚——"12 月 22 日——恰逢圣诞节前夕——那是一年中白昼最短的一天。"① 根据 1947 年弗罗斯特自己的回忆,这里的"黑"在其字面意义的背后,可谓寓意深远。对弗罗斯特来说,它"不但意味着天气的寒冷,而且也意味着经济上寒冷。"② 弗罗斯特后来回忆起当时他们家住在新英格兰地区的德瑞农场里的那些艰难岁月。一年冬天,眼看圣诞节就要来临,弗罗斯特套上马车,拉了些自家种的农产品,到镇上赶集去了。他赶着马车,走了很长的路,心想或许能用那些农产品给孩子们换回些圣诞节的小礼物。可是,那是个寒冷的冬天,镇上人家的生活也不富有,赶集的人很少,他的买卖没有做成。当他赶着马车,沮丧地往回走时,大雪纷飞,夜幕降临。他的心情变得越来越沉重,就连他的马儿似乎也已感觉到主人的沮丧心情,因此在回家的路上,跑得特别缓慢。就在他要看见自己的农庄时,弗罗斯特突然想起他的家人可能正在焦急地等待着他的归来。他自叹无脸见自家老小,又想不出什么办法来消除家人的失望之感。马儿逐渐放慢了脚步,最终在一个拐弯处停了下来,它知道主人这会儿想做什么。弗罗斯特"就坐在地上,像个孩子似的,哇哇大哭。"③

① Huang Zongying, *A Road Less Traveled By — On the Deceptive Simplicity in the Poetry of Robert Frost*, Beijing:Peking University Press, 2000, p. 30.
② Jac Tharpe, *Frost: Centennial Essays III*, Jackson:UP of Mississippi, 1978, p. 175.
③ Huang Zongying, *A Road Less Traveled By — On the Deceptive Simplicity in the Poetry of Robert Frost*, Beijing:Peking University Press, 2000, pp. 30 – 31.

　　至此,诗人在诗中所描绘的这一简单明了的农庄轶事已有了无限的深度。那树林对这个雪夜林边"游人"来说,有着奇妙的魅力。他突然发现自己孤身一人,处于大自然与人类这两个似乎是相互对立的世界之间,甚至连这头小马也知道它的主人一般不会在村庄前驻足停歇,尤其是在这"一年中最漆黑的夜晚。"诗中那"微风轻抚,雪花飘飘"的自然景色显得格外迷人。那片树林似乎成了一个梦幻的圣地,让诗中人暂时摆脱世俗的承诺和烦恼。一时间,诗中人对社会、家庭所应承担的义务,在这"又暗又深"的茫茫树林面前,也荡然无存了。他开始从大自然中找到自己内心的安慰。然而,眼前美好的景色却难以久留,"安睡"(sleep)一词带来了死亡的联想;"黑色"以及"白雪"的象征意义也是如此,因为它们让人联想起寒冬黑夜给人们带来的冷酷之感。无边的树林给人的印象也是个迷人而又危机四伏的意象;那树林是"又暗又深",的确也让人感到捉摸不定。树林可以是大自然的象征,人们也就必须学会既接受自然又抵制自然的诱惑。于是,诗中这位雪夜游人最终还是拒绝了大自然的神秘诱惑而归顺于他对现实世界的各种不可名状的承诺。

　　在弗罗斯特的抒情诗中,大自然对人类的态度不仅常常显得冷漠无情,而且总是危机四伏,甚至是具有敌意。《雪夜林边逗留》一诗中的主人公,在大自然面前是孤立无助的。然而,弗罗斯特那细腻幽默的拟人手法,赋予了那匹小马以人的思想和情感,恰好有力地衬托了诗中人孤独的心境:

　　　　我的小马儿一定觉得奇怪,
　　　　这里不见农舍,为何停下,
　　　　在这片林子与这冻湖之间,
　　　　在一年四季最漆黑的夜晚。

他使劲甩了甩颈上的缰铃，
问主人该不是停错了地方？

在这几行诗歌中，诗人通过小马的眼睛和思想，大大拓宽了诗中的视觉意象和情感背景。这匹小马被赋予了人性的元素；它使劲地甩了甩颈上的铃儿，仿佛在提醒主人停错了地方。然而，这一拟人化的动作不仅仅可以看作是诗中一个幽默滑稽的旁白，而且加大了诗中心理描写的深度。这位游人因其处于一个风雪交加的乡间夜晚，而与他人隔离，因此，他自然希望自己的马儿赋有人性，以减轻自己内心的孤独之感。假如这么理解，我们会突然发现弗罗斯特的幽默又带着几分隐约可见的严肃，因为诗中人那种渴望与马儿交流的愿望起源于他内心的极度孤独。在弗罗斯特的自然诗中，人们在冷漠无情、危机四伏的大自然面前，常常表现出束手无策，感到孤独和绝望。由此可见，这首诗的主题应该是人们是否能够抵制那神秘树林的循循诱惑并承担自己肩上的种种责任和承诺。我们眼前的这位雪夜游人显然是一位深受矛盾心理困扰的人。他一方面疲惫不堪，渴望黑夜给他带来片刻的安宁和慰藉，另一方面又深知自己"不得不登程赴约"，信守诺言；因此，在"安睡之前"，他还"需要奔程数里。"弗罗斯特的诗常常这样，言简而意远。他总是非常巧妙地把读者带入一个貌似简单的意义深渊。弗罗斯特自己也觉得《雪夜林边逗留》是一首"最值得记忆的诗。"①

3. "对大地的低语"

《花丛》（"The Tuft of Flowers"）是弗罗斯特最早用英雄偶句（heroic couplet）写成的一首格律诗，全诗共 40 行，收入他的第一

---

① Louis Untermeyer, *The Letters of Robert Frost to Louis Untermeyer*, New York, Chicago and San Francisco: Holt, Rinehart and Winston, 1963, p. 163.

部诗集《少年的心愿》。在这首诗中,诗中人是一位诗人农民,他正在田野上翻晒已被刈倒的青草,以便让太阳把它们晒成干草:

> 有一次,我接一个人的班去翻草,
> 他在日出以前已经把草带露割倒。
>
> 在我能见到这片刈平的草地以前,
> 曾使得镰刀更加锋利的露水已干。
>
> 我到海上小岛似的树丛背后寻找,   5
> 我迎风谛听,听他是否在磨镰刀。
>
> 但是他径自去了,草已全部割尽,
> 我必须像他方才一样,孤独一人。
>
> "人人都得单独干",我暗自低语,
> "无论是分开工作或是同在一起。"①   10

在这前 10 行当中,读者首先感到吃惊的是这位诗中人"我"居然不知道那位神秘的割草人是谁,因为"他在日出以前[就]已经把草带露割倒。"眼前,他能够看到的只是"这片刈平的草地,"就连"曾使得镰刀更加锋利的露水"也已经干了,显然农场草地的"草已全部割尽。"诗境至此,人仿佛被描写成大自然的践踏者,而且人与人之间的关系又是相互孤立的。此时此景,这位农民诗人的脑海中是一片寂静的空白。他不但听不见那位割草人的割草声,而且绕过"海上小岛似的树丛背后"也没有发现他的身影。不难

---

① 江枫译:《美国现代诗抄》,西宁:青海人民出版社,1986 年,第 114—116 页。

看出诗中大自然的寂静映出了人类的孤独之感。因此,这位诗人
农民先下了这么一个结论:"人人都得单独干,""无论是分开工作
或是同在一起。"在这里,人们不禁会问:为什么大自然的露水能
够使人们使用的镰刀更加锋利,而人类居然毫不留情地用镰刀把
大地的草叶"带露割倒"呢?难道人与自然的关系就如此无情?
突然,这位农民看见了一只蝴蝶。蝴蝶轻快的动作激起了这位农
民诗人心中对自由的渴望。但是,那只蝴蝶显得那么"惶惑,"不
知如何才能找到"昨日欢快的悦目花朵,"因为那朵花已被那个割
草人割倒在地,变得有些枯萎。那只蝴蝶因找不到自己栖息过的
花朵而感到"惶惑"的样子,不仅表现了蝴蝶的沮丧心情,同时也
是诗中人沮丧心情的真实写照:

> 话音刚落,有一只蝴蝶恰巧飞过,
> 它对这目前的景象惶惑不知所措。
>
> 凭着隔夜已经变得模糊了的记忆,
> 它要把昨日欢快的悦目花朵寻觅。
>
> 我忽然发现,它飞舞着一再回旋,　　　　　15
> 原来,地面上有几朵花逐渐枯蔫。
>
> 然后,它飞向我目力所及的远方,
> 然后,又扇动翅膀飞回我的身旁。
>
> 我想到了一些问题,却没有答案,
> 就要把割倒的草叉起抖散,晾干。　　　　　20

最后,这位农民看见了"小溪旁一簇花丛,"他突然发现自己忽视

了大自然这本教科书中一个重要元素。他意识到那位割草者与他一样,对大自然仍存有一份爱心。这时,他的镰刀已不在践踏着自然,而变成了"对大地的低语声。"农民割草不仅"割净了芦苇,"而且"出于爱的深情""留下了"那簇可爱的鲜花,衬托着那条潺潺的小溪。诗境至此,诗中农民似乎与那只蝴蝶以及"四周醒来歌唱的鸟儿"有了情感的交流。与此同时,这种从黎明领悟到的"偶然信息"暗示着诗中人与割草者对自然的爱也是不谋而合的。于是,诗人在最后两行诗中,画龙点睛,道出了全诗的主题:

但是它又转过方向,把我的目光,
引导着落到了小溪旁一簇花丛上。

是镰刀放过了一条开着花的地段,
保存在那割净了芦苇的溪流一畔。

带露割草的那一位出于爱的深情,　　　　25
让它们留了下来,不是为了我们。

还没有使我们想到他的真正用心,
引起的只是破晓清晨充溢着欢欣。

但是,那蝴蝶和我依旧得到启示,
从那黎明领悟到一种偶然的信息。　　　　30

使我听见了四周醒来歌唱的鸟鸣,
听见了他那镰刀对大地的低语声。

使我感觉到一种和我同类的精神,

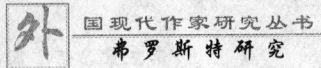

从此后，我工作再不是孤单一人。

他使我高兴，仿佛有他在做帮手，　　　　　　　35
累了，和他一道寻找凉荫处午休。

我想象我在和他，和一个从不曾
想要交流思想的人如兄如弟谈心。

"人们共同劳动，"我由衷对他说：
"无论是在一起或是分开了工作。"①　　　　40

　　诗中的故事是那么真切自如！弗罗斯特所说的完完全全是他
的所见所闻。整首诗就像一段真实的对白。诗人以一种确信无疑
的感觉，选择了这种自认为是最为合适的表现形式。全诗从头到
尾，读者看不到诗人用任何奇思怪想的夸张来表现诗中的主题
（弗罗斯特给这首诗加过一个注释：这首诗是写"友谊"）。弗罗斯
特的遣词造句直截了当、明朗自如。假如诗人一味追求遣词造句
的精妙奥秘，那么，这首诗中蕴含的那种韵味一定会荡然无存。因
此，弗罗斯特的诗歌语言不仅刻画事物的本来面目而且可以再现
心灵的深处。在弗罗斯特的艺术现实中，有许多人和事不但与他
息息相关，而且具有普遍的人生哲理。

4."不能看得很远"

　　《不远，也不深》（"Neither Out Far Nor In Deep"）也是一首体
现弗罗斯特诗歌语言简单深邃特点的好诗。诗人用一种平和恬静
的语气描述了一种貌似简单而又足以令人惊叹的好奇。这种好奇

---

① 江枫译：《美国现代诗抄》，西宁：青海人民出版社，1986 年，第 114—116 页。

能够让诗中的人们目不转睛地"望着海洋"并且憧憬未来：

> 人们沿着沙滩站立，
> 全都朝着一个方向，
> 全都转身背对陆地，
> 全都整天观望海洋。
>
> 只要有艘海轮出现，　　　　　　　5
> 逐渐升起他的船身；
> 明镜般的潮湿海面，
> 便映出鸥鸟的形影。
>
> 陆地变化也许更大，
> 但是不论情况怎样，　　　　　　　10
> 海水总是冲上海岸，
> 人们总是望着海洋。
>
> 他们不能看得很远，
> 他们不能看透海洋，
> 但是，何曾妨碍过　　　　　　　　15
> 他们坚持不断观望。①

弗罗斯特在这诗歌中的表现手法与其表达的意思一样貌似简单。
首先，诗人的遣词十分简单，全诗 91 个单词，其中 89 个是单音节
词；其次，诗中的意象同样十分具体、简单和自然；第三，诗歌的语
气似乎与诗中人们望着的大海一样平静；第四，诗人使用简短的陈

---

① 感谢江枫先生为本书提供了这篇他未发表的译文！

述句进行描述,不仅句法简单而且原文全诗16行有7行行末用句号断句;第五,诗人多次使用重复手法来强化诗中一种单调、没有变化的感觉印象:"All turn and look …/They turn …/They look …//They cannot…/They cannot…" 等等。这里值得一提的是江枫先生的译文形神并貌地保留的原文的修辞设计:"全都朝着……全都转身……全都观望……他们不能……他们不能……"。诗人用诗化的想象创造了诗中的人物。但是,这些人被刻画成了一个个渺小、孤立的个人。他们一个一个站在那里,永远望着那超出自我的远方。他们"全都朝着一个方向,/全都转身背对陆地,/全都整天观望海洋。"这一连串整齐划一的动作又把他们全部汇聚成了一个巨大的、单一的、没有变化的实体。这一实体,犹如海面上翻滚的汹涌波涛,势不可挡地被卷入那不可琢磨的大海。

可见,弗罗斯特的简单不是简单意义上的简单。首先,这首诗歌第1节中所表达的意思似乎有些不合逻辑。因为地球才是使人类生活充满意义和好奇的地方,所以诗中的"人们"应该很自然地是朝着地球望着。那么,为什么诗中的那些人"全都转身背对陆地"并且"全都整天观望[着]海洋[呢]?"其次,在第2诗节中,诗人并没有给出明确的答案,而仅仅提供了一些缥缈不定的生的迹象:只要有艘海轮出现,它的船身便逐渐升起;可是那一艘海轮的出现似乎孤身只影,且转瞬即逝,留给人们的仍然是那神秘莫测、无边无际的茫茫大海;而诗歌中那"明镜般的潮湿海面"所映出的也不过是一只"鸥鸟的形影",它同样是孤身只影,平稳地站立在那明镜般潮湿的海面上准备翱翔天空。这一意象可谓惟妙惟肖,魅力无穷,也让人们看到了希望,但是那"明镜般的潮湿海面"所映出的那只"鸥鸟的形影"在那片沙滩水边却是畸形的,它并没有给渴望的人们带来什么美好的想象。虽然他们"全都朝着一个方向,/全都转身背对陆地,/全都整天观望海洋",但是他们始终如一的、永久的"观望"并没有看见任何实实在在的依靠。他们始终没有从"观望"中看到盼望。

那么,诗中那神秘莫测、无边无际的茫茫大海究竟魅力何在?笔者认为答案可以从第3诗节中找到。实际上,我们不难看出正是这茫茫大海为满足人们追求真理的好奇提供了无限遐想的空间,而这一点却恰恰是陆地所无法实现的,因为陆地本身千姿百态,而陆地上的生活更是千变万化,充满着太多不确定的因素。因此,诗中的茫茫大海不禁让人想起了十九世纪美国作家麦尔维尔(Herman Melville, 1819—1891)在其小说《白鲸》(*Moby Dick*, 1851)中描写白鲸的白色时,把大海当作"各种精神事物最有意义的象征……是各种事物中最能够打动人类的一个强烈的载体。"①我们知道,麦尔维尔笔下的以实玛利(Ishmael)将白色的大海解读为宇宙一个象征体系,标志着整个宇宙是一个没有固定形状的、不确定的空白,而且在他看来,美和意义"仅仅是各种微妙晦涩的欺诈,而不是各种事物本身固有的实在,仅仅是来自外在的种种虚无。"② 与麦尔维尔的小说《白鲸》相比,弗罗斯特的《不远,也不深》只不过是一个十分窄小的文本。我们看不到麦尔维尔笔下大海的广袤、台风的恐怖、烈日的严酷和风平浪静的甜美,也感觉不到麦尔维尔笔下人同大自然斗争的顽强精神以及那高深莫测并蕴藏着巨大破坏力的大海。然而,弗罗斯特笔下的大海仍然以其无限的魅力吸引着那些沿着沙滩站立着的人们,因为诗中大海一成不变的白色同样具有索物托情、寓情于景的功能,同样给人们带来深不可测的沉思和挑战。尽管诗人的语气显得有些随意,但是他的笔墨却十分严肃。虽然"陆地变化也许更大,"但是所有过于明

---

① Herman Melville, *Moby Dick or The Whale*, New York: The Bobbs-Merrill Company, 1964, p. 263.

② Ibid.

显的变化终究不如那不可解读的大海更加引人注目。于是,诗人接着说:"不论情况怎样,/海水总是冲上海岸,/人们总是望着海洋。"诗人以这种特殊的表达形式,巧妙地再现了人们对真理的渴望。值得注意的是弗罗斯特将这种显而易见的解读留给了读者。事实上,在这首诗歌中,除了告诉读者沙滩上的那些人"不能看得很远",也"不能看透海洋"之外,弗罗斯特没有告诉我们任何确定的东西。乔治·尼采认为诗人实际上是用这种温和的讽刺性方式,把人类追求真理的渴望描写成一种可望而不可即的努力。[①]弗罗斯特在此的表现手法也再次证明了他是一位完全能够娴熟地驾驭简单深邃的诗歌语言的大师。

引用文献:

Cox, James M., ed. *Robert Frost: A Collection of Critical Essays*. Englewood Cliffs(N. J.): Prentice-Hall, 1962.

Eliot, T. S., ed. *Literary Essays of Ezra Pound*. New York: New Directions Book, 1918.

Frost, Robert. *Robert Frost: Collected Poems, Prose, & Plays*. New York: Literary Classics of the United States, 1995.

Huang, Zongying. *A Road Less Traveled By — On the Deceptive Simplicity in the Poetry of Robert Frost*. Beijing: Peking University Press, 2000.

Melville, Herman. *Moby Dick or The Whale*. New York: The Bobbs-Merrill Company, 1964.

Nitchie, George W. *Human Values in the Poetry of Robert Frost*. Durham: Duke University Press, 1960.

Ogilvie, John T. "From Woods to Stars: A Pattern of Imagery in Robert Frost's Poetry." *Contemporary Literary Criticism*, Vol. 26. Detroit: Gale Research Company, 1985.

Tharpe, Jac. *Frost: Centennial Essays III*. Jackson: UP of Mississippi, 1978.

[①] George W. Nitchie, *Human Values in the Poetry of Robert Frost*, Durham: Duke University Press, 1960, p.86.

Thompson, Lawrance, ed. *Selected Letters of Robert Frost.* New York & Chicago：Holt, Rinehart and Winston, 1964.

——. *Robert Frost: The Years of Triumph 1915 – 1938.* New York & Chicago：Holt, Rinehart and Winston, 1970.

Untermeyer, Louis. *The Letters of Robert Frost to Louis Untermeyer.* New York, Chicago and San Francisco：Holt, Rinehart and Winston, 1963.

Warren, Robert Penn. "The Themes of Robert Frost." *Comtemporary Literary Criticism*, Vol. 26. Detroit：Gale Research Company, 1985.

Wellek, Rene, and Austin Warren. "Image, Metaphor, Symbol, Myth." *Theory of Literature.* New York：Harcourt, 1949.

弗罗斯特:《弗罗斯特集:诗全集、散文和戏剧作品》(下),曹明伦译,沈阳:辽宁教育出版社,2002年。

黄宗英:《"不是没有修饰"——罗伯特·弗罗斯特诗歌语言艺术管窥》,载《北京大学学报》(外国语言文学专刊),1998年,第35—45页。

江枫译:《美国现代诗抄》,西宁:青海人民出版社,1986年。

二、内外有别的幽默

1. 外松内紧

幽默是弗罗斯特诗歌情感与智性不可或缺的一个重要元素。弗罗斯特诗歌的幽默元素不仅存在于他诗歌的句里行间,也存在于他的"意义声音"之中,而且常常是惟妙惟肖地融入他的整个诗歌创作艺术。虽然难以琢磨,也不容易言表,但是读者总是能够在阅读弗罗斯特诗歌时深切地体悟到他那几乎是无时不有、无处不在的诙谐和幽默。值得注意的是,当弗罗斯特最为幽默的时候往往也就是他最为情真意切的时刻。我们经常会在阅读他的诗歌时,被一种忽隐忽现、琢磨不定的幽默之感所困扰。诗评家昂特迈耶在给弗罗斯特的书信中曾经有过一段具有代表性的描述。他称之为一种"难以抑制的幽默之感。它十分丰富并且常常让人感到吃惊;阅读弗罗斯特独白诗的读者往往意料不到也几乎没有人觉察到其中的诙谐与幽默;这是一种戏谑本身所具有的喜乐,也是一种富有奇趣的幽默。这种奇趣的幽默不仅包括文学作品中的打趣戏谑,也包括那些荒诞乏味的双层意思以及那些完全荒谬可笑的一语双关。"[1] 的确,很少有诗人能够像弗罗斯特那样在创作中成功地做到外松内紧,即外表貌似轻松,而内部则实为严肃。1935 年,弗罗斯特在给罗宾逊的《贾斯帕王》(King Jasper) 所作的序言中说:"风格乃人格。但毋宁说风格是作家诗人自己采用的方式⋯⋯如果它表面上是严肃的,那它肯定有内在的幽默。如果它表面上是幽默的,那它肯定有内在的严肃。严肃性和幽默感谁缺了谁都不行。"[2]

　　严肃性和幽默感在弗罗斯特的诗歌中不仅内外有别、贯穿始终,而且相互交错、融为一体。在 1962 年出版的弗罗斯特最后一本诗集中,弗罗斯特用两行警句格言式的诗句,诙谐逗趣地道出了自己诗歌创作的秘密之一:

原文:

It takes all sorts of in and outdoor schooling

To get adapted to my kind of fooling. [3]

笔者试译:

需要校内外的各种锤炼,

才能适应我的戏谑考验。

---

[1] Louis Untermeyer, *The Letters of Robert Frost to Louis Untermeyer*, New York, Chicago and San Francisco: Holt, Rinehart and Winston, 1963, p. 13.

[2] 弗罗斯特:《弗罗斯特集:诗全集、散文和戏剧作品》(下),曹明伦译,沈阳:辽宁教育出版社,2002 年,第 950 页。

[3] Robert Frost, *Robert Frost: Collected Poems, Prose, & Plays*, New York: Literary Classics of the United States, 1995, p. 478.

弗罗斯特在此把自己诗歌创作中诙谐幽默的技巧称作一种"戏谑考验"并且告诉我们需要经过课堂课外的"各种锤炼"才能征服他的这种"戏谑考验。"即便是在这两行简单的诗文中,弗罗斯特也没有忘记通过原文中的"schooling"与"fooling"这两个词语的押韵,达到了严肃"锤炼"与幽默"戏谑"的戏剧性遣词效果。而诗歌中的这种外部幽默并没有减弱诗人通过丰富的想象所传达的关于实践出真知的信息。的确,要想经受弗罗斯特的"戏谑考验,"我们必须经过各种严肃的实践"锤炼"。

2. 外轻内重

弗罗斯特的幽默感还体现在他善于将严肃沉重的主题置于一个轻松诙谐的语境之中,给读者一种外轻内重的诗歌审美享受。弗罗斯特常常使用拟人手法来取得这种艺术效果。尤其是他的许多动物诗,不能够简单地被当作一些轻松打趣的逗乐诗歌。比如,《分工》("Departmental")① 甚至可以被看成是一首带有讽刺意义的动物寓言诗。这首诗歌的主题是表达人们对习俗的盲目尊崇以及个人与社会之间存在的种种"无情无义"的关系,但是弗罗斯特的表现手法真可谓达到了诙谐的极致。诗中的人类社会被比喻作一堆蚁垤。当读者看到这群蚂蚁发现"一只蚁的尸体"时,他们仍然忠心耿耿却又毫无目的地履行着那荒诞无聊、无情无义的社会义务。全诗是这么开篇的:

> 桌布上爬行着一只蚂蚁,
> 遇到了一只休眠的蛾子,
> 那身材有他的好几倍大,
> 他丝毫没有显露出惊讶,

---

① 感谢江枫先生为本书提供了这篇他未曾发表过的译文!

应付这种情况不是本分，　　　　　　5
他几乎没有去蹭他一蹭，
便继续去履行他的职责。
但是他如果碰上了一只
蚁群调查小组里的蚂蚁——
小组的任务是找出上帝，　　　　　　10
研究时间和空间的性质——
就会把问题交给他处理。

在此，我们能够想象到有一个人站在桌子旁边，兴致勃勃地凝视着"桌布上爬行着［的］一只蚂蚁。"这只蚂蚁映衬在雪白宽阔的桌布上仅是小小的一个黑点，显得有些麻木不仁。可是，蚂蚁是一种责任心很强的小昆虫，它的所有心事就是完成属于它自己的一点点任务。每当它遇见什么令人好奇的干扰，它总是无动于衷，既不害怕也不感兴趣，因为"应付这种情况不是［它的］本分。"因此，蚂蚁终日忙碌，不知疲倦。显然，弗罗斯特在此是通过索物托情，使诗中的主题与诗中描写的环境更加贴切。其实，诗人是叹息蚂蚁般忙碌不停却又麻木不仁的现代人。日复一日、年复一年，他们只拉车不看路，从来就是在不知疲倦地履行各自的职责，只见树木不见森林，完全无暇顾及周围奇妙的大千世界。接着，诗人又描写了另外一件事情：

蚂蚁是一种奇异的族类：
即使在一直匆忙赶路时
践踏过另一只蚁的尸体，
也不会有一瞬间的分神，　　　　　　15
甚至显得有点麻木不仁，
但是一定会把消息传递

给触须触到的任何蚂蚁，
这蚂蚁又毫无问题回去　　　　　　20
报告蚂蚁王国上层当局。
然后便会传来这类蚁语：
"本朝无私的粮秣官杰瑞，
杰瑞·麦克米克已殉职；
有位全权专职杰尼扎瑞，　　　　　25
主持该军需官身后事宜，
特派料理殡葬专职官吏
运送他返回到乡梓故里，
置诸花萼以便举哀行礼，
并用花瓣充当他的殓衣，　　　　　30
再以荨麻汁液涂敷躯体。
这便是女王懿旨，钦此。"

在这一段诗文中，我们看到当一只蚂蚁遇见"另一只[蚂]蚁的尸体"时，它非但"不会有一瞬间的分神，"而且也不会做出任何情感的反映；它"甚至显得有点麻木不仁，"不仅没有设法搬动蚁尸，而且也没有帮助埋葬同伴的尸体。它宁可等待着"把消息传递／给触须触到的任何蚂蚁，"因为不论搬动蚁尸或者埋葬蚁尸都是其他蚂蚁的职责。诗中的这群蚂蚁都恪守各自的职责，于是显得"显得有点麻木不仁，"毫无表情，直到"女王"发出举行葬礼的"懿旨"为止。弗罗斯特在此真是别出心裁，创作出了女王一番让人啼笑皆非的幽默讽刺的话语。这番话与常人的反应形成了鲜明的对照。当"女王"的话语以一种"蚁语"的形式传递出去的时候，首先，我们所看到的是弗罗斯特刻意安排的一系列表示宏大、正式与渺小、非正式的遣词所形成的鲜明对照："举哀行礼"（state）与"花萼"（sepal）、"殓衣"（shroud）与"花瓣"（petal）以及"涂敷"

（embalm）与"荨麻"（nettle）；其次，读者感觉到的是一种带着浓烈的挖苦讽刺意味的道貌岸然。紧接着，诗中出现了一位"庄严的执事，"他的正式身份却与他"平心静气地转动着触须"这个动作形成了鲜明的对照，让人觉得啼笑皆非；而他"兜腰抓住死者的躯体"这一残酷无情的动作又在"没有任何蚂蚁前来围观"的无情无义中得到了进一步的应验：

> 于是便会有庄严的执事，
> 立即出现在出事的场地，
> 平心静气地转动着触须，
> 他正式就职，行礼如仪，　　　　　　　　　35
> 再兜腰抓住死者的躯体，
> 把他在半空中高高举起，
> 举着他的遗体随即离去。
> 没有任何蚂蚁前来围观，
> 因为这与其他蚂蚁无关。　　　　　　　　　40

最后，诗人以两行警句格言式的偶句画龙点睛式地结束了全诗：

> 这不能说成是无情无义，
> 然而，分工是多么彻底。

这两行偶句总结了全诗的观察与思考，但最让人动心的是其诗人轻松、幽默、诙谐的语气。这里所说的诙谐语气主要是指诗中最后的评论并没有对这种麻木不仁、无情无义、机械呆板的行为习惯提出任何明确的批评和指责。诗人是用一种低调陈述的方式风趣逗乐式地结束了这首讽刺诗，因为诗中蚂蚁"彻底分工"的表演告诉读者它们所有的行为举止及其相互关系都是受本能冲动的支配而不是受理智或情感的控制。实际上,尽管这诗歌语气轻松幽默,但是诗中所表达的思想是十分深刻的。这里把死亡分门别类实际上在某种意义上说就是无视死亡,同样把生命分门别类也意味着无视生命。所有价值在这种"无情无义"的语境中都将成为无本之木、无源之水。弗罗斯特的寓意显然在于要告诉读者,生活在 20 世纪的人们已经饱尝了孤独和异化的精神创伤,人们麻木不仁地忙碌于每一天单调贫乏的生活之中,仿佛已经把人们自己彻底地分工了。可是,弗罗斯特又以一种诙谐逗趣的口气,对这种麻木不仁和无情无义的现代生活弊端一笑了之,没有提出任何批评指责,也没有提出任何改进的措施。由此可见,在弗罗斯特的诗歌创作中,这种幽默特点是蕴涵在诗中人说话语气所暗示的种种意思之中的。

3. 外浅内深

实际上,当弗罗斯特诗歌的表现形式最具有警句格言的简约特征时,他的寓意往往十分深刻。他的格言诗具有观察细腻和遣词造句简约、机敏、深邃的特点。他往往把一些风马牛不相及的思想与词语恰如其分地进行排列组合,而每每收到了难以想象的艺术效果。如此获取的真知灼见常常伴随着意外的惊喜,而这种意外的惊喜往往就来自诗人对新英格兰地区生活的深刻体会和对英文单词独具匠心的选择运用。因此,弗罗斯特的格言诗不仅形式新颖多变而且思想风趣深邃,常常产生讽刺性艺术效果。假如一种生动鲜活的讽刺形式与一个内涵深刻的思想内容结合起来,那么一个自觉地追求复杂性的诗歌文本就可能产生。弗罗斯特的《火与冰》("Fire and Ice")当推是一个典型的例子:

原文:

　　Some say the world will end in fire,
　　Some say in ice.

From what I've tasted of desire

I hold with those who favor fire.

But if it had to perish twice, 5

I think I know enough of hate

To say that for destruction ice

Is also great

And would suffice. ①

笔者译文：

有人说世界将毁灭于火，

有人说，毁于冰。

据我品尝欲望的体会，

我赞成毁于火的说法。

假如它非得毁灭两次， 5

我想我知道恨的分量，

就破坏而言，冰的威力

同样强大，

而且足以。

这首诗歌发表于弗罗斯特 1923 年出版的诗集《新罕布什尔》(*New Hampshire*)之中。由于格言诗的篇幅所限，我们并没有在这首诗歌中看到弗罗斯特所提倡的"一首诗的形迹"："以喜悦开篇，以智慧作结。"这里没有诗人对新英格兰田园景色的描写，因此也就感觉不到弗罗斯特抒情诗开篇的"喜悦"，但是读者仍然能够"品味"出诗人作诗的"智慧"。实际上，弗罗斯特是直截了当地道出了这首诗歌的主题：人的情感一旦走了极端，它就带有毁灭的性质，它

① Robert Frost, *Robert Frost: Collected Poems*, *Prose*, *& Plays*, New York：Literary Classics of the United States, 1995, p. 204.

甚至可以毁灭整个世界。诗中不讲故事,也没有发人深省的理论,诗人仅仅用简短的句式表达了自己的观点;而对诗人观点的解读可以基于一个十分传统的观念,即激情与火热的联想以及仇恨与冰冷的联想。尽管人们习惯于将火热与冰冷相对,但是激情似乎没有必要去与仇恨相对。不过,这两种情感在这首诗中的联系还是很自然的,正如诗中人在结尾所说的那样,不论是激情还是仇恨,不论是火还是冰,它们都"足以"让整个世界毁灭。

这首诗歌最可贵的地方恐怕当推弗罗斯特用隐喻的手法,把生命置于火和冰这两种无法相互融合的毁灭性元素的中间,不论是火还是冰都足以将生命毁灭。诚然,火在喻指欲望的激情,而冰喻指仇恨的冷酷。这些比喻本身并不难理解,可是当它们与受欲望和仇恨所支配的人类生存状况相联系起来的时候,这些比喻就使得这首小诗拥有了无限内涵和艺术张力。我们知道,从弗罗斯特 1913 年出版第一部诗集到 1923 年发表这首诗歌的 10 年,可谓世界现代史上极为混乱的 10 年。从 1914 年奥地利帝国王储斐迪南大公(Archduke Francis Ferdinand)在波黑首都萨拉热窝被塞尔维亚民族主义分子刺杀身亡开始,整个欧洲以及全世界的许多地区就被卷入了第一次世界大战。直到 1919 年宣告最后和平停战的《凡尔赛条约》(The Treaty of Versailles)在法国签订为止,欧洲的三大王朝被推翻,世界版图被重新划分,世界的社会以及文化环境被破坏,传统的价值观和信念被彻底摧毁。正如菲茨杰拉德(F. Scott Fitzgerald, 1896—1940)在他的第一部长篇小说《人间天堂》(This Side of Paradise,1920)的结尾里所描写的那样,战后这一代西方人"长大成人了,[他们]发现所有的上帝都死了,所有的战争都打完了,人们所有的信仰也都动摇了。"[①] 这种精神上的幻灭

---

① F. Scott Fitzgerald, *This Side of Paradise*, New York: Charles Scribner's Sons, 1920, p. 255.

在艾略特(T. S. Eliot, 1888—1965)的笔下变成了一个大地苦旱、人心枯竭的现代荒原。[①] 在美国,第一次世界大战之后,三 K 党(The Ku Klux Klan)势力扩展到全国;他们不仅反对黑人,也反对天主教徒、犹太人、外国人和有组织的劳工。到 1924 年,三 K 党的势力发展到了顶峰,其成员达到 400 万人之多。对所有传统价值观、信念和权威的幻灭使得美国乃至整个欧洲世界危机四伏、动荡不安。"害怕贫穷和崇拜成功"[②] 是西方人最为关心的两件事情。然而,战后这么一种虽生犹死的生命光景却在弗罗斯特的笔下表现得如此之悠闲,仿佛诗人仍在慢悠悠地"品尝"着人间天堂中一道道满载着"火"与"冰、"欲望"与"仇恨"的美味佳肴。诗中这慢条斯理、从容不迫的说话姿态与诗中所蕴涵的人性异化和精神幻灭的心境在诗人巧妙的讽喻中表现得如此平衡和自然。我们看不到孤独情感的宣泄,也看不到枯竭人心的夸张。恰恰相反,我们只看到了诗中人对现代荒原生命光景的一种始终如一的轻描淡写,而诗中口语化的随意语气始终伴随着深沉厚重的情感。因此,语气是这首诗歌表现力的关键所在。首先,弗罗斯特用重复"有人说……"开篇,语气随意,但给人的印象却是要谈论一些不可避免的事情,或许还不是什么好事。接着,当诗中人谈到他"品尝欲望的体会"时,原先的随意的语气即刻被一种谦虚的沉默所代替,而且诗人在第 4 行开头选用了英文中一个十分朴实的表达方式"I hold..."(我赞成……)。好一个"我赞成……"!它不仅符合诗中的语气随意的口语化表达方式,而且似乎还暗示了诗中人一种无可奈何的选择。但是,当诗人写到诗中人在严肃地考虑"它〔是否〕非得毁灭两次"的时候,一种随意的玩笑语气又悄然地回到了

---

① 黄宗英:《抒情史诗论》,北京:北京大学出版社,2003 年,第 77—103 页。

② F. Scott Fitzgerald, *This Side of Paradise*, New York: Charles Scribner's Sons, 1920, p. 255.

诗中:"我想我知道……"。不仅如此,这首诗歌的结尾同样显示出口语化的随意特点,仅仅是诗中人一种轻描淡写的观察,而不是明确的选择。由此可见,当我们在阅读这首诗歌的时候,我们始终能够感觉到诗人笔下口语化的随意性与其所表达的内容的尖刻性之间的一种矛盾张力。因此,诗中说话人表达其强烈情感的语气越是随意,就越能够表达他内心情感,同时也就越能够激起读者内心深处的情感共鸣。诗中人是在抒发人性中最深层的恐惧,但是他并没有听凭情感的自由爆发。相反,他努力克制自己内心的强烈情感,而且还装出一幅自得其乐、若无其事的样子。这种语气的妙用也许就是弗罗斯特最愿意看到的艺术效果,因为它带有几分新英格兰地区所特有的沉默寡言和充满欢乐的轻描淡写。形式与内容的讽刺性契合在这首警句格言诗中达到了极致。

4. 简约而不简单

弗罗斯特讽刺性地平衡形式与内容的手法在以下这首描写弗罗斯特夫妇所面临的生活考验的讽刺短诗中表现得更加淋漓尽致。弗罗斯特在诗中告诉我们,"[他的]祖父和叔叔剥夺了他继承一份丰厚财产的权利并让他忍受贫穷的煎熬,因为他是一个毫无用处的诗人而不是一个能够挣钱养家的人。"[①] 于是,弗罗斯特以及他的妻子招来了"被人忽视"("In Neglect")的待遇:

被人忽视
他们把我俩丢在了我们自选的路上,
作为被他们误解的证明,
我俩有时坐在路旁张望,

---

① T. S. Eliot, ed., *Literary Essays of Ezra Pound*, New York: A New Directions Book, 1935, p. 383.

　　用淘气、恍惚、无邪的目光，
　　看看是否觉得没被人抛弃。①　　　　　　　　　　　5

根据庞德的书评，这首诗歌中所包含的诗人生平故事是说弗罗斯特夫妇实现弗罗斯特的祖父以及他的叔叔寄予他成为一名成功农民的传统期盼。然而，弗罗斯特夫妻俩在诗中所做出的特色回应又给这首诗蒙上了一层讽刺意味的面纱。他们俩的"淘气"告诉我们他们乐意做出不当行为；他们俩的"恍惚"告诉我们他们不知所措，但同时暗示他们不受约束的喜悦；他们俩的"天真无邪"不仅可以解读为伊甸园里的幸福，而且也可以理解为被人误解的自嘲沮丧。实际上，弗罗斯特是在给自己开了个玩笑，因为他们俩当时被家人误解并遭抛弃，可是他们还不知所以，找不到被误解和抛弃的正当理由。他们并没有因为被剥夺了继承财产的权力而感到沮丧。相反，他们还不愿意让剥夺他们继承权的人感到失望。因此，弗罗斯特所要表达的主题是他选择作一名诗人，而不是像他的祖父和叔叔所期盼的那样，成为一个成功的农民。

　　此外，弗罗斯特还经常使用讽刺短诗来表达完全彻底的讽刺意义。在《并不在场》（"Not All There"）一诗中，两种截然不同的观点被并排列置：

　　我曾转身对上帝说话，
　　想谈谈这世界的绝望；
　　但却把事情弄得更糟，
　　我发现上帝并不在场。

---

① 笔者译自 Robert Frost, *Robert Frost: Collected Poems*, *Prose*, & *Plays*, New York: Literary Classics of the United States, 1995, p.25.

上帝曾转身对我说话，　　　　　　5

（请诸君切莫见笑）：

上帝发现我并未到场——

至少有一大半没到。①

这首诗的第一节集中呈现了一个以诗中人自我为中心的奇喻，因为作为一个世俗的凡人，他是没有资格去"转身对上帝说话"的，更何况他对上帝说话的语气又是如此地满不在乎："想谈谈这世界的绝望"。接着，诗中人风趣地说，他"把事情弄得更糟／我发现上帝并不在场"，因为他无法与上帝交谈。然而，在第二节中，诗中人又倒过来讽刺这个离奇的比喻。当上帝转身对他说话时，他不但心不在焉而且"至少有一大半没到。"因此，他没有得到上帝的启示。虽然这首讽刺短诗写得十分简单明了，但是它的委婉之美仍然建立在诗人使用人们所熟知的简单词语与其所暗示的深邃内涵的关联之上。这种简约而不简单的讽刺短诗常常让人感到回味无穷。最后，让我们看看弗罗斯特是如何在一个只有 20 个音节的音域中，通过并列一些人们日常生活的小事，风趣幽默地表达了他的怀疑主义思想：

我们爱围成圈跳舞并东想西猜，

可秘密却安坐圈内并明明白白。②

引用文献：

Eliot, T. S., ed. *Literary Essays of Ezra Pound.* New York: A New Directions

---

① 弗罗斯特：《弗罗斯特集：诗全集、散文和戏剧作品》（上），曹明伦译，沈阳：辽宁教育出版社，2002 年，第 392 页。

② 同上，第 455 页。

Book，1935.

Fitzgerald，F. Scott. *This Side of Paradise*. New York：Charles Scribner's Sons，1920.

Frost，Robert. *Robert Frost: Collected Poems，Prose，& Plays*. New York：Literary Classics of the United States，1995.

Untermeyer，Louis. *The Letters of Robert Frost to Louis Untermeyer*. New York，Chicago and San Francisco：Holt，Rinehart and Winston，1963.

弗罗斯特：《弗罗斯特集：诗全集、散文和戏剧作品》（上、下），曹明伦译，沈阳：辽宁教育出版社，2002 年。

黄宗英：《抒情史诗论》，北京：北京大学出版社，2003 年。

三、"绝对非文学性"

当我们讨论弗罗斯特诗歌语言艺术貌似简单性的时候，我们不能忽视他在诗歌创作中注重使用母语词汇这一特征。与 20 世纪初多数追求创作形式复杂化的激进派现代主义诗人相比，弗罗斯特可谓最坚定地追求诗歌语言简单化的诗人。他的诗自然流畅，毫不造作，语言来自日常生活。"他走到哪儿，就说到哪儿，他的诗歌语言也就来自那里，而且他还从不依赖其他诗人给语言所赋上的联想意义来取得某种艺术效果。"[1] 弗罗斯特曾说他在创作《波士顿以北》中的诗歌时，使用了一种"绝对非文学性"（"absolutely unliterary"）语言，而且他"从未使用过一个或者一连几个在日常用语中所没有听说的词语。"[2] 此外，当弗罗斯特说"我的遣词已经降低到了日常用语的水平，比华兹华斯的诗歌语言更加

---

[1] William R. Evans，*Robert Frost and Sidney Cox: Forty Years of Friendship*，Hanover & London：University Press of New England，1981，p. 55.

[2] Lawrance Thompson，ed.，*Selected Letters of Robert Frost*，New York & Chicago：Holt，Rinehart and Winston，1964，p. 102.

简单"的时候,弗罗斯特所指的也正是《波士顿以北》中的几首佳作。然而,弗罗斯特诗歌语言的简单性却不乏其刻意追求的艺术价值。正如他自己所说的那样:"我不是没有修饰。"在这一节中,笔者运用词源分析的方法,就弗罗斯特《波士顿以北》中最典型的一首戏剧性叙事诗《家葬》("Home Burial")作一细读,以证明弗罗斯特诗歌语言的"绝对非文学性"语体特征。

《家葬》一诗讲述了一个婚姻破裂的动人故事。就像《补墙》和《长工之死》等诗一样,《家葬》一诗仍探讨人与人之间的隔阂。这首诗说的是一对新英格兰农民夫妇不久前失去了他们的第一个孩子,但夫妇俩表达他们悲伤情感的方式却相去甚远。对于孩子的死,夫妇俩都悲痛欲绝,但是彼此间格格不入的情感抵触透露了夫妻间的悲剧性矛盾。丈夫亲手把孩子的尸体埋葬在他们家的园地里,而妻子却为丈夫那副貌似无动于衷的面孔感到悲愤而无法自拔。她痛感孤独,终日消沉沮丧,并开始怨恨丈夫。她觉得丈夫对孩子之死所表现出的那种瞬息即逝的悲伤情感简直不可理喻,因此她斩钉截铁地说:"这个世道真坏!"她打定主意"一定要离开这个家,到别处去,"可是她的丈夫板着脸声称:"我会跟踪你,硬把你抓回来,我说到做到!"诗中的故事十分简单,且诗人冠之以一个明朗却又貌似简单的标题:《家葬》。这一标题实为一个巧妙的双关。这里的家葬可以理解为父亲亲自将孩子的尸体埋葬在自家的园地里。可是,随着情节的发展,这一题目似乎又暗示了这对夫妻间爱情与婚姻的葬送。诗中的"家"似乎成了他们之间爱情的葬身之地。不言而喻,现代人的孤独才是诗人刻意追求的真正主题。

1. 母语的魅力

当弗罗斯特诗中的英语母语词汇用得最多之时,他的创作也往往最为耐人寻味。如果我们将《家葬》一诗断成以 100 个单词为单位的段落单元,那么弗罗斯特戏剧性叙事诗的文体简单性特

征也就一目了然了。在全诗 10 个百词单元(最后一个单元由 122
个单词组成)中,源自法语或拉丁语的词在各个百词单元中的比
例分别为 7、9、4、4、6、6、2、5、2、4。① 全诗共 1022 个单词,源自法
语或拉丁语的词只有 49 个,占总数的 4.8%。弗罗斯特很可能是
有意将源自法语或拉丁语词汇在诗中的比例压至最低的限度,以
避免给读者一种舞文弄墨的所谓"博学"印象。弗罗斯特的戏剧
性叙事诗总是开篇夺人,我们不妨考察一下弗罗斯特《家葬》一诗
的开篇艺术:

原文:

> He saw her from the bottom of the stairs
> Before she saw him. She was starting down,
> Looking back over her shoulder at some fear.
> She took a doubtful step and then undid it
> To raise herself and look again. ②　　　　　　　5

译文:

> 她还没有看见他,他先从楼梯脚下
> 看到她了。她正要走下楼梯,
> 却又回头看了看什么吓人的东西。

---

① 根据《韦伯斯特英语词典》(1979 年纽约版),弗罗斯特《家葬》一诗中源自法
语和拉丁语的词有:doubtful, Advancing, face, changed, terrified(L.), Mount-
ing, cowered,/place, refused, silence, sure, creature, murmured, challenged,
noticed, reason,/large, slate, marble, daunting,/fixed, reply, offense, please,/
suppose, partly, arrangement, special, carry, human,/grief, chance, inconsola-
bly(L.), face, memory, satisfied, / gravel, roll, / voice, stains, concerns, en-
try, repeat,/parlor, presense(L.), people; grief, change, force.

② Robert Frost, *Robert Frost: Collected Poems*, *Prose*, *& Plays*, New York: Literary
Classics of the United States, 1995, p. 55.

> 她犹犹豫豫,跨出了一步,又缩了回去,
>
> 又站高了一些,又看了一眼。①　　　　　　　5

原文开篇的 5 行诗句中仅有一个单词"doubtful"(犹犹豫豫)是源自法语词源的单词,其他的全是简单明了的英语母语单词;而且原文 40 个单词中,大多数是单音节词。从诗中选用的名词来看,也足见弗罗斯特遣词的简单性特征,因为开篇 5 行只有的 5 个词是名词:"bottom"、"stairs"、"shoulder"、"fear"和"step",且大多是具体名词,唯独"fear"一词可能暗示"什么吓人的东西。"

弗罗斯特对情景的描绘也不乏其敏锐的观察。一个个严谨逼真的意象每每让读者朦胧的感觉变成了一张张清澈透明的水墨画。这开篇几行不仅开启了一个戏剧性场面,而且预示了这对夫妻之间的情感隔阂。诗人首先巧妙地将"楼梯"意象推上了舞台,并导出了一个内涵十分丰富、令人浮想联翩的场景。这对农村夫妇的房子被描写成他们的囚身之地。诗一开篇,这位悲剧性女主人公似乎高高地站在舞台中央的楼梯顶上,而她那位被她误解而又反过来误解她的丈夫却站在楼梯脚的底下,仰起头看着妻子犹犹豫豫地想从楼梯上下来的样子,好像她发现了"什么吓人的东西。"她的目光一直没有离开那个可怕的景象,既没有落在阶梯上,也没有落到站在楼梯脚底下的丈夫身上。但是她的目光流露出一种源自她内心深处的绝望之情。这种绝望产生于她长期被禁锢在这个所谓"家"的痛苦之中。她的目光落在了那块埋葬他们不幸夭折的孩子的坟地上。弗罗斯特在此用楼梯意象将这对夫妇隔离开来,真可谓别出心裁,实为他们情感冲突的象征照应。原诗的头 5 行是 5 行相当齐整的五音步抑扬格诗行,每一行意义相对

---

① 本诗译文为笔者根据行文需要,在参考方平先生和曹明伦先生译文的基础上重新翻译。在此向方平先生和曹明伦先生表示衷心的感谢!

独立,自成一体。诗人似乎成功地通过叙述一连串细节而形成了一个不断展开的框架,以此来衬托诗中楼梯的意象,达到一种语言与意义、形式与内容的完美契合。从第二行的后半行到第五行为止,读者先从看到女主人公"正要走下楼梯",到看到她"又回头/看了看什么吓人的东西,"再到"她犹犹豫豫,跨出了一步,又缩了回去,"最后她"又站高了一些,又看了一眼。"在此,读者的目光先是投向她的面部,而后又落到了她的脚步;直到最后她"又站高了一些,"读者才注意到她的整个形象。接着,这位丈夫才登台亮相:

　　　　　　　　他一边上楼　　　　　　5
　　向她走去,一边问道:"你在看什么呀,
　　总是在楼上看——我倒想知道。"
　　她转过身来,连人带裙,**往地下一坐**,
　　脸上的惊吓变成痴呆,一无表情。
　　他想找回话题,随口问道:"你在看什么呀?"　　10
　　他上了楼,直到她**蜷缩在**他的身影底**下**。
　　"这下我有办法了——你必须告诉我,亲爱的。"
　　她站在那儿一动不动,也不肯告诉他。
　　并将**脖子稍稍一偏**,一声不吭。

在这段诗文中,值得我们细心琢磨的元素有三个:诗人所刻画的一连串动作;女主角恰如其分的神态;诗人使用的一连串表示动作的动词,比如"向……走去"(advancing)、"往地下一坐"(sank)、"上了楼"(mounting)、"蜷缩在……之下"(cowered)和"脖子稍稍一偏"(stiffening)等等。这些动词用于这一诗境之中,真可谓恰到好处。它们从视觉效果上增强了诗中叙事的感染力,尤其是男女主人公的动作形成了一个鲜明的对照。我们发现,诗中丈夫的动作

是"向……走去"和"上了楼,"而妻子的动作却是"往地下一坐"、"蜷缩在……之下"和"脖子稍稍一偏。"因此,诗人似乎是有意让这位丈夫出来取代这位妻子的悲剧性人物形象。"向……走去"的动作表明丈夫的自我意识,而妻子"往地下一坐"则表示她的失落之感;"上了楼"这一词语不仅描述了诗中丈夫登上楼梯的动作而且也把这位丈夫的形体逐渐地展现在了读者眼前,使他的形象变得越来越大;相反,当他的妻子"她蜷缩在他的身影底下"时,她的形象却变得越来越小。第 12 行的表述也使这位丈夫的权威形象更为突出:"这下我有办法了——你必须告诉我,亲爱的"("I will find out now — you must tell me, dear")。原文中的这一行全部采用源自古英语的英语母语词汇写成,这给诗行套上了一层简单的面纱。其实,弗罗斯特的复杂性也就在于此。从诗行的意义上看,前半行中所表示的决心("这下我有办法了")暗示了丈夫对妻子的优越之感,后半行中所透露出的命令语气("你必须告诉我")已足以说明丈夫对妻子的态度,而在诗行的最后一个单词上,诗人使用了一个带有劝诱口气的词——"亲爱的",这显然不乏其讽刺的用意,因为它根本无法减少丈夫的优越感以及妻子瞧见那个可怕景象时心里表露出来的"害怕"。

2. 声调的魅力

在这首诗的第 5—20 行之间,弗罗斯特连续 6 次重复使用了英文"see"这一感觉动词。这不能不引起我们对其修辞效果的注意:

原文:

He spoke　　　　　　5

Advancing toward her:'What is it you **see**
From up there always — for I want to know.'
She turned and sank upon her skirts at that,

And her face changed from terrified to dull.
He said to gain time: 'What is it you **see**,'   10
Mounting until she cowered under him.
'I will find out now — you must tell me, dear.'
She, in her place, refused him any help
With the least stiffening of her neck and silence.
She let him look, sure that he wouldn't **see**,   15
Blind creature; and awhile he didn't **see**.
But at last he murmured, 'Oh,' and again, 'Oh.'

'What is it — What?' She said.

                                    'Just that I **see**.'
'You don't,' she challenged. 'Tell me what it is.'

'The wonder is I didn't **see** at once. ①   20

译文:

                    他一边上楼   5
向她走去,一边问道:"你在**看**什么呀,
总是在楼上看——我倒想知道。"
她转过身来,连人带裙,往地下一坐,
脸上的惊吓变成痴呆,一无表情。
他想找回话题,随口问道:"你在**看**什么呀?"   10
他上了楼,直到她蜷缩在他的身影底下。
"这下我有办法了——你必须告诉我,亲爱的。"

---

① Robert Frost, *Robert Frost: Collected Poems*, *Prose*, *& Plays*, New York: Literary Classics of the United States, 1995, pp. 55–56.

她站在那儿一动不动,也不肯告诉他。
并将脖子稍稍一偏,一声不吭。
她任他看去,肯定他什么东西也**看不着**,　　　　　15
瞎了眼的东西;好一会儿他什么也**没看着**。
可是,最后他嘀咕了一声"唉",接着又一声"唉。"

"看到了什么啦——什么呀?"她问。

"就是我**看到的**。"

"你没看到,"她不信,"告诉我,那是什么?"

"奇怪,我以往怎么没能一下子**看出来**。　　　　20
……

当然,弗罗斯特一定会注意到在这么窄小的空间里多次重复使用同一个词可能造成修辞上的累赘效果。那么,诗人为什么在此不惜冒累赘之险呢?这么安排又能取得什么样的艺术效果呢?弗罗斯特认为"一首诗最活跃的东西是那些以某种形式缠结在习惯的句法与句子的意思之中的声调(intonation)。……它是诗歌中最为变化无常但同时又是最为重要的元素。假如没有这种元素,语言就成了死的语言,诗歌也就成了死的诗歌。有了这一元素,诗歌中就有了重音、重读、停顿等等这些原本不属于元音与音节的元素,可是这些都一一随着诗境的展开而自由地律动于句里行间。"① 然而,弗罗斯特在此所追求的似乎是一种没有明确意思的

---

① Lawrance Thompson, ed., *Selected Letters of Robert Frost*, New York & Chicago: Holt, Rinehart and Winston, 1964, p. 107.

声音效果。从上下文看,这一连6次使用同一个动词"see"仅仅是表达了一种感觉,而没有太多明确的意思。与其说它们表达某种意思,不如说它们在渲染某种感觉效应,给人以视而不见、听而不闻的感觉。这或许是诗人的用心所在,也可以说是弗罗斯特作诗的非凡笔力之所在。从语法学的角度看,前两个"see"(第6、10行)是及物动词,而后接着两个是不及物的感觉动词"see"(第15、16行)。这样,"see"一词的作用就从一个具有"观察与理解"等明确意思的动词向一种意思模糊的重复声音自然过渡。从格律上观察,这6个"see"中有5个被放在行末,构成明显的复韵,以削弱这一词本身的字面意思。从标点符号的使用上看,弗罗斯特在第6行的"always"一词后省略了问号,而在第10行行末又用一个逗号代替一个问号。那么,诗人这么处理的用意何在呢?想必他是在暗示读者诗中的丈夫根本就不指望他的妻子回答他的问话。由此可见,虽然诗人的措词十分简单朴质,但他还是非常巧妙而且十分自然地强调了这对夫妻之间的矛盾冲突。然而,与这6个感觉动词的作用相反的是第17行中的两个叹词"Oh"。它们的作用似乎又仅仅是一种没有明确语义的简单的声音重复。它们表达了一种较为明确的意思。弗罗斯特认为一个有声的词即使是在散文中也有两层意思。这里的两个"Oh"是一个较好的例证。它们不但有字面的宣示意义,表示一种没有明确意思的呼喊,而且包含了其声调的联想意义,表示这位丈夫的惊奇之感。

如果说上面讨论的6个"see"只不过是一连串有声无意的简单的声音重复的话,那么,原文第21行中源自法语词汇的"noticed"(注意)一词可谓诗人有意的选择,它澄清了丈夫意识到妻子误解自己的事实:

"奇怪,我以往怎么没能一下子看出来。　　20
过去我从来没在这儿**注意**到这个。

大概是我看熟了吧————一定是这个缘故。

那块小坟地,那儿有我的亲人!

真小,一扇窗子就把它全给筐进去了。

比一间卧室大不了多少,是不是? 　　　　　　　　25

立了三块青石碑,一块大理石碑。

是些宽肩膀的小石碑,在阳光下,

那小山坡上。我们不用管那些个。

可是我懂了:不是为了那些石碑,

而是孩子的土冢————"

　　"别说,别说,别说,别说啦!"她嚷道。 　　　　　　30

这位丈夫也许从未注意到窗外的这幅景象,但是他对那三块墓碑以及孩子坟墓的一番充满温情的描述告诉读者他并非一个冷酷无情的父亲,只不过这种婴儿夭折现象在当时生活条件十分艰苦的新英格兰农场上并不算罕见。显然,诗中这位丈夫的人生观十分质朴,他有勇气去面对生活中各种来自大自然的挑战。人的生命也只有贴近自然才有其真正的意义。他能够坦然地接受生活中的喜怒哀乐。他不像他的妻子那么敏感,但至少比她更容易让人接受。尽管他没有注意到那扇使他的妻子感到可怕的窗户,但是他能够透过窗户窥见生命的本质。当他最终将视线落在那块窄小的坟地上时,他立刻意识到了妻子的悲哀。他原谅自己————"大概是我看熟了吧。"然而,那小块墓地在他看来也不吓人。他把它当作"[他的]家人"最后的安歇之地。即使是那几块石板和大理石的墓碑也没给人留下死亡的印象,而是象征着人们安居乐业、生死自然的这么一种世代相传的生活。

3. 音韵的魅力

弗罗斯特的艺术想像力也是值得注意的。这一小段中最耐人寻味的一行当推第 24 行:"真小,一扇窗子就把它全给筐进去了。"那窗户虽小,但是站在窗旁可以看见窗外的整个景象,仿佛给他们家的坟地镶上了个镜框。每当妻子朝窗外看去的时候,她就看到了他们刚刚下葬不久的孩子的坟墓。这使得她每每悲痛欲绝。由于诗人接着说那块小小的坟地"比一间卧室大不了多少,"因此我们可以说这是个暗喻的写法,诗人将这块坟地比作一个卧室。但是诗人选用了两个视觉上巧押头韵的词语"window"(窗)和"whole"(全部),来强调这一暗喻意义上的对照效果,使这一比较关系成了一对对立矛盾的双方。当然,这种比较不光是空间上的对照,而且也是心理上的对照。因此,诗人在此已经表达了他对婚姻的态度,而这种态度实际上已经在这首诗的双关语题目中得到了暗示。也许就是这个略微牵强的比喻使这位夫人无法忍受痛失孩子的痛苦。于是,当她听到丈夫说"可是我懂了:不是为了那些石碑,/而是孩子的土冢——"的时候,她突然放声大叫:

> 她身子往后一缩,从他那搁在栏杆上的
> 胳膊底下挣脱了出来,快步溜下楼去;
> 并回过头来。气呼呼瞪了他一眼,那种神态
> 叫他说了两遍才明白自己在说什么:
> "难道就不让男人提起他失去的自己的孩子吗?"　　35

> "就不让你说!噢,我的帽子哪去了?
> 算了,不戴了!我要出去,出去透透气。
> 让不让男人说。我可不知道。"

"艾米! 这个时候了,别上别人家里去。

听我说。我就待在这儿,不下来了。"　　　　　　　　40

他坐在楼梯上,双拳撑着下巴。

"有句话我想问问你,亲爱的。"

"你根本就不懂得怎么问。"

　　　　　　　　　　　　"那就帮帮我吧。"

她伸手推动门闩,算是回答。　　　　　　　　　　44

　　孩子的墓冢激起了她这一阵疯狂责骂,他突然间恍然大悟,意识到自己根本就没有理解妻子是出于对孩子死亡的悲伤而怨恨他的麻木不仁。顿时,孩子的悲剧成了父亲自己的悲剧。他无法接受眼前的一切,站在楼梯上,心灰气丧。他觉得自己与妻子之间的距离越来越远。诗境至此,读者心目中也许产生了一种暗淡模糊的感觉,诗中的故事情节似乎变得越来越复杂。值得注意的是诗人在这一段诗文中,所选用的源自法语和拉丁语词汇的比率也最低。原文总共 142 个单词仅有两个源自法语的词汇"banister"(栏杆)和 "daunting"(气呼呼)。尽管如此,诗人调用了一切可能的艺术手法赋予了这一段诗文以深刻的内涵。首先,假如我们细心琢磨这第 30 行的格律效果,我们会发现弗罗斯特驾驭戏剧性诗歌语言的娴熟技巧。诗人还将一个五音步抑扬格的诗行断成两半:

原文:
　　"But the child's mound ——"

　　　　　"Don't, don't, don't, don't," she cried.　　30

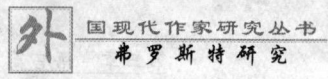
译文：

"而是孩子的土冢——"

"别说，别说，别说，别说啦！"她嚷道。　　30

在原文前半句中，诗人使用一个抑抑格（pyrrhic）加上一个扬扬格
（spondee）的格律替代形式，集中了两个重音，打破了读者原本的
抑扬格的心理格律期待，有效地突出了"child's mound"（"孩子的
土冢"）这一连两个重音的听觉效果，达到了强调诗中丈夫恍然大
悟、突然间明白妻子对他的误解的效果。其次，弗罗斯特紧接着在
"土冢"（mound）一词后用了个连字符，既表示诗中丈夫话语未尽
又暗示他逐渐陷入一种无声的绝望。但是，这一无声的情境又突
然间被他的妻子一连 4 个连珠炮弹式的嚷嚷声所打破："别说，别
说，别说，别说啦！"

　　原文前后两个半句中所蕴涵的鲜明的格律对照，形象地刻画
了诗中丈夫的沉默和妻子的冲动。借助这种格律对照，诗人不仅
表达了这对夫妇对他们第一个孩子夭亡持完全不同的态度，而且
使故事的冲突更加引人注目，更加富有戏剧性效果。第三，在这段
诗文中，我们还能看到有规律的五音步抑扬格的无韵诗语境不断
地被各种不规则的格律变体所破坏。这种格律效果既强调了丈夫
的失望之情又强化了这对夫妻之间的情感隔阂。第 35 行也写得
格外耐人寻味：

原文：

"Can't a man speak of his own child he's lost?"

译文：

"难道就不让男人提起他失去的自己的孩子吗？"

这一行的标新立异之处在于它的口语化方言特色,而行中原本的五音步抑扬格无韵诗格律语境已经变成了由一个抑抑格加上一个扬扬格,接着再由一个抑抑格加上一个扬扬格,最后用一个抑扬格(iamb)结束的格律替代形式:˘˘ ˊˊ˘˘ ˊˊ ˘ˊ。这种格律替代貌似没有规则,但实质却从语义上增强了诗人想要强调的关键性单词:"man speak"(男人提起)、"own child"(自己的孩子)和"lost"(失去)。第四,当诗中的丈夫看到妻子"气呼呼瞪了他一眼"(a daunting look)时,他顿时感到茫然不知所措。弗罗斯特很善于捕捉这种精炼的短语来创造叙事诗中一个个逻辑或是情感的高潮,使其创作更富有戏剧效果。第五,妻子溜下楼梯也是诗人处理得恰到好处的一个动作,其微妙之处在于它戏剧性地将这对夫妻的位置调换了一下,以便把读者的注意力重新集中到楼梯上来。诗人再一次把诗歌中的悲剧性人物推向了舞台的中央。然而,这一次是诗中的丈夫而不是妻子了。假如我们说舞台上的妻子给读者的第一个印象是让人捉摸不透或是无所适从的话,那么此时此刻,这位悲剧性丈夫给人的感觉却是孤独无助的。由于孤独而深感压抑,妻子艾米想要"出去",她要"出去透透气"。艾米迫切希望逃离这个家。这表明他们的夫妻关系开始恶化,两人的感情愈发变得黯然无光。到了第 39 行读者便知道艾米原来并非与丈夫心心相印,她甚至有时宁可找外人诉苦。这种感觉也使丈夫陷入了沉思:

> 我一说话,总要惹你生气。　　　　　45
> 我真不知怎样开口,才能够
> 讨你喜欢,不过,照我想,
> 我也许还教的会吧。……

丈夫心里暗中琢磨着,希望找到一些能够打动妻子的话语,但是他不知从何说起。他希望妻子能开导开导自己，因此又接着说："可是，我还是没有主意。"他恳求她帮助，但是她对此不屑一顾，又摆出了个嘲弄挖苦的样子。丈夫再次恳求妻子不要再向外人诉说自己的苦衷。他已经接受了孩子夭亡这一事实，但是他的妻子则完全接受不了这一无情的事实，特别是丈夫那"若无其事"的态度。为了把故事情节推向另外一个高潮，诗人让诗中的这位丈夫开始抱怨自己没有表达悲伤的自由：

原文：

> What was it brought you up to think it the thing
> To take your mother-loss of a first child
> So inconsolably — in the face of love.   65
> You'd think his memory might be satisfied —"
>
> "There you go sneering now!"
>
>   "I'm not, I'm not!
> You make me angry. I'll come down to you.
> God, what a woman! And it's come to this,
> A man can't speak of his own child that's dead."   70

译文：

> "到底是什么总使你想不开呢——
> 当妈妈的，失掉了第一个孩子
> 而悲痛欲绝——即使爱人就在身边？   65
> 你可是认为要这样悼念他，才算——"
>
> "你分明在讥笑我！"

　　　　　　　"没这回事,没这回事!"
　　你叫我生气啦,我要下来跟你谈。
　　天哪,有这样的女人,落到了这地步,
　　　　不许男人谈起自己那死去的孩子。"　　　　　70

　　丈夫似乎已经意识到,为了理解妻子和被妻子理解,他必须暂时放弃自己的理性,顺从妻子的个性。换句话说,他必须放弃自己在家庭中的主导地位。这对他来说,似乎有失身份。然而,弗罗斯特为了使他的表现形式与内容相互契合,他使用了跨行法(enjambe-ment)这一句法修辞形式。从 63 到 65 行就是一个典型的例子。诗人用一个纵跨三行的长句,从形式上强调了诗中丈夫责备妻子对孩子的夭亡所表现来的没完没了的悲伤情绪。由于跨行法中存在明显的句子不完整的句法特征,给读者留下了"连续不断"[①] 的印象,因此这一修辞手法生动而又创造性地再现了诗中丈夫百思不解以及妻子喋喋不休的意象。可见,弗罗斯特使用跨行法的技巧也已经达到了炉火纯青的地步。此外,假如我们注意到原诗第 65 行中源自拉丁语的单词"inconsolably"(悲痛欲绝)有 5 个音节,是全诗最长的一个词,那么我们也许会意识到弗罗斯特选用这个词的目的。一方面,是要表达诗中妻子不停地在丈夫面前表示对孩子夭亡的悲伤;另一方面,是刻画丈夫对妻子那种腻烦的责骂所表现出的一种茫然不解的心绪。读者不难发现,诗人在全诗中很少起用特别正式的源于拉丁语或法语的词语,但是原诗第 4 行和第 65 行中的"doubtful"(犹犹豫豫)和"inconsolably"(悲痛欲绝)

① Alex Preminger and T. V. E Brogan, eds., *The New Princeton Encyclopedia Of Poetry and Poetics*, Princeton (N. J.): Princeton University Press, 1993, pp. 359 – 360.

两词,也许说明了弗罗斯特是有意选用正式的、源于拉丁语或法语的词语来取得艺术强调的效果,以达到形式与内容的契合。

从 71 行到 105 行,尽管诗中的语言仍可谓"绝对非文学性,"① 但是弗罗斯特所表现出的戏剧性效果却可谓登峰造极。诗中丈夫开始大肆抨击妻子指责他埋葬孩子时所表现出的冷酷无情。这段描写创造了诗中的又一个情感高潮,并为全诗结尾丈夫对妻子那种咄咄逼人的威胁恐吓作了铺垫。这段对话十分自然逼真,不论是从诗人的观察还是理解角度,都完美地体现了弗罗斯特诗歌的现实主义写法。诗人在此展示了他能够将深刻寓意融入日常小事的非凡笔力和天才。首先,诗人用平实自然的词语,再现了一个情感灼热的动人形象。诗中那位母亲心中的痛苦与悲伤真可谓淋漓尽致地在这一感人的意象中得到了惟妙惟肖的刻画:

原文:

    "You can't because you don't know how to speak.

    If you had any feelings, you that dug

    With your own hand — how could you? — his little grave;

    I saw you from that very window there,

    Making the gravel leap and leap in the air,   75

    Leap up like that, like that, and land so lightly

    And roll back down the mound beside the hole.

    I thought, Who is that man? I didn't know you.

译文:

---

① 在第 71—105 行中,除了 gravel, roll, voice, stains, concerns, entry, repeat, foggy, parlor, pretense, people, grief, change 等词以外,96.4% 的单词是英语母语词汇。88.9% 的单词是单音节词;只有 everyday, following, understand 等 3 个词是三音节词。

"你不行,因为你不知道这么说。

你要是还有感情,你怎么会

亲手拿起铁锹——怎能这样?——他那小小的坟墓;

我就是从那个窗口看着你掘的,

砂土向空中跳啊,跳啊,　　　　　　　　　　　　　　75

跳啊,就像那样,就像那样,又轻轻地落下,

滚回来,落到窟窿边上,那土堆脚下,

我心想,那人是谁呀? 我不认识你。

值得注意的是弗罗斯特在第 75 行中重复了"跳"(leap)一词,而在第 76 行中又重复使用了"就像那样"(like that)这一短语,并且在第 76 行中将 5 个重押头韵的词(*l*eap,*l*ike,*l*ike,*l*and,*l*ightly)前后叠用,使这一意象如此逼真以至与诗中女主人公反反复复的心境和举动形成呼应:

原文:

And I crept down the stairs and up the stairs

To look again, and still your spade kept lifting.　　80

译文:

我下了楼梯,又回头上了楼梯,

想再看一眼,你的铁铲仍在一下一下往上挥。　　80

丈夫乞求妻子,想分担她的悲伤,却反而遭到妻子更强烈的责备。可见,与其说妻子的悲伤是因为孩子的夭亡,不如说是由于丈夫的麻木不仁。最终,丈夫意识到妻子所责备的究竟是什么。他显然无法回答,却又倔强高傲,不愿主动开口。诗人没有让他的男主人公指责妻子误解了他,但弗罗斯特还是将这位丈夫满腹怨恨

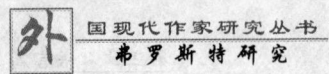

挤进了弗罗斯特所特有的一个貌似轻描淡写却实则寓意深刻的简约表达之中：

原文：

> "I shall laugh the worst laugh I ever laughed.
> I'm cursed. God, if I don't believe I'm cursed."　　90

译文：

> 我真想笑一笑那最苦最苦的笑：
> 我真倒霉呀。天哪，难道还不相信自己倒霉吗？　　90

其实，他对孩子的死与妻子一样悲痛欲绝；他亲自将孩子埋葬，是要亲手将孩子送回大自然以减轻自己内心的痛苦。但是他的妻子没有意识到这一点，反而把丈夫埋葬孩子这件事当作是对孕育这孩子的爱情的一种无端亵渎。

在下面这段诗行中。弗罗斯特的语言也"不是没有修饰。"诗人让艾米以精确的回忆继续责备她的丈夫：

原文：

> "I can repeat the very words you were saying:
> ' Three foggy mornings and one rainy day
> Will rot the best birch fence a man can build.'
> Think of it, talk like that at such a time!
> What has how long it takes a birch to rot　　95
> To do with what was in the darkened parlor."

译文：

> "我能把你当时说的一字一句重复给你听：
> '三个大雾弥漫的早晨，加上个雨天，

编的最好的白桦树篱也得烂掉。'
想想看，当时，你竟然说出这样的话！
白桦树多久才能烂掉，有什么相干呢——　　　　　95
跟不见阳光的客厅里的那个情景？"

第95行蕴含着一个巧妙的比喻。假如一排桦树篱笆在潮湿的空气中会腐烂得那么快，那么在那湿得都能粘脚跟的泥土中，小木棺也一定会腐烂得很快。但是妻子没有理解丈夫的这一比喻说法，而是仅仅理解了它的字面意义："白桦树多久才能烂掉，有什么相干呢——跟不见阳光的客厅里的那个情景？"由此可见，夫妻之间对原文中的"to rot"（烂掉）这一概念的理解有所不同。显然，丈夫是用"桦树篱笆"来比喻那小木棺的；然而，妻子却用一种更加委婉的方式提及孩子的死亡："不见阳光的客厅里的那个情景？"她甚至用英文中"什么"（what）一词来指示死者，而不愿意使用"谁"（who）一词。因此，不论弗罗斯特的诗歌语言如何简单，他的陈述总是充满着戏剧性艺术效果。

第97行中妻子大声、激烈的叫喊使她的一连串指责更为令人信服：

原文：

You *couldn't* care! The nearest friends can go
With anyone to death, comes so far short
They might as well not try to go at all.
No, from the time when one is sick to death,　　　100
One is alone, and he dies more alone.
Friends make pretense of following to the grave,
But before one is in it, their minds are turned
And making the best of their way back to life

And living people, and things they understand.　　105
But the world's evil. I won't have grief so
If I can change it. Oh, I won't, I won't!'

译文：

　　你在乎啥！最亲密的朋友原说
　　要跟大家一起去送葬,谁知道后来,
　　也许根本就没有想去的意思。
　　不,人得病了,活不成了,打那时起,　　100
　　他就成了独个儿,他临死时,更孤独了。
　　亲友们来送葬,只是装个样儿,
　　尸骨还没有入土,他们的心早已
　　飞走了,巴不得尽快回到人世去,
　　和活着的人在一起,办他们混熟的事。　　105
　　可是这世道真坏,我要是做得到,
　　才不愿这样伤心！我才不愿,才不愿呀！

此时此刻,妻子悲伤地痛哭道:"最亲密的朋友原说/要跟大家一起去送葬,谁知道后来,/也许根本就没有想去的意思。"她似乎在告诫读者人人都将孤独地死。她谴责人们对别人的悲伤持麻木不仁的态度。她的悲伤本身就是对这个世界的一种谴责。她拒绝任何安慰之词。为了衬托诗中这位妻子对人们悲伤之感的短暂性所表现出的情感焦虑,弗罗斯特巧妙地在第97行至107行之间运用了不平衡的句法结构,收到了较好的修辞效果。这段诗文中一共有7个句子,最短的仅有4个音节("你在乎啥!"),而最长的却长达4行。诗人好像是要将这位妻子那膨胀了的伤心之感印入自己的诗行之中。然而,她的这种解脱似乎又是无源之水、无本之木,只能是一种无从解脱的解脱:"可是这世道真坏。我要是做得到,∕才不愿这样伤心! 我才不愿,才不愿呀!"

4. 开放式结尾

　　诗的最后几行(第 108 至 116 行)再现了这桩破裂婚姻的情感高潮。丈夫以为妻子已经诉尽了苦衷,他生怕一位过路的邻居看出他们夫妻间的不和。但是,他的妻子却无法抑制自己的情感。全诗以妻子要离家出走,丈夫又扬言要将妻子绑架回家作结:

原文:

"There, you have said it all and you feel better.

You won't go now. You're crying. Close the door.

The heart's gone out of it: why keep it up.　　　　　110

Amy! There's someone coming down the road!"

"You — oh, you think the talk is all. I must go —

Somewhere out of this house. How can I make you —"

"If — you — do!" She was opening the door wider.

"Where do you mean to go? First tell me that.　　　　115

I'll follow and bring you back by force. I *will*! —"

译文:

"那么,你全说完了,你好受些了吧。

现在你不想走啦。你在哭呢。把门关上吧。

已经把心打开了,干吗还憋气呢。　　　　　　　110

艾米! 有人从大路那边来啦!"

"你——以为讲过就算了。我得走——

离开这个家。我怎么才能使你——"

"要是——你——走!"她把门开得更大了。

"你要上哪儿去? 先告诉我这个。

115

我会跟着你,并把你抓回来。我说到做到!"

    开放式的结尾是弗罗斯特诗歌创作的一大特色。这首诗的结尾也不乏其歧义之处。首先,丈夫生怕外人知道他的妻子离家出走而影响他的名誉。他不喜欢别人知道他们夫妻俩在这场家庭厄运中缺乏默契。"有人从大路那边来啦!"这一行既可以使他们避免最终的决裂,也可以使她永远离开这个家。假如我们细细琢磨这对夫妻之间最后这段对话(第 111 至 116 行),就不难看出诗中这扇半开着的门便是全诗深刻寓意之缩影。妻子欲走而不离,丈夫想挽留妻子却无奈。他们的对话毫无结果。不论丈夫还是妻子都无法采取任何有效的措施。他们各有自己的愿望,但都找不到答案。诗人留给读者的最终印象似乎停留在那扇半开不关的门上以及几句简单而又充满歧义的对话之中:"我怎么才能使你——";"我会跟着你,并把你抓回来"等等。全诗的结尾似乎有些突然,但给读者留下一种悬念。其次,第 112 和 113 行行末的两个破折号可谓诗中妻子犹豫不决的有力佐证。第一个破折号显然暗示着一种歧义的感觉。由于诗人将其置于"走"一词之后,它可以理解为女主人公举棋不定的心态;但是由于诗行中"走"(go)一词正好是重读音节,强调动作本身的意义,所以破折号又可以解释为女主人公要离家出走的坚定决心。第二个破折号不仅可以读出妻子对丈夫的怨恨,而且也可以解释为妻子一种无声、无奈的绝望。第三,弗罗斯特并没有写明男主人公的恐吓究竟是逼走了妻子还是使她回心转意。从诗行的格律看,第 116 行是用相当整齐的五音步抑扬格写成的,而且行中还有重押头韵的词语,如"follow"（跟着）和"force"（硬是），"bring"（抓）和"back"（回）等等，这些手法都从音韵效果的角度强调了男主人公的坚定决心和强硬做法。最后，弗罗斯特认为"要是——你——走！"一句表现了一种特殊的想象，一种"听觉想象"，而且这种听觉想象在此给人的恐吓之感是"不言而喻的。"① 然而，全诗终于情感的高潮，读者必须自己去完成诗人未写完的故事。

《家葬》一诗体现了弗罗斯特运用简单、朴素的英语母语词语进行诗歌创作的才能。他那独具匠心的遣词方法、灵活多变的句法结构、想象丰富的音韵设计以及他那寓意深刻的主题表现手法等等，都充分体现了弗罗斯特简单深邃的诗歌创作风格，特别是他使用其所谓"绝对非文学性语言，"充分展示了英语母语词汇独特的、毫不造作之感觉的艺术表现力。弗罗斯特善于用普通的语言创造出非凡的艺术复杂性。他的诗歌语言简单、直接、逼真，且多用英语母语中的单音节词；然而，他的诗歌语言绝非对新英格兰方言的简单注音，弗罗斯特成功地"将日常用语的轻重缓慢融入诗歌格律的抑扬顿挫，"从而创造了"诗歌艺术的内在动力。"② 他的诗不光是描述、评论某些情景和事物，而且往往涉及一些寓意深远的重要主题。弗罗斯特绝对不是一个"没有教养的孩子，"他的诗显然"不是没有修饰"！

引用文献：

Baym, Nina, ed. *The Norton Anthology of American Literature*. 3rd ed. Vol. 2.
　　New York & London：Norton & Company, 1989.
Evans, William R. *Robert Frost and Sidney Cox: Forty Years of Friendship*. Han-

---

① Lawrance Thompson, ed., *Selected Letters of Robert Frost*, New York & Chicago：Holt, Rinehart and Winston, 1964, p.130.
② Nina Baym, ed., *The Norton Anthology of American Literature*, 3rd ed. Vol. 2., New York & London：Norton & Company, 1989, p.1082.

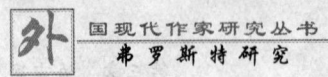

over & London: University Press of New England, 1981.

Frost, Robert. *Robert Frost: Collected Poems, Prose, & Plays.* New York: Literary Classics of the United States, 1995.

Huang, Zongying. *A Road Less Traveled By — On the Deceptive Simplicity in the Poetry of Robert Frost.* Beijing: Peking University Press, 2000.

Preminger, Alex and T. V. E Brogan. Co-eds. *The New Princeton Encyclopedia Of Poetry and Poetics.* Princeton(N. J.): Princeton University Press, 1993.

Thompson, Lawrance, ed. *Selected Letters of Robert Frost.* New York & Chicago: Holt, Rinehart and Winston, 1964.

第四章

格 律 篇

一、"意义声音"

1."句子声音"

弗罗斯特在其诗歌创作的初期,就强调诗人应该善于使用自然的方言,并且把人们日常话语中的"说话声调"(speaking tone of voice)① 称为"意义声音"(sound of sense)或者"句子声音"(sentence sound)。尽管弗罗斯特没有声称自己是"意义声音"理论的创造者,但是他坚持认为自己是第一位将这一概念发展成为一个自觉的诗歌创作原则的诗人。1894 年 12 月 4 日,弗罗斯特在他给《纽约独立者》(The New York Independent)报的文学编辑苏珊·海斯·沃德(Susan Hayes Ward)的信中说:"我认为声音是诗歌创作的一种元素,是惟一一种能够把想象化成理性的元素。我完全可以证明这种使用方言的方法是正确的。它有助于幻想并且能够

---

① Robert Frost, "Preface to *A Way Out*," in *Robert Frost: Collected Poems*, *Prose*, *& Plays*, New York: Literary Classics of the United States, 1995, p. 713.

激发艺术家的想象。"① 尽管这仅仅是弗罗斯特当时对诗歌创作的一种朦胧感觉,但是时隔 20 年之后,这种对声音元素的敏感性却发展成弗罗斯特最重要的诗歌理论。1913 年 7 月 4 日,弗罗斯特在给巴特里特的信中说:"我可能是当今惟——位仍然在用过时的诗歌创作理论(我最好说是一种原则)进行创作的诗人。你知道近来被人们看好的诗歌作品多半被认为是基于这么一种理论——词语的音乐性来自元音和辅音的和谐。斯温伯恩(Swinburne)和丁尼生(Tennyson)两位诗人几乎都在诗歌创作中获得了这种音谐韵合的艺术效果。但是他们的路子不对,或者至少说,他们好景不长。他们的创作已经到了登峰造极的地步。任何仿效者都无法超越他们。可是在英语诗人中,我却另辟蹊径,有意识地去挖掘那意义声音的音乐性……"② 众所周知,十八世纪英国诗人蒲柏(Alexander Pope, 1688—1744)曾经说:"声音须作意义的回声。"③ 可见,弗罗斯特是有意识地在形式开放的 20 世纪诗歌创作情境中探索"一条创新的老路"(the old-fashioned way to be new)。④

根据弗罗斯特"意义声音"理论,不论是一个句子还是一个单词都有其自身的区别性声音。所谓"句子声音"不是指几个单词组成一个句子的意义,而是指某个句子的声音所赋予这些单词的意义。它是由一个句子的重音结构以及说话者的语气所决定的。假如我们认真研听一下弗罗斯特本人朗读他自己的诗歌录音,我们就能发现弗罗斯特所谓的"句子声调"实际上就是一种内涵深

---

① Lawrance Thompson, ed., *Selected Letters of Robert Frost*, New York & Chicago: Holt, Rinehart and Winston, 1964, p. 25.

② Ibid, p. 79.

③ 王佐良、李赋宁等主编:《英国文学名篇选著》,北京:商务印书馆,1987 年,第 438 页。

④ Robert Frost, *Robert Frost: Collected Poems, Prose, & Plays*, New York: Literary Classics of the United States, 1995, p. 741.

邃的"意义声音"。弗罗斯特《雪夜林边逗留》一诗的第三节就是一个较好的例子：

原文：

> He gives his harness bells a shake
> To ask if there is some mistake.　　　10
> The only other sound's the sweep
> Of easy wind and downy flake.

笔者试译：

> 他使劲甩了甩颈上的缰铃，
> 问主人该不是停错了地方？　　　10
> 可是林边雪夜，万籁俱静，
> 只有雪花飘飘，微风轻轻。

当你听到弗罗斯特朗读这几行诗时，你立刻就会发现诗人在朗读头两行时有意加快节奏，而在朗读后两行时却放慢了速度。[①] 诗中铃儿叮当的欢快声与寒风萧萧的凄凉声在此形成了"说话声调"上的鲜明对照。这些区别性特征在弗罗斯特 1914 年 2 月 22 日给巴特里特的一封信中得到了进一步的阐释：

> "一个句子本身就是串联了一连串称之为词语的一个声音。
>
> 你可以不要这个句子声音(sentence-sound)而把一连串词语连接在一起，就像你不用晾衣绳而凭着连接衣袖把衣服晾在两棵树之间一样，但是那种晾法对衣服不好。

---

① 根据纽约 Harper Collins 出版公司于 1992 年出版的弗罗斯特本人诗歌朗诵的录音。

　　串联在一个句子声音上的词语的数量不定，但是往往有过多的危险。

　　句子声音是一些十分明确的元素。（我不是在这里宣扬什么文学神秘主义。）它们和词语一样明确。也不是没有可能把它们汇编成一本书，只不过目前我还知道应该按照什么体系进行分类编目。

　　它们是通过耳朵来理解的，是通过耳朵从人们的日常用语中收集而来并写进书本去的。一些书本里谈论的许多句子声音对我们来说并不陌生。我认为它们并不是作家们创造的。最有原创性的作家也只是从谈话中活生生地捕捉到它们，因为那里是它们自然生长的地方。

　　假如有一个人，他使用的一切词语都能够串联在一个个明确可辨的句子声音上，那么，他肯定是一个作家。想象的声音、说话的声音肯定知道该如何在作家写出的每一个句子中表现自己。

　　假如一个人所使用的词语大多都串联在一些更为动人的句子声音上的时候，那么他一定是一个出色的作家。

　　再谈谈理解问题：在文学方面，我们的任务是要给读者一些东西并且能够让他们说："哦，是的，我懂你的意思。"千万不要给他们讲一些他们不懂的东西；[我们]只能讲一些他们懂得却没想到把它们说出来的东西。那必须是他们能够理解的东西。"①

　　在弗罗斯特看来，这种句子声音实际上相当于诗人在创作中用语言和格律所捕捉到的一种情感丰富的"意义声音"。换言之，

---

① 笔者译自 Lawrance Thompson, ed., *Selected Letters of Robert Frost*, New York & Chicago：Holt, Rinehart and Winston, 1964, pp. 110 – 111.

只有当诗歌语言融合了话语和格律的基本要素时,这种句子声音才能够发挥它的作用。1914 年 7 月 8 日,在给约翰·库诺斯(John Cournos)先生的信中,弗罗斯特说:"我写诗的韵律似乎让人伤透了脑筋,这超出了我的意料——我想这是因为我长期以来一直习惯于按照我自己的方式去思考这个问题的结果。这种韵律实际上很简单。它不仅包括素体无韵诗所规定的十分规则的重音和音步,而且也包括说话语调中十分不规则的重音和节奏。我最大的满足就是当我能够把这两者融入一种充满张力的关系之中。我喜欢把语调生拉硬拽过诗行所规定的格律并让它变得支离破碎,就像海浪先涌上铺满卵石的海滩,然后在海滩上变得支离破碎一样。"① 因此,弗罗斯特诗歌创作的成功之处就在于他善于在诗歌创作中将人们轻松自如的说话语调融入传统严谨的诗歌格律之中。弗罗斯特有一首题目为《在一首诗中》("In a Poem")的短诗,便是证明他这种独特的诗歌创作原则的典型例子:

原文:

> The sentencing goes blithely on its way,
> And takes the playfully objected rhyme
> As surely as it keeps the stroke and time
> In having its undeviable say. ②

笔者试译:

> 诗歌行文应当轻松自如,
> 韵脚从心所欲而不逾矩,

① Lawrance Thompson, ed., *Selected Letters of Robert Frost*, New York & Chicago: Holt, Rinehart and Winston, 1964, p.128.
② Robert Frost, *Robert Frost: Collected Poems*, *Prose*, *& Plays*, New York: Literary Classics of the United States, 1995, p.329.

> 稳稳地保持韵律和节奏，
> 要说出准确无误的话语。

在这首诗歌中，弗罗斯特向我们展示了诗歌形式、内容及其表现手法之间的互动关系。首先，它的行文应当"轻松自如"，能够充分享受其自由发展；其次，韵脚虽然可以"从心所欲"但必须做到落地有声，能够匡正诗体；第三，"韵律和节奏"必须"稳稳地"支持诗人"准确无误"地表达他的意思。看来，只有履行所有诗歌创作的责任和义务，诗人才能够真正找到最大限度地表达其"准确无误的话语"的方式。①

2. "说话声调"

弗罗斯特强调在诗歌创作中使用鲜活的语言。评论家布劳尔认为"没有其他诗人能够像弗罗斯特那样在诗歌创作中有自己独特的声音了，而且当我们诵读诗歌的时候，我们也没有听见过有哪位诗人的声音比弗罗斯特的声音更加清晰可辨了。"② 的确，弗罗斯特始终在琢磨诗歌创作中的"说话声调"。1915 年前后，弗罗斯特开始系统地阐述这一理论，但是他并不认为它是什么新鲜的东西。当时精通韵律学的英国桂冠诗人布里奇斯（Robert Seymour Bridges，1844—1930）所强调的是"话语的节奏"（speech rhythms），并且认为它是诗歌创作遣词造句的一个要素。布里奇斯坚持在诗歌创作中实践他的"重音格律"（stress prosody）理论，即诗行中的重音分配充满变化。他的朋友霍普金斯（Gerard Man-

---

① Lawrence Buell, "Frost as a New England Poet", in *The Cambridge Companion to Robert Frost*, Robert Faggen, ed., Cambridge: Cambridge University Press, 2001, p. 152.

② Reuben A. Brower, *The Poetry of Robert Frost: Constellations of Intention*, New York: Oxford UP, 1963, p. 3.

ley Hopkins, 1844—1889) 把这种每一诗行中都包括不规则的重音分配的格律形式称为"跳跃韵律"(sprung rhythm)。① 在布里奇斯的一首题为《伦敦雪》("London Snow")的名诗中, 布里奇斯不仅融合了维多利亚诗歌对城市的迷恋和浪漫主义诗歌对大自然的回归的特点, 而且巧妙地使诗中句里行间自由律动的节奏与天空中缓缓飘落的雪花融为一体, 达到了很高的艺术水准:

原文:
> When men were all asleep the snow came flying,
> In large white flakes falling on the city brown,
> Stealthily and perpetually setting and loosely lying,
> Hushing the latest traffic of the drowsy town;
> Deadening, muffling, stifling its murmurs failing
> ...

笔者试译:
> 人们进入梦乡, 大雪漫天飞扬,
> 洒落在阴郁的城市, 白雪飘飘,
> 悄悄地、不停地, 且零零散散,
> 叫这机车喧闹的昏城欲睡摇摇,
> 让即失的嘀咕减弱、低沉、窒息。②

但是, 弗罗斯特感兴趣的是一种能够"把想象变成理性判断的声

---

① 王佐良先生把"sprung rhythm"翻译为"跳跃韵律", 见王佐良著《英国诗史》, 南京:译林出版社, 1993 年, 第 403 页。
② Carl Woodring & James Shapiro, eds., *The Columbia History of British Poetry*, Beijing: Foreign Language Teaching and Research Press, 2005, p. 511.

音"①。他的"句子声音"理论让我们想起了英国浪漫主义诗人柯尔律治强调音乐美感的诗歌创作音韵原则。柯尔律治的诗学理论对十九世纪诗歌创作起到了巨大的作用,甚至连十九世纪美国诗人艾伦·坡也把诗歌定义为:"美的节奏创造。"② 为了抵制当时风靡诗坛的丁尼生诗歌中那种听之圆润洪亮却实质做作腻丽的音韵效果,一些现代主义实验派诗人(比如意象派诗人)开始探索和挖掘诸如话语节奏等一些诗歌基本要素的种种美学可能。他们抛弃了传统的诗歌格律形式并致力于挖掘诗歌中更加自然的抑扬顿挫与句子节奏的艺术张力。

然而,弗罗斯特却另辟蹊径。他转向华兹华斯和爱默生的诗歌与诗学理论。华兹华斯和爱默生都主张挖掘凝聚在人们日常话语节奏中一些内在的诗歌元素,因为他们相信这些元素直接来自普通百姓的话语,而百姓话语又与大自然息息相关、紧密相连。在《抒情歌谣》(Lyrical Ballads, 1800)第 2 版的序言中,华兹华斯抨击当时风靡一时的诗歌遣词风格,认为那种"腻丽和不实的遣词"根本就无法揭示大自然的精神。他认为那种直接来自"出身卑贱和朴素的人"的语言"更加富有永久性和哲学意义,"因为在那种生活条件下,

"人们心灵深处最基本的激情找到了一块更加适合它们生长的土地;它们遭受更少的限制并且使用着一种更加简明和更加有力的语言;因为在那种生活条件下,人们内心最根本的情感与一种更加简单的心境共同存在,而且其结果可能是更加正确地思考,更加有效地沟通,因为农村的生活方式直接萌芽

---

① Lawrance Thompson, ed., *Selected Letters of Robert Frost*, New York & Chicago: Holt, Rinehart and Winston, 1964, p. 25.

② Hazard Adams, ed., *Critical Theory Since Plato*, San Diego: HBJ, 1971, p. 578.

于这些最根本的情感,而且也更加容易被理解,也更加具有永恒性;最后,由于在那种生活条件下,人们的激情与大自然美丽而又永恒的形式是相互契合的。"①

因此,多数弗罗斯特的诗歌是以新英格兰农村为背景的,同时具有人们所熟悉的新英格兰人的说话声调。弗罗斯特通过在他的每一首诗歌中创造出这么一个重复出现的话语声音,从而把自己一首首单独的诗歌汇聚成一个更加宽阔的诗境,而在这个诗境中,我们每每看到生活在大自然中并且能够以现实主义精神面对生活的一位充满理性的农民。1913 年,弗罗斯特曾说,他"要跳出仅占读者少数的批评家的圈子,而面向能够购买成千上万册图书的普通读者……我要成为一名拥有各种各样的读者的诗人。我不可能像我的准朋友(quasi-friend)庞德那样自吹自擂,认为自己已经为读者贡献了许多高雅尊贵的诗歌雅品,因为他的诗作不为一般读者所欣赏。我要冲出去,万一有那么一件我能够通过自己的思想来成就的事情。"② 弗罗斯特相信"这么做"不是为了个人捞取名利,而是为了充分挖掘诗歌的种种潜能,以此去弥补现代主义诗歌与诗学理论提倡诗歌创作必须艰深晦涩所造成的损失。他不赞成庞德和艾略特等人主张用复杂的诗歌艺术形式来表现复杂的社会现实的诗学理论,努力避免卷入各种混乱而又复杂的现代派诗歌与诗学理论运动。艾略特于 1921 年发表过一篇题为《玄学派诗人》("The Metaphysical Poets")的诗歌理论文章。艾略特在文章中说:"在我们当今的文化体系中从事创作的诗人们的作品肯定是费解的(difficult)。我们的文化体系包含极大的多样性和复杂性,

---

① Hazard Adams, ed., *Critical Theory Since Plato*, San Diego: HBJ, 1971, p.434.
② Lawrance Thompson, ed., *Selected Letters of Robert Frost*, New York & Chicago: Holt, Rinehart and Winston, 1964, p.98.

这种多样性和复杂性在诗人精细的情感上起了作用,必然产生多样性的和复杂的结果。诗人必须变得愈来愈无所不包,愈来愈隐晦,愈来愈间接,以便迫使语言就范,必要时甚至打乱语言的正常秩序来表达意义。"①

　　显然,弗罗斯特不支持他称之为"极端现代主义者"(extreme modernists)的诗学理论。1935 年,在为罗宾逊《贾斯帕王》(*King Jasper*)所作的序言中,弗罗斯特也可谓毫不客气地批评了他称之为"我们这个时代"对"创新的新路的疯狂追求。"他说:"以写诗为例,有人试过不用标点符号。有人试过不用大写字母。有人试过不用调整音韵节奏的格律。有人试过只用视觉意象而不用其他任何意象,于是为了掩饰明确的听觉意象之全部丧失,为了掩饰那些一直构成诗歌更重要的一半的充满激情的语音语调之全部丧失,一种单调的高声吟诵法不得不得以保留。有人在'纯诗'的幌子下试过不要内容。有人试过不要警句格言,不要承上启下,不要逻辑条理。有人甚至试过不要本事。"② 在《一首诗的形迹》("The Figure A Poem Makes")一文中,弗罗斯特似乎已经把现代主义的各种诗歌创作实践称为"激进主义"(radicalism)。③ 可见,弗罗斯特深信他的"句子声音"理论没有疏远社会,反而拉近了与读者的距离,能够与生活经历融为一体;而且他认为当"句子声音"与诗歌格律在诗行中建立起一种相互依托与支撑的紧密关系时,这种"句子声音"对读者来说就会变得更加熟悉,也更加容易被理解。就像华兹华斯那样,弗罗斯特也准备与上一个时期的整个诗歌传

---

① 艾略特:《艾略特文学论文集》,李赋宁译,南昌:百花洲文艺出版社,1994 年,第 24—25 页。

② 弗罗斯特:《弗罗斯特集:诗全集、散文和戏剧作品》(下),曹明伦译,沈阳:辽宁教育出版社,2002 年,第 944—945 页。

③ Hyde Cox and E. C. Lathem,eds., *Selected Prose of Robert Frost*, New York: Macmillan, 1968, p. 20.

统决裂。正如华兹华斯打破了 18 世纪诗歌创作中遣词单调做作的局限性那样,弗罗斯特要冲破 19 世纪诗歌创作中那种腻丽做作的局限性。华兹华斯和弗罗斯特两人都在追求一种情感更加强烈的诗歌语言,因为他们的诗歌语言植根于一种自然直接的情感。基于这个方面的考虑,弗罗斯特的诗歌语言拥有一种清新纯朴的自然韵味,而他的"句子声音"就自然而然地成为新英格兰普通百姓共同语言的共同声音。1957 年,在伦敦祝贺弗罗斯特 85 岁寿辰的晚宴上,艾略特说:"我必须说弗罗斯特先生……是当今在世的、卓越的、最著名的英裔美国诗人,"而且"在他的诗歌中,有一种具有普遍意义的地方情调。就像但丁对佛罗伦萨、莎士比亚对沃里克郡、歌德对莱茵兰那样,弗罗斯特与新英格兰有着特殊的关系。"① 由此可见,弗罗斯特的"句子声音"理论给他的诗歌语言带来了一种高度融合了新英格兰地区方言之美的普遍性意义,而这种普遍性意义与华兹华斯所追求的那种"更加简明和更加有力的语言"已经相距无几了。

同样,弗罗斯特与爱默生之间诗歌语言的相似性也能够证明"意义声音"或者"句子声音"理论是弗罗斯特诗歌创作中所自觉追求的一种理论。在与布莱斯韦特(W. S. Braithwaite)讨论"意义声音"理论的过程中,弗罗斯特不断地列举莎士比亚、雪莱、华兹华斯和爱默生的例子,来证明他的"意义声音"理论。在他看来,这些诗人均没有成功地总结出一些诗人们能够表达其艺术深邃性的原则,但是他们成功地创造了一些他们完全没有意想到的诗歌声音效果。比如,爱默生早就辨认出了新罕布什尔本地人的话语节奏,并且认为这些话语节奏在诗歌创作中起到了值得称赞的向导作用。弗罗斯特在《论爱默生》一文中特别分析了爱默生

---

① Lawrance Thompson and R. H Winnck, *Robert Frost: The Later Years 1938 – 1963*, New York: Holt, Rinehart and Winston, 1976, p. 243.

《残丘》("Monadnoc")一诗中的一节,并认为这首诗歌"几乎使他变成了一位反对使用艰深词语的人(anti-vocabularian)。"[①] 弗罗斯特在诗中说:"你认识古代的语言吗? /这些大师每每可以与人为师。/八十或者一百个单词就足以/表达出他们所有歌唱的沉思。"弗罗斯特已经自觉地意识到真正的富有艺术性的语言并不是存在于"教堂"、"图书馆"、"研究所"和"词典"里面,而是只能在平凡的生活中找到并且复制出来。他注意到了我们能够在生活中重新捕获到那些在文学作品中已经丢失了的句子声音,"因为那根深蒂固的英语之树/在这里枝繁叶茂,无法估价。"[②] 那些句子声音"产生于不断变化的说话语调和情景之中。"[③] 他认为每一个意思都有一个具体的声音,因为一个句子"必须通过声音来表达一个意思,"而这个声音主要是与"说话声调"紧密相连。

3. "意义声音"

在华兹华斯和爱默生诗歌与诗学理论的影响下,弗罗斯特有了自己对人们日常语言的特殊考虑,因为这种直接来自乡村生活的语言不仅是"语言的精华"而且能够"简单明了、不加任何修饰地表达人们的情感和思想。"[④] 劳伦斯·汤普森认为这种语言与诗歌之间拥有两种内在的共同特点:"言简意赅的语句变化(proverbial or epigrammatic turns of phrase)和一种自然的而又富有音乐

---

① Hyde Cox and E. C. Lathem, eds., *Selected Prose of Robert Frost*, New York: Macmillan, 1968, p. 113. 比尔教授也用这一段诗文为例子,讨论了爱默生在诗歌创作形式方面对弗罗斯特的影响。

② Ralph Waldo Emerson, *Emerson's Complete Poems*, Boston & New York: Houghton Mifflin Company, 1903, pp. 66 – 67.

③ Hyde Cox and E. C. Lathem, eds., *Selected Prose of Robert Frost*, New York: Macmillan, 1968, p. 114.

④ Hazard Adams, ed., *Critical Theory Since Plato*, 1st edition, San Diego: HBJ, 1971, p. 434.

性的节奏韵律(a natural musical cadence)。"① 在这种思想的不断启迪和鼓励之下,弗罗斯特决心与那些传统的、没有生气的诗歌主题连同一套刻板、一成不变的诗歌语调决裂。首先,在寻求新的主题和表现形式方面,弗罗斯特似乎增加了一些惠特曼所主张的"包罗万象"的特点。他勤于向生活学习,倾听生活中的各种声音和语调,并且树立了一种崭新的信念,自觉地认识到生活中的每一个细节,只要它值得歌唱,就能够成为诗人用诗歌形式进行讴歌的主题。其次,在格律方面,弗罗斯特发现自己能够在诗歌创作中比较自如地平衡语言节奏与格律规则之间的冲突。他认为诗歌中有两种相互冲突的元素:口语句子的节奏和格律规定的重音。这两种相互矛盾的元素,尽管它们在表面上似乎毫不相干的,但是在诗歌创作中它们却是紧密相连,融为一体的。不仅如此,弗罗斯特认为这种融合并不难做到,因为日常口语在英语诗歌创作中与抑扬格格律之间并不是相互冲突的。早在公元前 4 世纪,亚里士多德就在其著名哲学著作《诗学》中说:"在所有的格律中,抑扬格是最富有口语特点的。"② 于是,弗罗斯特甚至声称在英语语言中,"实际上只有两种格律:严谨的抑扬格和松散抑扬格。"③ 第三,弗罗斯特将英国维多利亚时期诗人勃朗宁(Robert Browning, 1812—1889)的戏剧独白诗(dramatic monologue)的元素融入了自己的诗歌创作。弗罗斯特的"句子声音"原则使他的诗歌创作带有明显的戏剧独白和对话体作品(dialogue)的特点,因为不论是在戏剧独白还是在对话体作品中,那种交谈式的对话让作家能够自然地使用作家精心挑选的语句,而这些语句往往蕴涵着丰富和地道的语

---

① Lawrance Thompson, *Fire and Ice: The Art and Thought of Robert Frost*, New York: Henry Holt and Company, 1942, p. 47.
② Hazard Adams, ed., *Critical Theory Since Plato*, San Diego: HBJ, 1971, p. 50.
③ Hyde Cox and E. C. Lathem, eds., *Selected Prose of Robert Frost*, New York: Macmillan, 1968, p. 18.

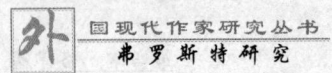
言节奏。弗罗斯特的抒情诗《熟悉黑夜》（"Acquainted With the Night"）便是说明这些特点的一个极好的例子：

原文：

> I have been one acquainted with the night.
> I have walked out in rain — and back in rain.
> I have outwalked the furthest city light.
>
> I have looked down the saddest city lane.
> I have passed by the watchman on his beat   5
> And dropped my eyes, unwilling to explain.
>
> I have stood still and stopped the sound of feet
> When far away an interrupted cry
> Came over houses from another street,
>
> But not to call me back or say good-bye;   10
> And further still at an unearthly height
> One luminary clock against the sky
>
> Proclaimed the time was neither wrong nor right.
> I have been one acquainted with the night. ①

笔者试译：
　　我已经是一个人，熟悉黑夜。

---

① Robert Frost, *Robert Frost: Collected Poems*, *Prose*, *& Plays*, New York：Literary Classics of the United States, 1995, p. 234.

我已经冒雨出去又冒雨回来。
我已经走过了路灯所照之地。

我已低头看过最凄凉的小道。
我已经从夜间巡警身旁走过　　　　　　　5
并且垂下目光，不愿意解释。

我已经停下脚步，静静站着，
突然，远处传来断续的哭喊
从一条街道穿过另一条街道，

但不叫我回去，也不说再见；　　　　　　10
而在更远处的一个神秘高地
有口闪闪发亮的钟高挂天边，

它宣告时间没错，不早不迟。
我已经是一个熟悉黑夜的人。

　　这是一首自传性的抒情小诗，全诗十四行，使用五音步抑扬格诗行写成，韵脚为 *aba bcb cdc ded aa*。诗人惟妙惟肖地描述了诗中人过去所经历过的精神上的抑郁和孤独。但是，诗人并没有和盘托出诗中人内心的孤独，而是用最简单的语言和最微妙的手法记录了一个城市夜游人所到之处及其所见所闻。在这首诗歌中，弗罗斯特的"意义声音"、诗歌的形式、诗中人的情绪以及诗歌的主题之间的相互作用得到了诗人有效而又充满艺术性的把握。

　　就诗歌语言而言，开篇的第一行，诗人的遣词明了、造句简单，直截了当地给读者介绍了这首诗歌的人物和主题："我已经是一个人，熟悉黑夜。"显然，诗人在此是开篇点题：我——一个人——

黑夜。一种孤独、无助、茫然、无望的情绪顿时就被调动起来，全诗也就有了基本的情调。假如我们细细琢磨这第一行诗，我们还能够发现诗人有许多别出心裁之处：

I have been one acquainted with the night.
我已经是一个人，熟悉黑夜。

第一，诗歌原文中的"acquainted with"是一个英语动词词组的过去分词形式，表达"与某人相识"的意思；那么，诗人将其用来修饰前半句中的"一个人"，并且运用拟人的手法给诗中的这个"一个人"派去了一位熟悉"他"的老熟人——"黑夜"："一个人，熟悉黑夜。"于是，这开篇第一行中所出现的人物就不仅仅是孑然一身的"我"，而且还有那位被拟人化了的"黑夜"。可见，诗人此处的遣词造句也不仅仅只是为了给读者呈现一幅孤独无助、茫然无望的城市夜游人的生命图景，而且我们还能够从中体悟到诗人一种独特的、充满戏剧性艺术效果的幽默手笔。第二，在第2、3两行中的谓语动词和词组上，诗人通过颠倒动词词组的语素，进而达到强调诗中人孤独失落的感觉印象。当我们诵读以下两行诗歌的时候，似乎能够明显地感觉到诗中人那不知所措的样子：

原文：
I have *walked out* in rain — and back in rain.
I have *outwalked* the furthest city light.

笔者试译：
我已冒雨走出又冒雨回来。
我已走过了路灯所照之地。

诗中人"冒雨走出,"又"冒雨回来,"进进出出,出出进进,他甚至冒着雨"走过了路灯所照之地。"诗中人这种心神不定、不知所措的样子,实际上与艾略特笔下生活在现代"荒原"中的那些虽生犹死的芸芸众生已经没有什么区别了。

就音韵效果而言,第一,诗人在第一行诗中连续使用了[ai]、[iː]、[ei]、[ai]等四个声音响亮的长元音,达到了强调一种"缓慢"而又"沉重"的声音效果,而且更加耐人寻味的是诗人在首音步安排了一个扬抑格,而不是使用正常的抑扬格。这一格律替代使第一个重读音节自然地落到第一个音节"I"之上,达到了从声音效果上突出诗中人"我"的感觉印象,打破了读者心理的抑扬格格律期待,减缓了诵读速度,而且这个格律替代使得这行诗前两个音节中的两个重读音节单词"I"("我")和"one"("一个人")也形成了鲜明的对照,进一步增强了诗中人"我"的孤独感。此外,我们应该注意到,除了第一个音节的格律替代之外,首行的其他四个音节是比较整齐的抑扬格格律,因此,出现在行末的"黑夜"一词实际上可以看成是一个拟人化了的隐喻形式,有如回光返照,把出现在行首的这个孤独的诗中人"我"投向了一个茫茫"黑夜"想象空间。

第二,我们如何解读这首行中出现的"我"、"一个人"和这个拟人化了"黑夜"之间关系呢? 其实,诗人完全可以直截了当地说:"I have been acquainted with the night." 那么,他为什么多此一举呢? 难道是为了凑足五个音步而增加一个单音节词"one"吗? 这里让我想起了惠特曼《草叶集》开篇铭文《我歌唱一个人的自我》("One's Self I Sing")一诗中的那个"One"("一个人")。惠特曼"并没有以'我歌唱我自己'开篇,而是讴歌'一个人的自我'。"诗人用'一个人的自我'将诗人的'自我'与读者的'自我'合二为一,有机地融为一体,创造了一个与传统史诗主人公截然不同的

'现代人'。"① 那么,弗罗斯特此处的"一个人"与惠特曼笔下那个包罗万象的"一个人"是否就没有共通之处呢？其实不然,当我们读到弗罗斯特原诗中"I have been one …"(我已经是一个人……)的时候,这"一个人"似乎已经不光是诗中的"我"一个人,而是泛指生活在这茫茫"黑夜"中的每一个人,是指所有的人。

第三,诗中第二、三两行诗原文头两个音步中不规则和缓慢的节奏似乎在暗示读者诗中这位城市夜游人正在艰难地自我解释夜游的原因。尽管弗罗斯特并没有给出合适的答案,但是他在其后的三个音步中都安排了十分规则整齐的抑扬格音步,而且第二、三、四、五、七行中的格律安排是完全一致的。这或许也算是诗人作出的解答了:"我已经走过了路灯所照之地。/我已低头看过最凄凉的小道。/我已经从夜间巡警身旁走过……/我已经停下脚步,静静站着……。"尽管如此简单的动作描述远远不足以表达诗中人心中的孤独和苦闷,但是,这也许是弗罗斯特简单深邃手法的另外一种表现形式。

第四,全诗使用普通的日常用语,叙述直截了当,意象简单明朗。弗罗斯特本人在诵读这一行诗的时候,他巧妙地在"I have been one"之后停顿了一下。这一停顿十分自然,且在行间,不仅形成了悬念而且起到了强调的作用。紧接着,诗人运用平行句法结构的排比手法,连续重复使用了五个以"我已……"("I have …")开头的句式,一鼓作气写到了第十三行,详细叙述了诗中人内心的遗憾和苦闷。此外,诗人给所有的谓语动词都选用了现在完成时态,表示往事的终结,同时也预示未来的希望。不仅如此,从诗人诵读全诗的录音中可以听出,弗罗斯特在第二、三、四、五、七行的行首前两个音步均使用一个抑抑格(pyrrhic)加上一个扬扬格(spondee)的格律来替代规定的抑扬格格律,来重读"been

---

① 黄宗英:《抒情史诗论》,北京:北京大学出版社,2003 年,第 24 页。

one"两个单词,从而达到暗示一种失落感的艺术效果。①

　　总之,弗罗斯特运用多种格律修辞手法来暗示诗中人精神上的抑郁和孤独。他巧妙地用格律替代和遣词造句捕获到了诗中人的"说话声调,"并且成功地使日常说话节奏与诗行诗节的形式融为一体并使之成为一种自觉的诗歌艺术追求。在弗罗斯特的诗歌中,他那轻松自如的说话语调每每惟妙惟肖地与紧张严谨的格律形式相互融合,使自己在诗歌形式开放的 20 世纪美国诗坛探索出了一条"创新的老路"。

引用文献:

Adams, Hazard, ed. *Critical Theory Since Plato*. San Diego: HBJ, 1971.

Brower, Reuben A. *The Poetry of Robert Frost: Constellations of Intention*. New York: Oxford UP, 1963.

Cox, Hyde, and E. C. Lathem, eds. *Selected Prose of Robert Frost*. New York: Macmillan, 1968.

Emerson, Ralph Waldo. *Emerson's Complete Poems*. Boston & New York: Houghton Mifflin Company, 1903.

Faggen, Robert, ed. *The Cambridge Companion to Robert Frost*. Cambridge: Cambridge University Press, 2001.

Frost, Robert. *Robert Frost: Collected Poems, Prose, & Plays*. New York: Literary Classics of the United States, 1995.

Thompson, Lawrance, and R. H Winnck. *Robert Frost: The Later Years 1938 – 1963*. New York: Holt, Rinehart and Winston, 1976.

——, ed. *Selected Letters of Robert Frost*. New York & Chicago: Holt, Rinehart and Winston, 1964.

——. *Fire and Ice: The Art and Thought of Robert Frost*. New York: Henry Holt and Company, 1942.

Woodring, Carl, & James Shapiro, eds. *The Columbia History of British Poetry*.

---

① Paul Fussell, *Poetic Meter and Poetic Form*, New York: Random House, Inc., 1979, p.44.

Beijing：Foreign Language Teaching and Research Press，2005.

艾略特：《艾略特文学论文集》，李赋宁译，南昌：百花洲文艺出版社，
　　1994 年。

弗罗斯特：《弗罗斯特集：诗全集、散文和戏剧作品》(下)，曹明伦译，沈阳：辽
　　宁教育出版社，2002 年。

黄宗英：《抒情史诗论》，北京：北京大学出版社，2003 年。

王佐良、李赋宁等主编：《英国文学名篇选著》，北京：商务印书馆，1987 年。

王佐良：《英国诗史》，南京：译林出版社，1993 年。

二、"一根直中带曲的好拐杖"①

1. "声音乃矿中之金"

诗歌告诉我们文字具有表达双重意义的功能。文字可以表达
字面意思，但在字面意思之下，实际上还存在着文字的声音意义。
平常对话时，人们只注意传达或者获取字面意思，而不需要留心文
字的声音意义，因为人们很容易理解文字的字面意思，几乎不会有
任何障碍。但是在诗歌中，声音便有了它自己的生命和存在的价
值，因为"声音乃矿中之金。"② 不同的文字声音表达不同的声音
意义。这不是一些骤然发生的现象，而是人们认识能力的一个重
要组成部分。③ 可见，词语与声音都能够表达意思，它们本身也都

① 本节主要内容曾以《"一根直中带曲的好拐杖——罗伯特·弗罗斯特诗歌格
　　律技巧管窥》为题目发表于《美国文学研究》，郭继德主编，山东大学出版社，
　　2010 年 4 月，第 476—494 页。

② 弗罗斯特：《一首诗的形象》，黄宗英译，载《诗探索》，1995 年第一辑，第
　　182—183 页。

③ Alex Preminger and T. V. E Brogan，eds.，*The New Princeton Encyclopedia of Poetry and Poetics*，Princeton(N. J.)：Princeton University Press，1993，p.1178.

具有意义。斯蒂文斯曾经说："诗人的词语是一些缺少了这些单词就不存在的东西。"[1] 诗歌中的单词之所以能够成为词语不只是因为它们表达了意思——散文中的单词照样可以表达意思——而是因为它们还是各种声音,因为它们是在用声音来表达生命的意义。

弗罗斯特能够自觉地意识到诗歌创作中声音效果的重要性。弗罗斯特认为诗人要打动读者,他必须使作品富有戏剧性,而要使作品富有戏剧性,仅仅靠变换诗歌中的句子结构是无济于事的。诗人必须依靠声音,必须依靠诗歌中的"说话声调"(speaking tone of voice),因为"那是惟一可以使诗歌免于单调的元素。"[2] 他认为"诗歌创作的目的是要尽可能地让所有的诗歌听起来不尽相同。"[3] 因此,在他看来,"一首诗歌总共要达到三个目的:眼睛、耳朵和心灵。最重要的是要打动读者的心灵,而要打动读者心灵最有把握的途径就是通过耳朵。一首诗歌所创造的视觉意象固然重要,但实际上更加重要的是诗人应该通过有节奏的遣词造句来达到把握读者诵读诗歌的语调和停顿的目的。通过诗人的精心遣词和节奏安排,幽默、怜悯、歇斯底里、愤怒等各种情感效果都可以得到体现或者获得。"[4] 劳伦斯·汤普森认为"耳朵是惟一真正的作家,同时也是惟一真正的读者。我知道有些人不听句子声音就能够阅读。他们是阅读速度最快的读者。我们把他们称为眼睛读者,他们可以一目十行,但是他们不是好的读者,因为他们错失了

---

[1] Wallace Stevens, "The Noble River and the Sound of Words," in *The Necessary Angel: Essays on Reality and Imagination*, New York: Knopf, 1941.

[2] 弗罗斯特:《〈出路〉序言》,黄宗英译,载《诗探索》,1995 年第二辑,第 185 页。

[3] 弗罗斯特:《一首诗的形象》,黄宗英译,载《诗探索》,1995 年第一辑,第 182 页。

[4] Robert Newdick, "Robert Frost and the Sound of Sense," in *American Literature*, IX, 1937, p. 298.

一个优秀作家在作品中所创造的最宝贵的东西。"①

那么,弗罗斯特在诗歌创作中所追求的"让所有的诗歌听起来不尽相同"这一理想原则的可取之处就在于他希望诗人能够娴熟地运用各种音韵技巧,将格律的规定性与遣词造句的灵活性有机地融合起来。在《一首诗的行迹》一文中,他说:

> 遣词能够带来的变化很容易讲清楚。格律也不例外——尤其是在英语中,人们实际上只使用两种格律:严谨的抑扬格与松散的抑扬格。古代诗人能够驾驭许多格律,但是如果他们仅仅依靠格律来创造各种音韵效果,那么他们仍然是不够用的。当我们看到诗人使用跳韵,牵强附会地从一个音步中略去一个非重读音节以求格律变化的时候,我们心中总觉得别扭。当富有意义的戏剧性声调穿过限定严谨的格律时,产生各种音韵美的可能性就变得没完没了了。②

弗罗斯特主张在诗歌创作中能够完美地将严谨的格律限制与富有戏剧性的遣词造句糅合起来。在这篇诗论文章中,他仿佛把诗歌格律比作人生道路,认为:"这条道路会更加精彩,因为它不是一条机械的直线。我们喜欢一根直中带曲的好拐杖。"③ 他希望诗人能够创造出一种"直中带曲"(crooked straightness)的韵律美,既让读者能够充分享受诗歌格律的音韵之美,又能够让读者更加深刻地理解诗人所要表达的生命的真正意义。

在英国诗歌与诗学理论研究的历史上,曾经几度出现过把格

① Lawrance Thompson, *Robert Frost: The Early Years 1874 - 1915*, New York & Chicago: Holt, Rinehart and Winston, 1966, p. 435.
② 弗罗斯特:《一首诗的形象》,黄宗英译,载《诗探索》,1995 年第一辑,第 182—183 页。
③ 同上,第 184 页。

律作为评判诗歌优劣最重要的标准。比如,英国诗人蒲柏就曾经使这种理念牢牢地扎根于 18 世纪的诗歌审美趣味中。他强调诗歌创作中声音效果与语义表达的完美结合,认为"音韵须作意义的回声。"① 然而,倡导自由诗创作的现代派诗人和诗评家们却常常走向另外一个极端,强调人们日常话语节奏的不规则性才是诗歌创作中最重要的元素。不仅如此,他们还强调格律的单调性是诗歌创作必须完全克服的一种弊病。但是,弗罗斯特却不走极端,坚持探索"一条创新的老路,"始终追求诗歌创作中形式与内容的完美契合,并且坚信在世界上几乎所有伟大的诗歌作品中都存在着形式与内容的相互作用与融合。因此,弗罗斯特对那些疯狂地追求"创新的新路"的现代主义激进派诗人的诗学理论主张表示遗憾。在诗歌创作中,弗罗斯特选择了一条行人较少的路,使用他所谓"松散的抑扬格"(loose iambic)格律,因为他觉得这种格律是英文中最自然的格律。于是,他完全满足于走"一条创新的老路。"在他看来,现代主义诗人在创作中常常淡化诗歌艺术的基本形式要求,经常为了追求标新立异而"不用标点符号"、"不用大写字母"、"不用格律",甚至"只用视觉意象而不用其他任何意象,"于是听觉意象的艺术效果全然丧失。② 显然,弗罗斯特所谓的"老路"就是他始终强调而且终身追求和实践的"意义声音"理论。弗罗斯特在诗歌创作的初期就为自己确定了这一艺术目标,而且坚持不懈地实践自己的艺术追求。他始终认为诗歌创作不是按照既定格律创造出有节奏的句子,而是让一种必然的戏剧性艺术效果自由地律动在每一首诗歌的句里行间。

劳伦斯·汤普森认为弗罗斯特的这种"必然的戏剧性"最明

---

① 王佐良、李赋宁等主编:《英国文学名篇选著》,北京:商务印书馆,1987 年,第 438 页。
② Hyde Cox and E. C. Lathem,eds., *Selected Prose of Robert Frost*, New York:Macmillan, 1968, p. 60.

显地体现在声音的三个不同组成元素之间的相互融合:基本的抑扬格格律(严谨的或者松散的)、纯粹的单词和词组的声音(不考虑其意思或者语境)和在特定情境中说话语气所蕴涵的意思。①对弗罗斯特来说,尽管我们在诗歌评论中可以分别对这三种声音元素进行分析和讨论,但是它们在诗歌创作中的作用是相辅相成的。正因为如此,他喜欢"一根直中带曲的好拐杖。"他总是毫不犹豫地设法变化诗歌中的抑扬顿挫,以达到一种他所期待的灵活性效果。同样,当他认为需要通过改变意义声音时,他就能创造出一种节拍的变化。他写过许许多多格律相同的诗歌,并且设法调用各种微妙的音韵效果,使所有的诗歌具有不同的声音来表达不同的主题。

2. 素体无韵诗

首先,弗罗斯特能够娴熟地驾驭五音步抑扬的素体无韵诗(blank verse)形式。比如,在抒情诗《见过一回,那也算幸运》("For Once, Then, Something")中,为了增强这首诗歌中独白体诗歌(monologue)的意识流艺术效果,弗罗斯特使用了长达五、六行的无韵诗句,给读者一种一气呵成的审美感觉;而在叙事诗《雇工之死》("The Death of the Hired Man")中,为了增强诗中对话双方因观点不同而引起情感冲突的紧张程度,弗罗斯特使用了貌似参差不齐的诗行和支离破碎的格律。在这首诗歌中,尽管全诗最明显的格律形式仍然是抑扬格,但是弗罗斯特让诗中人各自清晰可辨的声音语调自然地游离于规定的抑扬格韵律节奏,取得了独特的音韵效果。笔者认为这首诗歌之所以魅力无穷的重要原因之一就是诗人在把握传统诗歌格律的种种限制的同时,大胆地挖掘

---

① Lawrance Thompson, *Fire and Ice: The Art and Thought of Robert Frost*, New York: Henry Holt and Company, 1942, pp. 65 – 73.

· 310 ·

了一种自由的声音语调与严谨的诗歌格律之间的艺术张力。比如，在这首诗歌的开篇，诗人写到：

原文：

　　Mary sat musing on the lamp-flame at the table

　　Waiting for Warren. When she heard his step,

　　She ran on tip-toe down the darkened passage

　　To meet him in the doorway with the news

　　And put him on his guard. "Silas is back."　　　5

　　She pushed him outward with her through the door

　　And shut it after her. "Be kind," she said.

译文：

　　玛丽若有所思地盯着桌上的油灯，

　　等沃伦回家。一听见他的脚步声

　　她就踮起脚尖跑过黑洞洞的走廊

　　去门口迎住他，告诉他一个消息，

　　好让他有所预防。"赛拉斯回来了，"　　　5

　　她一边说一边推着他一起到门外，

　　并关上身后的房门，"请对他好点。"①

---

① 弗罗斯特：《弗罗斯特集：诗全集、散文和戏剧作品》（上），曹明伦译，沈阳：辽宁教育出版社，2002年，第52—53页。

这首诗主体上采用五音步抑扬格的素体无韵诗格律写成,可是英文原作中开篇第一行却多出三个音节,总共有十三个音节,而且诗人也没有设法使用各种诗歌书写技巧把其中的音节减少到十个。根据诗人自己诵读这首诗歌的录音,笔者记录了其中轻、重音音节在句里行间的分布。读者可以参见以上常规的韵律分析标示。从以上韵律分析中的音步及其重音分布看,弗罗斯特是想调动这一诗行中日常口语的语调、意思平实的词语、首音步/Mary/中的扬抑格格律替代、行中/lamp-flame/音步的扬扬格格律替代和尾音步/at the table/中的抑抑扬格格律替代等几个积极因素,让读者产生困惑不解的感觉。① 首先,弗罗斯特平实无华的诗歌语言和他独特的口语语调在读者的感觉印象中建立了一种叙事诗常见的诗歌语言期待,但是从前两个音步的重音安排上看,诗人先用一个扬抑格音步替换一个抑扬格音步,起到了突出女主人公人物形象的效果;紧接着在第二个音步中读者听到的是诵读"musing"一词时,重音自然地落在了这个词的第一个音节上,比较传神地刻画了女主人公玛丽坐在桌子旁"若有所思"的样子,也很自然地让读者产生一种悬念——玛丽在想什么? 其次,诗行中间的/lamp-flame/是一个扬扬格格律替代,把读者的注意力集中到了桌子上油灯的灯火上,进一步把读者心中的悬念变成了一种困惑——为什么玛丽眼睁睁地盯着灯火? 第三,诗人在这首诗歌开篇的第一行就使用了十三个音节,拖长了诵读时间,打破读者常规的素体无韵诗格律期待,也增强了读者心中的悬念与困惑之感,从而达到了形式与内容的契合。此外,更加巧妙的是诗人在第二行的开头使用了"Waiting"(等待)一词,而且还与紧接着登场的男主人公沃伦"Warren"的名字重押头韵:"*Waiting* for *Warren*"。读者心中的

① Lawrance Thompson, *Fire and Ice: The Art and Thought of Robert Frost*, New York: Henry Holt and Company, 1942, pp. 69–70.

悬念与困惑似乎有了化解的希望——玛丽为什么在"等沃伦回家"呢？一种等待与期盼的感觉顿时在读者的心中油然而生。

这首诗第二行的韵律分析提醒我们：首先，尽管诗人以一个扬抑格开头，但是这一行中其余的四个音节基本上是规范的抑扬格音步，比较符合素体无韵的格律要求。诗中第二个句子是一个由"when"引导的时间状语从句开头的复合句。这种句式常常给人一种突如其来的感觉，所以笔者在音韵分析时给"when"一词上标上了一个重音。曹明伦先生将这一句传神地翻译成"一听见他的脚步声/她就……"，也体现了形式与内容的完美契合。其次，弗罗斯特在第二行中基本上选用短元音和单音节词，也大大增强了女主人公"踮起脚尖跑过黑洞洞的走廊"的听觉意象。第三，我们不难发现诗中的第二句比较长，一直延续到第五行，而且除了第三行结尾多出一个音节以外，诗人基本上采用比较规范的抑扬格音步进行创作，满足了读者诵读素体无韵诗的心理格律期待。

在第五行中，读者先是在第二个句子的结尾听到了一个停顿，然后紧接着是一个只有四个音节的短句："Silas is back"（"赛拉斯回来了"）。在这里，扬抑格的格律替代传达了一种突如其来的感觉，而这种音韵效果上的突然感觉与诗中那位不受主人欢迎的雇工赛拉斯突然"回来"的动作之间的契合似乎也达到了天衣无缝的程度。在此，我们又一次看到了弗罗斯特诗歌中自由的口语节奏与严谨的规范格律在一个十分窄小的音域中能够完美地糅合。

3. 英雄偶句诗

其次，弗罗斯特有不少诗歌是以英雄偶句诗体（heroic couplet）作为基本的格律形式进行创作。但是，令人欣慰的是他常常在创作中游离于这种格律的基本范式，而且每每耐人寻味地利用各种格律替代方式表达了富有戏剧性艺术效果的内容，创造了许多形式与内容相互契合的典范。他早期的佳作《花丛》（"A Tuft of

Flowers")就是一个很好的例子。虽然英雄偶句诗所规定的格律形式十分刻板,但是弗罗斯特驾驭这种诗体的技巧绝非简单的模仿和套用。弗罗斯特的偶句常常是开放式的,诗行的结尾往往不与句子的结束相互吻合。比如,在《苹果收获时节的母牛》("The Cow in Apple Time")一诗中,弗罗斯特就十分成功地将英雄偶句诗的格律形式融入一种赋有修辞意义的跨行连续(enjambment)手法之中,给读者带来了一种舒畅和连贯的听觉审美享受。这种艺术效果说明形式严谨的五音步抑扬格格律在弗罗斯特的笔下是可以完美地与偶句诗体相结合并创造出无限的艺术魅力。此外,为了打破单调的格律限制并创造富有戏剧性变化的话语节奏,弗罗斯特在这首诗歌中巧妙地使用了扬抑格、抑抑扬格以及第二音节无重音的双音节韵(feminine rhyme)等格律替代形式。再如,《曾经在太平洋边》("Once by the Pacific")一诗也可以作为弗罗斯特巧妙地创造英雄偶句诗格律变体形式的一个范例:

> 破碎的海水震耳欲聋。
> 巨潮抬头,浪高一浪,
> 想对海岸做出些什么,
> 它从未如此对待大陆。
> 天上乌云,低垂翻滚, 5
> 像黑发被风吹到眼前。
> 你说不出来,可似乎
> 海岸有幸被悬崖支撑,
> 峭壁有幸被大陆支撑;
> 仿佛恶意的夜晚来临, 10
> 一个黑夜,一个时代。
> 有人要接受巨浪袭击。
> 要比破碎的海浪更大,

没等上帝说熄灭那光。①

这首十四行诗不仅韵式与传统的英国体或者意大利体十四行诗的韵式不同，而且诗中的逻辑结构也不像传统的十四行诗。笔者既找不到意大利体十四行诗逻辑或者情感的"突转"，也看不到莎士比亚体十四行诗警句格言式的结尾偶句。全诗像是一种描述性和深思性的抒情写实。然而，诗人借助讽刺、隐喻、低调陈述等手法，巧妙地运用十四行诗这一体裁，创造性地刻画了一个充满"恶意的夜晚"、"一个黑夜"、"一个时代。"诗歌中"破碎的海水"和"天上乌云"怪异可怕；"巨潮抬头"，想对大陆做出些前所未有的事情，然而最终的"黑夜"却似乎是由某种非人性的"袭击"所激发的一个充满"恶意"的"时代"。诗中所描写的黄昏时刻那低垂的乌云、岸边的悬崖、朦胧的海浪等一连串意象构成了一种隐约模糊的寂静。这种朦胧的寂静在诗中预示着世界的末日。然而，耐人寻味的首先是这首诗歌的偶句韵脚与诗中日常用语的自然节奏之间的完美结合。这些日常用语不仅增强了重复出现的重音节奏，而且强调了它们所表达的意思。比如，

You could not tell, and yet it looked as if
The shore was lucky in being backed by cliff,
The cliff in being backed by continent;
It looked as if a night of dark intent 　　　10
Was coming, and not only a night, an age.

弗罗斯特在第八行中所使用的口语化词语（lucky）和词组（being

---

① 笔者译自 Robert Frost, *Robert Frost: Collected Poems*, *Prose*, *& Plays*, New York: Literary Classics of the United States, 1995, p. 229.

backed)之间,巧妙地构成了诗人采用随意的表达形式与诗中海岸
必须有悬崖支撑的意象之间的讽刺性对照关系。这种带有讽刺意
味的随意性表达方式又与另外一个表示"仿佛"意思的口语化表
达方式("it looked as if")前后相随,上下呼应,大大渲染了诗中一
种朦胧的感觉和一种不确定的气氛,使"一个黑夜"变成了"一个
时代",也使得诗中原来的地理范畴扩展到了一个历史的范畴,预
示着另外一个"黑暗"的到来。其次,诗中偶句时而行末停顿,意
思完整;时而双行连写,意义连贯。比如,第九行行末连写,加快了
节奏,但紧接的两行又独立成句,意义完整,不仅节奏减缓,而且语
气沉重,为全诗结尾偶句做了情感上的铺垫:"要比破碎的海浪更
大,/没等上帝说熄灭那光。"第三,尽管全诗主题严肃,但是语气
轻松,始终洋溢着一种漫不经心的讽刺意味。比如,诗人在第三行
开头使用了"something"一词,传达了一种轻描淡写的讥讽感觉,
表达了海浪想对大陆将做出些人们难以确定的事情,让人联想到
了一些难以言传的恐怖行为。可见,弗罗斯特驾驭偶句和素体无
韵诗的技巧也同样起到了调节严谨格律与自然节奏之间矛盾的
作用。

4. 十四行诗

第三,弗罗斯特这种将戏剧性说话声调融入严谨的格律限制
之中的娴熟技巧也可以从他的十四行诗创作中得到佐证。尽管他
早期的十四行诗似乎更多地模仿意大利体十四行诗而不是模仿英
国体十四行诗的形式,但总是别具一格,令人耳目一新。在诗集
《少年的心愿》中,我们可以找到弗罗斯特早期十四行诗创作中的
"一些生硬模仿的痕迹。"① 比如,《梦中的痛苦》("A Dream

---

① Lawrance Thompson, *Fire and Ice: The Art and Thought of Robert Frost*, New
York: Henry Holt and Company, 1942, p. 76.

Pang")就是意大利体和英国体十四行诗的一个混合体,其中前八行的韵式模仿意大利体,而后六行却采用莎士比亚体的韵脚。虽然全诗结构比较完整,但是它并没有体现出一首十四行诗的许多创作技巧。《利地》("The Vantage Point")是弗罗斯特另外一首早期的十四行诗,诗中前八行使用意大利体十四行诗韵式,而后六行却采用一个韵脚为 cddc 的四行诗节和两行尾韵相谐的结尾偶句(concluding couplet)的形式。诗集开篇的十四行诗《进入我的自己》("Into My Own")是用双行尾韵相谐的偶句写成,逻辑结构模仿莎士比亚体十四行诗,由三个四行诗节和一个总结性结尾偶句组成。在不确定的意义声音与确定的抑扬格节奏的音韵冲突方面,这首诗体现出更加富有戏剧性效果的内在动力。当然,诗集《少年的心愿》中最具有创新意识的十四行诗当推《割草》("Mowing")一诗。这是一首韵式和节奏十分不规则的意大利体和英国体相互混合的十四行诗。严格地说,全诗只有两行可以算得上弗罗斯特所谓"严谨的五音步抑扬格"诗行,每行 5 个音步、10 个音节,而且行中的重音位置巧妙地避免了格律的限制。弗罗斯特大量采用抑抑扬格格律替代和增加非重读音节数的办法,来达到加快诵读速度的目的。令人叹服的是诗人的这些手法又是如此娴熟以致能够与读者心理所期待的十四行诗五音步抑扬格格律的节奏浑然一体,每每让读者体悟出那些所增加的非重读音节与十四行诗基本格律节奏之间所蕴涵的丰富内涵,让读者听到了诗中人的"长柄镰"在对大地窃窃"私语"的心声。

后来,弗罗斯特还写过不少十四行诗,与《割草》一样,带有独特的写实元素,常常给人一种貌似轻描淡写而实则情真意切的艺术享受。这些十四行诗形成了弗罗斯特一种新的声音,也为他的诗歌增色不少,比较有名的包括《雨蛙溪》("Hyla Brook")和《灶鸟》("The Oven Bird")。在这些十四行诗中,弗罗斯特继续大胆地进行不规则的十四行诗创作实验。比如,《雨蛙溪》的韵脚形式就没有恪守十四行诗的押韵形式,而且弗罗斯特别出心裁地增加了带有警句格言特点的第十五行,对全诗主题进行总结:"我们爱所爱之物是因其真实。"弗罗斯特在《雨蛙溪》之后又安排了另外一首十四行诗《灶鸟》。这首十四行诗的魅力在于弗罗斯特驾驭英语语言节奏之上,即在一个五音步抑扬格的音域中巧妙地利用重音与非重音来把握节奏的轻重缓急,让诗中的灶鸟能够"提出问题":假如"用文字","如何才能利用事物的衰替"?弗罗斯特能够自如地驾驭"文字",更能够巧妙地表现其中的魅力。换言之,弗罗斯特这种驾驭文字的能力充分体现在诗歌形式如何与实际"话语"相互融合:

> 原文:
> He says / the ear / ly pet / al fall / is past,
> When pear / and cher / ry bloom / went down / in showers
> ···

> 译文:
> 他说初春的花雨时节就已经过去。
> 当梨花樱花在阵雨中飘落的时候,
> ……

这两行诗歌的绝妙之处就在于诗人捕捉到了原文中"early"、"petal"和"cherry"等这几个本来是扬抑格音步的单词与十四行诗抑扬格规定格律之间的张力冲突。诗人巧妙地将这几个单词的重读音节与前面的一个单词的非重读音节构成抑扬格音步,正好在格律意义上将这几个单词各自一分为二,而这种格律意义上切分似乎正好与这个单词所表达的花雨飘落的意象相互契合,完美地表现了诗中的主题:如何才能利用事物的衰替。然而,在诗集《山间低地》(*Mountain Interval*, 1916)中,我们却发现了近乎完美的意大利体十四行诗《射程测定》("Range-Finding")。1923 年,弗罗斯特的诗集《新罕布什尔》(*New Hampshire*)出版,其中没有十四行诗。但是,在后续的几本诗集中,弗罗斯特似乎又找回了琢磨十四行诗这种格律严谨的诗歌形式的兴趣,而且每每能够独具匠心地融入自己的智慧,使之稍稍游离于传统,做到从心所欲而不逾矩。《接受》("Acceptance")和《丝织帐篷》("The Silken Tent")就是两首典型的莎士比亚十四行诗,基本上严格地遵照其"起、承、转、合"的逻辑和情感结构,先在前三个四行诗节中提出问题、展开叙述、充分议论,然后在结尾两行谐韵的偶句中画龙点睛式道出诗歌的主题。《睡梦中唱歌的小鸟》("On a Bird Singing in Its Sleep")又是一首用双行谐韵的偶句写成的十四行诗。但是,《架线者》("The Line-Gang")和《设计》("Design")却是两首几乎完美的意大利体十四行诗。

《设计》一诗可谓弗罗斯特所创作的最不寻常的十四行诗之一了,也是我们讨论弗罗斯特戏剧性地背离十四行诗传统格律所不可或缺的一个典型例子。这是一首意大利体的十四行诗,但是它的主题决定了它形式上的重大变体。我们知道,在一首典型的意大利体十四行诗中,全诗被分为前八行诗节和后六行诗节,诗中后六行回答前八行所提出的问题或者解决前八行所议论的难题。[①] 意大利体十四行诗的押韵形式可以有所变化,但是一般不得超过五个韵脚;具体形式取决于诗中的韵式及其逻辑与情感的结构形式。十四行诗的音域有限,且形式与内容必须在诗歌的结尾形成圆满的结果,因此它在读者心目中有一个固定的逻辑和情感结构秩序,而且必须满足读者对这种诗歌形式的种种心理期待。然而在这首诗中,弗罗斯特一反传统的意大利体十四行诗的结构

① Alex Preminger and T. V. E Brogan, eds., *The New Princeton Encyclopedia of Poetry and Poetics*, Princeton(N. J.): Princeton University Press, 1993, p.1168.

特征。他在前八行先描写一个情景，而在后六行提出问题。在后
六行诗节中，弗罗斯特一连提出了三个问题，且最后一行是以一个
表示假设意义的"If"开头。此外，这首诗歌的韵式也可谓举足轻
重，因为弗罗斯特把韵脚数目减少到了三个，仿佛他在尽最大努力
控制着可能会吞没他的困惑情境：

原文：

　　　I found a dimpled spider, fat and white,
　　　On a white heal-all, holding up a moth
　　　Like a white piece of rigid satin cloth —
　　　Assorted characters of death and blight
　　　Mixed ready to begin the morning right,　　　　　5
　　　Like the ingredients of a witches' broth —
　　　A snow-drop spider, a flower like a froth,
　　　And dead wings carried like a paper kite.

　　　What had that flower to do with being white,
　　　The wayside blue and innocent heal-all?　　　　　10
　　　What brought the kindred spider to that height,
　　　Then steered the white moth thither in the night?
　　　What but design of darkness to appall? —
　　　If design govern in a thing so small. ①

笔者试译：
　　我发现一只肥白带靥的蜘蛛，

---

① Robert Frost, *Robert Frost: Collected Poems*, *Prose*, *& Plays*, New York: Literary
Classics of the United States, 1995, p.275.

在白色药草上捉住一只白蛾，
仿佛白蛾身披着僵硬的绸缎——
各种如死亡和枯萎般的角色
正好混合起来准备迎接黎明，　　　　　5
就像女巫汤锅里所加的佐料——
蜘蛛像雪花莲，小花如泡沫，
死蛾的翅膀仅像纸制的风筝。

是什么使那朵小花脱白变色，
还有那路边蓝色天真的药草？　　　　　10
是什么把白色蜘蛛引向药草，
又在夜晚把白蛾引上了那里？
除了黑暗设计难道人人丧胆？——
假如设计真得掌控这般小事。

一般认为，宇宙的存在需要有一个绝对的设计，而且这个绝对的设计当然要求有一个绝对的设计者，因此上帝的存在也就无可非议了。然而，弗罗斯特在这首诗歌中颠覆了这一传统观念。他先是刻画了一幅可怕的图景：一只肥白无力的蜘蛛在一朵脱白的花草上杀死了一只白蛾。[①] 乍一看，这是一首自然诗，但是诗中的整个自然图景弥漫着一种不祥的恐惧之感。在表面一层天真无邪的面纱之下，诗境逐渐地化入一幅邪恶的景象。这是一曲经验之歌，虽然其中的声音并不像是布莱克笔下那孩童般的歌喉。在诗歌开篇的第一行中，读者看到诗中人仿佛兴高采烈地沐浴着晨曦在乡村小路上独自漫步。他的话语也显得比较直接平实："我发现一只

—————————

① Emory Elliot, ed., *Columbia Literary History of the United States*, New York: Columbia UP, 1988, p. 944.

带着笑靥的……"。此外,这开篇诗行中整齐的抑扬格格律似乎也与说话者高兴和吃惊的语气相辅相成。但是读者看到的却是一只"蜘蛛"而不是一个天真无邪的婴儿或者是任何什么令人赏心悦目的东西。显然,诗人用蜘蛛的肥胖和雪白的颜色来戏仿婴儿的天真无邪。当我们朗读到"蜘蛛"(spider)一词时,其声音本身就让人感到遗憾,再加上诗人用"又肥又白"来修饰这只蜘蛛,似乎也使得诗中人开头的那股高兴劲大打折扣了。这开篇的第一行不仅为全诗奠定了基调,而且也给诗歌的基调、节奏和意象增添了一些诙谐玩笑元素,使得这其中的"玩笑"逐渐赋有了阴暗的内涵。弗罗斯特自然诗中最黑暗的思想往往出现在夜幕降临的时候。在这首诗歌中,故事虽然发生在大地苏醒的清晨时光,但是当诗中人遇见那"各种如死亡和枯萎般的角色"的时候,一幅令人恐怖的感觉却变得十分强烈。这些来自大自然的"角色"显然是出人意料地代表着对大自然规律的背叛。诗中那一朵本来应该是蓝色的野花、那只本来可能是黑色的蜘蛛和那只本来可以是任何颜色的飞蛾,为什么在这里全都变成了白色呢?熟悉麦尔维尔讽刺手法(Melvillian irony)的读者应该知道那种颜色既象征着纯洁与天真又预示着恐怖和死亡。因此,这几行诗歌中所刻画的细节增强了表面情景上的恐怖与恐怖情境下的天真之间的鲜明对照。这种将死蛾翅膀喻比飞扬风筝的写法,也可谓十七世纪英国玄学派诗人惯用的奇思妙喻了,它将恐怖凶险与天真无邪融为一体,充分体现了诗人貌似简单的艺术追求。

在这首诗歌的前八行,诗人运用对照的修辞手法,语气诙谐幽默地讲述了他的发现。尽管诗中那棵"白色药草"的颜色与那只肥胖臃肿的白色蜘蛛相同,但是"白色药草"仍旧暗示着纯洁与安全,而且很自然地成为一只飞蛾的美好去处。诗中那只仿佛身披白色绸缎的飞蛾自然也有它自己的魅力,但是"僵硬的绸缎"似乎给人一种冻僵的感觉,以致让人联想起死人棺材里僵硬发亮的缎衣。[①]　在接下来的三行中,诗中人的语气已经不再诙谐幽默,但是弗罗斯特却用诙谐的手法表达了他的思想,而他的手法仍旧是依靠他驾驭节奏的技巧。第四行是格律比较严谨的五音步抑扬格诗行,内容清晰,节奏轻松,而且第五行开头的扬扬格格律替代暗示了一种轻松活泼的语气。可是,这一行原文结尾的一个英文单词“right”(意思是“正好”)恰好与“rite”(意思是“仪式”)一词构成双关关系。此外,“雪花莲”、“泡沫般小花”等词语所暗示的天真无邪也在春天的清新意象中得到体现。诗人使用的头韵以及重复对称的韵脚均大大增强了诗歌表面的欢快气氛。尽管如此,在前八行的结尾,我们还是从“死蛾的翅膀”和“纸制的风筝”等意象中看到了死亡般的僵硬。

　　然而,后六行诗节开头的语气突转让人感到有些突然。前八行诗节中的轻松语调(尽管带有讽刺语气)至此已经变成了一种自问的话语,而且语气不断严肃起来。人们找不到为什么本来该是蓝色的药草却莫名其妙地变成了白色的理由,也说不清楚这棵白色药草能够吸引白蛾前去藏身,更加不可思议的是那棵药草上隐藏着那只最终杀死白蛾的蜘蛛。这一系列带有讽刺意味的困惑最终汇聚成了一个意象:“除了黑暗设计难道人人丧胆?”诗境至此,诗中的白色设计已经不是人们平常意义上的白色,而是“黑暗设计”,而且这个让“人人丧胆”的设计效果却透过“appall”一词的拉丁语词根意义(“使……变白”)回荡于整个后六行诗节,因此使得诗中人因恐惧这种黑暗的白色而变得面色苍白。但是,在诗歌的最后一行中,弗罗斯特严肃的语气又突然转变为一种不确定的揣测语气:“假如设计真得掌控这般小

---

① Reuben Brower, *The Poetry of Robert Frost: Constellation of Intention*, New York: Oxford UP, 1963, p. 105.

事。"看来,这首诗歌是在隐射一个简单道理:如果有一个设计,那就必须有一个设计师。可是,这首诗歌的结尾似乎又在暗示人们:假如对这些小事无所设计,那么设计师对任何事物也就可能没有意义了。当然,诗中如此之恐惧的设计似乎同时在告诉人们它的设计师也可能同样邪恶。

总之,异常的自然形式决定了诗歌的形式。弗罗斯特在这首十四行诗中别出心裁地创造了前八行诗节与后六行诗节的逻辑结构关系,且运用了不寻常的韵式惟妙惟肖地阐释了一个不寻常的经历。1935 年 3 月 25 日,在一封信中,弗罗斯特说:"当我们疑虑重重的时候,总是能够找到一种形式来表达我们的心情。"①《设计》一诗的情况就是如此。写诗是弗罗斯特战胜空虚和疑虑的法宝。每当他面对一个令人困惑不解的情形时,或者是面对那令人可怕的没完没了的问题时,弗罗斯特便提笔作诗,把一切烦恼和疑虑全部写进一首十四行诗,因为十四行诗在所有诗歌形式中是诗人最能表达自信心的诗歌体裁之一。

引用文献:

Brower, Reuben. *The Poetry of Robert Frost: Constellation of Intention*. New York: Oxford UP, 1963.

Cox, Hyde and E. C. Lathem, eds. *Selected Prose of Robert Frost*. New York: Macmillan, 1968.

Elliot, Emory, ed. *Columbia Literary History of the United States*. New York: Columbia UP, 1988.

Frost, Robert. *Robert Frost: Collected Poems*, *Prose*, *& Plays*. New York: Literary Classics of the United States, 1995.

Huang, Zongying. *A Road Less Traveled By — On the Deceptive Simplicity in the Poetry of Robert Frost*. Beijing: Peking University Press, 2000.

---

① Hyde Cox and E. C. Lathem, eds., *Selected Prose of Robert Frost*, New York: Macmillan, 1968, pp. 106 – 107.

Newdick, Robert. "Robert Frost and the Sound of Sense". *American Literature*, IX, 1937.

Preminger, Alex and T. V. E Brogan, eds. *The New Princeton Encyclopedia Of Poetry and Poetics.* Princeton(N. J.)：Princeton UP, 1993.

Stevens, Wallace. "The Noble River and the Sound of Words". The Necessary Angel：Essays on Reality and Imagination. New York：Knopf, 1941.

Thompson, Lawrance. *Fire and Ice: The Art and Thought of Robert Frost.* New York：Henry Holt and Company, 1942.

——. *Robert Frost: The Early Years 1874 – 1915.* New York & Chicago：Holt, Rinehart and Winston, 1966.

弗罗斯特：《出路·序言》，黄宗英译，载《诗探索》，1995 年第二辑，第 185—186 页。

——：《弗罗斯特集：诗全集、散文和戏剧作品》(上)，曹明伦译，沈阳：辽宁教育出版社，2002 年。

——：《一首诗的形象》，黄宗英译，载《诗探索》，1995 年第一辑，第 182—184 页。

黄宗英：《"一根直中带曲的好拐杖"——罗伯特·弗罗斯特诗歌格律技巧管窥》，载《美国文学研究》，郭继德主编，山东大学出版社，2010 年 4 月，第 476—494 页。

王佐良、李赋宁等主编：《英国文学名篇选著》，北京：商务印书馆，1987 年。

三、十四行诗《割草》格律分析①

1. "离经叛道"还是"创新意识"？

《割草》("Mowing")一诗是弗罗斯特第一部诗集《少年的意愿》(*A Boy's Will*, 1913)中诗人本人最喜欢的一首诗歌，因为弗罗

---

① 本节主要内容曾以《"离经叛道"还是"创新意识"？——罗伯特·弗罗斯特十四行诗〈割草〉的格律分析》为题目发表于《北京联合大学学报》(人文社科版)，2009 年第 4 期，第 69—74 页。

斯特生前不但经常诵读这首诗歌,而且在与别人谈话或者讨论诗歌和诗学理论时,他经常引用其中的部分诗行。1914 年 12 月间,弗罗斯特在给锡德尼·考克斯(Sidney Cox)的一封信中说:"我猜想《割草》无疑是第一本诗集中最好的诗歌"[1]:

Mowing

There was never a sound beside the wood but one,
And that was my long scythe whispering to the ground.
What was it it whispered? I knew not well myself;
Perhaps it was something about the heat of the sun,
Something, perhaps, about the lack of sound —⠀⠀⠀⠀⠀5
And that was why it whispered and did not speak.
It was no dream of the gift of idle hours,
Or easy gold at the hand of fay or elf:
Anything more than the truth would have seemed too weak
To the earnest love that laid the swale in rows,⠀⠀⠀⠀10
Not without feeble-pointed spikes of flowers
(Pale orchises), and scared a bright green snake.
The fact is the sweetest dream that labor knows.
My long scythe whispered and left the hay to make. [2]

> 静悄悄的林边只有一个声音,
> 那是我的长镰在对大地私语。
> 它在私语什么? 我不太明白;

① William R. Evans, *Robert Frost and Sidney Cox: Forty Years of Friendship*, Hanover & London: University Press of New England, 1981, p. 56.

② Robert Frost, *Robert Frost: Collected Poems*, *Prose*, *& Plays*, New York: Literary Classics of the United States, 1995, p. 26.

　　或许在抱怨烈日当空的太阳，
　　或许在抱怨万籁寂静的大地——　　　　　　5
　　那就是它为何私语而不明说。
　　那不是悠闲时梦幻般的礼物，
　　不是仙人或精灵施舍的黄金；
　　任何超出真实的东西都显得软弱，
　　连割倒垄垄青草的真诚的爱　　　　　　　10
　　也难免错割些嫩花(白兰)，
　　并且吓跑了一条绿莹莹的蛇。
　　事实是劳动才能知晓的美梦。
　　长镰私语，割倒了青草垄垄。①

　　虽然这首诗歌初次发表于 1913 年,但不难看出它的主题是基于弗罗斯特 1900—1911 年间在新罕布什尔州塞勒姆城北罗金厄姆(Rockingham)县德瑞农场(Derry Farm)的生活经历,是弗罗斯特通过描写农事劳动来体现其哲学思想和美学思想的代表性诗作之一。它属于田园诗的传统,但以爱默生的超验主义思想为基础。国内美国文学研究者十分关注这首诗歌。杨金才教授认为:“这首出色的十四行诗,歌颂了劳动就是快乐,劳动本身就是报酬这种平和的生活态度。诗歌显示了弗罗斯特扎实的传统诗歌功底,也初露了弗罗斯特将口语引入诗歌的能力。口语化的语言……[让]读者似乎能感觉到芬芳的泥土味扑面而来。”② 王誉公、乔国强教授认为这首诗“是一字一行都不能更动的一首抒情诗歌。它描写诗人在割草过程中的一点体会——快乐不是来自悠闲,而是

----

① 由于行文需要,笔者在参考曹明伦译文的基础上对这首诗进行改译,在此表示感谢!
② 杨金才主撰:《新编美国文学史》(第三卷),上海:上海外语教育出版社,2002年,第 142 页。

产生于具体劳动……如果不亲身参加这种劳动,就不会有声音,也就不会有收获……[诗人]通过声音使事实与诗的形式融会为一体……它描绘了收割者、镰刀、地面和青草共同转化为干草与诗歌的过程。"①

在美国,帕里尼(Jay Parini)在他 1999 年出版的《弗罗斯特传记》中说:"这首诗歌不仅体现了弗罗斯特能够娴熟地驾驭十四行诗这种诗歌形式,而且能够自由自在地游离于这种明确而又传统的诗歌押韵形式。"② 可是,在 1997 年出版的专著《论弗罗斯特的十四行诗》中,马克森(H. M. Maxson)并没有把这首诗当作一首十四行诗进行论述。马克森说:"只要仔细阅读这首诗歌,我们就能发现它离经叛道,不像一首十四行诗,或者至少说它不像弗罗斯特别的十四行诗。我这么说是因为它并没有提出一个观点、拓展这个观点、曲折这个观点,没有讲述趣闻轶事并加以评论,没有总结或者用警句格言式的结尾偶句道出哲理性的话语,没有以任何形式满足读者对弗罗斯特或者任何诗人的十四行诗的期盼。在第九和十三行处,它没有转折,实际上我们根本就看不到诗中有一个清晰而又关键的转折。弗罗斯特不会盲目地去迎合这一要求(因为它已经成为传统),但是弗罗斯特所有其他明显的十四行诗,甚至是那些机灵变体的十四行诗,都在诗中有这种转折。这是一个很重要的方面。弗罗斯特是不会忽略这种惯例或者传统的。……《割草》一诗的韵式也是离经叛道,根本不像弗罗斯特所写的别的十四行诗。"③ 然而,早期权威的弗罗斯特诗评家汤普森在他 1942

---

① 吴富恒、王誉公主编:《美国作家论》,济南:山东教育出版社,1999 年,第 917—920 页。

② Jay Parini, *Robert Frost: A Life*, New York: Henry Holt and Company, 1999, p. 76.

③ H. M. Maxson, *On the Sonnets of Robert Frost: A Critical Examination of the 37 Poems*, Jefferso & London: McFarland & Company, 1997, pp. 7 – 8.

年出版的专著《火与冰:罗伯特·弗罗斯特艺术和思想》一书中说:"《割草》一诗是诗集《少年的意愿》中最先进和最具有创新意识的十四行诗。它完全没有规则,以至貌似离经叛道、不守格律,但实际上,它的韵式机巧、简洁:与莎士比亚体十四行诗的韵脚数目完全相等,只不过位置不同:*a-b-c-a-b-d*, *e-c-d-f-e-g*, *f-g*。为此全诗自然地分为两个六行诗节(sestets)和一个不押韵的偶句(an unrhymed couplet)。"① 那么,究竟这首诗歌是"离经叛道"还是"最具有创新意识"呢? 弗罗斯特在这首诗歌中又是怎样驾驭十四行诗诗体来诠释"事实是劳动才能知晓的美梦"这个道理的呢?

2. "起、承、转、合"

十四行诗属英语诗歌中格律最严谨的一种抒情诗体,文艺复兴初期流行于意大利民间。意大利诗人彼特拉克(Francesco Petrarch, 1304—1374)写过300多首十四行诗。他以优美、浪漫的情调和鲜明的人文主义思想,抒发了对女友劳拉的爱情。彼特拉克十四行诗流传很广,对欧洲文艺复兴运动产生了积极的影响,其主要特点有两个:首先,它的结构分为前八行诗节(octave)和后六行诗节(sestet)两个部分,而前八行诗节又是由两个四行诗节(quatrains)组成的;全诗韵式为:*abba abba cdcdcd/cdecde*,上下两阕的韵式结构不平衡;诗人可以充分利用这种韵式结构上的不平衡去挖掘无限的艺术空间;其次,彼特拉克十四行诗在第九行开头往往有一个逻辑或者情感上的"突转"(turn)。在这个"突转"之前的八行中,诗人一般会提出问题并展开叙述;在后六行诗节中,诗人需要回答所提出的问题;全诗前呼后应,逻辑严谨。这种十四行诗后来被称为彼特拉克体十四行诗(Petrarchan sonnet),或者称

---

① Lawrance Thompson, *Fire and Ice: The Art and Thought of Robert Frost*, New York: Henry Holt and Company, 1942, p. 77.

为意大利体十四行诗(Italian sonnet)。闻一多先生曾将十四行诗的逻辑结构概括为"起、承、转、合"四个阶段,其中"转"就是指意大利体第九行开头这个逻辑结构上的"突转"。他认为:"'承'是连着'起'来的,但'转'却不能连着'承'走,否则就转不过来了……总之,一首理想的商籁体,应该是个三百六十度的圆形,最忌的是一条直线。"①

十六世纪中叶,这种以讴歌爱情为主要内容的抒情诗体被英国诗人华埃特(Thomas Wyatt, 1503—1542)介绍到了英国,不久便风靡英国诗坛,成为诗人们彰显才能的时髦范式。此外,华埃特对十四行诗的另外一个贡献就是他把彼特拉克体十四行诗的韵式改成了 *abba abba cddc ee*,使原来二分式的彼特拉克体十四行诗的韵脚开始有了新的演变。经过锡德尼(Sir Philip Sidney, 1554—1586)、斯宾塞(Edmund Spenser, 1552—1599)和丹尼尔(Samuel Daniel, 1562—1619)等英国诗人的不断努力与创新,创作了大量十分完美的十四行诗组(sonnet sequences)。后来,莎士比亚进一步将英国十四行诗的韵式定格为:*abab cdcd efef gg*,因此原来分成前八行组和后六行组两个部分的彼特拉克体或者意大利体十四行诗就变成了一个由三个四行诗节(quatrains)和一个结尾偶句(concluding couplet)组成的莎士比亚体或称英国体十四行诗。显然,莎士比亚体十四行诗的韵式和结构范式均比彼特拉克体十四行诗更加复杂,但是莎士比亚仍然以惊人的诗才驾驭了这种诗体,淋漓尽致地诠释了十四行诗形式与内容相互契合的艺术魅力。他的十四行诗每每主题突出,而诗中三节一偶句的逻辑结构则创造性地体现了莎士比亚体十四行诗的区别性结构特征,特别是结尾画龙点睛式的偶句总是给人以一种警句格言式的审美体验,令人

---

① 黄宗英:《英国十四行诗艺术管窥——从华埃特到弥尔顿》,载《国外文学》,1994年第4期,第43页。

难忘。莎士比亚体十四行诗的一个主要主题是人类通过繁育、爱情、文学等手段获得永生。比如，第18首主要表现诗歌能够战胜时间，从而使人获得永生的主题。诗中遣词洗练、比喻新颖、结构巧妙、韵脚悦耳，完美体现了莎士比亚非凡的笔力，而最让人回味无穷的当推结尾一联构思奇诡的警句格言："只要人能呼吸，眼睛看得见，/这诗就将存在，并赐你生命。"在莎士比亚之后，邓恩（John Donne，1572—1631）、弥尔顿（John Milton，1608—1674）、华兹华斯等英国诗人都创作过许多不朽的十四行诗。① 因此，十四行诗不仅魅力无穷，而且艺术性很高。就美国诗人而言，弗罗斯特算得上是一个多产的十四行诗诗人了。美国哈佛大学劳伦斯·比尔（Lawrence Buell）教授注意到弗罗斯特曾经在书信中说自己"非常在乎莎士比亚体和华兹华斯体十四行诗。"② 马克森先生在他专著中一共讨论了弗罗斯特37首十四行诗。③ 国内学者译介较多的弗罗斯特十四行诗有《进入自我》（"Into My Own"）、《地利》（"The Vantage Point"）、《割草》（"Mowing"）、《灶鸟》（"The Oven Bird"）、《曾临太平洋》（"Once by the Pacific"）、《熟悉黑夜》（"Acquainted with the Night"）、《意志》（"Design"）、《丝织帐篷》（"The Silken Tent"）等等。

---

① 黄宗英：《英国十四行诗艺术管窥——从华埃特到弥尔顿》，载《国外文学》，1994年第4期，第42—51页。就英国十四行诗形式的演绎及其与内容的契合问题，参见黄宗英编著《英美诗歌名篇选读》（高等教育出版社，2007）第35—89页中涉及华埃特、斯宾塞、莎士比亚、邓恩、弥尔顿等人十四行诗创作的注释部分。

② Lawrence Buell, "Frost as a New England Poet", in *The Cambridge Companion to Robert Frost*, Robert Faggen, ed., Cambridge: Cambridge University Press, 2001, p.101.

③ H. M. Maxson, *On the Sonnets of Robert Frost: A Critical Examination of the* 37 *Poems*, Jefferson & London: McFarland & Company, 1997.

3. "起、承"之巧妙

《割草》一诗的基本内容并不难理解:诗中人独自在田野里用长柄镰刀将稻谷般高的野草割倒,让太阳把它晒干,为农场的牲畜预备过冬的粮草。他回想起当时静悄悄的树林边没有任何别的声音,只能听见他的"长镰在对大地私语。"可是,他并不知道"它在私语些什么呢",他只能猜想他的镰刀是"在抱怨烈日当空的太阳"或者是"在抱怨万籁寂静的大地"。诗中人的这些答语不过是他心里的一些揣测,似乎读者也能够用肉眼观察到的一些普通的自然现象,而不是诗中人内心情感或者想象作用的结果。然而,这些揣测为读者提供了思考长镰"私语"的时间和空间,仿佛我们眼看着长镰飞舞,不停地割草,而人们的心同时在琢磨着长镰割草的结果。实际上,弗罗斯特已经巧妙地在人与自然现实之间筑起了一道不可逾越的鸿沟,仿佛人们从大自然中所能获取的东西只能是某种暗示——某种可供人们揣测和琢磨的"私语",因为诗中的长镰并不是直接向人类诉说,而是"在对大地私语"。至此,我们可以有这么一个基本的判断:尽管诗人具有丰富的想像力,但是单凭他的想象是无法琢磨出他的长镰在对大地"私语"些什么。这是前八行诗节所叙述的故事,我们看到人与自然之间的关系是不确定的,缺乏和谐,甚至是相互拒绝的:"那就是它为何私语而不明说。"

那么,在这前半阕诗歌中,诗人是如何调用了各种诗歌格律替代(metrical substitutions)以及修辞手法来戏剧性地表现诗中所蕴涵的这种人与自然之间存在的种种不确定、不和谐的感觉呢? 一般而言,一首十四行诗是由十四行五音步抑扬格(iambic pentameter)诗行构成的。可是,《割草》一诗原文第一行的头两个音步就不是抑扬格。诗人使用了两个抑抑扬格音步(anapests)开篇:

There was never a sound beside the wood but one,
（静悄悄的林边只有一个声音，）

十四行诗给人们的格律期待应该是五音步抑扬格，但是弗罗斯特在此一反常规，先用两个整齐的抑抑扬格音步加上三个规范的抑扬格音步（iambs）写了第一行。这种格律替代或许也算是弗罗斯特后来总结的"创新的老路"了。显然，一连两个抑抑扬格音步比两个抑扬格音步要多出两个音节。这就要求读者在诵读这行诗歌的时候，必须加快速度，两个重音分别落在"never"和"sound"两个单词之上，声音和语意相互契合，强调了诗中人四周一种"静悄悄"的感觉印象。紧接着，诗人又连续使用了三个抑扬格音步，轻重有序，既恢复和满足了读者对传统十四行诗五音步抑扬格的格律心理期待，同时又把读者的注意力集中到了最后一个音节"but one"（"只有一个"），音韵效果再次强化了语意表达："静悄悄的林边只有一个声音"。十八世纪英国诗人蒲柏曾经在论述文学批评的著名著作《论批评》（"An Essay on Criticism"）中说："音韵须作意义的回声"（"The sound must seem an echo to the sense"）。① 看来，弗罗斯特在这首十四行诗的第一行就达到了蒲柏的要求。

可是，这"一个声音"是什么声音呢？诗人直接回答说："那是我的长镰在对大地私语。"短短两行诗，弗罗斯特笔下一幅新英格兰农民独人割草的农事图跃然纸上，而更加耐人寻味的是诗人描摹这一普普通通的农事劳动所使用的形象生动的比喻性的语言。假如我们就第二行诗歌作一个简单的格律分析，弗罗斯特驾驭英诗格律的非凡能力便一目了然了：

---

① 王佐良、李赋宁等主编：《英国文学名篇选著》，北京：商务印书馆，1987 年，第438 页。

And that was my long scythe whispering to the ground.

（那是我的长镰在对大地私语。）

在笔者看来，弗罗斯特在这一行中仅仅在第一个音步中用了一个抑扬格（"And that"）；第二和第三音步分别是一个抑抑格（pyr-rhic，/ ˘ ˘/）和一个扬扬格（spondee，/ ´ ´/）；然后是一个扬抑抑格（dactyl，/ ´ ˘ ˘/）加上最后一个抑抑扬格（anapest / ˘ ˘ ´/）。这里至少有两处极富戏剧性音韵效果。首先，第二、三两个音步（was my long scythe）是由一个抑抑格紧跟着一个扬扬格。这种格律替代改变了读者原来的抑扬格格律心理预期，仿佛诗人是有意从第二个音步中扣下一个重音，让读者产生一种格律期待，期待着诗人在这一行诗接下来的音域中补还给读者一个重音，从而达到用格律替代强调语意表达的音韵效果，诗中长镰割草的意象因其格律上的强调以及长元音的使用，也就显得格外突出和逼真；其次，是行末的一个扬抑抑格加上一个抑抑扬格的格律替代。从音节数量上看，它们比十四行诗常用的抑扬格音步多了两个音节。这就要求读者加快诵读速度，诵读速度的加快不仅强化了长镰在"唰——唰——唰——"不停地割草的意象，而且也模糊了语意表达的清晰程度，仿佛读者在其感觉印象中只听见那单调而又不间断的割草声："那是我的长镰在对大地私语。"可是，诗人接着说：

What was it it whispered? I knew not well myself;

（它在私语什么？ 我不太明白；）

有意思的是这一行诗居然是由一个句法特殊的特殊疑问句和一个语法不规范的否定句构成的，前问后答，仿佛是两个人在对话，其中一个问："它在私语什么？"另一个回答说："我不太明白。"诵读起来，显得十分口语化，很难琢磨出什么可以入诗的东西，也看不出传达了什么重要信息。笔者前面提到马克森认为这首诗不像一首十四行诗，"因为它并没有提出一个观点、拓展这个观点、曲折这个观点……。"不假，这首十四行诗并没有像人们所熟悉的十四行诗那样，往往在开篇就提出一个问题或者是提出一个观点并进一步拓展这个问题或观点。弗罗斯特的《割草》也没有像莎士比亚最经典的十四行诗第十八首的开篇那样，以设问开篇并自作答语："我怎么能把你比作夏天？／你比它更可爱也更温和。"① 然而，弗罗斯特是一个十分难以捉摸的人。他曾经说："当我决意要讲真话时，我的言辞往往最具有欺骗性。"② 难道这里也蕴涵着什么"欺骗性"吗？当然没有，但是诗人独具匠心，在这个特殊疑问句中巧妙地连续两次使用了同一个代词："What was *it it* whispered?"。虽然这个代词十分不起眼，本身也没有明确的意思，但是当我们诵读这个问句的时候，我们很自然地会在两个"it"之间停顿一下，于是我们便有了足够的时间去琢磨这个代词的具体所指。显然，它指代的就是第一行中的那"一个声音"，即"我的长镰在对大地私语"的那"一个声音"。其实，诗人心里是明明白白的，他知道那"一个声音""不是悠闲时梦幻般的礼物，／不是仙人或精灵施舍的黄金"，而是他在下半阕将展开论述的这首诗歌的主题，只不过诗人在此不愿意"明说"而愿意"私语"。诚然，诗人有过种种的揣测，比如"抱怨烈日当空的太阳"和"抱怨万籁寂静的大地"，仿佛人与自然之间存在许多不和谐的因素，仿佛农民割草是对自然的践踏，而大自然的"烈日"和"寂静"是对人类破坏自然行为的报复。诗境至此，我们完全可以把这首诗歌的前八行看成是彼特拉克体或者意大利体十四行诗的前半阕（octave），而且也可

---

① 王佐良主编：《英国诗选》，戴镏龄译，上海：上海译文出版社，1988 年，第70页。

② Lawrance Thompson, *Robert Frost: The Early Years 1874–1915*, New York & Chicago：Holt, Rinehart and Winston, 1966, p. xv.

以说诗人已经巧妙地走完了闻一多先生指出的一首十四行诗逻辑结构上的"起"和"承"两个阶段。诗人不但提出了问题、拓展了问题，而且运用了格律替代以及修辞手法戏剧性地提出了他的问题，仿佛诗人已经告诉读者：人们从大自然中所能够获取的东西只能是某种暗示性的"私语"，因此诗中的长镰并不是在向人们"明说"，而是"在对大地私语"。这为诗中后六行诗歌的叙述创造了足够的艺术空间。

4. "转"之真实

马克森认为这首诗不像一首十四行诗的第二个重要理由是："在第九和十三行处，它没有转折，实际上我们根本就看不到诗中有一个清晰而又关键的转折。"笔者认为这个观点也是值得商榷的。的确，意大利体十四行诗在第九行开头有一个"突转"（"turn"），而英国体十四行诗的这个"突转"出现在第十三行的开头。十四行诗形式与内容往往相互契合，有机地融为一体。闻一多先生总结的"起、承、转、合"等四个阶段的逻辑结构特征，实际上酷似人们通常从客观观察入手，进而推出结论的逻辑思维方式，[①] 而其中的"转"是一个关键环节，它"不能连着'承'走，"但必须带着"合"来，使得全诗成为一个"三百六十度的圆形，"而不是"一条直线。"可是，照马克森先生的观点，弗罗斯特的这首《割草》岂不就成了闻一多先生所批评的"一条直线"了吗？笔者认为，尽管我们在《割草》中没有看到诸如"But"、"Yet"、"And then"等经常被传统的十四行诗诗人用来体现十四行诗中逻辑结构"突转"的连词，但是我们可以发现弗罗斯特在这里的处理更加惟妙惟肖。首先，从这首诗歌所表达的内容上看，前八行是紧密围绕着

---

① 黄宗英：《英国十四行诗艺术管窥——从华埃特到弥尔顿》，载《国外文学》，1994 年第 4 期，第 43 页。

"长镰私语"展开叙述的,而后六行是要阐述全诗的主题,因此在第八行结尾,诗人使用了一个分号将前后两阕所叙述的内容和重点作了提示;其次,从音韵效果上看,弗罗斯特在此也不是没有设计的。显然,诵读的时候,读者也很自然会在第八行的结尾有一个明显的停顿。这不仅是因为这里有一个分号,而且也是因为上下两行在格律上的巨大反差,因为第八行是比较整齐的五音步抑扬格诗行(除了第三个音步为抑抑扬格以外),而第九行抑扬格的格律限制就完全被打破了,尤其是行首的"Anything"一词所使用的扬抑抑格格律替代从音韵效果上强化了语意内涵,使读者注意到了接下来诗中叙述主题的变化和发展;第三,当然是诗人在第九行的行首选用的这个经常被用于否定句和疑问句的复合不定代词"anything":

Anything more than the truth would have seemed too weak
（任何超出真实的东西都显得软弱,）

这个不定代词的使用实际上暗示了诗歌主题的"突转"。前半阕中难以琢磨的"长镰私语"在这里开始与"真实"（"the truth"）形成对照,而且不论是上半阕所列举的"悠闲时梦幻般的礼物"还是"仙人或精灵施舍的黄金"都属于一些虚无缥缈的东西,它们在"真实"的面前都显得画蛇添足,"都显得软弱。"这一行又有十二个音节,比通常的五音步抑扬格又多出两个音节,从书面上看也是全诗最长的一行诗歌,似乎真的是"超出真实的东西",而且诗人让这第九行的"seemed too weak"（显得软弱）与第六行的"did not speak"（而不明说）押韵,不仅韵脚相谐,而且语意相接,真可谓"音韵须作意义的回音"了!

　　那么,这"真实"究竟何指? 是指下文所论述的人类对大自然的"真诚的爱"吗? 可是,人类改造大自然的"真诚的爱"不但会

"割倒垄垄青草"而且也会"错割些嫩花(白兰)",甚至"吓跑了一条绿莹莹的蛇。"但是无论如何,当我们读到第十三行的时候,我们才知道诗人在这里所讴歌的"真实"就是"劳动"本身:"事实是劳动才能知晓的美梦。"这个"事实"实际上澄清了什么是诗人在第九行开头所说的"任何超出真实的东西"。诚然,我们个人有个人的梦想、家庭有家庭的梦想、时代有时代的梦想、民族也有民族的梦想,而要成就这些梦想首先必须依靠我们诚实、辛勤的劳动。这是客观事实,是真理,也是诗人所追求的"事实",也是这首诗歌的主题。可见,弗罗斯特并没有忘记十四行诗中逻辑结构上的"突转",而是使用了更为机巧的手法暗示了诗中主题叙述的转变。弗罗斯特实际上是创造性地运用了传统意大利体和英国体十四行诗中这个表示逻辑结构变化的"突转"技巧,巧妙地在第九行开头和第十三行开头实现了闻一多先生所说的"转"与"合"的两个环节。

5. "合"之深邃

照理说,这首诗歌到第十三行就可以结束了,诗人也在第十三行末了画上了句号。可是他为什么又增加了一行呢?难道是为了凑足十四行吗?当然不是。结尾两行的确有令人费解之处:"事实是劳动才能知晓的美梦。/长镰私语,割倒了青草垄垄。"从音韵效果上考虑,它们不像英国体十四行诗的结尾,因为莎士比亚体十四行诗的结尾偶句韵脚相谐,语意相连,每每画龙点睛,给人以警句格言式的记忆。尽管弗罗斯特用近乎标准的五音步抑扬格写出了第十三行,明明白白地交代了这首诗歌的主题,也用"事实"回答了第九行开头那个不定代词所蕴涵的不确定的因素,但是这两行均以句号结尾,韵脚不谐,语意似乎也不连贯,其中的"事实——劳动——美梦"与"长镰——私语——青草垄垄"之间又存在着什么联系呢?汤普森先生所谓的"最先进和最具有创新意识"又从何说起呢？笔者认为，当惠特曼在他的《草叶集》中通过一个小孩的口问道"这草是什么？"的时候，他回答说：这草可能是"我性格的旗帜，是用希望织成的绿色物质。"惠特曼热爱草叶，因为它普普通通，因为他"在宽广或狭窄的地带都能长出新叶，／在黑人中间和白人中间一样能够生长，"因为它"生长在一切有土地有水的地方，"因为它"是沐浴着全球的共同空气。"① 惠特曼用草叶来比喻自己的存在和他毕生的艺术创造，这草叶是他的生命、道路和真理。试想，惠特曼笔下这"生长在一切有土地有水的地方"的草叶，岂不就是弗罗斯特笔下那把长镰割倒了的垄垄青草吗？弗罗斯特诗中长镰割草的意象与诗人提笔作诗的意象是完全可以类比的。正如诗人劳动的结果是一行行整齐的诗句那样，诗中人割草劳动的结果则恰好是"割倒了青草垄垄。"原来弗罗斯特是通过诗中人割草这一普通的农事劳动来比喻自己的诗歌创作的艺术劳动。

那么，弗罗斯特为什么要用句号把这两行分开呢？笔者认为，这与弗罗斯特受爱默生超验主义哲学影响有直接的联系。爱默生认为诗人是"见者"、"言者"、"先知"和"语言创造者，"因此惟有诗人才能刻画自然并揭示真理。② 弗罗斯特之所让最后两行偶句无韵，或许是想告诉读者诗人与常人不一样：常人通过诗人的引导是可以理解人的梦想只能通过劳动才能实现这个道理；但是诗人就不同，他是要创作诗歌，他必须用语言来创造性地描述这一道理。弗罗斯特此处说："事实是劳动才能知晓的美梦，"而爱默生曾经说过："事实是精神的终结或者最后表现"（"A fact is the end

---

① 黄宗英：《抒情史诗论》，北京：北京大学出版社，2003 年，第 64 页。
② 黄宗英：《爱默生诗歌与诗学理论管窥》，载《北京联合大学学报》（人文社会科学版），2007 年第 2 期，第 23 页。

or last issue of spirit")① 实际上,弗罗斯特是要让读者透过普通的"事实"看到最终的"精神"。在《自然·远景》("Prospects")中,爱默生说:"真正的智慧总能让人在平凡中发现奇妙。一天是什么?一年又是什么?夏天是什么?妇女是什么?儿童是什么?睡眠又是什么?在我们麻木无知的时候,这些似乎一无新奇之处。我们编造寓言来掩盖事实的单调枯燥,并且像我们自己所说,以此来顺应心灵的高级法则。可是,当我们在思想之光的帮助下看清了这一事实之后,虚浮的寓言便黯然失色,枯萎皱缩了。此刻,我们看到了真正的高级法则。因此,对智者而言,一件事实便是一首真正的诗歌,是最为美妙的寓言。"② 简单深邃是弗罗斯特诗歌创作的特点,他就是想"让人在平凡中发现奇妙。"对新英格兰农民来说,割草是最平常的农活了。农民们把稻谷般高的野草割倒,然后放在田野上晒干,以备牲畜的冬粮。这是农民们该干的一件农活,可是对弗罗斯特这样一个诗人农民而言,这些是不够的。1900年至1911年的十多年间,弗罗斯特一家住在德瑞农场,他的公开身份是农民,白天弗罗斯特在农场干活,可是他夜里躲在家里埋头读书、写诗。弗罗斯特十分喜欢梭罗的《瓦尔登湖》(*Walden*)一书,甚至可以说爱不释手,读了一遍又一遍,仿佛梭罗在直接地对他说:"我到林中去,是因为我希望能过着深思熟虑的生活,只是去面对着生活中的基本事实,看看我是否能学到生活要教给我的东西,而不要等到我快要死的时候才发现自己并没有生活过。我不愿过着不是生活的生活,须知生活无限珍贵……我要深入地生活,吸取生活中应有尽有的精华……"③ 这段梭罗的名言在弗罗

---

① Ralph Waldo Emerson, "Nature", in *The Selected Writings of Ralph Waldo Emerson*, Brooks Atkinson, ed., New York: Modern Library, 1992, p.18.

② Ibid, p.38.

③ 梭罗:《瓦尔登湖或林中生活》,载《梭罗集》(上),许崇庆、林本椿译,北京:三联书店,1996年,第444页。

斯特的脑海里打下了深深的烙印,而且不断地激励着他去追求自己的艺术人生。因此,从表面上看,这首十四行诗的最后两行被句号隔开,而且偶句无韵,似乎上下两行的内容没有联系,但实际上它们是"藕断丝连",蕴涵着深厚的爱默生超验哲学思想,仿佛诗人在暗示读者这"长镰私语"是诗人发自内心的"一个声音,"而这"青草垄垄"是诗人倾吐出来的"真实",因为"惟有诗人才能刻画自然并揭示真理。"①

　　总之,弗罗斯特在创作这首十四行诗时并没有"离经叛道"而是"最具有创新意识"。读者在这首诗歌中所看到和听见的一切,包括割草人、树林、长镰、太阳、青草、嫩花、绿蛇以及那从不间断的长镰割草的声音等等,共同编织成了一幅让"割草人"心旷神怡、心满意足的图景。虽然这一切都是最简单的"事实",可是它们蕴涵着最深邃的人生哲理,给予人们最大的满足,也能够实现人们最甜美的梦想!

引用文献:

Buell, Lawrence. "Frost as a New England Poet." *The Cambridge Companion to Robert Frost*. Ed. Robert Faggen. Cambridge: Cambridge University Press, 2001.

Emerson, Ralph Waldo. *The Selected Writings of Ralph Waldo Emerson*. Ed. Brooks Atkinson, New York: Modern Library, 1992.

Evans, William R. *Robert Frost and Sidney Cox: Forty Years of Friendship*. Hanover & London: University Press of New England, 1981.

Frost, Robert. *Robert Frost: Collected Poems, Prose, & Plays*. New York: Literary Classics of the United States, 1995.

Maxson, H. M. *On the Sonnets of Robert Frost: A Critical Examination of the 37 Poems*. Jefferson & London: McFarland & Company, 1997.

① 黄宗英:《爱默生诗歌与诗学理论管窥》,载《北京联合大学学报》(人文社会科学版),2007年第2期,第25页。

Parini, Jay. *Robert Frost: A Life*. New York: Henry Holt and Company, 1999.

Thompson, Lawrance. *Fire and Ice: The Art and Thought of Robert Frost*. New York: Henry Holt and Company, 1942.

——. *Robert Frost: The Early Years 1874–1915*. New York & Chicago: Holt, Rinehart and Winston, 1966.

弗罗斯特:《弗罗斯特集:诗全集、散文和戏剧作品》(上、下),曹明伦译,沈阳:辽宁教育出版社,2002 年。

黄宗英:《爱默生诗歌与诗学理论管窥》,载《北京联合大学学报》(人文社会科学版),2007 年第 2 期,第 23—27 页。

——:《英国十四行诗艺术管窥——从华埃特到弥尔顿》,载《国外文学》,1994 年第 4 期,第 42—51 页。原载《新月》第 3 卷第 5、6 期。

——:《“离经叛道”还是“创新意识”?——罗伯特·弗罗斯特十四行诗〈割草〉的格律分析》,载《北京联合大学学报》(人文社科版);2009 年第 4 期,第 69—74 页。

——编著:《英美诗歌名篇选读》,北京:高等教育出版社,2007 年。

——:《抒情史诗论》,北京:北京大学出版社,2003 年。

梭罗:《瓦尔登湖或林中生活》,载《梭罗集》(上),许崇庆、林本椿译,北京:三联书店,1996 年。

王佐良、李赋宁等主编:《英国文学名篇选著》,北京:商务印书馆,1987 年。

王佐良:《英国诗选》,上海:上海译文出版社,1988 年。

吴富恒、王誉公主编:《美国作家论》,济南:山东教育出版社,1999 年。

杨金才主撰:《新编美国文学史》(第三卷),上海:上海外语教育出版社,2002 年。

第五章

主 题 篇

一、"隐秘的孤独"

1. "作家的泪水"

弗罗斯特经常被误读为一位地地道道的新英格兰地区性诗人。1987 年获得诺贝尔文学奖的俄裔美国作家和美国桂冠诗人约瑟夫·布罗茨基(Joseph Brodsky)教授曾经说:"弗罗斯特常被认为是一位乡村诗人,他的诗多以农村为背景——他思想乐观,就像一位既和蔼可亲又孤僻倔强、既说话俏皮又年老温厚的农民。总之,[他]就像苹果馅饼一样具有美国特色。事实上,弗罗斯特一生中曾经多次在公开场合或者在他接受记者采访的时候,刻意地为自己塑造这么一个乡村诗人的形象,来加深人们对他的印象。我想他这么做并不难,因为他的确具有这些特点。他的确是一位地地道道的美国诗人。然而,我们的任务就是要说清楚他的这种特殊性究竟是由什么构成的。就诗歌而言,这种所谓'美国特色'

又意味着什么?"① 众所周知,弗罗斯特喜欢用地道的新英格兰方言进行诗歌创作,因此那些没有能够从他那简单深邃的诗化表白中听出他内心深处的痛苦与悲情的读者,就自然而然地会认为他是一位道地的新英格兰地方诗人。然而,正如他善于用俏皮诙谐的话语来遮蔽自己内心的酸楚与痛苦那样,弗罗斯特俏皮深邃的诗歌话语同样经常把读者带入一个迷茫的深渊。为了在读者心目中塑造一个慈眉善眼的诗人形象,弗罗斯特能够做到完全抑制自己内心的痛苦,甚至设法让读者始终看到一个不停地微笑的诗人。他喜欢扮演一个令人感到快慰和亲切的新英格兰自然诗人的角色,但实际上他的诗歌所表现的却是诗评家特里林(Lionel Trilling, 1905—1975)称之为对"旧的认识的一种瓦解和丢弃。"② 虽然他的事业充满着成功的喜悦,但弗罗斯特一生却不断地遭受各种挫折与悲剧的侵扰。

　　弗罗斯特于 1874 年出生在旧金山,可是他刚满 11 岁父亲就突然去世。这不仅使弗罗斯特失去了幸福美好的童年,而且还给他的人生带来了一连串的不幸和考验。当母亲伊莎贝尔想方设法带着弗罗斯特和他的妹妹珍妮,千里迢迢从旧金山将丈夫的遗体运回老家马萨诸塞州的劳伦斯城时,她并没有得到丈夫家人的同情与安慰。母亲伊莎贝尔心地善良、聪颖智慧,可是偏偏不会驾驭课堂和管教学校的孩子,因此只能靠教书挣得微薄收入,勉强养家

① Joseph Brodsky, Seamus Heaney and Derek Walcott, *Homage to Robert Frost*, New York: Farrar Straus Giroux, 1996, pp. 6 – 7. 约瑟夫·布罗茨基(Joseph Brodsky, 1940—1996),出生在前苏联列宁格勒。1972 年,作为一名非自愿的流放者,他从前苏联来到美国;1977 年加入美国国籍;先后在美国密歇根大学、纽约哥伦比亚大学、史密斯学院、马萨诸塞大学、阿默斯特学院等高校任教;1987 年,他获得诺贝尔文学奖;1991 至 1992 年,他被授予美国桂冠诗人称号。
② James M. Cox, ed., *Robert Frost: A Collection of Critical Essays*, Englewood Cliffs (N. J.): Prentice-Hall, 1962, p. 156.

糊口。尽管伊莎贝尔竭尽全力,但是家里经常经济拮据。1900
年,伊莎贝尔死于癌症。在她住院疗养期间,弗罗斯特也很少去探
望母亲,但是他知道母亲饱受病魔的折磨。祸不单行,珍妮时而神
经过敏,时而精神错乱,最终于1925年住进精神病院,四年后死在
那里。这些家庭的不幸对他后来的诗歌创作产生了深刻的影响。

　　不仅如此,弗罗斯特实际上是在一个陌生、无情甚至是充满敌
意的新英格兰环境中长大成人的。他青少年时期那个陌生、无情、
充满敌意的生活环境还表现在他那位严厉的祖父身上。弗罗斯特
起初不喜欢他的祖父,因为祖父对他的日常生活看管十分苛刻。
祖父去世之后,弗罗斯特仍然对他没有好感,而且经常倾诉自己受
祖父虐待的苦衷,甚至认为祖父让他经营德瑞农场是要他自生自
灭。① 其实,他的祖父一开始就对自己这位惟一的孙儿慷慨至极。
1901年,当祖父去世的时候,祖父留下了一份"奇怪的遗嘱",② 把
他最大的一部分遗产留给了弗罗斯特,而且还以现金支付的形式
让弗罗斯特连续20多年能够年年领取一定限额的年金。这个
"奇怪的遗嘱"不仅使弗罗斯特有足够的经济支持,能够于1912
年举家迁居英国,而且不需要劳动就能够在英国维持两年多的生
活。不仅如此,弗罗斯特还在英国出版了他的头两本诗集,成就了
他当诗人的梦想。

　　弗罗斯特的恋爱过程以及他的家庭生活也可谓充满曲折和不
幸。中学同班时,女友怀特就发现她很难说服弗罗斯特改掉一些
小时候养成的无理取闹的坏习惯。他们两人在许多事情上意见不
一,且经常吵嘴。当然,他们俩最重要的误解当推弗罗斯特逼迫怀
特中学毕业后放弃上大学的计划并且立即与他结婚成家。怀特坚

---

① James M. Cox, ed., *Robert Frost: A Collection of Critical Essays*, Englewood Cliffs
　(N. J.): Prentice-Hall, 1962, p. 411.

② Lawrance Thompson, *Robert Frost: The Early Years 1874 - 1915*, New York &
　Chicago: Holt, Rinehart and Winston, 1966, p. 275.

持要让弗罗斯特先立业而后成家,但是弗罗斯特却顽梗固执。他居然离家出走,扬言自尽。他这么做,一来是要表白自己的决心,二来是想要挟女友并惩罚她的无情与不忠。好在他最终与怀特言归于好。但是这种自欺欺人的茫然冲动不仅给他们纯真的爱情与婚姻笼罩上了一层阴影,而且也在某种程度上直接影响了他自己、妻子以及孩子们的身心健康。不仅如此,弗罗斯特与怀特虽然于1895年结婚并且生了六个孩子,但是弗罗斯特却是眼睁睁地看着死神或者精神病接连夺去了自己五个孩子的性命或者自由。老大埃利奥特(Elliot)四岁夭折;老二莱斯利(Lesley)虽然正常成长,但也受家族精神病遗传的影响,甚至在母亲去世时大发雷霆,斥责父亲自私自利,没有看护好她的母亲;老三卡罗尔(Carol)因精神病于1940年自杀而死;老四伊尔玛(Irma)同样患精神病,最终被无奈的父亲送进了疯人院;老五玛乔丽(Marjorie)是弗罗斯特的掌上明珠,但不幸于1934年死于难产;老六贝蒂娜(Elinor Bettina)婴儿夭折。尽管弗罗斯特将毕生的精力全部献给了诗歌艺术,但是接二连三的家庭不幸也使他饱受了人生酸甜苦辣。1947年,当弗罗斯特把身患精神病的伊尔玛送进医院之后,他在给昂特迈耶的一封信中说:"您回顾一下我这个家庭的不幸,您也许就会想知道我是否已经活得差不多了。"[①] 当妻子怀特于1938年病逝之后,女儿莱斯利居然朝父亲大发雷霆。弗罗斯特心里明白女儿的斥责是不无道理的。他也感到内心不安,因为是他一意孤行,明明知道自己的妻子头胎难产,几乎毙命,而且医生嘱咐她不可以继续生育。可是,弗罗斯特还是让妻子又生了五个孩子。当怀特拒绝丈夫在她临终前去探望她的时候,弗罗斯特深感内疚和痛苦。

---

① Louis Untermeyer, *The Letters of Robert Frost to Louis Untermeyer*, New York, Chicago and San Francisco: Holt, Rinehart and Winston, 1963, p. 346.

2. "进入我的自己"

不言而喻,当一个诗人的生命中有过这么多的磨难之后,他的诗歌就自然而然地会充满着各种伤感与悲情。虽然在弗罗斯特早期诗作中,我们还能够看到诗人讴歌英雄伟业的理想和想象,① 但是假如我们透过现象看本质并且从弗罗斯特诗歌所表现出来的整个世界来看,我们就能够全面地把握弗罗斯特诗歌主题的孤独基调。正如帕里尼所说的那样,"死亡、力竭、疾病、婚姻痛苦、冷漠和道德沦丧比比皆是。"② 那些认为弗罗斯特把新英格兰农场生活浪漫化了的读者,实际上并没有真正理解弗罗斯特的诗歌核心主题,因为即便在他的早期诗作中,我们也能够发现对生命的惧怕和紧张已经笼罩着他绝大部分的诗歌。年轻的诗人选择了抒情诗的形式,抒发了自己对生命中各种矛盾冲突的感悟,尤其是那些深藏在诗人内心的矛盾。在他的第一部诗集《少年的心愿》中,弗罗斯特在编排他的早期抒情诗时,显然是有自己的考虑。开篇第一首诗歌《进入我的自己》("Into My Own")是一首十四行诗,其题目便直截了当地告诉读者诗中人是要躲避他人和逃离社会:

> 我的一个心愿是那片黝黯的树林,
> 那片古老苍劲而微风难进的树林,
> 并非看上那样,仅仅是貌似幽暗,
> 而且不断延伸,直至末日的彼岸。

---

① 弗罗斯特正式发表的第一首诗歌题为《伤心之夜》("La Noche Triste"),题目用西班牙语写成,传统上指埃尔南多·科尔特斯(1485—1547)率领西班牙殖民军从 1520 年 6 月 30 日至 7 月 1 日晨从特诺奇蒂特兰撤退时遭受重大伤亡的故事。全诗用歌谣体写成,主要是歌颂阿兹特克王蒙特苏马领导的印第安人在战斗中所表现出来的勇气、机灵和智慧。

② Jay Parini and Brett C. Millier, eds., *The Columbia History of American Poetry*, New York: Columbia University Press, 1993, p. 269.

我不该被隐瞒,但总有那么一天　　　　　　5
我会悄然地溜进那片茫茫的林间,
无论何时都不怕看见开阔的大陆,
或缓缓车轮洒下粒粒沙子的马路。

我找不到我为什么要回头的因成,
也不知那些人为何不步我的后尘　　　　　10
把我赶超;他们思念我,也渴望
知道我是否对他们仍旧情深一往。

他们将发现我依然是从前的自己——
只不过更坚信我所想的都是真理。①

这首用双行尾韵相谐的对句写成的十四行诗最初于1909年5月
发表在《新英格兰》(*New England Magazine*)杂志上,后来被收录
1913年出版的诗集《少年的心愿》。在这本诗集中,诗人给这首诗
增加了这么一个注释:"那位少年被说服了,他由于背弃世界而将
变得面目全非。"②　其实在这首诗歌中,诗人在表白自助与自信的
同时,巧妙地将生命比作一次通向未知的旅行。诗中人"我"的
"一个心愿"就是希望他眼前那一片"黝黯的树林"不仅仅只是一
个"貌似幽暗"的表面现象,而应该"不断延伸,直至末日的彼岸。"
这里所说的"末日的彼岸"("the edge of doom")让人想起了莎士

---

① 笔者译自 Robert Frost, *Robert Frost: Collected Poems*, *Prose*, & *Plays*, New York: Literary Classics of the United States, 1995, p. 15.

② 英文原文:"The youth is persuaded that he will be rather more than less himself for having forsworn the world." See Mordecai Marcus, *The Poems of Robert Frost: an Explication*, Boston: G. K. Hall & Co., 1991, p. 23.

比亚十四行诗第 116 首中表示永恒不朽的爱的诗行：

原文：

Love alters not with his brief hours and week,

But bears it out even to the edge of doom.

译文：

爱并不因瞬息的改变而改变，

它巍然矗立直到末日的尽头。①

然而，令人不解的是弗罗斯特笔下的这片"黝黯的树林"可不像是莎士比亚这首十四行诗中所讴歌的"爱"那样，能够像"亘古长明的塔灯，……望着风暴却兀不为动，"或者能够像"指引迷舟的一颗恒星。"② 弗罗斯特的这片"黝黯的树林"仍然是貌似"可爱"而实则"深邃"。它虽显"古老"但依然"苍劲"，就连微风都难以吹进；它依然"不断延伸，直至末日的彼岸。"不论是影射，还是对照，莎士比亚那"巍然矗立"的"爱"都能够让我们看到弗罗斯特这片"黝黯的树林"所折射出来的一种淡淡的幽默与讽刺的意味。然而，诗中人的自信使得他毫无畏惧地"溜进那片茫茫的林间，"而且"无论何时都不怕看见开阔的大陆，"或者是看见现实中那"缓缓车轮洒下粒粒沙子的马路。"其实，弗罗斯特是在责问自己为什么放弃了这么一次旅行，而且仿佛在敦促那些"思念［他］的人们去做相同的旅行。最后，在他们"渴望／知道我是否对他们仍旧情深一往"的旅行中，诗中人"我"声称：他们将发现我没有变，我"依然是从前的自己，／只不过更坚信我所想的都是真理。"沃尔丝认

① 莎士比亚：《莎士比亚全集》第 11 卷（十四行诗部分），梁宗岱译，北京：人民文学出版社，1984 年，第 274 页。

② 同上。

为,这本诗集的核心主题是关于"一个少年男孩成长过程中的情感教育,"① 而这首诗却是诗人"一次无言的哭泣,悲痛地道出了诗人要逃离一种不再是真实的生活的决心或者威胁。"② 劳伦斯·汤普森认为这本诗集中的主要对话是在两种相互对立的观点之中展开的:一种表现为一个真实的自我,充满着恐惧、伤害、沮丧、否定、失败,另外一种表现为一个理想化的自我,充满着希望、鼓励、肯定、胜利等。③ 不论是作为一个人还是一位诗人,弗罗斯特生命中的核心问题就是要在无序中寻找有序,运用各种有序的方式来进入自我,来解决那些深藏在自己内心或者与他人之间的各种矛盾冲突。因此,他的诗歌创作基本上是基于对他个人生活经历的忧思与冥想之上。

3. "高兴还是难过?"

弗罗斯特第二部诗集《波士顿以北》收录了他最具有代表性的一些戏剧性叙事诗。在这些诗篇中,诗人最关心的主题就是表现现代人无法交流与沟通的孤独主题。虽然人们一同生活和一起劳动,但是他们相互隔离,无法沟通。这种思想感情是这些戏剧性叙事诗的核心主题。比如,在《补墙》("Mending Wall")一诗中,诗人是这样描写他的邻居的:

> 我觉得他仿佛是在黑暗中行走,
> 不光在林子里,而且在树阴下,
> 他不想去推敲父辈的那句格言,

---

① John Evangelist Walsh, *Into My Own: The English Years of Robert Frost 1912 – 1915*, New York: Grove Weidenfeld, 1988, p. 35.

② Ibid, p. 63.

③ Lawrance Thompson, *Robert Frost: The Early Years 1874 – 1915*, New York & Chicago: Holt, Rinehart and Winston, 1966, p. xxi.

倒喜欢把那句老话常挂在嘴边，
他又说："好篱笆结成好乡邻。"①   45

在《家葬》一诗中，弗罗斯特是这样描写夫妻之间的隔阂与误解的：

"艾米，这个时候别上邻居家去。
你听我说。我不会下这楼梯。"   40
他坐了下来，用双拳托住下巴。
"有件事我想问问你，亲爱的。"

"你不懂怎样问事。"

            "那就教教我吧。"

她的回答就是伸手去抽门闩。

"我差不多是一说话就惹你生气。   45
我真不知如何开口才能让你高兴。②

而在《仆人们的仆人》（"A Servant to Servants"）一诗中，主人公又
是这样表达内心的痛楚的：

        ……我仿佛觉得
我无法表达自己的感情，就像

---

① 笔者译自 Robert Frost, *Robert Frost: Collected Poems*, *Prose*, & *Plays*, New York: Literary Classics of the United States, 1995, p. 40.

② Ibid, p. 56.

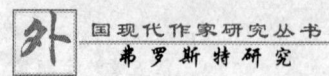
我无法提高嗓门或抬起手一样

……

你有过这种感觉吗？但愿没有。　　　　　　　　　10
有时我甚至觉得自己无法知道
是高兴还是难过，或别的感受。①

在《补墙》一诗中，诗人是要告诉读者人们在社会现实中正确认识人与人之间关系的能力是有限的；而在《家葬》和《仆人们的仆人》两个例子中，我们看到的是诗中人无法与他人和自己交流和沟通的痛苦。此外，《补墙》一诗采用第一人称叙述，而《家葬》和《仆人们的仆人》两首诗歌却采用不同人物角色的叙述声音。这说明虽然弗罗斯特所塑造的人物形象的手法是多层面和多视角的，但是读者每每在弗罗斯特的诗歌中所读出的主题却经常是相同的，比如，对孤独的惧怕、人与人之间沟通的困难、个人隐居与社会责任之间的冲突、对生命界限的认识、对非理性事物的无奈、阻碍人们行动的大自然障碍等等。

4.“该去哪边？”

实际上，弗罗斯特在英国出版的头两部诗集中的许多佳作都是他从美国带去的，而其中最有价值的诗篇均植根于他个人亲身经历和心灵体验。弗罗斯特使自己的这些经历和体验得到艺术升华并融入自己的诗歌创作。比如，第一部诗集中的《不情愿》（“Reluctance”）一诗是在诗人结婚之前创作的。当时，弗罗斯特与他的妈妈和姐姐一起住在马萨诸塞州的劳伦斯城。这首诗歌表达了诗人到纽约州坎顿城的圣劳伦斯大学去探望女友怀特之后心里所产生的

---

① 笔者译自 Robert Frost, *Robert Frost: Collected Poems*, *Prose*, *& Plays*, New York：Literary Classics of the United States, 1995, p. 65.

一种嫉妒和沮丧的心情。怀特断然拒绝了弗罗斯特想让她放弃学业而马上回家与他结婚的建议。为了报复怀特的拒绝,弗罗斯特居然有了自杀的念头,一人独自跑进了弗吉尼亚州的迪斯默尔沼泽地里躲藏起来。在这首诗歌中,弗罗斯特用连串的意象表达了诗人所经受的这一段痛苦经历,比如,

> 枯叶无声地挤成一团,
> 再也不会被风四处吹散;
> 最后一朵寂寞的翠菊已枯萎;　　　　15
> 金缕梅的花儿也都凋残;
> 心儿依然在苦苦寻求,
> 但脚步却问"该去哪边?"①

在这一节诗歌中,我们看到了凋零的枯叶、那枯萎寂寞的最后一朵翠菊以及凋残的金缕梅花朵。这些意象在读者的感觉印象中重新组合了诗人当时的失意心境。然而,在这首诗歌的结尾,诗中人没有屈服,反而重新鼓起了勇气,并且决心不"听从天命",不"接受现实",也不"接受爱情的终结或者是季节的终结。"诗人认为假如诗中人这么做了,那么在"世人心目"中这就意味着是一种背叛行为。然而,这首诗歌真正能够打动人的地方是其中心主题的逐步揭示。诗人先是刻画了一次晚秋旅行终结前的几个意象,并且暗示了连接秋季与死亡的一个"理由"。诗歌题目所蕴涵的意思在诗歌的句里行间得到了充分的表达,可是读者又找不到表达这种"不情愿"心情的佐证。直到第三节的最后两行,读者才能够看出在一种殷切的渴望与一种理性常识之间蕴涵着一种矛盾冲突:

---

① 弗罗斯特:《弗罗斯特集:诗全集、散文和戏剧作品》(上),曹明伦译,沈阳:辽宁教育出版社,2002 年,第 49 页。

"心儿依然在苦苦寻求,/但脚步却问'该去哪边?'"然而,产生这种渴望的动机直到最后一节才算明朗,因为诗中人企图复苏死亡秋天或者死亡爱情的徒劳举动被挤进了一个形象生动的类比。最后,通过类比一个秋天结束与一次爱情了结之间的关系及其所产生的内心沮丧,诗人成功地创造了一种富有戏剧性的紧张关系。至此,诗歌的外部景象与诗中人的内心心境产生了一种新的共鸣:

> 唉,在世人的心目中,
>
> > 难道这还不算一次背叛,　　　　　　20
>
> 随波逐流,紧跟形势,
>
> > 听从一个冠冕堂皇的理由,
>
> 从而心甘情愿地了结
>
> > 一次爱情或是一个季节?①

可见,诗人别出心裁,用一个十分简单而又非常富有暗示性的陈述方式,逐渐地揭示了这首诗歌的主题。直到最后一行,诗境才被推向高潮,而且诗人还不是平铺直叙,弗罗斯特的手法可谓惟妙惟肖,因为这种"不情愿"的心绪不仅可以用来强调爱情的丢失而且可以用来强调秋天的流逝。这两种可能性均可以在这个相同的语境中得到实现。

此外,在这部诗集中,诗人的思想中仿佛始终潜藏着一种阴暗可怕的恐惧之感。《害怕风暴》("Storm Fear")是一个很好的例子。它描写风暴使诗人心里所产生的惊恐。诗人在诗中把风暴比喻成野兽,呼唤着诗中人,让他从房子里出来,而当他估了估自己的力量时,他才发现自己只有"两个成人和一个小孩"。于是,诗

---

① Robert Frost, *Robert Frost: Collected Poems*, *Prose*, & *Plays*, New York: Literary Classics of the United States, 1995, p. 38.

中人怀疑他和他的家人在"没有救援"的情况下,是否能够坚持到天亮。此外,在《荒屋》("Ghost House")一诗中,我们看到的是诗中人把自己投射到一个很远的景色之中。读者只能够看到诗中人回到了一幢带有一块墓地的荒废的房子。在《我的十一月来客》("My November Guest")一诗中,诗人眼前的景象是一片"孤独、荒废的树林"和那"褪色的土地、阴沉的天空"。因此,他给这萧瑟的深秋景色带来了另外一位孤独的人物。这种孤独之感在《星星》("Stars")一诗中仍然可以找到佐证。在这首诗歌中,诗人笔下群星闪烁和白雪皑皑的景象给这个飘渺不定、令人费解的世界增添了一种孤独的感觉。可见,即便是在弗罗斯特的这些早期作品中,大自然似乎已经摆出了一种对人类表示冷淡、危险、敌意甚至是威胁的姿态。

5. "被孤立的生命"

昂特迈耶认为弗罗斯特诗集《波士顿以北》中的绝大多数诗歌都是"对被孤立的生命的戏剧化描写。"[1] 这些诗篇表达了新英格兰地区人们无法交流思想与情感的一种十分令人沮丧的病态心理,因为新英格兰地区当时正好处于一个腐朽落后的农业区向一个扩展迅猛的工业区发展的关键时代。弗罗斯特捕捉住了这个充满着狂想与扩张的时代特征。他具有敏锐的观察能力。在那些年迈、无人关注、甚至被社会抛弃的人群中,他发现他们贫穷而又自傲的性格决定了他们无法追逐成功的人生梦想。比如,《补墙》("Mending Wall")一诗创作于英国,当时弗罗斯特正因为他的第一部诗集《少年的心愿》出版后没有立即引起热烈反响而感到惆怅。他当时特别怀念新英格兰的生活往事。这首诗歌的魅力在于

---

[1] Louis Untermeyer, *Robert Frost: A Backward Look*, Washington: The Library of Congress, 1964, p. 11.

诗中所蕴涵的一个貌似自相矛盾的问题,有两行特别著名但意思截然相反的诗行。诗中人声称:"总有某种东西,它不喜欢墙,"可是他的邻居却坚持认为:"好篱笆结成好乡邻。"然而,这首诗歌要求我们谨慎解读。诗中人嘲笑他那位像"旧石器时代人"一样的邻居,因为每当他们各站一边一起补墙的时候,他的邻居总是不厌其烦地说:"好篱笆结成好乡邻。"他的行为没有任何目的,完全就是在盲目地维护着一种早就过时了的习俗。然而,弗罗斯特所要表达的意思并没有就此结束。假如我们细心琢磨,就不难发现弗罗斯特貌似简单的语言表达之下还蕴涵着他典型深邃的意义内涵。在这首诗歌中,我们会发现并不是诗中人的邻居约他一起来补墙,而是诗中人自己在那早春时节招呼他的邻居来和他一道玩弄这无聊的补墙游戏,而且我们看到不是邻居而是诗中人自己紧跟在猎人们身后垒石补墙。不仅如此,当他们各自站在石墙的两边补墙的时候,我们还能够发现不是诗中人的邻居而是诗中人自己没有能够像他的邻居那样找到一个相同的方式来吐露内心的担忧。虽然这首诗歌首先是表达人们受一种垂死的传统所束缚的主题,但是这首诗歌还是涉及到了20世纪美国文学中常见的孤独主题,而且这种孤独感与同时代的西方文学中的孤独主题如出一辙,同样表现为沾沾自喜、自我孤立和无法沟通。

《家葬》("Home Burial")一诗虽然是在1912—1913年间创作于英国,但它描写了弗罗斯特及其妻子对他们的长子埃利奥特夭折所表达的悲痛心情以及他们两人之间对这一不幸事件所产生的明显误解和矛盾。弗罗斯特再一次将自己的亲身经历融入他的诗歌创作,用诗化的语言道出了诗人自己深切悲痛。从表面上看,这首诗歌是描写孩子夭折的故事,但实际上是在挖掘20世纪初西方文学中的一个常见主题,即人与人之间、甚至是夫妻之间失去相互理解、相互沟通的能力。诗歌中的那位农村丈夫看上去不如他的妻子那么敏感、那么悲伤,但是诗人通过运用其惟妙惟肖的戏剧性讽刺手法,使得诗中的丈夫比他的妻子更加受到读者的同情,因为两个主人公表达自己悲痛心情的形式不同。显然,弗罗斯特在诗歌创作中驾驭悲痛情感的能力也是他诗歌魅力之所在的一个亮点。

弗罗斯特在《一首诗的形迹》一文中说:"没有作家的泪水,就没有读者的泪水。"[1] 因此,弗罗斯特的许多名诗实际上直接基于诗人亲身经历的悲剧性经历与情感。然而,在弗罗斯特的诗歌中,读者从来就没有听见他自我哀叹命运的不公,也从来没有看到弗罗斯特在公开的场合对自己的不幸与悲痛有过任何捶胸顿足的表露。他拒绝把自己的不幸与悲痛戏剧化。他的苦难、他的贫困、他的损失、他的沮丧和他的负担在他的诗歌向来就不是和盘托出,而是巧妙委婉地被写进他那些情感真挚的抒情诗和独特的"牧歌"(eclogues)。当洛厄尔(Amy Lowell)于1915年在给弗罗斯特的第二本诗集写书评的时候,他发现"弗罗斯特先生的诗集揭示了一种正在侵入我们新英格兰生命要害的疾病,至少是在新英格兰农村人群之中。"不仅如此,洛厄尔先生认为"这本书是一个不断颓废的新英格兰的真实写照。"[2] 但是,随着时间的推移,美国工业化社会发展所带来的"阴暗"给美国人的生命注入了一种"复杂、无常和焦虑"的感觉。人们越发对弗罗斯特诗歌中所展示的那个纯洁的自然国度感到倍加亲切和向往,因为"它表现为一个高度道德化的农村……因此,它代表着一种许多美国人共同的理想……这些美国人同样对美国的城市生活表示厌恶,同样对城市所蕴涵的所有表示复杂、无常和焦虑表示厌恶。"[3] 即使弗罗斯特

[1]　Hyde Cox and E. C. Lathem, eds., *Selected Prose of Robert Frost*, New York: Macmillan, 1968, p. 19.

[2]　Amy Lowell, "North of Boston", in *Critical Essays on Robert Frost*, Philip L. Gerber, ed., New York: Library of Congress Cataloging in Publication Data, 1982, pp. 22 – 24.

[3]　James M. Cox, ed., *Robert Frost: A Collection of Critical Essays*, Englewood Cliffs (N. J.): Prentice-Hall, 1962, p. 154.

诗歌中所表现的是一个充满诗情画意的世界,但是在这个田园般的
世界背后每每躲藏着一个令人悲痛欲绝的现实世界。因此,这种悲
情始终是弗罗斯特诗歌中那个"令人恐惧的世界"的核心主题。读
者们喜欢弗罗斯特不仅因为他在诗歌中向人们清晰地揭示了人类
生活中许多令人可怕的事情,而且因为弗罗斯特"为那些不愿意看
着他受苦的人们提供了一种能够让他们减轻痛苦的思想。"①

引用文献:

Brodsky, Joseph, Seamus Heaney and Derek Walcott. *Homage to Robert Frost*.
New York: Farrar Straus Giroux, 1996.

Cox, Hyde, and E. C. Lathem, eds. *Selected Prose of Robert Frost*. New York:
Macmillan, 1968.

Cox, James M., ed. *Robert Frost: A Collection of Critical Essays*. Englewood
Cliffs (N. J.): Prentice-Hall, 1962.

Frost, Robert. *Robert Frost: Collected Poems, Prose, & Plays*. New York: Liter-
ary Classics of the United States, 1995.

Huang, Zongying. *A Road Less Traveled By — On the Deceptive Simplicity in the
Poetry of Robert Frost*. Beijing: Peking University Press, 2000.

Lowell, Amy. "North of Boston." *Critical Essays on Robert Frost*. Ed. Philip L.
Gerber. New York: Library of Congress Cataloging in Publication Data,
1982.

Marcus, Mordecai. *The Poems of Robert Frost: an Explication*. Boston: G. K.
Hall & Co., 1991.

Parini, Jay, and Brett C. Millier, eds. *The Columbia History of American Poetry*.
New York: Columbia University Press, 1993.

Thompson, Lawrance. *Robert Frost: The Early Years 1874 - 1915*. New York &
Chicago: Holt, Rinehart and Winston, 1966.

Untermeyer, Louis. *Robert Frost: A Backward Look*. Washington: The Library of
Congress, 1964.

---

① Hyde Cox and E. C. Lathem, eds., *Selected Prose of Robert Frost*, New York:
Macmillan, 1968, p. 65.

——. *The Letters of Robert Frost to Louis Untermeyer*. New York, Chicago and
　　San Francisco: Holt, Rinehart and Winston, 1963.

Walsh, John Evangelist. *Into My Own: The English Years of Robert Frost 1912 –
　　1915*. New York: Grove Weidenfeld, 1988

莎士比亚:《莎士比亚全集》,第 11 卷,梁宗岱译,北京:人民文学出版社,
　　1984 年。

二、"令人恐惧的世界"

1. "荒野"

　　如果说弗罗斯特的诗歌有一个贯穿始终的基本主题,那么就应该是孤独主题,因为这一主题首先以其无限的艺术张力将弗罗斯特诗歌中所描写的人与自然相互孤立的关系表现得淋漓尽致。在弗罗斯特的诗歌中,诗中人面对"可爱、黝黯、深邃"的大自然往往显得孤立、渺小和无助。弗罗斯特总是能够找到树林中"两条路分岔"的地方并占据"有利地位",或者采用某种"战略性撤退"的办法,去审视新英格兰的田园景色并细心地观察生活在一种"复杂、无常、焦虑"的关系中的现代人的生命意义。人与自然的相互孤立可谓弗罗斯特诗歌中最重要的主题。从表面上看,读者能够看到弗罗斯特笔下一个带有浪漫主义感伤色彩的新英格兰,而且常常以一些人们所熟悉的自然意象来抒发自己的情感,比如,石头垒墙、农场林地、孤寂的农舍、大雪封盖的树林、充满鲜花的田野等等。然而,弗罗斯特笔下的诗中人常常是惧怕大自然的,而弗罗斯特诗歌中的大自然对人类似乎也并不友好,人们需要付出努力才能够"穿过"。就像他诗歌中所描写的人物一样,弗罗斯特自己也与大自然保持一定距离,他的诗歌往往强调人类的生存,强调

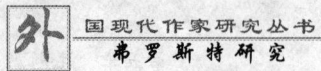

人们需要"自己拯救自己。"

《荒野》("Desert Places")一诗或许能够证明弗罗斯特是一位"令人恐惧的"诗人。诗人仍然运用一个读者所熟悉的情景——诗人踏着冬天的寒气和夜幕外出步行，而这一情景的描写又具有弗罗斯特典型的情景剧特点：

> 大雪纷飞、夜幕降临,飘呀飘,
> 我凝望着刚刚走过的那片田野,
> 大地已几乎被茫茫大雪所盖白,
> 可是皑皑雪地却探出几根草茬。
>
> 四周树林环绕——这是它们的。 5
> 所有牲口被茫茫大雪困在圈内。
> 我实在是心不在焉,无心清点;
> 不知不觉地已经被孤独所吞没。
>
> 孤独就是寂寞,可是这种寂寞
> 在其消失之前会让人更加难受—— 10
> 黑暗中的白雪像是茫然的空白,
> 没有表情,也不存在任何内容。
>
> 它们无法用茫然的空白吓唬我
> 在星星之下——那里没有人烟。
> 我家却近在咫尺,我能拥有它, 15
> 并用我自己的荒野来吓唬自己。①

---

① 笔者译自 Robert Frost, *Robert Frost: Collected Poems, Prose, & Plays*, New York: Literary Classics of the United States, 1995, p. 269.

这首诗歌的前三节所描写的似乎是整个冬天貌似茫然空白的景象。树林里满天飞扬的鹅毛大雪仿佛要停止人世间的一切活动并且划一宇宙间的所有行动："大地已几乎被茫茫大雪所盖白,／可是皑皑雪地却探出几根草茬。"然而,在弗罗斯特的诗歌中,大自然的外界气候向来就是人类内心世界的一个目录索引。诗中皑皑白雪以及没有生气的自然世界实际上标志着诗中人的精神世界:"我实在是心不在焉,无心清点;／不知不觉地已经被孤独所吞没。"由此可见,这首诗歌中所蕴涵的大自然的根本威胁实际上是作用于人们的精神行为,正如第三节所表明的那样,诗人在雪夜荒野中窥见了一个更加令人恐惧的精神荒野:"黑暗中的白雪像是茫然的空白,／没有表情,也不存在任何内容。"大自然的"荒野"象征着诗人精神上"荒野",是诗人沮丧失望心理的比喻,因为他无法表达自己内心的激情和对生命意义的追求,因此他只能够通过自己的想象将其升华。诗中缓缓覆盖大地的皑皑白雪似乎纯粹是一种消极的写照,令人感到不安、空洞和茫然,没有任何意义,也找不到任何合适的表达。大自然就是如此地让人感到陌生、麻木、没有意义。在一个没有生气和动力的人面前,大自然就是一个"没有任何内容"的空洞。在这首诗歌中,具体表现为茫茫雪地的诗人内心的空虚才是诗人所要表达的真正主题。它是一种心灵的写照、一种孤独的极写、一种精神的幻灭。它是弗罗斯特笔下的现代"荒原"。

假如说艾略特笔下的"荒原"是一个虽生犹死的现代世界,那么弗罗斯特诗歌中那一系列表现他那个"病入膏肓的"新英格兰的意象也可谓刻画生不如死的现代人的极写。即便是《光阴似箭》这样一首以描写美好景色转瞬即逝为主的诗歌,诗人对春天的描写也已经与"堕落"主题紧密相连:"嫩叶长成了绿叶,／乐园陷入了悲伤。"全诗以描写诗人观察大自然具体景象的喜悦心情开篇。读者首先看到的是那脆弱的、金黄色的、含苞欲放的花蕾;紧接着,诗人运用类比的手法表达了美好的事物难以久留的变化主题:春天的新绿、乐园的完美、清晨天空的美丽。诗人仿佛在赞叹大自然的美景转瞬即逝的残酷事实。然后,在诗歌的第六行,弗罗斯特可谓画龙点睛,突然从对自然界植物生长的描写转向了乐园堕落故事。当读者看到代表"自然新绿"的黄色变成"绿叶"时,难免会感到沮丧。因此,弗罗斯特诗评家约翰·莱南(John Lynen)说:这首诗歌的"主题并非仅仅是美丽景色的转瞬即逝,而且也包括堕落,因为它似乎是事物成长不可或缺的一个环节。"①虽然大地春天的承诺在这首诗歌中得以实现,但是这种实现与其说是一种实现还不如说是一种衰减,甚至是一种枯竭。

在《春潭》("Spring Pools")一诗中,春天的潜能既表现为一种催生的力量也表现为一种破坏的力量。在弗罗斯特看来,大自然就像一个周而复始的大轮回,充满着生命与死亡、创造与毁灭的循环。爱德华兹(Margaret Edwards)认为这首诗歌中描写池潭里的水在夏日被树林吸干的意象是自然事物自然消亡的写照,但是"这种毁灭的目的是创造,"② 因为它"带来树阴苍苍":

> 这些池潭,虽然深藏于林间,
> 却依然映出整个无暇的蓝天,
> 就像池边的花朵,寒颤萧瑟,
> 就像池边的花朵,昙花一现,
> 可是池水不是汇成小溪小河,　　　　　5
> 而是顺须直上带来树阴苍苍。

> 夏日间水润树木,树吐新蕾,

---

① John F. Lynen, *The Pastoral Art of Robert Frost*, New Haven and London: Yale University Press, 1960, p. 154.

② Margaret Edwards, "Pan's Song Revised," in *Frost: Centennial Essays*, Jackson: University Press of Mississippi, 1974, p. 111.

林子郁郁葱葱，而大地遮黑——
请它们三思而后行，不要光
急着行使权利，去吸干扫尽　　　　　　　10
那如花的春水和似水的春花，
昨日消融的白雪仍沥沥可近。①

诗中开篇几行描写新英格兰地区春天时节树林中那星罗棋布的池潭的美丽景色。"这些池潭，虽然深藏于林间，/却依然映出整个无暇的蓝天。"但是，这一美好的意象转瞬间就与春天的即逝意象相联系。这些雨露滋润、繁花似锦的春潭突然间变得"寒颤萧瑟"，而且"就像池边的花朵，昙花一现。"原来诗人是有意安排了大自然四季更替这一永恒事实来打破诗中开篇所呈现的这幅完美对称的景象。虽然池潭将滋润树林的生命，但是诗人并没有把这一变化看作是一种收获，而是把它当作一种失落，而且池潭所滋润的春天树上吐绿的新叶并没有给人以郁郁葱葱的生机，而是"带来树阴苍苍"（"dark foliage"）；尽管后来"林子郁郁葱葱，"但是这里的林子"遮黑"了大地（"darken nature"）。再看这首诗歌的第二节，诗中人先是重复了前一诗节中的观察，然后运用拟人的手法告诫树林，让树林知道它们是可以利用它们夏季的枝繁叶茂和苍苍的树阴来遮蔽和掩埋那相互催生和相互美化的"如花的春水和似水的春花。"最后，结尾的一行虽说不是一个句子，但是它的意思十分完整。它告诉读者诗中人虽然看到了大自然从皑皑大雪的隆冬转变成生机盎然的春天，但是他也感觉了这"生机盎然的春天"同时孕育着自身的消亡："昨日消融的白雪仍沥沥可近。"由此可见，尽管诗歌中所描写的是春潭、花朵、树林以及夏日的树阴，但是

---

① 笔者译自 Robert Frost, *Robert Frost: Collected Poems*, *Prose*, & *Plays*, New York: Literary Classics of the United States, 1995, p. 224.

诗歌的寓意却是不祥的:生命的代价却是死亡。树木依靠潭水滋润,潭水依靠融雪供给……。生命也因此必然而然地导致死亡。有意思的是这首描写春天的诗歌竟然推导出一幅"荒野"的景象。

2. "熄灭了吧,熄灭了吧——"

弗罗斯特的诗歌基色"黝黯",而且他诗歌中的世界也显得"幽暗"。他的艺术包含着等量的美丽和恐惧。《熄灭了吧,熄灭了吧——》("Out, Out —")一诗描写了普通的乡村凡人。诗歌的开篇描写质朴宜人的乡村生活:

> 电动圆锯在院子里吱吱嗡嗡,
> 锯末四溅,木头被锯成火柴,
> 院子里微风拂面,木香扑鼻。
> 站在那里,抬眼就可以数清
> 远方高处五道山脉重叠平行,
> 在夕阳下伸向遥远的佛蒙特。①   5

然而,诗境突然转向弗罗斯特情感世界最黑暗的地方。诗中的主人公是一位正在自家院子里开动电锯锯火柴的男孩。他的任务就是把山上拉回来的木头锯成适合炉灶烧火的火柴。这时,他的姐姐来叫他回屋里吃晚饭,他回头一看,结果不小心让锯子把他的一只手锯断了。短短几个小时后,这孩子就死了。从表面上看,弗罗斯特似乎就是在描写发生在农家的这一不幸事件,但实际上诗人还是巧妙地让这个貌似简单的故事象征着人世间无处不有的现实。深刻理解这首诗歌的关键在于如何解读诗中主人公为何失去

---

① 笔者译自 Robert Frost, *Robert Frost: Collected Poems*, *Prose*, *& Plays*, New York: Literary Classics of the United States, 1995, p. 131.

一只手就导致死亡的原因,尤其是要理解为什么在医疗条件可以救治的情况下,这孩子的生命仍然没有得到挽救。至少说,这孩子的死亡很大程度上是因为他充分地意识到了自己失去一只手对他的生命意味着什么:

> 然后,孩子看透了一切——
> 因为他已经长大成人,明白事理,
> 尽管童心未泯,但干起成人重活,
> 他知道一切都毁了。① 　　　　　　　　　25

诗中没有哭泣、没有悲鸣,只有孩子对生命的理解。他知道失去一只手就等于失去了生存的能力。他明白自己失去一只手就等于自己永远不可能成为一个健全的人、一个能够享受完美人生的人。这不仅仅考虑到男人的气概,而且也包括获得一个人完整生命的意义。因此,这孩子没有别的选择和出路,他只好放弃生命。可是,让人触目惊心的是诗歌结尾的几行诗句:

> 谁也不信。他们听了听他的心跳。　　　　36
> 微弱,更弱,停止——到此为止。
> 没有希望了。由于他们不是死者,
> 所以都转身去忙自己的事情去了。②

诗境至此,我们或许可以说弗罗斯特已经把现代人的实用主义思想推向了没有人性的极致。然而,假如细心琢磨,我们仍然可以发

---

① 笔者译自 Robert Frost, *Robert Frost: Collected Poems*, *Prose*, *& Plays*, New York: Literary Classics of the United States, 1995, p131.
② Ibid.

现弗罗斯特简单深邃的寓意还可以进一步挖掘。如果我们把诗中孩子的死亡与诗人引用莎士比亚剧本《麦克白》(Macbeth)诗文作为题目这一写法联系起来,那么我们就会发现这首诗歌的寓意就不仅仅是在揭示现代人对他人生命漠不关心的不人道态度。这首诗歌的题目引文不仅表达了弗罗斯特对生命的悲观态度而且也表达了诗人对整个世界一番无言的谴责:"熄灭了吧,熄灭了吧,短促的烛光! 人生不过是一个行走的影子,一个在舞台上指手画脚的拙劣的伶人,登场片刻,就在无声无息中悄然退下;它是一个愚人所讲的故事,充满着喧哗与骚动,却找不到一点意义。"① 莎剧中麦克白对人生的悲叹之所以能够打动我们是因为它作用于人们对现代生活中充满着种种不确定的因素所做出的一种存在主义的反应。然而,弗罗斯特这首质朴无华的乡村诗歌似乎对生命的意义做出了深刻的解读。它告诉人们劳动对于诗中的那个孩子意味着什么。因为他失去了一只手,所以生命对于他来说就"没有希望了。"由此可见,那院子里吱吱嗡嗡的电动圆锯可以被看作是破坏人们生活的现代工业主义的象征。我们在这首诗歌中所看见的就不仅是一个农场的生活,而是窥见了一个经济体制。这个体制把整个世界降低为一个让人心寒的"一文不值的东西"("diminished thing")。

3. "一堆破碎的偶像"

在弗罗斯特一些最令人感到不安的诗歌中,诗歌外部的"黝黯"(dark)往往衬托出人性孤独的内心沉重。正如《害怕风暴》("Storm Fear")一诗一样,弗罗斯特在《老人冬夜》("An Old Man's Winter Night")一诗中所刻画的屋内核心人物也同样是戏剧性地与屋外的威胁形成对立。诗歌讲的是一位老人在一个冬天的夜晚

---

① 莎士比亚:《麦克白》,第五幕第五场,第24—28 行。见朱生豪等译《莎士比亚全集》,第五卷,北京:人民文学出版社, 1985 年,第272—273 页。

孤独地死在他新英格兰农民家里的故事：

> 屋外一切都神秘地朝他看来
> 透过那结成颗颗星星的薄霜，
> 凝结在一间间空屋的窗格上。①

虽然弗罗斯特在这首诗歌中所描写的仅仅是一个"站在一堆木桶中间——茫然失落"的孤独老人，但是诗人的沉思还是象征性地涉及全人类生命的光景。人们对诗中这位老人的同情和怜悯来自老人自身缺乏意识。他独自一人站在一间"嘎吱嘎吱作响的屋子"（"creaking room"）里面，手提着一盏灯，但他已经无法看到结满薄霜的窗户以外的景象，而"屋外一切都神秘地朝他看来"：

> 他是盏灯，只能照亮他自己，
> 此时他坐在那里，若有所思，
> 一盏静灯，而后连灯都不是。②

诗中"灯"的意象在这里象征着人的感觉，一种在衰弱、孤独、无意、年迈的生命光景中逐渐衰退的感觉。诗中人内心的那盏灯也随着他的入睡而消失。剩下的一切就只有屋里炉子上的灯火以及屋外那"残缺的月亮"（"the broken moon"）。这种苍白的色彩象征着诗中老人行动的迟钝无力，因为他虽生犹死，而他的行动也只能像机械般死板：

---

① 笔者译自 Robert Frost, *Robert Frost: Collected Poems*, *Prose*, *& Plays*, New York: Literary Classics of the United States, 1995, p. 105.

② Ibid.

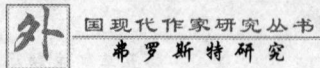

> 木柴在火炉里动了一下，
> 把他吓了一跳，他也动了动，
> 吸了吸一口气，但依然沉睡。①   25

这位老人的感觉早已经消失，那么他失去生命就是一种意识的消失。因此，当诗人在这首诗歌的结尾部分解释这位老人失败的原因时，诗中出现了几行令人费解的诗行：

> 年迈男人，一个人，看不了一幢房子，
> 一个农场，一个乡村，即便他能，
> 也只能像他在冬夜里所做的那样。②

因此，在弗罗斯特的诗歌中，我们不容易发现浪漫主义诗人常用的一种神秘地回归自然的手法。每当诗中人感到心灵空漠的时候，他总是可以在大自然中找到某种安慰。但是，弗罗斯特似乎更喜欢描写新英格兰农村普遍存在的孤独病症。他笔下的孤独人物几乎全部来自新英格兰地区。假如我们把弗罗斯特关于这一主题的描述与艾略特相比，我们就会发现孤独情感已经成为现代人精神生活的一个重要组成部分。不论是在弗罗斯特的诗歌里还是在艾略特的诗歌中，都弥漫着一种个人失败的感觉，或者说是一种个人意识的丧失。由于追求个人成功是人们共同向往的理想，因此个人失败对于美国人来说是一种更加沉痛的感觉。在艾略特《荒原》的第一部分《死者葬仪》中，他揭示了现代荒原中的孤独病症。虽然荒原上的现代人重新经历了一次觉醒，但是人们对待这一重生的经

---

① 笔者译自 Robert Frost, *Robert Frost: Collected Poems*, *Prose*, & *Plays*, New York: Literary Classics of the United States, 1995, p. 105.
② Ibid.

历又显得如此懒怠、不情愿甚至怨恨。"四月",从乔叟以来的英国诗歌史看,向来就是一个春意盎然、繁花似锦的季节,可是在艾略特的笔下却变成了"最残忍的一个月"。人们不愿意生活在现实中,因此也就不喜欢从虽生犹死的光景中苏醒过来。他们在咖啡馆里海阔天空,谈论着没有任何意义的话题,也看不到成功的希望。现代荒原完全就是一个堆满"乱石块"("stony rubbish")的世界:

> 你说不出,也猜不到,因为你只知道
> 一堆破碎的偶像,承受着太阳的鞭打
> 枯死的树没有遮荫。蟋蟀的声音也不使人放心,
> 礁石间没有流水的声音。……①

在此,"太阳"、"树"、"石头"和"水"等传统的意象似乎已经不再是生命的力量和意义的象征,反倒代表着死亡。在这些传统意象中,人们已经找不到任何心灵的慰藉。艾略特笔下的这幅描写现代人生不如死的图景就是代表着战后西方一代人精神幻灭的一幅现代荒原的历史画卷。在代表着现代西方文明的西方都市里,我们看到的是人们因崇尚金钱、追求成功所导致的一幅充满着孤独、异化、焦虑、性糜烂和精神溃败的现代荒原图景。人们苦苦追求,期盼重生,可是呈现在人们眼前的是一个大地枯旱、人心枯竭的现代荒原。在《阿尔弗瑞德·普鲁弗洛克的情歌》("Love Song of J. Alfred Prufrock")中,艾略特把普鲁弗洛克刻画成一个深受失败的理想主义和失望的期盼所折磨的人物。在别人眼里,他无足轻重,没有任何作用,但是他本身十分清楚自己对生命意义的期盼。他不敢大胆地去追求爱情,因为他害怕情感挫折;他不敢大胆地去追

---

① 赵萝蕤译:《中国翻译名家自选集:荒原》,北京:中国工人出版社,1995年,第2页。

求美,因为他事事犹豫不决,不敢当机立断。他是诗人精心雕琢的一个悲剧性人物,让人啼笑皆非。在《荒原》中,我们已经看不到有任何一个像普鲁弗洛克这样的核心人物以及从他的视角所观察的现代社会,取而代之的是一个艾略特认为是"全诗最重要并且联系全诗的人物"①——帖瑞西士(Tiresias)。②在帖瑞西士这个人物身上,我们不但看到了男女两性的混合,看到了一个掺合着现在的过去,看到一个不可能被看清的现在,而且还看到了一个可知但永远不能享受到的未来。艾略特笔下的现代荒原是一个逃避现实的世界,是一个求生不得、求死不成的现实世界。由此可见,孤独主题是艾略特和弗罗斯特一个共同的诗歌主题。但是在弗罗斯特的诗歌中,孤独主题似乎更多地表现为人类在一个充满着威胁和恐惧的宇宙世界面前无可奈何的失败,而在艾略特的诗歌中,尤其是在他的《荒原》一诗中,孤独主题却是在诗人表现人类面对一个死亡的宇宙世界而感到无可奈何的时候被挖掘得淋漓尽致。两位诗人的着眼点是一致的,只不过手法不同。

---

① T. S. Eliot, *The Complete Poems and Plays 1909 – 1950*, New York: Harcourt Brace & World, 1971, p.52.

② "艾略特之所以选用帖瑞西士是因为他具有两性人的属性。根据法兰克·吉士德斯·弥勒氏的英译《变形记》第三卷,帖瑞西士有一次因为用手杖打了一下正在树林里交媾的两条大蟒而触怒了他们。突然,他由男子一变而为女人,且一过就是七年光景。到了第八年,他又看见这两条蟒蛇,就说:'我打了你们之后,竟有魔力改变了我的本性,那么我再打你们一下'。说着,他又打了大蟒,自己又变回他出生时的原形。因此,帖瑞西士既经历过男人的生活又有女人的经历,在《荒原》中成了'在两种生命中颤抖'(第218行)的角色。然而,正因为他有独特的经历,当主神朱庇特与天后朱诺嬉争有关在爱情中男人还是女人获得的乐趣更大时,他们决定去求教聪明的帖瑞西士,请他做个裁决。当他同意主神的意见,认为女人得到的乐趣更大时,朱诺惩罚帖瑞西士,让他终生双目失明。但是,万能的主神有赐予他预知未来的能力。从帖瑞西士这个人物中,我们不但可以窥见人物性别的混淆,而且可以看到一个美好的往日,一个漆黑的现在和一个可望不可即的未来。"见黄宗英《抒情史诗论》,北京:北京大学出版社,2003年,第85—86页。

　　由于人与人之间思想与情感交流的缺失而引起的孤独也是弗罗斯特诗歌主题的核心基调之一。这种孤独情感也体现在弗罗斯特描写人与人之间关系的诗歌中。弗罗斯特认为"幸福会以质补量"（"Happiness Makes up in Height for What is Lack in Length"）①，但是弗罗斯特从来就无法做到仅仅在与他人相伴的过程中就得到完全的幸福。他甚至以讽刺寓言诗的形式把自己比喻成一只"山丘上的土拨鼠"（"A Drumlin Woodchuck"），感到需要隐蔽到自己的鼠洞里去。艾凡·温特斯（Yvor Winters）等诗评家把弗罗斯特的这种所谓"战略隐蔽"总结为缩回中立的胆小行为（a cowardly escape to neutrality）。②　在《老人冬夜》（"An Old Man's Winter Night"）一诗中，弗罗斯特承认这种受孤立的人物性格是"一盏灯，只能照亮他自己，而不能照亮他人，"或者是一位上了年纪的人，似乎他并不在乎他是否受够了这孤独的折磨。然而，这如同一位年迈的病人早就在自己年轻的时候知道了这一秘密，特别是当那位男孩听见那摇摆不定却又引人注意的"树声"（"The Sound of the Trees"）的时候：

> 哪天它们嗓子好的时候，
> 哪天它们摇晃得甚至会
> 吓走天上白云的时候，
> 我将作出不顾后果的选择。
> 我将没有多的话要说，

---

① 弗罗斯特：《弗罗斯特集：诗全集、散文和戏剧作品》（上），曹明伦译，沈阳：辽宁教育出版社，2002年，第418页。

② Yvor Winters, "Robert Frost, The Spiritual Drifter as Poet," in *Robert Frost: A Collection of Critical Essays*, James M. Cox, ed., Englewood Cliffs(N. J.)：Prentice-Hall, 1962, pp. 83 – 152.

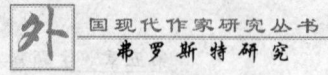
　　　　但我将会离去。①

至此,我们可以说弗罗斯特的一生是"熟悉黑夜"的一生,是深刻
理解他人生"荒野"上的孤独意义的一生。

4. "我该做什么?"

　　弗罗斯特用诗歌的形式描写了深藏在他内心深处的孤独和孤
立之感。弗罗斯特是从美国现代工业主义进入高速发展的二十世
纪开初进入他的诗歌创作高潮的。他不喜欢现代美国的工业文
明,不喜欢现代美国工业社会高速发展所带来的先进的机器、飞速
前进的步伐以及道德与价值观的急剧沦丧。他的诗歌中最重要的
意象就是一个孤独自我的意象,其主要特征经常表现为诗中人与
周围的生活环境不相适应、人生没有目标并且看不到生命的意义。
因此,弗罗斯特的诗歌创作回避表现美国的都市生活,不选择大都
市及其生活作为故事背景,而选择描写质朴无华的新英格兰农村
小镇的生活。这一点,弗罗斯特与艾略特也截然不同。在艾略特
的诗歌中,我们只能看到现代都市生活中形形色色的人物,而在弗
罗斯特的诗歌中,我们又只能找到乡村生活中的各种不同角色。
然而,不论是在弗罗斯特乡村诗歌还是在艾略特的都市诗歌中,我
们都能够发现他们所刻画的人物大都饱尝精神孤独的痛苦。但
是,他们两人在表现孤独主题时,也有不同的地方。比如,艾略特
比较喜欢表现都市社会中女性在社会上的困境,而弗罗斯特却专
心致志地去研究和刻画新英格兰乡村女性在家庭中的苦境。比
如,《荒原》第二部分《对弈》"赤裸裸地描写了不幸或不正当的两

---

① 弗罗斯特:《弗罗斯特集:诗全集、散文和戏剧作品》(上),曹明伦译,沈阳:辽
　宁教育出版社,2002 年,第 207 页。

性关系。"① 这些妇女对生活根本就没有信心,她们不知道自己应该做些什么? 应该如何生活? 她们不停地在自问:

> "我现在该做什么? 我该做什么? 　　　　131
> ……
> …… 我们明天该做什么?
> 我们究竟该做什么?②

这个问题似乎已经超出了现代荒原上这些妇女所应该考虑的问题的范畴。实际上,这不仅仅是让艾略特笔下普鲁弗洛克式的现代人变得犹豫不决的"重大的问题",而且也是所有现代人应该深思的一个"重大的问题",因为现代人所面临的天敌就是要战胜思想上的空洞和生命中的"没有意义"(nothingness)。这一部分后半部分(139—172 行)的场景是都市伦敦东区的一个小酒吧。诗歌通过艾略特家中女佣人口述的形式讲述了一对都市下层夫妻之间不幸的婚姻故事。女佣人在酒吧里与女友丽儿(Lil)一起,边喝酒边谈论家庭与婚姻。表面上看,对话的内容没有任何意义,主要涉及都市下层妇女生活中遇到的一些诸如做假牙(144 行)、怀孕打胎(159—160 行)等生活小事。可是,当我们读到诗中人"我"与丽儿之间一段关于丽儿与她的丈夫埃尔伯特(Albert)之间扭曲的情感故事时,一种同情之感和怜悯之心顿时会在读者心中油然而生:

> 埃尔伯特不久就要回来,你就打扮打扮吧。
> 他也要知道给你镶牙的钱

---

① 赵萝蕤:《我的读书生涯》,北京:北京大学出版社,1996 年,第22 页。
② 赵萝蕤译:《中国翻译名家自选集:荒原》,北京:中国工人出版社,1995 年,第 6 页。

是怎么花的。他给钱的时候我也在。
把牙都拔了吧,丽儿,配一幅好的,　　　　　145
他说,实在的,你那样子我真看不得。
我也看不得,我说,替可怜的埃尔伯特想一想,
他在军队里呆了四年,他想痛快痛快,
你不让他痛快,有的是别人,我说。
啊,是吗,她说。就是这么回事,我说。①　　150

埃尔伯特是从第一次世界大战退伍回家的军人,想好好享受一下
家庭生活,过一段"痛快"的日子。可是妻子丽儿不但不去好好
"打扮打扮",而且"不让他痛快",叫她的丈夫"别碰她",因为不
论怀孕打胎还是生儿育女都会使她苍老。这是现代都市下层女性
悲剧的一个典型例子,生活中的贫穷和不幸不但使年轻姑娘早熟
而且也使得青年女性未老先衰。真可谓不幸的婚姻和扭曲的夫妻
关系!

　同样,在弗罗斯特的一些佳作中,我们也能够发现诗人对乡村
家庭女性的类似呈现。普伊瑞尔(Richard Poirier)的研究表明"当
弗罗斯特把'家庭'描写得最糟糕的时候,他的诗歌往往是最精彩
的。"②《山妻》("The Hill Wife")和《仆人们的仆人》("A Servant
to Servants")当推弗罗斯特描写家庭悲情的极致。《山妻》中的妻
子既惧怕"屋子"又惧怕屋外的世界。对她来说,世界上好像没有
什么神圣的空间可以安居。她似乎在婚姻中并没有找到幸福,而
且不断地被各种想象的威胁所缠绕。最终,她离开了她的丈夫,脱
离了与社会的"联系"("the ties")。全诗可以视为一个微型情景

---

① 　赵萝蕤译:《中国翻译名家自选集:荒原》,北京:中国工人出版社,1995 年,第
　　7 页。
② 　Richard Poirier, *Robert Frost: The Work of Knowing*, Standford:Standford University
　　sity Press, 1977, p.111.

剧,分为五个场景。第一个场景题为《孤独——她的话》("Loneli-ness—Her Word")。弗罗斯特通过呈现诗中的妻子对不断变化的季节以及诗中一对即将离别而去的鸟儿所表达出的痛苦敏感,表达了诗歌中惧怕孤独的悲剧性主题:

> 一个人不应该如此担心
> 就像你和我这样
> 担心那对鸟儿飞旋在屋子上空时
> 仿佛要说再见;
>
> 或者如此担心它们飞回来时　　　　　　　5
> 所唱的歌我们听不懂;
> 问题是我们总是因为一件事
> 而感到过分高兴
>
> 就像为另一件事会过分沮丧——
> 而那对鸟儿心里只担心　　　　　　　　10
> 它们彼此。只担心它们自己
> 只担心筑巢或弃窝。①

由于深居乡间,诗歌中的"山妻"及其丈夫只能在大自然中寻找精神慰藉。② "山妻"知道他们夫妇会因为鸟儿飞回而感到"过分高兴,"也知道他们会因为鸟儿飞离而感到"过分沮丧。"但是她也知道这对鸟儿对她并不在乎,因为它们"仿佛要说再见,"而且它们

---

① Robert Frost, *Robert Frost: Collected Poems*, *Prose*, *& Plays*. New York: Literary Classics of the United States, 1995, p. 122.
② Lawrance Thompson, *Fire and Ice: The Art and Thought of Robert Frost*, New York: Henry Holt and Company, 1942, p. 118.

"心里只担心/它们彼此,只担心它们自己/只担心筑巢或弃窝。"可见,弗罗斯特笔下深居山间的妇女虽然能够享受大自然资源,但是大自然却不能满足她的期盼。在这首诗的第二个场景《吓人的房子》("House Fear")中,诗人弗罗斯特描写诗中人惧怕空屋的心理:

> 总是,我告诉你他们学会了这样——
> 总是在夜晚当他们回家的时候,
> 当他们从远方回到这孤零的房子时,
> 当他们回到这灯未点亮、炉未生起的房子时,
> 他们学会了用力摇响锁头和钥匙　　　　　5
> 警告任何偶然进入房子的东西
> 给它们留足逃之夭夭的时间;
> 他们更喜欢户外而非户内的夜晚,
> 他们学会了进屋后敞开房门
> 直到把屋里的灯点亮。①　　　　　　　　　10

尽管诗人没有直接呈现,但是诗中这位"山妻"的孤独感是显而易见的。一方面,白天她和家人下地干活时可能溜进房子的"任何东西",在主人回家时会感到恐慌,需要一些时间才能"逃之夭夭",因此它们需要主人进屋后别急着把门关上,似乎那些来自大自然的小主人与这房子的主人之间并不存在任何和谐与默契。另外一方面,诗中人"学会了进屋后敞开房门/直到把屋里的灯点亮。"这不仅仅是因为他们要给那些白天偷偷溜进房子的小山鼠等"任何东西"留一些溜之大吉的时间,而且他们自己也"更喜欢

---

① Robert Frost, *Robert Frost: Collected Poems*, *Prose*, *& Plays*, New York: Literary Classics of the United States, 1995, p. 123.

户外而非户内的夜晚。"由此可见,这孤零零的"吓人的房子"不但没有给诗中人一个温馨的家的幸福,而且更增强了诗中人的孤独悲情之感。看来,不论自然还是"房子"都难以满足她的期盼。

接着,诗人的呈现便开始从笼统走向具体。在第三部分《笑容》("The Smile")中,"山妻"表达了她因给了一个流浪汉一块面包并看到他离开时留下的一幅奇怪的笑容而感到惧怕:"我不喜欢他离开时的那种样子。/那种笑容!那绝不是出自高兴。/他在偷笑——看见了吗?我敢肯定!"(1—3 行)。在第四部分《经常重复的梦》("The Oft-Repeated Dream")中,诗人解读了诗中人"山妻"一个一再重复的噩梦,因为"她找不到任何更黑的字眼/来形容窗前那棵黑松,/黑松永远在试图拔开窗闩,/他俩就睡在那间屋里。"诗人运用了多个隐喻手法来表达诗中妻子内心的恐惧。诗中的核心意象就是"窗前那棵黑松",仿佛诗中的"山妻"始终无法摆脱窗前"那些不知疲倦但徒劳无益的手"。全诗最后一个部分《冲动》("The Impulse")是全诗的高潮和结尾。在这个场景中,诗中的妻子由于耐不住单独待在家里的寂寞,就时常跟着沉默无言的丈夫到地里去,"看他犁地/或看他锯树";在地里,她倚着一根原木抛洒锯末,嘴里轻轻地唱着一支给自己听的歌(或许是呼应全诗开篇中鸟儿飞回时所唱的他们听不懂的歌),接着她折了一枝树枝,然后就消失了:

> 他再也没有找到她,尽管
> > 他四处寻找,
> 他还到过她的娘家询问
> > 她是否在那里。
>
> 突然、迅速、随便,关系断了,
> > 就是如此,

> 他知道了最后的一切，
> 　就在她的墓边。①

诗中妻子跟随丈夫下地，一来因为他们没有孩子，"家务活实在太少，"二来因为她希望更多地亲近丈夫以缓解孤独带来的恐惧。可是，这一举动并没有缓解她的恐惧，反而使得她能够游离于她的丈夫，而且让她走到了她丈夫喊她都几乎听不见的地方。当她最后听见丈夫喊她的时候，"她没有回应——没有吭声——/没有回走。"她没有回答丈夫，而是"躲进了蕨丛。"她的消失不仅结束了他们的爱情和婚姻，而且也把整个故事从开篇的"筑巢"推向了象征着这幢"吓人的房子"中那虽生犹死的孤独的"坟墓"。

5."仆人们的仆人"

在《仆人们的仆人》（"A Servant to Servants"）一诗中，主人公的痛苦在于她"忍受太多的孤独和太多的陪伴。"②这首诗歌是用戏剧独白的形式写成的，诗中的女主人公是一位绝望的农村家庭妇女，不仅受自己家庭劳役的束缚而且还得伺候四个撑开肚子吃饭的雇工，管他们的一日三餐。她整天围着烤面包的炉子和洗盘子的水槽转，繁重的家务事没完没了。丈夫既贪图小利又野心勃勃，接连不断地招来修路工人，接二连三地往家里送，让他们吃住在家里，根本不顾妻子弱小的身子，让她一个人在家里拼死拼活地伺候他们，因此她从一个家庭的女奴仆沦为一个出卖最廉价劳动力的"仆人们的仆人。"此外，诗中的女主人公还受到她娘家以往家庭不幸的刺激。她总是记得她那位疯子叔叔的故事，她的神经

---

① 笔者译自 Robert Frost, *Robert Frost: Collected Poems*, *Prose*, *& Plays*, New York: Literary Classics of the United States, 1995, p.124.

② Mordecai Marcus, *The Poems of Robert Frost: An Explication*, Boston: G. K. Hall & Co., 1991, p.50.

始终十分紧张,似乎已经徘徊在理智清醒与精神崩溃之间的境地。
她的丈夫认为"只有一条出路,那就是干到底",可是她认为他们
的辛勤劳动将无济于事,不能够给他们带来满足和幸福。因此,
"家庭"并不能给予她任何慰藉。她似乎已经把自己牢牢地囚禁
在了一个永远也无法挣脱的牢笼里。虽然她还是一个向往自然美
和追求生命意义的青年女子,但是家庭劳役已经把她牢牢地囚禁
在了一个精神孤独的牢笼里。尽管当大自然在她的眼前展示出清
新的美丽时,她仍然可以感觉到:

> 我看这真是秀丽可爱的一片水啊——
> 我们的"维罗比湖"!①　　　　　　　　　　　35

似乎也只有在这种时刻,诗中这位心力交瘁的女主人公才会提起
一点精神并忘掉家里那没完没了的家务:

> 我的心思不在那炸面饼和苏打饼上了——
> 当清晨阳光明媚,我出门去欣赏
> 那湖光水色,或者尽情享受那
> 轻抚过我的面庞、身上和披肩的微风。②　　　30

然而,生活的酸甜苦辣早已经把她置于一种麻木不仁的状态:

> 　　　　　　　　我真说不清
> 我到底是高兴? 不高兴? 还是什么?

---

① 笔者译自 Robert Frost, *Robert Frost: Collected Poems*, *Prose*, & *Plays*. New York: Literary Classics of the United States, 1995, p. 66.
② Ibid.

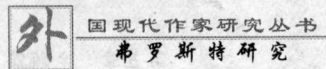

> 我什么感觉也没有,只剩下一个声音
> 似乎在告诉我应该怎样去感受,并且
> 应该感到我并不是把事情弄成一团糟。①   15

诗境至此,诗中女主人公心力憔悴、麻木不仁、诚惶诚恐而且看不到生命希望的精神状态已经得到了种种巧妙的暗示,但是弗罗斯特描写诗中女主人公疯子叔叔被囚禁家中至死的场景却可谓把这位女主人公命运的隐喻性刻画推向了极致:

> 就在他病发最厉害的时候,
> 父亲和母亲结婚了,母亲就来了,   125
> 一个新娘,帮助照料这么个怪物,
> 把她自己年轻的生命交付给了他。
> 这就是嫁给父亲全部意义之所在。
> 她只能在半夜躺在床上,听着他
> 大喊大叫——把情话变成了恐惧,   130
> 他喊呀叫着,叫声撕破夜晚宁静,
> 直到声嘶力竭,才逐渐平静下来。
> 他不停地拉开木栏杆,像在张弓,
> 然后放手,弓弦"咣"一声弹回,
> 直到双手把栏杆磨光成根根牛轭。②   135

显然,诗中女主人公的母亲就是这个家庭的仆人,她的父亲娶她的母亲的唯一目的就是要让她来照料他的疯子弟弟。同样,诗中的

---

① 笔者译自 Robert Frost, *Robert Frost: Collected Poems, Prose, & Plays*. New York: Literary Classics of the United States, 1995, p. 65.

② Ibid, p. 68.

女主人公也在重复着她母亲的命运,她长大成人,结婚成家,成为一个家庭妇女。尽管她不需要像她的母亲那样去照料一个疯子,但是她得伺候四个永远吃不饱肚子的雇工汉子。他们个个都是个"大饭桶"。每当我给他们煎薄片咸肉的时候,他们就"在厨房里到处乱闯,嘴里还喋喋不休。"她在家里已经不仅仅是家人的奴仆,而且已经沦为这帮"仆人们的仆人。"她已经看不出自己的命运与她母亲的命运有什么不同,而且关于她那位疯子叔叔的故事显然在她的心灵中已经深深地打上了烙印。她的疯子叔叔在总是夜半三更时开始歇斯底里地发疯叫喊,喊叫声震耳欲聋,让人感到心慌。不仅如此,疯子叔叔总是挣扎着要逃出那个关闭他的核桃木条钉起来的非常结实的木头笼子,使劲猛拉笼子木栏杆,就像在张弓一样,然后放手让木栏杆弹回,弓弦发出"咣……咣……咣"的声音,在夜深人静的时候十分恐怖。当疯子叔叔去世之后,关闭他的木笼子变空了,但是这一家人的命运似乎并没有多少改变,因为家中的那个疯子空笼已经演绎成这一家庭恐惧的象征。诗中的主人公经常回想起那用山核桃木做成的并且被疯子叔叔双手磨光了的木杆笼子:

> 我经常想起那一根根光溜溜的核桃木杆。
> 事情就是这样,你懂吗,有点自欺欺人——　　145
> 我要说,"现在该轮到我上楼去坐牢了。"①

显然,当女主人公的丈夫莱恩说他们要搬出去住的时候,她"巴不得要离开"这幢房子。他们搬出去住之后,他们显得很幸福:"人家看我很快乐,我是很快乐,/正如我所说,快乐了一阵儿,但我不

---

① 笔者译自 Robert Frost, *Robert Frost: Collected Poems*, *Prose*, & *Plays*, New York: Literary Classics of the United States, 1995, p. 69.

懂！/仿佛就像吃药很快就会失去劲儿。"实际上，搬出那幢房子只不过从一个牢笼搬到另外一个牢笼：

> 生活不光是住在湖边和观看景色，　　　　　155
> 还有很多别的。可我没有指望了——
> 除非莱恩想到，可他就是想不到！
> 我又不肯求他——求他没有把握。
> 我看我只好沿着脚下的路走下去，
> 别人都得这么做，为什么我不呢？①　　　160

显然，诗中的女主人公是从一个恐惧的牢笼搬到了一个寂寞孤独的牢笼。尽管她终年忙碌不停，但是她看不到生命的意义。她似乎仍然是生活在牢笼里，而且她"除了干到底，也没有别的出路。"

　　由此可见，不论是艾略特还是弗罗斯特都喜欢在诗歌创作时刻画和塑造家庭情景中被疏远冷落的孤独女性形象。在《对弈》中，艾略特通过当代都市妇女间的酒吧对话，戏剧性地呈现了以丽儿为代表的、既没有追求又看不到生命意义的孤独女性。而在弗罗斯特的《山妻》和《仆人们的仆人》中，诗人也可谓惟妙惟肖地刻画了两个同样患孤独症的乡村女性形象。她们的精神生活之所以崩溃是因为她们要不无法与他人沟通，要不受精神压抑和限制的困扰而无法挖掘自己的潜质和追求自己的梦想。或许，也正因为这些诗篇，弗罗斯特充分展示了他刻画新英格兰情景中变化无常的夫妻关系的才能，赢得了诗评界的好评。

---

① 笔者译自 Robert Frost, *Robert Frost: Collected Poems*, *Prose*, & *Plays*. New York: Literary Classics of the United States, 1995, p. 69.

6. "被骚扰的花"

除了描写现代女性孤独人生的主题之外,艾略特与弗罗斯特还通过描写失败的爱情主题来强化他们诗歌作品中的精神孤独。弗罗斯特诗歌中新英格兰乡村农民和艾略特笔下的现代荒原居民的一个共同特点就是无法与人沟通。这一点在一些描写失败的爱情婚姻的诗歌中表现得特别突出。在《荒原》中,爱情与婚姻始终不能给人们带来幸福与美满,而每每表现性欲与烦恼的综合。比如,第三章《火贼》充满着低级粗暴的性行为的描写,是对现代荒原人们道德沦丧的无情揭露。经过第一次世界大战洗劫后的西方现代荒原,虽然人们仍然能够在清晰的记忆中听见那"白骨碰白骨的声音,"但是人们眼前所能看到的却是那些"仙女们"和"城里老板们的后代"所留下的"夏夜的证据。"这些不负责任的狗男狗女分手时"也没有留下地址。"伦敦,西方世界现代城市的象征,已经沦落为一座"并无实体的城。"艾略特透过帖瑞西士这个"虽然瞎了眼"但仍然能够窥见"一个漆黑的现在"①的叙述者,让读者目睹了一幕幕现代荒原上令人厌恶作呕的男女关系:

> 打字员到喝茶的时候也回了家,打扫早点的残余,
> 点燃了她的炉子,拿出罐头食品。
> 窗外危险地晾着　　　　　　　　　225
> 她快要晒干的内衣,给太阳的残光抚摸着,
> 沙发上堆着(晚上是她的床)
> 袜子,拖鞋,小背心和用以束紧身的内衣。
> ……
> 他,那长疙瘩的青年到了,

---

① 黄宗英:《抒情史诗论》,北京:北京大学出版社,2003 年,第85—86 页。

一家小公司的职员,一双色胆包天的眼,
一个下流的家伙,蛮有把握,
……
时机现在倒是合式,他猜对了,　　　　　　235
饭已经吃完,她厌倦又疲乏,
试着抚摸抚摸她
虽说不受欢迎,也没受到责骂。
脸也红了,决心也下了,他立即进攻;
探险的双手没遇到阻碍;　　　　　　　　240
他的虚荣心并不需要报答,
还欢迎这种漠然的神情。
……
她回头在镜子里照了一下,
没太意识到她那已经走了的情人;　　　　250
……
"总算完了事:完事就好。"①

这是一个打字员与一个房地产公司职员之间的男女之事。显然,他们的之间除了动物本能的情欲宣泄之外就根本没有爱情可言。女打字员所表演的角色与全诗中隐约律动的孤独主题是相吻合的。这对男女之间那种漫不经心、没有激情而且"不需要报答"的"爱情"象征着第一次世界大战之后西方一代青年人爱情丧失和精神枯竭。爱情已经完全没有任何道德标准,也不再有什么神圣的意义。现代人完完全全沦为不讲道德和没有情感的机器人。

然而,在弗罗斯特的诗歌中,虽然我们没有看到诸如《荒原》

---

① 赵萝蕤译:《中国翻译名家自选集:荒原》,北京:中国工人出版社,1995年,第10—11页。

中这种既不圣洁也不讲道德的全景式的现代都市男女爱情关系，但是我们仍然能够看到新英格兰农村的不幸婚姻。在诗集《少年的心愿》中，弗罗斯特似乎在挖掘一种夫妻双方因缺乏沟通而酿成孤独的婚姻模式。《冷落》（"In Neglect"）和《风暴之歌》（"A Line-Storm Song"）等诗歌描写情人双双被他人"冷落"，而《害怕风暴》当推弗罗斯特笔下夫妻诗中最有意思的佳作，让读者看到了一对夫妻无阻的疑惑："是否我们只能……自己拯救自己"？在后来的诗歌中，这种描写夫妻双双被"冷落"或是陷入"疑惑"的模式似乎发展成了带有悲剧性绝望色彩的无端郁闷。诗集《波士顿以北》（*North of Boston*，1914）中的《仆人们的仆人》和《家葬》以及诗集《山间低地》（*Mountain Interval*，1916）中的《山妻》都是很好的例子。在《仆人们的仆人》中，女主人公的疯子叔叔被关闭在楼上的木头笼子里，像畜生一样睡在地上的干草上。诗中人说他"很年轻的时候就疯了"（104），因为"有可能是因为失恋，/据说是这样的，是因为某个姑娘。/总之他满口说的都是爱情"（108—110）。看来，失恋可能是女主人公叔叔发疯的真正原因。同样，这位女主人公自己最终也成了她那位被囚禁在家里的疯子叔叔的翻版。虽然她的丈夫带着她离开了她公公婆婆的那幢房子，搬到了"十英里开外的"一幢房子，那里厨房窗外可见湖光秀丽的景色。她的眼界突然被打开，可是她仍然没有跳出如来佛的手掌，她仍然觉得被家庭的牢笼所奴役，因为她必须伺候一日三餐总吃不饱四个雇工汉子。她苦苦忍受着家庭奴役的煎熬，内心充满着各种矛盾和欲望，真希望自己能够"丢开一切到外面去过上一阵"（162），但是又"高兴头顶上有个坚实的屋顶"（165）。不管怎样，她还是大声地喊出了她生命中最真实的话语："那是个精神病院"（97）！显然，对她来说，她自己家是个"安全"的地方，但由于缺乏夫妻之间的理解、体贴和爱情，这个"安全"的家同样孕育着疯病的种种可能。同样，在《家葬》一诗中，年轻的夫妻双方因缺乏沟通而导致对长子夭折产生了误解。但是,真正令人难以理解的是妻子作为一个独立女性的基本权利都被丈夫无情地拒绝和剥夺了。当妻子最后决心要"走——/离开这房子"的时候,丈夫居然无理地回答说:"如果——你——走/……/我会跟着把你拽回来。我说到做到!"像弗罗斯特笔下的其他女性人物一样,这位妻子没有享受到爱情和自由。她们都生活在一个"令人恐怖的世界"上。

令人苦恼的情感挫折主题似乎是诗集《见证树》(*A Witness Tree*, 1941)中《被骚扰的花》("The Subverted Flower")一诗所演绎的一个主题。与艾略特《荒原》中那位"长疙瘩的青年"见到那位"漂亮"但"神情漠然"的女打字员不同,弗罗斯特诗歌中的"他"却由于情感受挫而感到灰心丧气。在这首诗歌的开篇,我们首先看到的是一对十分青春和阳光的男女青年。这位女孩站在"齐腰高的金穗菊和凤尾蕨丛中。"这位男孩手拿着一朵"花瓣娇嫩的花,"含情脉脉地向这位女孩做了一个暧昧的手势,希望这野地里野花的野味能够催生这女孩内心爱的野性:

> 她缩了回去,他十分冷静:
> "就是这样才来劲。"
> 他用这朵花瓣娇嫩的花
> 拍打着自己撑开的手掌。
> 他笑了笑,想让她也笑起来,　　　　5
> 可她要么故意装瞎,
> 要么故意不予理睬。①

在这几行诗中,我们似乎看到了诗人运用隐喻的手法既表现了男

---

① Robert Frost, *Robert Frost: Collected Poems*, *Prose*, *& Plays*, New York: Literary Classics of the United States, 1995, p. 308.

孩的成熟又表现了这一个男人兽性的一面。他那貌似愧悔的笑容顿时被一幅充满欲望的面孔所代替。当他看见这位女孩时，他那充满欲望的笑容使得"他那凹凸不齐的嘴唇撕裂开来"：

> 她站那里，周围是齐腰高的　　　　　15
> 金穗菊和凤尾蕨丛，
> 她的满头金发变得凌乱。

这的确是一个容易激发情欲的意象，而且他本能地伸出手来，"仿佛迫不及待地要去/摸摸她的脖子和满头的秀发。"他的心中充满着情欲，根本就说不出话来。"就像一头猛虎嘴里含着一根骨头，"他嘴里话语似乎能够让他窒息。诗中的姑娘被吓得不敢动弹，"惟恐一动就会唤醒/那在一个野蛮人心中/沉睡的追求的邪念。"她被吓坏了！她觉得他好像是某种猛兽，直到他把伸直的双臂放下，就像是动物的爪子一样，并且微笑得讨人喜欢。他低下头屈服了，嘴唇上不再凹凸不齐，只是脸上还挂这一个"大鼻子"。他顿时变成一个被惊吓的丑陋怪物，并且拔腿就逃之夭夭。

　　这首诗歌似乎是用隐喻的手法描写一个人在性欲的驱使下变成了畜生。但是，它又是一首意味深长的诗歌。劳伦斯·汤普森是这样总结这首诗歌的："这首诗歌通过隐喻的手法将其题目的意思扩大为包括或者代表诗中姑娘对待肉体冲动的一种不自然的态度。"① 诗中的女主人公能够让诗中的男主人公发疯，并且能够因拒绝他朦胧含蓄的性欲而使他兽性发作。然而，主人公同样也是不通人情，因为她拒绝了自己扮演一朵花的角色。在与男主人

---

① Lawrance Thompson, *Robert Frost: The Early Years 1874–1915*, New York & Chicago: Holt, Rinehart and Winston, 1966, p. 512.

公抗争的时候,她迫使他从一头猛虎变成了一头长着大鼻子的猪,或者一条狗,或者其它猪狗不如的动物,而且她羞辱他,使他低下头去不敢抬眼看她,一败涂地。她看着他"转身匆匆逃走"并听见他"跌跌撞撞";她还听见他"大声咆哮,"可是她就像一条毒蛇吐出毒液那样,"对这么年轻的一位男子/吐出了尖刻的言辞。"就像是一条狂犬,她的嘴唇直冒唾沫,直到最后她母亲来"擦干她腮上的唾沫,/捡起她丢在地上的头梳,/然后拽着她回家去了。"在诗歌的开篇,诗中的女主人公并不是一头畜生,因为她非常像一朵花儿,但是这对年轻的情侣在诗中的变化过程告诉我们他们之间显然存在性压抑和性挫折的事实。

劳伦斯·汤普森认为,在弗罗斯特看来,"当崇拜爱情的人生活在自信、平等和坦率之中的时候,爱情是最纯洁、最完美和最无限的。"[1] 但是在这首诗歌中,这位姑娘显然是犹豫不决,而且甚至对她男友没有节制的情欲和逼迫感到厌恶。在劳伦斯·汤普森看来,这首诗歌是以弗罗斯特追求怀特的一次邂逅为背景的。诗人生前不愿意发表这首诗歌,因为他害怕读者认为它太大胆而且带有太多的自传性色彩。这或许可以解释为什么这首诗歌直到1942 年他妻子去世后第四年才第一次发表。[2] 这首诗歌当推弗罗斯特描写因性欲受到压抑和挫折而酿成失败的爱情婚姻主题的最佳诗作,因此它也成为弗罗斯特诗歌世界中情人之间因缺乏沟通而形成孤独的代表之作。

郁闷心情在弗罗斯特的诗歌中也经常表现为孤独的感觉。如果说《仆人们的仆人》、《家葬》和《山妻》等诗歌中的"家"可以解读为夫妻双方被囚禁在缺乏爱情的婚姻牢笼里的话,那么《雇工

---

[1] Lawrance Thompson, *Robert Frost: The Early Years 1874 – 1915*, New York & Chicago: Holt, Rinehart and Winston, 1966, p. 136.

[2] Ibid, p. 512.

之死》（"The Death of the Hired Man"）中的"家"真可谓"某种你不一定非得值得去拥有的东西"（119）。在这首诗歌中，弗罗斯特用最隐秘的手法刻画了一个生命中没有任何目标和意义的孤独男子的暗淡形象。这位名叫赛拉斯（Silas）的男子并没有出现在诗歌中，但是他是诗人着重刻画的人物形象之一。他是一个多才多艺的雇工，擅长干好几种活儿。当诗中的农场主人沃伦（Warren）回想起赛拉斯干农活的技能时，也是赞叹不已，特别是赛拉斯晒草的技术。此外，当我们看到赛拉斯与他从前的同学威尔森（Harold Wilson）吵嘴的时候，我们也能清楚地意识到他比他的朋友更加注重实际，没有那么多书呆子气。但问题是赛拉斯竟然没能够"挣点小钱，/至少够自己买烟抽的钱"（19—20），因此他被别人"用一点零花钱哄骗走了"（28）。就这样，赛拉斯离开了沃伦家。可是眼下，赛拉斯老了，不中用了，又想回到"家"来度过余生。因此，沃伦说：

"家，"沃伦讥讽道。

　　　　"是的，不是家是什么？"
这完全取决于你心中对家的理解。
当然，他与我们毫不相干，就像
那条来到我们家门口的陌生猎犬那样，　　　115
从森林里追猎出来，累得筋疲力尽。"

"家是这么个地方，当你不得不去的时候，
他们必须让你进去的地方。"

　　　　"我倒觉得家应该叫做

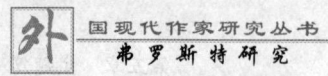

某种你不一定非得值得去拥有的东西。"①

这几行诗句听起来似乎简短生硬,但实际上构成了全诗的情感核心,是这首诗歌的核心主题的体现。从沃伦给"家"所下的定义看,"家"听起来似乎就只是对他人一种形式上的责任而已,而沃伦下定义时那种讥讽的语气告诉我们他不愿意收留赛拉斯。然而,沃伦的妻子玛丽的回答巧妙地拓展了"家"这个概念的内涵。在她看来,"家"不仅仅意味着一种义务而且是仁慈与慷慨的源泉。沃伦与玛丽夫妇俩人对待雇工赛拉斯的态度显然是不同的。赛拉斯在选择回到沃伦家来打工之前,可能是去求助过他富足的弟弟,但是他自己不愿意求助于他的自家人。他之所以选择回到沃伦家来打工帮忙是为了保持他自力更生的想象,因为他认为沃伦和玛丽仍然赏识他干农活的能力。他仅有的一点自信和自尊是惟一能够支撑他生命的精神力量。然而,由于他看到眼下这惟一的精神力量只能依靠他人的善心才能够维持,因此他觉得他的生命也已经走到了尽头。就像《熄灭了吧,熄灭了吧——》一诗中那个被锯断了手臂的男孩一样,赛拉斯同样意识到自己因年迈与破落而失去了继续生存的能力。最终,赛拉斯放弃了生命。他死了,连哭喊一声都没有,也没有人来给他送别,无家可归,孤苦伶仃!

同样,这种无家可归的孤独感在艾略特《荒原》中也能够强烈地感受到。像在《荒原》第一章《死者葬仪》里,我们看到了在那座"无实体的城"(60)里,"一群人鱼贯地流过伦敦桥"(62),"流下威廉王大街"(66);而在《荒原》的第二章《对弈》中,我们看到诗中人觉得"我们是在老鼠窝里,/在那里私人连自己的尸骨都丢得精光"(115—116)。接着,在《荒原》的第三章《火诫》中,埃尔伯

---

① Robert Frost, *Robert Frost: Collected Poems, Prose, & Plays*, New York: Literary Classics of the United States, 1995, pp. 43–44.

特与丽儿之间既不圣洁又不负责任的爱情增强了现代荒原人所拥有的名不副实、形同虚设的"家"给人带来的孤独感。"［埃尔伯特］已经在部队服了四年兵役"，现在他"就要回来了"因为他已经"退役了"。然而，他的妻子丽儿虽然年仅 31 岁，却因为没有节制地服药避孕、人工流产、生儿育女而变得十分"老相"。埃尔伯特是第一次世界大战中的一名老兵，退役回家后当然"想痛痛快快，"可是他所面临的家庭光景恐怕也可能使他从中"退役"。有家难归与无家可归的家庭光景给现代人带来孤独与寂寞在艾略特的笔下得到了淋漓尽致的呈现。

因此，弗罗斯特和艾略特在他们的诗歌中创造了一个现代孤独世界。在《荒原》中，我们再也没有看到中世纪诗人乔叟笔下那阳光明媚、鸟语花香、大地复苏、人们争先朝圣的早春之歌。取而代之的是一座大地龟裂、人心枯竭的"并无实体的城"，而且本该春暖花开的早春时节却变成了"四月是最残忍的一个月"。同样，在弗罗斯特的诗歌世界中，我们也能够看到新英格兰一片贫瘠绝望的现代荒地，与艾略特笔下的现代荒原一样"令人恐怖"。新英格兰人的生命有如弗罗斯特笔下的树林一样，是那么地"可爱、黝黯和深邃"。那貌似清新的田园景色是如此地美丽诱人，但同时又是如此地复杂黑暗。弗罗斯特笔下的新英格兰人不仅经常受内心孤独煎熬，而且每每被置于一个暗淡无光、甚至是充满威胁的宇宙之中。当人们被囚禁在这么一个可怕的世界里时，他们就会麻木不仁、冷酷无情。生活中的任何一件小事都可能导致他失去生存的可能，任何一次爱情的挫折都可能把他关进一个"山核桃木条钉成的笼子，"任何一次追求个人自由独立的举动都会使他变成无家可归或者有家难归的流浪汉。

从弗罗斯特的诗歌作品看，他在描写农村家庭妇女所处的地位以及刻画她们的形象方面，确实是一个手法辛辣深刻的诗人。由于受婚姻束缚与家务的奴役，弗罗斯特诗歌中女性内心的欲望往往受到挫折,其结果常常是没有孩子或者看不到生命的意义。然而,当她们的"家"门被大开的时候,一种离家出走的欲望就变得不可抗拒。凡是那些冲出婚姻与家庭牢笼的女性似乎都像被踩入泥浆的树叶一样被埋入大地,回归自然。她们那迷人却致命的女子气质既可以带来欣喜和快乐但同样可以导致痛苦和疯狂。对于她们来说,惟一"安全"的地方就是楼上被隔开来的那间小房间里用核桃木条钉起来的牢笼,因为只有在那里面,那位裸体的、情感受挫的疯子能够"谈论"爱情,而且不给她自己以及他人带来烦恼和威胁。弗罗斯特因为其家庭的不幸而感到困惑,因此他最能够打动人的一些诗篇也是对现代孤独的描写。

引用文献:

Edwards, Margaret. "Pan's Song Revised." *Frost: Centennial Essays*. Jackson: University Press of Mississippi, 1974.

Eliot, T. S. *The Complete Poems and Plays 1909–1950*. New York: Harcourt Brace & World, 1971.

Frost, Robert. *Robert Frost: Collected Poems*, *Prose*, & *Plays*. New York: Literary Classics of the United States, 1995.

Huang, Zongying. *A Road Less Traveled By — On the Deceptive Simplicity in the Poetry of Robert Frost*. Beijing: Peking University Press, 2000.

Lynen, John F. *The Pastoral Art of Robert Frost*. New Haven and London: Yale University Press, 1960.

Marcus, Mordecai. *The Poems of Robert Frost: An Explication*. Boston: G. K. Hall & Co., 1991.

Poirier, Richard. *Robert Frost: The Work of Knowing*. Standford: Standford University Press, 1977.

Thompson, Lawrance. *Fire and Ice: The Art and Thought of Robert Frost*. New York: Henry Holt and Company, 1942.

——. *Robert Frost: The Early Years 1874–1915*. New York & Chicago: Holt, Rinehart and Winston, 1966.

Winters, Yvor. "Robert Frost, The Spiritual Drifter as Poet." *Robert Frost: A*

Collection of Critical Essays. Ed. James M. Cox. Englewood Cliffs (N. J.) :
Prentice-Hall, 1962, pp. 83 – 152.

弗罗斯特:《弗罗斯特集:诗全集、散文和戏剧作品》(上),曹明伦译,沈阳:辽
宁教育出版社,2002 年。

黄宗英:《抒情史诗论》,北京:北京大学出版社,2003 年。

莎士比亚:《莎士比亚全集》,朱生豪等译,第五卷,北京:人民文学出版社,
1985 年。

赵萝蕤:《我的读书生涯》,北京:北京大学出版社,1996 年。

——译:《中国翻译名家自选集:荒原》,北京:中国工人出版社,1995 年。

三、"隐秘的魅力"①

1. "永恒的象征"

由于孤独郁闷的心情伴随着弗罗斯特一生绝大部分时间,因
此他的诗歌中充满着"令人恐惧的"元素也就不足为奇了。但是
弗罗斯特总是能够巧妙地运用隐喻的手法,来掩饰他笔下这个
"令人恐惧的世界。"这一特点增强了他简单深邃的诗歌创作艺术
特色。弗罗斯特将自己亲身经历的人生恐惧和紧张融入了自己的
诗歌创作,构成了他诗歌主题的基本元素。他认为"作者没有眼
泪,读者也就不会流泪。作者不感到吃惊,读者也就不会感到吃
惊。对我来说,最初的喜悦来自突然回想起某事的惊喜之中,因为
我过去并不知道我已经知道了那事。"② 因此,在他的创作中,他
必须想尽办法去寻找记忆中的记忆。但是,他同时知道他不可以

---

① Hyde Cox and E. C. Lathem, eds., *Selected Prose of Robert Frost*, New York:
Macmillan, 1968, p. 24.

② Ibid, p. 19.

将自己的亲身经历和盘托出。他必须运用自己诗人的想像力对自己的人生经历进行梳理、过滤和修饰。于是,他运用了许多巧妙的比喻把自己对人生的理解传达给了读者。假如没有隐喻,那么他也就不值得说"每一首诗歌都包含着一个新的隐喻,否则它就不成为一首诗歌。"① 弗罗斯特在他的文章《永恒的象征》("The Constant Symbol", 1946)中还说,"隐喻,即指东说西,以此述彼,一种深邃的欣喜。诗歌简直就是隐喻构成的。"② 此外,"作为达到某种目的的手段,隐喻就像是一根棱柱,能够把让人眼花缭乱的情感白光折射回物体本身"。但是弗罗斯特的隐喻往往貌似简单,容易遮人眼目,常常让那些麻痹大意的读者误认为他是一个直截了当的诗人。实际上,弗罗斯特的隐喻真可谓惟妙惟肖,是他诗歌创作的一大修辞特色。他所追求的"创新的老路"相当于爱默生所提倡的一个诗歌创作原则:"现在的思想重新安排了过去的思想。"从这个视角看,诗人更新了的表达方式是新颖的。爱默生认为诗人是"言者",因为他不仅是"美的命名者"而且也是"精神与物质相谐和的种种事物的见证者和热爱者,特别是各种事物相互联系的见证者和热爱者。"③ 因为不论是对爱默生还是对弗罗斯特,事物之间的联系都是隐喻和诗歌创作的基础。当弗罗斯特在考虑诗歌的功能时,他认为隐喻是一种理性的比喻行为,能够使增强和澄清理解的类比变得更加引人注目。"实际上,隐喻不仅仅是帮助一首诗歌,它本身就是一首诗歌。"④ 在《诗歌教育》("Education by Poetry")一文中,弗罗斯特详细阐述了隐喻的极端

---

① Hyde Cox and E. C. Lathem, eds., *Selected Prose of Robert Frost*, New York: Macmillan, 1968, p. 24.

② Ibid.

③ Ralph Waldo Emerson, "The American Scholar," in *The Selected Writings of Ralph Waldo Emerson*, Brooks Atkinson, ed., New York: Modern Library, 1992, p. 58.

④ Lawrance Thompson, *Fire and Ice: The Art and Thought of Robert Frost*, New York: Henry Holt and Company, 1942, p. 75.

重要性：

> 我不认为人人都懂得要谨慎使用隐喻，不管是自己的还是别
> 人的隐喻。假如他没有受过适当的诗歌教育，那么他使用隐
> 喻就应该十分谨慎……诗歌为以此述彼提供了一种可能的方
> 法。人们会问："你为什么不直截了当地说呢？"我们从来就
> 不直截了当地说，不是吗？因为我们大家都太像诗人。我们
> 喜欢使用比喻，喜欢话里有话，喜欢转弯抹角——不论是因为
> 胆怯还是出于别的什么本能……除非你精通隐喻，除非你在
> 诗歌中使用隐喻方面受过适当的教育，否则你就无法理解比
> 喻的价值……所有的隐喻到一定的时候就将失效。这正是隐
> 喻的美妙之处……但是用精神来说明物质和用物质来说明精
> 神是诗歌的最高境界，是所有思维方式的最高境界，也是所有
> 诗化思维的最高境界。①

　　弗罗斯特的隐喻艺术就是要努力地去寻找在那些有眼力的读
者和诗人之间能够形成共鸣的物质的精神和精神的物质。他对那
些可能损害读者与诗人共识的所谓奇思妙喻没有太多的兴趣，他
不喜欢也不崇拜英国十七世纪的玄学派诗人邓恩等人。他不赞成
艾略特等现代派先锋作家所提倡的用复杂的艺术形式来再现复杂
的现代社会现实的理论与实践。他喜欢使用一些字面意思十分简
单明了的隐喻，但每每巧妙地让读者在细读作品时能够发现更加
深邃的联想意思。一首典型的弗罗斯特诗歌往往以一个轻描淡写
的隐喻开篇，然后诗人总是能够设法将这个简单的隐喻发展成为
一个具有象征意义的隐喻，其结果是这个完整意义上的隐喻在诗

---

① Hyde Cox and E. C. Lathem, eds., *Selected Prose of Robert Frost*, New York：
Macmillan, 1968, pp. 36 – 41.

中起到了既联系全诗又画龙点睛的作用,而不断深刻地去挖掘这个核心隐喻的象征意义便可以使读者的阅读过程成为一个探求生命意义的源泉。

就隐喻的遣词而言,弗罗斯特也避免使用一些艰深难懂的词语。他认为诗人与读者的沟通永远比使用一些标新立异的隐喻辞藻更加重要。他的这种思想无疑源出华兹华斯关于诗歌创作应该使用"人们真正使用的语言"的理论。华兹华斯的诗歌语言有着深厚的隐喻性元素,因为他表达"卑贱和朴素生活"的诗歌主题直接来自于"一种更加平实和更加有力的语言。"① 华兹华斯之所以采用这种语言是因为过着"卑贱和朴素生活"的人们"每时每刻都在与产生这种最好的语言的最好的东西直接交流……因此,这种直接来源于人们重复经历的经验和普通情感的语言,较之诗人们常常取而代之的诗化语言,是一种更加富有永久性和哲理性的语言。"② 因此,这种语言本身就是一种隐喻。在弗罗斯特看来,一位真正的诗人应该设法超越语言的传统意思,不断挖掘隐喻性语言的艺术张力和丰富内涵,不断地赋予诗歌语言以新的生命。

2. "一位领域主义者"

弗罗斯特坚持在诗歌创作中使用那些在传统诗歌中比较少见但在新英格兰人民朴素的生活中比较常见的意象和经历,并且努力把自己的诗歌隐喻建立在人们常见的意象和经历之上,形成了自己独特的风格。与此同时,除了使用新英格兰地区的自然背景之外,弗罗斯特还把幽暗的树林、石墙、荒野、弃房和腐烂的柴堆等

---

① Hazard Adams, ed., *Critical Theory Since Plato*, San Diego: HBJ, 1971, p. 434.

② Ibid.

农村场景赋予了深邃的隐喻意义。由于他把自己的生命与他周围的人们和他生活的地方紧紧地捆绑在一起,所以他的诗歌具有了鲜明的新英格兰地方色彩。但是,他的诗歌创作并不是仅仅停留在描写新英格兰地区的人与事,而是努力地去挖掘人类精神世界的宝贵财富。在一次采访中,他对记者说:"我不是一位地区主义者(regionalist),而是一位领域主义者(realmist)。他描写一个个民主的领域和一个个精神的领域,而土地永远是我的脊梁。"①

然而,在弗罗斯特的诗歌中,大自然不仅仅是物质的,它像人类一样,有其精神力量。在他与大自然的联系中,弗罗斯特发现大自然的物质世界在不断地启迪着他的精神世界。普伊瑞尔认为,在《丝织帐篷》("The Silken Tent")一诗中,弗罗斯特通过帐篷的无数根牵绳与中央的那根松树支杆的捆绑式联系,象征性地使自己的诗歌立足于这个现实世界之中。② 弗罗斯特认为,"真正的物质主义者……是那种迷失于一个没有核心隐喻可以使之成形成序的物质世界之中的人。他是一个迷失方向的人。"③ 然而,弗罗斯特本人可是从来没有在他的物质世界中迷失过方向,也从来不仅仅满足于眼前这个物质世界。他努力使眼前的这个物质世界"成形成序",把不同物质捆绑在一起,创造出一种新的秩序,形成一种新的关系,为他的诗歌创作奠定了物质基础。比如,《丝织帐篷》一诗中的这顶"帐篷"就是这么一个可以牵动全篇、纲举目张的核心隐喻:

---

① Relating his spirit to place, in one of his interviews, he claimed that "I am not a regionalist. I am a realmist. I write about realms of democracy and realms of spirit. The land is always in my bones" (Lathem, 1966: 124).

② Richard Poirier, *Robert Frost: the Work of Knowing*, Standford: Standford University Press, 1977, pp. xvv – xvvii.

③ Hyde Cox and E. C. Lathem, eds., *Selected Prose of Robert Frost*, New York: Macmillan, 1968, p. 41.

原文：

> She is as in a field a silken tent
> At midday when a sunny summer breeze
> Has dried the dew and all its ropes relent,
> So that in guys it gently sways at ease,
> And its supporting central cedar pole,　　　　　5
> That is its pinnacle to heavenward
> And signifies the sureness of the soul,
> Seems to owe naught to any single cord,
> But strictly held by none, is loosely bound
> By countless silken ties of love and thought　　10
> To everything on earth the compass round,
> And only by one's going slightly taut
> In the capriciousness of summer air
> Is of the slightest bondage made aware. ①

笔者试译：

> 她犹如田野上一顶丝织帐篷，
> 正午，当夏季丽日的阵阵和风
> 拂干露珠，根根牵绳变得柔软，
> 它便拉着牵绳自由地摇曳起舞，
> 还有那根支撑帐篷的雪松支杆，　　　　　5
> 顶着伸向无垠天空的高高篷顶
> 毅然而然地象征着灵魂的自信，
> 仿佛不欠任何一根牵绳的人情，
> 虽然不受任何约束，但是它却被

---

① Robert Frost, *Robert Frost: Collected Poems*, *Prose*, *& Plays*, New York：Literary Classics of the United States, 1995, p. 302.

　　无数根爱与思想的丝带轻轻地　　　　　　10
　　与大地世间的万物系在了一起，
　　只有当某一根牵绳稍稍拉紧时
　　在那变幻莫测的夏日空气之中
　　它才会微微地感到一丝的束缚。

　　这是一首描写爱情的十四行诗,全诗由一个复合句构成,韵脚遵循莎士比亚体十四行诗的韵式,诗中的核心隐喻是把一位楚楚动人的女子比作一顶结构讲究的帐篷。关于这顶帐篷,弗罗斯特的呈现是直截了当的:当帐篷的一根根"牵绳变得柔软"时,这顶帐篷"便拉着牵绳自由地摇曳起舞";它依靠一根"雪松支杆"在帐篷的中央支撑着;"它被/无数根爱与思念的丝带轻轻地/与大地世间的万物系在了一起";只有当其中的一根牵绳拉紧时,它才会"微微地感到一丝的束缚。"然而,诗中的"她"不仅仅指一个女子。实际上,这个"她"包含了许多相互关联的审美元素——结构、平衡、顺序等等。总之,首先是弗罗斯特的最爱——诗歌本身。普伊瑞尔认为,整首诗歌似乎就像是"一次表演、一次为心爱的人所准备的展示,同时又为一首诗歌、一顶帐篷或者一个人提供了一个范式。"① 所有这一切全部被挤进了一个空间(田野)和时间(正午)。在这个有限的时空中,我们看到了最大限度的自由与盘根错节的必然形式是相互契合的。于是,这顶丝织帐篷变成了一首诗歌,一种想象的艺术造诣。当我们看到它有"无数根爱与思想的丝带"时,这顶帐篷顿时就有了深厚丰富的隐喻性意义。

---

① Richard Poirier, *Robert Frost: the Work of Knowing*, Standford：Standford University Press, 1977, pp. xxvi.

3. "请进"

弗罗斯特喜欢在诗歌创作中把各种花和树作为隐喻。他笔下的花草树木都富有人的情感元素,但是他的自然诗常常带有各种危险的暗示。在平静的表面之下,人们往往能够意识到某些不平静的元素,甚至是一些人们肉眼看不见的敌意的危险。比如,《春潭》一诗中春天既可以催生新的生命,但同时也可以是一种破坏的力量。可是,春天代表的新生、天真和欢乐等传统观念在弗罗斯特笔下似乎只能传达更多的阴暗信号。对比之下,人们似乎更加向往雪莱《西风颂》结尾的那种乐观主义精神:"冬天来了,春天还会远吗?"此外,弗罗斯特还喜欢用鸟儿作比喻,但常常是一些比较素淡的鸟类,比如,画眉鸟(thrushes)和灶鸟(oven birds)。在《我们歌唱的力量》("Our Singing Strength")和《鸟的歌声绝不该一成不变》("Never Again Would Birds' Song Be the Same")等诗歌中,弗罗斯特将诗人的声音比作鸟的歌喉。然而,弗罗斯特用鸟喻指诗人的诗作当推《请进》("Come In")一诗最为典型:

> 我来到树林的边上,
> 听,画眉在歌唱!
> 林外倘若还是黄昏,
> 林中已黑暗无光。
>
> 林中已经过分黑暗,　　　　　　5
> 鸟儿已难凭翅膀
> 找好落脚过夜的枝干,
> 虽然还能够歌唱。
>
> 太阳的最后的余晖,

已经在西方逝去，   10
却还活在画眉心头，
等着它再唱一曲。

在树林的黑暗深处
画眉鸟鸣啭不休
仿佛在召唤着请进，   15
进入黑暗唱悲歌。

不，我可不想进去，
我出来为看星星。
我是说我即使被邀，
何况，未受邀请。①   20

这首诗歌与弗罗斯特早期创作的《进入我的自己》和《雪夜林边逗留》等抒情诗的写法类似。诗中人走进自然，感遇某物，以喜悦开篇，以智慧作结。这就是弗罗斯特所说的"诗之形迹，"一首诗的形象轨迹。《请进》一诗同样遵循这么一个创作范式，以大自然的召唤开篇："我来到树林的边上，/听，画眉在歌唱！"诗人站在树林边，倾听画眉鸟的歌声："在树林的黑暗深处/画眉鸟鸣啭不休/仿佛在召唤着请进，/进入黑暗唱悲歌。"这画眉鸟的歌声仿佛是一种召唤，可它又不是一种召唤；即便它是一种召唤，那么它又没有多少诱惑力，因为它在召唤人们进入黑暗②，况且它并不是召唤人

---

① Robert Frost, *Robert Frost: Collected Poems*, *Prose*, *& Plays*, New York：Literary Classics of the United States, 1995, p. 304. 感谢江枫老师为本诗提供了尚未正式发表的译文。

② 注意"黑暗"（dark）一词在这一诗节中使用了两次，而在这首短短20行的诗歌中，"黑暗"一词总共出现了4次。

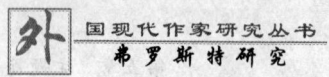

们去享受喜悦,而是召唤人们"进入黑暗唱悲歌。"

4."衰减的事物"

弗罗斯特在《灶鸟》("The Oven Bird")一诗中所表达的一个内涵深刻的主题是诗人在当代世界中所处的尴尬情境。在本书第四章格律篇中,我们讨论过弗罗斯特如何在这首特殊的十四行诗中娴熟地驾驭文字并将诗歌形式与人们实际话语相互融合的能力。就主题而言,诗人通过诗中灶鸟的隐喻表达了现代人的精神面貌。我们能够感觉到诗人是在讽刺和挖苦现代人的生活经历。灶鸟的歌声固然甜美,但是它道出了现代人生活的苦闷和懊悔,也道出了灶鸟对现代人生活苦境的深切同情。灶鸟歌唱仲夏的丽日,但更加怀念初春梨花樱花,正如一个人懊恼地面对日常的生活现实,而内心深处却在梦幻伊甸园的自由:

> 有位歌手,人人都听过他的歌声,
> 仲夏时节,常在树林中奋力高歌,
> 让高大结实的树干回应他的歌声。
> 他说树叶开始枯老,在花朵看来,
> 这仲夏与初春宛如一比十之美丽。　　　　5
> 他说当晴空碧蓝的天空突然阴沉,
> 而梨花樱花在阵雨中飘落的时候,
> 春天最初的花雨时节就已经过去。
> 我们迎来了人们叫做秋天的时节。
> 他说公路上扬起铺天盖地的尘土。　　　　10
> 他与其他的鸟儿一样,已经息声,
> 若非他也知道不要用歌声来歌唱。
> 他用文字而非歌声所提出的问题

就是如何才能够利用衰减的事物。[1]

在这首诗歌中，诗人完美地将仲夏时节暴雨中飘落的"梨花樱花"意象与"人们叫做秋天"季节的落叶意象相互联系起来，既可以是一年四季的终结也可以解读为人性沦落的象征（humanity's fall into mortality）。诗中"公路上扬起铺天盖地的尘土"的意象可以解读为死亡的意象。在这个意象的背景中，弗罗斯特把诗歌中灶鸟变成了诗人的替身，声称这只灶鸟将像别的鸟儿一样，"息声"听唱，除非只有它知道如何歌唱才算合适。显然，诗歌结尾那"衰减的事物"（"diminished thing"）所蕴涵的意义比诗中的情景要深刻得多。它可以直接理解为自然界一年四季的更替，它也可以理解为人们信仰动摇了的现代世界。因此，最后的问题就应该是当歌唱变得困难的时候，诗人应该如何作诗歌唱？就像前一首诗歌中的画眉鸟一样，这里的灶鸟道出了生活在现代世界中的诗人内心的痛苦。在这个万物"衰减"的现代世界上，人们似乎再也听不到济慈笔下那优美、高雅、纯真、自然的夜莺颂和雪莱笔下那将人生、社会、理想融入自然景物的云雀之歌。

弗罗斯特笔下的人物比较复杂，因为他们不仅代表新英格兰农村的复杂生活而且也反映整个现代世界的复杂生活。在诗集《少年的心愿》中，这种复杂性每每表现为对待生活的某种举棋不定、犹豫不决的矛盾情绪，比如，《花丛》（"The Tuft of Flowers"）一诗中那位孤独的晒草农民突然发现在他之前的割草人居然在草地上留下一丛花，这让他明白了这么个道理："人们共同劳动……无论是在一起或是分开了工作"；《星星》（"Stars"）一诗中星星本该是光明和美丽的象征，却变成了没有任何表情和情感的东西："既

---

[1] 笔者译自：Robert Frost, *Robert Frost: Collected Poems, Prose, & Plays*, New York: Literary Classics of the United States, 1995, p. 116.

不是爱也不是恨";在《爱和问题》("Love and a Question")一诗中,那位俊俏的新郎变得"忧心忡忡",因为"一个陌生人来到门前……请求允许他借住一宿";在《十月》("October")一诗中,那"寂静而柔和的十月清晨"不仅飘溢着果实的清香,同时又让我们看到了"树叶凋落"和"严霜冻透的树叶"。在这些富有戏剧性的故事中,弗罗斯特刻画了形形色色的人物,但是他的人物形象却与众不同,不走极端,很少见到具有大无畏英雄气概的人物、醉生梦死的失恋者、貌似欣喜若狂或者是悲伤绝望的人物。相反,他把自己的隐喻都建立在常人的各种美德和缺点上,而且他笔下的人物常常是农民、流浪汉、家庭妇女、催账的人、人口调查员、雇工等平平凡凡的人。

《波士顿以北》(North of Boston)被批评界认为是弗罗斯特描写新英格兰人孤独情景最成功的诗集。诗人曾经考虑把这部诗集叫做《农场人民》(Farm People)或者《新英格兰田园诗》(New England Eclogues)。① 这部诗集的献辞为:"致 E. M. F. 这本人民之书。"在这本"人民之书"中,弗罗斯特与农村人一同分享"一种简洁明了的爱。"虽然那些年迈、被忽视和鄙弃的农村人贫穷潦倒,但是他们性格自傲不愿意屈膝求成。② 但是弗罗斯特笔下的农村人几乎全是一些性格复杂的人物。比如,在《补墙》("Mending Wall")一诗中,故事叙述者把手抓石块帮助他一起补墙的邻居比作"旧石器时代的野蛮人。"弗罗斯特在这首诗歌中对待邻居的态度似乎还是比较矛盾,因为几年后他创作了另外一首关于邻居的诗歌《斧柄》("The Ax-Helve")。在《斧柄》中,诗中叙述者就学会了尊重他邻居的另外一种知识,一种在学校所学不到的手艺。在

---

① Lawrance Thompson, *Robert Frost: The Early Years 1874 – 1915*, New York & Chicago：Holt, Rinehart and Winston, 1966, p. 433.

② Louis Untermeyer, *Robert Frost: A Backward Look*, Washington：The Library of Congress, 1964, p. 11.

《雇工之死》("The Death of the Hired Man")一诗中,年迈无用的雇工赛拉斯对主人不够忠诚,因为他没有履行承诺。主人沃伦抱怨说:"我最需要他的时候,他总是离我而去。"这就使得主人沃伦及其妻子玛丽需要考虑是否应该对他们的雇工赛拉斯履行义务。玛丽对待自己的丈夫和这位雇工的态度比较明智、体贴和坚定,因为她的原则是仁慈和爱,但是沃伦的态度则与妻子的态度截然不同,他起初十分严厉和苛刻,因为他的原则是正义、法律以及相互的责任心。在《一百条衬衫领》("A Hundred Collars")一诗中,弗罗斯特成功地在两个主要人物之间构成了一个讽刺性对照:莱夫(Lafe)是一位农村报纸收款员,是个"粗人",比较粗俗,也没有品味,但是比较引人注目;而另外一个人物叫做马贡(Magoon),是位博士,也是教授,一位"绞尽脑汁异想天开的教授",对平凡的生活感到厌恶。在《家葬》("Home Burial")和《仆人们的仆人》("A Servant to Servants")两首诗歌中,弗罗斯特笔下的农村妇女均被囚禁在家庭与婚姻的牢笼里,生活在一个宛如疯人院的世界里。从这些诗歌中的人物形象看,弗罗斯特在其创作的早期就开始把新英格兰人的生活当作一个既可以表现地方农村生活又能够象征人类普遍生活的隐喻。他之所以选择新英格兰农村生活的各种意象进行创作,是因为他最熟悉和最热爱那里的山山水水和男女老少。他要赋予这些新英格兰的农村意象以诗化的意义,而这些新英格兰的农村意象又反过来给弗罗斯特的诗歌带来了能够再现具有普世思想和情感的隐喻。

由此,我们可以得出这么一个结论:弗罗斯特十分重视并且非常艺术地把他的个人生活经历及其悲剧性的细节与情感通过隐喻的手法融入新英格兰的自然与社会。虽然现代工业背景下的新英格兰自然景色是那么空旷、坚硬、荒瘠和衰退,但是弗罗斯特仍然能够在这么一个孤独的新英格兰农村生活上建构起如同艾略特在现代都市中所建构的一个孤独的隐喻。虽然弗罗斯特和艾略特在诗歌与诗学理论上存在着许多方面的不同观点,尽管他们两人的创作风格也相去甚远,但是孤独主题是他们诗歌作品中最重要的共同主题。艾略特笔下明显的智性深邃与弗罗斯特诗歌中明显的质朴简单形成了鲜明的对照。在《荒原》中,艾略特使用了一个两性人帖瑞西士来淡化诗歌的主题意识,而在弗罗斯特的诗歌中,诗人始终坚持刻画具体明显的核心人物形象;艾略特在《荒原》中使用其特色鲜明的无韵自由诗体进行创作,而弗罗斯特则选择了一条创新的老路,坚持用格律讲究的形式进行诗歌写作;艾略特可谓对十七世纪英国玄学派诗歌情有独钟,在诗歌创作中使用了许多常人难以理解的奇思妙喻,与读者保持一定距离,而且弗罗斯特却反对玄学派诗歌惯用的奇思妙喻,坚持选用通俗易懂、老少可解的农村事物作为隐喻,拉近了与读者之间的距离。尽管如此,我们仍然能够明显地感觉到他们两人在呈现一个孤独的现代世界的诗歌中同样努力地在挖掘孤独主题的艺术力量。因此,这一比较研究的目的不仅在于说明弗罗斯特在诗歌创作中驾驭隐喻手法的娴熟技艺,而且也把弗罗斯特牢牢地置于二十世纪美国诗歌创作的伟大成就之中。

引用文献:

Adams, Hazard, ed. *Critical Theory Since Plato*. San Diego: HBJ, 1971, 1992.

Cox, Hyde, and E. C. Lathem, eds. *Selected Prose of Robert Frost*. New York: Macmillan, 1968.

Emerson, Ralph Waldo. "The American Scholar." *The Selected Writings of Ralph Waldo Emerson*. Ed. Brooks Atkinson. New York: Modern Library, 1992.

Frost, Robert. *Robert Frost: Collected Poems*, *Prose*, *& Plays*. New York: Literary Classics of the United States, 1995.

Huang, Zongying. *A Road Less Traveled By — On the Deceptive Simplicity in the Poetry of Robert Frost*. Beijing: Peking University Press, 2000.

Poirier, Richard. *Robert Frost: the Work of Knowing*. Standford: Standford University Press，1977.

Thompson，Lawrance. *Fire and Ice: The Art and Thought of Robert Frost*. New York：Henry Holt and Company，1942.

——. *Robert Frost: The Early Years 1874－1915*. New York & Chicago：Holt，Rinehart and Winston，1966.

Untermeyer，Louis. *Robert Frost: A Backward Look*. Washington：The Library of Congress，1964.

四、"从放弃中得到拯救"①

1. "拥有"与"被拥有"

　　弗罗斯特曾经把他的《彻底的奉献》一诗称为是"一部用十几行无韵诗写成的美国历史。"在他看来，美国人要想真正成为这块土地的主人并充分实现自我的价值，就必须完全放弃自我、彻底地奉献。当弗罗斯特在这首诗中说美国人"拥有着当时不被我们拥有的东西"时，他一方面指当时他们对这块土地的所有权被英国所剥夺，而另外一方面他指当时的美国人并没有真正爱上这块土地，没有像神圣的爱情那样，做到双方在灵魂与肉体上的完全结合。这种"软弱"只有当美国人真正意识到他们必须像热恋中的情人那样热爱自己的国家时才能够被克服。于是，他们发现他们的"软弱"来自自我的"捆绑"。为了"与这片土地融为一体，"他们学会了"放弃"、学会了"奉献"，因此"立刻从放弃中得到拯救。"

　　作为一名美国诗人，弗罗斯特一生中最大的荣耀当推 1961 年

---

① 本节主要内容曾以《"从放弃中得到拯救"——读罗伯特·弗罗斯特的〈彻底的奉献〉》为题目发表于《北京联合大学学报》(人文社会科学版)，2008 年第 4 期，第 65—70 页。

1月20日应邀在肯尼迪总统就职典礼上朗诵他的诗歌。这一天，隆冬的首府虽然晴空万里，但寒气袭人，北风呼啸。人们着装高贵、心情激昂地去参加肯尼迪总统就职宣誓的盛典。或许是由于肯尼迪本人喜爱弗罗斯特诗歌的缘故，或许是这位新任总统想给紧张严肃的就职仪式增添一点文雅情调的缘故，弗罗斯特荣幸地作为美国第一位应邀在总统就职典礼上为新任总统献诗的诗人。对于一位民族诗人来说，还有什么荣誉能够与这一殊荣媲美呢？弗罗斯特的传记作家古尔德（Jean Gould）在她的著作《罗伯特·弗罗斯特：目的是歌》（*Robert Frost: The Aim Was Song*）的开篇这么写道："他是第一位在总统就职典礼上献诗的诗人。这个民族几乎花了十代人的时间才走出误区，终于意识到诗歌与工业时代的汽车轮子一样，对人民的幸福生活起着举足轻重的作用。"① 尽管弗罗斯特的声音因其高龄以及华盛顿的寒冬气候而变得有些振颤不清，但是成千上万的美国听众仍然兴致勃勃、鸦雀无声地等候倾听这位美国"民族诗人"带给他们的诗的音律。《彻底的奉献》（"The Gift Outright"）一诗就是这位白发苍苍的八旬老人献给新任总统的礼物。面对千百万渴慕的听众，弗罗斯特用他那人们所熟悉的声音诵读了这首诗歌：

> 我们属于这土地前她就属于我们。
> 我们成为她的主人一百多年之后，
> 才真正成为她的人民。她属我们，
> 不论是马萨诸塞，还是弗吉尼亚，
> 可我们却属英国，是殖民地居民，
> 拥有着当时不被我们拥有的东西，

5

---

① Jean Gould, *Robert Frost: The Aim Was Song*, New York: Dodd, Mead & Company, 1964, p.1.

被如今我们不再被拥有的所拥有。

那时,我们仍保留着自身的软弱,

直到发现是我们自己捆绑了自己,

没有将自我与这片土地融为一体,　　　　10

于是我们立刻从放弃中得到拯救。

尽管软弱,但我们仍毫无保留地

为这片茫然西进的土地献上一切,

(这奉献的见证就是战争的伟绩。)

然而,她却依旧淳朴、未触笔墨,　　　　15

她过去是这样,将来也必定如此。①

根据著名的美国诗歌与诗学评论家帕里尼在《罗伯特·弗罗斯特传记》一书中的描述,这首诗创作于1935年,但是直到1941年12月5日,弗罗斯特才在威廉及玛丽学院第一次公开朗诵它。② 尽管许多弗罗斯特诗评家并不看好这首诗歌,但是弗罗斯特自己曾经在《大西洋月刊》上这样评论过这首诗歌:它是"我最富有诗性的一首诗歌,"而且是"一气呵成"的。③ 这首诗歌中所表现出来的一种爱国情结、一种凝聚力和整体性、一种书写美国历史的特殊形式以及诗人对修辞语言的非凡驾驭能力都足以说明弗罗斯特娴熟的写诗才能。

自十六世纪末开始,大批英国人远涉重洋,移居北美。他们来到一个陌生而又危险的环境中,饱经苦难,屡受挫折,但是他们百折不挠,终究在大西洋沿岸建立了若干移民定居点,为英国在北美

---

① 本译文因论文行文需要,在参考曹明伦教授译本的基础上重译而成,特此说明并在此表示感谢。

② Jay Parini, *Robert Frost: A Life*. New York: Henry Holt and Company, 1999, p. 335.

③ Ibid.

的殖民运动打开了局面。1606 年 12 月,首批 144 名英国殖民者乘 3 艘英国船向美洲驶去。经过 5 个多月的艰苦航行,有 105 名英国移民于 1607 年 5 月 12 日成功地在现今弗吉尼亚的詹姆斯河河口 50 英里开外的一个小岛上落脚并建立了英国在北美的第一个永久性殖民点——詹姆斯敦(Jamestown)。① 英国在北美的第一个殖民地弗吉尼亚便就此诞生。1620 年,36 名英国清教徒为了逃避本国的宗教迫害,自荷兰的莱顿,在"老"普利茅斯组成了一支 104 人的移民队伍,乘坐"五月花号"船抵达北美马萨诸塞州普利茅斯。② 随后,英国在北美的殖民运动蓬勃发展,普利茅斯、马萨诸塞湾、马里兰、康涅狄格、普罗维登斯、卡罗莱纳、新泽西、纽约和宾夕法尼亚等殖民地相继建立,大批移民涌入"新"大陆,殖民地不断拓展,直到 1773 年,英国在北美的殖民地覆盖了东起大西洋沿岸西至阿巴拉契亚山脉的整个狭长地带。然而,随着 18 世纪后半叶殖民地经济的发展,英国殖民者为了掠夺更多的原材料和廉价劳动力而加紧推行各种奴役殖民地的政策。1764 年 4 月,为了制止走私、整顿海关,从税收方面增加岁入③,英国议会通过了《种植地条例》,一般称作《糖税法》。该法的目的除增加岁入以支付殖民地防卫费用外,还要加强对北美贸易的管理。这一举措实际上宣布了北美居民必须分担帝国财政开支的原则。因此,法令颁布,抗议四起。马萨诸塞湾、罗得岛、康涅狄格、纽约、宾夕法尼亚、弗吉尼亚、南卡罗来纳和北卡罗来纳的议会下院通过了正式的抗议书。英国自古享有自由的传统,北美移民虽然离开母国,但仍是英国臣民,应该享受与母国居民同样的权利。弗吉尼亚抗议书

---

① 李剑鸣:《美国的奠基时期:1585—1775》,载《美国通史》(第 1 卷),北京:人民出版社,2002 年,第 96 页。

② 同上,第 115 页。

③ 岁入(annual income):指国家在预算年度内的一切收入,与"岁出"(annual expenditure)相对。

直截了当地指出,按照"英国自由"的基本要求,税法必须由殖民地自己选举的代表来指定。因此,《糖税法》的颁布没有给母国带来预期的效益,相反,它直接引起了殖民地与母国之间关于征税、议会主权、殖民地的地位以及殖民地居民的权利等一系列重大问题的争端。1765 年 2 月 7 日,英国议会下院又通过了由财政部起草并提交的《印花税法》。"法令规定:殖民地凡报纸、历书、证书、商业票据、印刷品、小册子、广告、文凭、许可证、租约、遗嘱及其他法律文件,都必须加贴面值半便士至 20 先令的岁入以支付殖民地防卫的费用,并对以往议会关于殖民地贸易和岁入的措施加以修正。"① 同样,消息传开,又掀起了一场辩论殖民地权利与地位的政治风波。辩论的焦点是宪法的原则性问题:英国直接向殖民地征税违背了宪法基本原则,侵害了殖民地居民的自由和权利。当11 月 1 日《印花税法》正式生效时,北美居民把这一天当作哀悼日,各地钟声长鸣,所有需要使用印花的业务都停止了,法院不开庭,船只不离港,报纸不出版。面对殖民地居民的抗议和抵制,英国议会在是年初宣布撤销《印花税法》。然而,1767 年 6 月,英国议会出台了一项出乎北美居民意料的《汤森税法》,规定在北美各港口对进口的外国货物征税。该税法所列举的征税货物包括茶叶、糖蜜、葡萄酒和食糖等殖民地居民的生活必需品。北美殖民地再度掀起新的抗议风潮,《汤森税法》的实施严重受阻。1768 年10 月,英国派两个团的正规军进驻波士顿,殖民地与母国之间的对立情绪进一步激化。1770 年 3 月 5 日,发生了英军士兵开枪打死市民的"波士顿惨案";1773 年 12 月 16 日晚,发生了波士顿人将停泊在港口的英国船只上价值达 9 万英镑的茶叶倒入水中的"波士顿倾茶事件。"接着,英国出台了《波士顿港口条例》等一系

---

① 李剑鸣:《美国的奠基时期:1585—1775》,载《美国通史》(第 1 卷),北京:人民出版社,2002 年,第 534 页。

列殖民统治的高压政策直接威胁了殖民地人民的生活,激起了殖民地人民的愤慨,于是波士顿人民于 1775 年 4 月在郊区列克星顿打响了独立战争的第一枪。同时,北美有了被马克思称之为"第一个人权宣言"的《独立宣言》,它宣告美国脱离英国而独立;它宣告人类是生而平等的,人民享有生存、自由和追求幸福的天赋权利。6 年之后,北美殖民地人民经过艰苦卓绝的斗争,终于在 1783 年取得战争胜利,签订了英美巴黎和约,美利坚合众国宣告正式诞生。由此可见,从 1607 年第一批英国殖民者抵达北美到 1783 年美利坚合众国诞生的 176 年间,美国人"拥有"了这块土地,但是,美国人是否已经真正成为这块土地的人民呢? 弗罗斯特在这首诗歌的开篇是这么说的:

> 我们属于这土地前她就属于我们。
> 我们成为她的主人一百多年之后,
> 才真正成为她的人民。

这一开篇是十分耐人寻味的。的确,"这土地"在法律意义上属于英国和其他欧洲殖民者。因此,帕里尼认为"弗罗斯特的这首诗歌完全忽略了土著美国人的视角(Native American angle),只注意旧世界拥有新世界的事实并且把这种依赖关系看成是一种软弱。"① 但笔者认为这正是弗罗斯特诗歌创作貌似简单性特点的一个实例。诗人让读者理解的可能是一层比较简单、自然和直接的意思,而实际上他要表达可能还有一层更加复杂、委婉和间接的内涵。其实,弗罗斯特并没有"完全忽略土著美国人的视角。"尽管"这土地"从法律意义上属于殖民者,但是在现实生活中它仍然与土著美国人难以割裂。我们知道早期清教徒来到北美这块沃土之后,他们与天

---

① Jay Parini, *Robert Frost: A Life*, New York: Henry Holt and Company, 1999, p.336.

斗、与地斗,还需要与土著的印第安人"斗"。1607 年 5 月 12 日,当首批英国移民抵达詹姆斯敦定居点之后,"他们所做的第一件事,就是构筑防备印第安人进攻的围栏。"① 然而,弗吉尼亚最初给这些移民带来的是严酷的生死考验,食物匮乏、疾疫肆虐、惨不忍睹。事实上,等到 1608 年 1 月第一艘补给船到达时,首批 105 名移民仅余 38 人艰难地挣扎在死亡线上。在危难之际,是土著的印第安人给予他们"许多面包、玉米、鱼和鲜肉。"如果不是"上帝派来的这些人"救助,"我们全都会灭亡。"② 在很长一个时期中,这些英国移民都无法融入这块土地。弗罗斯特在此所强调的不仅仅是新世界对旧世界的奴属和依赖关系,而且蕴涵着这么一个事实,即早期来到北美大陆的殖民者是在使自己真正成为美国人并且建立和建设美利坚合众国的过程中,才逐渐融入了北美社会和自然环境的。当弗罗斯特说"我们成为她的主人一百多年之后,/才真正成为她的人民"时,他或许是在暗示我们:北美殖民者起初拥有的仅仅是一块有了名字的土地——"不论是马萨诸塞,还是弗吉尼亚,"他们并没有真正拥有这个他们可以世代生息的地方。著名的美国历史学家康马杰(Henry Steele Commager, 1902—1998)在论述美利坚合众国的成长时,曾经引用弗罗斯特的这首诗歌来提醒读者不要忘记:"假如'我们属于这土地前她就属于我们'的话,那么我们成为美国人的过程在一定程度上就是一个我们与这块土地的自然环境相互融合的过程。"③ 这种思想在接下来两行脍炙人口的诗歌中得到了警句格言般的表现:

---

① 李剑鸣:《美国通史》(第 1 卷),北京:人民出版社,2002 年,第 97—98 页。
② 同上,第 92—99 页。
③ Henry Steele Commager, "The Ambiguous American," in *College English* (Book 4, eds. Zhang Xiangbao & Zhou Shanfeng), Beijing: Commercial Press, 1994, p. 71.

原文:

Possessing what we were still unpossessed by,

Possessed by what we now no more possessed.

译文:

拥有着当时不被我们拥有的东西,

被如今我们不再被拥有的所拥有。

弗罗斯特擅长通过机敏地变换某个词语在诗行中的位置、词性、时态或者语态来达到一种人们难以想象的双关语的艺术效果。就其所表达的意思而言,这两行诗画龙点睛式地概括了英国在北美的殖民历史:殖民地时期的美国人"拥有"着当时并"不被[他们]拥有"的土地,因为他们那时仍然接受英国的殖民统治,是英国的殖民地;换言之,他们当时是"被如今[他们]不再被拥有"的殖民统治者英国所"拥有"着。在短短的两行诗歌中,诗人以不同的形式四次调用"拥有"一词,用双关语的修辞手法强调了新旧世界的奴属关系,也暗示了美国独立战争的无比重要性。美国人民经过卓绝的武装斗争推翻了英国的殖民统治,建立起了一个独立的资产阶级共和国,扫清了美国资本主义的发展道路,推动了法国及其他欧洲国家的资产阶级革命和当时整个美洲的民主独立运动。弗罗斯特的诗歌真可谓言无几而意悠远。

2."从放弃中得到拯救"

弗罗斯特曾经把这首诗歌称为是"一部用十几行无韵诗写成的美国历史。"① 诗人在诗中倾注了他深厚的爱国情结,表达了美

---

① Jeffrey Meyers, *Robert Frost: A Biography*, Boston & New York: Houghton Mifflin Company, 1996, p. 324.

利坚民族灵魂与肉体同这块土地相互融合的过程以及这个民族注定要征服这块土地的"天定命运"。所谓"天定命运"是殖民者鼓吹美国领土扩张主义必然性、合法性和神圣性的理论依据。它包括三层意思：首先，在北美大陆建立一个自由、联合、自治的美利坚合众国是历史的必然；其次，美国领土扩张是上帝预先安排的向尚未明白确定的地区拓展，是合法的；第三，美国领土扩张是一种能够唤醒邻国民众起来抵抗暴君蹂躏的神的启示，不是帝国主义扩张，而是一种强行的拯救。① 显然，弗罗斯特是接受了这种扩张主义理论，但是令人欣慰的是他也看到了这种理论的破绽。在这首诗歌中，他说：

> 那时，我们仍保留着自身的软弱，
> 直到发现是我们自己捆绑了自己，
> 没有将自我与这片土地融为一体，
> 于是我们立刻从放弃中得到拯救。

诗人在此所说的"自身的软弱"也许来自殖民者过分膨胀了的领土扩张欲望。他们已经忘记了一个多世纪以前克雷夫科（John de Crévecoeur, 1735—1813）在《美国农夫的来信》（1782）中所回答的问题："美国人是什么样的人？"克雷夫科说："他们（指欧洲移民）带来了各自的才能，凭着它，他们就能享受这里的自由，拥有自己的财产……在这里，他们目睹美丽的城市、富足的村落、广阔的田野、遍布乡间的舒适住宅、通达的道路以及四处可见的果园、草地、桥梁，而这里一切在一百多年前还是一片荒原，杂草丛生，未曾开化……在这里，没有贵族、没有国王、没有主教、没有教会的统

---

① 张友伦：《美国的独立与初步繁荣》，载《美国通史》（第 2 卷），北京：人民出版社，2002 年，第 234—235 页。

治……在这里,对勤劳的报酬与付出的劳动同步增长……。"因此,要真正成为这块土地的主人并充分实现自我的价值,美国人就必须完全放弃自我、彻底地奉献。① 在惠特曼的眼里,美国是"一个云集了多个民族的民族"和"一个由多个种族构成的种族……美国人在所有的民族之中,在任何时代,都可能是最富有诗意的民族。美利坚合众国本身就是一首最伟大的诗歌。"② 与惠特曼一样,弗罗斯特也对这个国家和民族怀有一种真切的热爱。在他的笔下,美利坚合众国这块土地常常象征着美国人民最坚定的价值观念。他热爱这块土地,愿意为这块土地奉献自己的一切。因此,笔者认为当弗罗斯特说美国人"拥有着当时不被我们拥有的东西"时,他一方面指当时他们对这块土地的所有权被英国所剥夺,而另外一方面他指当时的美国人并没有真正爱上这块土地,没有像神圣的爱情那样,做到双方在灵魂与肉体上的完全结合。这种"自身的软弱"只有当美国人真正意识到他们必须像热恋中的情人那样热爱自己的国家时才能够被克服。于是,他们发现他们的"软弱"来自自我的"捆绑";为了"与这片土地融为一体,"他们学会了"放弃"、学会了"奉献",于是"立刻从放弃中得到拯救。"

3. "茫然西进的土地"

众所周知,十九世纪美国社会和经济中最令人瞩目的现象就是1783年美国正式成为独立国家之后,迅速兴起的一场群众性的自大西洋沿岸向西移民的西进运动。这场移民运动延续了一个多世纪,十九世纪上半叶达到高潮,直到二十世纪初才结束。西进运动之前的美国只占有大西洋沿岸80多万平方公里的土地。大批

---

① Gerber, Philip L., ed., *Critical Essays on Robert Frost*, New York: Library of Congress Cataloging in Publication Data, 1982, p. 175.

② Walt Whitman, *Leaves of Grass*, New York: Vintage Books, 1992, pp. 5 – 7.

来自东部和欧洲的移民迅速占领了广阔的西部土地,使阿巴拉契亚以西的人口从十八世纪末的 30 万猛增到 1830 年的 400 万,占全国人口的三分之一。① 因此,诗人写道:

> 尽管软弱,但我们仍毫无保留地
> 为这片茫然西进的土地献上一切
> (这奉献的见证就是战争的伟绩。)

这片土地之所以"茫然西进"是因为整个西进运动进行了如此一个漫长的时期,仿佛象征着美利坚合众国成长的漫长道路和美国人民争取民族独立的艰苦岁月。在这种"茫然"中,我们似乎感觉一个正在迅速发展的美利坚合众国"却依旧淳朴、未触笔墨。"这种"茫然"的感觉与前面那种"不被拥有"的感觉相互呼应,给人一种没有定型的、一切未然的感觉。仿佛在弗罗斯特的社会达尔文主义框架中,任何道德元素已经荡然无存了。在他的笔下,人们的确很难感觉到殖民者推行领土扩张主义的侵略本性。当那成千上万身强体壮的欧洲殖民者来到北美大陆的时候,他们似乎完全有理由为自己寻找一个适合他们生活的地方;由于他们人数众多超过了土著印第安人,而且他们的武器也比土著印第安人的武器精良,因此这些欧洲殖民者征服了土著印第安人。事实上,那些土著印第安人在殖民者的军事、科技等方面的现代优势压迫下,逐渐丧失了他们数千年来享有的土地和生存权。他们几乎被这些欧洲殖民强盗给斩尽杀绝了。如此侵略行径在弗罗斯特的笔下居然就成了一种"茫然"的行为。的确,人们也很难想象出一个比弗罗斯特这"茫然西进的土地"更加生动形象的意象,来更加机巧地掩盖和

---

① 李赋宁主编:《英语学习指南》,北京:高等教育出版社,1986 年,第 261—262 页。

美化美国的资本主义发家史了。更加值得一提的还有诗人在此用括弧框定的这一行诗歌:

(The deed of gift was many deeds of war.)
(这奉献的见证就是战争的伟绩。)

弗罗斯特在此再次调用了双关手法,强调了美国人"奉献的见证。"然而,此处"deed of gift"中的"deed"一词的意思可以是法律意义上的"契约"或者"证书",因此"deed of gift"可能指美国人拥有这块土地的契约见证;而"many deeds of war"的意思比较明确,意思是"许多战争的行动,"指许多需要献身的行动才能拥有战争的胜利。由此可见,诗人把"战争的伟绩"当作是美国人"奉献的见证,"显然这一行诗歌蕴涵着一种大国沙文主义甚至可以说是好战的口吻来讴歌战争的意义。我们知道,伴随着十九世纪美国西进运动的是一个帝国主义领土扩张运动。1803 年 4 月 30 日,美国趁英法交战以及拿破仑在海地镇压黑人起义的失败,用 1500万美元从法国人手里"购买"路易斯安那 200 多万平方公里的土地。这一"购买"标志着美国领土扩张的开始,而且具有无法估量的重要性,因为"它把共和国的领土增加了一倍。……它给予这个国家世界上最丰富的粮食、燃料和动力仓库之一。……路易斯安那变成了美国向佛罗里达、得克萨斯、新墨西哥、加利福尼亚、俄勒冈和阿拉斯加扩张的走廊。"[1] 1819 年 2 月 22 日,西班牙被迫与美国签订《亚当斯—奥尼斯条约》(又称《佛罗里达条约》),将佛罗里达割让给美国,并放弃对俄勒冈地区的领土要求。[2] 1837

---

[1] 张友伦:《美国的独立与初步繁荣》,载《美国通史》(第 2 卷),北京:人民出版社,2002 年,第 232—233 页。
[2] 同上,第 243 页。

年,美国武装趁机侵入加拿大并与英国抢占土地,最终于 1842 年美英双方妥协并于 8 月 9 日签订《韦伯斯特—阿什伯顿条约》,最终确定了缅因和新布伦瑞克为美加边界,美国夺得 31.8 万多平方公里的土地。① 1846 年 6 月 15 日,美英签订《俄勒冈条约》,美国迫使英国放弃北纬 49 度以南的俄勒冈地区,结束了双方在这一地区的争端。此外,借口边界纠纷,美国挑起与墨西哥的战争;1847 年 8 月 24 日,墨西哥战败;1848 年 2 月 2 日,美国与墨西哥签订《瓜达卢佩伊达尔戈条约》,仅象征性地支付给墨西哥 1500 万美元,便得到了包括加利福尼亚、内华达、犹他、亚利桑那以及新墨西哥、科罗拉多和怀俄明各州的部分地区在内的大片墨西哥领土,共计 52.9 万平方英里。1853 年,美国以修铁路为理由,以 1000 万美元从墨西哥"购买"了墨西哥基拉河流以南近 3 万平方英里的地区。② 随后,美国开始把扩张的魔掌伸向海外。1867 年 3 月 30 日,美国利用战争逼迫,从沙皇手中购买了阿拉斯加和阿留申群岛;8 月 28 日,美国海军占领了太平洋上的中途岛。1893 年 1 月 17 日,美国策动夏威夷政变,迫使夏威夷女王李留奥卡拉尼退位。1898 年,美国通过对西班牙战争夺取了关岛、波多黎各和菲律宾群岛;同年吞并了夏威夷群岛。1903 年 11 月 13 日,美国在巴拿马策动政变,强迫巴拿马签订《美巴条约》,攫取了巴拿马运河的开凿权和管理运河区的特权。1917 年 3 月 31 日,美国迫使丹麦将维尔京群岛"出让"给美国。这样,在一个多世纪中,美国领土几乎扩张了数十倍。③ 这些所谓"战争的伟绩"无疑也见证了美国人帝国主义领土扩张运动的"彻底的奉献"!

---

① 张友伦:《美国的独立与初步繁荣》,载《美国通史》(第 2 卷),北京:人民出版社,2002 年,第 237—239 页。

② 同上,第 249—251 页。

③ 李赋宁主编:《英语学习指南》,北京:高等教育出版社,1986 年,第 262—263 页。

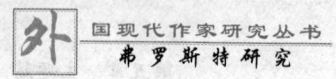

4. 简单的深邃

这首诗歌的结尾两行也是十分耐人寻味的。在讴歌美国人"战争的伟绩"之后,诗人突然笔锋一转,似乎又回到了一片天真无邪、甚至是无人涉足的处女地上:

> 然而,她却依旧淳朴、未触笔墨,　　　　　　15
> 她过去是这样,将来也必定如此。

第 15 行的原文是这么写的:"But still unstoried, artless, unenhanced"。诗人在这里用了"unstoried"(未被载入历史的)、"artless"(缺乏艺术性的;不矫揉造作的)和"unenhanced"(未加改进的)等一连三个表示否定意义的词语,增强了这场轰轰烈烈的西进扩张运动"茫然"的感觉,同时也减少了这场西进殖民运动的掠夺性和扩张性,进一步抹杀了殖民者的侵略野性和野心。然而,她却没有一种可以称之为自己传统的文化。直到十九世纪初,美国仍然是一块"未触笔墨"(unstoried)的处女地。1820 年,创办英国《爱丁堡评论》的史密斯(Sydney Smith, 1771—1845)曾经问道:"在地球上,有谁能够读到一本美国书呢?"① 然而,到惠特曼于 1855 年发表第一版《草叶集》的时候,美国经历了一个前所未有的大发展,从一个农业国发展成为一个充满自信、稳定的工业社会。往日那块"不矫揉造作的"(artless)和"未加改进的"(unenhanced)的土地已经不再是一个没有文化根基、生活庸俗和一味依赖欧洲文明的民族所生存的地方。她幅员辽阔,资源丰富,生机勃勃;而且已经开始呼唤着一种属于美国人自己的独立的文化。当超验主义哲学家爱默生大声疾呼:"今天的太阳依然光照人间……世上

---

① 黄宗英:《抒情史诗论》,北京:北京大学出版社,2003 年,第 52 页。

发现了新的土地、新的人和新的思想"① 的时候,伟大的民族诗人惠特曼却充满自信地说:

今天和今晚请和我在一起,你将明白所有诗歌的来源,

你将占有大地和太阳的好处(另外还有千百万个太阳),

你将不会再第二手、第三手地接受事物,也不会借死人的

　　　眼睛观察,或从书本中的幽灵那里吸取营养,

你也不会借我的眼睛观察,不会通过我而接受事物,

你将听取各个方面,由你自己过滤一切。②

这真可谓美国人一种新的自信、一种新的民主思想! 同样,弗罗斯特在这首诗歌的结尾倾注了他何等的爱国热情:"她过去是这样,将来也必定如此"! 这最后一行诗歌的原文是这样的:"Such as she was, such as she would become"。根据古尔德的记载,弗罗斯特曾接受了肯尼迪的建议——在新任总统就职仪式上诵读这诗歌的时候,把这一行中表示虚拟条件的动词"would become"改成了一般将来时"will become"。③ 古尔德还说,弗罗斯特接到新任总统的请求之后,就不停地琢磨着这一变化的内涵,一遍遍试着诵读和比较其中所蕴涵的意思。④ 我们知道,助动词"would"具有多种用法,且含义不同,这最后一行至少有以下两种解读:首先,我们把这句话当作一个表示过去时间的真实条件句,"would"表示习惯性的行为动作,这行诗歌可译成"她过去是这样,将来也必定如此";

---

① Ralph Waldo Emerson, *The Selected Writings of Ralph Waldo Emerson*, New York: Modern Library, 1992, p. 3.

② 惠特曼:《草叶集》,赵萝蕤译,上海:译文出版社,1991 年。

③ Jean Gould, *Robert Frost: The Aim Was Song*, New York: Dodd, Mead & Company, 1964, p. 4.

④ Ibid.

其次,如果我们把这句话理解成一个虚拟条件句,时间指现在或者将来,那么"would"可以表示设想、推测、可能性,这行诗歌的意思就变成:"她过去是这样,将来也许会如此。"事实上,说话者认为虽然过去"她却依旧淳朴、未触笔墨,"但是现在或者将来是不会如此的。当然,如果把这里可能暗示虚拟条件时态的"would"改成了表示一般将来时的"will",那么对这行诗的理解就没有太多的歧义了。古尔德认为新任总统肯尼迪一定是感觉到了解读这行诗的"双重可能性"(duo-possibilities)。这也证实了弗罗斯特对新任总统肯尼迪的请求的理解:"有意思的是他[肯尼迪]要我说'will',因为他在今后的四年中还想在那里干一番事业。"[①] 由此可见,简单的深邃是弗罗斯特诗歌创作的一个艺术特征;而"从放弃中得到拯救"不仅是美国人在与美利坚共和国一同成长的一段心路历程,是美国人与北美大陆相互融合过程中得出的一个道理,也是这首诗歌给予人们的一个生命的启示。

引用文献:

Commager, Henry Steele. "The Ambiguous American." *College English* (Book 4, eds. Zhang Xiangbao & Zhou Shanfeng), Beijing: Commercial Press, 1994.

Emerson, Ralph Waldo. *The Selected Writings of Ralph Waldo Emerson*. New York: Modern Library, 1992.

Gerber, Philip L. *Critical Essays on Robert Frost*. New York: Library of Congress Cataloging in Publication Data, 1982.

Gould, Jean. *Robert Frost: The Aim Was Song*. New York: Dodd, Mead & Company, 1964.

Meyers, Jeffrey. *Robert Frost: A Biography*. Boston & New York: Houghton Mifflin Company, 1996.

---

① Jean Gould, *Robert Frost: The Aim Was Song*, New York: Dodd, Mead & Company, 1964, p. 4.

Parini, Jay. *Robert Frost: A Life*. New York：Henry Holt and Company，1999.

Whitman, Walt. *Leaves of Grass*. New York：Vintage Books，1992.

黄宗英：《"从放弃中得到拯救"——读罗伯特·弗罗斯特的〈彻底的奉献〉》，载《北京联合大学学报》（人文社会科学版），2008 年第 4 期，第 65—70 页。

黄宗英：《抒情史诗论》，北京：北京大学出版社，2003 年。

惠特曼：《草叶集》，赵萝蕤译，上海：译文出版社，1991 年。

李赋宁主编：《英语学习指南》，北京：高等教育出版社，1986 年。

李剑鸣：《美国的奠基时期：1585—1775》，载《美国通史》（第 1 卷），北京：人民出版社，2002 年。

张友伦：《美国的独立与初步繁荣》，载《美国通史》（第 2 卷），北京：人民出版社，2002 年。

第六章

批 评 篇

一、国外弗罗斯特研究简述

1. "又一位美国作家"(1913—1920)

由于弗罗斯特的第一本诗集《少年的心愿》是于 1913 年首先在伦敦出版的,因此考察美国诗评界对弗罗斯特诗歌评论的起点最好选择庞德同年从伦敦寄往美国芝加哥的一份书评开始。当时,弗罗斯特认为庞德是现代诗歌运动的"主要推手"(Prime Mover)和"伟大发起者"(the great original)①。我们知道,弗罗斯特几乎是四十岁的时候才在英国圆了自己追寻多年的诗人梦想。假如没有庞德的帮助,弗罗斯特恐怕无法挣脱十九世纪诗歌传统对他诗歌创作的束缚。当弗罗斯特于 1912 年举家移居英国的时候,美国《诗刊———一本诗歌杂志》(Poetry, A Magazine of Verse)的创始人、女主编门罗(Harriet Monroe, 1860—1936)正在芝加哥老家筹

---

① Arnold Grade, ed., *Family Letters of Robert and Elinor Frost*, Albany: State University of New York Press, 1972, pp. 160 – 161.

办这本即将开创美国诗歌新纪元的新诗刊。当朗费罗（Henry Wadsworth Longfellow，1807—1882）、惠蒂尔（John Greenleaf Whittier，1807—1892）和霍姆斯（Oliver Wendell Holmes，1809—1894）等几位"家喻户晓"的十九世纪美国诗人相继去世之后，美国在 20 多年间几乎就没有出现过高水平的新诗人。虽然克莱恩（Stephen Crane，1871—1900）24 岁时便在英美一举成名，但是他英年早逝。尽管罗宾逊（Edwin Arlington Robinson，1869—1935）在上个世纪 20 年代曾经 3 次获得普利策奖，但是他孤军奋战；1928 年以后，他的诗歌也开始走下坡路，直至 1935 年去世为止。尽管如此，当门罗的《诗刊》于 1912 年问世的时候，诗人们有了一个展示百家诗艺和讨论不同诗歌理论与形式的平台。在该杂志海外记者庞德的大力举荐之下，《诗刊》不仅于 1913 年 5 月和 1914 年 12 月分别刊登了庞德为弗罗斯特头两部诗集撰写的书评，而且于 1914 年 2 月刊载了弗罗斯特的诗歌《规矩》（"The Code"，原称"The Code-Heroics"），1916 年 11 月刊登了他的《雪》（"Snow"），1922 年 1 月在纪念该刊创刊十周年时刊登了他的《科阿斯的女巫》（"The Witch of Coös"），直到 1936 年 4 月还刊登了弗罗斯特的《在伍德沃德游乐园》（"At Woodward's Gardens"）。在《诗刊》杂志问世之后，不仅许多普通杂志纷纷专辟新诗栏目，而且出版商也开始出版诗集；突然间，全国各地的各种诗集如雨后春笋般涌现出来。喜爱诗歌的人不仅了解庞德及其诗歌而且知道了杜丽特尔（Hilda Doolittle）、桑德堡（Carl Sandburg）、斯蒂文斯、威廉斯、艾略特、克莱恩等诗人的名字。后来成为弗罗斯特终身朋友的昂特迈耶曾经于 1919 年准确地总结过《诗刊》于 1912 年问世之后 5 年间美国诗歌发展的状况。他说："到 1917 年，'新'诗被誉为'最重要的美国民族艺术'。它的成功速度迅猛、销量空前。过去从来不读诗歌的人也开始对诗歌发生兴趣并且发现他们不仅能够欣赏诗歌而且能够为之欣喜若狂。他们发现欣赏诗歌不需要身边准备一本可以查阅难词和典故的词典。他们不再需要熟悉拉丁语的传说和希腊神话中的爱情故事。生活就是他们的词典,不是文学作品。新诗以其特有的语言展示了自己。不仅如此,诗歌以人们过去很少听见过的表达方式在向人们说话。它不仅靠近人们赖以生存的土地而且贴近人们的心灵。"①

在英国期间,弗罗斯特认识了庞德和洛厄尔。这两位美国人为弗罗斯特在英国诗坛打开局面起到了举足轻重的作用。1913年,弗罗斯特的第一部诗集《少年的心愿》在伦敦问世。同年 9 月,庞德在伦敦的《新自由女性》(The New Freewoman) 杂志上发表了一篇书评,开诚布公地声称弗罗斯特是"诗歌领域里出现的又一个人物,"是"被热爱文学的英国出版商所挖掘出来的又一位美国作家。"庞德认为弗罗斯特懂得如何用自然的语言创作诗歌,而且能够质朴地描述事物。这种诗歌语言与当时诗歌创作中所滥用的多音节词语截然不同。② 1914 年,弗罗斯特在英国出版了他的第二部诗集《波士顿以北》。同年 12 月,庞德在芝加哥的《诗刊》上发表了一篇书评,认为"弗罗斯特是一位诚实的诗人。"③ 他的诗歌来自他自己的生活、学识和情感,而不是为了迎合当时各种报刊杂志所流行的诗歌创作风格和主题。他把新英格兰的农村生活写进了自己的诗歌。他的诗歌语言虽然清新自如,但却有别于报刊杂志和大学教授们所提倡的所谓"自然的"诗歌语言。④ 此外,弗罗斯特的诗歌幽默感人,但从不玩弄无聊的把戏。"他的诗歌

① Louis Untermeyer, *Modern American Poetry*, New York: Harcourt, Brace & World, 1958, p. 13.
② T. S. Eliot, ed., *Literary Essays of Ezra Pound*, New York: A New Directions Book, 1935, p. 382.
③ Ibid, p. 384.
④ Ibid.

让您难以忘怀的不是辞藻、不是妙语、不是腔调,而是诗歌的主题。"①

洛厄尔是当时波士顿的一位名门贵妇,但是在诗歌创作方面,她并不得志,直到 1912 年《诗刊》杂志诞生,她才有些时来运转。当她听说庞德在英国领导着一个被称为"意象主义"的新诗潮流时,她便专程来到了伦敦讨教诗艺。这时,恰好《波士顿以北》问世,弗罗斯特笔下的新英格兰农村生活深深地打动了她,她决心要让美国人民知道这本书的存在。于是,当弗罗斯特 1915 年初从英国回到美国的时候,洛厄尔关于这本诗集的书评于 2 月 20 日发表在《新共和》(New Republic)杂志上。洛厄尔在书评中说"伦敦有许多诗人,更可贵的是它充满着诗人的信仰、抗议和仇恨。他们制造了一个活泼热闹的情境。这意味着艺术充满活力……。假如您正巧是一位诗人,那么你就会发现,人们无处不在谈论诗歌创作的形式、方向、技巧和主题。总之,人们在想方设法让诗人的创作技巧更加合情合理……。对于那些不如弗罗斯特先生那样坚定地追求自己的诗歌艺术的诗人来说,情况就更加让人陶醉。然而,这个人[弗罗斯特]的特点就是他既不失去理智也没有失去创新意识。他丝毫没有改变诗歌、言语及其外在形式。他可以先与别人海阔天空,然后马上回家重复他所做过的事情,[而且]只会做得更好……他走自己的道路,种自己的蔬菜,同时创作他的《波士顿以北》。"② 洛厄尔的评论告诉我们弗罗斯特其人在他艺术生涯之开端就与他的诗歌同样神秘。当美利坚合众国在呼唤着本土英雄人物的时候,弗罗斯特首先被批评家们当作一名美国作家,但与此同时,他也被美国人尊崇为一位理想主义者、一位乐观主义者、一位

① T. S. Eliot, ed., *Literary Essays of Ezra Pound*, New York：A New Directions Book, 1935, p. 386.

② Amy Lowell, *Tendencies in Modern American Poetry*, New York：Macmillan, 1917, pp. 97 – 103.

和蔼可亲的美国人。19 世纪飞速发展的工业革命给美国人带来了极大的物质财富,但同时也带来了极大的精神丑陋,而弗罗斯特的诗歌清新淳朴,把读者带进了新英格兰一个美丽的世外桃源,让饱受工业污染的美国人及时地闻到了新英格兰土地的清香,唤起了人们对一个急速消逝的美好时代的强烈怀旧与追忆。在国外,虽然第二次世界大战的战火没有烧到美国本土,但是整个世界硝烟弥漫,动荡不安,使美国人憧憬伊甸家园的梦想化为泡影。面对这一特殊的动荡情境,弗罗斯特的诗歌却传达出一种威严的冷静,让人们深信生活的动荡终将无损于生命的永恒。

1917 年,洛厄尔在她的专著《现代美国诗歌的发展趋势》(*Tendencies in Modern American Poetry*)中高度赞扬了弗罗斯特选择素体无韵诗进行诗歌创作的无比正确性,并且认为弗罗斯特诗歌中所表现出来的乡村现实主义(bucolic realism)以及他的独立性不愧为一位艺术家的杰作。一般认为,洛厄尔的这部专著是第一部以著作的形式讨论弗罗斯特诗歌的著作。洛厄尔认为罗宾逊、马斯特斯(E. L. Masters)、桑德堡、杜丽特尔、弗莱彻(John Gould Fletcher)和弗罗斯特是六位值得特别注意的诗人,而且她单辟一章专论弗罗斯特。难能可贵的是洛厄尔对弗罗斯特的评论比较客观,注意到了弗罗斯特诗歌中所蕴涵的一种悲剧感和一种幻灭元素。她认为《波士顿以北》"是一本十分悲哀的书……体现了一种在不断地消耗整个新英格兰生命活力的疾病。"[①] 1919 年,昂特迈耶出版了美国第一部专门论述现代诗歌运动的综合性研究著作《美国诗歌新纪元》(*New Era in American Poetry*)。作为弗罗斯特的好友和支持者,昂特迈耶在这部专著的开篇第一章论述了弗罗斯特的诗歌。他认为弗罗斯特的《波士顿以北》中那些富有戏

---

① Amy Lowell, *Tendencies in Modern American Poetry*, New York：Macmillan, 1917, p.105.

剧性效果的诗篇是源出美国本土的最有力和最真实的作品。在弗罗斯特的身上,昂特迈耶看到了惠特曼笔下那种讴歌普通人及其生活而又充满诗情画意的现代表述。

2. "最受人们爱戴的诗人"(1921—1960)

二十世纪 20 年代,弗罗斯特的名气越来越大,尤其是他于 1921 至 1923 年间任密歇根大学住校诗人以及随后从 1923 至 1938 年任阿默斯特学院教授这两个显赫的学术职位使得他声望激增,知名度大大提高。不仅如此,弗罗斯特这一时期到全国各地巡回诵读自己的诗篇,也为自己赢得了越来越多的读者和听众。1923 年,他的诗集《新罕布什尔》(*New Hampshire*)为他赢得了第一个普利策奖,他在美国诗坛的地位也随之确立。多数诗评家并不注意弗罗斯特诗歌中阴暗神秘的一面,而是强调他诗歌中乐观幸福的一面,甚至把弗罗斯特描写成"一位决心要轻松从容地生活的人。"① 这说明弗罗斯特为自己精心打造的一个新英格兰农民形象成功了。他不仅具有新英格兰人独特的个人主义观点,而且具有新英格兰人的功利主义特点。1962 年出版《生存的考验》(*The Trial by Existence*)的弗罗斯特传记作家塞俊特(Elizabeth Shepley Sergeant)早在 1927 年就断言弗罗斯特是新英格兰的天才代表(*genius loci*)。

弗罗斯特这一时期之所以能够名声显赫的重要原因之一应当归功于当时出版的许多诗集。这些诗集使弗罗斯特诗歌中清新淳朴的乡村气息能够跨越大疆南北,传遍大洋两岸。格伯(Philip L. Gerber)认为起决定作用的是当时最流行的两部诗歌选集:门罗主编的《新诗》(*The New Poetry*, 1917)和昂特迈耶主编的《美国现代

---

① Philip L. Gerber, ed., *Critical Essays on Robert Frost*, New York: Library of Congress Cataloging in Publication Data, 1982, p.5.

诗歌》(*Modern American Poetry*, 1919)。门罗《新诗》的第一版收录了 7 首弗罗斯特的诗歌,而在 1923 年的修订版中,弗罗斯特的诗歌增加到了 16 首。① 1919 年,昂特迈耶出版《美国现代诗歌》第一版,收录了弗罗斯特的《补墙》、《花丛》、《白桦》和《未走的路》等 4 首诗歌,并且在诗集的序言中简明扼要地评论了弗罗斯特的诗歌。昂特迈耶提醒读者:"在弗罗斯特直截了当却韵味十足的素体无韵诗中,诗人是如何遣词造句才使得读者仿佛能够听见诗中人在诗歌中说话。"② 他让读者注意观察:"在这些新英格兰的声音中,我们能够分辨出那些行走在农场和山坡上的人们的乡土口音。"③ 诗歌选集初版之后,昂特迈耶多次修订,篇幅迅速扩大,1921 年激增到 400 页,1923 年又扩充到 600 页,而所录选的弗罗斯特诗歌也由原来的 4 首增加了 4 倍。④ 人们开始以极大的兴趣阅读和欣赏诗歌。昂特迈耶主编的《美国现代诗歌》几乎传遍了美国大疆南北和东西海岸,逐渐成为美国无数群体经常诵读的"诗歌圣经"。

　　1927 年,穆森(Gorham B. Muson)发表了第一部比较重要的弗罗斯特诗歌研究专著《罗伯特·弗罗斯特:情感与敏感》(*Robert Frost: A Study in Sensibility and Good Sense*, New York: George H. Doren, 1927.)。书中一半以上的篇幅属于传记研究,其余部分研究弗罗斯特诗歌创作技巧。关于弗罗斯特诗歌创作的风格,穆森说:"弗罗斯特形象化描述的简单性和协调性创造了他想象的具体性。同时,尽管诗歌的主题宏伟壮丽,但是他的诗歌语言却完全

---

① Philip L. Gerber, ed., *Critical Essays on Robert Frost*, New York: Library of Congress Cataloging in Publication Data, 1982, p.6.

② Ibid.

③ Ibid.

④ 1958 年版的《美国现代诗歌》增加到了 700 页;而弗罗斯特的诗歌也由原来的 4 首增加到了 42 首。

像日常对话……。"① 1929 年,纽约的亨利·霍尔特出版公司
(Henry Holt and Company)出版了锡德尼·考克斯的传记著作《罗伯特·弗罗斯特:不平凡的"平凡人"》(*Robert Frost: Original "Ordinary Man"*)。考克斯在书中说:"就像生活本身一样,弗罗斯特[的性格]让人难以琢磨,很难用简单的语言加以概述。"② 考克斯后来重新撰写了一部弗罗斯特传记,取名为《一位白桦树的摇荡者:罗伯特·弗罗斯特的画像》(*A Swinger of Birches: A Portrait of Robert Frost*),由纽约大学出版社于 1957 年出版,弗罗斯特本人为该书写了序言。

当 1929 年美国华尔街出现金融危机时,弗罗斯特已经出版了即将为他赢得第二个普利策奖的《诗歌全集》(*Collected Poems*, 1929)。他已经成为美国一名家喻户晓的著名诗人。然而,华尔街的这场金融危机重新使政治元素成为评判作家及其文学创作的一个合情合理的重要标准。20 年代催生了个人主义与创新精神,弗罗斯特也因其独特的诗歌创作风格而倍受读者的推崇,然而面对日新月异的政治形势,弗罗斯特并没有在诗歌创作中不断挖掘政治元素,努力做到与时俱进,因此他的创作越来越游离于评论家和读者的政治关心。进入 30 年代之后,西方马克思主义文学评论的兴起给当代诗歌创作,尤其是抒情诗的创作,施加了许多压力。在他们看来,行动主义(activism)和鲜明的社会主题不仅是评论文学作品的有效标准而且常常是惟一的批判标准。马克思主义文学评论家格希克斯(Granville Hicks)首先在《新共和》(*The New Republic*)杂志上发表评论文章,攻击弗罗斯特;后来又在他的文学研究著作《伟大的传统》(*The Great Tradition*, 1933)中批评弗罗斯特

---

① Peter Van Egmond, ed., *The Critical Reception of Robert Frost*, Boston: G. K. Hall & Co., 1974, p.111.

② Ibid.

的诗歌创作。他认为解救濒临经济和政治崩溃的资本主义社会的惟一途径只能是共产主义,而弗罗斯特的诗歌主题与之相去甚远,因此弗罗斯特的诗歌不具有代表性,不能代表美国的现实生活,而只能代表一种行将消逝的生活方式。①

1936 年 5 月,弗罗斯特出版了自己的第六本诗集《山外有山》(*A Further Range*)。该诗集一共收录了 51 首诗歌,分成六个部分:"弦外有音"、"单声独韵"、"十度磨炼"、"异国远山"、"培育土壤"、"遐想幽思"。这本诗集于 1937 年为弗罗斯特赢得了第三个普利策奖,因为诗集中收录了弗罗斯特的不少名诗,比如,用四行诗节的复杂韵式来衬托荒原情境的抒情诗《荒野》("Desert Places")、用威廉·詹姆斯的实用主义哲学思想来质问宇宙运行机制的意大利式十四行诗《设计》("Design")和使特里林(Lionel Trilling)把弗罗斯特称为"一位可怕的诗人"("a terrifying poet")的抒情诗《不远,也不深》("Neither Out Far Nor in Deep")等等。这本诗集还收录了弗罗斯特为数不多的一首长达 292 行的长诗《培育土壤——一首政治牧歌》("Build Soil—A Political Pastoral")。然而,由于弗罗斯特在诗集中第一次表达了自己鲜明的保守主义政治观点,因此该诗集遭到左派批评家的攻击,甚至被称为"反动"(counter-revolutionary)。休姆佛里斯(Rolfe Humphries)是当时的一位所谓"社会主义诗人"。他曾经在《新群众》(*New Masses*)杂志上发表评论文章,认为弗罗斯特的《山外有山》带有浓厚的"政治说教"("political didactic")色彩,与他的诗歌风格"格格不入"("unbecoming"),并且认为该诗集代表着弗罗斯特诗歌创作天赋的"退缩"("shrinking")。在《新共和》杂志上,评论家格列高利(Horace Gregory)批评弗罗斯特缺乏"社会责任感"("social

① Philip L. Gerber, ed., *Critical Essays on Robert Frost*, New York: Library of Congress Cataloging in Publication Data, 1982, p. 7.

responsibility"），认为弗罗斯特该诗集中的许多诗歌带有明显的
"自我保护"（"self-defensive"）的色彩，甚至把弗罗斯特与坚持反
动的社会政治观点的美国第三十任总统柯立芝（Calvin Coolidge，
1872—1933）相提并论。① 考利（Malcolm Cowley）于 1944 年 9 月
11、18 日在《新共和》杂志上，分两期发表了质疑弗罗斯特的最后
一篇重要论文《弗罗斯特：一个不同意见》（"Frost：A Dissenting
Opinion"）。在这篇论文中，考利认为弗罗斯特不论是因其诗歌本
身还是他致力诗歌艺术的漫长生涯都无愧于他所获得的一切殊
荣，但是考利仍然坚持对弗罗斯特持有"一个不同意见"。他反对
那些没有实事求是地评价弗罗斯特及其诗歌的热情的崇拜者。他
认为那些崇拜者仅仅是把弗罗斯特当作他们进行一场道德和政治
运动的一种旗号。他认为弗罗斯特过分地沉溺于过去的历史之
中，因此不能够被当作"一位社会哲学家和新英格兰传统的
代表。"②

　　尽管如此，这一时期仍然有数不胜数的评论性文章在为弗罗
斯特助威呐喊，比较有代表性的文章当推美国作家德沃托（Ber-
nard DeVoto，1897—1955）于 1938 年在《星期六文学评论》（*The
Saturday Review of Literature*）上发表的文章《批评家们与弗罗斯
特》（"The Critics and Robert Frost"）。他认为弗罗斯特"颠覆了美

---

① Nancy Lewis Tuten, & John Zubizarreta, eds., *The Robert Frost Encyclopedia*,
　Westport, Connecticut & London：Greenwood Press, 2001, p. 128. 柯立芝（Cal-
　vin Coolidge, 1872—1933），共和党人，于 1923—1929 年任美国第 30 任总统，
　对内实行不干涉工商业政策，一边减税，一边坚持高额保护关税，对外推行孤
　立主义，任期内美国经济繁荣。
② Malcolm Cowley, "Frost：A Dissenting Opinion," from *The New Republic*, Sep-
　tember 11 & 18, 1944, pp. 312 – 313, 345 – 347. *See* Philip L. Gerber, ed., *Crit-
　ical Essays on Robert Frost*, New York：Library of Congress Cataloging in Publica-
　tion Data, 1982, pp. 95 – 103.

国诗歌中应该被颠覆的一些东西。"① 他坚持认为弗罗斯特不仅仅是美国主流文学中的一个声音,而且是"一个伟大的美国诗人。"② 此外,为了纪念弗罗斯特的《少年的心愿》出版 25 周年,亨利·霍尔特出版公司于 1937 年特意出版了由桑顿(Richard Thorton)编辑的弗罗斯特诗歌评论集《认识弗罗斯特:25 周年纪念》(*Recognition of Robert Frost: Twenty-fifth Anniversary*),收录了洛厄尔、庞德、豪威尔斯(William Dean Howells)等早期弗罗斯特诗歌评论文章。正如这本文集的书名所示,出版这本文集的目的是让读者"认识弗罗斯特,"因此所收录的都是赞扬弗罗斯特的文章。编者没有收录希克斯、格列高利和考利等评论家对弗罗斯特诗歌的批评性文章。这一时期出版的弗罗斯特诗歌评论重要专著还包括科枫(Robert P. Tristram Coffin)的著作《新英格兰的新诗:弗罗斯特与罗宾逊》(*New Poetry of New England: Frost and Robinson*, Baltimore: Johns Hopkins Press, 1938)和普林斯顿大学劳伦斯·汤普森的《爱默生与弗罗斯特:他们那个时代的批评家》(*Emerson and Frost: Critics of Their Times*, Philadelphia: The Philobiblon Club, 1940)。前者是由科枫在约翰·霍普金斯大学讲学的六篇讲稿集成的,而后者却是一本只有 43 页的小册子。在这本小册子中,劳伦斯·汤普森将爱默生与弗罗斯特进行比较,认为他们两人之间的相似之处是惊人的。虽然这本小册子只印刷了 250 份,但是它还是把弗罗斯特的诗歌创作思想牢牢地锁定在了爱默生超验哲学的传统之上。

1942 年,67 岁的弗罗斯特发表了他的第七部诗集《见证树》(*A Witness Tree*)为他赢得了第四个普利策奖。昂特迈耶认为这本

---

① Philip L. Gerber, ed., *Critical Essays on Robert Frost*, New York: Library of Congress Cataloging in Publication Data, 1982, p. 106.

② Ibid.

诗集是"弗罗斯特最有风趣、最有哲理和最富有青春精神的诗集。"① 同年,劳伦斯·汤普森教授发表了一部全面评论弗罗斯特诗歌的学术专著《火与冰:弗罗斯特的艺术与思想》(*Fire and Ice: The Art and Thought of Robert Frost*)。全书分成三个部分,论述了弗罗斯特的"诗歌理论"("Poetry in Theory")、"诗歌创作"("Poetry in Practice")和"生活态度"("Attitude Toward Life")。汤普森认为弗罗斯特诗歌艺术的核心是隐喻的使用,并且对弗罗斯特的戏剧性叙事诗(dramatic narratives)、抒情诗和讽刺诗进行了深度的剖析,进而有效地阐释了弗罗斯特诗歌创作及其生活的哲理。汤普森的这部力作挖掘了弗罗斯特诗学理论与诗歌创作的特点,也把弗罗斯特的诗歌艺术牢牢地扎根于悠久的英诗传统之中。汤普森在序言中说:"我相信《火与冰》是第一部详细研究弗罗斯特为了达到各种目的和取得各种艺术效果而采用的完美表述的专著。"② 当弗罗斯特在考虑"隐喻的功能"时,汤普森说:"隐喻是一种进行事物比较的理性思维活动。这种活动能够让读者把注意力集中在某些能够催生和澄清理解的事物类比之上。"汤普森认为"隐喻对弗罗斯特说来不仅仅是一种有助于表达的手段,而且它本身就是诗歌。隐喻与诗歌是不可分的。"③ 汤普森发现"在弗罗斯特微妙的诗歌表层结构之下,我们不仅可以看到诗人广泛而又娴熟的诗歌技巧应用,而且能够感受到诗人充满活力和智性的精神深度。"④ 1959 年,汤普森教授又在明尼苏达大学出版社出版了他的新作《罗伯特·弗罗斯特》(*Robert Frost*, Minneapolis: Univer-

---

① Nancy Lewis Tuten & John Zubizarreta, eds., *The Robert Frost Encyclopedia*, Westport, Connecticut & London: Greenwood Press, 2001, p. 413.

② Lawrance Thompson, *Fire and Ice: The Art and Thought of Robert Frost*, New York: Henry Holt and Company, 1942, p. xi.

③ Ibid, p. 51.

④ Ibid, p. xii.

sity of Minnesota Press,1959）。该书只有 43 页,回顾了弗罗斯特的诗歌创作生涯及其诗歌特点。

1960 年可谓弗罗斯特诗评史上的一个丰收之年。首先,耶鲁大学出版社出版了莱南(John Lynen)教授的专著《罗伯特·弗罗斯特的牧歌艺术》(*The Pastoral Art of Robert Frost*)①。莱南教授提出了一个重新审视弗罗斯特描写自然的观点。他认为弗罗斯特不能够被简单地当作一位诗人农民或者一位农民诗人,而应该被看成是一位不落俗套、深奥微妙的艺术家,因为他的诗歌蕴涵着一个条理清晰、前后连贯的"神话"———一个以牧歌形式讴歌新英格兰的神话、一个貌似描写农村生活而实质喻指现代城市生活的牧歌世界。在弗罗斯特的笔下,新英格兰农村生活所特有的那种质朴简单与超然僻静每每升华为一种具有丰富的象征意义的生命和气象。② 其次,杜克大学出版社出版了聂采(George W. Nitchie)教授的重要著作《罗伯特·弗罗斯特诗歌中的人文价值》(*Human Values in the Poetry of Robert Frost*,1960)。与莱南的观点不同,聂采代表着弗罗斯特诗歌评论中的另外一个倾向。用詹姆斯·考克斯的话说,聂采的观点是:"反对弗罗斯特的评论中最连贯和最负责任的观点。"③ 聂采认为弗罗斯特的不足之处在于他把自己局限于用一种比较单纯和简单手法来表现一个简单化了的农村生活,因此不能够深刻地再现人与自然之间所蕴涵的核心主题。弗罗斯特诗歌的人文价值也因此无法得到充分的体现。第三,塞俊特的传记作品《罗伯特·弗罗斯特:生存的考验》也于 1960 年在纽约

---

① John F. Lynen, *The Pastoral Art of Robert Frost*, New Haven: Yale University Press, 1960, p.210.

② Huang Zongying, *A Road Less Traveled By — On the Deceptive Simplicity in the Poetry of Robert Frost*, Beijing: Peking University Press, 2000, p.6.

③ James M. Cox, ed., *Robert Frost: A Collection of Critical Essays*, Englewood Cliffs: Prentice-Hall, 1962, p.9.

问世。虽然不可能穷尽一切,但是这本传记还是给我们讲述了
"二十世纪中叶一位最受人们爱戴的诗人。"① 此后,美国文学界
对弗罗斯特诗歌的批评进入了新的时期。诗评家们开始挖掘弗罗
斯特的诗歌创作所表现出来的一些原创性的自觉艺术元素及其在
美国文学史上的重要地位。批评家们更多地开始讨论弗罗斯特的
诗歌创作技巧,分析他如何运用文学修辞和象征手法,研究他与其
他美国作家的关系,并且总结贯穿弗罗斯特诗歌始终的一些重要
主题。

3. "一位十分简约的诗人"(1961—1999)

1961 年 1 月 20 日,超过 6 千万美国电视观众观看了弗罗斯
特在肯尼迪总统就职典礼上朗诵他的诗歌。弗罗斯特的名气也随
之达到了鼎盛,美国诗评界也掀起了弗罗斯特诗歌研究热潮,涌现
出一大批弗罗斯特诗歌评论专著。这些著作运用社会批评、道德
批评和形式批评等方法,来分析弗罗斯特的生平并且挖掘其诗歌
的主题、艺术特点和哲学思想根源。1962 年,詹姆斯·考克斯编
辑出版了《罗伯特·弗罗斯特评论文集》,收录了劳伦斯·汤普
森、考利、温特斯(Yvor Winters)、贾雷尔(Randall Jarrell)、沃兹
(Harold H. Watts)、特里林、聂采、莱南等弗罗斯特诗评家的论
著。② 同年,为了更好地理解弗罗斯特的诗歌,艾萨克(Elizabeth I-
saacs)发表了专著《罗伯特·弗罗斯特引论》③,为读者提供了一
些综合性研究信息。

1963 年,白劳尔发表了他的专著《罗伯特·弗罗斯特诗歌:情

① Elizabeth Shepley Sergeant, *Robert Frost: The Trial by Existence*, New York:
Holt, Rinehart and Winston, 1960.
② James M. Cox, ed. *Robert Frost: A Collection of Critical Essays*, Englewood Cliffs
(N. J.): Prentice-Hall, 1962.
③ Elizabeth Isaacs, *An Introduction to Robert Frost*, Denver: Alan Swallow, 1962.

意丛》，① 目的是为了探讨弗罗斯特诗歌中思想感情的"自由律动，"以便能够更深刻地理解每一首诗歌并且更好地把握每一首诗歌在弗罗斯特以及更加广阔的诗歌世界中的地位。为此，作者从弗罗斯特诗歌总体的形式与内容的联系中去考察和挖掘一些能够综合诗歌思想感情的"情意丛"。② 同年，拉西姆与劳伦斯·汤普森合作发表了专著《罗伯特·弗罗斯特：农场家禽饲养者》③，叙述了弗罗斯特在新罕布什尔德瑞农场所度过的那段日子。他们把弗罗斯特描写成一位农场的养鸡者，书中包含了弗罗斯特于1903—1905 年间在新英格兰家禽杂志上刊登过的 11 篇早已经被人们忘却了的散文。这一年比较重要的弗罗斯特诗歌研究专著还包括史桂尔斯（Radcliffe Squires）的专著《弗罗斯特的主要主题》。④ 史桂尔斯认为"弗罗斯特的整个知识形态与典型的同时代人不同。假如批评家要细心地去分析一位从 30 年代开始诗歌创作并发表诗作的典型的现代诗人的话，那么他就不得不将大部分的篇幅用于描写诗人对事物的态度，而不是讨论诗人所使用的材料。"

　　1964 年，昂特迈耶在华盛顿发表了一本只有 40 页的小册子《罗伯特·弗罗斯特：往事钩沉》（*Robert Frost: A Backward*

---

① Reuben A. Brower, *The Poetry of Robert Frost: Constellations of Intention*, New York：Oxford University Press, 1963. 笔者在此将"constellations of intention"译成"情意丛"，主要是借用了心理学研究的一个概念，即围绕一个核心意念的思想感情的综合。

② Reuben A. Brower, *The Poetry of Robert Frost: Constellations of Intention*, New York：Oxford University Press, 1963, pp. vii – viii.

③ Edward Connery Lathem and Lawrance Thompson, *Robert Frost: Farm-Poultry-man*, Hanover（N. H.）：Dartmouth Publications, 1963.

④ Radcliffe Squires, *The Major Themes of Robert Frost*, Ann Arbor：University of Michigan Press, 1963.

Look)。① 这本书的重要性在于它不仅刊登了昂特迈耶的一篇学术讲座文稿,而且发表了作者收集的一个颇有价值的、包括弗罗斯特手稿目录、单独发表的著作目录、录音目录以及美国国会图书馆所收集的相关电影目录等。在弗罗斯特传记研究方面,里夫(F. D. Reeve)发表了一本著作《罗伯特·弗罗斯特在苏联》(*Robert Frost in Russia*),详细记录了弗罗斯特于 1962 年访问前苏联的活动。② 此外,默丁斯于 1965 年发表了一部题目为《罗伯特·弗罗斯特:生命与步行谈话》(*Robert Frost: Life and Talks-Walking*)的著作,用日记的形式详细记录了弗罗斯特 30 余年的散步谈话内容。

1966 年,劳伦斯·汤普森发表了《早年的罗伯特·弗罗斯特,1874—1915》(*Robert Frost, The Early Years 1874 – 1915*)。这是汤普森撰写的三卷本弗罗斯特权威传记的第一部,开始对弗罗斯特的生平和性格进行全面研究和描述。该书于 1967 年在伦敦重印并出版发行。1970 年,汤普森发表了弗罗斯特权威传记的第二部《成功时期的罗伯特·弗罗斯特,1915—1938》(*Robert Frost, The Years of Triumph 1915 – 1938*)。作为弗罗斯特本人授权的官方传记作家,汤普森教授以其对诗人生活、性格的轻描淡写与诗人诗歌作品的悖论式揭示给读者带来了巨大的震惊。这本传记获得了1971 年普利策奖。然而,同年 8 月,大约在获奖后的第 3 个月,汤普森教授突然脑出血,无法坚持完成弗罗斯特传记第三卷的成书工作。最后,汤普森教授在普林斯顿大学英文系的博士生威尼克(R. H. Winnick)继承了他导师的遗愿,于 1976 年完成并出版了弗罗斯特传记第三卷《晚年的罗伯特·弗罗斯特,1939—1963》(*Robert Frost, The Later Years 1939 – 1963*)。

---

① Louis Untermeyer, *Robert Frost: A Backward Look*, Washington: Library of Congress, 1964.

② F. D. Reeve, *Robert Frost in Russia*, Boston: Little, Brown, 1964.

1971 年,拉西姆编辑完成并在纽约出版了《弗罗斯特诗歌词语索引》(*A Concordance to The Poetry of Robert Frost*),为弗罗斯特诗歌研究提供了方便。1972 年,格雷德(Arnold Grade)编辑完成并在纽约州立大学出版社出版了《罗伯特与爱莉纳·弗罗斯特之间的家信往来》。莱斯利(Lesley Frost)在该书的序言中说:"作为原始材料,这些书信提供了一个考察一个充满爱的家庭的良好机会。这种爱是始终如一的(love-coherence),不论是我的父母还是祖父祖母。此外我们还不能忘记,这个家庭充满着我父亲的聪明才智所带来的深邃力量,而他的深邃和智慧时常调节着整个家庭的气氛。"①

在众多学术性较强的弗罗斯特诗歌评论专著中,普伊瑞尔的《罗伯特·弗罗斯特:智慧之作》(*Robert Frost: The Work of Knowing*, 1977)脱颖而出,因为他成功地将弗罗斯特的诗歌艺术作为一个有机整体进行解读。首先,普伊瑞尔把注意力集中在诗歌文本的解读上,而没有过多地关注政治思想和社会问题等相关话题;其次,普伊瑞尔十分机敏地通过对比其他诗人及其作品的方法,对弗罗斯特诗歌进行讨论;第三,普伊瑞尔注意到了一些其他批评家不常关注的弗罗斯特早期诗作,比如《等待》("Waiting")、《在一条山谷里》("In a Vale")和《梦中痛苦》("A Dream Pang")等;第四,普伊瑞尔并没有回避一些比较微妙敏感的话题,比如在《下种》("Putting in the Seed")和《被骚扰的花》("The Subverted Flower")等诗歌中所涉及到的有关弗罗斯特细致入微的性描写话题;第五,普伊瑞尔解读弗罗斯特的散文和诗歌作品时,合理地运用了英美文学史上的丰富资源,并且能够将弗罗斯特诗歌及其诗

---

① Arnold Grade, ed., *Family Letters of Robert and Elinor Frost*, Albany: State University of New York Press, 1972. See *The Critical Reception of Robert Frost*, p. 118.

学理论与 20 世纪主要的文学运动紧密相连,从而大大拓展了弗罗斯特诗歌批评的新视野。

就诗歌理论和创作方法而言,巴里(Elaine Barry)在他的著作《罗伯特·弗罗斯特论写作》(*Robert Frost on Writing*,1973)中,首先用 50 页的篇幅从"弗罗斯特的批评范畴"、"批评理论家弗罗斯特"和"批评实践者弗罗斯特"等三个方面论述了弗罗斯特的诗歌创作思想和批评理论,然后在著作的第二部分中收集了诗人具有代表性的书信、序言、书评、演讲、访谈录、戏仿诗作等。这本著作不仅集中了弗罗斯特主要的诗歌与诗学理论,展示了弗罗斯特丰富多彩的文学批评话语,而且总结和综述了弗罗斯特最重要的一些诗歌美学理论与判断。作为一位文学批评理论家,弗罗斯特所表现出来的聪明才智告诉我们他是一位深邃复杂并且充满自信的创新人才。不论是他早期对"意义声音"理论以及对诗歌格律的关注,还是他后来对诗歌语言及其意义更加抽象和概念化的认识,都足以说明他对诗歌与诗学理论的兴趣和贡献。①

就弗罗斯特诗歌主题研究而言,人与自然的关系问题是批评家所关注的热点话题。耶鲁大学英文教授博洛福(Marie Borroff)博士在《弗罗斯特百年纪念文集》(第二卷)中发表了一篇题为《罗伯特·弗罗斯特:〈朝向地面〉》("Robert Frost:'To Earthward'")的论文。博洛福教授认为弗罗斯特诗歌创作最大的特点在于他创作手法的内在性,他善于"用一种貌似平淡无奇却实则逐渐增强的艺术表现力来拓展诗中的象征意义———一种对情景和动作的自然主义描写。"② 美国惠顿大学(Wheaton College)助理英文教授柯尔(Samuel Coale)博士在《弗罗斯特百年纪念文集》(第一卷)中发

① Huang Zongying, *A Road Less Traveled By — On the Deceptive Simplicity in the Poetry of Robert Frost*, Beijing:Peking University Press, 2000, p. 7.
② Marie Borroff, "Robert Frost:'To Earthward'," in *Frost: Centennial Essays II*, Jac Tharpe, ed. Jackson:University Press of Mississippi, 1976, p. 30.

表了一篇题为《罗伯特·弗罗斯特的象征性遭遇》("The Emblematic Encouter of Robert Frost")的论文。柯尔博士认为"不论是作为一位诗人还是作为一个人,弗罗斯特总是很容易被人们与新英格兰地区的自然联系起来。长期以来,这种显而易见的公认联想已经模糊了诗人与大自然之间的真实关系,很容易混淆我们称之为弗罗斯特与大自然的'象征性遭遇'主题和华兹华斯诗歌中那些描写怀旧失落与宁静回忆的主题。弗罗斯特与自然的'遭遇'比华兹华斯与自然的关系更加富有现实主义意义,并且不像华兹华斯的自然观那么富有悲剧感……弗罗斯特的象征主义理论(emblemism)与我们常说的、更加富有人文主义色彩的象征主义(symbolism)不同,它是小心翼翼地、完整系统地展示了他诗学理论的自然观。"① 于是,柯尔博士选择了《一堆木柴》("The Wood Pile")来证明弗罗斯特所使用的象征的的确确代表了"事物存在本身"的各种可视性标志。② 就自然与人的关系而言,弗伦奇(Robert W. French)教授指出:"假如说弗罗斯特的诗歌有所坚持的话……,那就是他坚持描写人与自然之间的各种不可穿透的障碍。我们仿佛生活在一个我们不得而知的世界中,因为它不会自我展现,但是人们又渴望某种沟通。"③ 此外,弗罗斯特的宗教观是十分复杂的。他的朋友弗兰西斯(Robert Francis)在其主编的著作《弗罗斯特聊天的时候》(Frost: A Time to Talk)中说:"弗罗斯特诗歌中的上帝总是与人性相脱离,而且有时相去甚远……。"④ 温特斯在一篇文章的题目里把弗罗斯特称为一位"精神的漂泊

① Samuel Coale, "The Emblematic Encounter of Robert Frost," in Frost: Centennial Essays I, Jac Tharpe, ed. Jackson: University Press of Mississippi, 1974, p.89.
② Ibid, p.98.
③ Philip L. Gerber, ed., Critical Essays on Robert Frost, New York: Library of Congress Cataloging in Publication Data, 1982, p.159.
④ Robert Francis, ed., Frost: A Time to Talk, Amherst: University of Massachusetts Press, 1972, pp.86–87.

者"("spiritual drifter")①。在温特斯看来,弗罗斯特是有意在自己的诗歌作品中隐瞒自己的宗教思想。尽管有不少学者对弗罗斯特诗歌的宗教主题进行过研究,但是并没有得出一致的想法。即使在一些弗罗斯特生平研究的笼统概述中,弗罗斯特的思想也同样反复无常,就像井底的一块卵石,近在咫尺却难以抓牢,但是它对读者的魅力是无穷的。

　　然而,有一个特点是不容置疑的。那就是,从理论上说,弗罗斯特与他同时代的诗人不同,他"并没有疯狂地追求新形式表现新内容。"② 他并没有试图成为艾略特所倡导的那种现当代诗人,让自己的诗歌创作变得"越来越包罗万象、越来越富有暗示性、越来越间接模糊。"③ 相反,弗罗斯特认为诗人"必须不怕平凡,必须把一把扫帚叫做一把扫帚……任何企图提升或者美化事实的行为都将失败。一味依赖传统典故的诗歌创作简直就是一种耻辱。"④此外,在弗罗斯特看来,"平凡与创新是我的国家所应该拥有的[元素]。"⑤ 但是,平凡对他而言,并非意味着"诗歌创作可以不用标点符号……可以不用大写字母……可以不用格律来匡正诗歌的节奏……可以不用各种意象……可以没有各种充满戏剧性效果的声音……可以没有内容,等等。"⑥ 在弗罗斯特看来,"诗歌创作的

①　Yvor Winters, "Robert Frost: or, the Spiritual Drifter as Poet," in *Robert Frost: A Collection of Critical Essays*. Ed. Cox, James M.. Englewood Cliffs(N. J.): Prentice-Hall, 1962, p. 58.

②　Hyde Cox and E. C. Lathem, eds., *Selected Prose of Robert Frost*, New York: Macmillan, 1968, p. 59.

③　T. S. Eliot, "The Metaphysical Poets," in *Selected Essays by T. S. Eliot*, London: Faber and Faber, 1932, p. 289.

④　William R. Evans, *Robert Frost and Sidney Cox: Forty Years of Friendship*, Hanover and London: UP of New England, 1981, p. 111.

⑤　Hyde Cox and E. C. Lathem, eds., *Selected Prose of Robert Frost*, New York: Macmillan, 1968, p. 20.

⑥　Ibid, pp. 59 - 60.

创新性(originality)恰恰体现在我所描述的那种贯穿一首诗始终的新鲜感,即从愉悦到智慧的新鲜感。"① 在弗罗斯特最重要的诗论文章《一首诗的形迹》("The Figure a Poem Makes")中,他提醒读者说,一首诗就像爱情一般,往往以惊喜、愉悦和泪水开始,但最终常常以智慧结束。一首真正的好诗无论您读过几遍,它总是能够给您带来新的感受、新的惊喜,但是诗的惊喜与短篇小说或者侦探故事的惊奇不同,它必须来得自然,它不能靠故事情节的复杂与精巧获得。在弗罗斯特的诗歌创作原则里,他似乎更喜欢把惊喜和愉悦当作通向智慧的道路。他选择了一条行人稀少的创作道路,着力使自己的诗歌作品披上一件貌似简单的外衣。于是,弗罗斯特诗歌中的那个充满牧歌景象的诗化美国,实际上每每伴随着一个更加真实、更加复杂而且被批评家特里林称之为"一个恐怖宇宙"("a terrifying universe")② 的现实美国。

至此,弗罗斯特诗歌创作的哲学似乎已经告诉我们:弗罗斯特的简单是貌似简单。这种貌似简单的观点也逐渐成为弗罗斯特诗评界的一种共识。1988 年,帕里尼在埃利亚特(Emory Elliott)主编的《哥伦比亚美国文学史》(The Columbia Literary History of the United States,1988)说:"弗罗斯特是一位十分简约的诗人("a canny poet")……很愿意误导多情的读者,使他们认为自己已经读懂了他的诗歌……然而,那个'真正'的弗罗斯特却是一个十分复杂甚至可以说是一位具有超凡艺术魅力和永恒重要性的艰深的诗人。"③ 弗罗斯特在现当代美国诗歌史上的地位得到了进一步的

① Hyde Cox and E. C. Lathem, eds., *Selected Prose of Robert Frost*, New York: Macmillan, 1968, p. 20.

② Lionel Trilling, "A Speech on Robert Frost: A Cultural Episode," in *Robert Frost: A Collection of Critical Essays*, ed. James M. Cox, Englewood Cliffs(N. J.): Prentice-Hall, 1962, p. 157.

③ Emory Elliott, ed. *Columbia Literary History of the United States*, New York: Columbia UP, 1988, p. 937.

捍卫,与叶芝、庞德、艾略特和史蒂文斯等人一起成为 20 世纪美国的主要诗人,而弗罗斯特"简单深邃"("complexity-beyond-simplicity")① 的诗歌创作特点也最终被认为是他诗歌创作最明显的原则之一并得到了诗评界的广泛接受和重视。

4. "一位诗学革新者"(2000 年以来)

2000 年,由《罗伯特·弗罗斯特评论》(*Robert Frost Review*)杂志创刊主编威尔科克斯(Earl J. Wilcox)和美国南密西西比大学英文系副教授巴伦(Jonathan N. Barron)博士共同编辑的论文集《未走之路:重读罗伯特·弗罗斯特》(*Roads Not Taken: Rereading Robert Frost*)在密苏里大学出版社正式出版。② 该文集从性别、传记和文化背景、互文性以及修辞和文化诗学几方面对弗罗斯特进行了深入研究。编者对论文集中视角各异的论文进行了简要精辟的分类、概括和介绍。论文集的第一部分收录了探讨弗罗斯特诗歌中很少有人研究的性别问题的两篇论文。基尔库普(Karen Kilcup)的文章《"关于一位多愁善感的甜蜜歌手":罗伯特·弗罗斯特、露茜·拉康姆和"摇荡的白桦树"》("Something of a Sentimental Sweet Singer": Robert Frost, Lucy Larcom, and "Swinging Birches")描述了弗罗斯特创作初期美国诗歌的性别环境。基尔库普对这段历史背景的解读抛弃了现在流行的框架,即竭力反对感伤的男性化现代主义和温柔感伤的女性化风尚之间的战争。基尔库普指出,弗罗斯特的诗歌像十九世纪末期诗人露茜·拉康姆的诗歌一样,体现了那个时期男女诗人作品中常见的男性模式和女性模式微妙地交织在一起的倾向。在男性模式和女性模式的问题上

① Peper Van Egmond, Robert Frost: *A Reference Guide 1974–1990*, Boston: G. K. Hall & Co., 1991, p. xii.

② Earl J. Wilcox and Jonathan N. Barron, eds., *Roads Not Taken: Rereading Robert Frost*, Columbia and London: University of Missouri Press, 2000.

基恩斯（Katherine Kearns）与基尔库普见解不同。基恩斯在《门阶上的弗罗斯特与新千年的抒情性》（"Frost on the Doorstep and Lyricism at the Millenium"）一文中得出了如下结论：野性自由的抒情性将弗罗斯特从男性模式中解放出来，在获得解放的同时弗罗斯特也让自己陷入了女性化的危险中。

论文集的第二部分力图通过挖掘传记和文化背景来重新审视弗罗斯特的诗歌。理查森（Mark Richardson）的《弗罗斯特与冷战：审视后期诗歌》（"Frost and the Cold War：A Look at the Later Poetry"）阐述了诗人作品中对冷战问题的关注。斯坦利斯（Peter Stanlis）的《弗罗斯特的教育哲学：作为教师的诗人》（"Robert Frost's Philosophy of Education：The Poet as Teacher"）认为弗罗斯特首先是教育家，然后才是诗人。文章讲述了弗罗斯特的教育背景和思想成长历程，随后指出弗罗斯特借助自己的哲学思想教会了人们如何用比喻来思考，由此成为美国独一无二的教育家兼诗人。西尔（Lisa Seale）的《原创性的原创：弗罗斯特的谈话》（"Original Originality：Robert Frost's Talks"）触及了弗罗斯特研究中另外一个很少有人涉足的领域：诗人的即兴演讲、讲话和讨论。西尔认为诗人在公共场合所作的评论既揭示了他的诗歌的某些特点也让我们了解到了他是如何看待思想的源泉这个问题的。

论文集第三部分的三篇文章着重探讨了弗罗斯特的作品与但丁、艾略特、华兹华斯和阿诺德（Matthew Arnold）的作品的内在联系。汉弥尔顿（David Hamilton）的《弗罗斯特树林的回声》（"The Echo of Frost's Woods"）对弗罗斯特《雪夜林边逗留》（"Stopping by Woods on a Snowy Evening"）一诗的解读一反传统的心理分析方法，建立了弗罗斯特与但丁和艾略特的互文联系。弗罗斯特在创作这首诗时不但吸收了但丁的写作技巧，也回应了艾略特的重要作品《荒原》（*The Waste Land*）。巴伦（Jonathan Barron）的文章《两幢小屋的故事：弗罗斯特与华兹华斯》（"A Tale of Two Cottages：Frost and Wordsworth"）则分析了一首没有引起足够重视的诗《黑色小屋》（"The Black Cottage"）。巴伦发现这首诗与华兹华斯的《废弃的小屋》（"The Ruined Cottage"）有着密切的联系。这种关联表明弗罗斯特进一步修改了华兹华斯的诗歌理论。由此，弗罗斯特不仅描述了一战前夕他周围的文化环境，也介入了一个理论问题：民族主义、宗教、政治和神学之间的文化关联。弗罗斯特质疑了美国传统抒情诗将信仰人格化、具体化的倾向。蒙特尔罗（George Monteiro）给弗罗斯特的诗歌增加了更广阔的文化背景。他的《弗罗斯特的自由想象》（"Robert Frost's Liberal Imagination"）一文以自由主义为纽带将弗罗斯特与阿诺德和特里林联系起来。根据蒙特尔罗的分析，特里林在阿诺德和弗罗斯特的作品中找到了一个共同点，那就是自由主义思想。蒙特尔罗就此把这三人的作品构建成了一个有机的整体。

　　论文集的最后一部分"诗学和理论"探究了弗罗斯特诗歌中的修辞和文化诗学问题。乔斯特（Walter Jost）的文章《弗罗斯特修辞研究》（"Rhetorical Investigations of Robert Frost"）把弗罗斯特的诗学看成是修辞学和阐释学方面的实验。乔斯特认为弗罗斯特的诗歌标志着知性活动的胜利。在其对话性质的诗歌中，弗罗斯特创建了一种新的开放式的阐释学。这种阐释学置身于哲学和修辞学之间，利用非正式的对话为美国这个民主国家开辟了一条更加社会化的道路。拉克瑞茨（Andrew Lakritz）的《转变中的弗罗斯特》（"Frost in Transition"）思考的是弗罗斯特的民族主义思想所体现的诗人的美国特征。弗罗斯特被认为是地地道道的美国作家。在布罗茨基（Joseph Brodsky）眼中，美国人逃脱了历史之网，在没有历史语境的情况下独自面对黑暗。布罗茨基在美国诗人、尤其是弗罗斯特的作品中，发现的不是悲剧，而是惊恐。拉科瑞茨沿袭布罗茨基的思路，通过解读弗罗斯特的诗歌，质疑了美国领土这个概念的合理性。卡尔霍恩（Richard Calhoun）的《"貌似不像十四行诗"：弗罗斯特新千年的十四行诗》（"'By Pretending They Are Not Sonnets': The Sonnets of Robert Frost at the Millennium"）研究的则是弗罗斯特诗学技术层面的问题。卡尔霍恩根据十四行诗的结构形式对弗罗斯特的诗歌进行了独特的解读。他强调，反叛与服从不只是弗罗斯特诗歌的主题，也是诗人对十四行诗的全新定义。这样，弗罗斯特成了一位诗学革新者。

2001年出版的两本著作也是颇有学术价值的重量级作品。图坦（Nancy Lewis Tuten）与茹比萨里特（John Zubizarrete）共同主编的《弗罗斯特百科全书》（The Robert Frost Encyclopedia）是弗罗斯特研究者的一本极其重要的参考书。本书全面地搜集介绍有关诗人的各种信息，包括与诗人相关的作家、出版商和朋友，诗人作品的主题，影响诗人创作的重要书籍和诗歌流派，以诗人为素材的电影，诗人工作或学习过的学术教育机构。尤为值得一提的是，这本书提供了对诗人作品迄今为止最为客观详尽的解读和背景知识介绍，比马可斯（Mordecai Marcus）于1991年出版的《弗罗斯特诗歌阐释》（Poems of Robert Frost: An Explication）更为出色。本书综合了各个评论家的见解，对诗作进行了全方位的分析，使我们对诗人有了全景式的了解。

霍福曼（Tyler Hoffman）的《弗罗斯特与诗歌政治》（Robert Frost and the Politics of Poetry）侧重于诗人的诗学理论与其创作实践和政治思想之间的关系。霍福曼提出了一个新颖的观点：诗人的诗学理论与自己的创作实践不但不一致，有的时候甚至完全相反。霍福曼追溯了诗人诗学理论的发展轨迹。诗人在创作生涯的早期追随现代主义初期出现的形式主义思潮。从英国回到美国后，诗人背离了现代主义，批评了现代主义推崇的晦涩的诗歌文本，提出了自己的有关诗歌形式的理论，从而拉近了与读者的距离。广大读者可以从诗人口语化的诗作中获得强烈的愉悦。而事实上,诗人的诗歌并没有这么直接浅显。相反,正是诗作表面的浅显才使得诗人成了一个另类的现代主义作家。贾雷尔和朗特里栖尔(Frank Lentricchia)都认为诗人是个现代主义作家。至此,霍福曼提出了其书写作的目的之一:重新审视英美现代主义诗歌的界定范畴。诗人的诗学理论和诗歌创作还有一处不一致的地方,那就是,诗人在理论上强调用眼睛看诗的读者是野蛮人,而在创作中,诗人对视觉效果却格外重视。比方说,诗人对标点符号的使用很考究,经常使用斜体字,戏剧化地运用行句对位法。这一切都与诗人让音调为自身代言的主张相悖。

霍福曼的另一重要观点是,诗人的诗学理论与其政治思想密不可分。霍福曼把诗人的诗学理论放置在英美内政外交的历史语境中。英美自由主义和民族主义的意识形态和文化政治在塑造诗人的形式主义诗学的同时也被诗人的形式主义诗学所塑造。事实上,在诗人的整个创作生涯中,形式主义诗学一直与诗人对社会问题的态度和诗人的意识形态立场交织在一起。在英国时,诗人的诗学思想深受乔治诗派(Georgian poetry)和剧作家萧伯纳(George Bernard Shaw)的自由主义思想影响,同时也吸收了布卢姆斯伯里(Bloomsbury)形式主义的代表贝尔(Clive Bell)和福莱(Roger Fry)关于爱尔兰自治、普选、伦敦工人阶级的权利等社会问题的见解。诗人的著名理论"意义声音"("the sound of sense")就有左派思想的痕迹。该理论关注个人,跨越了阶级界限,恢复了语言的共性。其意识形态和意象主义的意识形态相似。霍福曼进一步指出,虽然这个理论没有论及跨行连续(enjambment)的诗歌形式问题,虽然诗人否定这个形式并不屑一顾地认为这个形式是自由体诗人的喜好,但诗人对跨行连续其实是很熟悉的,不但熟悉,在其作品中还经常使用。在霍福曼看来,跨行连续有着重要的政治意义。诗人通过这个形式表达了对当代文化的看法。在某些诗中,跨行连续借喻了说话人对资产阶级文化体制的不合作态度。在其它一些诗中,跨行连续则反映了社会等级的流动性和诗人的平等意识。而在 20 世纪 30 年代,诗人却将跨行连续与威胁到诗人自足自律信条的社会主义意识形态联系起来。诗人对跨行连续的否定态度在一些诗歌中表现得很明显。这些诗歌写于大萧条和冷战时期,采用单句诗行,而且诗行中无主要停顿,以此来象征政治保守主义。具有讽刺意味的是,在创作生涯初期,诗人用尾停诗行(end-stopped lines)来代表戕害个体的工业制度铁律,流露出自由主义民主政治的思想。另一方面,在描写当代事件的诗歌中,经常出现句法断裂而诗行没有断裂的情况,诗人由此来传达现代人的破灭感。诗人诗学理论的另一个重要组成部分是节奏和韵律的关系。诗歌中节奏和韵律的辩证关系被比喻成政治文化领域中自由(自由主义)和约束(保守主义)的关系。诗人在宣称自己是个致力于常规创作的普通人的同时批评自由体诗人是放浪不羁的怪人。这里面蕴涵的民族主义思想在一战爆发后得到了最充分的体现。诗人以音调为中心的"意义声音"理论演变成了语言沙文主义。语言沙文主义表现了诗人维护美国三权分立、互相制衡的民主制度的坚定立场。换句话说,韵律约束节奏的诗歌理论象征了三权制衡的民主制度。

诗人政治化的诗学理论对布罗茨基(Joseph Brodsky)、希尼(Seamus Heaney)、沃尔科特(Derek Walcott)和保林(Tom Paulin)产生了很大影响。霍福曼从后殖民主义的视角研究了这几位诗人对弗罗斯特诗歌理论的传承和发展。对于前三位诗人而言,弗罗斯特的诗歌理论成了他们表明民族身份的空间。而爱尔兰诗人保林则专注于弗罗斯特诗歌中的形式主义/帝国主义问题。霍福曼以弗罗斯特对殖民主义和非殖民化运动的模糊态度为出发点展开了对保林诗歌的探讨。

恩格尔(Elliot Engel)于 2002 年出版的《狄更斯的轻拍和吐温的轻击:从莎士比亚的旧英格兰到弗罗斯特新英格兰的文学生

命》(*A Dab of Dickens and A Touch of Twain: Literary Lives from Shakespeare's Old England to Frost's New England*)同样重视诗人创作诗歌的历史背景。与前者不同的是,该书讲述的不是与诗人相关的政治文化史,而是个人的生活史,个人生活中不为人熟知的生活细节。这些生活细节尽管琐碎,却对理解诗人的作品有非常重要的作用。简言之,恩格尔所写的诗人传记加深了读者对诗人作品的认识。恩格尔的传记与先前出版的诗人传记有所不同。该传记没有与先前的传记在资料的全面、丰富和翔实上一较高下,而是采取了补充其它传记的姿态,向读者提供了一部诗人的生活小史。这部尽管篇幅短小却妙趣横生的生活小史以对立这一主题为线索讲述诗人的创作背景。诗人的母亲是诗人作品中对立主题的源泉。她深受加尔文主义熏陶,以至于她在孩子的早期教育中给他们灌输了影响他们一生的恐惧感。她讲了很多说教性的骇人故事。诗人后来回忆说她所有的故事都以对立为主题,善与恶的对立,混乱与秩序的对立,光明与黑暗的对立。这些对立成为诗人作品的突出特点。恩格尔以《火与冰》("Fire and Ice")和《雪夜林边逗留》("Stopping by Woods")两首诗歌为例说明了这一特点。恩格尔又告诉我们,对立也是诗人生活中的主题,像对新英格兰地区的爱与恨,诗人与妻子的心理冲突,诗人妻子对他先支持后嫉妒的矛盾态度,诗人与他任教大学的教师之间的敌意,诗人对其他成名诗人的忌恨,创作《雪夜林边逗留》时夏天的闷热和诗中冬天的寒冷,在新英格兰无法出版作品却在旧英格兰出版了作品,他越老却越能代表新英格兰,诗歌也卖得更好。他的诗歌和生活中的对立主题可以用他的一句名言概括:我和世界之间恋人般的争吵由来已久。

弗雷塔利(Steven Frattali)在《人物、地点和世界:弗罗斯特的后现代释读》(*Person, Place, and World: A Late-Modern Reading of Robert Frost*,2002)一书中引入法国现象学大师梅洛—庞蒂(Merleau-Ponty）和法国后现代哲学家德勒泽（Gilles Deleuze）的思想来界定诗人与世界之间的关系。"引人"这个词实际上并不恰当，因为弗雷塔利发现诗人作品的主题与两位哲学家的思想之间有着内在的联系。这不是说诗人读过两位哲学家的著作，而是说诗人的思想与两位哲学家的思想惊人地相似。弗雷塔利以弗罗斯特的诗歌《春潭》（"Spring Pools"）和《雨蛙溪》（"Hyla Brook"）为例点明了诗人与梅洛—庞蒂的共同之处。具体来讲，他们都强调，我们对现实的知觉是一个过程，现实世界是变动不居、转瞬即逝的，我们的知觉也是变化流动的，不能因为我们的知觉在不停地展开，不能因为我们的知觉把握到的现象是短暂的，不能因为我们的知觉受限于我们特定的视角，就说我们对世界的认识是幻觉，事实上正好相反，我们对世界的认识是现实的，不但我们的认识是现实的，我们还参与了现实的流动。显而易见，是法国哲学家柏格森对诗人的影响在诗人与梅洛—庞蒂之间架起了桥梁。与后者纯哲学的思维不同的是，诗人的思想诉诸于文学中常用的比喻来表达。诗人在他的诗歌中不停地更换比喻。每一个意象都把现实的一个侧面带入我们读者的视野，意象的继起和更迭短暂而又相续地照亮了世界流动的本质。随着世界的无限展开，意象也无限地展开。意象的无限展开印证了诗人的精神参与了现实在绵延时间中的无尽的流变。诗人在诗中不仅描绘了事物的流变特征，而且明示了自然界中千状万态、千事万物之间界限的不确定性。正是在临界处，事物才格外脆弱。

　　谈到这里，弗雷塔利给出了两个重要概念：普泛经济（general economy）和限制性经济（restricted economy）。这两个概念是由法国思想家巴塔耶（Georges Bataille）提出来的。普泛经济这个概念源于尼采的自然观，是指自然界中能量、生命、物种和个体持续不断的过剩生产造成的漫溢现象。弗雷塔利认为诗人的作品《摘苹果之后》（"After Apple-Picking"）和《马利筋荚果》（"The Pod of

Milkweed")形象地说明了这种漫溢现象。限制性经济则指个体因为自身能量有限而必须经济节俭地使用能量,通过在混沌中建立秩序来求得、维护自身的生存。秩序依赖于边界。诗人的名言"好篱笆结成好乡邻"("good fences make good neighbors")精辟地指出了边界对于秩序的重要性、对于个体生存的重要性。这句名言尽管说的是人和人之间的关系,但其道理同样适用于人和自然界的关系。人类个体的生存不只需要内在的边界,还需要外在的边界,也就是与尚未驯服的野性自然之间的边界。野性自然作为漫溢的他者时刻威胁着个体的生存。虽然个体通过不断地创造比喻、通过实现自身的欲望、通过征服自然来塑造自己的生命,可在野性自然面前个体却显得非常脆弱,其存在似乎纯粹是偶然。

也许个体的生命不过是自然界中一个十分偶然的现象,可诗人与德勒泽思想上的呼应却不是偶然的。弗雷塔利告诉我们,诗人和德勒泽的阅读兴趣大致相同。因此,他们的思想非常相似。在德勒泽的哲学中,人类不是现实世界的中心。诗人的晚期诗歌中有同样的观念。此外,二人都拒绝接受时下流行的悲观主义论调。对于诗人而言,自然之美有着救赎的意义;对于德勒泽而言,电影的视觉和光线之美让我们心生对世界的信仰,尽管这信仰是有条件的。正是出于对美的欣赏,诗人和德勒泽才与悲观主义划清了界限。

弗雷塔利还发现,诗人的诗歌创作轨迹是德勒泽关于重复和差异(Repetition and Difference)的哲学理论的文学例证。弗雷塔利主要从劳动和作品风格两个方面论述这个观点。劳动是诗人作品中的重要主题。劳动阶级在日复一日的劳作中消耗着自己的生命,经受着疲倦、衰老、疾病甚至死亡。弗雷塔利问了一个德勒泽式的问题:生命能不能逃脱熵减带来的衰败?诗人的作品风格可以说暗含了同一个问题。弗雷塔利追溯了诗人作品风格的演化轨迹。在创作初期,诗人幻想出了一个与世隔绝的以自我为中心的艺术世界,以此来对抗深不可测、充满变数的经验世界。诗人的这种先拉斐尔式的艺术风格从一开始就不是纯粹的,后来又不断地被修改,进而逐渐偏离封闭的艺术世界的轨道,逐渐向经验世界敞开,向他者敞开。在敞开的过程中,诗人失去了安全感,但失去的同时也获得了增益,其艺术风格日趋成熟。此时,潜伏在艺术风格之下的创作主题也发生了转变,从原来的封闭自我发展为遭遇他者。他者最基本的存在形式是时间和重复。重复在诗人的诗歌中,如同在德勒泽的哲学中一样,既蕴涵着创造性的增长态势也带来了熵减的衰败趋势。

这样,我们就回到了上面的那个问题:生命能不能逃脱熵减的衰败?弗雷塔利对《白桦树》("Birches")一诗的解读很好地回答了这个问题:欲望是维持人类生存的根本动力,只要有足够的欲望就能将简单的重复转化成具有创造力的积极的力量。这首诗歌用欲望和梦想来平衡和对抗时间、疲惫、衰老和死亡。然而最大的挑战并不是这些,而是意外和偶然。意外和偶然挫败了我们的计划,使我们无法实现目标。(这里我需要说明一点,由于深受尼采影响,德勒泽的哲学里似乎没有计划和目标的位置。这也是诗人与德勒泽的不同之处。)幸而有了社会化的劳动、教诲和启蒙,我们才得以应对意外和偶然。

蒂姆曼(John H. Timmerman)研究的也是诗人的哲学思想,但与弗雷塔利不同的是,他偏重于诗人的伦理观念。《罗伯特·弗罗斯特:含糊不清的伦理道德》(Robert Frost: The Ethics of Ambiguity, 2002)把诗人作品中的伦理观念放置在几个框架中审视。第一个框架是艺术形式。蒂姆曼认为,诗人作品的本质在形成过程中受到了诸多方面的重要影响,这使得诗人以特定的方式塑造自己的作品,这种方式本身与所表达的伦理思想相辅相成。尽管诗人坚持自己的诗意的生活方式,但他并没有忽视他那个时代的诗歌文化和审美文化。事实上,他清醒地意识到了具有时代特征的诗歌文化和审美文化的重要价值。桑塔亚那(George Santayana)是当时的著名思想家,对诗人的审美思想影响很大。蒂姆曼用桑塔亚那的美学思想来分析诗人构造诗作的技巧。他提出了一个贯穿全书的观点:诗人刻意地将歧义植入诗歌形式中。诗歌形式的模棱两可不但激活了诗歌的概念性歧义,而且表现了诗人所保持的辩证张力。

　　蒂姆曼讨论诗人伦理观念的第二个框架是历史背景和传记。谈到传记,他做了特别说明。他并不想直接用诗人生活中的事件来解释诗人的作品。但由于叙事是诗人的主要风格,诗人自己的生活经历必然会进入叙事诗中。因此,要想理解叙事诗中设定的伦理背景和人物的伦理反应,就需要参考诗人的生活经历和他所处的历史环境。

　　第三个框架是作为哲学的一个分支的伦理学。蒂姆曼的研究表明,诗人的伦理思想尽管被歧义和矛盾层层裹住,但诗人的作品的确暗含了一个连贯一致的伦理学体系。要更好地理解这套伦理学体系,最好的办法不是靠阅读作品来积累线索,而是把诗人的伦理思想放在十九世纪晚期和二十世纪的几大伦理学理论的参照系中来考察。蒂姆曼逐一阐述了理性主义伦理学、神学伦理学、存在主义伦理学和非本体论伦理学的要义之后,对诗人的伦理学体系做出了如下界定:诗人的歧义伦理学有明显的神学伦理学痕迹,但从根本上讲与非本体论伦理学最为接近。非本体论伦理学以个体对道德应然的直觉为基础,解释了诗人对自由的信仰,解释了诗人为什么不劝告读者做出"正确"的理性判断,而是让读者加入到劳作的戏剧中来,也解释了为什么诗人作为一个个体面目模糊,为什么歧义会渗透到诗人的大多数作品中。诗人的个体伦理学是非本体论的;诗人的社会伦理学则是自由和信任的微妙结合体。

在全书的结尾,蒂姆曼点明了研究诗人伦理思想的目的,那就是,在诗人私下里和公开场合中发表的言论与诗人的作品之间找个平衡点,从而约束读者对作品的解读。

如果说蒂姆曼是用比较的方法突显诗人的伦理思想的,那么帕克(Robert Pack)对诗人的研究同样采用了比较,只不过不是把诗人的思想与哲学领域的思想流派作比较,而是把诗人的作品与其他作家的作品相比较,借以阐明贯穿诗人作品的几大主题,诸如不确定感、信仰、自然和失落。正如帕克著作的书名《罗伯特·弗罗斯特诗歌的信心与无常》(*Belief and Uncertainty in the Poetry of Robert Frost*, 2003)所暗示的,帕克将信仰作为核心主题。谈论其它主题的目的是为了更好地揭示信仰这个核心主题。这个特点在帕克专著的写作形式上充分体现了出来。我们既可以把帕克的书看作是一部研究内容各不相同的论文集,也可以把它看作是一本单一线索的学术专著。

帕克使用了心理分析、达尔文主义和文本细读等阐释方法将次要主题很好地围绕着核心主题组织了起来。首先,他把诗人描写自然的作品与圣经中的《创世纪》("Book of Genesis")、荷马的《奥德赛》(*The Odyssey*)、莎士比亚的《暴风骤雨》(*The Tempest*)和一组美国诗人的作品作了一番比较,用"英雄般的怀疑主义"(heroic skepticism)这个短语概括了诗人的自然观。然后,他分析了对诗人产生重大影响的《约伯记》("The Book of Job")和达尔文的自然观,发现二者在自然万物的诞生这一问题上有很多平行对等的观念,这些观念在诗人的诗剧《理性假面剧》(*A Masque of Reason*)中留下了痕迹。接着,帕克比较了诗人的《野葡萄》("Wild Grapes")和华兹华斯的《米迦勒》("Michael"),讨论了这两首诗的共同主题:失落。帕克又从心理分析的角度、结合布莱克(Blake)等作家的作品探究了诗人诗歌中的忧伤和怨恨这一重大主题。随后,帕克以想象与现实、信仰与怀疑为主线将诗人与史蒂文斯（Wallace Stevens）串联起来，解读了二人的诗歌。诗人的信仰这一问题在接下来的讨论中得到了更为充分的梳理。通过文本细读，帕克勾画出了弗罗斯特的三重身份，即诗人、老师和布道人。作为老师和布道人，诗人相信信仰的巨大力量，相信想像力在维持信仰中的重要作用。但想像力在支撑信仰的同时，也受到了诗人怀疑态度的制衡。诗人的怀疑态度表明，诗人把信仰看成了知识，这就是为什么诗人同时拒绝虚假的安慰和理性的慰藉。帕克在论证的过程中借用达尔文（Darwin）和弗洛伊德（Freud）的理论深入分析了诗人关于无意识动机的描写所牵涉到的说谎话和讲真话的深层心理问题。存在主义倾向进一步丰富了诗人信仰的维度。帕克认为地点和虚无构成了诗人作品的存在主义背景。帕克重点讨论了弗罗斯特、莎士比亚和史蒂文斯这三大诗人的虚无思想，从而得出了弗罗斯特是个存在主义诗人的结论。最后，帕克谈及了诗人信仰的另外一个层面，也就是智慧的传承问题。

乔斯特（Walter Jost）研究诗人的方法与以上批评家的迥然不同。布斯（Wayne Booth）对他的专著《修辞研究：普通语言批评研究》（*Rhetorical Investigations: Studies in Ordinary Language Criticism*, 2004）给予了高度评价。布斯认为该书倡导的日常语言批评偏离了最近二十多年盛行的文学批评模式。乔斯特引用了普伊瑞尔的短语"实用主义的解读"来描述自己的文本解读模式。依布斯看来，乔斯特力图恢复日常生活中的实际语言在文学批评中的地位，此举在美学、伦理学和形而上学领域引起了连锁反应。就弗罗斯特研究而言，乔斯特成功地将诗人华丽精美的思想与日常语言有机地联系起来。

下面我们来看看乔斯特是如何做到这一点的。乔斯特的日常语言批评受惠于日常语言哲学家维特根斯坦（Ludwig Wittgenstein）和卡维尔（Stanley Cavell）。乔斯特利用修辞学这个兼属哲学和文学的中介在日常语言哲学和文学作品之间开通了对话的渠道。乔斯特仔细推敲了弗罗斯特的诗歌之后发现,如果我们从日常语言哲学、修辞学、阐释学、实用主义这些不受重视的文学批评角度来分析诗人的作品,会观察到一个有趣的现象,即语言游戏不仅存在于诗歌语言中,也存在于哲学语言和日常生活语言中。乔斯特关心的与其说是语言的意义,不如说是语言的使用。语言的使用是修辞学的范畴。乔斯特的专著没有系统地研究弗罗斯特的作品,而是为日后其他人的系统研究指明了方向。这个方向就是修辞学。诗人对乔斯特的重要意义在于,诗人践行了非系统的修辞形而上学。乔斯特指出,修辞形而上学的主要特点是娴熟敏捷地运用修辞以适应不同的情况。对于弗罗斯特这样一个哲学诗人,修辞形而上学是生存的必要手段,因为修辞形而上学使他能够回应二十世纪初期文化信仰危机的挑战。总而言之,乔斯特考察了日常生活和日常语言对诗人的低现代主义(low modernism 与 high modernism 相对应)文学作品的影响,大大丰富了现代性的理论话语。

弗罗斯特研究在美国经久不衰,这足以证明诗人的经典作家地位。而经典作家地位的一个重要标志是,在不同的历史文化背景下,该作家的作品呈现出不同的面貌。之所以会发生这样的情况是因为经典作品具有相对稳定的价值内核。尽管经典作品像非经典作品一样也是在特定的历史文化背景下创作的,但由于经典作品捕捉到了人性与社会的本质特征,即使它离开了其特定的创作背景而进入新的历史文化背景也不会失去其价值。换句话说,经典作品的生命力非常强大,强大到移植进新的历史文化背景后依然能够保持其鲜活的生命,并与新的历史文化背景相结合而形成一个新的有机的整体。正因为如此,经典作品的研究才能够变幻出千姿百态来,才能够反映出时下自然科学和社会、人文科学的最新成果。

引用文献:

Borroff, Marie. "Robert Frost: 'To Earthward'." *Frost: Centennial Essays II.* Ed. Jac Tharpe. Jackson: University Press of Mississippi, 1976.

Brower, Reuben A. *The Poetry of Robert Frost: Constellations of Intention.* New York: Oxford University Press, 1963.

Coale, Samuel. "The Emblematic Encounter of Robert Frost." *Frost: Centennial Essays I.* Ed. Jac Tharpe. Jackson: University Press of Mississippi, 1974.

Cox, Hyde, and E. C. Lathem, eds. *Selected Prose of Robert Frost.* New York: Macmillan, 1968.

Cox, James M., ed. *Robert Frost: A Collection of Critical Essays.* Englewood Cliffs(N. J.): Prentice-Hall, 1962.

Deleuze, Gilles. *The Logic of Sense.* Trans. Mark Lester and Charles Stivale. Ed. Constantin V. Boundas. New York: Columbia UP, 1990.

Egmond, Peper Van. *Robert Frost: A Reference Guide 1974 – 1990.* Boston: G. K. Hall & Co., 1991.

——, ed. *The Critical Reception of Robert Frost.* Boston: G. K. Hall & Co., 1974.

Eliot, T. S., ed. *Literary Essays of Ezra Pound.* New York: A New Directions Book, 1935.

——. "The Metaphysical Poets." *Selected Essays by T. S. Eliot.* London: Faber and Faber, 1932.

Elliott, Emory, ed. *Columbia Literary History of the United States.* New York: Columbia University Press, 1988.

Engel, Elliot. *A Dab of Dickens and A Touch of Twain: Literary Lives from Shakespeare's Old England to Frost's New England.* New York: Pocket Books, 2002.

Evans, William R. *Robert Frost and Sidney Cox: Forty Years of Friendship.* Hanover and London: UP of New England, 1981.

Francis, Robert, ed. *Frost: A Time to Talk.* Amherst: University of Massachusetts Press, 1972.

Frattali, Steven. *Person, Place, and World: A Late- Modern Reading of Robert Frost.* Victoria, British Columbia: University of Victoria, 2002.

Gerber, Philip L., ed. *Critical Essays on Robert Frost.* New York: Library of Congress Cataloging in Publication Data, 1982.

Grade, Arnold, ed. *Family Letters of Robert and Elinor Frost*. Albany: State University of New York Press, 1972.

Hoffman, Tyler. *Robert Frost and the Politics of Poetry*. Hanover, NH: UP of New England, 2001.

Huang, Zongying. *A Road Less Traveled By — On the Deceptive Simplicity in the Poetry of Robert Frost*. Beijing: Peking University Press, 2000.

Isaacs, Elizabeth. *An Introduction to Robert Frost*. Denver: Alan Swallow, 1962.

Jost, Walter. *Rhetorical Investigations: Studies in Ordinary Language Criticism*. Charlottesville: U of Virginia P, 2004.

Lathem, Edward Connery, and Lawrance Thompson. *Robert Frost: Farm-Poultryman*. Hanover (N.H.): Dartmouth Publications, 1963.

Lowell, Amy. *Tendencies in Modern American Poetry*. New York: Macmillan, 1917.

Lynen, John F. *The Pastoral Art of Robert Frost*. New Haven: Yale University Press, 1960.

Pack, Robert. *Belief and Uncertainty in the Poetry of Robert Frost*. London: UP of New England, 2003.

Reeve, F. D. *Robert Frost in Russia*. Boston: Little, Brown, 1964.

Sergeant, Elizabeth Shepley. *Robert Frost: The Trial by Existence*. New York: Holt, Rinehart and Winston, 1960.

Squires, Radcliffe. *The Major Themes of Robert Frost*. Ann Arbor: University of Michigan Press, 1963.

Thompson, Lawrance. *Fire and Ice: The Art and Thought of Robert Frost*. New York: Henry Holt and Company, 1942.

Timmerman, John H. *Robert Frost: The Ethics of Ambiguity*. London: Associated University Presses, 2002.

Trilling, Lionel. "A Speech on Robert Frost: A Cultural Episode" *Robert Frost: A Collection of Critical Essays*. Ed. James M. Cox. Englewood Cliffs (N. J.): Prentice-Hall, 1962.

Tuten, Nancy Lewis and John Zubizarreta, eds. *The Robert Frost Encyclopedia*. Westport, Connecticut and London: Greenwood, 2001.

Untermeyer, Louis. *Modern American Poetry*. New York: Harcourt, Brace & World, 1958.

——. *Robert Frost: A Backward Look*. Washington: Library of Congress, 1964.

Wilcox, Earl J. and Jonathan N. Barron, eds. *Roads Not Taken*: *Rereading Robert Frost*. Columbia and London: University of Missouri Press, 2000.

Winters, Yvor. "Robert Frost: or, the Spiritual Drifter as Poet." *Robert Frost: A Collection of Critical Essays*. Ed. James M. Cox. Englewood Cliffs(N. J.): Prentice-Hall, 1962.

二、国内弗罗斯特研究简述

1. 弗罗斯特诗歌汉译

我国已故著名翻译家方平先生曾说他十分喜爱弗罗斯特的"优秀长诗"《帮工之死》("The Death of the Hired Man")并且前后两次把它译成中文。"第一次在解放前,蒋匪帮倒行逆施的时期,发表在臧克家先生主编的《文讯》上(1948),也许这是最早介绍过来的弗罗斯特的诗篇吧。第二次在四人帮倒行逆施的时期,经过动乱,原译早已丢失,又重译一遍……重译稿连同对诗人和作品的介绍,发表在香港的《开卷》上(1979·5)。后来译诗又在《美国文学丛刊》(1982·3)上发表。"① 可见,弗罗斯特的诗歌在上个世纪40年代后期就被译介到中国了,但是新时期的中国读者基本上是在改革开放之后的上个世纪80年代初才开始接触到弗罗斯特的诗歌。比如,1980年,赵澧在《译林》上发表了他翻译的弗罗斯特《雪夜在林边停留》("Stopping by Woods on a Snowy Evening")一诗;② 1981年,李自修在《译林》上发表了他的两首译作《树在我窗前》("Tree at My

---

① 方平:《不是怜悯,是尊重——人道主义在〈帮工之死〉中闪光》,载《外国文学研究》,1983年第2期,第6页。

② 赵澧:《现代英美诗四首》,载《译林》,1980年第2期,第107页。

Window")和《进去》("Come In");① 1981 年,曹明伦在《外国文学》上发表了他翻译的弗罗斯特《火与冰》("Fire and Ice")一诗。② 然而,国内弗罗斯特诗歌翻译专辑和选集大致是从 80 年代中后期开始出现。根据笔者所掌握的资料,上个世纪 80—90 年代之间国内出版的比较重要的弗罗斯特诗歌专辑包括以下表一中的 9 种:

表一:重要诗刊和诗集所收录的弗罗斯特诗译文(按照出版时间顺序排列)

译　者	弗氏诗数量	诗集名称	出版地	出版社	出版时间	页　码
方　平	10 首	《在大海边》	上海	上海译文出版社	1983	269—289
顾子欣	8 首	《外国诗》	北京	外国文学出版社	1984	82—87
申　奥	42 首	《美国现代六诗人选集》	长沙	湖南人民出版社	1985	62—115
赵毅衡	21 首	《美国现代诗选》	北京	外国文学出版社	1985	10—35
江　枫	11 首	《美国现代诗抄》	西宁	青海人民出版社	1986	103—125
方　平	6 首	《当代外国抒情诗选——孤独的玫瑰》	上海	上海译文出版社	1986	225—235
王延平	13 首	《外国诗》	北京	外国文学出版社	1986	132—142
方平等	7 首	《外国名家诗选》	重庆	重庆出版社	1986	186—209
庄　彦	24 首	《二十世纪美国诗选》	沈阳	春风文艺出版社	1990	26—62

从这些弗罗斯特专辑所收录的弗罗斯特诗篇看,编者和译者大多喜欢他早期创作的抒情诗,其中《雪夜林边逗留》、《未走之路》("The Road Not Taken")、《补墙》("Mending Wall")、《花丛》

---

① 李自修:《美国罗伯特·弗罗斯特诗二首》,载《译林》,1981 年第 1 期,第 224 页。

② 曹明伦译:《火与冰》,载《外国文学》,1981 年第 11 期,第 56 页。

("The Tuft of Flowers")、《火与冰》、《望不远也看不深》("Neither Out Far Nor In Deep")、《割草》("Mowing")、《白桦树》("Birches")、《丝织帐篷》("The Silken Tent")、《黄金般的光阴永不停留》("Nothing Gold Can Stay")等出现的频率比较高。难得的是方平先生在翻译弗罗斯特诗歌的初期,对弗罗斯特其人其诗的特点与风格进行了简明扼要的介绍。比如,在诗集《在大海边》(1983)关于诗人弗罗斯特的简介中,方先生认为:"弗罗斯特热爱生活,他关怀周围那些勤劳平凡的人们,从他们简朴的谈吐中听到他们内心在歌唱,又善于在平淡的日常生活细节中发掘诗的情趣,以至格言般的人生智慧。因此写成诗,尽管几乎就像白描那样质朴无华,然而细致含蓄,耐人寻味。他的诗富于生活气息,温暖的人情味,还不时流露出一个心胸开朗的乐观主义者所特有的幽默感;更可喜的是,有时笔锋一转,摆脱了近乎琐细的絮语,把读者带到了一个豁然开朗的哲理思想的境界"。[①]

更加难得的是方平先生为该专辑中的每一首诗歌作了启发式的评论。比如,在《花丛》一诗的结尾,方平先生的评论十分精彩:"《花丛》像一首朴素的民歌,具有清新的抒情风格。早晨,诗人下地去翻草,独自在田里劳动,起先有一点孤寂之感;但通过河边的一丛火红的花,诗人和一只飞翔的蝴蝶同时领会了'清晨的信息',他感到和前人(先他下地、现在已经收工的伙伴)在精神上的呼应,于是诗歌来到它最生动、最富于想象的部分:'这时,耳边仿佛听得小鸟醒来的歌唱,/还有他那长镰刀在地面上低声作响。'这样,诗人从他自己的经历出发,在自己的认识限度内,感悟到一条生活真理:人类总是在一起工作,'不管人们是一起干活,还是

---

① 方平:《弗罗斯特诗十二首》,载《在大海边》,上海:上海译文出版社,1983,第270页。

单干。'"① 此外,方平先生是国内最早译介弗罗斯特"对话体叙事诗"或称"歌谣体叙事诗"的译者,比如《帮工之死》、《一百个硬领》("A Hundred Collars")、《家庭风波》("Home Burial")、《伺候仆人们的女仆》("A Servant to Servants")、《有仇报仇》("The Vindictives")、《泥泞时节的两个流浪汉》("Two Tramps in Mud Time")② 等等。这些叙事诗的翻译是一项原创性的翻译工作,不仅展示了方先生娴熟的翻译技巧和驾驭两种语言的能力,而且体现了他对弗罗斯特诗歌创作的深入研究和全面把握,为国内许多美国诗歌、特别是弗罗斯特诗歌研究者提供了一个全面了解弗罗斯特诗歌创作风格与特点的机会。

除了以上这些被收录各种诗集的弗罗斯特诗歌专集以外,国内迄今一共出版过4个弗罗斯特诗歌汉译选集,见以下表二:

表二:国内正式出版的弗罗斯特诗歌汉译选集(按照出版时间顺序排列)

译 者	诗集名称	出版地	出版社	出版时间
曹明伦	《弗罗斯特诗选》	重庆	四川文艺出版社	1986
方 平	《一条未走的路:弗罗斯特诗歌欣赏》	上海	上海译文出版社	1988
姚祖培	《朱兰花:罗·弗罗斯特抒情诗选》	北京	中国文联出版公司	1992
曹明伦	《弗罗斯特集:诗全集、散文和戏剧作品》	沈阳	辽宁教育出版社	2002

2002年6月,辽宁教育出版社推出了曹明伦翻译的这套近百万字的迄今国内规模最大的弗罗斯特文学作品汉译选集《弗罗斯特集:诗

① 方平:《弗罗斯特诗十二首》,载《在大海边》,上海:上海译文出版社,1983,第277页。
② 这几首诗歌的中文题目保留了方平先生原来的译名,选自不同诗集。

全集、散文和戏剧作品》。至此，弗罗斯特的全部文学作品基本上被译成了汉语。该选集的翻译出版对中国弗罗斯特诗歌研究做出了重要贡献。曹明伦说："《弗罗斯特集》的翻译工作持续了 568 天。对我而言，那是夜以继日的 568 天，是恍若置身于新英格兰乡间的 568 天，是用我'想象的耳朵'去聆听一位新英格兰农夫（或智者）'闲聊'的 568 天。有的中国读者也许不会喜欢这种'闲聊'，这没关系，其实那位老人的同胞中也有人抱怨他的诗太口语化（too conversational），不过揣摩一下这些'闲聊'中的意味对我们也许不无裨益。"① 我国当代著名诗人王家新在其书评中写道："以前我们关注现代派，忽视了他［弗罗斯特］，现在来看，他是一位能经得起历史考验的作家。"王家新先生认为弗罗斯特的诗歌"引人入胜而且让人体会到他的个性、睿智、幽默。让人体会到一种智慧的流露——这是一种很有洞察力的智慧，读了既是一种享受，也有一种启示。"② 假如我们对比一下曹明伦先生于 1981 和 2002 年发表的《火与冰》一诗的两个译文，我们也许能够窥见中国学者翻译弗罗斯特诗歌的心路历程：

原文：

　　Some say the world will end in fire,

　　Some say in ice.

　　From what I've tasted of desire

　　I hold with those who favor fire.

　　But if it had to perish twice,　　　　　　　5

　　I think I know enough of hate

　　To say that for destruction ice

　　Is also great

---

① 曹明伦：《我译弗罗斯特》，载《书评周刊》，2002 年 11 月 8 日第 5 版。

② 王家新：《作家学者们正在读的书》，〈www. news. xinhuanet. com/book〉。

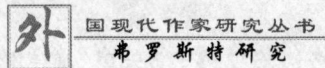
And would suffice. ①

译文一：
    有人说人类将葬身于烈火，
    有人说世界会毁灭于坚冰。
    据我对欲望的亲身感受，
    我赞成一把火烧个干净。
    但是如果必须毁灭两次，   5
    我想我对仇恨了解充分，
    我认为坚冰也是十分伟大，
    完全可以担负毁灭的重任。②

译文二：
    有人说这世界将毁于烈火，
    有人说将毁于坚冰。
    据我对欲望的亲身感受，
    我支持那些说火的人。
    但如果世界得毁灭两次，   5
    我想我对仇恨也了解充分，
    要说毁灭的能力
    冰也十分强大。③

    曹明伦先生的两个译文各有特色，但前后相隔21年。首先，从

---

① Robert Frost, *Robert Frost: Collected Poems*, *Prose*, *& Plays*, New York: Literary Classics of the United States, 1995, p. 204.
② 曹明伦译：《火与冰》，载《外国文学》，1981年第11期，第56页。
③ 弗罗斯特：《弗罗斯特集：诗全集、散文和戏剧作品：诗全集、散文和戏剧作品》（上、下），曹明伦译，沈阳：辽宁教育出版社，2002年，第286页。

译文的形态上看,曹先生的译文一本身更像是一首分行整齐的传统汉诗,这体现了译者对译文诗形式的高度重视;其次,从译文所演绎的内容上看,译文一带有较多译者自己的浪漫激情;比如,第 4 行"我赞成一把火烧个干净"就足以说明一位年轻译者丰富诗性想象。然而,译文二就更加体现出译者对原文形态的尊重,同时文风也更加平实,更贴近弗罗斯特追求简单深邃的诗歌创作风格,更加体现出译者娴熟的翻译技能以及对弗罗斯特其人其诗的理解。曹明伦先生的许多译作都已经成为弗罗斯特诗歌汉译的经典之作。

2. 弗罗斯特综合评介

1986 年 1 月,人民文学出版社出版了董蘅巽、朱虹、施咸荣和李文俊合著的《美国文学简史》(下),其中第四章"第一次世界大战到第二次世界大战"第二节"诗歌创作"中关于"新英格兰诗人"① 部分是李文俊先生执笔,采用了 1982 年 9 月他在《外国文学》上发表的连载文章《美国现代诗歌 1912—1945》。李文俊先生认为"美国现代诗坛上最先崭露头角的是两位新英格兰诗人:罗宾生与弗洛斯特。……罗宾生不是一个现代派诗人,但却是一个现代诗人。"他的"现代性"首先体现在他"有意回避浪漫派认为有诗意的描写,采用冷嘲、客观的'散文式'文笔,同时还渲染神秘、阴冷的气氛。"② 其次,"他将冷嘲、怜悯和幽默熔于一炉,赞美一种明知失败却仍然坚韧地战斗下去的精神。"这种精神被认为是后来流行的存在主义的先声。③ 李文俊先生认为"弗洛斯特是新英格兰地方色彩最强烈的诗人……他往往从描写新英格兰农村习见的景物入手……

---

① 董蘅巽、朱虹、施咸荣、李文俊著:《美国文学简史》(下),北京:人民文学出版社, 1986 年,第 10—18 页。
② 李文俊:《现代美国诗歌 1912—1945》,载《外国文学》, 1982 年第 9 期,第 82 页。
③ 同上,第 83 页。

引导读者去窥探自然界与人生的种种奥妙。"① 在这篇文章中,李文俊先生分析了《不远也不深》、《雪夜林畔》、《火与冰》等抒情短诗和《桦树》、《修墙》、《柯郡女巫》("The Witch of Coös")、《一个雇工之死》、《家葬》、《佣人的佣人》等戏剧性较强的叙事诗。他认为这些诗篇"显示出诗人对孤独、疏远、卑琐等现代精神病态的关注……弗洛斯特不仅是人们印象中的一个田园诗人与睿智的老者,也是一个'令人惊骇的诗人'(特里林语),一个'自己苦恼也让人感到苦恼'的艺术家。"② 在同年出版的《中国大百科全书》(外国文学 I)中,李文俊先生写道:"弗罗斯特的诗歌在形式上与传统诗歌相近,但不像浪漫派、唯美派诗人那样矫揉造作。他不追求外在的美。他的诗朴实无华,然而细致含蓄,耐人寻味。"③

1995 年 11 月,河南大学出版社推出了彭予撰写的美国诗歌研究专著《二十世纪美国诗歌——从庞德到罗伯特·布莱》。④彭予把弗罗斯特和罗宾逊一起归入"传统形式的诗人"(78),认为弗罗斯特是一位"工业时代的田园诗人"(84),是"是美国现代诗歌史上一个强有力的存在,他同艾略特一起被认为是美国现代诗歌的两大中心"(84)。作者认为弗罗斯特继承的是古罗马诗人维吉尔的传统,以田园生活为对象,用诗歌表现大自然的永恒进程。弗罗斯特"把农村作为诗歌的背景,但并没有把描写范围限于狭窄的农务活动和田园景物上……在他的诗中大自然只是人间戏剧的背景,而不是主题,他能在树林、花草、春潭中发现反映人类生存状况的象征"(86)。

---

① 李文俊:《现代美国诗歌 1912—1945》,载《外国文学》,1982 年第 9 期,第 84 页。
② 同上,第 84—85 页。
③ 李文俊:《弗罗斯特》,载《中国大百科全书》(外国文学 I),北京:中国大百科全书出版社,第 319 页。
④ 彭予:《二十世纪美国诗歌——从庞德到罗伯特·布莱》,开封:河南大学出版社,1995 年。

1995 年 12 月,吉林教育出版社推出了张子清的《二十世纪美国诗歌史》。① 张子清教授将弗罗斯特、庞德、艾略特、威廉斯和史蒂文斯等五位诗人称为"美国诗坛五巨擘"(86),并把他们的诗歌划归"美国现代派时期的诗歌"(81)。张自清教授认为"弗罗斯特的精明在于他从不把自己局限到任何一个流派,而是为自己的独创而自豪。他在广大的普通读者之中所树立的形象是一个慈祥的父亲般的新英格兰诗人"(86)。因为弗罗斯特不符合艾略特建立起来的诗歌审美标准,也不积极投身新诗实验,所以被许多读者误读为一个"传统的保守派,""不如叶芝、庞德、艾略特和史蒂文斯那样具有现代意识,那样博学多才,因而是时代的落伍者"(87)。然而,张教授认为,在布劳尔(Reuben A. Brower)、普伊瑞尔(Richard Poirier)和普里查德(William H. Pritchard)等著名诗评家对弗罗斯特的研究专著问世之后,弗罗斯特作为美国主要诗人之一的地位才牢固地确定下来。张子清教授将弗罗斯特的创作生涯分为三个阶段,从诗歌创作、名篇释读和诗学理论等方面进行了详细论述,认为"虽然他基本上采用传统的形式写作,但他大胆地、创造性地运用日常口语进行创作,文无矫饰,毫不做作,朴素清新而诗意盎然"(95)。

1999 年,山东教育出版社出版了由吴富恒、王誉公主编的《美国作家论》,其中由王誉公和乔国强撰写的"罗伯特·弗罗斯特"章节占了 24 页的篇幅。这一章大致分为诗人生平概述、名篇赏析和风格综论三个小节。两位教授认为"弗罗斯特的诗歌是他在新英格兰农村长期生活、劳动和思考的产物,富有真知灼见,是美国诗库中的珍品。"② 第一节描述了弗罗斯特作为一名诗人成长的

---

① 张子清:《二十世纪美国诗歌史》,长春:吉林教育出版社,1995 年。
② 吴富恒、王誉公主编:《美国作家论》,济南:山东教育出版社,1999 年,第 910—911 页。

心路历程。从影响弗罗斯特诗歌创作的维吉尔、贺拉斯、李维、柏拉图、莎士比亚、雪莱等伟大诗人，到成就他诗人梦想的英国之旅，直至肯尼迪总统在白宫授予他国会勋章，象征着他的诗人生涯达到登峰造极的地步；第二节力求从诗歌创作形式、主题及其相互契合的各个层面详细分析了《收割》、《一簇鲜花》、《补墙》、《没有走的路》、《荒芜地带》等5首名诗；第三节则将弗罗斯特置于美国传统文学向现代主义文学过渡的时代，挖掘弗罗斯特诗歌流畅、轻松和自由的美国韵味。不论是对诗人生平的综合描述还是作品文本释读，该著作都有较高的参考价值。

2002年，上海外语教育出版社出版了由杨金才教授主撰的《新编美国文学史》（第三卷），其中第一章"美国现代诗歌的开端与发展"的第十一节"弗罗斯特的诗歌创作"是由季晓丹主笔的。首先，季晓丹老师简述了弗罗斯特的诗歌创作生涯，认为"因其诗歌多以新英格兰乡村为背景，具有浓郁的乡土气息和诱人的田园情趣，弗罗斯特被誉为'新英格兰诗人'及美国'民族诗人'；因其和蔼睿智的圣哲形象及其质朴清新、富含哲理的诗句，弗罗斯特在晚年成为美国人民心目中的'非官方的桂冠诗人'；他既继承了传统诗歌的创作技巧，又创立了自己的现代风格，成为沟通欧美传统诗歌和现代派诗歌之间的桥梁，因此被有些评论家称为'交替性诗人'。弗罗斯特以其杰出的诗才，形成了与艾略特诗风迥然不同的现代美国诗歌的另一个中心。"① 其次，作者注意到了弗罗斯特诗歌形式与内容的关系问题，并且重译和评论了以下几首重要诗歌：《割草》、《雇工之死》、《家葬》、《补墙》、《白桦树》、《一条未走过的路》、《一个老人的冬天》（"An Old Man's Winter Night"）、《火与冰》、《好事难久留》、《雪夜林边驻留》、《与夜相识》（"Ac-

---

① 杨金才主撰：《新编美国文学史》（第三卷），上海：上海外语教育出版社，2002年，第139页。

quainted with the Night")、《春潭》("Spring Pools")、《荒凉之地》、
《望不见,看不远》、《设计》("Design")和《指令》("Directive")
等。第三,该章节涉及到了贾雷尔、特里林、莱伦、詹姆斯·考克
斯、朗特里栖尔(Frank Lentricchia)、霍尔(Dorothy J. Hall)、布劳
尔、普伊瑞尔和普里查德等一些重要弗罗斯特诗评家的观点,认为
弗罗斯特"并非是大众心目中慈眉善目的老人,而是一位复杂难
懂的诗人,是一位有深度、有力度的重要作家。"① 最后,季晓丹老
师重述了张子清教授关于弗罗斯特是"一位继承诗歌传统的现代
诗人"和一位"从不把自己局限于任何流派之中的诗人"等重要
观点。

　　2004 年,上海外语教育出版社出版了虞建华等人的专著《美
国文学的第二次繁荣》,其中第九章"乡土意象与诗歌玄理"的第
三节"罗伯特·弗洛斯特:恋人般的争吵"是由单雪梅主笔的。单
雪梅老师认为"弗罗斯特是以恋人般的态度来看待纷繁复杂的世
事的。他不为生活唱赞歌,也不抱愤世嫉俗的态度。他同世界
"恋"了 60 年,也"吵"了 60 年,有失意的抱怨,有激情的高歌,有
真挚的倾诉,也有顽皮的调侃。"② 作者首先论述了弗罗斯特为自
己独特的诗人地位而"争吵"过,认为弗罗斯特欢迎诗歌革新,但
不愿随波逐流。他远离庞德所代表的意象主义运动。"当意象派
诗人提出'以新的方法写出新意"的口号时,弗洛斯特机智而又坚
定地对之以'用传统的方法写出新意'。"其次,作者论述了弗罗斯
特对上个世纪初刮起的科学之风持怀疑态度,对左翼思想及其创
作原则抱以不信任和冷漠的态度,并说:"再怎么变,我也只能是
政治、爱情与宗教上的正统派。"第三,作者还注意到了弗罗斯特

---

① 杨金才主撰:《新编美国文学史》(第三卷),上海:上海外语教育出版社,2002
　　年,第 156 页。
② 虞建华等:《美国文学的第二次繁荣》,上海:上海外语教育出版社,2004 年,
　　第 263—264 页。

诗歌表层下面隐藏着人与自然、人与人之间矛盾冲突的深邃内涵，因此弗罗斯特的盛名很大程度上来自人们对他的"误读"。最后，作者以《修墙》一诗为例，证明了弗罗斯特的诗歌"表面简单、浅显，实际上是开放的文本，可以从不同层面加以理解。"①

以上是国内较为权威的几部美国文学史著作中关于弗罗斯特的综合评论。作者们在肯定弗罗斯特诗歌在美国诗歌史和整个美国文学史上的重要地位的同时，基本上认为弗罗斯特是一位融传统与创新为一体的现代诗人。

3. 弗罗斯特诗歌评论

改革开放以后，越来越多的中国学者注意到了弗罗斯特诗歌创作的独特性及其在美国诗歌史上的重要性。国内外文学类刊物也开始刊登弗罗斯特诗歌的评论文章。根据中国知识资源总库的论文统计，从 1980 年至 2009 年以弗罗斯特为研究主题的国内中文期刊论文超过 750 篇，其中核心期刊论文近 140 篇。1996 年 7 月，黄宗英在北京大学完成的博士学位论文 *A Road Less Traveled By — On the Deceptive Simplicity in the Poetry of Robert Frost*（《一条行人较少的路——论罗伯特·弗罗斯特诗歌简单外衣下的丰富内涵》）是国内迄今以弗罗斯特为研究主题的惟一一部用英文撰写的博士学位论文。此外，从 1999 年到 2010 年初以罗伯特·弗罗斯特为研究主题的优秀硕士学位论文共有 40 篇左右。

3.1 弗罗斯特诗歌评介阶段（20 世纪 80 年代）

上个世纪 80 年代，在引领我国弗罗斯特诗歌翻译的过程中，方平先生撰写了多篇弗罗斯特诗歌评论性学术论文。比如，1983 年，《外国文学研究》（第 2 期）发表了方平先生的论文《不是怜悯，

---

① 虞建华等：《美国文学的第二次繁荣》，上海：上海外语教育出版社，2004 年，第 268 页。

是尊重——人道主义在〈帮工之死〉中闪光》。《帮工之死》一诗的故事情节十分简单:诗中始终沉默的叙述对象是在美国农业地区长年打短工的一名雇工,名叫赛拉斯(Silas)。他农忙则忙,农闲则闲,可是当他年老体衰,孤苦伶仃,走投无路的时候,他只好找回到了原雇主沃伦(Warren)及其妻子玛丽(Mary)的家;不料,当晚就老死在那里。这该是资本主义社会中失去生产资料、陷于赤贫的劳动人民的一幅悲惨写照。但是,方平先生认为弗罗斯特所关心的主题"不是怜悯和施舍,而是同情和帮助;这就是诗人所信仰的人道主义,这就是整个诗篇所要表达的精神。"① 此外,方平先生这一时期的弗罗斯特诗歌评论文章还包括1984年在《外国文学研究》(第2期)上发表的讨论《深情》("Devotion")一诗翻译技巧的论文《一首小诗的翻译》、1986年在诗集《春天最初的微笑》中发表的《家庭与牢笼——介绍叙事诗〈伺候仆人们的女仆〉》② 和同年在《名作欣赏》上发表的《两首佳作的赏析》③ 等,为我国弗罗斯特诗歌研究开了先河。

1987年,《外国语》发表了懿丝的论文《浅析R.弗洛斯特的诗歌创作》。④ 文章介绍了弗罗斯特与意象派诗人在诗歌创作方面的异同点并分析了《火与冰》、《没有走过的路》、《雪夜林边小憩》和《寿命》("The Span of Life")4首抒情诗。作者认为弗罗斯特值得世人称道的是他能够将"深邃复杂的思想寄寓于简单、质朴、自然而又具有音韵美的语言之中"(25)。尽管作者关于"弗罗斯特在写作的许多方面与意象派不谋而合"的观点值得商榷,但

---

① 方平:《不是怜悯,是尊重——人道主义在〈帮工之死〉中闪光》,载《外国文学研究》,1983年第2期,第7页。

② 方平:《家庭与牢笼——介绍叙事诗〈伺候仆人们的女仆〉》,载《春天最初的微笑》(译文丛刊·诗歌特辑),上海:上海译文出版社,1985年,第318—399页。

③ 方平:《两首佳作的赏析》,载《名作欣赏》,1986年第6期,第14—16页。

④ 懿丝:《浅析R.弗洛斯特的诗歌创作》,载《外国语》,1987年第6期,第23—25页。

是这篇论文的结论高度概括了弗罗斯特简单深邃的诗歌创作特点。

　　同年，值得我们注意的是《世界文学》杂志推出了美国当代诗人唐·霍尔撰写的、赵华智翻译的题为《虚荣心、名誉、爱与罗伯特·弗罗斯特》① 的散文。这篇散文分为"弗罗斯特的声誉"、"爱虚荣的老顽固"、"大名鼎鼎的弗罗斯特"、"记住我吧"和"最后二三事"5 个部分，译文全文约 2.5 万字，译自诗人霍尔1978 年出版的散文集《忆诗人》。作者霍尔认为"弗罗斯特在世的时候，一直被认为是个慈祥宽厚的人，然而并不是所有的人都知道，他这个人有时也很小家子气，爱虚荣，自私自利，冷酷无情……笔者希望所谈及的一些事例，能够反映出罗伯特·弗罗斯特这个人人格的多面性，即他既不是天使，也不是魔鬼，而是凡人、天使加魔鬼"（232）。尽管这是一篇译作，但是对中国读者来说，这也是第一次接触直接置疑弗罗斯特人格的传记文章。弗罗斯特在中国读者心目中那种慈眉善目的人格形象开始有了多元的元素。

3.2 弗罗斯特诗歌评论阶段（20 世纪 90 年代以来）

　　20 世纪 90 年代以来，我国弗罗斯特研究取得了较快的发展，也取得了可喜的成绩。根据笔者所收集的资料，从 1990—2010 年上半年间，国内外国文学类核心学术期刊发表的以弗罗斯特为研究主题的学术论文主要包括以下 11 篇。这些论文大致可以分为弗罗斯特诗歌综合评论、艺术研究、比较研究和主题研究四个方向。

---

① 　唐·霍尔：《虚荣心、名誉、爱与罗伯特·弗罗斯特》，赵华智译，载《世界文学》，1987 年第 4 期，第 231—256 页。

表三：中国外国文学类核心期刊弗罗斯特诗评文章统计（按照出版时间顺序排列）

作　者	论文题目	刊物名称	发表时间	页码
陶乃侃	《弗洛斯特与悖论——弗诗意象与语气之初探》	《外国文学评论》	1990/2	52—60
沈　劲	《行进在传统与现代之间——试论弗洛斯特诗歌的特征》	《国外文学》	1992/4	62—70
程爱民	《弗罗斯特诗歌艺术》	《外国文学》	1994/4	64—68
陈建国	《诗歌·自我·人生——弗罗斯特和威廉姆斯之比较研究》	《外国文学研究》	1997/1	81—87
杨凌雁	《庞德与弗罗斯特的现代派诗风》	《外国文学研究》	1999/1	22—25
李鑫华	《弗罗斯特诗歌复杂性探析》	《国外文学》	2004/3	89—94
苏　晖	《弗罗斯特诗歌的反讽策略及幽默效应》	《外国文学》	2008/4	60—67
李应雪	《女性、欲望、诗学——弗洛斯特叙事诗主题探析》	《国外文学》	2008/4	88—95
何庆机	《文学市场、商业主义与弗罗斯特诗歌的杂合性》	《外国文学研究》	2008/6	33—41
区　鉷、罗　斌	《罗伯特·弗罗斯特诗歌的图征性》	《外国文学评论》	2009/3	90—98
黄宗英	《完美的缺憾——弗罗斯特与诺贝尔文学奖》	《当代外国文学》	2010/3	37—47

（1）传统与现代的契合

就弗罗斯特诗歌综合评论而言，除了早期方平先生的评论文章以外,我们可以从沈劲于 1992 年发表在《国外文学》的论文《行进在传统与现代之间——试论弗洛斯特诗歌的特征》① 谈起。沈劲认为"在传统文学遭受到前所未有的挑战与冲击的二十世纪美国文坛,在充满着喧哗与骚动的现代诗歌王国中,弗罗斯特以其独有的执着与智慧从传统与现代的撞击中走出了一条属于他自己的道路,在二十世纪文学史册上书写了极有魅力、意味深长的一笔"(62)。弗罗斯特认为艾略特、肯明斯、洛厄尔等代表性现代派诗人是在"为新而新",而他却始终致力于"推陈出新"。他不但师承蒲柏、华兹华斯、布朗宁、斯温朋等英国历代名师,而且努力"学习梭罗,以独立的意识去贴近生活;他师承爱默生,善用譬喻来表达自己的哲学思考;他追随华兹华斯,长于用质朴的语言吟咏自然与自然中的人"(65)。与此同时,作者总结了弗罗斯特诗歌创作中的"革命性突破":第一,弗罗斯特十分重视诗歌的声音效果,对传统格律做了许多艺术性"破格"处理,引入了所谓"交谈式"的语调;其次,弗罗斯特对自然与人的关系问题的认识与传统自然诗中所蕴涵的"天人合一"的乐观态度不同,诗人常常告诫读者"在自然的诱惑面前要存有戒心,不能轻易投入";第三,弗罗斯特致力于在诗歌中创造"地方主义色彩",而典型的现代主义诗人希望能够"牺牲自我"和"消灭个性",并且疯狂地追求一种"世界主义倾向。"这些观点都具有代表性,而且比较准确地把握了弗罗斯特诗歌创作的特点。

1994 年,《外国文学》推出程爱民的研究论文《弗罗斯特诗歌艺术》。② 程爱民认为弗罗斯特的诗歌之所如此受人喜欢首先是诗人善于使用诗歌艺术的两大手法——比喻与象征。弗罗斯特曾

---

① 沈劲:《行进在传统与现代之间——试论弗洛斯特诗歌的特征》,载《国外文学》,1992 年第 4 期,第 62—70 页。
② 程爱民:《弗罗斯特诗歌艺术》,载《外国文学》,1994 年第 4 期,第 64—68 页。

经说"诗歌就是比喻,说一件事指另一件事,或说另一件事而指这件事,因而具有一种秘而不宣的快乐。"弗罗斯特善于运用比喻与象征来呈现在孤独与博爱之间、在永恒的真理与眼前的矛盾之间、在怀疑与信仰、痛苦与欢乐之间呈"之"字形前进的人生旅途。其次,程爱民认为弗罗斯特诗歌艺术的基本特色是"在传统中创新"(67)。在诗歌内容方面,弗罗斯特的"现代性"体现在他善于运用传统的诗歌素材(树林、村庄、山峦、河流、田舍、农场等乡村景物)和传统的手法,去表现工业社会中人们心灵的压抑、孤独、异化等主题以及由此产生的人们对宁静的精神状态的向往。在诗歌形式方面,他坚持推陈出新,追求形式与内容的高度契合。除了提出这些重要论点之外,程爱民教授还附上了《没有选择的路》、《修墙》、《白桦树》、《风暴之歌》、《雪夜林边驻足》和《金色光华难久留》六首译作。

1996 年,黄宗英的博士学位论文 *A Road Less Traveled By — On the Deceptive Simplicity in the Poetry of Robert Frost*(《一条行人较少的路——论罗伯特·弗罗斯特诗歌简单外衣下的丰富内涵》)[1],从弗罗斯特貌似简单的诗歌文本入手,对他的诗歌语言、格律和孤独主题进行了综合剖析,揭示了弗罗斯特诗歌创作的"隐秘性"(ulteriority)之谜。在论文绪论中,黄宗英梳理了国外弗罗斯特诗歌研究脉络,并通过解读弗罗斯特诗歌全集序曲《牧场》一诗,从诗歌语言、格律和孤独主题三个方面,讨论弗罗斯特貌似简单的诗歌创作艺术。[2] 论文第一章讨论弗罗斯特诗歌语言的貌似简单性特点。作者运用词源分析方法,对弗罗斯特的诗歌进行词源分析,结果发现弗罗斯特诗歌中源自母语/古英语的词汇比率

---

[1]　Huang Zongying. *A Road Less Traveled By — On the Deceptive Simplicity in the Poetry of Robert Frost.* Beijing: Peking University Press, 2000.

[2]　参见黄宗英:《一条行人较少的路——罗伯特·弗罗斯特诗歌艺术管窥》,载《北京大学学报》(外国语言文学专刊),1997 年,第54—62 页。

高达95%左右,而源自法语和拉丁语的词汇比率很低,大致占5%左右,从而有力地证实弗罗斯特追求诗歌语言"绝对非文学性"的创作原则,与同时代的艾略特、庞德等诗人所采用诗歌语言区别开来。① 论文第二章讨论了弗罗斯特富有戏剧性的诗歌格律艺术。弗罗斯特对英诗格律的最大贡献当推他所追求的"意义声音"(sound of sense)或称"句子声音"(sentence sound)理论。它既蕴涵着"素体无韵诗所具有的十分齐整而且是预先确定的重音和节奏,也包含着人们说话语调中毫无规律的重音和节奏。[他]最得意的时候就是当[他]能够将这两个因素勉强地联系在一起的时刻。"通过格律分析,我们了解到诗人是如何巧妙地运用格律替换等微妙手法来解决"音乐的节奏与语言的节奏之间的矛盾冲突"问题,从而证明弗罗斯特是一位能够做到"从心所欲,而不逾矩"地去把握各种音韵效果的格律大师。② 论文第三章讨论弗罗斯特诗中的孤独主题。诗人曲折的恋爱过程和他家庭的不幸遭遇,使孤独这一20世纪西方最重要的文学主题也成为他诗歌创作的主旋律。文章从生活、爱情、家庭等层面上,比较弗罗斯特与艾略特诗歌创作中表现孤独主题的异同点,从而揭示了弗罗斯特诗歌主题简单深邃的另一个侧面。2000年4月,该学位论文在北京大学出版社出版时,作者增加了第四章,从人与自然的关系、诗歌创作的想象模式及其表现形式等三个方面,来考察新英格兰超验主义哲学对弗罗斯特诗歌创作的影响,进一步阐述了弗罗斯特貌似简单的诗歌创作理念。③

---

① 参见黄宗英:《"不是没有修饰"——罗伯特·弗罗斯特诗歌语言艺术管窥》,载《北京大学学报》(外国语言文学专刊),1998年,第35—45页。
② 参见黄宗英:《"一根直中带曲的好拐杖——罗伯特·弗罗斯特诗歌格律技巧管窥》,载《美国文学研究》,郭继德主编,济南:山东大学出版社,2010年4月,第476—494页。
③ 参见黄宗英:《罗伯特·弗罗斯特诗歌创作想象模式管窥》,载《中国外语》(增刊),北京:高等教育出版社,2008年9月,第60—63页。

2008 年,《外国文学研究》刊登了何庆机的论文《文学市场、商业主义与弗罗斯特诗歌的杂合性》。[1] 文章论述了弗罗斯特与庞德等"高度现代派"诗人对商业主义及大众消费群体的不同态度和由此导致他们在诗歌定位、诗学原则和市场策略上的差异。何庆机指出"庞德的诗歌定位与市场策略使他高举'锐意创新'的旗帜,而弗罗斯特对商业主义与大众消费群体相对认同的态度,使他秉承'循旧纳新'的诗歌原则,并因此形成了独特的诗歌特质,即杂合性——融现实主义、现代主义与后现代主义要素于一体"(33)。这些后现代主义的批评话语为我国弗罗斯特诗歌研究注入了新的活力,打开了新的视角。

2010 年 4 月,《当代外国文学》刊登了黄宗英的论文《完美的缺憾——弗罗斯特与诺贝尔文学奖》。[2] 黄宗英总结了弗罗斯特一生所创造的诗歌辉煌,追述了他追梦诺贝尔文学奖的心路历程,认为诺贝尔文学奖之所以与弗罗斯特失之交臂是因为诗人追求简单深邃的诗歌创作道路,而这是一条行人较少的路。黄宗英对弗罗斯特晚期最重要的自传体长诗《基蒂霍克》("Kitty Hawk")进行了文本释读,证明了弗罗斯特把个人经历与民族历史捆绑在一起,将人类第一次成功飞行实验给予他的创作灵感演绎成一种具有神性的、科学的和艺术的"冒险精神",从而把历史行动诗化为抒情语言,在诗歌创作中体现出传统与现代相互契合的特点。

(2)悖论、隐喻、反讽、图征

就诗歌艺术研究而言,悖论、隐喻、反讽、图征是国内弗罗斯特诗歌评论者关注的重点。1990 年,《外国文学评论》发表了陶乃侃

---

[1] 何庆机:《文学市场、商业主义与弗罗斯特诗歌的杂合性》,载《外国文学研究》,2008 年第 6 期,第 33—41 页。

[2] 黄宗英:《完美的缺憾——弗罗斯特与诺贝尔文学奖》,载《当代外国文学》,2010 年第 2 期,第 37—47 页。

的研究成果《弗洛斯特与悖论——弗诗意象与语气之初探》。①
这篇论文分"悖论与意象"和"悖论与语气"两个部分。首先,作者
认为弗罗斯特在诗歌创作中是"蓄意以通俗、乡土、平淡、甚至悖
谬掩饰意象旨意"(56)。因此,理解弗罗斯特诗歌的"头一把钥
匙"就是认识"弗氏普通具象的暗喻或象征意义的深层"(53)。在
《我的蝴蝶》("My Butterfly")一诗中,作者看到了一个"仁慈而残
忍"的、一个与传统观念相悖的"悖谬的上帝意象"(53);在《星
星》("Stars")一诗中,作者揭示了这么一个"悖理意象":自古被
视为大自然的眼睛并且能够明察秋毫的星星却成了"大理石的眼
睛",对人类的灾难居然视而不见。在弗罗斯特的笔下,读者已经
看不到华兹华斯诗歌中那种能够为人的心灵提供"慰抚的久恒源
泉"。作者认为"自《星星》开始,弗诗所表现的人与自然彼此隔
绝;自然中的人孤独无援,自然对人漠然置之,而且常常对人充满
敌意。"因此,"破译"弗诗意象之关键在于"用辨证观点透视表面
平易、通俗以掘隐晦象征和内涵,透视悖谬以达内在和谐"(56)。
其次,在"悖论与语气"的论述中,作者以颇具牧歌背景的组诗《山
间妻子》("The Hill Wife")为例,揭示了弗罗斯特诗歌中的"语气
暗示义与内容含意是不一致的"(59)。组诗中的夫妻虽然远离尘
嚣,但丝毫感觉不到大自然的慰藉和安宁。即便诗中妻子在喃喃
低语,谈论鸟儿,但是她平淡的语气中仍然掩盖不了内心深处的孤
独和恐惧:"谁也不会这么着急/就像我和你/当鸟儿非绕房子/好
像来道再会"(58)。作者认为"正是利用这种语气的偏差与悖向,
弗氏巧妙地以艺术家的眼光但持普通人的态度来处理作品,作品
蒙上一层真实的'朦胧'……《修墙》、《摘苹果之后》("After Ap-
ple-Picking")、《西流水》("West-Running Brook")、《家葬》、《雇工

---

① 陶乃侃:《弗洛斯特与悖论——弗诗意象与语气之初探》,载《外国文学评论》,
1990 年 2 期,第 52—60 页。

之死》等等,无不由乡土人物或景物辐射向他时代的普遍现状和现代人的心态。……悖论是弗氏主要艺术表达形式之一,而辨证观点是他的基本思想倾向"(59—60)。

李鑫华的论文《弗罗斯特诗歌复杂性探析》①,运用概念图式及动态概念语义学、合成空间理论及概念整合理论对弗氏诗的复杂性进行阐释。李鑫华指出"弗罗斯特诗歌的隐喻语言所表达的概念是一种有着空间与时间殊相内涵的概念图式。这种概念图式的形成不是静态的而是动态的,不是单一的概念组合而是经过整合而蕴涵着合成空间的概念多义复合体。这种多义复合体的概念图式为读者解读诗歌提供了多义的文本依据"(89)。该论文的难能可贵之处在于作者为挖掘弗罗斯特隐喻性诗歌语言的丰富内涵提供了一个语言学理论阐释的新视角。

苏晖的学术论文《弗罗斯特诗歌的反讽策略及幽默效应》②阐述了弗罗斯特诗歌评论的又一个重要侧面。苏晖认为弗罗斯特"善于运用苏格拉底式反讽、戏剧反讽以及由不可靠叙述引起的言语反讽等策略,造成表层语码与深层语码的矛盾甚至悖反,从而赋予诗歌以多重涵义"(60)。作者以独特的视角论述了弗罗斯特在《进入自我》("Into My Own")、《地利》("The Vantage Point")等诗歌中苏格拉底式反讽的运用、在《雇工之死》、《山》("The Mountain")、《黑色小屋》("The Black Cottage")等叙事诗中戏剧反讽的情节和在《补墙》一诗中运用不可靠叙述策略表达生存悖论的反讽意味等等。论文的结论是"弗罗斯特诗歌中的反讽策略造就了其幽默风格,诗人以幽默作为洞察和理解世界的方式,同时也是自我防御和解脱的方式,能够使自我的精神获得对于现实的超越。"

---

① 李鑫华:《弗罗斯特诗歌复杂性探析》,载《国外文学》,2004 年第 3 期,第 89—94 页。

② 苏晖:《弗罗斯特诗歌的反讽策略及幽默效应》,载《外国文学》,2008 年第 4 期,第 60—67 页。

（60）

区鉄、罗斌的论文《罗伯特·弗罗斯特诗歌的图征性》①旨在"具体分析弗罗斯特诗歌的图征性,阐释弗罗斯特反对自己为象征派诗人但称自己为图征的原因"（90）。论文作者考察了"图征"（emblem）的词源、修辞和文体意义,认为"弗罗斯特只是通过图征这一修辞的形式,来达到事物看得见的寓意"（93）。论文的结论是"弗罗斯特虽说自己不是象征主义运动的一员,但他提出的图征属于象征手法的一种。但是作者认为图征比象征更加直观,有图画的呈现和谶语强调道德的说教,也进一步将弗罗斯特与象征主义及当时流行的意象主义和旋涡主义等运动区别开来"（98）。

（3）平行比较研究

在弗罗斯特诗学与诗歌比较研究方面,国内评论文章主要涉及弗罗斯特与他同时代的美国诗人之间的平行比较。1997 年,《外国文学研究》刊登了陈建国的论文《诗歌·自我·人生——弗罗斯特和威廉姆斯之比较研究》。② 作者着重比较弗罗斯特与威廉姆斯两位美国现代诗人"是如何通过丰富的诗歌想像力寻求自我,认识人生,并探索自我意识和宇宙自然的关系"（81）。陈建国认为"在诗歌中寻找自我意义,探索人类生存价值是两者共同的创作特色。然而,对于自我、人生以及宇宙自然的认识与理解,两位诗人的观点却大相径庭"（81）。虽然弗罗斯特更倾向浪漫主义传统,承认意义和价值植根于人与自然之间的某种超验互为关系,但是他对终极真理存在的可能性持怀疑态度,怀疑真理自然意味着否定现实,而否定现实就意味着否认意义和价值。与弗罗斯特

---

① 区鉄、罗斌:《罗伯特·弗罗斯特诗歌的图征性》,载《外国文学评论》,2009 年第 3 期,第 90—98 页。

② 陈建国:《诗歌·自我·人生——弗罗斯特和威廉姆斯之比较研究》,载《外国文学研究》,1997 年第 1 期,第 81—87 页。

不同,威廉姆斯坚信"具体事物优于抽象概念"(85)。他"视客观存在物为其自身意义,"强调"从具体事物中见出普遍意义,"并在诗歌创作中"注重反映事物的永恒瞬间——主体和客体溶为一体时的那一辉煌瞬间"(86)。陈建国论文的结论是"弗罗斯特视人生为冲突与对立面之间的一种微妙而又岌岌可危的平衡,并用'冷漠超然'与'投身介入'这一似乎自相矛盾的诗歌形式作为在喧哗人生中追求自身意义的手段;而威廉姆斯则潇洒地认同人生和现实,在溶主客体意识于一体的永恒的现在时空中孜孜不倦地捕捉生存的真实意义,在变幻无常而又轮回如初的宇宙自然中间认识自我,把握自我,从而实现人生的存在价值"(87)。

1999 年,《外国文学研究》刊登了杨凌雁的论文《庞德与弗罗斯特的现代派诗风》。① 作者认为"庞德与弗罗斯特站在现代派诗歌的两极,庞德提倡从孔子语录中翻译出'革新',弗罗斯特则要求'旧瓶装新酒'。庞德倡导意象派诗歌并倾心'旋涡主义',弗罗斯特强调听觉与视觉、耳朵和眼睛的对立,并从而发展为反意象派的小运动"(22)。除了诗歌创作形式的不同以外,杨凌雁认为弗罗斯特"对新英格兰地区日常乡村生活的喜爱表明了他题材的平常性和传统性,和庞德诗中神话、文化和语言的丰富性以及原材料的多样性大不一样"(23)。

(4)诗歌主题研究

在诗歌主题研究方面,除了探讨弗罗斯特诗歌中人与自然、人与社会、人与人之间的关系主题之外,近年来国内评论涉及到了弗罗斯特的"女性观"、"欲望观"、"家庭伦理观"等主题。比如,2008 年,《国外文学》发表了李应雪的研究成果《女性、欲望、诗

---

① 杨凌雁:《庞德与弗罗斯特的现代派诗风》,载《外国文学研究》,1999 年第 1 期,第 22—25 页。

学——弗洛斯特叙述诗主题探索》。① 该论文阐述了"弗罗斯特关于'女性'和'欲望'叙事诗中的双重主题。主题之一是他在女性与欲望的故事中表达的独特的女性观和欲望观;主题之二表现为在隐喻和象征层面上对于女性欲望和诗歌创作关系的探索"(88)。作者认为"弗罗斯特诗歌最大的特点就是在看似简单的叙述和描写中寄寓复杂微妙的多层主题"(88)。"在弗罗斯特的叙事诗中,女性的欲望和孕育能力不仅是生命力的代表,更是诗人创造力的象征"(88)。弗罗斯特赞美女性及其创造力,并借助于"反讽"和"隐喻"等叙事策略和修辞手法,在诗歌创作中阐释了他的辨证诗学观,形成了独特的"平衡诗学"理论。

此外,值得注意的研究成果应该包括浙江理工大学何庆机副教授在实施浙江省社科规划项目(弗罗斯特诗歌研究/08CGWW010YB)的过程中发表了一系列弗罗斯特诗歌研究学术论文。2008 年 11 月,何庆机分别在《浙江理工大学学报》(第 6 期)和《天津外国语学院学报》(第 6 期)发表了两篇视角新颖的论文《罗伯特·弗罗斯特诗歌儿童群像解读》② 和《弗罗斯特诗歌中夫妻关系的伦理解读》③。在前一篇论文中,作者梳理和分析了弗罗斯特诗歌中所呈现的四类儿童形象:"现代工业文明中的儿童"、"残缺家庭中的儿童"、"荒原中孤独的儿童"和"嬉戏中成长的儿童"。通过解读这些儿童形象所蕴涵的文化与伦理主题意义,何庆机认为现代工业文明给人类带来物质文明的同时也带来了"人与人之间的冷漠、情感能力的衰退、精神荒原中的孤独"

---

① 李应雪:《女性、欲望、诗学——弗洛斯特叙述诗主题探索》,载《国外文学》,2008 年第 4 期,第 88—95 页。
② 何庆机:《罗伯特·弗罗斯特诗歌儿童群像解读》,载《浙江理工大学学报》,2008 年第 6 期,第 737—741 页。
③ 何庆机:《弗罗斯特诗歌中夫妻关系的伦理解读》,载《天津外国语学院学报》,2008 年第 6 期,第 50—54 页。

（737）。在后一篇论文中，作者首先通过前景化的方式呈现冲破性伦理底线的夫妻所饱尝的痛苦，并以此揭示诗人呼唤传统婚姻伦理在现代社会的回归主题；其次，通过分析《恐惧》（"The Fear"）、《科阿斯的女巫》等诗歌中相互矛盾冲突的夫妻关系，揭示弗罗斯特笔下被困于家庭围墙之内的性别差异与性权力斗争；第三，尽管如此，矛盾冲突的夫妻往往能够走出家庭并在大自然或者外界中看到理解、妥协与和谐的希望。在总结这首诗歌的主题思想时，作者的结论是："爱、沟通与分享是迈向和谐的正途"（54）。

4. 问题与思考

弗罗斯特诗歌研究是美国文学研究的一个重要组成部分。在诗歌创作与诗学理论方面，弗罗斯特与艾略特、庞德等同时代主要诗人不同，他选择了一条行人稀少的艺术道路。虽然他一生辉煌，且拥有"非官方桂冠诗人"的美名，但与诺贝尔文学奖失之交臂。这不能不说是一个"完美的缺憾"。① 但是，这同时也说明他的诗歌艺术有其独特的元素。他的诗歌题材、主题思想、诗歌格律、艺术手法都有其独特的魅力。

就题材与主题而言，艾略特注重描写战后西方虽生犹死的现代都市生活，庞德转向东方文化去追梦一个能够匡正政府行为的儒家乐园，而弗罗斯特却扎根新英格兰的山山水水———一块与美利坚民族命运息息相关的土地。他似乎把自己局限于用一种比较单纯的手法来表现简单的乡村生活。表面上看，这种风格似乎难以再现人与自然之间内涵丰富的核心主题。国外持这种观点的代表性评论著作当推聂采的《罗伯特·弗罗斯特诗

---

① 黄宗英：《完美的缺憾——弗罗斯特与诺贝尔文学奖》，载《当代外国文学》，2010 年第 2 期，第 37—47 页。

歌中的人文价值》一书。① 然而,更多的评论家认为弗罗斯特应该被看成是一位不落俗套、深奥微妙的艺术家。国内不少学者从弗罗斯特诗歌中看到了其中所蕴涵的深邃象征,但仍然缺乏系统地揭示弗罗斯特诗歌自然主题的研究成果。在美国,莱南认为弗罗斯特的诗歌蕴涵着一个条理清晰、前后连贯的"神话"——一个以牧歌形式讴歌新英格兰的神话、一个貌似描写农村生活而实质喻指现代城市生活的牧歌世界。② 在弗罗斯特的笔下,新英格兰农村生活所特有的那种质朴简单与超然僻静,而又每每能够升华为一种具有丰富的象征意义的生命和气象。③因此,后工业时代的情境中,如何深入研究和解读弗罗斯特为我们筑起的这座现代牧歌花园仍然是我们研究其诗歌创作的关键所在。在讨论弗罗斯特诗歌取材与主题的时候,我们应该注重挖掘弗罗斯特简单外衣下所蕴涵的深邃哲理。不论我们采用哪一种现代和后现代的释读方法,都不应该忽视新英格兰这个诗人成长的地域环境及其独特的文化内涵。

就诗歌格律而言,弗罗斯特所追求的"意义声音"理论及其在诗歌创作中的运用是一个难题,国外不少学者进行过综合研究,但是国内相关研究论文仍然比较少。这一理论是弗罗斯特对诗歌与诗学理论最重要的贡献。他的诗歌创作之所以成功,其主要原因之一就是因为他善于在诗歌创作中将人们轻松自如的说话语调融入传统严谨的诗歌格律之中。就像他在《在一首诗中》("In a Poem")所说的那样:"诗歌行文应当轻松自如,/韵脚从心所欲而不

---

① George W. Nitchie, *Human Values in the Poetry of Robert Frost*, Durham: Duke University Press, 1960.

② John F. Lynen, *The Pastoral Art of Robert Frost*, New Haven and London: Yale University Press, 1960, p.210.

③ Huang Zongying. *A Road Less Traveled By — On the Deceptive Simplicity in the Poetry of Robert Frost*. Beijing: Peking University Press, 2000, p.6.

逾矩,/稳稳地保持韵律和节奏,/要说出准确无误的话语。"① 可见,诗人首先认为诗歌的行文应当"轻松自如",能够充分享受其自由发展;其次,韵脚虽然可以"从心所欲"但必须做到落地有声,能够匡正诗体;第三,"韵律和节奏"必须"稳稳地"支持诗人"准确无误"地表达他的意思。看来,只有履行所有诗歌创作的责任和义务,诗人才能够真正找到最大限度地表达其"准确无误的话语"的方式。② 他曾经说:"我写诗的韵律似乎让人伤透了脑筋,这超出了我的意料——我想这是因为我长期以来一直习惯于按照我自己的方式去思考这个问题的结果。这种韵律实际上很简单。它不仅包括素体无韵诗所规定的十分规则的重音和音步,而且也包括说话语调中十分不规则的重音和节奏。我最大的满足就是当我能够把这两者融入一种充满张力的关系之中。我喜欢把语调生拉硬拽过诗行所规定的格律并让它变得支离破碎,就像海浪先涌上铺满卵石的海滩,然后在海滩上变得支离破碎一样。"③ 因此,我们不仅应该梳理弗罗斯特这方面的论述,而且应该认真倾听他的诗歌诵读声像资料,并且认真研究他是如何将诗歌格律与话语节奏融为一体的创作特点。此外,弗罗斯特的十四行诗也是他诗歌格律艺术的极致展示。④

就诗歌艺术而言,隐喻、悖论、象征、反讽、意象等艺术手法是

---

① Robert Frost, *Robert Frost: Collected Poems*, *Prose*, & *Plays*, New York: Literary Classics of the United States, 1995, p. 329.

② Lawrence Buell, "Frost as a New England Poet," in *The Cambridge Companion to Robert Frost*, Robert Faggen ed., Cambridge: Cambridge University Press, 2001, p. 114.

③ Lawrance Thompson, ed., *Selected Letters of Robert Frost*, New York & Chicago: Holt, Rinehart and Winston, 1964, p. 128.

④ 黄宗英:《"离经叛道"还是"创新意识"?——罗伯特·弗罗斯特十四行诗〈割草〉的格律分析》,载《北京联合大学学报》(人文社科版),2009 年第 4 期,第 69—74 页。

读者在弗罗斯特诗评中所常见的关键词,也是中国学者研究成果颇为丰富的方面。诗评作者能把握弗罗斯特诗歌的修辞性结构,进而挖掘弗罗斯特诗歌的整体美及其艺术张力,但多数学者选择研究弗罗斯特创作中某一种或者几种常用的修辞手法,以揭示诗人驾驭诗歌语言的魅力;也有论文侧重探讨某种诗学或者修辞学理论,并在此基础上分析弗罗斯特诗歌具体例证,以支持其理论阐述。但是,笔者认为诗歌评论,尤其是讨论诗歌艺术手法的评论,应该注意文章本身的可读性,要让读者从诗歌评论中获得一种豁然开朗的审美享受、一种对生命价值及其意义的理解,而不宜过多地进行理论阐述,因为弗罗斯特并没有追随艾略特和庞德把诗歌写成"有字天书",而是要巧妙地运用各种手法给读者呈现一个"隐喻的世界"。在弗罗斯特看来,诗歌就是隐喻。每一首诗歌都是由一个隐喻构成的,但是又都讲述一个故事。可见,用艺术的手法讲述人生的故事是弗罗斯特诗歌创作的基本方法。为此,在评论弗罗斯特诗歌的时候,我们应该避免当下后现代文学批评语境中一些注重理论阐释而忽视文本释读的批评倾向,而应该更多地关注弗罗斯特笔下的这个传统与现代相互契合、简单而又深邃的艺术世界。

总之,改革开放以来,中国弗罗斯特的诗歌评论已经走过30余年的历程。方平、顾子欣、江枫、曹明伦等著名翻译家完成了弗罗斯特诗歌作品的翻译工作;李文俊、王誉公、张子清等著名美国文学研究前辈为我国的弗罗斯特研究指明了方向并奠定了坚实的基础;而区鉷、程爱民、黄宗英、何庆机等众多国内中青年美国文学研究人员仍然对弗罗斯特诗歌怀着极大的兴趣,并且从诗歌艺术本体论、诗歌主题文化以及后现代批评话语等不同视角,对弗罗斯特融传统与现代为一体的诗歌创作艺术不断地进行深度挖掘和研究。

引用文献：

Buell, Lawrence. "Frost as a New England Poet." *The Cambridge Companion to Robert Frost*. Ed. Robert Faggen. Cambridge：Cambridge University Press, 2001, pp. 101–122.

Frost, Robert. *Robert Frost: Collected Poems, Prose, & Plays*. New York：Literary Classics of the United States, 1995.

Huang, Zongying. *A Road Less Traveled By — On the Deceptive Simplicity in the Poetry of Robert Frost*. Beijing：Beijing：Peking University Press, 2000.

Lynen, John F. *The Pastoral Art of Robert Frost*. New Haven：Yale University Press, 1960.

Thompson, Lawrance, ed. *Selected Letters of Robert Frost*. New York & Chicago：Holt, Rinehart and Winston, 1964.

曹明伦：《我译弗罗斯特》，载《书评周刊》，2002年11月8日第5版。

陈建国：《诗歌·自我·人生——弗罗斯特和威廉姆斯之比较研究》，载《外国文学研究》，1997年第1期，第81—87页。

程爱民：《弗罗斯特诗歌艺术》，载《外国文学》，1994年第4期，第64—68页。

董衡巽、朱虹、施咸荣和李文俊著：《美国文学简史》（下），北京：人民文学出版社，1986年。

方平：《不是怜悯，是尊重——人道主义在〈帮工之死〉中闪光》，载《外国文学研究》，1983年第2期，第6—9页。

——：《家庭与牢笼——介绍叙事诗〈伺候仆人们的女仆〉》，载《春天最初的微笑》（译文丛刊、诗歌特辑），上海译文出版社，1985年，第318—399页。

——：《两首佳作的赏析》，载《名作欣赏》，1986年第6期，第14—16页。

——：《一首小诗的翻译》，载《外国文学研究》，1984年第2期，第64页。

冯至主编：《中国大百科全书——外国文学》（I），北京·上海：中国大百科全书出版社，1982年。

弗罗斯特：《弗罗斯特集：诗全集、散文和戏剧作品》（上、下），曹明伦译，沈阳：辽宁教育出版社，2002年6月。

——：《弗罗斯特诗12首》，方平等译，载《外国名家诗选》，邹绛编，重庆：重庆出版社，1986年，第187—209页。

——：《弗罗斯特诗12首》，方平等译，载《在大海边》（译文丛刊·诗歌特辑），上海：上海译文出版社，1983年4月，第269—289页。

——:《弗罗斯特诗24首》,庄彦等译,载《二十世纪美国诗选》,1990年,沈阳:春风文艺出版社,1990年,第26—61页。

——:《弗罗斯特诗42首》,申奥译,载《美国现代六诗人选集》,长沙:湖南人民出版社,1985年2月,第62—115页。

——:《弗罗斯特诗6首》,方平译,载《当代外国抒情诗选——孤独的玫瑰》,上海:上海译文出版社,1986年,第225—235页。

——:《弗罗斯特诗抄》(8首),顾子欣译,载《外国诗》第2辑,北京:外国文学出版社,1984年,第82—87页。

——:《弗罗斯特诗选》(13首),王延平译,载《外国诗》第5辑,北京:外国文学出版社,1986年,第131—142页。

——:《弗罗斯特诗选》(42首),曹明伦译,成都:四川文艺出版社,1986年2月。

——:《火与冰》,曹明伦译,载《外国文学》,1981年第11期,第56页。

——:《罗·李·弗罗斯特》(11首),江枫译,载《美国现代诗抄》,西宁:青海人民出版社,1986年9月,第103—125页。

——:《美国罗伯特·弗罗斯特诗二首》,李自修译,载《译林》,1981年第1期,第224页。

——:《一条未走的路》(52首),方平译,上海:上海文艺出版社,1988年5月。

——:《弗罗斯特诗21首》,赵毅衡译,载《美国现代诗选》,北京:外国文学出版社,1985年5月,第10—35页。

何庆机:《弗罗斯特诗歌中夫妻关系的伦理解读》,载《天津外国语学院学报》,2008年第6期,第50—54页。

——:《罗伯特·弗罗斯特诗歌儿童群像解读》,载《浙江理工大学学报》,2008年第6期,第737—741页。

——:《文学市场、商业主义与弗罗斯特诗歌的杂合性》,载《外国文学研究》,2008年第6期,第33—41页。

黄宗英:《"不是没有修饰"——罗伯特·弗罗斯特诗歌语言艺术管窥》,载《北京大学学报》(外国语言文学专刊),1998年,第35—45页。

——:《"离经叛道"还是"创新意识"?——罗伯特·弗罗斯特十四行诗〈割草〉的格律分析》,载《北京联合大学学报》(人文社科版),2009年第4期,第69—74页。

——:《"一根直中带曲的好拐杖——罗伯特·弗罗斯特诗歌格律技巧管窥》,载《美国文学研究》,郭继德主编,济南:山东大学出版社,2010年4月,第476—494页。

——:《简单的深邃——罗伯特·弗罗斯特诗歌创作艺术管窥》,载《北京联合大学学报》(人文社会科学版),2006年第1期,第34—39页。

——:《罗伯特·弗罗斯特诗歌创作想象模式管窥》,载《中国外语》(增刊),北京:高等教育出版社,2008年9月,第60—63页。

——:《完美的缺憾——弗罗斯特与诺贝尔文学奖》,载《当代外国文学》,2010年第2期,第37—47页。

——:《一条行人较少的路——罗伯特·弗罗斯特诗歌艺术管窥》,载《北京大学学报》(外国语言文学专刊),1997年,第54—62页。

——:《一条行人稀少的路:罗伯特·弗罗斯特诗歌艺术管窥》(*A Road Less Traveled By — On the Deceptive Simplicity in the Poetry of Robert Frost*),北京:北京大学出版社,2000年4月。

李文俊:《现代美国诗歌1912—1945》,载《外国文学》,1982年第9期,第82—97页。

李鑫华:《弗罗斯特诗歌复杂性探析》,载《国外文学》,2004年第3期,第89—94页。

李应雪:《女性、欲望、诗学——弗洛斯特叙述诗主题探索》,载《国外文学》,2008年第4期,第88—95页。

彭予:《二十世纪美国诗歌——从庞德到罗伯特·布莱》,开封:河南大学出版社,1995年。

区鉷、罗斌:《罗伯特·弗罗斯特诗歌的图征性》,载《外国文学评论》,2009年第3期,第90—98页。

沈劲:《行进在传统与现代之间——试论弗洛斯特诗歌的特征》,载《国外文学》,1992年第4期,第62—70页。

苏晖:《弗罗斯特诗歌的反讽策略及幽默效应》,载《外国文学》,2008年第4期,第60—67页。

孙致礼:《中国的英美文学翻译:1949—2008》,南京:译林出版社,2009年。

唐·霍尔:《虚荣心、名誉、爱与罗伯特·弗罗斯特》,赵华智译,载《世界文学》,1987年第4期,第231—256页。

陶乃侃:《弗洛斯特与悖论——弗诗意象与语气之初探》,载《外国文学评论》,1990年2期,第52—60页。

王家新:《作家学者们正在读的书》,2002,⟨www. news. xinhuanet. com/book⟩。

吴富恒、王誉公主编:《美国作家论》,济南:山东教育出版社,1999年。

杨金才主撰:《新编美国文学史》(第三卷),上海:上海外语教育出版社,2002年。

杨凌雁:《庞德与弗罗斯特的现代派诗风》,载《外国文学研究》,1999年第1

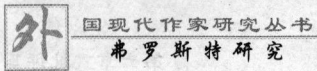
期,第 22—25 页。

姚祖培编译:《朱兰花:罗·弗罗斯特抒情诗选》,北京:中国文联出版公司,
1992 年。

懿丝:《浅析 R.弗洛斯特的诗歌创作》,载《外国语》,1987 年第 6 期,第 23—
25 页。

虞建华等著:《美国文学的第二次繁荣》,上海:上海外语教育出版社,
2004 年。

张子清:《二十世纪美国诗歌史》,沈阳:吉林教育出版社,1995 年。

赵澧:《现代英美诗四首》,载《译林》,1980 年第 2 期,第 107 页。

后　记

　　罗伯特·弗罗斯特的诗歌在全世界拥有广泛的读者,是国内外许多学者和青年学生的最爱。1986 年春季,我在北京大学英语系进修时,有幸在美国文学课上第一次听到了弗罗斯特朗诵自己诗歌的录音。尽管当时的播音设备简陋、效果也不佳,但是弗罗斯特那平实而又美妙的英诗诵读声居然能够让一位没有多少美国文学和英语诗歌学习基础的普通英语教师感受到一种清新的语言文化和艺术的魅力。当时我心想,假如我能够坚持每天聆听和模仿这种美妙的英语诵读声,那么我的英语语音、语调和语感就一定能够提高。于是,我从任课教授那里借来了母带,并自行用两台单录机在被窝里进行对录。从此,弗罗斯特的声音就进入了我学习英语的生活。

　　1991 年,我有幸考取了北京大学英语系英美文学方向硕士研究生,开始学习英国诗歌。虽然那盒磁带的磁性已经严重退化,诗人的声音也已模糊难辨,但弗罗斯特诵读诗歌的抑扬顿挫早已深深地印入我的脑海。我逐渐养成了到未名湖湖心岛上诵读英语诗歌的晨读习惯。由于当时我主修英国诗歌,所以斯宾塞、莎士比亚、邓恩、马维尔、弥尔顿等英国文艺复兴时期诗人的作品是我诵读的重点。但是,由于那盒难得的录音磁带,弗罗斯特的《雪夜林边逗留》、《牧场》、《未走的路》、《摘苹果之后》、《割草》、《修墙》、《帮工之死》、《家葬》等名诗也是我晨读的保留曲目。曾经有人暗示我少花些时间诵读"消遣",可是我怎么也割舍不下一位英语教师对英诗音韵美的追梦。值得庆幸的是,那十余年未名湖畔的英诗晨读不仅为我的英语教学奠定了诵读基础,而且也成为我十三年北大求学最甜美的一个记忆。弗罗斯特的诗歌也成为我生命中一个不可或缺的部分。

1995 年,为了帮助我完成博士学位论文,恩师赵萝蕤教授在美国芝加哥大学英语系的两位好友 James E. Miller, Jr. 和 Gwin Kolb 教授给我寄来了弗罗斯特和艾略特两位诗人朗读各自诗歌的 4 盒录音磁带。这几盒正版磁带的声音效果特别好,大大激发了我模仿弗罗斯特诗歌诵读的热情(艾略特的诗朗诵乐感不强,不太适合中国学生诵读模仿),同时也让我有机会利用这些有声资料对弗罗斯特的诗歌格律以及他所倡导的"意义声音"等诗歌理论进行细心的观察、思考和分析。在导师王式仁教授的耐心指导下,我逐渐地掌握了一些基本的英诗格律知识和分析方法,并能够从音韵效果方面来考察诗歌创作的艺术。恰好,弗罗斯特是一个极好的例子。在诗歌创作艺术的道路上,他坚持走一条"创新的老路",喜欢用传统的诗歌艺术形式来表现西方人的现代生活,而且选择了新英格兰清新淳朴的乡村语言作为他的诗歌语言,让西方现代人深切地体悟到工业文明给大自然所带来的破坏和给人类内在生命意义和价值所带来的摧残。

弗罗斯特的诗歌貌似简单。这也是他之所以能够在倡导诗歌创作应该艰深其文的"艾略特时代"或者"庞德时代"保持其独立性的法宝。既然弗罗斯特能够在一个疯狂地追求理论创新、方法创新的时代存活下来,那么他的诗歌艺术就一定有其独特的本真艺术价值。因此,笔者在实施这个研究项目的过程中,没有过多地追求用新的文学批评理论来阐释弗罗斯特的文本,而是更多地注意挖掘简单外衣下的深邃思想。但是,对近年来国内外弗罗斯特诗评界出现的许多新的研究视角和成果,笔者在第六章批评篇中作了初步综述,希望读者能够从中了解国内外弗罗斯特研究的大致情况。

在本项目的实施过程中,笔者得到了多方无微不至的关心和支持。我感谢南京大学张子清教授介绍我加入了上海戏剧学院汪义群教授主编的这套上海外语教育出版社出版的"外国现代作家研究丛书"写作队伍。我感谢汪义群教授对全书的结构、文体、格式以及文字纰漏等方面提出的修正意见。作为一位年轻的外语工作者,我能有机会承担如此重要的研究项目,深感荣幸!

我感谢教育部社政司批准了本人申请的教育部人文社会科学研究一般项目《罗伯特·弗罗斯特研究》(05JA750.47-99003)并为该项目的实施提供了部分研究基金;我感谢北京联合大学"创新人才建设项目"资助(2010—2011年)和英语语言文学重点建设学科学术著作出版资助(2011年);我感谢北京联合大学应用文理学院领导孔繁敏教授、张宝秀教授和其他学院领导多年来对我的关心、信任和支持;我感谢北京联合大学谢职安、杨亚军、张东昌、赵丽、宋长来、戴黎黎、王毅、牛洁珍、张殿恩等几位英语教授对我的鼓励与支持;我感谢课题组曹明伦教授提供了弗罗斯特作品的权威译文及其他参考资料;感谢孟亮、钱宁、张艳、姜君、崔鲜泉等老师为我校读了部分书稿,也感谢王毅、巩华、陈建华、张春华等课题组老师为本课题实施提供多方帮助;我感谢纽约州立大学奥本尼分校英文系邀请我赴美讲学并收集该项目研究所需要的外文资料。

为了适时汇报项目实施情况并接受学界检验,笔者得到了《当代外国文学》、《中国外语》、《河北师范大学学报》、《北京联合大学学报》、《美国文学研究》等杂志社和学报编辑部的大力支持。我感谢《北京联合大学学报》(人文社会科学版)先后发表了我的4篇阶段性研究成果论文:《简单的深邃——罗伯特·弗罗斯特诗歌创作艺术管窥》(2006年第1期)、《爱默生诗歌与诗学理论管窥》(2007年第2期)、《"从放弃中得到拯救"——读罗伯特·弗罗斯特的〈彻底的奉献〉》(2008 年第 4 期)和《"离经叛道"还是"创新意识"?——罗伯特·弗罗斯特十四行诗〈割草〉的格律分析》(2009 年第 4 期);我感谢南京大学《当代外国文学》杂志刊登了我的论文《完美的缺憾——弗罗斯特与诺贝尔文学奖》(2010 年第 2 期);感谢山东大学郭继德教授主编的《美国文学研究》(2010 年 4 月)收录了我的论文《"一根直中带曲的好拐杖"——罗伯特·弗罗斯特诗歌格律技巧管窥》;感谢《河北师范大学学报》(哲学社会科学版)发表了我的论文《罗伯特·弗罗斯特诗歌创作想象模式管窥》(2010 年第 3 期)(Ⅰ);感谢《中国外语》杂志社在 2008 年增刊中发表了我的论文《罗伯特·弗罗斯特诗歌创作想象模式管窥》(2008 年 9 月)(Ⅱ)。这些阶段性成果的公开发表不断地引导我的研究进入新的层面和深度,也不断地开阔我的视野,吸纳国内外新近的研究成果。

该项目实施的主要困难是收集国外的弗罗斯特诗歌评论的相关资料。几年来,本人得到了许多国外学者和友人的关心和支持。我感谢纽约州立大学奥本尼分校的杰出教授 Jeffery Berman 博士,他不仅亲手为我复印了 *The Robert Frost Encyclopedia* (Tuten, 2001)等重要资料,而且专门为我购买了 *Robert Frost: Collected Poems, Prose, & Plays*(1995)等重要书籍;我感谢纽约州立大学奥本尼分校英文系主任 Mike Hill 教授两次邀请我赴美讲学或进行学术研究;我感谢罗伯特·弗罗斯特的长女 Lesley Lee Francis 教授给我寄来了她的专著 *The Frost Family's Adventure in Poetry*(1994)等相关资料;我感谢恩师王式仁教授通过其好友 Tom Ragle 教授专门为我购买了 *Frost: Centennial Essays* (1974, 1976, 1978)等珍贵资料;我感谢美国林肯大学 Kenneth Price 教授专门为我复印了弗罗斯特的散文和书信资料;我感谢美国惠顿大学的资深教授 Wayne Martindale 博士在北京联合大学与笔者共事期间为该项目的研究提供的多方帮助和鼓励。在此,我特别感谢正在美国攻读比较文学博士学位的孟亮老师，感谢他在百忙中为我查阅了2000—2004 年国外弗罗斯特研究的资料并起草了这部分资料的文献综述，弥补了本人之不足。

　　在收集国内弗罗斯特研究资料的过程中，我感谢北京大学图书馆祝德光、柴振才、杜璐等几位朋友以及文科工具书阅览室、期刊/过刊阅览室馆员老师们的大力支持！我感谢上海外语教育出版社学术部孙静主任在百忙中批阅全稿并修正了本书的不少纰漏！我感谢本书特约编辑徐佳老师的辛苦劳动，纠正了我的许多不足与疏忽！

　　最后，我感谢远在福建老家的祖母、父母、岳母和其他亲戚朋友，是他们的耐心和宽容为我赢得了不少写作的时间；我感谢近在身边的妻子陈炜和儿子黄山，是他们的理解和支持为我树立了克服困难的信心！

黄宗英

2010 年 7 月 20 日

北京西二旗智学苑

该项目研究获得以下科研项目基金资助：

1. 教育部人文社会科学研究一般项目资助；
2. 北京联合大学"创新人才建设项目"资助；
3. 北京联合大学英语语言文学重点建设学科学术著作出版资助。

引 用 文 献

Adams, Hazard. *Critical Theory Since Plato.* (1st & revised editions), San Diego: HBJ, 1971 & 1992.

Atkinson, Brooks. *The Selected Writings of Ralph Waldo Emerson.* New York: Modern Library, 1992.

Austen, Jane. *Jane Austen: Her Complete Novels.* New York: Avenel Books, 1981.

Bagby, George F. *Frost and the Book of Nature.* Knoxville: The University of Tennessee Press, 1993.

Barry, Elaine, ed. *Robert Frost On Writing.* New Brunswick: Rutgers University Press, 1973.

Baym, Nina, ed. *The Norton Anthology of American Literature.* 3rd ed. Vol. 2. New York & London: Norton & Company, 1989.

Bleau, N. Arthur. "Robert Frost's Favorite Poem." *Frost: Centennial Essays III.* Ed. Jac Tharpe. Jackson: University Press of Mississippi, 1978.

Borroff, Marie. "Robert Frost: ' To Earthward'. " *Frost: Centennial Essays II.* Ed. Jac Tharpe. Jackson: University Press of Mississippi, 1976.

Bradley, David. *Robert Frost: A Tribute to the Source.* New York: Holt, Rinehart and Winston, 1979.

Brodsky, Joseph, Seamus Heaney and Derek Walcott. *Homage to Robert Frost.* New York: Farrar Straus Giroux, 1996.

Brower, Reuben A. *The Poetry of Robert Frost: Constellations of Intention.* New York: Oxford University Press, 1963.

Buell, Lawrence. "Frost as a New England Poet. " *The Cambridge Companion to Robert Frost.* Ed. Robert Faggen. Cambridge: Cambridge University Press, 2001, pp. 1010 – 122.

Coale, Samuel. "The Emblematic Encounter of Robert Frost." *Frost: Centennial Essays I*. Ed. Jac Tharpe. Jackson: University Press of Mississippi, 1974.

Commager, Henry Steele. "The Ambiguous American." *College English* (Book IV). Eds. Zhang Xiangbao & Zhou Shanfeng. Beijing: Commercial Press, 1994.

Cox, Hyde, and Edward Connery Lathem, eds. *Selected Prose of Robert Frost*. New York: Macmillan, 1968.

Cox, James M., ed. *Robert Frost: A Collection of Critical Essays*. Englewood Cliffs(N. J.): Prentice-Hall, Inc., 1962.

Deleuze, Gilles. *The Logic of Sense*. Trans. Mark Lester and Charles Stivale. Ed. Constantin V. Boundas. New York: Columbia University Press, 1990.

Edwards, Margaret. "Pan's Song Revised." *Frost: Centennial Essays I*. Ed. Jac Tharpe. Jackson: University Press of Mississippi, 1974.

Egmond, Peper Van. *Robert Frost: A Reference Guide 1974 – 1990*. Boston: G. K. Hall & Co., 1991.

——, ed. *The Critical Reception of Robert Frost*. Boston: G. K. Hall & Co., 1974.

Eliot, T. S., ed. *Literary Essays of Ezra Pound*. New York: A New Directions Book, 1935.

——. "The Metaphysical Poets" (1921). *Selected Essays of T. S. Eliot*, London: Faber and Faber, 1934.

——. *The Complete Poems and Plays 1909 – 1950*. New York: Harcourt Brace & World, 1971.

Eliot, Valerie. *The Waste Land: A Facsimile and Transcript of the Original Drafts Including the Annotations of Ezra Pound*. London and Boston: Faber and Faber, 1971.

Elliott, Emory, ed. *Columbia Literary History of the United States*. New York: Columbia University Press, 1988.

Emerson, Ralph Waldo. *Emerson's Complete Poems*. Boston & New York: Houghton Mifflin Company, 1903.

——. *The Collected Works of Ralph Waldo Emerson*, Vols. 1 – 6. Cambridge (Massachusetts): The Belknap Press of Harvard University Press, 1971 – 2003.

——. *The Selected Writings of Ralph Waldo Emerson*. New York: Modern Library, 1992.

——. *The Complete Works*, IX. Boston: Houghton Mifflin, 1904.

——. *The Complete Works*, VIII. Boston: Houghton Mifflin, 1904.

Engel, Elliot. *A Dab of Dickens and A Touch of Twain: Literary Lives from Shakespeare's Old England to Frost's New England.* New York: Pocket Books, 2002.

Evans, William R. *Robert Frost and Sidney Cox: Forty Years of Friendship.* Hanover: University Press of New England, 1981.

Faggen, Robert, ed. *The Cambridge Companion to Robert Frost.* Cambridge: Cambridge University Press, 2001.

Faggen, Robert. *Robert Frost and the Challenge of Darwin.* Ann Arbor: The University of Michigan Press, 1997.

Fitzgerald, F. Scott. *This Side of Paradise.* New York: Charles Scribner's Sons, 1920.

Francis, Lesley Lee. *The Frost Family's Adventure in Poetry.* Columbia and London: University of Missouri Press, 1994.

Francis, Robert, ed. *Frost: A Time to Talk.* Amherst: University of Massachusetts Press, 1972.

Frattali, Steven. *Person, Place, and World: A Late-Modern Reading of Robert Frost.* Victoria (British Columbia): University of Victoria, 2002.

Frost, Robert. "Introduction to E. A. Robinson's *King Japer.*" *Frost: Collected Poems, Prose & Plays.* New York: the Library of America, pp. 741 – 746.

Frost, Robert. *Robert Frost: Collected Poems, Prose, & Plays.* New York: Literary Classics of the United States, 1995.

Frost, Robert. *The Letters of Robert Frost to Louis Untermeyer.* New York: Holt, Rinehart and Winston, 1963.

Frost, Robert. *The Poetry of Robert Frost.* New York: Holt, Rinehart & Winston, 1969.

Fussell, Paul. *Poetic Meter and Poetic Form.* New York: Random House, Inc., 1979.

Gerber, Philip L. *Critical Essays on Robert Frost.* New York: Library of Congress Cataloging in Publication Data, 1982.

Gould, Jean. *Robert Frost: The Aim Was Song.* New York: Dodd, Mead & Company, 1964.

Gove, Philip Babcock. ed. *Webster's Third New International Dictionary of the English Language Unabridged.* Springfield: Merriam-Webster, 1986.

Grade, Arnold, ed. *Family Letters of Robert and Elinor Frost.* Albany: State University of New York Press, 1972.

Graves, Robert. *Selected Poems of Robert Frost.* New York & Chicago: Holt, Rinehart and Winston, 1963.

Hart, James D., ed. *The Oxford Companion to American Literature.* 5th ed., London, Toronto, New York: Oxford Univeristy Press, 1983.

Hoffman, Tyler. *Robert Frost and the Politics of Poetry.* Hanover, NH: UP of New England, 2001.

Holland, Norman N. *The Brain of Robert Frost: A Cognitive Approach to Literature.* Routledge: Chapman and Hall, 1988.

Huang Zongying. *A Road Less Traveled By — On the Deceptive Simplicity in the Poetry of Robert Frost.* Beijing: Peking University Press, 2000.

Hyde, Lewis, ed. *The Essays of Henry D. Thoreau.* New York: North Point Press, 2002.

Isaacs, Elizabeth. *An Introduction to Robert Frost.* Denver: Alan Swallow, 1962.

Johnson, Thomas H., ed. *The Complete Poems of Emily Dickinson.* Boston: Little, Brown and Company, 1960.

Jost, Walter. *Rhetorical Investigations: Studies in Ordinary Language Criticism.* Charlottesville: University of Virginia Press, 2004.

Kemp, John C. *Robert Frost and New England: The Poet as Regionalist.* Princeton: Princeton University Press, 1979.

Lathem, Edward Connery, and Lawrance Thompson. *Robert Frost: Farm-Poultryman.* Hanover (N. H.): Dartmouth Publications, 1963.

Lathem, Edward Connery, ed. *A Concordance to the Poetry of Robert Frost.* Guilford (Connecticut): Jeffrey Norton Publishers, 1971.

Lathem, Edward Connery, ed. *The Poetry of Robert Frost.* New York: Henry Holt and Company, 1969.

Locher, Frances C., ed. *Contemporary Authors: Volumes 89 - 92.* Detroit: Gale Research Company, 1980.

Lowell, Amy. "North of Boston." *Critical Essays on Robert Frost.* Ed. Philip L. Gerber. Library of Congress Cataloging in Publication Data, 1982, pp. 22 - 24.

Lowell, Amy. *Tendencies in Modern American Poetry.* New York: Macmillan, 1917.

Lynen, John F. *The Pastoral Art of Robert Frost.* New Haven and London: Yale University Press, 1960.

Marcus, Mordecai. *The Poems of Robert Frost: an Explication*. Boston: G. K. Hall & Co., 1991.

Matthiessen, F. O. *American Renaissance*. London, Toronto, New York: Oxford UP, 1964.

Maxson, H. M. *On the Sonnets of Robert Frost: A Critical Examination of the 37 Poems*. Jefferson & London: McFarland & Company, 1997.

Melville, Herman. *Moby Dick or The Whale*. New York: The Bobbs-Merrill Company, 1964.

Mertins, Louis. *Robert Frost: Life and Talks-Walking*. Norman: University of Oklahoma Press, 1965.

Meyers, Jeffrey. *Robert Frost: A Biography*. Boston & New York: Houghton Mifflin Company, 1996.

Monteiro, George. *Robert Frost & The New England Renaissance*. Kentucky: The University Press of Kentucky, 1988.

Newdick, Robert. "Robert Frost and the Sound of Sense." *American Literature*, IX, 1937.

Nitchie, George W. *Human Values in the Poetry of Robert Frost*. Durham: Duke University Press, 1960.

Noyes, Russell, ed. *English Romantic Poetry and Prose*. New York: Oxford University Press, 1956.

O'Donnell, William G. "Robert Frost at Eighty-Eight." *Critical Essays on Robert Frost*. Ed. Philip L. Gerber. New York: Library of Congress Cataloging in Publication Data, 1982.

Ogilvie, John T. "From Woods to Stars: A Pattern of Imagery in Robert Frost's Poetry." *Contemporary Literary Criticism*, Vol. 26. Detroit: Gale Research Company, 1985.

Pack, Robert. *Belief and Uncertainty in the Poetry of Robert Frost*. London: UP of New England, 2003.

Parini, Jay, and Brett C. Millier, eds. *The Columbia History of American Poetry*. New York: Columbia University Press, 1993.

Parini, Jay. *Robert Frost: A Life*. New York: Henry Holt and Company, 1999.

Perkins, David, ed. *English Romantic Writings*. San Diego & New York: HBJ, 1967.

Poirier, Richard. *Robert Frost: The Work of Knowing*. Standford: Standford University Press, 1977.

—— and Mark Richardson, eds. *Robert Frost: Collected Poems, Prose, & Plays.* New York: Library of America, 1995.

Porte, Joel, ed. *Emerson in His Journals.* Cambridge (Mass.) and London: The Belknap Press of Harvard University Press, 1982.

Preminger, Alex and T. V. E Brogan, eds. *The New Princeton Encyclopedia Of Poetry and Poetics.* Princeton (N. J.): Princeton UP, 1993.

Reeve, F. D. *Robert Frost in Russia.* Boston: Little, Brown, 1964.

Ryan, Alvan S. "Frost and Emerson: Voice and Vision." *Critical Essays on Robert Frost.* Ed. Philip L. Gerber. New York: Library of Congress Cataloging in Publication Data, 1982.

Sergeant, Elizabeth Shepley. *Robert Frost: the Trial by Existence.* New York: Holt, Rinehart and Winston, 1960.

Squires, Radcliffe. *The Major Themes of Robert Frost.* Ann Arbor: University of Michigan Press, 1963.

Stevens, Wallace. "The Noble River and the Sound of Words". 1941.

Tharpe, Jac, ed. *Frost: Centennial Essays I.* Jackson: University Press of Mississippi, 1974.

——, ed. *Frost: Centennial Essays II.* Jackson: University Press of Mississippi, 1976.

——, ed. *Frost: Centennial Essays III.* Jackson: University Press of Mississippi, 1978.

Thompson, Lawrance, ed. *Selected Letters of Robert Frost.* New York & Chicago: Holt, Rinehart and Winston, 1964.

——. *Fire and Ice: The Art and Thought of Robert Frost.* New York: Henry Holt and Company, 1942.

——. *Robert Frost: The Early Years 1874 – 1915.* New York & Chicago: Holt, Rinehart and Winston, 1966.

——. *Robert Frost: The Years of Triumph 1915 – 1938.* New York & Chicago: Holt, Rinehart and Winston, 1970.

—— & R. H. Winnick. *Robert Frost: The Later Years 1938 – 1963.* New York: Holt, Rinehart and Winston, 1976.

Thoreau, Henry David. *Walden.* Princeton: Princeton University Press, 1971.

——. *Thoreau's Journal*, Vol. 1. Princeton: Princeton University Press, 1906.

Timmerman, John H. *Robert Frost: The Ethics of Ambiguity.* London: Associated University Presses, 2002.

Trilling, Lionel. "A Speech on Robert Frost: A Cultural Episode." *Robert Frost: A Collection of Critical Essays*. Ed. James M. Cox. Englewood Cliffs (N. J.): Prentice-Hall, 1962.

Tuten, Nancy Lewis & John Zubizarreta, eds. *The Robert Frost Encyclopedia*. Westport, Connecticut & London: Greenwood Press, 2001.

Untermeyer, Louis . *Robert Frost: A Backward Look*. Washington: The Library of Congress, 1964.

——, ed. *The Letters of Robert Frost to Louis Untermeyer*. New York, Chicago and San Francisco: Holt, Rinehart and Winston, 1963.

——, ed. *Modern American Poetry*. New York: Harcourt, Brace & World, 1958.

Walsh, John Evangelist. *Into My Own: the English Years of Robert Frost 1912 – 1915*. New York: Grove Weidenfeild, 1988.

Warren, Robert Penn. "The Themes of Robert Frost." *Contemporary Literary Criticism*, Vol. 26. Detroit: Gale Research Company, 1985.

Wellek, Rene, and Austin Warren. "Image, Metaphor, Symbol, Myth." *Theory of Literature*. New York: Harcourt, 1949.

Westbrook, Perry D. *A Literary History of New England*. London and Toronto: Associated University Presses, 1988.

Whitman, Walt. *Leaves of Grass*. New York: Vintage Books, 1992.

Wilcox, Earl J. and Jonathan N. Barron, eds. *Roads Not Taken: Rereading Robert Frost*. Columbia and London: University of Missouri Press, 2000.

Winters, Yvor. "Robert Frost, The Spiritual Drifter as Poet." *Robert Frost: A Collection of Critical Essays*. Ed. James M. Cox. Englewood Cliffs(N. J.): Prentice-Hall, 1962.

Woodring, Carl, & James Shapiro, eds. *The Columbia History of British Poetry*. Beijing: Foreign Language Teaching and Research Press, 2005.

Woolf, Virginia. "Professions for Women." *Contemporary College English*. Mei Renyi, ed. Beijing: Foreign Language Teaching and Research Press, 2002, pp. 55 – 59.

Wordsworth, William. "Preface to the Second Edition of *Lyrical Ballads*." *Critical Theory Since Plato* (1st & revised editions), Hazard Adams, ed. San Diego & New York: HBJ, 1971, pp. 433 – 443.

艾略特:《艾略特文学论文集》,李赋宁译注,北京:百花洲文艺出版社, 1994 年。

——:《荒原》,载《中国翻译名家自选集·赵萝蕤卷》,北京:中国工人出版社,1995年。

爱默生:《爱默生集:论文与讲演录》(上、下卷),赵一凡译,北京:三联书店,1993年。

曹明伦:《我译弗罗斯特》,载《书评周刊》,2002年11月8日第5版。

——:《关于弗罗斯特若干书名、篇名和一句名言的翻译》,载《中国翻译》,2002年第4期,第54页。

陈建国:《诗歌·自我·人生——弗罗斯特和威廉姆斯之比较研究》,载《外国文学研究》,1997年第1期,第81—87页。

程爱民:《弗罗斯特诗歌艺术》,载《外国文学》,1994年第4期,第64—68页。

方平:《不是怜悯,是尊重——人道主义在〈帮工之死〉中闪光》,载《外国文学研究》,1983年第2期,第6—9页。

——:《弗罗斯特》,载《外国著名文学家评传》(第四卷),吴富恒主编,济南:山东教育出版社,1990年。

——:《两首佳作的赏析》,载《名作欣赏》,1986年第6期,第14—16页。

——:《一首小诗的翻译》,载《外国文学研究》,1984年第2期,第64页。

冯契、徐孝通主编:《外国哲学大辞典》,上海:上海辞书出版社,2000年。

冯至主编:《中国大百科全书——外国文学》(I),北京·上海:中国大百科全书出版社,1982年。

弗罗斯特:《弗罗斯特集:诗全集、散文和戏剧作品》(上、下),曹明伦译,沈阳:辽宁教育出版社,2002年6月。

——:《弗罗斯特诗12首》,方平等译,载《外国名家诗选》,邹绛编,重庆:重庆出版社出版,1986年,第187—209页。

——:《弗罗斯特诗12首》,方平等译,载《在大海边》(译文丛刊·诗歌特辑),上海:上海译文出版社,1983年4月,第269—289页。

——:《弗罗斯特诗24首》,庄彦等译,载《二十世纪美国诗选》,1990年,沈阳:春风文艺出版社,1990年,第26—61页。

——:《弗罗斯特诗42首》,申奥译,载《美国现代六诗人选集》,长沙:湖南人民出版社,1985年2月,第62—115页。

——:《弗罗斯特诗6首》,方平译,载《当代外国抒情诗选——孤独的玫瑰》,上海:上海译文出版社,1986年,第225—235页。

——:《弗罗斯特诗抄》(8首),顾子欣译,载《外国诗》第2辑,北京:外国文学出版社,1984年,第82—87页。

——:《弗罗斯特诗选》(13首),王延平译,载《外国诗》第5辑,北京:外国文学出版社,1986年,第131—142页。

——:《弗罗斯特诗选》(42首),曹明伦译,成都:四川文艺出版社,1986年2月。

——:《火与冰》,曹明伦译,载《外国文学》,1981年第11期,第56页。

——:《出路·序言》,黄宗英译,载《诗探索》,1995年第二辑,第185—186页。

——:《罗·李·弗罗斯特》(11首),江枫译,载《美国现代诗抄》,西宁:青海人民出版社,1986年9月,第103—125页。

——:《美国罗伯特·弗罗斯特诗二首》,李自修译,载《译林》,1981年第1期,第224页。

——:《诗的运动》,陈行慧译,载《美国作家论文学》,北京:三联书店,1984年,第352—56页。

——:《一首诗的形象》,黄宗英译,载《诗探索》,1995年第一辑,第182—184页。

——:《一条未走的路》(52首),方平译,上海:上海文艺出版社,1988年5月。

——:《弗罗斯特诗21首》,赵毅衡译,载《美国现代诗选》,北京:外国文学出版社,1985年5月,第10—35页。

何庆机:《弗罗斯特诗歌中夫妻关系的伦理解读》,载《天津外国语学院学报》,2008年第6期,第50—54页。

——:《罗伯特·弗罗斯特诗歌儿童群像解读》,载《浙江理工大学学报》,2008年第6期,第737—741页。

——:《文学市场、商业主义与弗罗斯特诗歌的杂合性》,载《外国文学研究》,2008年第6期,第33—41。

胡家峦详注:《英国名诗详注》,北京:外语教学与研究出版,2003年。

黄宗英:《"不是没有修饰"——罗伯特·弗罗斯特诗歌语言艺术管窥》,载《北京大学学报》(外国语言文学专刊),1998年,第35—45页。

——:《"从放弃中得到拯救"——读罗伯特·弗罗斯特的〈彻底的奉献〉》,载《北京联合大学学报》(人文社会科学版)2008年第4期,第65—70页。

——:《"离经叛道"还是"创新意识"?——罗伯特·弗罗斯特十四行诗〈割草〉的格律分析》,载《北京联合大学学报》(人文社科版),2009年第4期,第69—74页。

——:《"破碎的海水"——罗伯特·弗罗斯特童年的记忆》,载《传统与创新的契合——英语语言文学与英语教学研究论文集》,北京:北京出版社,

2008 年,第 72—84 页。

——:《"一根直中带曲的好拐杖——罗伯特·弗罗斯特诗歌格律技巧管窥》,载《美国文学研究》,郭继德主编,济南:山东大学出版社,2010 年 4 月,第 476—494 页。

——:《爱默生诗歌与诗学理论管窥》,载《北京联合大学学报》(人文社会科学版),2007 年第 2 期,第 23—27 页。

——:《简单的深邃——罗伯特·弗罗斯特诗歌创作艺术管窥》,载《北京联合大学学报》(人文社会科学版),2006 年第 1 期,第 34—39 页。

——:《罗伯特·弗罗斯特诗歌创作想象模式管窥》,载《中国外语》(增刊),北京:高等教育出版社,2008 年 9 月,第 60—63 页。

——:《抒情史诗论》,北京:北京大学出版社,2003 年。

——:《完美的缺憾——弗罗斯特与诺贝尔文学奖》,载《当代外国文学》,2010 年第 2 期,第 37—47 页。

——:《一条行人较少的路——罗伯特·弗罗斯特诗歌艺术管窥》,载《北京大学学报》(外国语言文学专刊),1997 年,第 54—62 页。

——:《英国十四行诗艺术管窥——从华埃特到弥尔顿》,载《国外文学》,1994 年第 4 期,第 42—51 页。原载《新月》第 3 卷第 5、6 期。

——编著:《英美诗歌名篇选读》,北京:高等教育出版社,2007 年。

惠特曼:《草叶集》(上、下),赵萝蕤译,上海:上海译文出版社,1991 年。

济慈:《济慈诗选》,屠岸译,北京:人民文学出版社,1997 年。

江枫译:《美国现代诗抄》,西宁:青海人民出版社,1986 年。

李赋宁主编:《英语学习指南》,北京:高等教育出版社,1986 年。

李剑鸣:《美国的奠基时期:1585—1775》,载《美国通史》(第 1 卷),北京:人民出版社,2002 年。

李文俊:《现代美国诗歌 1912—1945》,载《外国文学》,1982 年第 9 期,第 82—97 页。

李鑫华:《弗罗斯特诗歌复杂性探析》,载《国外文学》,2004 年第 3 期,第 89—94 页。

李应雪:《女性、欲望、诗学——弗洛斯特叙述诗主题探索》,载《国外文学》,2008 年第 4 期,第 88—95 页。

李自修:《美国罗伯特·弗罗斯特诗二首》,载《译林》,1981 年第 1 期,第 224 页。

梁实秋主编:《远东英汉大辞典》,台北:远东图书公司,1977 年。

罗素:《西方哲学史》(上、下),北京:商务印书馆,2003 年。

弥尔顿:《弥尔顿诗选》,朱维之选译,北京:人民文学出版社,1998 年。

钱青主编:《英国19世纪文学》,北京:外语教学与研究出版社,2006年。

区鉷、罗斌:《罗伯特·弗罗斯特诗歌的图征性》,载《外国文学评论》,2009年第3期,第90—98页。

彭予:《二十世纪美国诗歌——从庞德到罗伯特·布莱》,开封:河南大学出版社,1995年。

全增嘏主编:《西方哲学史》(下),上海:人民出版社,1983年。

莎士比亚:《莎士比亚全集》,第11卷,梁宗岱译,北京:人民文学出版社,1984年。

——:《莎士比亚全集》,朱生豪等译,第五卷,北京:人民文学出版社,1985年。

申奥译:《弗罗斯特》(42首),载《美国现代六诗人选集》,长沙:湖南人民出版社,1985年2月,第62—115页。

沈劲:《行进在传统与现代之间——试论弗洛斯特诗歌的特征》,载《国外文学》,1992年第4期,第62—70页。

苏晖:《弗罗斯特诗歌的反讽策略及幽默效应》,载《外国文学》,2008年第4期,第60—67页。

孙致礼:《中国的英美文学翻译:1949—2008》,南京:译林出版社,2009年。

唐·霍尔:《虚荣心、名誉、爱与罗伯特·弗罗斯特》,赵华智译,载《世界文学》,1987年第4期,第231—256页。

梭罗:《瓦尔登湖或林中生活》,许崇庆、林本椿译,载《梭罗集》(上),北京:三联书店,1996年。

陶乃侃:《弗洛斯特与悖论——弗诗意象与语气之初探》,载《外国文学评论》,1990年2期,第52—60页。

王家新,《作家学者们正在读的书》,〈www.news.xinhuanet.com/book〉。

王延平译:《弗洛斯特诗选》(13首),载《外国诗》第5辑,北京:外国文学出版社,1986年,第131—142页。

王佐良、李赋宁等主编:《英国文学名篇选著》,北京:商务印书馆,1987年。

王佐良:《英国诗史》,南京:译林出版社,1993年。

王佐良主编:《英国诗选》,上海:上海译文出版社,1988年。

吴富恒、王誉公主编:《美国作家论》,济南:山东教育出版社,1999年。

吴富恒主编:《外国著名文学家评传》(4),济南:山东教育出版社,1990年,第202—203页。

雪莱:《雪莱抒情诗全集》,江枫译,长沙:湖南文艺出版社,1996年。

杨金才主撰:《新编美国文学史》(第三卷),上海:上海外语教育出版社,2002年。

杨凌雁:《庞德与弗罗斯特的现代派诗风》,载《外国文学研究》,1999 年第 1 期,第 22—25 页。

姚祖培编译:《朱兰花:罗·弗罗斯特抒情诗选》,北京:中国文联出版公司, 1992 年。

虞建华等著:《美国文学的第二次繁荣》,上海:上海外语教育出版社, 2004 年。

张冲:《新编美国文学史》(第一卷),上海:上海外语教育出版社,2000 年。

张友伦:《美国的独立与初步繁荣》,载《美国通史》(第 2 卷),北京:人民出版 社,2002 年。

张子清:《二十世纪美国诗歌史》,长春:吉林教育出版社,1995 年。

赵澧:《现代英美诗四首》,载《译林》,1980 年第 2 期,第 107 页。

赵萝蕤:《我的读书生涯》,北京:北京大学出版社,1996 年。

赵萝蕤译:《中国翻译名家自选集:荒原》,北京:中国工人出版社,1995 年。

赵毅衡译:《弗罗斯特》(21 首),载《美国现代诗选》,北京:外国文学出版社, 1985 年 5 月。

邹绛编:《弗罗斯特》(12 首),载《外国名家诗选》,重庆:重庆出版社,1986 年,第 186—209 页。

《圣经》(中英对照,和合本,新标准修订版,National TSPM & CCC)。

人名地名中英文对照索引

（以汉语拼音为序）

A

阿伯克龙比（Lascelles Abercrombie）

阿加西（Loui Agassiz, 1807—1873）

阿伦斯顿（Allenstown）

阿默斯特（Amherst）

阿姆斯特（Amherst, New Hampshire）

阿诺德（Matthew Arnold, 1822—1888）

阿普顿教堂（Appleton Chapel）

阿闻（Newton Arvin）

埃利奥特（Elliot Frost）

埃利亚特（Emory Elliott）

埃姆斯伯里（Amesbury）

艾略特（T. S. Eliot, 1888—1965）

艾伦（Grant Allen）

艾森豪威尔（Eisenhower）

爱德华兹（Margaret Edwards）

爱默生（Ralph Waldo Emerson, 1803—1882）

昂特迈耶（Louis Untermeyer, 1885—1977）

奥登（W. H. Auden, 1907—1973）

奥格利夫（John T. Oglivie）

奥斯汀(Jane Austen)
奥维德(Ovid)

B

巴里(Elaine Barry)
巴理尔(Carl Burell)
巴伦(Jonathan N. Barron)
巴塔耶(Georges Bataille)
巴特里特(John Bartlett)
白劳尔(Reuben A. Brower)
保林(Tom Paulin)
贝尔(Clive Bell)
贝蒂娜(Elinor Bettina)
贝利(Loren E. Bailey)
贝瑞(Wendell Berry, 1934—   )
比尔(Lawrence Buell)
比肯斯非尔德(Beaconsfield)
彼特拉克(Francescco Petrarch, 1304—1374)
毕晓普(Elizabeth Bishop, 1911—1979)
宾纳(Witter Bynner)
柏格森(Henri Bergson, 1859—1941)
柏拉图(Plato)
柏罗丁(Plotinus)
博尔德(Boulder)
博洛福(Marie Borroff)
勃朗宁(Robert Browning, 1812—1889)
布莱恩特(William Cullen Bryant, 1794—1878)
布莱斯韦特(W. S. Braithwaite)
布兰顿(Edmund Charles Blunden, 1896—1974)
布朗(Alice Brown)
布朗(Harold Brown)
布朗(Sterling Brown, 1901—1989)

布劳内尔（Herbert Brownell）

布里格斯（LeBaron R. Briggs）

布里科特（Charlemagne C. Bricault）

布里奇斯（Robert Seymour Bridges, 1844—1930）

布罗茨基（Joseph Brodsky）

布卢姆斯伯里（Bloomsbury）

布鲁克（Rupert Chawner Brooke, 1887—1915）

布鲁克斯（Gwendolyn Brooks）

布斯（Wayne Booth）

布斯（Philip Booth, 1925—2007）

D

达尔文（Charles Robert Darwin, 1809—1882）

达纳（William Starr Dana）

达特茅斯学院（Dartmouth College）

戴维斯（William Henry Davies, 1871—1940）

丹尼尔（Samuel Daniel, 1562—1619）

德拉门德（Henry Drummond, 1851—1897）

德勒泽（Gilles Deleuze）

德瑞农场（Derry Farm）

德沃托（Bernard DeVoto, 1897—1955）

德文大街（Devonshire Street）

邓恩（John Donne, 1572—1631）

狄金森（Emily Dickinson, 1830—1886）

迪莫克（Dymock）

迪斯默尔沼泽（Dismal Swamp）

蒂克纳研究员（Ticknor Fellow）

蒂姆曼（John H. Timmerman）

杜丽特尔（Hilda Doolittle）

E

恩格尔（Elliot Engel）

F

法夫郡(Fifeshire)

菲茨杰拉德(F. Scott Fitzgerald, 1896—1940)

斐迪南大公(Archduke Francis Ferdinand)

费根(Robert Faggen)

费诺罗萨(Ernest Fenollosa, 1853—1908)

夫里曼(Mary Wilkins Freeman)

弗莱彻(John Gould Fletcher)

弗兰西斯(Robert Francis, 1901—1987)

弗朗科尼亚(Franconia)

弗朗西斯(Lesley Lee Francis, 1931—   )

弗雷塔利(Steven Frattali)

弗里德曼(Norman Friedman)

弗林特(F. S. Flint)

弗伦奇(Robert W. French)

弗罗斯特(Lesley Frost)

弗罗斯特(Robert Frost)

弗罗斯特(William Prescott Frost, Jr.)

福克纳(William Faulkner, 1897—1962)

福莱(Roger Fry)

圣弗朗西斯科(San Francisco)

G

盖恩斯维尔(Gainesville, Florida)

格拉斯哥(Glasgow)

霍拉斯·格列高利(Horace Gregory)

格雷(Asa Gray, 1810—1888)

格雷(Thomas Gray, 1716—1771)

格雷德(Arnold Grade)

格雷夫斯(Robert Graves, 1895—1985)

格洛斯特郡(Gloucester)

古尔德(Jean Gould)

古德温(Nathaniel Goodwin)

H

哈佛学院(Harvard College)

哈兰德(Norman N. Holland)

哈勒姆(Arthur Hallam)

海登(Robert Hayden, 1913—1980)

海斯(John Hayes)

汉弥尔顿(David Hamilton)

豪威(Richard Hovey)

豪威尔斯(William Dean Howells, 1837—1920)

荷马(Homer)

贺拉斯(Horace)

赫尔姆(Thomas Ernest Hulme)

赫鲁晓夫(Nikita Khrushchev)

赫胥黎(Thomas Henry Huxley)

黑弗里尔(Haverhill)

华埃特(Thomas Wyatt, 1503—1542)

华兹华斯(William Wordsworth, 1770—1850)

华道夫(Waldorf)

怀特(Elinor Miriam White)

辉栖尔(Stepnen Whicher)

霍尔(Dorothy J. Hall)

惠蒂埃(John Greenleaf Whittier, 1807—1892)

亨利·霍尔特出版公司(Henry Holt and Company)

霍尔特、莱因哈特及温斯顿出版公司(Holt, Rinehart and Winston)

霍福曼(Tyler Hoffman)

霍姆斯(Oliver Wendell Holmes, 1809—1894)

霍普金斯(Gerard Manley Hopkins, 1844—1889)

霍奇森(Ralph Edwin Hodgson, 1871—1962)

霍桑(Nathaniel Hawthorne, 1804—1864)

霍威尔斯(W. D. Howells)

J

斯桂尔(John Collins Squire, 1884—1958)

基尔库普(Karen Kilcup)

基恩斯(Katherine Kearns)

基特里奇(George Lyman Kittredge, 1860—1941)

基韦斯特(Key West, Florida)

吉布森(Wilfrid Gibson, 1878—1962)

吉尔伯特(Edward Guilbert)

吉卜林(Joseph Rudyard Kipling, 1865—1936)

加德纳(John Hayes Gardner)

贾雷尔(Randall Jarrell)

杰斐逊(Thomas Jefferson, 1743—1826)

金斯敦村(Kingston Village)

旧本宁顿(Old Bennington)

K

卡尔霍恩(Richard Calhoun)

卡罗尔(Carol Frost)

卡明斯(E. E. Cummings, 1894—1962)

卡瑟伍德(Mary Hartwell Catherwood)

卡维尔(Stanley Cavell)

克拉夫(Arthur Hugh Clough, 1819—1861)

克拉普(Richard Clapp)

克莱尔(John Clare, 1793—1864)

克莱恩(Hart Crane, 1899—1932)

克莱恩（Stephen Crane，1871—1900）

克雷夫科（John de Crévecoeur，1735—1813）

克罗德（Edward Clodd）

罗得克（Theodore Roethke，1908—1963）

凯恩斯（Huntington Cairns）

凯尼恩（Kenyon）

坎布里奇市（Cambridge）

坎顿（Canton）

考克斯（James M. Cox）

考克斯（Sidney Cox）

考利（Malcolm Cowley）

柯尔（Samuel Coale）

科拉姆（Padraic Colum）

科枫（Robert P. Tristram Coffin）

柯立芝（Calvin Coolidge，1872—1933）

克利夫饭店（Cliff House）

库柏（James Fenimore Cooper，1789—1851）

库克（Rose Terry Cooke）

库诺斯（John Cournos）

L

拉克瑞茨（Andrew Lakritz）

拉塞尔（George Russell）

拉特兰街 16 号（16 Rutland Street）

莱安（Alvan S. Ryan）

莱南（John Lynen）

莱瑟姆（Edward Connery Lathem）

莱特（Wilbur Wright，1867—1912）

莱特（Orville Wright，1871—1948）

赖尔（Sir Charles Lyell，1797—1875）

赖阅特（Victor Reichert）

兰塞姆（John Crowe Ransom）

雷葛尔（Thomas Ragle）

朗费罗（Henry Wadsworth Longfellow, 1807—1882）

朗特里栖尔（Frank Lentricchia）

劳伦斯（Lawrence, Massachusetts）

理查森（Mark Richardson）

里夫（F. D. Reeve）

林肯（Abraham Lincoln, 1809—1865）

林奈（Carolus Linnaeus, 1707—1778）

刘易斯敦（Lewistown）

卢克莱修（Lucretius, 98BC—55BC）

卢梭（Rousseau）

罗宾逊（Edwin Arlington Robinson, 1869—1935）

罗尔夫（William James Rolfe）

罗伊斯（Josiah Royce, 1855—1916）

洛厄尔（Amy Lowell, 1874—1925）

洛威尔（Robert Lowell, 1917—1977）

M

马可斯（Mordecai Marcus）

马克森（H. M. Maxson）

马斯特斯（E. L. Masters）

马修伊森（F. O. Matthiessen）

玛里姆（Charles Merriam）

玛乔丽（Marjorie Frost）

麦尔维尔（Herman Melville, 1819—1891）

麦克利什（Archibald Macleish）

梅洛—庞蒂（Merleau-Ponty）

梅休因（Methuen）

门罗（Harriet Monroe）

孟罗（Harold Edward Monro, 1879—1932）

蒙特尔罗(George Monteiro)

蒙特利尔(Montreal)

弥尔顿(John Milton, 1608—1674)

莫里森(Henry Clinton Morrison)

莫里森(Kathleen Morrison)

默丁斯(Louis Mertins)

默雪(Thomas B. Mosher, 1852—1923)

穆蒂(Isabelle Moodie)

穆森(Gorham B. Muson)

N

纳格斯黑德(Nag's Head)

聂采(George W. Nitchie)

纽尔小姐(Miss Newell)

纽瓦克(Newark)

诺福克(Norfolk)

P

帕尔格雷夫(Francis Turner Palgrave, 1824—1897)

帕克(Robert Pack)

帕里尼(Jay Parini)

帕森斯(T. W. Parsons)

庞德(Ezra Pound, 1885—1972)

平科顿学校(Pinkerton Academy)

蒲柏(Alexander Pope, 1688—1744)

普拉斯(Sylvia Plath, 1932—1963)

普雷斯科特(W. H. Prescott)

普里查德(William H. Pritchard)

普利茅斯师范学校(Plymouth Normal School)

普罗特柯(Richard Protcor)

普伊瑞尔(Richard Poirier)

Q

乔斯特(Walter Jost)
乔叟(Geoffrey Chaucer)

R

茹比萨里特(John Zubizarrete)

S

萨拉(Sarah)
塞俊特(Elizabeth Shepley Sergeant)
塞勒姆城(Salem)
桑德堡(Carl Sandburg)
桑顿(Richard Thorton)
桑塔雅那(George Santayana, 1863—1952)
舍菲尔德(Alfred Sheffield)
圣菲(Santa Fe, New Mexico)
史桂尔斯(Radcliffe Squires)
斯宾塞(Edmund Spenser, 1552—1599)
斯丹里斯(Peter J. Stanlis)
斯蒂文斯(Wallace Stevens, 1879—1955)
斯桂尔(John Collins Squire, 1884—1958)
斯塔福德(William Stafford, 1914—1993)
斯坦利斯(Peter Stanlis)
斯特拉特福(Stratford)
斯维登堡新教信徒(Swedenborgian)
梭罗(Henry David Thoreau, 1817—1862)

T

塔西佗(Tacitus)

汤普森(Lawrance Thompson)

汤普森(Maurice Thompson)

忒奥克里托斯(Theocritus, 310? BC—250? BC)

特里林(Lionel Trilling, 1905—1975)

图坦(Nancy Lewis Tuten)

托马斯(Edward Thomas, 1878—1917)

托马斯(Mervyn Thomas)

W

威尔伯(Richard Wilbur, 1921—)

威尔科克斯(Earl J. Wilcox)

威尔森(Harold Wilson)

维吉尔(Virgil)

维特根斯坦(Ludwig Wittgenstein)

温德(Robert Winter)

温特斯(Yvor Winters)

沃德(Susan Hayes Ward)

沃德(William Hayes Ward)

沃尔科特(Derek Walcott)

沃尔克特(William E. Wolcott)

沃尔施(John Evangelist Walsh)

沃勒(Edmund Waller, 1606—1687)

沃伦(Austin Warren)

沃伦(Robert Penn Warren, 1905—1989)

沃兹(Harold H. Watts)

伍尔夫(Virginia Woolf, 1882—1941)

威廉斯(William Carls Williams)

威尼克(R. H. Winnick)

X

锡德尼(Sir Philip Sidney, 1554—1586)

西尔(Edward Rowland Sill)

西尔(Lisa Seale)

希克斯(Granville Hicks)

希尼(Seamus Heaney)

西塞罗(Cicero)

萧伯纳(George Bernard Shaw)

小伊登斯(Little Iddens)

谢勒(Nathaniel Southgate Shaler)

新罕布什尔(New Hampshire)

休姆佛里斯(Rolfe Humphries)

休斯(James Langston Hughes, 1902—1967)

雪利(Preston Shirley)

Y

杨格(Edward Young, 1683—1765)

亚当斯(J. Donald Adams)

叶芝(W. B. Yeats)

伊尔玛(Irma Frost)

伊莎贝尔(Isabelle Frost)

约翰逊教堂(Johnson Chapel)

Z

詹姆斯(Henry James, 1843—1916)

詹姆斯(William James, 1842—1910)

珍妮(Jeanie Frost)

作品题目中文翻译索引[①]

《少年的心愿》(*A Boy's Will*, 1913), 收诗 30 首, 共 681 行;

《波士顿以北》(*North of Boston*, 1914), 收诗 16 首, 共 2051 行;

《山间低地》(*Mountain Interval*, 1916), 收诗 30 首, 共 1450 行;

《新罕布什尔》(*New Hampshire*, 1923), 收诗 44 首, 共 2472 行;

《小河西流》(*West-Running Brook*, 1928), 收诗 42 首, 共 684 行;

《山外有山》(*A Further Range*, 1936), 收诗 50 首, 共 1565 行;

《见证树》(*A Witness Tree*, 1942), 收诗 44 首, 共 1167 行;

《绒毛绣线菊》(*Steeple Bush*, 1947), 收诗 42 首, 共 680 行;

《理性假面剧》(*A Masque of Reason*, 1945), 诗剧, 共 470 行;

《仁慈假面剧》(*A Masque of Mercy*, 1947), 诗剧, 共 740 行;

《在林间空地》(*In the Clearing*, 1962), 收诗 39 首, 共 1710 行;

《集外诗》(*Uncollected Poems*), 收诗 94 首, 共 2145 行;

《诗合集》(*Collected Poems*, 1939);

《诗全集》(*Complete Poems*, 1949)。

---

① 曹明伦:《关于弗罗斯特若干书名、篇名和一句名言的翻译》,载《中国翻译》,
2002 年第 4 期,第 54 页。

弗罗斯特生平年表

1874 年　3 月 26 日,罗伯特·李·弗罗斯特生于加利福尼亚的圣弗朗西斯科(旧金山),父亲小威廉·普雷斯科特·弗罗斯特照南部邦联将军罗伯特·E·李(Robert E. Lee)的名字给儿子取名;父亲于 1856 年生于新罕布什尔州的金斯敦,南北战争时期离家参军,年仅十几岁,跟随李将军指挥的北弗吉尼亚军团到费城,然后被俘并被遣送回家;父亲哈佛大学毕业后,在宾夕法尼亚州的刘易斯敦执教,认识苏格兰姑娘伊莎贝尔·穆蒂并于 1873 年 3 月与她结婚;婚后不久便移居旧金山,威廉在那里从事记者工作。

1875 年　父亲成为由社会改良家亨利·乔治主编的《旧金山每日晚报》的本地新闻编辑;亨利·乔治是他们家的朋友,伊莎贝尔·穆蒂后来常为该报写书评和诗歌。

1876 年　6 月 25 日,妹妹珍妮·弗罗斯特在马萨诸塞州劳伦斯市祖父母家出生;11 月,弗罗斯特同母亲和妹妹一道回旧金山;父亲因酗酒和赌博而心烦意乱,被确诊患肺痨病。

1881 年　弗罗斯特就读小学二年级;在母亲做礼拜的斯维登堡新教会教堂受洗礼。

1883 年　喜欢听母亲讲圣女贞德以及圣经、神话和童话中人物故事;母亲还为他朗读莎士比亚、爱伦·坡、乔治·麦克唐纳、爱默生、彭斯、华兹华斯、拜伦、丁尼生和朗费罗的作品。

1885 年　5 月 5 日父亲死于肺结核,支付葬礼费用之后家里只剩下八美元;靠祖父接济,全家携父亲遗体回到马萨诸塞州劳伦斯市安葬;全家寄居祖父母家,祖父退休前是毛纺厂的一名监工,祖母曾经是一位本地妇女参政运动的领袖;弗罗斯特和妹妹珍妮不喜欢祖父母严厉而苛刻的管教,十分怀念加利福尼亚;全家夏天到新罕布什尔州阿默斯特镇,住在姑姑萨拉·弗罗斯特家的农场上,喜欢采浆果;全家重返劳伦斯市租公寓居住;参加学校编班测验并被编到三年级,而珍妮却取得了上四年级的资格。

1886 年　全家搬到邻近的新罕布什尔州塞勒姆城,母亲开始在当地学校教 5—8 年级的学生;弗罗斯特和妹妹珍妮双双升入五年级;学会削木器,打棒球,爬桦树,掏鸟窝,设陷阱捕捉动物。

1888 年　6 月通过劳伦斯中学入学考试;注册上"古典课程",包括拉丁语、希腊史、罗马史和代数;家长抱怨母亲课堂纪律松懈,偏袒要上中学的学生,母亲被迫从塞勒姆地区学校辞职,弗罗斯特为此感到愤怒。

1889 年　弗罗斯特该学年学习成绩名列全班第一;阅读库柏的《皮袜子故事集》、卡瑟伍德的《多拉德传奇》、普雷斯科特的《墨西哥征服史》,对印第安文化发生兴趣;在房东洛伦·贝利的农场上学会了磨镰刀和割草;返回劳伦斯中学,开始修希腊语、拉丁语、欧洲史和几何;与高年级学生卡尔·巴理尔成为朋友,开始接触植物学、天文学和进化论。

1890 年　在《劳伦斯中学校刊》4 月号上发表处女作《伤心之夜》,该诗情节取材于普雷斯科特的《墨西哥征服史》;第二首诗歌《浪花之歌》发表在《校刊》5 月号上。弗罗斯特该学年的学习成绩仍然名列全班第一。

1891 年　当选 1891—1892 学年《校刊》主编;学习成绩继续位居全班第一;秋季认识并爱上同年级同学爱莉纳·怀特;12 月份因珍妮患病住院而被迫退学。

1892 年　与怀特一起代表毕业生在毕业典礼上发表演讲,题目为《一块已揭幕的反省纪念碑》;与怀特私下交换戒指订婚;靠祖父母资助进达特茅斯学院;没有上哈佛大学的两个原因:一是祖父母把父亲威廉的坏习惯归咎于哈佛,二是达特茅斯的学费便宜些;购买帕尔格雷夫编的《英诗金库》;因厌倦大学生活而焦躁不安, 12

月底离开达特茅斯学院。

1893 年	在劳伦斯市的阿林顿毛纺厂干活,给天花板上的弧光灯泡换灯丝;与母亲和妹妹住在劳伦斯,空余时间研读莎士比亚。
1894 年	2 月,辞去毛纺厂的工作;开始在塞勒姆小学教 1—6 年级学生;试图说服怀特马上同他结婚,但没有成功;11 月 8 日,《我的蝴蝶:一曲哀歌》在《独立》周刊上发表并开始与该杂志社文学编辑苏珊·海斯·沃德长期通信联系。
1895 年	12 月 19 日,在劳伦斯城与怀特结婚,婚礼由斯维登堡新教会牧师主持;为劳伦斯市的《美国人日报》和《哨兵报》当记者。
1896 年	9 月 25 日,儿子埃利奥特出生;帮助母亲的学校搬进黑弗里尔街一栋房子并且教年龄稍大点的学生。
1897 年	通过哈佛大学入学考试,考试科目包括希腊语、拉丁语、古代史、英语、法语和物理学;进入哈佛大学一年级学习,先住进坎布里奇一单人房间并在夜校兼职;秋天时,怀特、埃利奥特和岳母来到坎布里奇,一起搬进了一套较大的公寓。
1899 年	3 月 31 日,因自己以及怀特和母亲的健康原因而离开哈佛;4 月 28 日,女儿莱斯利出生;在祖父的经济资助下,开始办家禽饲养场;
1900 年	6 月 8 日,儿子埃利奥特死于霍乱并葬于劳伦斯;怀特极度抑郁;弗罗斯特的健康每况愈下;母亲被送进新罕布什尔州的佩纳库克疗养院;弗罗斯特搬进祖父在新罕布什尔州的德瑞为他买的占地 30 亩的农场;11 月 2 日,母亲死于癌症,葬于劳伦斯。
1901 年	7 月 10 日,祖父威廉·普雷斯科特·弗罗斯特去世,其遗嘱规定给予弗罗斯特 500 美元年金和德瑞农场 10 年的使用权,10 年之后年金将增加到 800 美元,而且弗罗斯特将获得农场的拥有权。
1902 年	5 月 22 日,儿子卡罗尔出生;扩大了家禽饲养规模。
1903 年	2 月,在《东部家禽饲养者》杂志上发表短篇小说《自闭式产蛋箱》;3 月,携全家到纽约度假,多次拜访报刊编辑,但未能使编辑们对他的诗歌产生兴趣;6 月 27 日,女儿伊尔玛出生。
1905 年	3 月 29 日,女儿玛乔丽出生。
1906 年	到德瑞的平科顿中学兼职,教授英语课程;3 月,在德瑞的《企业

报》上发表《花丛》一诗。

1907 年	女儿埃里诺·贝蒂娜于 6 月 18 日出生，21 日就夭折了。
1909 年	《进入自我》一诗发表在 5 月份的《新英格兰杂志》上；把家从农场搬到德瑞村的一套公寓。
1910 年	指导平克顿中学学生排演 5 个戏剧（马洛的《浮士德博士的悲剧》、弥尔顿的《科玛斯》、谢里丹的《情敌》、叶芝的《心愿之乡》和胡利恒的《凯瑟琳》）；为平克顿中学修订英语课程授课提纲，强调自由会话式的教学风格。在提纲中写道："本英语课程之总目标含两个部分：一是让本校学生受到名著佳作的影响，二是使他们习惯于欣赏优秀的语言。"
1911 年	接受州立普利茅斯师范学校的邀请到该校任教；主讲教育学和心理学；11 月，卖掉德瑞农场。
1912 年	辞去平科顿中学教职；8 月 23 日，携家从波士顿乘船赴伦敦，准备侨居英国几年，专心写作；在伦敦以北 20 英里的白金汉郡比肯斯菲尔德租了一间小屋居住；编辑《少年的心愿》手稿并送交伦敦的戴维·纳特出版公司出版。
1913 年	4 月 1 日，《少年的心愿》正式出版；庞德、弗兰克·福林特、诺曼·道格拉斯分别在《诗刊》、《诗歌与戏剧》和《英格兰评论》上给予好评；通过庞德的介绍，弗罗斯特认识了理查德·阿尔丁顿、希尔达·杜丽特尔、福特·赫尔曼·许弗（或称"福特·马多克斯·福特）、梅·辛克莱、欧内斯特·里斯和威廉·勃特勒·叶芝；与爱德华·托马斯开始建立亲密友谊。
1914 年	全家搬进格洛斯特郡迪莫克；3 月 15 日，《波士顿以北》由戴维·纳特出版公司出版；《民族》、《展望》、《泰晤士报文学副刊》、《英格兰评论》、《每日新闻》等报刊纷纷发表书评，给予好评；冬天搬进阿伯克龙比家以节省开支；得知纽约的亨利·霍尔特出版公司将在美国出版他的诗集；决定携家返回美国。
1915 年	2 月 20 日，《波士顿以北》由亨利·霍尔特出版公司在美国出版；2 月 23 日，全家抵达纽约；4 月，亨利·霍尔特出版公司出版《少年的心愿》；6 月，搬进在新罕布什尔州弗朗科尼亚新近购买的农场；认识诗人罗宾逊；认识后来成为终身朋友的诗人和文学编辑

昂特迈耶;妻子怀特怀孕患病,流产手术后康复。

1917 年	1 月,全家搬到马萨诸塞州的阿默斯特镇;开始在阿默斯特学院讲授《诗歌欣赏》和《莎士比亚之前的戏剧》两门课;独幕剧《出路》发表于《七艺》月刊上;举办诗歌朗诵会和演讲会;4 月 9 日,爱德华·托马斯在阿拉斯之战中被德军炮弹炸死;接受阿默斯特学院的延长聘任提议。
1918 年	5 月,接受阿默斯特学院授予的荣誉硕士学位并重新被任命为英语教授。
1920 年	2 月,因为在教学理念上与米克尔约翰院长意见不一致而辞去教职,更多地投入诗歌创作;3 月 25 日,妹妹珍妮因精神病而扰乱治安,在缅因州的波特兰市被拘留;弗罗斯特将珍妮送进精神病院并不断去探望她;卖掉在弗朗科尼亚的地产,在佛蒙特的南夏福茨伯里购买农场;开始担任亨利·霍尔特出版公司的顾问编辑,月薪 100 美元。
1921 年	接受密歇根大学提供的为期一年的 5000 美元研究员基金。
1923 年	3 月 15 日,《诗选集》出版;11 月 15 日,《新罕布什尔》由亨利·霍尔特出版公司出版;应邀重返阿默斯特学院担任英语教授。
1924 年	5 月,《新罕布什尔》获普利策奖;接受米德尔伯里学院和耶鲁大学授予的名誉博士学位;接受密歇根大学终身文学研究员聘任。
1925 年	12 月,离开密歇根大学;女儿玛乔丽因患肺炎、心包感染、慢性阑尾炎和神经衰弱等多种疾病而住院治疗。
1926 年	接受阿默斯特学院兼职英语教授的职位,年薪 5000 美元,但不承担正式的教学任务;参加佛蒙特布雷德洛夫作家研讨会首届年会。
1927 年	1 月,搬到阿默斯特,在学院教课十周后前往密歇根大学;玛乔丽在那里的约翰·霍普金斯医院接受十周的治疗。
1928 年	8 月 4 日,携妻子怀特和女儿玛乔丽乘船去法国,把女儿留在法国北部塞夫勒的朋友多萝西·费希尔家,然后与怀特一道去英国;在伦敦会见老朋友;独自前往都柏林拜访帕德里克·科拉姆,乔治·拉塞尔(笔名"AE")和叶芝;在伦敦与艾略特初次见面;11 月 19 日,《小河西流》由亨利·霍尔特出版公司出版,该公

司同时出版了一个《诗选集》扩充版本。

1929 年	9 月 7 日,妹妹珍妮在缅因州奥古斯塔的精神病院去世;弗罗斯特和卡罗尔安排并参加了她的葬礼;弗罗斯特和妻子怀特搬进了位于佛蒙特南夏福茨伯里的面积占 150 英亩的"溪谷农场"。
1930 年	11 月,《诗合集》由亨利·霍尔特出版公司出版;当选为美国文学艺术学会会员;12 月,与怀特一起前往巴尔的摩看望因肺结核住院的玛乔丽。
1931 年	6 月,《诗合集》获普利策奖;12 月,接受全美文学艺术学会授予的拉塞尔·洛伊尼斯诗歌奖。
1933 年	继续频繁外出演讲以挣外快支付孩子们的各种费用;4 月底的 11 天时间内,在得克萨斯连续举行了 10 场演讲和诗歌朗诵会。
1934 年	5 月 2 日,玛乔丽因患严重的产褥热多方治疗无效,在明尼苏达州罗切斯特市的梅奥诊所去世;12 月,遵照医生嘱咐,弗罗斯特和怀特前往佛罗里达州基韦斯特,不久与卡罗尔一家团聚。
1935 年	会见了也在基韦斯特逗留的华莱士·斯蒂文斯;在迈阿密大学演讲;4 月,埃德温·阿林顿·罗宾逊去世,弗罗斯特答应为他的最后一本书《贾斯帕王》写序;赴博尔德在落基山作家会议上演讲;应威特·宾纳邀请在新墨西哥州圣菲市发表演讲。
1936 年	2 月底,携怀特从佛罗里达到坎布里奇,开始任哈佛大学的诺顿诗歌教授;一连举行 6 次题为《词语之更新》系列讲座,每次听众超过千人;5 月 20 日,《山外有山》由霍尔特公司出版。
1937 年	诗集《山外有山》获普利策奖;当选为美国哲学学会会员;继续四处演讲和获奖;10 月初,怀特接受乳腺癌手术,然后一起到佛罗里达州盖恩斯维尔过冬,儿孙们前往与他们团聚。
1938 年	3 月 20 日,怀特在盖恩斯维尔死于心力衰竭,弗罗斯特身心崩溃,未能参加火葬仪式;6 月,弗罗斯特辞掉在阿默斯特学院的任职,卖掉在阿默斯特的房产,返回南夏福茨伯里;被选入哈佛大学管理委员会;凯瑟琳·莫里森成为他的秘书,负责安排他的演讲日程;10 月,搬入波士顿的公寓。
1939 年	1 月 18 日,在纽约接受全美文学艺术学会授予的金质奖;2 月 17 日,亨利·霍尔特出版公司出版了弗罗斯特以《一首诗的形迹》

为序的《诗合集》;5 月,接受哈佛大学为期两年的爱默生基金,担任哈佛大学诗歌研究员;指定他在 20 年代就认识的劳伦斯·汤普森为他"正式"的传记作者,条件是传记只能在死后出版。

1940 年 10 月 9 日,儿子卡罗尔因长期抑郁和猜疑而最终在南夏福茨伯里用猎枪自杀。

1941 年 3 月,搬进在坎布里奇购买的布鲁斯特街 35 号新居(除每年夏天住霍默·诺布尔农场、冬天住南迈阿密之外,其他时间一直住在这里);3 月 26 日,他生日那天参观莱斯利在华盛顿国会图书馆举行的弗罗斯特作品展,同时发表题为《诗人在民主国家中的作用》的演讲,接受哈佛大学提供的 3000 美元美国文明研究员基金。

1942 年 4 月 23 日,弗罗斯特题献给凯瑟琳·莫里森("感谢她为此书所做的工作")的诗集《见证树》由霍尔特公司出版,两个月内售 10000 册。

1943 年 5 月,诗集《见证树》获普利策奖,成为美国四获该奖的第一人;被达特茅斯学院聘为乔治·蒂克纳人文学科研究员。

1944 年 得知伊尔玛患与珍妮相似的精神不稳定的疾病并且已经与丈夫约翰·科恩分居。

1945 年 3 月 26 日,亨利·霍尔特出版公司出版了他的《理性假面剧》;夏天创作《仁慈假面剧》;作为蒂克纳研究员重返达特茅斯学院。

1946 年 现代文库出版社出版了弗罗斯特的一个《诗合集》,以《永恒的象征》一文为序。

1947 年 5 月初,艾略特来坎布里奇拜访弗罗斯特;5 月 28 日,诗集《绒毛绣线菊》由霍尔特公司出版;11 月,霍尔特公司出版了他的《仁慈假面剧》。

1949 年 5 月 30 日,霍尔特公司出版了《弗罗斯特诗歌全集》,该诗集受到好评并且十分畅销。

1950 年 美国参议院通过决议在弗罗斯特 75 岁生日(实际上为 76 岁生日)那天向他致敬;10 月,在凯尼恩学院参加为他举行的研讨会。

1953 年 3 月,被授予美国诗人协会研究员职位。

1954 年 参加一系列八十岁生日庆祝活动,包括亨利·霍尔特出版公司在纽约专门为他举行的宴会和老朋友们在阿默斯特为他举行的宴会;以代表的身份携莱斯利赴巴西参加 8 月 4—9 日在圣保罗举行的世界作家代表大会。

1957 年　弗罗斯特、艾略特和海明威在麦克利什起草的信上签字,要求司法部长赫伯特·布劳内尔撤销对埃兹拉·庞德的叛国罪指控;被牛津大学和剑桥大学授予荣誉文学博士学位;在国务院的支持下,由劳伦斯·汤普森陪同访问英国,四处朗诵诗歌,重游比肯斯非尔德;6 月 20 日,返回美国;开始积极参与使庞德获释的行动。

1958 年　2 月 27 日,应美国总统艾森豪威尔的邀请到白宫做客;在艾森豪威尔做东的宴会之前与司法部长罗杰斯会面并讨论庞德一案;4 月 14 日,再次会见罗杰斯并获悉政府准备撤销对庞德的叛国罪指控;起草用于 4 月 18 日法庭听证会的支持释放庞德的申明(庞德与 5 月 7 日从联邦精神病院获释);5 月,弗罗斯特被任命为国会图书馆诗歌顾问;接受美国艺术与科学研究院授予的"爱默生——梭罗奖章",发表了题为《关于爱默生》的演讲。

1959 年　出席在华道夫饭店为他举行的八十五岁生日宴会;莱昂内尔·特里林对弗罗斯特诗歌的评价引起了诗评界的争议。

1960 年　国会通过授予弗罗斯特金质奖章的议案,以表彰他在诗歌方面的成就;肯尼迪总统邀请他参加总统就职典礼。

1961 年　用英雄偶句诗为总统就职典礼创作新诗,但 1 月 20 日那天耀眼的阳光使他无法朗读,最终背诵了《彻底奉献》;3 月份由汤普森陪同访问以色列和希腊;3 月 26 日,在希伯来大学演讲;在雅典举行三场演讲;佛蒙特州州议会授予弗罗斯特"佛蒙特州桂冠诗人"称号。

1962 年　3 月 26 日生日那天,诗集《在林间空地》由霍尔特、莱因哈特及温斯顿公司出版;应肯尼迪总统的邀请,赴白宫接受总统亲自颁发的国会于 1960 年决定授予他的那枚金质奖章;8 月下旬,应肯尼迪总统邀请,作为国务院文化交流活动的一个项目,访问前苏联;在格鲁吉亚黑海之滨的度假胜地加格拉会见苏联部长会议主席赫鲁晓夫;返回美国时告诉新闻界赫鲁晓夫"说我们自由得没法打仗,"引起了一场争论;12 月 10 日,接受前列腺手术;12 月 23 日,出现肺栓塞。

1963 年　　1 月 3 日,获得"波林根诗歌奖";1 月 7 日,再次出现肺栓塞;1 月 29 日午夜过后不久去世;1 月 31 日,亲朋好友的追悼仪式在哈佛学院阿普顿教堂举行;2 月 7 日,公众追悼仪式在阿默斯特学院约翰逊教堂举行;6 月 6 日,骨灰安葬在旧本宁顿弗罗斯特家族墓区。

本书插图照片与诗人手迹

1. 父亲:威廉·普雷斯科特·弗罗斯特,1872 年

2. 母亲:伊莎贝尔·穆蒂·弗罗斯特,1876 年

3. 弗罗斯特在写作,1915 年(Frost in Franconia, New Hampshire, 1915)

4. 弗罗斯特在写作,1915 年

5. 弗罗斯特中学毕业照,1892 年

6. 弗罗斯特妻子怀特中学毕业照,1892 年

7. 弗罗斯特参加肯尼迪总统就职仪式,1961 年

8. 弗罗斯特与学生在一起

9. 弗罗斯特英国故居(Little Iddens in Gloucester, 1914)

10. 弗罗斯特诗稿手迹,1962 年